ALMA

CARLOS SISÍ

Alma

minotauro

Primera edición: enero de 2016
Segunda edición: marzo de 2016

Avda. Diagonal, 662-664, 7.ª planta. 08034 Barcelona

www.edicionesminotauro.com
www.planetadelibros.com

ISBN: 978-84-450-0291-9
Depósito legal: B.28.377-2015
Fotocomposición: Medium
Impresión: Artes Gráficas Huertas, S. A.

Impreso en España
Printed in Spain

Para Inma Sisí Cavia,
que continuó su viaje.

Para Ian Zarko Sisí Pérez,
que acaba de empezarlo.

Dos viajeros.
Dos ALMAs blancas.

Nada real puede ser amenazado. Nada irreal existe.

ELLOS

El universo empieza a parecerse más a un enorme pensamiento que a una gran máquina. La mente ya no parece ser sólo una intrusa accidental en el reino de la materia, deberíamos quizá venerarla como la creadora y gobernadora de ese reino. Supérenlo, y acepten la irrefutable conclusión. El universo es inmaterial, mental y espiritual.

Sir JAMES HOPWOOD JEANS
Físico, astrónomo y matemático británico

Prólogo
(Del autor)

Empecé a desear escribir este libro hace mucho mucho tiempo, pero sólo supe que tenía que escribirlo no hace tanto. Un amigo me dijo que ya hablaba de él cuando escribía el segundo tomo de mi saga de Los Caminantes, lo cual nos sitúa, más o menos, en 2010. En 2014 hice algunos esfuerzos tempranos y tímidos, pero se detenían cuando comprendía que no tenía ni el conocimiento ni las vivencias necesarias para afrontarlo. No sabía nada del mundo espiritual que nos rodea, ni de cómo «ven» los médiums, ni del esquema general de cómo funcionan las cosas.

Un día, le comenté a mi editor que quería escribir sobre *fantasmas*, y aunque los dos sabíamos que el tema había sido ampliamente manoseado en literatura y cine (entre otros medios) me puso en contacto con un montón de personas que serían importantísimas para la historia, la mayoría ligadas a ámbitos distintos del que nos ocupa, pero todas de gran éxito profesional. Eran personas *conectadas* o *dotadas* que me contaron sus experiencias personales, me hablaron de sus capacidades y me pidieron que no revelara sus nombres. Esto me daba una gran confianza: ellos no vendían blogs, cursos o libros. De hecho, no les gustaba hablar del tema porque «la gente pone un muro de rechazo cuando hablas de estas cosas».

Estuve dos años hablando, preguntando, buscando, perdiendo y encontrando. Conocí gente maravillosa (y no puedo enfatizar cuánto), leí mucho, leí demasiado, aprendí y desaprendí, y a medida que comprendía que mi interpretación de la *realidad* había estado marcada e impuesta por convenciones sociales y culturales, atravesé algunos momentos personales íntimos bastante difíciles. Llegó un momento en el que olvidé que el objetivo era escribir un libro. Estaba sumergido en una especie de introspección personal. Los fantasmas, como esa gente conectada me repetía a menudo, no eran sino la parte morbosa de un cuadro mucho más vasto, precioso y complejo.

La novela empezó a nacer, pero no sin esfuerzo. Me costaba construir una historia, manchar todo lo que había aprendido y sentido de ficción lúdica era una especie de sacrilegio que percibía como feo y terrible. Pero llegué a un equilibrio soportable: la parte de ficción sería el atrezo, partes no esenciales que no contaminarían el mensaje implícito. Con ese acuerdo, la historia empezó a correr por sí sola, como un caballo desbocado.

Aun así no fue fácil; había todavía un montón de cosas que no comprendía. Faltaban piezas, iba a ciegas. Sin embargo, como dice a menudo la doctora Chambers en la novela, la información fue apareciendo y encajando en su sitio justo cuando la necesitaba. La sensación era a menudo de eufórica sorpresa: escribía fragmentos desordenados, pero los escribía de todos modos, y observaba como ausente cómo los huecos iban rellenándose de manera natural. Algo curioso. No tardé en descubrir que había estado desparramando la novela en algunos relatos cortos que había escrito esos meses atrás, como si tuviera una idea y un mensaje empujando por salir y no acertara a abrirle la puerta adecuada. Estos relatos vinieron a integrarse en el grueso de la novela y encajaron como si, en realidad, hubieran sido diseñados para ello. Probablemente, así era.

Un día, las últimas lagunas, misterios y dudas se despejaron. Escribí los últimos capítulos con todo el esmero que me fue posible y terminé. Estaba hecho, por fin. La sensación fue insuperable, y he terminado ya algunas novelas en mi corta carrera como escritor. Ninguna como ésta. Me quedé mirando lo que había hecho, y se sentía... bien. Estaba. Era.

Los primeros lectores cero fueron más que entusiastas. Mucho. Me hicieron pensar que lo había conseguido, que lo había conseguido de veras; que *Alma* escondía un mensaje, una perspectiva, un aprendizaje. Que tenía algo que aportar. A la gente. A quien quisiera asomarse a sus páginas. A ti, probablemente.

Espero que así sea. Me gusta pensar que *Alma* es algo más que una historia de ficción. Tal vez, cuando termines, se te ocurra pensar que se trata, más bien, de un Agujero. O una Puerta.

¿Y sabes qué? Será lo que necesites que sea. Como siempre.

Nos vemos. Seguro :)

Carlos Sisí

I

Alma Chambers, antes

1

La casa huele a chocolate, y ese aroma suave existe en dos niveles diferentes: uno brota de una olla que burbujea a fuego lento en la cocina, el otro existe sólo como un recuerdo olfativo, un legado de tiempos pasados, de cuando Mary era pequeña. Esa mañana se ha levantado con el recuerdo de su madre, y esa añoranza súbita le ha traído, de manera irremediable, tanto el rastro inaprensible del olor a chocolate casero caliente como una apetencia que nace de algún lugar del corazón. Así, recorre la cocina con una cuchara de madera en la mano, siempre atenta a la olla, mientras canturrea amorosamente viejas nanas infantiles.

Aunque el aroma le ha confirmado que está listo porque casa a la perfección con el que tiene dentro, prueba el chocolate; para hacerlo, adelanta los labios como si fuera a dar un beso a la cuchara. No es, desde luego, el sabor excepcional que, lejos de replegarse en los recovecos de la memoria, ha ganado tonalidades y matices con el paso de los años, mil veces decorado por la pérdida, la nostalgia y el cariño; y aunque diferente, sabe todavía delicioso. Es dulce, pero no demasiado, y tiene aquella textura correcta y un deje de amargor de fondo.

Contenta, deja la cuchara y decide echar un vistazo a la pequeña Alma, que tiene ahora cuarenta días. Es tan pequeña y hermosa, tan suave y tierna, que cuando camina hacia el dormitorio lo hace como dando saltitos. Camina así porque está contenta, y no es sólo por el bebé: vuelve a sentirse joven y saludable después del periplo del embarazo y el parto, y la tarde además es soleada y luminosa, con una temperatura agradable tanto en el interior de la casa como fuera. Piensa que mañana sacará a su bebé a pasear, y buscará un banco al sol para darle el pecho mientras una suave brisa le regala un momento bonito, suyo; se dice que, tal vez, venga cargada del aroma de las mimosas, uno de sus perfumes naturales favoritos.

Alma está tumbada en la cama, rodeada de cojines por si rueda sobre sí misma. No ha ocurrido nunca, pero es un miedo legítimo de una madre primeriza. Cuando se asoma por el marco de la puerta, sin embargo, descubre que el bebé se ha despertado. Está moviendo las piernecitas y los brazos mientras mira al techo de la habitación.

Mary decide acercarse para espiar a la pequeña. Sonríe mientras lo hace, y pasa desapercibida: Alma es demasiado pequeña como para darse cuenta de nada. Y la ve, adorable y suave, soltando pequeños gorgoritos mientras mira a algún punto de la habitación.

Mary siente que se enamora. Le entra una sensación abrumadora en el pecho y deja que crezca y se expanda mientras se embelesa con los ruiditos de espontánea alegría. El sol penetra por la ventana, escurriéndose entre las rendijas de la persiana a medio echar, y baña su cuerpo vestido con un pijamita rosa. Sus dedos minúsculos se mueven como al compás de una música invisible.

Mary, embelesada, permanece unos instantes mirándola, hasta que termina por preguntarse qué le hace tanta gracia. El techo es una superficie blanca sin matices ni texturas, y ni siquiera cuelga de ella una lámpara. Pero Alma mira. Mira y ve, y a ratos se queda callada, atenta, hasta que explota con una nueva sucesión de pequeños y alborozados gorjeos.

Mary se acerca. No sabe por qué, pero intenta ahora captar la atención de la pequeña. Se tumba a su lado y le pasa la mano por la cabeza, le pone la palma en el pecho y la acuna con suavidad. Le habla con dulzura y le imprime un suave beso en la mejilla, y aunque se admira de su olor dulce y entrañable, su sonrisa desaparece lentamente. Está inquieta. Un poco. Mira al techo desde la posición del bebé y ve... nada. Una superficie tan blanca como insulsa que se extiende hasta donde alcanza la vista.

—¿Qué es, cariño?, ¿eh? —pregunta con voz dulce. Pero su propia voz le resulta extraña y demasiado sonora en la quietud de la habitación, y se calla.

Ahora tiene una sensación rara que crece dentro de ella con lentitud, pero con la determinación de una semilla abriéndose camino por un asfalto agrietado.

Esa mañana se ha levantado pensando en su madre, sí. Pensó en cómo le hubiera gustado conocer a su bebé. Y ahora, con la casa llena del aroma al chocolate que tantas veces le preparó cuando era pequeña, esa sensación rara, ese pensamiento fugaz y casi inconsciente que le acaricia la espalda como si fuera una telaraña, la hace estremecerse.

Se emociona, y decide que no le gusta. Luego coge a su bebé en brazos y se lo lleva a la cocina.

2

Alma tiene ahora dos años y juega en su habitación. Es una habitación preciosa: las paredes están revestidas de papel verde con coloridas cenefas de cuadros rojos y amarillos, con formas de animalitos felices que sonríen a cualquiera que se detenga a contemplarlos. Todos los muebles van a juego con esa combinación de colores: el vestidor, la pequeña cuna cama, la diminuta mesita de noche y la mecedora. La lámpara que cuelga del techo, con un recubrimiento también verde, termina de darle una tonalidad encantadora a la estancia.

El suelo es un tapiz de cuadros de goma con números y letras gigantes, y sobre él hay varias decenas de muñecos de varias formas, tamaños y materiales. Alma gatea entre ellos entusiasmada.

La niñera la observa. Tiene cuatro años de experiencia trabajando con bebés y decide que la niña está demasiado espabilada para su edad. Utiliza todavía su media lengua para expresarse, pero lo hace con unas entonaciones más propias de un niño mucho más mayor. Tanto es así, que resulta extraño a la vista. Incómodo. Y no le gustan las cosas a las que juega, por añadidura. La niñera está sentada en el suelo de una esquina de la habitación, recogida en sí misma, con una expresión mustia en el rostro, observando y... sintiendo.

Alma coge un muñeco y extiende el brazo como para ofrecérselo a alguien, pero allí no hay nadie. Entonces se queda callada, como escuchando, y luego concluye con una risa entre dientes. Parlotea, mira a algún punto durante periodos prolongados y compone miradas de perplejidad y sonrisas por igual.

No, a la niñera no le gusta.

No son sólo los juegos con algún puñetero amigo invisible, es por cómo se siente, por cómo la hace sentir, o por cómo se siente en esa casa; da lo mismo. Ha estado otras tres veces con anterioridad y acaba de decidir que no necesita tanto el dinero como para volver a su piso sintiéndose acompañada por sombras heladas.

Cuando los padres de Alma llegan a casa, ella les anuncia que no puede volver más. «No, no... estoy perfectamente a gusto —miente ella—.

Muchas gracias, es que me ha surgido algo, una complicación médica familiar.» Y Mary, aunque sabe que eso no es cierto, le desea buena suerte y pronta mejoría; luego la deja irse. Esa niñera es la sexta en lo que va de año.

—¿Qué vamos a hacer, Matthew? —le pregunta a su marido.

El padre se encoge de hombros. No entiende por qué alguien podría tener problemas con su hija. Es inteligente y espabilada, y mucho (se dice con énfasis), y cualquiera que piense otra cosa es imbécil.

Va al cuarto de la pequeña y la coge en brazos pensando en abrazarla y besuquearla, y durante los siguientes cinco minutos eso es justo lo que hace.

3

Alma cumple cuatro años bajo un precioso sol primaveral. Está radiante, soplando su enorme tarta de chocolate con pequeños pegotes de nata, y Mary sonríe. Hay, sin embargo, una sombra sutil que le empaña la sonrisa y que se denuncia por la tristeza que le enmarca los ojos. Matthew se da cuenta, por eso se acerca por detrás y la abraza con cariño.

—¿Todo bien? —pregunta.

—Claro —dice ella.

Pero no está bien. Está a mil kilómetros de estar bien.

Al cumpleaños ha venido mucha gente, pero todos son familiares rancios con poco o ningún interés en la pequeña, más ocupados en hacer acto de presencia social que otra cosa. Allí está la tita Penny mirando el reloj y preguntándose cuándo diablos acabará todo, el tío Bob hablando de chanchullos financieros con Ralphie y, por supuesto, la abuela Penélope, sentada en su trono-asiento con la expresión ceñuda y asintiendo, como si alguien le estuviera susurrando al oído. El más joven de los presentes tiene treinta y ocho años. No hay ningún amigo del colegio, ningún hijo de los vecinos o del parque de juegos donde a veces van los sábados por la mañana; ni ningún amigo con hijos. Todos se han excusado. Alma no es una niña como las demás, y los pequeños no parecen celebrar demasiado su compañía.

Mary se da cuenta. Alma acaba de cumplir tan sólo cuatro años, y no le gusta descubrirse pensando qué es lo que va mal con su hija, o por qué está sola. Son sólo cuatro años, por el amor de Dios. Cuando se dice que debería estar envuelta en risas infantiles y regañando a los niños por meter los dedos en la nata, no puede evitar que una lágrima escape y resbale por su mejilla.

4

—Pero cariño —dice Mary, incrédula—, si es crema de calabaza que tanto te gusta.

Alma está sentada en su silla, indeciblemente pequeña. Tiene los brazos cruzados sobre el pecho y parece enfurruñada. Niega con la cabeza cuando oye a su madre. Sus padres, sentados a su alrededor con la mesa dispuesta para un apetecible almuerzo de domingo, están contrariados.

—¿Por qué no comes, cielo? —pregunta su padre—. ¿Por qué estás tan enfadada?

Alma permanece callada todavía unos instantes.

—Sí, quiero comérmelo —dice al fin, pero susurrando, como si fuera un secreto.

—Claro que quieres —asiente el padre—. ¡Si te encanta!

—Pero... no... puedo —responde ella, con la barbilla pegada al pecho y poniendo morritos.

—¿Por qué no?

—Porque... no quiere... —dice, ahora en un tono más fuerte. Sus padres se miran; saben que está enfadada de veras.

—¿Quién no quiere? —pregunta la madre. Sonríe, pero con una arruga de preocupación en la frente, como si adivinara lo que viene a continuación. Y lo que viene es Alma, extendiendo el brazo sobre la mesa y levantando un dedo acusador en franco reproche. Cuando señala la silla vacía, enojada hasta resultar encantadora, dice:

—¡Él!

5

Alma no puede creer lo que está viendo.

Es una página en blanco con líneas con puntitos que se supone que debe rellenar formando palotes. Y no es sólo una página: el librito que le han entregado está lleno de ellos. Palotes y círculos.

Mira a la profesora con perplejidad, luego mira el lápiz y de nuevo la página.

Se levanta con cuidado.

—Señorita... —dice.

—¿Sí, cielo? —pregunta la profesora.

—Yo no quiero hacer esto. Yo quiero aprender a leer y a escribir.

La señorita sonríe con indulgencia.

—Para eso es esto, cielo. Empezamos haciendo palotes y círculos para adquirir destreza con la mano, y luego te será más fácil escribir.

—Para aprender a escribir deberíamos escribir, señorita —replica la pequeña.

La señorita no ha abandonado la sonrisa, pero el tono de Alma, como las otras veces, no la convence demasiado. Es repelente. Se dice que sus padres deben de ser elementos muy especiales, por decirlo de algún modo, para haber criado una hija tan arrogante y presuntuosa. ¡Ni siquiera suena como una niña, por el amor de Dios!

—Siéntate, cielo —dice después de pensarlo un poco.

—Pero señorita...

—Siéntate y haz lo que te he dicho.

Alma lo piensa durante un par de segundos, pero después vuelve a sentarse. La señorita, al fin y al cabo, es la señorita. Es lo que le ha explicado su padre. Le ha dicho que sabe un montón de cosas, y lo más importante, que va a enseñárselas a ella. A Alma no le parece que sepa muchas cosas, parece tan atontada como el resto.

Entonces suspira y empieza a escribir.

Un palote.

Otro palote.

Y otro palote.

Cuando ha terminado de completar la línea, mira sus palotes alineados con pulcritud en la línea de puntos y decide que es una tontería. Entonces vuelve a mirar a la señorita, pero ésta está ocupada ahora con otro niño (Víctor, que tiene un serio problema para contener los fluidos nasales en su sitio) y eso la empuja a levantarse de la silla. Algunos niños la miran, pero ella no les presta atención. Alcanza la puerta y escapa al pasillo. Sabe adónde ir a la perfección.

Alma sube la escalera de la escuela con diligencia, y sonríe. La luz del sol entra por el gran ventanal del rellano entre los dos pisos creando grandes parches luminosos, y es como si cada rectángulo de luz fuese una casilla que estuviera adelantando en un complicado juego de la vida. Por fin, avanza por el pasillo y busca una puerta con un número que le guste, y cuando lo encuentra, entra resuelta en la sala.

Es un aula. Los niños que la miran con cierta apatía desde sus pupitres llenos de libros (¡libros de verdad!) son bastante más mayores que ella. Pero Alma sonríe. Ése es, sin duda, su sitio.

—Abajo me aburro —anuncia al joven profesor—. Vengo a leer y a escribir, de una vez por todas.

6

—¿Cómo que sabe leer y escribir? —pregunta su padre.

—Lo que oyes —dice Mary.

Ella le cuenta que ha estado en el colegio, que el director le ha llamado porque su hija se había escapado de clase. Se lo cuenta todo. Le dice que, en plena regañina, cuando el director intentaba explicarle la importancia de los palotes, ella se ha puesto a leer unos documentos que tenía en la mesa.

—¡Y al revés! —dice la madre, exaltada—. ¡Los ha leído al revés!

—Pero... ¿cómo puede ser? —pregunta el padre, atónito.

—¡No lo sé, pero lo hace!

—¿Y el director qué ha dicho?

—Oh, estaba muy enfadado —responde con los ojos muy abiertos. Está seria, pero entonces la hilaridad de la situación se le revela con contundencia y rompe a reír—. ¡Estaba enfadadísimo! —consigue decir en mitad de una explosión de carcajadas—. Decía que... que lo habíamos engañado, que nunca se había sentido tan engañado. Sólo repetía mi nombre: ¡señora Chambers esto, señora Chambers lo otro!

—¿Engañado? —pregunta el padre, risueño ante las carcajadas incontenibles de su mujer.

—Sí, dice que nosotros... Oh, Matthew, le he asegurado que ninguno de los dos hemos enseñado a Alma a leer y mucho menos a escribir, pero...

Él se ríe con ella, aunque no termina de comprender.

—¿También ha escrito? —pregunta.

—Sí. Mira.

Saca un papel del bolsillo de su pantalón y se lo entrega. El papel muestra una caligrafía irregular, sobre todo mayúsculas. Algunas letras están al revés, pero el mensaje, en esencia, dice: SOY ALMA Y SÉ LEER DESDE SIEMPRE.

El padre lee la frase una y otra vez. Está perplejo.

—Cariño... —dice.

—Lo sé —asiente ella, ahora un poco más seria.

—Es...

—Lo sé.

—Si fuera cualquier otra niña, pero Alma...

—Lo sé —repite ella. Ahora ya no se ríe. Se pone seria y se lleva una mano a la boca. Sus ojos empiezan a brillar con intensidad. Parece al borde del llanto, porque está tan sorprendida, emocionada y asustada como puede esperarse.

—Cariño... —dice él.

—¿Qué pasa, Matthew?, ¿qué es lo que...? —pregunta, pero no puede terminar.

Y ya no dicen más. En lugar de eso, se abrazan.

7

—Bueno, Alma —dice el psicólogo con suavidad—. La hora ha pasado volando, ¿verdad?

Alma se encoge de hombros. Sus pies cuelgan de la silla, lo que la contraría un poco. Le han dicho que se trata de un psicólogo infantil, y le parece que, por lo menos, debería tener sillas a la altura de los niños. Sin embargo, disfruta del caramelo, aunque tenga un sabor curioso mezcla de plástico y melón. Es el segundo que se toma en sólo una hora, y sabe que su madre no lo aprobaría, así que el caramelo tiene un sabor especial a pacto secreto entre el doctor y ella.

—Tengo que decirte que eres una niña muy especial —continúa diciendo el psicólogo—. Muy mucho, en verdad. En todos los años que llevo ejerciendo nunca me había encontrado con alguien como tú, y por eso quiero agradecerte tu tiempo.

Alma vuelve a encogerse de hombros.

—De nada —dice.

—Quiero proponerte un último juego antes de que haga pasar a tus padres. ¿Querrías jugar conmigo?

—Bueno —dice la pequeña.

—Si no estás cansada —apunta el psicólogo.

—No lo estoy —dice Alma, pasando el caramelo de un lado a otro de la boca. Le gusta cómo el dulce endurecido resuena contra sus pequeños dientes. CLIC. CLOC.

—De acuerdo.

El psicólogo abre un cajón de su mesa y saca un paquete de cartas. Las baraja con verdadera habilidad mientras la mira con una sonrisa en su rostro de color oscuro. Cuando lo ha hecho tres veces, coge una y se la muestra. Es el tres de picas.

—¿Sabes lo que son, Alma?

Alma niega con la cabeza.

—¿Nunca habías visto cartas como éstas?

Otra vez negación.

—Está bien. No importa —dice el psicólogo—. Verás: cada carta tiene unos símbolos, unos colores y unos números. Voy a pedirte... que intentes averiguar qué formas, colores o números tendrá la siguiente carta que voy a mostrarte. Luego le daremos la vuelta y veremos qué pasa. No tienes que averiguarlo todo. Sólo dime... qué ves. Puede ser un número, puede ser un color, el rojo o el negro, o puede ser una forma: un corazón, un trébol... aunque puede que veas una estrella, o cualquier otra cosa —añade sonriendo—. Es un juego muy difícil, muy muy difícil, y no se trata de averiguar nada porque casi nadie lo consigue. Sólo se trata de... jugar. ¿Me he explicado bien?

Alma, esta vez, asiente despacio. CLIC. CLOC.

—Muy bien. Ahora... —dice con un destello en los ojos—. ¿Qué carta es la siguiente?

Alma mira el montón y responde, resuelta:

—El seis de picas.

El psicólogo arruga la frente y adopta una expresión suspicaz. Entonces le da la vuelta a la carta.

—Es el seis de picas —dice.

Alma no dice nada. El caramelo sigue transitando de un lado a otro de la boca. CLIC. CLOC.

—Alma, me habías dicho que no conocías estas cartas.

—Ajá.

—Entonces, ¿cómo sabes lo que son las picas? ¿Cómo sabes... que se dice así, seis de picas?

—No lo sé —reconoce Alma—. Es lo que he averiguado. Usted ha dicho que averigüe.

—Qué curioso —comenta el psicólogo—. Veamos la siguiente. ¿Qué carta es?

Alma responde en el acto.

—El cuatro de diamantes.

El psicólogo da la vuelta a la carta.

—Correcto otra vez —dice pensativo.

Alma lo mira perpleja. Como juego, piensa, deja mucho que desear. Es como señalar un frutero e identificar la fruta que hay en él. Un plátano. Una naranja.

—¿Y la siguiente? —pregunta el psicólogo.

—El as de tréboles.

Mira la carta. Es correcto. La Ley de Probabilidades empieza a desmontarse delante de sus narices y siente un imperceptible escalofrío.

—¿Y ésta?

—El dos de corazones.

—¿Y ésta?

—El cuatro de corazones.

El psicólogo ya ha tenido bastante.

—De acuerdo. Lo has hecho muy bien, francamente bien. Esperaba que lo hicieras bien, pero no tanto. ¡Uuh, vale! —Se ríe. Alma inclina la cabeza; no termina de comprender—. Lo siento, es sólo que... ¡este juego me divierte! Te parecerá una tontería, pero es... divertido. ¡Está bien, esto es todo, cielo! Voy a acompañarte fuera y ahora hablaré un poquito con tus padres, ¿de acuerdo?

Alma salta de la silla al suelo.

—Vale —dice.

—Lo has hecho muy bien —repite el hombre cuando está a su lado. Es alto, mucho, y al lado de la pequeña, cuya piel es blanca como la nieve, contrastan tanto que no parecen ni de la misma raza.

—Usted también lo ha hecho muy bien —responde ella.

El psicólogo suelta una sonora carcajada.

8

—Concluyendo —dice el psicólogo—. No hay duda de que su hija es muy, y digo muy, especial. Está muy dotada intelectualmente, muy avanzada para su edad, pero... hay otras cosas.

Mary y Matthew Chambers intercambian una mirada.

—Sí, esas cosas que son las que me preocupan en realidad. Verán: es muy normal en niños de la edad de su hija inventar amigos imaginarios. Los crean en momentos de necesidad, y su existencia atiende a muchas razones. A veces aparecen como gritos de socorro, denunciando una carencia afectiva grave; otras veces son beneficiosos, y atienden a razones comprensibles y razonables para una mente tan bulliciosa como la de su hija. Sin embargo, hay una serie de características comunes en esos amigos imaginarios, ficticios, que no se dan en su hija.

Matthew Chambers pestañea.

—¿Qué quiere decir? —pregunta.

—Por lo general, el niño que se ve obligado o inclinado a generar amigos imaginarios los usa para su propio beneficio. Aparecen en momentos de soledad, o cuando desean conseguir algo que algún conflicto de personalidad interno les impide tener. El de su hija es diferente. Verán, hay una cosa que...

—¿Qué, doctor? —lo apremia Mary. Está cansada de tanta explicación y desea que vaya al grano.

—El... amigo imaginario de su hija está enseñándole cosas que una niña de su edad no tiene manera de saber. Cosas de astronomía avanzada, filosofía, teorías de pensamiento profundo más propias de gurús de la iluminación interior que se encuentran en librerías esotéricas y cosas así.

—¿Cómo? —exclama Matthew.

—De hecho, a veces las enseñanzas son tan persistentes y constantes que Alma empieza a reprocharle que no le permita jugar más. Está cansada, un poco agotada, y por lo general, un niño que se cansa de su amigo imaginario lo... bueno, hace que desaparezca. Sin secuelas. Sin dolor. Sin más.

Matthew asiente. Ha vivido demasiados años con su hija como para no saber de qué está hablando.

—Como profesional de la psicología no debería decirles esto, pero creo que su hija tiene una conexión con... realidades que nos están vetadas. Ella ve cosas que están aquí, de alguna manera, pero que muy poca gente está capacitada para registrar con los sentidos habituales. Siente cosas, ve cosas y oye cosas que forman parte de su realidad cotidiana, pero no de la de ustedes. ¿Comprenden de lo que estoy hablando?

Mary se cubre la boca con una mano; es evidente que está afectada. Matthew, que se había estado temiendo algo así, pasa una mano por enci-

ma de su hombro y trata, con cierta torpeza, de abrazarla mientras asiente con gravedad.

—No sé qué sugerirles —continúa diciendo el psicólogo—. Pero para ser honesto con ustedes, y perdonen si les parezco inmodesto, estoy contento de que hayan dado conmigo en este caso. El noventa y cinco por ciento de mis colegas les habría recomendado terapias destructoras o cantidades ingentes de pastillas que habrían arruinado tan por completo la vida de su hija que sólo pensarlo me produce escalofríos. Supongo que las cosas ocurren como deben ocurrir, y por eso están ustedes aquí. Quiero darles el contacto de algunos colegas, de ese raro cinco por ciento del que les hablaba, que han estudiado estas materias y que pueden ayudar a Alma a llevar una vida normal.

—Entonces... ¿se curará, doctor? —pregunta Mary.

—No se trata de curar nada —dice el psicólogo—. Es como ser heterosexual u homosexual..., es una condición con la que se nace, algo arraigado en ella misma que nada ni nadie va a acallar o alterar. Y como la heterosexualidad o la homosexualidad, no tienen nada de malo. Su hija es una niña normal, alucinante y preciosa, por añadidura, con ciertos dones con los que va a tener que aprender a convivir, pero es todo.

Mary rompe a llorar.

—Gracias a Dios —dice al fin, luchando por expresarse entre sollozos.

—Les daré unos nombres y unos teléfonos —dice el psicólogo.

9

El cuarto de baño es agradable. Huele a productos de limpieza, y el tono rosa de los azulejos, combinado con el color pastel de los sanitarios, le da un aire acogedor. Además, la calefacción radiante que discurre bajo el suelo hace que la temperatura sea perfecta. Alma, a la que le gusta ir descalza por la casa, se divierte moviendo y mirando los dedos de sus propios pies mientras susurra entre risas: «¡Pies divertidos, pies divertidos!». Está de pie, desnuda, y a punto de bañarse.

La bañera, por cierto, está ya casi llena. El agua caliente ha provocado una fina nube de vapor que flota cerca del techo, difuminando los volúmenes, como una suerte de neblina. El gran espejo está empañado y recuerda una enorme y fina plancha de hielo.

Alma se mete en la bañera y disfruta de un rato agradable. Le gusta sentir el agua sobre la piel, le gusta tumbarse y quedarse tan quieta como le es posible, escuchando el suave canto del agua en sus oídos; le gusta jugar, frotarse con minuciosidad y hacer pompas de jabón en el agua. Le gusta hacer ruidos abriendo y cerrando las manos de manera que el agua salpica con un suave y cantarín chapoteo. Cuando casi ha terminado y está preparándose para salir, oye una voz; apenas un susurro, pero lo bastante claro como para que la sobresalte.

Alma.

La pequeña está acostumbrada a oír cosas. Forman parte de su realidad. Susurros arrastrados que se entremezclan con los sonidos cotidianos y que, a veces, hacen que se pierda cosas («¿Me estás escuchando, cariño?, pareces ida»*), pero nunca tan claro como ahora.*

Alma...

La niña se agacha, hundiéndose en el agua hasta que ésta toca su nariz. Entonces decide sumergirse. Dejará pasar un rato. De hecho, permanecerá allí tanto tiempo como pueda aguantar, con la esperanza de que la voz pase. Siempre pasa. Las voces aparecen unos instantes y luego se pierden como una vaharada de aliento en un día ventoso.

Cuando saca la cabeza se queda quieta, expectante, escuchando.

Nada.

Satisfecha, sale de la bañera, salta sobre la alfombrilla de baño y se arropa con la toalla. El agua se desprende de su cuerpo y cae creando pequeñas manchas húmedas.

Todo parece estar bien, excepto...

Da un respingo cuando mira el espejo, nublado como una enorme plancha de hielo.

Hay huellas de manos en él, un montón, desde abajo hasta arriba, conformando una especie de mosaico.

Y todas de diferentes tamaños.

10

Alma, que se encuentra sentada en su asiento habitual en clase de religión, mira a la profesora con una expresión divertida. Les ha pedido que hagan un bonito dibujo de Dios, y lo ha hecho con esa sonrisa que ella lee como de dibujos animados, demasiado estridente como para resultar natural.

Mira alrededor y ve que sus compañeros empiezan a dibujar, llenando de trazos sus pliegos de papel.

Ella se queda quieta, sin dibujar nada. La profesora repara en ella en uno de sus muchos paseos entre las filas de mesas.

—Alma... ¿no pintas?

—Señorita, es que no se puede pintar a Dios.

—¿Cómo?

—Dios es invisible.

—Eso no es cierto —objeta la profesora—. Has visto muchas ilustraciones de Dios, ¡y tú pintas muy bien!

Alma asiente despacio.

—Puede que pinte bien, pero el de las ilustraciones es Jesús, no Dios.

La profesora pestañea, suspira, y se agacha lentamente para poner sus ojos a la altura de los de la niña.

—Si no pintas a Dios, señorita —dice—, voy a tener que suspenderte.

Alma vuelve a asentir, coge uno de los rotuladores que lleva en el estuche y lo levanta de manera que quede entre ella y la profesora.

—Haga lo que tenga que hacer —dice—. ¡Pero a Dios no se lo puede pintar con esto!

11

Alma tiene diez años. Está intentando estudiar, pero hay demasiado «ruido» a su alrededor. Ella, al menos, lo llama así: ruido, aunque se percibe, más bien, como un runrún de voces inconexas, como murmullos apagados que resuenan por todas partes. Casi nunca entiende lo que dicen, pero tampoco le importa. En las pocas ocasiones que ha podido entender algo, casi nunca ha comprendido gran cosa. Son, en definitiva, algo con lo que a veces tiene que convivir; lo único que le preocupa es que tiene la sensación de que sus intromisiones en su «vida ahora», como ella la llama, son cada vez más frecuentes.

Alma rebufa, molesta. Entonces canturrea. A veces, cuando cierra los ojos y canturrea, consigue que el ruido desaparezca.

Entonces nota que algo le tira de la manga.

Alma sigue con los ojos cerrados.

Un nuevo tirón.

—Ahora no —dice despacio.

Pasa casi medio minuto antes de que vuelvan a tirarle de la manga, ahora con un poco más de fuerza.

—¡Ahora no! —dice en voz alta a la habitación vacía.

Entonces todo se queda en silencio. Todo el ruido, los murmullos y los tirones, desaparecen de su vida ahora.

Alma suspira y regresa a sus lecciones.

12

—¿Cómo está? —pregunta Matthew.

Mary Chambers niega con la cabeza. Está casi tan agotada como preocupada.

—Igual. Ha dormido una hora esta tarde, pero luego ha empezado otra vez. No sé qué más podemos hacer, Matthew, va a volverse loca, o algo peor. ¡No puede seguir sin dormir, ya la has visto!, ¡está perdiendo peso y está demacrada!

Matthew se mira las manos.

—Creo que... vamos a tener que llamarlo.

—Oh, Matthew. Pero no podemos...

—Pagarlo. Ya lo sé. Además, hay que traerlo de Estados Unidos, porque no podemos llevar a Alma allí en su estado. No creo que nos dejasen ni subir al avión. Pero no importa.

Mary pestañea un par de veces antes de decir lo que piensa.

—¿Y tu familia, cariño? Para ellos esa cantidad es... irrisoria.

Matthew aprieta los dientes.

—Cielo... si tengo que arrastrarme ante ellos para conseguir dinero para ayudar a nuestra hija, lo haré. Lo sabes. Pero será la última opción, ¿de acuerdo? Antes que eso, venderemos el coche. Hipotecaremos la casa...

—La casa ya está hipotecada —se lamenta ella.

—Pues pediremos una segunda hipoteca —se apresura a decir él—. Venderemos todo lo que haga falta para conseguir el dinero: el televisor, los ordenadores, todo. Mi colección de cromos vale un montón de dinero. Podría llevarla a un experto.

—Matthew... —susurra ella—. Ni siquiera sabemos si funcionará.

—Pero es lo único que se me ocurre —dice Matthew con un hilo de voz—. Nuestra hija dice que las voces no la dejan dormir, cariño, ¿te das cuenta de lo que eso significa?

Mary asiente, con los ojos llenos de lágrimas.

—Le gritan... Dice que cada vez son más, que le lloran, que le hablan, que susurran su nombre día y noche. Y sabes que no está loca. Todas esas cosas que nos han pasado todos estos años... Sabes que no está loca, ¡lo sabes! No dejaré que la destruyan con pastillas para la esquizofrenia, porque eso sí que sé que no es lo que le pasa.

—Lo sé, pero...

—Tenemos que intentarlo. Haré que ese hombre venga aquí y la trate. Si puede hacer que Alma logre volver a tener días normales, valdrá todo el dinero que podamos conseguir, y un poco más.

Ella siente, de pronto, una oleada de intenso y profundo amor hacia su marido, pero justo cuando va a acercarse para abrazarlo, Alma lanza un grito desgarrador desde su habitación y ella se estremece tan violentamente que está a punto de caerse al suelo.

13

—Pero... ¿cómo? —pregunta Matthew. Su sonrisa es espectacular. Está tan feliz que siente que el pecho puede explotarle en cualquier momento—. ¿Cómo lo ha conseguido?

—Un simple ejercicio de concentración y meditación —dice el experto que han traído de Estados Unidos. Habla un inglés raro, con un acento bastante desgarbado, con probabilidad por sus orígenes indios—. Mente, control, relajación. Su hija es ahora consciente de que puede abrir y cerrar la llave a todo el mundo espiritual que nos rodea, ¿de acuerdo?, el mundo que subyace a la proyección fantástica y personal que... casi todo el mundo entiende como realidad.

—¿Meditación? —pregunta Matthew, confuso, intentando escarbar entre el cúmulo de información difícil de comprender que el experto acaba de poner sobre la mesa—. ¿Así de simple?

—No tan simple —lo corrige el experto—. Su hija tenía todos sus canales abiertos. Era como una radio que puede sintonizar de manera simultánea todas las emisoras del mundo, conformando un único canal de salida que se convierte en un tropel ininteligible. Por fortuna me han llamado. Dudo que haya muchas personas en el mundo capacitadas para ayudarla.

—Comprendo... —dice Matthew—. Eso me lleva a sus honorarios, también poco usuales, pero comprendo que justificados...

—No voy a cobrarles nada —se apresura a decir el experto.

Mary da un respingo.

—¿Qué?

—He comprendido que su hija tiene un don muy especial —afirma el experto—, muy... poderoso y potente. En todos mis años de... Si no hubiera aparecido yo, la sobrecarga en su mente infantil hubiese sido demasiado y habría muerto. Sin duda. Estoy feliz no sólo de haber contribuido a que eso no haya ocurrido, como es evidente, sino porque su hija será importante para mí en el futuro. Nuestros destinos están unidos. Por consiguiente, no voy a cobrar mis servicios.

Matthew pestañea. No entiende mucho de lo que ha dicho y ni siquiera le ha gustado cómo ha sonado, pero la posibilidad de ahorrarse setenta mil libras resuena en su cabeza con la contundencia de un gong chino.

—Eligieron muy bien su nombre, me parece —añade el experto entonces—. Por otro lado, es seguro que en el futuro su hija desarrolle otras habilidades y necesite otra vez de mí. Llámenme. Estaré esperando, aunque pasen años.

Matthew no sabe qué decir. Lo cierto es que Alma hace días que duerme plácidamente, por fin, e incluso está volviendo a comer con normalidad. Está tan contento que abraza al experto, y lo hace de manera tan inesperada y con tanta energía que casi provoca que se le caigan las gafas.

14

Se llama Darryl Belcourt, y a Alma le gusta tanto que le produce palpitaciones en el cuello y un hormigueo en la punta de los dedos. Es guapísimo, uno de los chicos más guapos del instituto. A Alma le gusta en especial porque es callado y prudente, y cuando la mira, parece conectar con ella de una manera especial. Cuando se queda pensativo y ausente, parece una escultura griega. Y cuando la besa... Cuando la besa la transporta a universos que nunca pensó que podría conocer, y eso que conoce unos cuantos.

Llevan saliendo juntos un par de meses, y aunque sólo tienen trece años, Alma está tan enamorada que siente que es el amor de su vida. Quiere contarle lo que le pasa, lo que hay de especial en ella, lo que ve, oye y siente. Sabe que no son cosas para los oídos de cualquiera, que la gente levanta un muro de rechazo cuando uno empieza a contar «ese tipo de cosas», y sus padres la han advertido en mil ocasiones. Sin embargo, considera que Darryl es el amor de su vida, y como tal, debe conocerla y aceptarla al cien por cien, tener el cuadro completo, así que una tarde del mes de julio en el que la energía mágica del verano corretea por sus venas, se aclara la garganta y empieza a hablar.

—El niño de mi cama es silencioso y observador —dice, mientras comparten un banco en un parque encendido por los tonos dorados del atardecer—. Nunca lo he visto en otro sitio que no sea en esa cama. Siempre está... abrazado a su pelota. Lleva pantalones azul marino, camiseta marrón claro y cabello color miel. Es un niño adorable. Sus mejillas son prominentes, ¿sabes?, y lleva calcetines blancos. Y mirada muerta.

—¿Mirada muerta? —pregunta Darryl, ceñudo.

Alma detecta el cambio en su voz. No sabe si es miedo u otra cosa, pero ya no puede detenerse. Ha ido demasiado lejos y decide que es mejor continuar.

—Sí —responde despacio—. Muerta. Ojos negros, vacíos de vida. Al principio me daban miedo, y aún consiguen hacerlo, de vez en cuando. Es muy fácil saber cuándo se trata de alguien que no está en el sitio que debe. Los ojos no tienen vida. Es algo que aprendí a distinguir muy bien, aunque no sé decirte cómo.

—¡Uau! —exclama Darryl.

—Por eso sabía que ese niño no debía estar en esa cama. Mi cama. Era mía, pero él vino a ocuparla, así que preferí no entrar en esa habitación desde que lo descubrí.

—¿Qué hiciste cuando lo descubriste? —quiso saber Darryl.

—Casi grité. Tenía diez años, y ya sabía que estas cosas no eran... de este mundo, pero nunca quise explicar a mi madre porqué me costaba tanto pasar tiempo en mi habitación. Ya había tenido bastante, ¿sabes? Quería... regalarle tanta normalidad como me fuera posible. Hacía los deberes en el salón, en el comedor... cualquier lugar era bueno menos mi cuarto.

—Dios, ¿y ahora... ese niño... sigue ahí?

—Sigue, pero con el tiempo he aprendido a no verlo. Ahora puedo sentir lo que hay en cada lugar, pero ya no los veo «en vivo y en directo». Ahora la imagen se plasma en mi mente. No sé si fui yo misma quien consiguió ese cambio de alguna manera, pero lo agradezco mucho. Ya no es tan violento.

—¡Uau!

—Claro que... —Alma inclina la cabeza y frunce el ceño, considerando durante un breve instante si seguir con su historia—. Ésa otra manera de «conectarme» a veces me satura.

—¿Qué quieres decir?

—Cada persona, cada lugar, parece tener cosas. Estoy aprendiendo a controlarlo, a poner una pantalla entre esas cosas y yo, pero cuesta. ¿Te acuerdas el otro día, en casa de Laura? Os reísteis de mí porque me quedé ida unos segundos.

—Sí...

—Entré detrás de vosotros. Estabais diciendo no recuerdo qué, y yo escuchaba un poco distraída porque... algo empezó a pasar con la habitación. De repente ya no oía nada, y poco después, tampoco veía nada. Estaba en una oscuridad silenciosa, pero no me dio tiempo a asustarme. Cuando quise darme cuenta había una lámpara que se movía como un péndulo en un rincón; la luz iluminaba los muebles y las paredes, revelando que todo había cambiado.

—¿Cambiado? —pregunta Darryl.

—Sí. Las paredes, los muebles... eran antiguos. Las paredes tenían papel con... filigranas, ¿sabes?, de un tono gris verdoso. Había un piano de pared Brown, y sillas con respaldos redondeados de un color rojo descolorido.

—¿Un piano? ¿En casa de Laura?

Alma asiente.

—Y había gente alrededor. Dos mujeres atentas al piano y al hombre de espaldas que lo tocaba segundos antes de que los «interrumpiera». Todos vestidos con ropas antiguas.

—¿En serio?

—No pude reaccionar. Nos quedamos mirando durante lo que me parecieron horas, pero cuando todo volvió a la normalidad, estabais mirándome y riendo. Deduje que sólo habían pasado unos instantes...

—Sí —asiente Darryl—. Te quedaste... bueno... ida. Luego te sentaste.

—Sí. Tuve que sentarme. Me asusté mucho. Una de mis peores pesadillas es quedarme enganchada a esa realidad paralela, no saber... encontrar el camino de vuelta. Y esta vez había pasado tanto tiempo.

—Tiritabas —susurra Darryl, recordando.

—Sí. Pero no por el miedo. Es por el Frío.

Darryl decide que no quiere saber qué es el Frío.

Pasa un ratito. Alma empieza a sentirse incómoda. Quería haberle contado más cosas, como la sombra del armario en el cuarto de su madre, o cómo oye gente caminando por los pasillos de su casa, como si ésta, en las horas de oscuridad, fuese de ellos. Pero no lo hace. Algo ha cambiado. Lo nota. Él está ausente, con los hombros encogidos, su mirada pasea esquiva de un lado a otro, como buscando una salida.

—¿Estás bien? —pregunta ella.

—Sí, claro.

Pero el resto de la tarde está raro, y ese día él se va a casa temprano. Ella tiene una sensación acuciante que crece en su interior, pero no quiere hacerle caso.

No quiere.

15

Alma se encuentra en clase. Acaba de llegar, y aún sostiene los libros entre los brazos pero todavía no ha ocupado su asiento; está mirando la pizarra con los ojos anegados en lágrimas, incapaz de dejar de leer las palabras que alguien ha escrito en ellas. A su alrededor, los compañeros se burlan y se ríen entre dientes.

En la pizarra pone:

alma pirada tiene amigos
invisibles porque está sola

Alma no tiene que mirar a nadie; sabe a la perfección lo que ha pasado. Sin embargo, dedica una única mirada a Darryl. La última. Él evita devolverle la mirada, pero cuando lo hace, por un único y fugaz instante, ella ve una sola cosa cierta y verdadera, una que subyace a su mueca de aparente desprecio: miedo. Miedo ancestral de primer orden, del tipo que fabrica escudos y produce ataques incomprensibles.

Y Alma no dice nada. Va hacia su mesa, se sienta, y se permite derramar una única lágrima. La llama Dolor, y deja que se vaya.

II

Johnnie Verso

1

Johnnie regresó a su casa un poco antes del anochecer, después de un largo paseo. Los días amables hacía tiempo que habían acabado; se notaba en la brisa del crepúsculo, que soplaba cargada de ese frío penetrante que traía el invierno. Pronto empezaría a helar de verdad y, con un poco de suerte, la nieve cubriría los caminos boscosos que le gustaba recorrer casi a diario. Entonces encenderían la chimenea y el viento soplaría con fuerza haciendo estremecer los cristales de las ventanas. Tomaría té caliente a media tarde, sentado en el sofá del salón con el portátil en el regazo, y la historia que tenía en mente desde principios de verano fluiría por fin. Hacia las seis de la tarde habría ya anochecido, y Rebecca se sentaría en la alfombra, con sus gruesos calcetines de lana y sus interminables puzles; o quizá un libro. Una de esas novelas históricas que tanto le gustaban. Y la televisión sería un arrullo apagado en segundo plano, encendida con la única finalidad de romper el excesivo silencio.

Entonces escribiría. Entonces. Sí.

Cuando cruzó la terraza delantera, su mujer estaba medio adormilada en la butaca de mimbre, con un chal de hilo echado sobre los hombros. Dedicó unos instantes a admirar su perfil sereno y el cabello rubio que casi siempre llevaba recogido en una coleta y luego la besó con dulzura en la frente.

—Hmm... —murmuró ella, sonriendo con suavidad.

—Te has quedado dormida —comentó él.

—Eso creo —contestó Rebecca, todavía con los ojos cerrados—. ¿Qué hora es?

—Un poco más tarde, hoy. He llegado hasta la casa en ruinas.

—Fantástico —dijo, dejando que la curva de su sonrisa se intensificara.

Él se inclinó sobre ella y le apartó un mechón largo que le cubría parte de la cara; luego imprimió un nuevo beso en sus labios.

—¿Qué hay de cena? —dijo al fin.

—Tú qué crees... —contestó ella, abriendo los ojos por primera vez.

—Cerealitos.

—Cerealitos —confirmó.

—Odio los cerealitos.

—Sólo diez kilos más, campeón.

Johnnie arrugó la nariz con una expresión un tanto infantil; aunque había perdido ya quince kilos, notaba que cada vez costaba más deshacerse del exceso de equipaje, como si los últimos michelines estuvieran fosilizados, entretejidos en su cuerpo. La última etapa prometía ser larga y dura.

Durante los dos años que estuvo escribiendo su primera novela había cogido una cantidad de peso excepcional, edificada a base de largas jornadas de trabajo sentado a los mandos de su portátil, devorando todo tipo de porquerías. Todo era apetecible, desde los bizcochitos de chocolate hasta las gigantescas bolsas de patatas o los generosos bocadillos de embutido, que regaba con litros y litros de Coca-Cola. Era como una droga que el cuerpo le pedía; su febril actividad mental, que prodigaba tantas y tantas páginas de desbordante contenido, parecía exigirle en pago este pequeño tributo a su salud, y su mujer lo dejó hacer, contenta al menos de que él hubiera recuperado la ilusión por el trabajo después de casi dos años en paro. «Pareces más americano que irlandés, querido», bromeaba a menudo ella.

Fuera como fuese, así surgió *La puerta*, su ópera prima. Las últimas semanas fueron las peores, moviéndose en círculos alrededor de un final que no acababa de concretar con la contundencia que necesitaba. Se sentía como un buitre que sobrevolaba un cuerpo que no terminaba de quedarse quieto.

Escribía todo el tiempo; se acostaba a altas horas de la madrugada y a media mañana se encontraba otra vez aporreando las teclas con el vigor de un herrero. Desarrollaba una idea, intentaba encajarla en la trama de la historia y avanzaba veinte o treinta páginas, hasta que la desechaba con una frustración enervante. A veces pasaba hasta dos o tres horas pensando y engullendo frutos secos y chucherías, dando vueltas por el salón como un perro acorralado.

Sin que él lo supiera, su mujer recuperaba los borradores a medio corregir de la papelera y los leía, furtiva, descubriendo con admiración que cada nuevo intento era aún mejor que el anterior. Tuvo que andarse con pies de plomo para no pisotear su delicado estado de ánimo, infundiéndole coraje de una forma sutil y dejándolo hacer como sólo una esposa sabe hacer. Sabía que la novela, a falta del final, era condenadamente buena, un *thriller* de terror con grandes dosis de suspense en la que un grupo de hombres se enfrentaba a sus demonios personales.

Una noche cualquiera, él la despertó a las cuatro y veinte de la mañana con una expresión extraña en el rostro; la luz del salón se filtraba tímida por el pasillo y hacía brillar sus pupilas. Ella contuvo la respiración, hasta que él asintió de forma imperceptible y susurró: «He acabado».

Se levantó casi de un salto y se fue al ordenador sin decir nada. Allí se encontró con unas inesperadas ochenta páginas adicionales desde el punto que había leído ya, y empezó a devorarlas. Avanzó página tras página con el semblante serio mientras él daba vueltas por el salón, dando enormes caladas a un viejo cigarro que había guardado en alguna parte para la ocasión.

Cuando terminó, Rebecca experimentó una oleada de calor en su interior. La novela de su marido no era buena, era una prodigiosa obra maestra. Ella no era escritora, pero había sido siempre una devoradora de libros, y vaya si sabía reconocer la calidad cuando la tenía delante. Se volvió hacia él con la mano en el corazón, viéndolo con ojos nuevos. Él, vestido tan sólo con unos calzoncillos largos que le venían ya un par de tallas demasiado pequeños, la miraba expectante, con el cabello alborotado y los ojos abiertos de par en par.

—Es... es maravillosa, cariño —dijo ella con voz queda.

—¿Es buena? —preguntó él. Hacía rato que había apagado el cigarro y ahora jugaba con las manos, cruzando los dedos en uno u otro sentido.

—Cariño..., cómo decírtelo... —Se levantó y se acercó a él sonriendo—. Eres un genio. Es buena. ¡Es buenísima!

Él la abrazó, saboreando el momento con todos los poros de su piel. Se sentía eufórico y cansado; los ojos parecían arderle cuando cerraba los párpados, pero por fin había terminado. Con los brazos de su esposa rodeándole el cuello, Johnnie recordó la famosa frase que

Frodo dirigió a Sam cuando se encontraban en el Monte del Destino: «Me alegra que estés aquí, Sam, al final de todas las cosas». Y en cierto modo, se sentía igual de cansado y con la misma sensación de haber acometido una proeza de similares proporciones.

Johnnie había necesitado siempre refuerzos constantes de autoestima, inyecciones que su ego tembloroso y débil parecía reclamar cada poco tiempo; sin ellos, daba pasos dubitativos por el mundo, buscando con desesperación senderos apartados para no llamar la atención. Sin embargo, ahora se daba cuenta de que *La puerta* tenía calidad, mucha calidad. Era la historia que siempre quiso leer, basada en ciertos eventos traumáticos de su adolescencia, pero sepultados en una historia de fantasmas y tablas ouija. Aunque era un tema demasiado trillado por las películas de serie B norteamericanas y que la industria de lo paranormal había ido convirtiendo en algo risible a golpe de documentales sensacionalistas, él había conseguido darle un giro inesperado. Había excavado con un cuidado exquisito alrededor de un viejo fósil, utilizando delicados instrumentos de precisión, y había encontrado partes que nadie más había desentrañado nunca. Construyó alrededor de una idea primaria con materiales de primera, preñado de paciencia, hasta que obtuvo algo nuevo, algo de lo que podía sentirse orgulloso.

Los meses siguientes fueron desesperantes. Imprimieron y enviaron copias a casi todas las editoriales de cierto renombre, así como correos electrónicos allí donde eran bienvenidos. El primer correo de rechazo llegó apenas una semana después, agradeciendo el envío pero señalando el hecho de que la historia no comulgaba con la línea editorial. La mayoría de los envíos, sin embargo, murieron en la quietud del silencio.

Un par de meses después, el humor de Johnnie empezó a cambiar de manera visible. Se acostaba tarde y se levantaba temprano, y lo último que hacía por la noche y lo primero por la mañana era consultar el correo. A veces sujetaba el móvil en la mano, mirando la oscura pantalla como si esperara que fuese a sonar en cualquier momento, pero no ocurría nada. No hablaba mucho, pero continuaba comiendo de forma compulsiva.

Hicieron todavía otros envíos, aunque desistieron de enviar más copias impresas por el coste que suponía. En su lugar, enviaron correos a editoriales más pequeñas pero que todavía contaban con una distribución interesante. Rebecca sugirió en algún momento que probara también con los grandes monstruos editoriales. Johnnie no pensaba que una editorial grande se interesara jamás en su novela. Era una historia de fantasmas... Las grandes editoriales parecían estar interesadas en novela actual o novela histórica, pero lo hizo de todos modos, al menos allí donde era posible. La mayoría ostentaban ominosos mensajes en sus páginas web que rezaban cosas como: NO NOS ENVÍE NADA. NO NOS CONTACTE. Johnnie, encogiéndose de hombros, preparó los *e-mails*, adjuntó el archivo con el manuscrito, y le dio a Enviar.

—Tenemos que tener paciencia, cariño —decía su mujer en los momentos que lo encontraba más abatido—. La historia de la literatura está llena de casos en los que las editoriales no supieron ver el potencial de una novela. Acuérdate de la autora de *Harry Potter*... Recibió rechazos de siete editoriales antes de encontrar a alguien que confiara en ella, y fíjate ahora. O el autor de *La conjura de los necios*, una de las grandes novelas americanas, sólo vio su novela publicada a título póstumo, después de suicidarse por no conseguirlo.

—Quizá es lo que debería hacer —contestaba Johnnie—. Suicidarme.

2

Una calurosa noche de abril, Johnnie consultó el correo electrónico antes de irse a la cama, después de haber pasado casi cinco horas pegado al televisor. Había estado saltando de un canal a otro a medida que la programación acababa y daba paso a los programas basura de la madrugada. Allí estaban los reyes del vehículo de cultura por excelencia, prodigando sus miserias en debates sin sentido, pero Johnnie se lo tragó todo, acosado por una amargura interior que iba en aumento. Sin embargo, en aquella hora en la que la noche daba paso al alba, apareció un *e-mail* nuevo en la pantalla de su ordenador.

De: jcormick@gruponostromo.com
Asunto: *La puerta*
Fecha: 13 de abril. 20.03.31 GMT+02.00
Para: Johnnie.Balmori@gmail.com

Estimado señor Balmori:

Gracias por su envío. Su novela *La puerta* ha pasado varios informes de lectura y ha sido aprobada para su publicación tras consideración en Junta, por lo que deseamos ponernos en contacto con usted a la mayor brevedad para la firma del contrato. Llámeme a su conveniencia (mi número de móvil figura en mi firma). A nivel personal, añadiré que estoy muy impresionado con su obra. Creo que, con la debida promoción, podremos emplazarla en los más altos puntos de venta. Enhorabuena.

Jules M. Cormick
Grupo Nostromo

Johnnie leyó el *e-mail* cuatro o cinco veces antes de atreverse siquiera a respirar, como si al hacerlo fuera a romper alguna suerte de sortilegio extraño que se hubiera creado en el ordenador. Por fin, cogió el portátil con ambas manos y lo llevó hasta el dormitorio con la pantalla desplegada. La brillante luz iluminaba su rostro a medida que cruzaba el oscuro pasillo, y el efecto era como si llevara una extraña tarta de cumpleaños. Allí, despertó a su mujer, que llevaba ya horas dormida, y ésta leyó el correo con los ojos entrecerrados.

—Johnnie... el... ¡el Grupo Nostromo!

—Sí, cariño... —asintió él.

Rebecca repasó la cabecera del *e-mail* para asegurarse de que no fuera alguna broma pesada. El Grupo Nostromo no era una editorial grande, era la más grande, con presencia en países de todo el mundo. Sus bestsellers se traducían a más de cuarenta idiomas. Un libro como *La puerta*, de manos del Grupo Nostromo, tenía con probabilidad las puertas abiertas al mercado de América Latina, sobre todo México. Y aunque no fuera así, la superdistribución a nivel nacional estaba asegurada. Los libros de Nostromo estaban hasta en las pequeñas tiendas para turistas que había a pie de playa, entre flotadores y manguitos para niños pequeños. En las gasolineras. En todas las grandes superficies. Ella había esperado que la novela acabase en alguna editorial mediana que hiciera una mínima promoción del libro, pero no le preocupaba; sabía que el boca a boca terminaría por poner la novela en su sitio. Ahora sentía quc todo el proceso podría ser descabelladamente rápido; al fin y al cabo, los títulos de Nostromo contaban con una promoción en extremo eficiente: lugares destacados en las librerías, presentaciones, reseñas punteras en los lugares especializados, ediciones en tapa dura y bolsillo...

Dejó escapar un pequeño grito contenido, sonriendo en la oscuridad de la habitación, rota tan sólo por la refulgente luz de la pantalla. Luego se tiró sobre él y lo colmó a besos, mientras las lágrimas rodaban por sus mejillas. Rieron y comentaron de forma acalorada las posibilidades que se les abrían ahora; leyeron y releyeron el *e-mail* una y otra vez, y visitaron la web de la editorial para encontrar al señor Cormick, que resultó ser el director de la línea Phobos, dedicada a la narrativa de terror. Allí estaban todos los dinosaurios de la literatura contemporánea, grandes nombres que vendían cientos de miles de ejemplares. Se imaginaron su foto entre la lista de autores, y Rebecca bromeó sobre el hecho de que debía cortarse el pelo. Él dijo que su pelo le daba personalidad, aunque admitió que darle un poco de forma no estaría de más.

Al día siguiente hablaron por teléfono, y Johnnie fue instruido para viajar a Londres, con todos los gastos pagados, donde se celebró una reunión en la sede principal del grupo. Fueron días inolvidables. Rebecca se compró un vestido nuevo y él un traje, porque los viejos trajes denunciaban muy a las claras todo el peso que había ganado. Cenaron en un restaurante japonés y sus anfitriones comentaron la novela con verdadera admiración. Al señor Cormick le sorprendía descubrir que fuera su primera obra. Decía que el estado en el que la había entregado mostraba un grado de madurez inusual. Añadió que requeriría un trabajo mínimo de corrección, y que estaban interesados en lanzarla en unos pocos meses. Era perfecta como estaba, en definitiva, y aseguraba que el mercado estaba muy bien preparado para un argumento de ese tipo. En un momento dado, Cormick levantó su copa y le preguntó que dónde había estado toda su vida, y todos rieron. Johnnie se sintió subido en una nube, y en su mente, algo enturbiada por el alcohol, bailaban promesas de futuro.

3

El día de la puesta de largo llegó. Para entonces, las principales revistas literarias y las páginas web más importantes habían recibido sus ediciones especiales, y las reseñas fueron publicadas en los días previos a la gran presentación. Todas ellas entusiastas. Ernest Widford, uno de los gurús más considerados del mundo de la literatura, tildó a Johnnie de ser «la nueva y más fulgurante estrella de la bóveda celeste del terror», y escribió que consideraba *La puerta* como una de las mejores novelas de terror que había leído en mucho tiempo. Helen Path, de *Art Et Lettera*, dijo que había empezado a leer la obra sin muchos ánimos porque no era su género favorito, y no pudo dejarla hasta haberla terminado por completo, diez horas más tarde. Añadió que, por primera vez, estuvo veinte minutos al teléfono intentando que alguien de la editorial le proporcionara el contacto del autor, tales eran las ganas que sentía por comentar la obra. *The Little Library* le puso a la obra una nota imposible, once sobre diez, y el periódico *Ecco!* publicó un emocionado artículo donde aseguraban que no comprendían de qué oscura sima abisal se había sacado Nostromo a aquel autor desconocido que había concebido, con tanto acierto, una historia de terror como aquélla.

La presentación fue un éxito, pero aún lo fue más el *tour* de promoción por las principales ciudades inglesas. En la *Tower Records*, en Londres, se agotaron los trescientos cincuenta ejemplares que estaban a la venta, y Johnnie tuvo que prometer que volvería a la semana siguiente para firmar los ejemplares de todos aquellos que se habían quedado sin el libro. La distribuidora no daba abasto, los ejemplares se agotaban con una rapidez pasmosa y había que reponerlos cada poco tiempo. En dos semanas, *La puerta* había vendido veinte mil ejemplares, agotando por completo la primera edición.

Dos meses más tarde, las reseñas de *La puerta* se contaban por docenas, y a las seis y cuarto de la tarde, una pequeña tienda en Leeds vendía el último ejemplar de la segunda edición: sesenta mil ejemplares. A esas alturas, una chica joven con pelo anaranjado y un abrigo a juego lo detenía por la calle mirándolo con verdadera fascinación: quería saber si él era el auténtico Johnnie Balmori, el autor de *La puerta*. Johnnie respondió que sí, y se asombró al ver a una mujer tan hermosa balbucear ante su presencia, pasmada por tener delante «a su autor favorito». Era la primera vez que lo paraban por la calle, fuera del contexto de firmas y presentaciones. Sintió que un enjambre de mariposas revoleteaba por su estómago, pero consiguió firmarle un autógrafo y la chica se alejó contenta con su pequeño trofeo.

Al llegar el tercer mes, recibió un correo con el estado de cuentas de la editorial, informándole de los beneficios obtenidos por las ventas. Era una bonita cifra, un poco más de ciento treinta y seis mil libras. Rebecca se quedó mirando el estado de cuentas con un nudo en la garganta; no hacía más que preguntar si la cifra era correcta, o era el total sobre el que debían calcular su porcentaje.

—Se han vendido ochenta mil ejemplares, cariño —explicó él—. Si nos llevamos una libra con veinte por cada libro vendido, la cifra es contundente.

—¡Coño! —exclamó Rebecca, y Johnnie rio de buena gana, contagiado por los ojos brillantes de ella. Estaban llenos de ilusión. No era usual verla soltando palabras malsonantes, pero supuso que estaba más que justificado.

Aquella noche planearon salir a celebrarlo, pero Johnnie descubrió con disgusto que el traje que se había comprado para la firma del contrato en Londres le quedaba bastante apretado. Tuvo que hacer verdaderos esfuerzos para abrocharse el pantalón, y resultaba del todo imposible conseguir cerrar la chaqueta.

—Quizá deberías pensar en una dieta, señor escritor —sugirió ella—. A menos que te hayas propuesto ser el nuevo Matthew Martin.

Él estaba frente al espejo, desnudo, observando la prominente panza que empezaba a colgar sobre el pubis. En la espalda, la columna vertebral formaba un cráter, hundida entre unos abultados lumbares. Su cara se había deformado por mor de una generosa papada, y las mejillas le abultaban como si tuviera algodones en los carrillos. El cambio había sido tan progresivo y rápido que no se había dado cuenta hasta ese momento, pero ahora apenas reconocía la figura que le devolvía el espejo. Estaba realmente orondo.

—Quizá sí —contestó con visible pesadumbre.

Al final del siguiente mes volvió a llegar un nuevo estado de cuentas, esta vez de cincuenta y cuatro mil libras adicionales. Rebecca estaba entusiasmada, y mientras Johnnie asistía a unas jornadas en North Hampton organizadas por miembros de una asociación de escritores de terror, ella se fue a ver a un agente inmobiliario.

Johnnie siempre había querido vivir en algún lugar apartado de la ciudad, rodeado de árboles y, a ser posible, junto a un lago. No había lagos en la ciudad en la que vivían, pero encontró una hermosa casa en una urbanización de alto *standing*, que era justo lo que él le describía tan a menudo en sus ensoñaciones, cuando jugaban a imaginar qué harían si les tocase la lotería. Tenía terraza delantera y trasera, un pequeño jardín inglés, una chimenea construida bajo un pilar central de ladrillo visto, una cocina enorme y varios dormitorios; porque si el sueño de su marido era una casa grande y aislada, el de ella era tener una familia, y las condiciones para ello nunca habían sido más propicias: ella se servía de un ordenador y una conexión a internet para su trabajo (rara vez tenía que acudir a la oficina para asistir a alguna reunión) y Johnnie trabajaría en casa todo el día, escribiendo más novelas. Los niños podrían jugar entonces en el jardín, sin echar de menos a unos padres que se van por la mañana temprano y vuelven tarde por la noche, después del trabajo.

Aquella noche, Rebecca le enseñó a Johnnie la ficha con los detalles de la propiedad, y él se quedó embelesado mirando las fotografías. Era como si alguien hubiera tomado instantáneas de lo que siempre había imaginado para ambos. Riendo como colegiales, buscaron la ubicación en Google Maps y se maravillaron imaginándose recorriendo todos aquellos caminos que atravesaban una extensa campiña llena de árboles. A un kilómetro de distancia, hacia el nordeste, parecía haber un riachuelo que bajaba serpenteando por una cañada cuajada de juncos, y por el lado contrario, uno de los caminos subía sinuoso reptando por la falda de una montaña. Recorrieron todos los senderos con ojos llenos de sueños, y decidieron que si las ventas continuaban manteniéndose unos cuantos meses más, se embarcarían en la compra de la casa. Tendrían bastante para pagar más de la mitad del importe, y el resto podría financiarse con una hipoteca.

Aquella noche hicieron el amor, y Rebecca se quedó dormida pensando que su pecho podía explotar de felicidad en cualquier momento.

4

Al día siguiente, como si un augurio divino los estuviera iluminando, Johnnie recibió una llamada de Cormick.

—¡Buenos días, Johnnie! —saludó al otro lado del teléfono. Cormick tenía la facultad de sonar siempre como si estuviera empezando unas largas y fantásticas vacaciones.

—Buenos días, Jules —exclamó, afable.

—Escucha, tengo excelentes noticias para vosotros.

—¿De qué se trata?

—¡Tenemos luz verde para la versión americana! —soltó Jules. Aunque no lo tenía delante, Johnnie pudo imaginarlo sentado a la mesa de su escritorio, vistiendo con notable pulcritud una chaqueta oscura y una impecable camisa blanca.

—En... ¿en serio? —dijo Johnnie—. Eso... ¡eso es fantástico!

—Vaya si lo es, amigo. América y Australia; imagínate cuánta gente va a leer tu libro.

—¡Uau! —soltó Johnnie, con la cabeza dando vueltas ante las proporciones del mercado que se le abría—. ¿Quieres que vayamos allí para firmar algo?

Al otro lado de la línea, Jules rio.

—Aunque nos encanta verte por aquí, no tienes que hacerlo. Tu contrato actual cubre la distribución en todos los países en todos los idiomas. Tú asegúrate de que tu cuenta bancaria permite un montón de dígitos y nosotros haremos el resto.

Johnnie rio.

—Y eso me lleva a otra cosa, que es el verdadero motivo de mi llamada —dijo Jules.

—Dime...

—Me imagino que, después del éxito que estás teniendo, estarás escribiendo otro libro...

Johnnie parpadeó. Había estado tan ocupado viendo las reacciones de las críticas por internet y yendo de un lado a otro, que ni siquiera se había parado a pensar que quizá sería hora de escribir una segunda novela. Habían pasado tres meses ya, pero de alguna forma el tiempo había volado. Se sintió un poco extraño por no poder contestar de forma positiva, como si hubiera estado perdiendo el tiempo.

—Bueno, tengo algunas ideas. Aún les estoy dando vueltas.

—¡Estupendo! Ya lo imaginábamos —dijo Cormick—. Siempre al pie del cañón, como debe ser.

Johnnie no contestó, pero cambiaba el peso del cuerpo de una pierna a otra, nervioso por su pequeña mentira.

—Escucha, ya sabes que estamos encantados contigo, Johnnie. Estaríamos locos si te dejásemos escapar, así que hemos estado hablando estos días y queremos ofrecerte un adelanto por un segundo contrato por tu nueva novela. No es un adelanto de ventas, es una cantidad adicional por tu compromiso de que publicarás con nosotros.

Johnnie dijo algo, pero ni siquiera él mismo fue consciente de su respuesta. Tampoco había pensado en eso. Imaginó que era probable que ahora recibiera ofertas de editoriales internacionales aún más grandes, si es que las había.

—¿Qué tal te suena, Johnnie? —le preguntó Cormick.

—Suena muy bien, Jules. Muy bien... —admitió él. La casa que habían estado mirando revoloteaba en su cabeza. Sabía que aún era pronto, pero no pudo evitar imaginarse metiendo su vida en cajas de embalaje y llevándoselas allí.

—Escucha, no tienes que decidirlo ahora. Háblalo con Rebecca. Pero no vamos a engañarte: te harán otras ofertas. Es más, me extrañaría que no lo hubieran hecho ya...

—No, no. Ninguna oferta —le aseguró Johnnie.

—De acuerdo. De todos modos, te digo esto porque vamos a ser justos contigo, y nuestra oferta será tan buena como la de cualquier otro. Queremos trabajar contigo, y que ganes todo el dinero que te mereces, porque así seguiremos juntos en el futuro, ¿entiendes?

—Sí.

—¿Quieres que te diga la cifra que hemos barajado para que puedas hablarlo con tu mujer?

Johnnie tragó saliva antes de contestar.

—Sí, por favor...

Cormick dejó transcurrir unos instantes antes de soltar la cifra por la línea del móvil.

—Doscientas mil libras.

La cifra se dibujó en la mente del escritor con un fastuoso relieve, ominosa y recubierta de brillos metálicos. Doscientas mil libras era la mitad de lo que costaba la casa. Si a eso le sumaban lo que ya habían ganado, tendrían la casa pagada casi en su totalidad.

—Doscientas mil libras... —repitió Johnnie. Las palabras sonaban extrañas en su boca. Había estado los últimos años en el paro y vivían de lo que ganaba Rebecca como consultora informática, lo que daba para vivir y pagar las facturas, pero nada más. Los seis dígitos de la cifra le estaban produciendo una sensación de mareo, y tuvo que sentarse en una silla para no caerse.

—Y eso no es todo, Johnnie —exclamó Cormick, ahora en un tono confidencial.

Johnnie esperó, aunque seguía manejando la magnitud de la cifra.

Era tan buena que cualquier otra cosa que añadiera al trato no contribuiría a que se sintiera mejor.

—Esa cifra no es un anticipo de ventas, es una especie de prima por firmar con nosotros, y esto es... Bueno, es bastante excepcional. Sin duda, debería insistir en lo mucho que queremos que estés con nosotros. Así que... además de esa cantidad, estamos dispuestos a darte un anticipo de ventas de trescientas mil libras adicionales. Eso son quinientas mil libras en total, doscientas limpias para tu bolsillo y trescientas de adelanto sobre ventas.

Johnnie se las arregló para contestar, aunque sentía una sensación de ahogo en el pecho.

—Eso... eso es fantástico, Jules...

—¿Te suena bien?

—Me suena maravillosamente bien.

—¡Perfecto! —respondió Cormick, recuperando su jovialidad—. Es una bonita cifra, Johnnie. Es casi tanto como lo que se le ofreció a Jerry Hall cuando se suponía que iba a hacer la historia de su vida con Mike Jagger. Pero escucha, háblalo con Rebecca y llámame cuando lo tengas claro. No hay excesiva prisa, pero estas cosas es mejor hacerlas cuanto antes, ¿entiendes?

—Lo entiendo.

—Muy bien. Podríamos tener los contratos listos este mismo lunes.

—Lo hablaremos durante el fin de semana, Jules. Y te llamaré, pero no creo que haya problemas.

—Maravilloso... Pero dime, ¿puedes adelantarme algo de la nueva novela? Te confieso que estamos deseando leer lo que estés cocinando ahora mismo, ¡desde luego que sí! —exclamó riendo.

Johnnie tensó de manera inconsciente los músculos de la barriga; éstos lucharon por maniobrar entre tanto cúmulo de grasa.

—Bueno, por ahora son sólo ideas generales... Aún... aún tengo que ponerlas en orden.

Al otro lado de la línea, Cormick rio con ganas.

—¡Claro! No te preocupes. Todos los escritores sois iguales. ¡Me hago cargo! Ya hablaremos con tranquilidad. Tenemos un equipo al que puedes recurrir, si tienes dudas sobre el argumento. Hacemos estudios de mercado todo el tiempo, ¿sabes? Sobre... qué tipo de cosas estarán de moda dentro de un año, y cosas así. No dudes en decirme si quieres que esta gente se reúna contigo en algún momento, ¿de acuerdo?

—De acuerdo —asintió Johnnie.

Se despidieron brevemente y Johnnie colgó con la cabeza llena de las palabras de Cormick. Quinientas mil libras. No sólo tendrían suficiente para pagar la casa, sino para amueblarla como siempre soñaron. Estaba eufórico; se sentía como el rey Midas de la literatura de ficción contemporánea, y marcó el número de su mujer para darle la noticia.

5

El contrato se formalizó el martes siguiente, y el dinero fue ingresado en su cuenta con un talón conformado, que fue entregado ante notario en el momento mismo de la firma. Apenas una semana después, se encontraban en el jardín delantero de su nueva casa, cogidos de la mano, con el corazón lleno de futuro.

La puerta seguía vendiéndose, y en los foros de literatura de internet los fans se preguntaban qué escribiría Johnnie Balmori después.

6

Después de la cena, Rebecca cerró todas las ventanas. La noche había refrescado bastante y se había quedado destemplada sentada en el sofá del salón. El invierno corría veloz a su encuentro.

Johnnie estaba sentado frente a su viejo portátil, pero a juzgar por el ritmo con el que tecleaba, no parecía estar escribiendo nada nuevo. Miraba la pantalla con aire ausente, ratón en mano, recorriendo cientos de webs de todo tipo. A decir verdad, Rebecca empezaba a preocuparse un poco por el desarrollo de la nueva novela. Hacía ya tres meses que habían firmado el adelanto y Johnnie apenas había escrito unas cuantas páginas. Cuando escribió *La puerta*, los capítulos salían de su ordenador cada semana, y la casa estaba llena de páginas sobre las que hacía multitud de anotaciones, tachaduras y correcciones. A veces las encontraba en el baño, o en la mesa de la cocina, y la mayor parte de las veces, en la papelera. Pero avanzaba; por aquel entonces, de algún modo, avanzaba.

Ahora ni siquiera tenía claro cuál era el argumento general. La editorial le sugirió que continuara por la línea del terror, ya que en ese sector del mercado se había consolidado como uno de los mejores talentos del panorama actual. Sin embargo, cuando Rebecca le preguntaba abiertamente, él intentaba esquivar la pregunta con cualquier otro tema, que casi siempre era alguna referencia a lo bien que estaba respondiendo el libro, o los comentarios positivos que *La puerta* había suscitado en algún foro.

Todavía había tiempo, se decía. El contrato estipulaba como fecha de entrega máxima un año y tres meses, y quedaba tanto para entonces que era normal que se tomase un respiro. Necesitaba oxigenar la mente, dejarla en barbecho un tiempo para que fuera capaz de albergar la simiente de la nueva obra. Al fin y al cabo, escribir era una tarea prodigiosamente creativa, y Johnnie necesitaba encontrar su propio ritmo. Sabía que cuando por fin encontrase la veta, no pararía hasta excavar la montaña entera.

7

Pasaron los días y Johnnie era reclamado para asistir a entrevistas para diversos medios, incluyendo programas de radio. Había perdido ya veinte kilos y recuperado parte de su aspecto saludable, pero a medida que el tiempo pasaba haciendo desfilar días de sol y también de aciaga oscuridad punteados con lluvias eventuales, él pareció sumirse en profundos periodos de letargo delante de la pantalla.

Una noche, tras acabar un informe sobre técnicas de optimización de páginas web, Rebecca preparó un par de tazas de té y se sentó a su lado. Él se revolvió, incómodo, en su silla. Ella sabía que Johnnie prefería trabajar con cierto espacio vital, pero necesitaba saber cómo estaban las cosas.

—¿Cómo vas, tesoro? —preguntó, sorbiendo el té.

—Bueno. Bien —respondió, encogiéndose de hombros.

—¿Cómo llevas esa obra maestra?

—No va mal —contestó él, sin desviar la mirada de la pantalla. Ella la escudriñó con disimulo, pero lo que tenía allí parecía ser algún tipo de galería de arte de ilustraciones digitales de ciencia ficción. No había ni rastro del viejo procesador de textos que él utilizaba para escribir.

—¿Hay algo que pueda leer ya?

—Todavía no. Estoy dándole vueltas al argumento todavía.

—¡Vale! —exclamó ella. Pero él conocía la expresión que asomaba en su rostro demasiado bien, y supo entonces que se encontraba ya en pleno vuelo de reconocimiento, a gran altura, en modo espía. En sólo un par de semanas sus motores dejarían de ser silenciosos, y un mes más tarde comenzaría a lanzar paracaidistas por toda la base, desplegando complicados mecanismos de intromisión. Era lo mismo que pasó cuando perdió su anterior empleo y ella lo dejó hacer con la búsqueda de un nuevo trabajo. Después de tres meses, comenzó a preguntar: «¿Cómo vas, tesoro?», y él contestaba: «No va mal». Funcionó al menos las tres primeras veces. Pero sí que iba mal, y para cuando terminó el primer semestre desde que había empezado el paro, ella le programaba las citas con los departamentos de Recursos Humanos y ponía al día los currículos en unos preciosistas documentos que componía con el ordenador. Agradecía la ayuda, en cierto modo, pero no podía evitar sentirse como un títere. Un títere inútil.

Rebecca se levantó de la silla con su taza de té y una afectada sonrisa, y él la siguió con el rabillo del ojo hasta que regresó al sofá, donde retomó el libro que había estado leyendo.

Pero aquella temprana señal de alarma despertó un principio de inquietud en su interior. En realidad, ¿qué pasaba con él? Era cierto que habían estado muy ocupados con la mudanza y comprando muebles para la casa, y aunque distaba todavía mucho de estar perfecta, lo esencial estaba ya en su sitio. Sin embargo, en el último mes había tenido muchísimas oportunidades para deslizarse por el tobogán del proceso creativo. Las noches pasaban veloces, y los días se sucedían unos a otros sin que el documento con el primer borrador de la novela avanzara ni un ápice; el tobogán estaba lleno de resina, y los pantalones se le quedaban pegados apenas se sentaba en la parte más alta. Solía pensar mucho en posibles ideas mientras daba sus largos paseos, y Rebecca, de algún modo, pareció intuirlo, porque dejó de acompañarlo para que tuviera tiempo para pensar. Le daba espacio para que los engranajes giraran solos. Pero las ruedas daban vueltas en su mente sin encontrar resistencia, laxas, y en esas condiciones no podían producir ninguna idea brillante.

Era como si ya hubiera volcado todo lo que tenía dentro en la primera novela y no tuviera más que contar, y ese descubrimiento empezaba a preocuparlo un poco. A veces se sorprendía a sí mismo analizando casos de éxito de otros escritores. Libros que habían funcionado maravillosamente bien y en los que el argumento principal, reducido a su mínima expresión, sonaba casi infantil. *Christine*, de Stephen King, no era más que la loca historia de un coche poseído por un espíritu, y, sin embargo, el libro ya formaba parte del firmamento de estrellas de la literatura de terror. Lo mismo podía decirse de la mayor parte de sus libros. *Cujo* era la historia de un perro rabioso, y el monumental *It* no contaba más que las peripecias adolescentes de un grupo de niños americanos enfrentándose a un payaso multiforme. Y, sin embargo, todos habían funcionado, porque King era bueno contando historias. En el otro extremo de la balanza tenía a Michael Crichton. Su prosa no le entusiasmaba tanto como la de King, pero sus argumentos eran excepcionales. La historia de *Next* lo puso furioso, porque todos los antecedentes de la novela estaban ahí, a su alcance; elementos diseminados por otras historias y películas que el autor supo combinar y recuperar de una forma nueva pero que él no había sabido ver. De eso iba todo el asunto: de reutilizar el tejido creativo que la mente humana iba entrelazando con cada nueva aportación, darle un giro inesperado y relanzarlo como algo nuevo. Sonaba sencillo en la teoría, pero se veía incapaz de desarrollar su propio plan.

Con *La puerta* había sido más sencillo. Más natural. Había recuperado viejas experiencias de su adolescencia, cuando tonteaba con tablas ouija y sesiones de espiritismo, y las había desproporcionado, al menos en parte. La base de la historia giraba alrededor de la muerte de su hermana Ania. Ocurrió justo cuando las jornadas alrededor de la tabla se habían convertido en el pináculo de aquellos lejanos días. Ella tenía una facilidad extraordinaria para comunicarse con el Más Allá, si es que era el Más Allá lo que hacía que el pequeño vaso de café se desplazara con semejante velocidad. A veces se desplazaba tan rápido por la superficie de la tabla (a la que echaban polvos de talco para reducir la fricción) que en los giros cerrados perdían el contacto y el vaso se desplazaba solo.

Casi siempre hablaban con el mismo ente, que se denominaba a sí mismo *Mee-Hal*, aunque en ocasiones hablaban con algunos otros, más o menos cooperadores. Les contaban cosas de cómo era la vida en el otro mundo, y ellos transcribían fascinados sus mensajes, pacientemente deletreados con mil y un movimientos. A veces les revelaban cosas que sólo ellos conocían individualmente, lo que los fascinaba sobremanera. Después de que Ania muriera, tras una larga y extraña enfermedad, dejó el espiritismo por completo; una parte de él se preguntaba, con delirante preocupación, si la adicción en la que habían incurrido no tendría que ver con la muerte de su hermana.

Con los años, volvió a leer sobre el tema. Todavía le quedaba por saber con qué clase de entidades habían estado comunicándose durante semanas y meses. Una teoría apuntaba a que la tabla ouija era un canal para comunicar con el inconsciente de las personas implicadas, de forma que se creara una especie de mente colmena, y a Johnnie le pareció suficientemente convincente. Terminó por apartar ese episodio de su vida, y después de un tiempo, lo había olvidado casi por completo.

Sin embargo, de una forma u otra, todas aquellas experiencias habían hecho germinar el embrión de *La puerta*, y ahora que lo había soltado, que lo había soltado todo, no estaba seguro de que le quedara nada que excavar.

8

El inesperado y alucinante éxito internacional de *La puerta* tuvo repercusiones que nadie en todo el Grupo Nostromo pudo siquiera vaticinar: el resurgir del interés por el mundo paranormal, las sesiones espiritistas, y los contactos, por diferentes medios, con el Más Allá. Las revistas especializadas quintuplicaron sus ventas, en las redes sociales se colgaban fotos y se relataban experiencias personales, y una avispada empresa suiza compró los derechos sobre la marca comercial de *La puerta* para fabricar tableros ouija oficiales. Se vendían en cantidades industriales no sólo en almacenes asiáticos, papelerías y librerías de todo el país, sino en los lugares más insospechados. Se vendían velas espiritistas, manteles, amuletos de protección, libros decorados con símbolos sánscritos donde se recogían descabellados mantras para recitar antes y después de la sesión, y todo tipo de artefactos y cacharrería variada. Surgieron asociaciones más o menos profesionales de investigación paranormal, y YouTube se colmó de vídeos de gente que grababa sus sesiones, tal y como se describía en los libros, con resultados cada vez más impactantes. Los telediarios hablaban del fenómeno espiritista, los expertos alertaban sobre los peligros de jugar con energías y fuerzas misteriosas, y los psicólogos y científicos se llenaban la boca de palabrería intentando dar una explicación cabal al fenómeno sin que nadie les hiciera caso.

Johnnie fue invitado a varios programas para hablar sobre su experiencia en el campo de lo paranormal, pero Cormick le recomendó que rechazara esas invitaciones.

—Tú y yo sabemos que todo es ficción —decía—, pero esa gente piensa que les has entregado una especie de llave para una puerta inexistente que está en sus mentes. Si sales ahí y les dices que te lo inventaste todo, se sentirán decepcionados. Más que eso, se sentirán idiotas. Y la moda pasará, y con ella, las ventas.

—No me lo inventé todo, exactamente —repuso Johnnie.

—Tanto mejor. Déjalos sin saber qué partes tienen su enjundia y cuáles han salido de tu mente. Hay que mantener el encanto, Johnnie. La magia. La magia vende.

«La magia vende», pensó Johnnie mientras colgaba.

Pero por la noche, cuando miraba la televisión, vio un caso en el telediario en el que dos jóvenes que practicaban espiritismo habían entrado en una crisis de ansiedad profunda, y la portada de su libro apareció en primer término junto a su nombre y su foto, una imagen de archivo que se utilizaba en los carteles promocionales. JOHNNIE BALMORI, rezaba el rótulo, AUTOR INTERNACIONAL. Entonces se encogió sobre sí mismo, profundamente horrorizado, y se preguntó si la cosa no se le estaba yendo de las manos; y no sólo a él, sino a todos.

Pero no hizo nada.

«La magia —había dicho Cormick—, la magia vende.»

III

Elvenbane

1

Elvenbane Lake era, en opinión de cualquiera, un lugar idílico para vivir. Resultaba sencillo dejarse cautivar por sus atardeceres dorados, preñados de la frescura queda y embriagadora del lago alrededor del cual se levantaba el pueblo. La vegetación era generosa, y se encaramaba a las fachadas y a los techos de las casitas, haciendo que de ellos colgaran jazmines y enredaderas colmadas de flores, creando toda suerte de rincones acogedores, más mediterráneos que británicos. Las calles, por ejemplo, por lo general estrechas y empedradas, se esforzaban por luchar contra los esquemas lineales y discurrían describiendo giros inesperados, o fluyendo alrededor de un árbol milenario que había sido respetado durante su construcción. Cada casa era única, vestida por lo general con maderas oscuras y muros de ladrillo visto o de piedra, impredecibles en su desarrollo, como si hubieran sido improvisadas sobre la marcha, y asimétricas en su concepción. No en vano Elvenbane fue construido a principios de los setenta por un grupo de artistas, la mayoría venidos del norte de Europa, a principios de los setenta. Cada uno construyó su casa con un criterio estético exquisito, buscando producir sensaciones visuales y anímicas. Las calles podían recorrerse en un sentido y luego en otro y parecer lugares diferentes. Esas características únicas, muchas veces incluso románticas, hacían que resultase demasiado sencillo enamorarse perdidamente del lugar, o más concretamente, de las sensaciones que producía.

La noche del veintinueve de octubre de aquel año, sin embargo, la armonía y la paz que Elvenbane despertaba entre todos los que paseaban por sus calles se congeló en el tiempo, se retrajo, y pareció retirarse a algún sumidero lúgubre y oscuro mientras Laureen y sus amigas disfrutaban de su noche de chicas.

O mejor dicho, debido a ello.

En esa época del año, el sol se ocultaba alrededor de las cinco y media de la tarde. Eran las seis menos cuarto y todo lo que quedaba del día era una película grisácea, prácticamente opaca, que parecía envolverlo todo. Esa pátina tan evidentemente otoñal tenía un claro efecto en Jenny, que miraba por la ventana sintiéndose algo melancólica.

—Emy me ha estado contando cosas —dijo de pronto.

Laureen, a quien todas llamaban simplemente Lol, dio una vuelta sobre la cama para mirarla. Chelsea, indolente y vestida con un pijama rosa, seguía tumbada a su lado, escribiendo frenéticamente en el móvil.

—¿Emy? —preguntó Lol—. ¿Qué tipo de cosas puede contar alguien como Emy?

—Cosas... raras —dijo Jenny, volviéndose para mirarla.

—¡Desde luego! Pero... ¿por qué hablas con Emy, para empezar? Esa tía me da escalofríos.

—No sé. Las dos esperábamos a que nos recogieran después de clase. Era tarde, no había nadie más, y... se me ocurrió acercarme a ver qué pasaba por su cabeza.

Laureen soltó un bufido.

—¿Eso hiciste? Madre mía. No estoy segura de querer oírlo —exclamó, terminando de darse la vuelta para quedar tendida, mirando el techo—. No me gusta esa tía, de veras... Es... ¡es muy rara!

—No, estuvo... bien. Me contó cosas un poco flipantes.

—Vale, ¿qué tipo de cosas? —preguntó Lol después de unos segundos. Entonces reparó en su amiga, tendida a su lado, y extendió el brazo para darle un breve empujón en el hombro—. Chelsea, ¿quieres dejar el puñetero móvil? ¡En serio!

—Un segundo —contestó ésta, escribiendo con energía.

—Bueno —dijo Jenny—, le pregunté por qué vestía siempre así, tan... oscuro, y por qué usaba ese maquillaje blanco tan espantoso.

—¿En serio le preguntaste eso? —quiso saber Lol, dándose la vuelta con rapidez para mirarla con una expresión divertida—. ¿Le dijiste que parece una muerta? ¿Se lo dijiste?

Jenny arrugó la nariz.

—No es... En realidad no parece tan mala chica —exclamó de pronto, dubitativa.

Chelsea levantó la mirada del móvil, uniéndose a Lol en su expresión entre incrédula y divertida.

—Vale —exclamó Chelsea, dejando el móvil a un lado—. ¿Qué pasa aquí?

—Jenny se ha vuelto rara —soltó Lol, sacando la lengua hacia un lado y sonriendo con picardía.

—No tenía que haber dicho nada —protestó Jenny—. ¡Tampoco lo entenderíais!

Lol dejó escapar una pequeña exclamación que pretendía ser una risa, pero se detuvo a medio camino. De pronto, le pareció que su amiga estaba hablando en serio.

—Hey, vale —exclamó entonces—. ¿Qué te dijo Emy?

Jenny había vuelto a girarse para mirar por la ventana. Las farolas de la calle, que colgaban altas de las fachadas recorridas por balcones asimétricos, acababan de encenderse, y en el cielo, fuertemente contrastado, las nubes se apretujaban en una maraña algodonosa. Las hojas de las enredaderas y los arbustos se estremecían a ratos, entre ráfagas de un viento creciente.

Se frotó ambos brazos con las manos.

—¿Qué te contó, tía? —insistió Chelsea.

Jenny suspiró antes de responder.

—Me dijo que... que vestía así porque se siente... diferente. Es callada porque no consigue conectar con nadie.

—Vaya —exclamó Lol—. ¿En serio? Qué sobredosis de información.

—Dijo que... —añadió Jenny, como si no la hubiera escuchado—... que podía percibir cosas.

—¡Hostia! —exclamó Chelsea.

—¿Percibir cosas? ¿Qué cosas?

—Bueno, ella ve y oye «cosas».

Chelsea puso los ojos en blanco, sacudió la cabeza y recuperó su móvil.

—Uuuh —dijo, rebosante de ironía mientras deslizaba el dedo por la pantalla—. Yo percibo que mi whatsapp me reclama.

—¿Qué cosas, tía? —preguntó Lol.

—Bueno... —repuso Jenny—. Cosas. Voces, ya sabes, cosas de...

—No me jodas —susurró Lol. De pronto soltó una carcajada—. Voces de... ¿fantasmas? ¿Es eso? ¿En serio?

—Jolín —dijo Jenny—. ¿Cómo lo sabes?

Lol se revolvió sobre la cama.

—Parece un pollo, huele a pollo y sabe a pollo... ¿qué otra cosa puede ser?

Chelsea soltó una pequeña carcajada.

—No cuela tía —exclamó—. Emy va a todas partes con ese libro, *La puerta*, por eso lo sabe.

—¿En serio?

—A mí esas cosas me dan miedo —comentó Chelsea. Acababa de hacerse una foto con el móvil y estaba subiéndola a su cuenta de Instagram.

—Qué flipada —dijo Lol, ahora pensativa—. Así que la pirada de Emy dice que ve y oye fantasmas. ¡Qué más quisiera ésa! Debe de haberse leído el libro como diez millones de veces. Colgada estúpida... ¿Qué te dijo? ¿Qué tipo de cosas oye?

—Bueno... —respondió Jenny—. Me contó algunas cosas sobre... familiares muertos que la tocan y hablan con ella por las noches. Dijo que a través de los sueños conecta con ellos. Que le hablan. Que puede sentirlos, a su alrededor, a nuestro alrededor, por todas partes.

—¡La leche! —exclamó Chelsea sin apartar la mirada de su móvil—. La tocan de noche. Alucino. De verdad.

Lol tenía la mirada fija en su amiga, un runrún mental en su pequeña cabeza adolescente.

—¿Ha hecho ouija alguna vez? Como se describe en el libro, quiero decir —preguntó al fin, desafiante. Estaba captando cierta fascinación en su amiga, como si algo ajeno y distante tirase de ella y la alejase de su atracción, y eso no le gustaba. Lol quería que Jenny estuviese cerca, y más aún: la quería concentrada en ella. Era la única manera que conocía de sentirse especial a través de su amistad, que era, en esencia, genuinamente buena y pura. Así la percibía, y así era. Jenny no era solamente una buena amiga; era, además, demasiado buena para ella. En las raras ocasiones en las que su monumental ego conseguía callarse unos instantes, Lol sentía ese hecho inequívoco como cierto, y eso la sacaba de sus casillas. Entonces se rebelaba, creciéndose de manera ficticia y superficial y comportándose de forma altanera y orgullosa, como la pataleta de un bebé.

—Bueno —comentó Jenny, ahora bajando el tono—. De hecho hablamos un poco sobre eso. Dijo que lo hizo una vez, pero que... no fue demasiado bien.

—Es una cagada —soltó Lol—. Apuesto a que yo he hecho ouija muchas más veces que ella.

Jenny la miró con paciencia. Era la clásica respuesta de Lol. Si había algo interesante que hacer en el mundo, Lol lo había hecho ya. Dos veces, más rápido y mejor. Pero Jenny tenía sus propias percepciones, y cuando habló con Emy sintió veracidad en sus palabras. Hablaba suave y despacio, y no había tratado de convencerla en absoluto, simplemente contaba las cosas tal y como las sentía. Lol, en cambio, se manejaba de manera muy diferente. Era desafiante, como si viviese en una competición constante. Jenny sentía que Lol tenía tanto que ver con el mundo espiritual como su padre con el mundo de la moda femenina. Una frase que había oído una vez en una película le vino a la cabeza como un mazazo: «Las cosas bonitas no buscan llamar la atención».

—Dijo que es muy peligroso —susurró Jenny.

—Hagámoslo —soltó Lol de repente.

—Llevo queriendo hacerlo desde principio de curso —comentó Chelsea, con el rostro iluminado por la pantalla de su móvil—. Con Tom Hiddleton, por ejemplo. Le daría cabecero hasta que vaya a la universidad.

—Calla ya, idiota —exclamó Lol sin dejar de mirar a Jenny. Sabía que Chelsea haría cualquier cosa que ella y Jenny decidiesen. El problema era Jenny. Si Emy había dicho que hacer la ouija era peligroso, entonces tenía que conseguir que hicieran precisamente eso. Sería una forma de restar poder a aquella idiota—. ¿Qué dices, Jenny? ¿Te da miedo?

Jenny se encogió de hombros.

—No lo sé. Me parece que... podría haber algo.

—¿Algo como qué?

—Creo que... podría ser peligroso de veras. Lo dicen en la tele, que no se debería tomar a la ligera. Hay gente que se está quedando muy tocada. O sea, la ouija funciona, sobre todo si... si se hace como dice el libro.

Lol soltó una carcajada.

—Vamos a ver, ¿a esa tía rara de Emy le chorrea esquizofrenia por las orejas y a ti te entra cagalera?

—No es...

Chelsea rompió a reír. Cuando soltaba una carcajada como aquélla, era como el aullido de una especie de lobo. La risa era, cuando menos, contagiosa, y Lol se apresuró a unirse a ese brote repentino de carcajadas para reforzar su plan de recuperar a Jenny.

Ésta se encogió de hombros.

—No me da miedo —dijo, ahora a la defensiva—. Es sólo que...

—¡Venga, vamos a hacerlo!

—¡A follar! —bramó Chelsea, aullando como una loca.

—¡Calla, imbécil! —soltó Lol, riendo ahora con más ganas.

Jenny no pudo resistirse. Las risas eran definitivamente contagiosas y acabó accediendo, aunque sólo fuera por prolongar ese momento.

Unos instantes más tarde habían escrito letras en un folio y recortado cuadrados que habían dispuesto alrededor del tablero del Monopoly. Lol dijo que los dibujos podían confundir a los fantasmas, así que le dieron la vuelta al tablero. Un pequeño vaso de vino, con los bordes lo suficientemente redondeados como para permitir el deslizamiento, fue colocado en el centro. Tres trozos de papel más grandes contenían las palabras SÍ, NO y ADIÓS. Por último, copiaron los diseños runa que aparecían impresos en el libro en las esquinas del tablero: cuatro sellos, cuatro dibujos que supuestamente potenciaban la comunicación.

—Qué paranoia, tía —opinó Chelsea—. Si que os ha dado fuerte.

—Cállate —dijo Lol—. He hecho esto muchas veces.

—¿En serio? —preguntó su amiga—. Pero ¿así, como dice el libro?

—Muchas más veces que esa momia, te lo aseguro.

—No me gustan esos símbolos —susurró Jenny, pero nadie pareció escucharla.

—¿Y nunca ha pasado nada? —quiso saber Chelsea.

—Esto va de fortaleza mental. Si eres fuerte, no pasa nada. ¿Eres bastante fuerte, Jenny? —preguntó.

Jenny no respondió.

—¿Y qué se hace? ¿No deberíamos encender velas? Creo que en el libro se encienden velas.

Lol inclinó la cabeza.

—Las velas están bien —dijo—. Velas negras. Pero no tenemos, así que...

—¡¿Velas negras?! ¡Qué chungo!

—Y una de nosotras debería desnudarse para que el espíritu pueda tocarla.

Chelsea le dirigió una mirada perpleja.

—¿Qué?

Lol soltó una carcajada.

—Era broma, imbécil —respondió—. Venga, vamos a empezar. Poned los dedos sobre el vaso. Si descubro que alguien hace trampa y mueve el vaso, yo misma lo llenaré de meado y se lo haré beber.

—Meado. ¡Qué malota! —bromeó Chelsea.

Las chicas pusieron el dedo en el vaso, y en ese mismo instante Jenny soltó un largo suspiro. En realidad, no le gustaba la situación en absoluto: extender y colocar el dedo sobre el vaso no había hecho que se sintiera mejor, pero era como ajustarse el cinturón de seguridad de una montaña rusa para la que ha hecho cola durante horas. Las cosas habían ido demasiado lejos como para empezar a protestar. Al fin y al cabo, sabía demasiado bien que Lol la haría objeto de sus bromas durante semanas, sino meses, así que se dejó llevar.

—Vale —dijo Lol, interrumpiendo su línea de pensamientos—. Voy a empezar.

Se produjo un silencio. Lol tenía los ojos cerrados, como si se concentrara. Jenny sabía que se trataba de una mera maniobra teatral, parte de un juego, y eso, más que molestarla, consiguió relajarla. Laureen, se dijo, era demasiado frívola como para que aquella pantomima llegase a alguna parte. Seguramente, haría alguna broma en mitad de la sesión, gritaría o se haría la poseída mientras daba tumbos en la cama; casi podía imaginarla diciendo que el espíritu de James Dean quería poseerla, y luego ella y Chelsea se reirían desaforadamente encima de las letras recortadas dando por terminado el juego.

Entonces, Lol empezó a hablar.

—Si hay algún espíritu por aquí cerca, por favor, que se manifieste moviendo el vaso hacia el SÍ.

Esperaron. La habitación, decorada con pósteres de ilustraciones de fantasía medieval, estaba en penumbra con la luz anaranjada de la mesita de noche arrojando sombras que se contrastaban contra los rostros de las chicas.

Lol repitió su llamada todavía un par de veces.

—Si hay algún espíritu por aquí cerca... que se manifieste moviendo el vaso hacia el SÍ.

Los dedos extendidos acariciaban la superficie del vaso, rozándolo apenas con la punta.

Chelsea parecía a punto de decir algo cuando el vaso empezó a deslizarse suavemente, desplazándose sin ruido sobre la superficie del tablero.

Chelsea miró con suspicacia a las chicas. No dijo nada, pero su expresión divertida decía claramente: «Tías, estáis moviendo el puñetero vaso, ¿no, cabronas?».

Lol miraba el vaso con perplejidad. Estaba describiendo una lenta y lánguida trayectoria hacia el SÍ. Y cuando estaba bastante cerca, se detuvo.

Las tres amigas se miraron.

—¿Ya está? —preguntó Chelsea con una voz susurrante.

—Ajá —asintió Lol—. Ya está. Estamos conectados.

—¿Y ahora qué, tía?

—¿Queréis preguntar algo?

Jenny negó rápidamente con la cabeza.

—¡Pregunta si le gusto a Alan! —soltó Chelsea, riendo entre dientes.

—¡No seas idiota! —susurró Lol. Luego se quedó pensativa un rato—. Vale. De acuerdo. Dime, espíritu, ¿desde cuándo estás muerto?

El vaso permaneció inmóvil un par de segundos. Luego realizó un movimiento lateral tan inesperado como decidido y se apresuró a dirigirse hacia el NO. Tocó suavemente el borde del papel y se detuvo.

—¿No? —graznó Chelsea—. ¿Qué quiere decir?

—Que no —dijo Lol—. ¿No estás muerto?

El vaso describió un semicírculo para luego volver, por la vía más rápida, hacia el NO.

—No lo entiendo —dijo Chelsea.

Jenny miraba la escena sin decir nada. Había una suerte de fascinación hipnótica en la manera en la que el vaso se movía. Ese último movimiento lo había realizado de una manera tan fulminante y enérgica que el dedo de Chelsea había perdido contacto con él por unos breves instantes. Eso la dejaba fuera de la cuestión fraude. Puesto que sabía, por descontado, que ella no estaba forzando el movimiento en medida alguna, sólo quedaba Lol como duda razonable.

—No está muerto —dijo Lol—. ¡Qué flipe!

—Si no está muerto, ¿quién es? —preguntó Chelsea.

—Qué es... —exclamó Jenny de pronto.

El vaso inició un periplo a través del tablero, describiendo un círculo perfecto y pasando por debajo de las letras. Cuando hubo hecho ese movimiento por tercera vez, Lol arrugó la nariz.

—¿Qué eres? —preguntó.

El vaso continuó su movimiento sin detenerse.

—¿Qué pasa, tía? —susurró Chelsea.

—A lo mejor... Creo que son las letras —opinó Lol—. Son unas letras de mierda, tía. Deberíamos dibujar un tablero mejor.

—¿Y cómo? —preguntó Chelsea.

Lol levantó el dedo del vaso, que continuó su movimiento como si no pasara nada. En ese punto, Jenny sintió un ramalazo de miedo. Eso descartaba a Lol como autora de un posible fraude y revelaba que el vaso se movía empujado por una fuerza desconocida.

De repente, sintió como si la temperatura de la habitación hubiera bajado varios grados.

Lol cogió el vaso y lo puso a un lado, para a continuación barrer todos los trozos de papel fuera de la superficie. Con el bolígrafo en la mano, empezó a dibujar las letras directamente sobre el tablero de juego.

—¡Tía! ¡Ése es mi Monopoly!

—Ahora es el Ouijapoly —soltó Lol mientras escribía, concentrada.

Chelsea se cruzó de brazos. Parecía mucho más niña de lo que era, con su pijama rosa y el pelo recogido con una cinta blanca.

—Listo —dijo Lol cuando hubo terminado. Había escrito también, en el centro del tablero, las palabras SÍ, NO y ADIÓS, y, por supuesto, los cuatro sellos laterales, cada uno en una esquina, ligeramente inclinados hacia el centro.

Luego colocó el vaso en mitad del tablero y puso el dedo encima.

—¡Va, va, va! —dijo, visiblemente excitada.

Jenny y Chelsea la imitaron.

—¿Estás todavía con nosotras? —preguntó entonces.

El vaso permaneció inmóvil.

—¿Se ha ido? —preguntó Chelsea.

—Mierda —exclamó Jenny—. Esto no se hace así. Teníamos que haberlo despedido.

—¿Qué?

—No se ha ido —replicó Laureen, seca—. Por eso no lo hemos despedido.

Jenny quiso añadir algo, pero no lo hizo. Daba igual lo que pensase sobre el asunto; Lol era la ejecutora y estaba demasiado emocionada con el juego como para que escuchase lo que tenía que decir, pero estaba segura de haber leído en alguna parte que los espíritus tenían que despedirse después de una sesión o se corría el riesgo de dejarlos conectados a tus vidas. Estaba realmente segura: era la trampa mediante la cual les permitías entrar en tus vidas.

Se estremeció, aunque de una manera demasiado sutil como para que sus amigas lo advirtieran.

Miraron el vaso durante un rato todavía. Lol estaba a punto de repetir la llamada cuando, de pronto, otra vez con cierta lentitud, el vaso describió un suave movimiento hacia el SÍ.

Lol sonrió complacida.

—Hola de nuevo —dijo—. Di... ¿qué eres?

El vaso se dirigió hacia la «y» y luego hacia la «o».

YO.

Chelsea soltó una breve risa nerviosa.

—Qué cachondo —dijo, pero Jenny advirtió un deje de nerviosismo en su voz.

—¿Tienes un nombre por el que podamos llamarte? —preguntó Laureen.

El vaso se quedó inmóvil durante un par de segundos y luego empezó a acelerar hacia el NO.

—Vale —dijo Lol—. No estás muerto y no tienes nombre. ¿Qué eres, en realidad?

El vaso describió una palabra con movimientos precisos y rápidos.

T-O-D-O.

—¡Uau! —exclamó Lol—. ¡Esto es raro!

El vaso se movió hacia el SÍ.

Chelsea y Laureen soltaron una pequeña risa nerviosa. Jenny tenía sus propias sensaciones y estaba muy lejos de reírse.

—¿Quieres decirnos algo? —preguntó Lol entonces.

El vaso empezó a moverse de nuevo. A Jenny le pareció que cada vez lo hacía más rápidamente.

V-E-N-I-D.

Las tres amigas se miraron.

—Ni de coña —soltó Jenny.

—¿Qué pasa? —preguntó Lol.

—¿Ir a dónde?

—¿Cómo que vayamos? —preguntó Chelsea, inquieta—. Me he perdido.

—Quiere que vayamos —comentó Lol—. Que vayamos donde está él...

—¿Qué? ¿Estás flipada? —soltó Chelsea, retirando el dedo del vaso.

—¡No hagas eso! —exclamó Jenny—. ¡No puedes romper el círculo sin avisar!

—¿Cómo? ¿Qué círculo, tía? —preguntó Chelsea.

—¡Este círculo!

El vaso empezó a moverse otra vez.

T-O-D-O-S-S-O-M-O-S.

—¿Todos somos? —preguntó Lol, mareada de tanto deletrear y perseguir el movimiento del vaso.

—¿Qué está diciendo? —quiso saber Chelsea. Su expresión era tan perpleja como asustada—. Tías, ¿no estáis moviendo el vaso vosotras, no?, porque me está empezando a dar yuyu.

—No seas idiota —dijo Lol—. ¿Todos somos? ¿Qué quiere decir que todos somos?

T-O-D-O-S-V-E-N-I-D.

—¡Uau! —exclamó Chelsea.

—Chelsea, ¡pon el dedo en el vaso! —le ordenó Jenny.

—No quiero, tía... Me estoy acojonando de veras.

—¡Pon el dedo, lo despedimos, y ya está!

Lol seguía atenta a las palabras, deletreando a medida que el vaso las iba señalando.

N-I-D-V-E-N-I-D-A-L-A-F-U-E-N-T-E.

—¿Venid... a la fuente? —preguntó en voz baja, confusa.

—¡Chelsea! —sollozó Jenny.

T-O-D-O-S-U-N-O.

—¿Qué pasa? —preguntó Chelsea, encogida sobre sí misma—. ¡No voy a jugar más a eso! ¡No entiendo lo que dice y no me está gustando nada!

Pero Laureen, que se había sentado ahora sobre sus propias rodillas y se inclinaba sobre el tablero como si fuera un estanque en el que se reflejase, alzó la voz y gritó:

—¡ESTÁ BIEN, IREMOS, QUEREMOS IR!

Jenny se quedó paralizada. Chelsea se encogió aún más, como si le hubieran aplicado una pequeña descarga eléctrica. Lol miraba el tablero, expectante, y mientras lo hacía, el vaso dejó de moverse.

Se quedaron calladas unos instantes.

—¿Qué has hecho...? —susurró Jenny con un hilo de voz.

—¡Hala! —exclamó Laureen, con los ojos brillantes.

—¿Qué has hecho, Lol...?

—¿Qué ha pasado? —preguntó Chelsea, con la tez lívida como una pared encalada.

Jenny retiró el dedo lentamente, como con desgana. Realmente, todo había acabado; no había círculo que romper ni despedida que hacer.

—¡No! —pidió Lol—. ¡Espera, quiero seguir!

Jenny ni siquiera contestó.

—¿Por qué has dicho eso? —quiso saber Chelsea. Estaba perpleja y tenía la mirada clavada en su amiga.

—¿Qué? ¡Es sólo un juego! —protestó ésta.

—¡No lo es! —chilló Chelsea—. ¡Ha sido escalofriante! ¡El vaso se movía de verdad!

—Sí, ¿verdad? —exclamó Laureen, recuperando la sonrisa—. ¡Os dije que podía hacerlo mejor que esa tonta de Emy!

Jenny iba a decir algo, pero permaneció callada. Todas lo hicieron. En la habitación, los pósteres de fantasía bañados en penumbra parecían adquirir una dimensión nueva, más oscuros, lúgubres. Ni siquiera el pijama rosa de Chelsea parecía darle color a la escena.

—Hace como más frío... —dijo ésta.

Y era cierto. Lol estaba moviendo los dedos porque los tenía entumecidos, y era raro, porque la excitación siempre le provocaba pequeños ataques de calor. Jenny tenía los brazos cruzados sobre el pecho, con los hombros encogidos. Hacía frío, sí.

—Voy a... tener que irme —dijo Jenny.

—¿Qué? —se sorprendió Lol—. ¿Por qué?

—Porque... porque sí.

—¡Tía! —protestó Chelsea.

—En serio —dijo Jenny poniéndose de pie—. Esto ha sido una tontería. No deberíamos haberlo hecho.

—¡Es un juego! —insistió Lol.

—No lo es —susurró Jenny. Estaba mirando los cuatro símbolos laterales, los que el libro de Johnnie Balmori describía con tanta exactitud. Los trazos temblorosos de Lol parecían ahora un poco más gruesos, como si los hubiera recalcado con el rotulador no una sino varias veces.

«Pero no lo hizo —pensó—. Los dibujó una sola vez, así que, ¿por qué parecen TAN negros?»

Nada de lo que Laureen o Chelsea dijeron a partir de entonces pudo convencer a Jenny de quedarse. Lol se había puesto realmente pesada, y les puso su mejor cara de estar dolida, pero Jenny conocía demasiado bien todo su infantil chantaje emocional y no hizo ningún caso: por una vez, sabía lo que quería hacer y lo hizo, porque se sentía extraña, con una sensación apremiante de urgencia, de intranquilidad. Se sentía culpable no sólo por haberse dejado arrastrar a practicar aquel lo-que-fuese, sino, precisamente, por haber sido ella quien había sacado el tema.

Algunas cosas, había aprendido, no eran para compartirlas con Chelsea y Laureen.

Salió a la calle empedrada y las viejas enredaderas de los muros permanecieron inmóviles mientras sus pasos despertaban ecos en la calle vacía. Tan vacía. Tan oscura. Tan... fría. ¿Las farolas siempre habían alumbrado tan poco? Era, desde luego, la primera vez que Elvenbane se le antojaba lúgubre.

Lúgubre y frío.

2

Jenny hacía tiempo que se había marchado y la noche se hacía vieja. A decir verdad, la fiesta había decaído desde que la estúpida de Jenny había decidido marcharse a casa con papá y mamá. Era tan cobarde..., y a veces se ponía tan estúpida con según qué cosas que empezaba a preguntarse si no sería mejor dejarla ir con la metomentodo de Emy. Oh, esa tonta se las iba a pagar todas juntas. Cuando llegara el lunes... Bueno, cuando llegara el lunes, Jenny se iba a enterar de quién era Laureen Banyard.

Chelsea se había dormido. Lol había querido que repitieran la experiencia, pero Chelsea también había resultado una cobarde y había alegado tener sueño. ¿Sueño? ¡Y una mierda! No entendía cómo podía tener sueño; ¡era todo tan excitante! ¡Habían contactado con un espíritu o alguna otra maldita cosa, por todos los santos, como en el puñetero libro! Era como una central eléctrica en miniatura, impaciente y tan nerviosa que no podía dejar las manos quietas. Se había quedado sentada en la cama mientras Chelsea, abrazada a la almohada, se había hecho un ovillo y vuelto de costado para conciliar el sueño. Lol estaba enfurruñada, segura de que su amiga mentía; la había espiado, observándola durante un buen rato sólo para poner en evidencia esa mentira; sin embargo, a los pocos minutos, su amiga ronroneaba como un pequeño gatito.

Se había dormido de veras.

¡Dormido!

A la mierda.

Perdió la paciencia. En realidad estaba segura de que no necesitaba a ninguna de ellas para obtener resultados similares. Lo haría ella misma. Como en el libro. Exactamente como decía el libro.

Excitada y temblorosa de pura emoción, Lol colocó el tablero en el suelo y se sentó frente a él, con las piernas recogidas bajo su cuerpo. En sólo unos instantes, tenía el dedo sobre el vaso y pronunciaba las primeras palabras.

La respuesta no tardó en llegar.

L-O-L-C-A-R-I-Ñ-O-Q-U-I-E-R-E-S-S-E-R-P-O-P-U-L-A-R-D-E-C-O-J-O-N-E-S.

3

El sol hacía poco que había asomado por el horizonte, y los tímidos rayos empezaban a pintarrajear las calles de tonos dorados, naranjas y ocres, devolviendo la vida a las fuentes de piedra, a las plantas y jardines, húmedos de rocío. Las esquinas en sombra protestaban aún y trataban de resistirse como bastiones nocturnos; serían inevitablemente conquistados en pocas horas por la claridad. Las calles que Jenny había encontrado oscuras y aciagas empezaban a dejar de parecerlo.

Douglas Winters salió de su casa a las ocho y media, como cada día. Estaba jubilado desde hacía diez años, así que el hecho de que fuese sábado por la mañana significaba muy poco para su rutina. Caminaría por las calles entre Silhoutte y Green Leaf y se desviaría a la derecha al llegar a la plaza para dirigirse al café (el único que podía encontrarse abierto a esas horas) donde tomaría su desayuno acompañado de prensa gratuita. Le gustaba ese primer café en esas horas tempranas: el pueblo aún dormía los pequeños excesos del viernes noche.

Un coche circulaba despacio entre los edificios, avanzando por la callejuela hacia él. No hacía más ruido que el del roce de los neumáticos sobre las piedras.

—Perdone —dijo el conductor con un marcado acento del sur al pasar a su lado—. ¿Qué tienen para ver en este pueblo?

Douglas se rascó la cabeza.

—Vaya —exclamó—, en todos los años que llevo viviendo aquí nunca me habían hecho esa pregunta. Pues no lo sé. ¿Qué busca usted?

El conductor se quedó mirándolo como si le hubiera hablado en otro idioma. Douglas se fijó en su nariz aguileña y sus rasgos afilados. Casi parecía un buitre.

—No lo sé —dijo despacio—. Nada en concreto.

—Turismo sin rumbo, ¿eh? —apuntó Douglas.

—Eso creo. Esta mañana me he levantado con el nombre de este pueblo en la cabeza y me he dicho: ¿por qué no?

Douglas soltó una pequeña carcajada.

—¡Eso me gusta! —exclamó, risueño—. Hay que seguir el instinto. Bueno, supongo que podría conducir calle abajo hacia el puerto. Es una zona bonita. Hay un pequeño mercadillo, pero no abre hasta más tarde. Es un pueblo tranquilo, ¿sabe? No tenemos muchos turistas por aquí, y que me aspen si sé por qué. Diría que es uno de los pueblos más bonitos de la zona.

—Eso parece —dijo el conductor, forzando una pequeña sonrisa. Douglas se quedó mirándolo unos segundos, como si esperase que el turista fuese a añadir algo más, pero no parecía que eso fuera a pasar. De hecho, parecía confuso y perplejo, como si no tuviera ni puñetera idea de qué hacía allí. Su traje y su corbata, descuidadamente ajustada al cuello, parecían más propios de un lunes por la mañana que de un precioso sábado de ocio.

—Haga eso —dijo Douglas al fin—. Le gustará. Si decide quedarse a comer, hay un par de buenos restaurantes. Busque The Shrimp en la zona del mercadillo si todavía anda por allí, tienen buen pescado local.

—De acuerdo, ¡gracias!

Se despidió con un gesto vago.

Douglas miró cómo el coche se alejaba calle abajo, rodando despacio, como con prudencia. De repente se sintió aliviado. Joder, si hasta le había dado como una especie de escalofrío, una especie de frío cuando aquel hombre se marchó en su coche, con su traje y su aspecto de buitre. Curioso, pensó, pero continuó andando sin dedicarle ni un pensamiento más.

Al cabo de unos instantes, sin embargo, se encontró con una pareja joven que bajaba por la calle. Ella llevaba una cámara al cuello, pero pendía bamboleante como si se hubiera olvidado de ella. Él miraba las fachadas de las casas como si nunca hubiera visto una. Parecían hoscos y huraños, como si alguien los hubiera despertado demasiado pronto con alguna clase de emergencia y estuvieran enfurruñados.

Douglas frunció el entrecejo.

El hombre, que seguramente no había llegado a los treinta, lo saludó con un sencillo gesto de la mano.

—Perdone... —dijo—. Esto es Elvenbane, ¿verdad?

Douglas arrugó la nariz.

IV

Papel en blanco

1

Aquella mañana, Johnnie recibió una llamada en el móvil. En la pantalla aparecía un símbolo de una flecha en movimiento seguido de un nombre escrito en mayúsculas: JCORMICK. Sintió una súbita sensación de inquietud y se quedó mirando la pantalla, sin atreverse a aceptar la llamada.

En realidad, había estado esperando ese momento desde hacía tiempo, cuando parecía evidente que ya tendría que haber informado a su editorial de los nuevos planes para su novela, aunque fueran trazos genéricos sobre la trama. Nadie te entrega doscientas mil libras y espera pacientemente a que, un día, te descuelgues con alguna idea que podría ser de su gusto o no. Mientras firmaba el contrato, supo que las cosas iban a cambiar. Se acabó el escribir a su ritmo, como él entendiera que debía hacerse; ya no era una especie de *hobby* que podía convertirse en algo muy lucrativo, sino una responsabilidad, una relación proveedor-cliente, y el cliente llamaba a su puerta en esos momentos.

Por fin, con un pulgar tembloroso, aceptó la llamada.

—¡Johnnie! —exclamó Cormick al otro lado de la línea—. Ya pensaba que no iba a tener suerte en localizarte.

—Hola, Jules, buenos días —saludó Johnnie.

—¿Cómo vas, campeón?

Johnnie abrió la boca para decir algo, pero de repente la notó seca; las palabras de Cormick producían ecos en su mente. «¿Cómo vas, tesoro? Eh, tesoro, ¿cómo vas?»

—Bien —mintió—. Ahora mismo estaba escribiendo un poco.

Era una mentira a medias. Se había levantado a las ocho y cuarto después de una pesadilla que empezaba a ser recurrente, en la que él se enfrentaba a una multitudinaria presentación llena de focos y cámaras de televisión. Cormick estaba en lo alto de un púlpito y retiraba una cortina para revelar al mundo la portada de la nueva novela de Johnnie Balmori. Él recorría sus rostros llenos de maravillada expectación, sonrientes y con los ojos inundados de esa chispa especial que sólo los fans pueden tener; pero cuando la tela cayó tremolando a un lado, todo el mundo dejó escapar una expresión de decepción. La sala entera se contagió de un murmullo apagado que empezó a extenderse como las ondas en una charca. Sentado a su mesa de firmas, Johnnie miró la portada y descubrió con una intensa sensación de quemazón en el pecho que estaba totalmente en blanco. Un lienzo vacío. Cormick, vestido con su chaqueta negra y su pelo rubio, lo miraba con una expresión severa.

Ya no pudo dormirse de nuevo, así que dejó escapar media hora en la mesa de la cocina, sorbiendo distraídamente un poco de café, hasta que decidió tomarse el asunto con un poco de disciplina. Invirtió las dos horas siguientes en trabajar con el ordenador, que zumbaba en la quietud de la mañana con el procesador de textos en primer plano. Todo lo que escribía, sin embargo, era eliminado sin piedad un rato después, y para cuando el móvil sonó, la pantalla seguía tan vacía como cuando había empezado.

—¡Fantástico, Johnnie! ¿Sabes?, estamos deseando tener entre manos tu segunda novela. Nos gustaría mucho si pudieses adelantarnos algo... las líneas generales, alguna cosa que las chicas de las redes sociales puedan ir dejando caer, ya sabes.

Johnnie se pasó una mano por la cabeza, como peinándose el cabello con los dedos, de delante atrás. Ahí estaba.

—Ya sabemos cómo funcionan estas cosas. Probablemente, tengas sólo ideas sobre algunos capítulos, y habrá lagunas en el texto. Puede que falten escenas enteras que hayas dejado para más tarde. Y sabemos también que todo lo que nos mandes puede cambiar más adelante. Pero si pudieras hacernos llegar algo... todo el equipo se quedaría... encantado.

Johnnie detectó el cambio en la elección de la palabra. No se quedarían encantados. La palabra que pensaba utilizar y que decidió cambiar en el último momento era «tranquilo»: *Todo el equipo se quedaría muy tranquilo, Johnnie, porque, ¿sabes?, empezamos a estar preocupados. Muy preocupados, a decir verdad, por la posibilidad de haber pagado quinientas mil libras a alguien con la cabeza más seca que un bacalao.*

—Ya... lo entiendo... —balbuceó Johnnie.

—¿Crees que podrás hacernos llegar algo? —insistió Cormick.

—Sí, probablemente, sí... en cuanto termine de ajustar algunas cosas en las que estoy trabajando.

Las palabras habían salido de su boca como un torrente, sin pasar realmente por su cerebro. Se sorprendió a sí mismo de lo que había dicho. No tenía nada... pero lo cierto era que no deseaba enfrentarse a esa terrible verdad en ese momento, y decirle a Cormick que su mente era un desierto inhóspito y estéril. Quizá con esa presión adicional, si se esforzaba lo suficiente, podría conseguirlo. Quizá sí.

—¡Estupendo! —exclamó Cormick—. Tienes mi e-mail, házmelo llegar tan pronto como puedas, y te diremos algo.

—De acuerdo —asintió Johnnie, con una sonrisa ficticia estampada en la cara.

Después de la conversación, éste se obligó a sentarse delante del ordenador de nuevo. Aún faltaba una hora para que Rebecca volviese a casa, y pensaba aprovecharla. Las ideas que habían brotado en su cabeza, todavía débiles y delicadas como florecillas silvestres creciendo a través de un muro de cemento, incluían una radio maldita que sintonizaba mensajes de advertencia a la humanidad desde un mundo paralelo, una oscura trama de tráfico de órganos en un orfanato y una historia de canibalismo y supervivencia ambientada en Leningrado en plena segunda guerra mundial, donde los protagonistas no sólo tenían que resistir al cerco nazi, sino a la persecución implacable de otros hombres que ansiaban su carne para subsistir. Estuvo documentándose profusamente para intentar acometer esta última, pero descubrió que el trabajo era agotador. No contaba con los conocimientos adecuados para emprender una tarea de esas proporciones sin incurrir en graves imprecisiones históricas.

Miró la pantalla del ordenador. El procesador de textos parecía saludarlo, perfectamente inmaculado, y en cierto modo hostil, con el pequeño indicador «Página 1 de 1» en su parte inferior. Cuando Rebecca apareció por la puerta cargada con algunas bolsas de la compra, él continuaba sentado, ojeando un libro de Dickens, como si buscase inspiración en sus páginas.

La ayudó a vaciar el maletero, pero no mencionó la llamada de Cormick.

2

La noche siguiente, Johnnie tuvo otro sueño, esta vez extraordinariamente hermoso. Cuando despertó, no obstante, éste se había escapado irremediablemente, con esa capacidad que tienen los sueños de desvanecerse apenas uno abre los ojos. Cuando se metió en la ducha era ya apenas unos jirones confusos, y cuando quiso contárselo a su mujer durante el desayuno no recordaba apenas nada. Sin embargo, la sensación de bienestar perduraba, y mientras tomaba sus cien gramos de pan con aceite y su café con leche desnatada, sonreía vagamente.

Rebecca agradeció esa sonrisa velada; se lo tomó como un indicio de que en la mente de su marido empezaba de nuevo a surgir la prodigiosa Planta de las Ideas, que con el debido tiempo daría lugar a un fruto.

La conversación fue trivial y agradable, y cuando Rebecca se retiró a la terraza trasera a trabajar, Johnnie tuvo un atisbo de idea, surgida de su propia frustración por no poder recordar lo soñado. Se imaginó qué ocurriría si alguien inventase un método para extraer los sueños de las personas y desvelarlos en una pantalla convencional. Imaginó también una red de expertos en esa nueva ciencia, trabajando para intereses comerciales de grandes corporaciones, o quizá para fines gubernamentales secretos. Serían capaces de infiltrarse en los sueños y acceder así a todos los pensamientos, a todos los secretos y a todas las ideas, como pescadores que esperan pacientemente con sus cebos dispuestos y que extraen sus piezas una a una.

Emocionado, se sentó frente al teclado de su ordenador y empezó a garabatear sus elucubraciones apenas se formaban. Sabía que ahí había una historia, y las posibilidades eran realmente muchas. El mundo onírico siempre era fascinante; cambiante, deformable, y lo que era más conveniente: se construía en base a complejas representaciones del ego profundo, y por lo tanto, de miedos y traumas fuertemente enquistados en la personalidad de cada uno. En su historia, imaginaba a esos expertos enfrentándose a cada uno de estos demonios internos en entornos de pesadilla, dando lugar a situaciones que podría manejar a su antojo.

Una vez hubo ordenado todas sus ideas en una lista, se puso de pie y comenzó a dar vueltas por el salón, tal y como hacía cuando se encontraba inmerso trabajando en *La puerta*. Tenía algo entre manos, desde luego; sólo tenía que pulirlo y encontrar algunos elementos que añadir a la historia para hacerla interesante. Mientras desgastaba la alfombra con sus recorridos circulares, pensó en la gente con problemas mentales, en los alcohólicos que duermen atiborrados de sustancias que afectan al cerebro. O en los esquizofrénicos, sobre todo los latentes, los que aún no toman fármacos que anulan esos procesos mentales inusuales, y pensó que tenía que documentarse bien en la materia. Seguramente, sus sueños podrían constituir un serio problema para sus protagonistas.

Rebecca entró entonces en el salón y lo descubrió en plena actividad. Solía pasarse la mano por el pelo cuando estaba excitado, y dar vueltas por la casa como si llegara tarde a alguna parte, así que supo inmediatamente que, con seguridad, su marido andaba tras la pista de algo.

Sonriendo, y sin decir nada, regresó a la terraza trasera para no interrumpirlo.

3

Unos cuantos días después, en los que la lluvia y el frío fueron el factor predominante fuera de la casa, Johnnie contaba con unas buenas cuarenta páginas. Eran todavía muy preliminares, pero los personajes empezaban a cobrar vida y la misteriosa organización Sublime había empezado a tomar forma. La novela comenzaba con la descripción de una incursión en un sueño, dejando muy a las claras los peligros que esos actos de espionaje conllevaban. La acción era vertiginosa, la introducción a esa fascinante facultad procuraba un elemento novedoso, y la cadencia con la que los hechos se producían invitaba a pasar página tras página. Al final de la incursión, los protagonistas se enfrentaban a una versión deformada y terrible de ese monstruo que todos llevamos dentro, una versión reprimida de la maldad que subyacía en el interior de la víctima. Mirándolo en retrospectiva, Johnnie sonrió pensando que la psique humana era aún peor que el aterrador payaso Pennywise de Stephen King, capaz de cambiar su forma para ajustarse a las pesadillas de cada uno. Definitivamente, la base argumental tenía un potencial extraordinario: podría extraer algo único si manejaba bien sus cartas.

Sobre todo, estaba contento porque, por fin, podría adelantarle algo a Cormick, y aparentar que llevaba mucho más tiempo trabajando en la historia; podría decirle que tenía otras partes escritas, pero eran todavía bastante incoherentes con el principio de la novela y que resultaría contraproducente enseñarlas en su actual estado.

Esa noche, presentó las primeras páginas a Rebecca, debidamente impresas y acompañadas de una taza de té.

Ella experimentó un júbilo indescriptible al tomar entre sus manos aquel temprano esfuerzo. Era aún delicado como un brote joven, pero por fin se había iniciado el proceso: Johnnie estaba en marcha. Devoró las páginas como si fueran las Tablas de la Ley traídas del monte Sinaí, y cuando acabó, lo miró con ojos brillantes. Eran sensacionales..., planteaban una dimensión nueva en el tan traído tema de los mundos oníricos, así como *La puerta* había vuelto a poner de moda el mundo de los espíritus y el Más Allá, el nuevo libro podría despertar el interés de la gente por el mundo de los sueños. Johnnie era como un prodigioso compositor que sabía hacer una nueva versión de una vieja pieza convirtiéndola de nuevo en interesante y maravillosa. El protagonista, Dick Tempton, estaba construido con trazos magistrales, y Rebecca había simpatizado desde el principio con sus tribulaciones y dilemas morales. De haber tenido más páginas, le dijo, no habría podido parar de leerlas.

Contagiado de la emoción de su esposa, Johnnie le desveló los planes que tenía pensados para la trama general, haciendo grandes aspavientos con las manos y explicando, con todo el detalle que le era posible, sus ideas sobre la historia. Rebecca escuchaba con ojos enamorados, haciendo preguntas y dejándose llevar por el nuevo y fascinante mundo que su marido estaba tejiendo poco a poco.

Cuando terminaron, Johnnie escribió un correo electrónico a Jules M. Cormick. Allí describió brevemente sus ideas sobre la historia y adjuntó también el documento con las primeras páginas. Después, salieron a la terraza, donde la luna llena teñía de plata los campos de alrededor, y aunque no dijeron nada, se sintieron otra vez unidos.

4

Al atardecer del día siguiente, el móvil de Johnnie empezó a sonar de nuevo. El escritor había estado esperando la llamada todo el día, así que no le sorprendió leer el nombre JCORMICK en la pantalla.

A pesar de que estaba seguro de que su historia tenía grandes posibilidades, albergaba la duda de si la gente del Grupo Nostromo pensaría como él, así que pulsó el botón de Aceptar con cierto desasosiego.

—¡Hola, Jules! —saludó.

—Hola, Johnnie —contestó Cormick. Johnnie se dio cuenta enseguida: allí faltaba el entusiasmo vital de su editor. Se preparó para recibir algunos comentarios; quizá tuviera que ajustar algunas cosas, pero esperaba que, en general, la trama principal les hubiera gustado—. Te llamo por el borrador de tu... novela.

—Sí —contestó Johnnie, a la expectativa.

—Bueno, tiene tu estilo particular... eso se nota enseguida, y hasta diría que has madurado aún más. Pero... no sé, Johnnie...

—¿Te ha gustado el argumento?, ¿la idea general?

Cormick permaneció callado unos segundos.

—La idea general es buenísima —dijo al fin—. Pero ése es precisamente el problema...

—¿Qué quieres decir?

—Verás... nos preguntamos si has visto la película *Demoides*.

El cerebro del escritor funcionaba ahora a toda velocidad.

—*¿Demoides?* —preguntó desconcertado.

—Sí... se estrenó hace una semana. Es de Mark Richfen. Oh, no me digas que no la has visto.

Johnnie estaba seguro de no haberla visto; de hecho no había visto ninguna película en los últimos tres meses. La última vez que fueron al cine debió de ser cuando empezó a ganar peso. Se recordaba con un cubo gigante de palomitas, dos bolsas de chocolate en bolitas y una Coca-Cola en un vaso grande de un litro, aunque, curiosamente, no tenía ni idea de qué película había visto entonces.

Una señal de alarma despertó en su interior.

—No... no la he visto. ¿Por qué? ¿Qué pasa?

Hubo otra pausa, y a través de la línea, Johnnie recibió el sonido crepitante de un suspiro.

—¡Oh, Dios! Mira... te sugiero que vayas a verla. Ve ahora mismo, si puedes, y luego llámame.

—Esto es bastante intrigante, Jules —contestó Johnnie.

—Vaya si lo es. Es una maldita broma cósmica, te lo digo yo. Pero si intentara explicártelo, no lo entenderías. Ve al cine y llámame.

Cuando colgó, Rebecca estaba a su lado. Veía la cara de preocupación en el rostro de ella, y reconocía también su pose: estirada cuan alta era y con los brazos cruzados sobre el pecho. Era su actitud defensiva cuando olía problemas.

—¿Qué ocurre, cariño? —preguntó al fin.

—Jules quiere que veamos una película.

—¿Una película?

—Sí. Se llama *Demoides*.

—Pero ¿qué ha dicho del borrador?

—Sólo eso... —exclamó Johnnie, suspirando largamente.

—¿Te ha dicho que...? —Y de repente, como si cayera en la cuenta, dejó exclamar una exclamación de sorpresa.

—Sí —asintió Johnnie.

—Dios mío, ¿crees que...?

Johnnie también lo pensaba. Sonaba a que su maravillosa idea podía estar representándose en los cines de todo el mundo. O al menos, algo sorprendentemente parecido.

—¿Quieres que mire por internet? —preguntó ella.

—No. Será mejor que hagamos lo que él dice.

Y aquella noche consiguieron entradas para la película en un cine que estaba a sesenta y cinco kilómetros de distancia. Cuando Johnnie vio su historia en la pantalla, con ligeras variantes, se sintió abrumado y desconcertado. Rebecca, sentada en la butaca contigua, le cogía la mano fuertemente cuando las similitudes resultaban demasiado evidentes.

Salieron del cine sin decir nada, y comenzaron a caminar hacia el coche. Johnnie miraba al suelo, visiblemente abatido. Se encontraba de vuelta en la casilla de salida, completamente desnudo, y había perdido un tiempo precioso siguiendo una pista falsa.

—Cariño... —dijo Rebecca, rompiendo el incómodo silencio—, de todas formas, tu idea tiene suficientes aportes novedosos... Podría funcionar.

Johnnie dejó escapar una exclamación ahogada.

—¿Sabes lo que dirán si publico eso? Que es una mezcla de *Demoides* con *Pesadilla en Elm Street*. Tendrá tanto interés como la decimocuarta secuela de *Viernes 13*.

—Bueno... al fin y al cabo de eso va todo esto, ¿no? Retroalimentación constante. *Demoides* me ha recordado muchísimo a *Matrix*.

Johnnie negó con la cabeza sin apartar la vista del suelo.

—Puede que haya tomado algunos elementos de esa película, pero los ha aliñado con la suficiente carga de recursos propios como para hacer algo nuevo. Mi novela... mi idea... es demasiado parecida.

Rebecca no contestó. Hasta ella se daba cuenta, pese a sus intentos de convencer a su marido, de que la novela no podía desarrollarse con unas premisas tan parecidas a aquella película. Una vez leyó algo sobre la telepatía global... inventos que habían sido desarrollados de forma paralela en diferentes partes del mundo por personas no vinculadas entre sí en medida alguna. Era un fenómeno estudiado que la ciencia no había podido explicar, pero que existía, como tantas otras cosas; como la madre que a las cuatro de la mañana abre los ojos en la oscuridad de su habitación, súbitamente sobresaltada, a la misma hora y en el mismo instante en que su hija es atropellada por un vehículo que hace eses por la carretera. Tales cosas habían estado siempre ahí, de alguna manera, conviviendo con el hombre al límite de lo inexplicable, y ahora una de esas cosas se presentaba ante ellos con la contundencia de un mazazo en la cabeza.

—Se te ocurrirá otra idea... —dijo Rebecca, pero Johnnie no supo determinar si hablaba más consigo misma, que con él.

5

El día siguiente amaneció gris y lluvioso. Alrededor de las diez y cuarto se desató una colérica tormenta, y a cada rato, explosiones lumínicas bañaban el interior de la casa creando sombras alargadas que se proyectaban contra la pared desnuda del salón.

Anticipándose a su estado de ánimo, Rebecca había preparado un desayuno a lo grande: zumo de naranja natural, pan tostado con mantequilla y mermelada de ciruelas, café y un pequeño cuenco de fruta troceada en macedonia. El aroma del torrefacto se mezclaba con el olor a tierra húmeda, dos de los olores favoritos de Johnnie, pero éste apenas sorbió un poco de café mientras masticaba con pesadumbre el pan desnudo. Rebecca intentó sobrellevar el silencio que su marido se había traído de la cama comentando algunos datos sobre los rayos que le iban viniendo a la cabeza (algo que había leído en alguna parte), pero no consiguió traerlo de vuelta. Las nubes, grises y henchidas, dominaban también su fuero interno.

Media hora más tarde, Johnnie estaba sentado de nuevo delante de su ordenador. Era un Macbook que, excepto en raras ocasiones, estaba permanentemente enchufado a la red, por lo que al levantar la pantalla el procesador de textos apareció arrojando una intensa luz sobre la penumbra de la habitación. En él, las líneas de texto de la primera parte de la novela resplandecían como hileras fantasmales. Verlas allí todavía le produjo un gran desasosiego; realmente había empezado a sentir de nuevo cómo se deslizaba por el tobogán creativo, cada vez a más velocidad. A medida que la débil llama de la idea original cobraba forma, la historia había ido creciendo de alguna forma en su interior, ramificándose en varias tramas secundarias y presentándole inesperados y ricos matices.

Ahora tenía ante él una especie de cadáver literario, fallecido nonato en pleno proceso de gestación. Lentamente, sintiendo que algo dentro de él se rebelaba y se rompía como la tela de una araña, movió la mano hacia el teclado táctil y deslizó los dedos para cerrar el documento. Tan pronto lo hizo, una nueva pantalla en blanco apareció en sustitución de aquél, con una pequeña leyenda en su parte inferior que rezaba: «Página 1 de 1».

En momentos bajos como aquél, y los había habido mucho antes de que la idea compartida de *Demoides* pasase por su mente, pasaba a la ventana de su navegador y buscaba su nombre en Google. Entonces aparecían cientos de miles de resultados con todo tipo de comentarios y reseñas entusiastas: «Brillante». «Nueva promesa del género de terror.» «Espectacular.» «Lo más vendido.» «Recomendación de la semana.» «Johnnie Balmori.» «Balmori, Balmori...»

Mientras los resultados se deslizaban con lentitud por la pantalla, Johnnie descubrió que aquellas líneas, otrora cargadas de promesas de futuro, no le producían ya la misma satisfacción. La sombra de sí mismo era demasiado grande y oscura. Antes se había sentido cómodo caminando por sus cumbres, pero ahora parecía mirarla desde cierta distancia, inseguro de poder acometer siquiera su escalada. De alguna forma extraña, sentía que competía consigo mismo en algún tipo de carrera de fondo para la que se había dado ya el pistoletazo de salida.

De pronto, acompasado por el ruido estremecedor de un trueno en la distancia, el móvil empezó a sonar. Dio un respingo y miró la pantalla vibrante, velada por matices de color verde.

JCORMICK.

—Buenos días, Johnnie... —lo saludó Cormick.

«No está ahí —pensó Johnnie inmediatamente—. Su tono entusiasta no está ahí.»

—Buenos días —contestó.

—¿Cómo estás?

—Bueno...

—Entiendo —exclamó Cormick tras esperar unos instantes—. Fuiste a ver esa película...

—Sí, Jules..., la hemos visto.

—Entenderás entonces que tenemos entre manos una situación un poco delicada.

—Sí... —asintió Johnnie.

—Como te dije, lo que has mandado es bueno..., en esas pocas páginas ya se adivina la semilla de una historia realmente bien construida, pero en su base recuerda demasiado a la trama de la película. Una coincidencia muy desafortunada.

Johnnie no contestó.

—No quiero ser rudo, sabes que te tenemos una estima especial... pero me han obligado a comunicártelo de forma oficial. Recibirás un e-mail, pero quería decírtelo de viva voz antes que nada.

—No tienes que...

—Sí, debo hacerlo —lo interrumpió Cormick—. Tenemos que rechazar tu propuesta y comunicarte que es necesario buscar una trama diferente para tu segunda obra.

—Lo sé... —exclamó Johnnie, ahora un poco irritado. Se sentía como el soldado al que el médico de campaña mira, con las tripas en la mano, y todavía cree necesario anunciarle que va a morir.

—Dime, ¿habías avanzado mucho más?

—Sí, bastante... —mintió.

—¿Crees que se puede salvar algo?

—No, no lo creo, Jules... La historia se desarrolla tal y como te contaba en el e-mail, con pocas sorpresas.

—Ya veo... Es una lástima. De haber tenido la novela en el mercado unos meses antes todo sería muy distinto... Pero bueno, es hora de mirar hacia adelante y concentrarnos de verdad. Tenemos tiempo suficiente todavía, aunque hay que pensar en las correcciones, la maquetación, la promoción, etcétera. Dime, ¿tienes otras ideas en el cajón?

Johnnie tragó saliva en silencio. Una oleada de calor subió inesperadamente desde su pecho. ¿Cómo decirle que lo que le había enviado era la única idea que había concebido en varios meses? ¿Cómo confesarle que se pasaba los días y las semanas delante de una pantalla en blanco, incapaz de producir con coherencia siquiera unas pocas líneas? Y cuando por fin dio con algo bueno, resultó ser el fruto de alguna desgraciada coincidencia. Había llegado a pensar que quizá vio el tráiler de la película sin darse cuenta, quizá en la televisión mientras pasaba las horas perdiendo el tiempo delante del ordenador. Cualquier brevísimo comentario podría haberse abierto camino por su mente inconsciente, que había estado sintonizada con el receptor abierto a las emisiones de su entorno. Y entonces la había hecho suya.

—Sí, por supuesto que las tengo... —se oyó decir de repente. Lo había dicho con tanta convicción y naturalidad que casi se sobresaltó.

—¡Fantástico! —exclamó Cormick, lleno otra vez de entusiasmo—. Sabía que así sería. Pero cuéntame, ¿de qué va?

—Bueno... —dijo dubitativo—... aún estoy ordenando los elementos en torno a la línea global que quiero seguir...

—¡De acuerdo! —lo interrumpió Cormick—. Oye, no pasa nada... lo entiendo... pero mándame cosas cuando tengas algo que podamos leer, un pequeño borrador, un adelanto. Mándame tus ideas... y hazlo pronto, por favor.

—Sí... tan pronto como lo tenga todo bien claro, lo haré.

—Oye... —exclamó Cormick, súbitamente serio—, no me digas que la novela va de un parque temático lleno de dinosaurios reconstruidos a partir del ADN encontrado en un fósil...

Johnnie no dijo nada, confuso, pero al instante Cormick se echó a reír.

—Era una pequeña broma, por supuesto —comentó. Era obvio que había quedado complacido—. Pero viene muy al caso, porque en ocasiones lo que la gente paga de verdad es una buena idea aderezada con algo de prosa con estilo. Eso es lo importante. Tenemos gente aquí que podría escribir tres tomos de una novela a partir de un guión de una página...

—Sí —contestó Johnnie, sin poder ocultar un deje de amargura en su voz—. Es lo más importante.

—Así es. Lo dicho... Todavía tenemos tiempo, pero no nos durmamos en los laureles. Mándame cosas, ya sabes que estamos pendientes de ti. El año que viene por estas fechas deberíamos estar en la calle... Creo que para entonces tendremos algún anuncio oficial de que habremos vendido los derechos para una película... ya verás.

—¿Una película? —balbuceó, parpadeando rápidamente.

—No lo dudes. Estas cosas son muy complicadas... tan complicadas que no sé cómo diablos llegan tantas producciones a los cines, pero estamos moviéndonos en ese sentido. Llevo muchos años en esto, así que créeme cuando te digo que *La puerta* acabará en la gran pantalla. Seguramente no será rápido, ni será fácil... será parte de un proceso, pero llegaremos.

—Eso sería alucinante, Jules... —exclamó Johnnie, sumido en ensoñaciones repentinas. La portada de su libro, una tabla de ouija parcialmente cubierta por una cortina negra movida por el viento en formato cartel de cine, y debajo, la frase promocional en letras blancas y discretas: «Encontraron el camino de vuelta».

—Ve haciéndote a la idea —contestó Cormick—. Pues lo dicho... Un abrazo, Johnnie, y otro para tu mujer. Házselo llegar de mi parte.

—Así lo haré.

Pero después de colgar, aún existiendo la posibilidad de ver su película trasladada al celuloide, no se sintió mejor.

En absoluto.

6

De alguna manera, Johnnie Balmori había llegado a los treinta y cinco sin pasar por las vicisitudes de una compleja vida social.

Siempre había disfrutado de su soledad. No era que no le importara pasar largos periodos sin buscar el calor de la compañía humana, sino que muchas veces lo prefería. Cuando encontró a Rebecca, además, se dedicó a ella en cuerpo y alma. Era como si estuviera iluminándola con una linterna y olvidándose de todo lo que había alrededor, en las sombras.

Aún conservaba, sin embargo, algunos amigos de la época de la universidad e incluso de periodos anteriores, algunos de los cuales se remontaban a los días del colegio. Aunque la mayoría habían encauzado sus vidas en otras ciudades y era difícil mantener el contacto, para ellos todavía quedaba alguna llamada eventual, aunque fuera una al año, suficiente para poner sobre la mesa las mismas viejas anécdotas y reír un rato. Otros, como Brown, se habían mantenido gravitando alrededor de su vida de una forma más o menos constante, porque de todos ellos era el único que evitaba, con alguna visita ocasional, que la distancia matara la relación.

Buscando esa voz amiga, Johnnie consultó brevemente su reloj para comprobar que aún estaba dentro de un horario razonable y luego, simplemente, llamó.

—Joder... ¿Johnnie? —exclamó Brown cuando reconoció su voz al teléfono. Se captaba la sorpresa y el entusiasmo a través de la línea—. ¿De verdad eres tú? ¡Joder, tío, increíble, iba a llamarte mañana, iba a llamarte antes, te lo juro! Pero con todo lo que te está pasando se me hacía raro, me decía: «¡Vaya, Johnnie debe de estar realmente ocupado!». ¡Joder, Johnnie!, ¿qué pasa? ¿Cómo estás? ¡Qué bueno que me llames, tío!

Johnnie dejó que Brown continuase con su turbulento tropel de exclamaciones. Durante un rato, apenas pudo responder más que con monosílabos, pero recibió el torrente de voz con una sonrisa. Brown era así, atropellado, exultante, casi histriónico en sus expresiones; podía imaginarlo haciendo aspavientos y recorriendo el salón de su casa como un chimpancé sobreexcitado. Y sonrió porque le gustó comprobar que algunas cosas... bueno, ciertas cosas seguían como siempre.

Cuando pudo hablar, Johnnie lo puso al día de todo lo que le había pasado en el último año. Brown respondía a cada poco con alguna exclamación bastante explícita. Lo cierto era que se daba cuenta de lo rápido que había pasado todo. Cuando le habló de su casa nueva, Brown se revolvió, molesto.

—Lo sé, capullo. Fuimos a tu casa y estaba a la venta. Clara estaba flipando, te lo juro, pero la controlé... le dije que estabas viviendo cambios y que cuando te serenaras nos dirías dónde has excavado tu nueva madriguera.

—Lo siento, tío —se disculpó Johnnie—. Tienes razón. Pero ha sido todo tan...

—¡Ya lo sé, joder! De todas formas siempre has sido un capullo, así que... está bien.

Johnnie se rio.

—Hemos estado siguiendo tus pasos, de verdad —dijo Brown—. Y nos hemos alegrado con cada uno de tus éxitos. Era alucinante oír tu nombre por todos lados y ver todas esas fotos.

—¿En serio?

—Nos hicimos fans de tu página de Facebook. Por cierto, no la llevas tú, ¿no?

Johnnie parpadeó. Nunca había tenido mucho interés por esas cosas, pero recordaba un e-mail del departamento de comunicación donde le brindaban la contraseña de su cuenta oficial, por si alguna vez quería usarla para decir algo. Sabía que la editorial tenía gente que se ocupaban de las cuentas de sus autores, ofrecían información, lidiaban con los fans y respondían preguntas, pero esas tribulaciones le venían grandes. No era demasiado bueno desarrollando empatía con la gente, y mucho menos a través de un teclado.

—No, no soy yo —admitió.

—Se nota. No creo que la gente lo note, pero yo sí, porque te conozco. Pero... bueno, nos servía para estar al tanto de tus pasos. Reseñas, presentaciones, entrevistas, que si segunda edición, tercera, lo de los idiomas y la versión americana... ¡Estamos alucinando!

Johnnie se rio de nuevo y continuaron hablando. Volvieron casi al principio y Johnnie tuvo que contar de nuevo casi toda la historia, esta vez más despacio, añadiendo más detalles. Compartieron risas y, en ocasiones, Brown consiguió dominar su verborrea y escuchar con atención los detalles más jugosos.

—Has armado una movida tremenda —decía Brown—. ¿Sabes la de gente que está comida del coco con el tema de los espíritus? En el trabajo se habla de ello en los pasillos. La librería del barrio ha desplazado esos libros eróticos tan de moda para colocar todos esos manuales de espiritismo que están saliendo siguiendo tu estela... ¡con tu libro en cabeza, Johnnie!

Johnnie se rio otra vez.

La charla actuó como un bálsamo. Para cuando terminaron, casi una hora después, Johnnie colgó con la oreja tan entumecida como roja, pero se dejó caer en el sofá con una media sonrisa. De alguna manera, hablar con Brown y regresar a los tiempos en los que nadie le exigía una obra creativa que se veía incapaz de acometer le produjo un notable estado de melancolía y tranquilidad, y durante un rato al menos, Johnnie disfrutó de la quietud de la casa no haciendo nada más que recordar aquellos días, ahora lejanos, en los que todo parecía mucho más fácil.

V

Alma Chambers, antes (II)

Alma tiene diecisiete años y es la primera vez que va sin sus padres a la zona de bares de la ciudad. Se ha vestido tan adecuadamente como le ha sido posible, porque no tiene mucha idea de cómo se viste la gente de su edad para ese tipo de situaciones, pero cuando ve llegar a sus amigas en el coche, descubre que lo ha hecho bien. Está preciosa y radiante, en toda su esplendorosa juventud, y sonríe como no recuerda haberlo hecho jamás.

—¡Noche de chicas! —gritan al unísono, levantando un brazo en el interior del vehículo.

La discoteca es el Saturday Night, una sala enorme donde la música suena a muchos más decibelios de los que sería oportuno, pero de eso se trata. Para hablar, los chicos tienen que acercarse tanto a los oídos de las chicas que casi parece que van a besarse, y después de todo, también se trata de eso. Suenan todos los éxitos de los ochenta, uno tras otro: The Communards, Michael Jackson, Police, U2, Madonna y R.E.M. entre otros. Cuando suena Never Can Say Goodbye, *Alma salta a la pista junto a casi trescientas personas. La luz intermitente de los focos hace que la sala de baile parezca una secuencia de fotografías sin movimiento, revelando rostros extasiados, sudor, miradas llenas de deseo puramente sexual, juventud y libertad. Alma baila cinco o seis temas seguidos antes de que se descubra sedienta. Una de sus amigas le ofrece una cerveza y ella bebe directamente de la botella. El sabor es amargo y grosero, pero diferente, coronado por la advertencia de sus padres de que no se le ocurra beber alcohol, y también se trata de eso.*

Unas horas y varias cervezas más tarde, una amiga se le acerca.

—¡Almi, ven, voy a presentarte!

Alma levanta la mirada y descubre a un chico que se le acerca. Tiene cara de llevar un buen pedo, pero cuando descubre (porque ella sabe esas cosas) que lo que intenta hacer es parecer interesante, como un pavo real que extiende sus plumas para atraer a la hembra, no puede evitar soltar una carcajada. El chico levanta una ceja, pero sonríe, y la sonrisa al menos la tiene bonita. Tiene tanto alcohol en el cuerpo que incluso Danny Devito le parecería un galán.

—¡Éste es Eddie! ¡Dice que le gustas, tía!

—¿Qué? —pregunta Alma, entregándose a un nuevo ataque de risa.

Su amiga pone cara de loca y los ojos en blanco, y se ríe con ella, pero para cuando quiere darse cuenta, Eddie se ha acercado para darle un par de besos en la mejilla. Alma no lo ve venir. Ha bebido, está indeciblemente feliz, y no está precisamente concentrada en sus escudos psíquicos, que mantiene altos y potentes en todo momento. Cuando la piel del chico toca la de ella, hay un fogonazo blanco y Alma recibe un montón de información que desearía no haber recibido.

Da un pequeño grito y se queda inmóvil.

Esas nuevas imágenes que flotan en su cabeza se sienten como recuerdos, pero no son suyos. Son de él. Y ve a Eddie volviendo a casa en su moto, una vieja Vespa de color rojo. La moto desacelera y se detiene a la entrada de una casa, un pequeño adosado de dos pisos en cuyas ventanas hay plantas con grandes flores rojas que no consigue identificar. Eddie llama al timbre y espera, bostezando y frotándose los ojos. Se huele el aliento para asegurarse de que no apesta a cerveza y a tabaco y se mira los pies, que se mueven como si tuvieran vida propia; los ecos de la discoteca aún resuenan en su cabeza.

Entonces, la imagen se acerca a la puerta de la casa y la atraviesa, accediendo al interior. Allí hay una escalera que sube directamente al segundo piso, y sabe que es así porque la familia tiene alquilada la planta de abajo a un iraní apellidado Chegini que trabaja doce o catorce horas en una tienda del centro de Londres. La madre de Eddie desciende por esa escalera, colocándose la bata de andar por casa sobre el viejo camisón. «¡Ya va!», dice, pero tiene los ojos cerrados por la somnolencia. En un momento dado, da un traspié y se precipita hacia adelante cuan larga es. La madre del chico pesa ciento dieciséis kilos y la caída le hace dar una vuelta sobre sí misma. El peso resulta excesivo para su frágil cuello, que produce un ruido atroz cuando golpea contra el borde de uno de los escalones. El cuerpo enorme, ya privado de vida, termina chocando contra la puerta, BLAM, y el chico da un respingo en el exterior.

Alma pestañea. No sabe cuándo ha ocurrido eso, pero compone una mueca de pena que él descodifica como extraordinariamente dulce, y se enamora al instante. Hace un par de bromas rápidas y ella se ríe, dejándose llevar por la simpatía melancólica que el conocimiento de la pérdida de su madre le produce.

La noche transcurre. Beben, ríen, hablan, intercambian miradas embriagadas de una atracción innegable, y beben. Hay un baile lento, dulce y suave, durante el que permanecen pegados el uno al otro, y cuando acaba, él consulta su reloj y menea la cabeza.

—Tengo que irme —dice entonces.

—Oh.

—Me gustaría verte otro día. ¿Vendrás el próximo fin de semana?

—Es posible —dice ella, juguetona. Lo cierto es que todos los poros de su piel gritan pidiendo más, y su mente resuelve rápidamente que sí, que irá, esté él o no, pero quizá especialmente si él piensa volver.

—Vale. Estaré aquí —contesta sonriendo.

Permanecen mirándose unos instantes más, sin decir nada, dejando que el silencio (su silencio, porque la sala sigue estallando con los ritmos de Bjork) los envuelva. Es un sentimiento potente, y ella lo disfruta más que él porque es su primera vez. Se siente guapa, joven y, sobre todo, se siente normal. Sabe, además, que es un buen chico, y no tiene que preguntar algunas cosas. Sabe, de una manera inexplicable, que hace tres meses que terminó con su chica por una cuestión de infidelidad, y sabe que haciendo el amor es dulce y tan generoso como silencioso. Y sonríe.

—Me gustaría quedarme, pero... tengo que despertar a mi madre para entrar en casa, y si es muy tarde se...

Alma compone una mueca de perplejidad tan evidente que él se interrumpe.

—¿Qué pasa? —pregunta.

—¿Tu... madre?

—Sí...

—¿Despertarla...?

—¡Sí! —contesta riendo—. Sé que es raro, pero le gusta saber a qué hora llego. En realidad es un puñetero control nazi. Me da un beso cuando entro en casa, pero me olisquea para saber si he bebido o fumado. Es un rollo porque me hace volver temprano; si vuelvo muy tarde dice que no puede conciliar el sueño.

—Creía que...

El chico la mira sonriendo. Tiene la sonrisa más bonita que Alma haya visto jamás.

Ella no comprende. Está acostumbrada a que sus visiones y percepciones sean prácticamente infalibles, así que se queda callada, mirando el brillo de la cerveza en los labios de él, entregada a pensamientos rápidos. «Has bebido mucho —se dice—, y se te ha roto el periscopio, tía.»

Es eso, seguro.

Contenta con su razonamiento, compone otra sonrisa como respuesta.

Hablan un rato más y se despiden. No hay beso, aunque ella percibe sus ganas como mazazos en un gong; y no lo hay principalmente porque ella no se siente preparada para bloquear un contacto físico tan intenso. Ha tenido suficiente. Cuando Eddie está alejándose por fin entre la multitud, Alma mira al techo de la sala y entre los fogonazos blancos de las luces descubre el problema.

No era un recuerdo fallido.

Repasa su imagen mental y descubre que Eddie lleva la misma ropa que ahora.

Es el futuro. El futuro inmediato.

En el último momento, sale corriendo tras él y lo retiene por el brazo. A Eddie se le ilumina el rostro. Ella sabe que cree que lo ha pensado mejor, así que niega rápidamente con la cabeza. Empieza a explicarle, nerviosa y asustada. Le cuenta que hay cosas difíciles de creer, y que no se conocen todavía muy bien, pero le habla de la Vespa roja, de las ventanas con flores rojas que no puede identificar, de cómo él toca el timbre y su madre baja por la escalera, y de cómo da un traspié y pierde la vida.

Eddie la mira durante unos segundos y suelta una carcajada.

Ella se enfada un poco, pero le cuesta concentrarse en su enfado con ese torrente de luz que es su risa.

—¡Te lo ha dicho Elena! —dice—. Lo de la Vespa.

—¡No!

—¡Eres muy retorcida! —declara—. ¡Me gusta!

—¡No, Elena no me ha dicho nada!

Él la mira, con un brillo en los ojos que es mezcla de deseo, curiosidad y algo de incertidumbre. En la sala empieza a sonar Nirvana y hay un pequeño grito de júbilo.

—Está bien —resuelve ella entonces—. Hazme un favor, entonces. No llames a la puerta. ¿Hay alguna forma de que puedas entrar sin tener que llamar?

—Claro —asiente—. Tengo mi llave. Es sólo que...

Alma sonríe.

—¡Úsala! Sólo te pido eso. Usa la llave, sólo esta noche.

—Pero ¿qué...?

—¡Por favor!

—Está bien... —accede él.

Ella sonríe, complacida. Esta vez, antes de despedirse, intercambian los teléfonos. Ella le pide que la llame. Un buen momento es a las siete y media de la tarde; cuando la familia ya ha cenado y aún no es demasiado tarde para llamadas. Le hace prometer que la llamará, aunque sólo sea para dejarla tranquila, y él lo promete.

La llamada no tiene lugar al día siguiente, ni siquiera al otro. Ella pasa unos días inquieta, preguntándose por el desenlace de la noche. Cuando llega el jueves, está impaciente porque llegue el fin de semana y pueda volver a verlo. No sólo está deseando escuchar a Eddie diciendo que no ocurrió nada, sino escucharlo sin más, otra vez. La llamada nunca ocurre, y pasan varios días más de intranquilidad y preocupación. No quiere llamarlo, pero está considerando hacerlo cuando, por fin, lo distingue en la acera que lleva a su casa. Viene avanzando hacia ella, y algo... algo va mal. Se apresura a ir en su busca. Quiere alegrarse, pero percibe que algo no está bien. Hay... algo oscuro rodeándolo, como un campo invisible que ella puede percibir. Es ira. Una ira tan concentrada que la deja hipnotizada, inmóvil y aterrada en su sitio.

—¡Eddie! —dice ella, tratando de componer una sonrisa.

—Tú... Tú....

Eddie está tan nervioso que le tiembla el labio.

—¿Sí, Eddie? —pregunta Alma, afectiva y preocupada.

— Utilicé la llave, como dijiste —empieza a decir, colocándose a pocos centímetros de ella. Escupe las palabras que utiliza como haría un perro con su propia baba, las dispara. Es tan amenazante que Alma no puede reconocer siquiera su voz. Ella espera unos segundos, insegura y totalmente desconcertada. Está asustada pero quiere oír el resto de la historia—. Se metió en la bañera y resbaló. Se... desnucó. Oí el ruido desde la cocina. Oí cómo se abría la cabeza desde el piso de abajo. Subí corriendo la escalera y la encontré muerta. Des... desnuda y muerta en la...

Alma tarda un rato en entender. La terrible y temida información se ha instalado en su cabeza y da vueltas como si estuviera siendo procesada por una hormigonera.

—¡Utilicé la llave como dijiste y mi madre está muerta! —grita, con los ojos enrojecidos. Un grupo de amigos suyos han venido en su busca.

Él forcejea, pero lo retienen por los brazos y lo obligan a apartarse. Alma siente que si no hubieran aparecido habría llegado a golpearla.

—¡Bruja! ¡Mataste a mi madre! —Sus amigos se lo llevan lejos pero él sigue gritando sin parar, revolviéndose como si lo llevaran a un pelotón de fusilamiento—. ¡Mataste a mi madre!

Y Alma se deshace en un rincón del pasillo en sollozos y lágrimas enturbiadas por varios «lo siento» que formula más por algún extraño sentimiento de culpabilidad que por el hecho del fallecimiento en sí, comprende. Comprende que la madre de Eddie habría muerto de todas maneras, porque había un Plan. Un Plan que no podía alterarse, un destino cierto e inamovible contaminado de una inevitabilidad aterradora, y que de alguna manera se le reveló como una especie de ley que la marcó para siempre.

Eddie no volvió a hablarle. Nadie lo hizo.

VI

Las voces del silencio

1

El banquero, vestido con un traje que ya a esas horas de la mañana presentaba arrugas más que evidentes, pasaba las hojas del dosier con una expresión neutra. Desde el otro lado de la mesa, Jow intentaba, sin éxito, descifrar su expresión; era como observar a un experto jugador de póquer.

—La verdad es que aún no lo entiendo muy bien —dijo el hombre tras emitir un largo suspiro—. ¿Podría explicármelo de nuevo?

—Por supuesto —dijo Jow—. Se trata de un avanzado *software* de reconocimiento de voz...

—Sí, sí, eso lo he entendido —lo interrumpió el banquero levantando la mano—. Lo que no entiendo es...

—En realidad no entiende mucho de nada —explotó Jow. Después de pasar casi dos semanas recopilando datos para el banco y pasando varios comités previos, no sólo empezaba a tener serias dudas sobre si conseguiría la financiación, sino que estaba perdiendo la paciencia.

—¿Perdone?

—No entiende nada —continuó ella— porque intenta buscar cifras y símbolos de euro entre esas páginas, y no está prestando atención al proyecto en sí. Pero no importa. Debe ser como la quinta o sexta vez que explico qué estamos haciendo, así que lo haré por última vez, porque si después de explicárselo de nuevo sigue sin entenderlo, cogeré mis papeles y me iré a otro banco.

—Comprenda que...

Jow se revolvió en la silla.

—Sí, comprendo perfectamente que deben asegurar sus inversiones. Pero cualquiera con dos dedos de frente vería que ésta es una inversión tan segura como poner una máquina de condones en un bar de alterne, ¿sabe?, y me están haciendo perder un tiempo precioso.

—Creo que...

Jow negó con la cabeza. Cuando lo hacía, su cabello rojizo y rizado se revolvía a uno y otro lado como si tuviera vida propia.

—Da igual. Lo que mi socio Arran Stephens y yo estamos haciendo es un *software* de reconocimiento de voz, pero no uno al uso. Normalmente, el *software* de reconocimiento de voz compara patrones en la voz con una base de datos, e identifica palabras de un diccionario interno. El nuestro se ocupa más de autenticación: sólo necesita una pequeña muestra para comprender si el resto de sonidos que recibe pertenece a una misma persona, y el rango de error es de un despreciable cero coma cero, cero, uno por ciento. Lo hace con una tecnología nueva, la nuestra, que es la que tratamos de terminar en estos momentos. Si quiere saber cómo lo hacemos, hay un detallado dosier en el apéndice, pero como no creo que se tome la molestia de leerlo, le haré un resumen.

»Básicamente, analizamos los parámetros característicos del sonido: intensidad, tono y timbre; sobre todo el timbre. Cada voz tiene una frecuencia fundamental que es única. Nuestro *software* analiza esa voz y toma buena nota de todos sus armónicos, que son los múltiplos y divisores de dicha frecuencia. Así es como identificamos sonidos. A nuestro *software* no le cuesta trabajo descubrir que usted es usted de la misma manera que a usted no le cuesta distinguir que el sonido del canto de un gallo pertenece, de hecho, a un gallo. ¿Me sigue usted hasta aquí?

El banquero asintió con cierta reticencia.

—De acuerdo. Piense ahora en las aplicaciones. Coches que arrancan con una simple palabra, teléfonos móviles con sistemas de seguridad basados en la voz, ordenadores que se recuperan de su sueño sin necesidad de aburridas y tediosas claves, páginas web, cajeros automáticos...

—Comprendo —exclamó el banquero, visiblemente molesto.

—¿Sí? ¿Ahora lo entiende mejor?

—Lo entiendo. Parece... interesante, de hecho.

—Me alegro —exclamó Jow, acomodándose de nuevo en la silla. Tenía la costumbre de encresparse cuando se exaltaba, y se dio cuenta de que había estado a punto de saltar por encima de la mesa.

—Y necesita la financiación para...

—La patente, marcas registradas a nivel internacional, registro y *copyright* del logotipo, diseño de éste, un servidor web, publicidad, una campaña de marketing... Está todo en el apéndice final.

El banquero estaba mirando precisamente esa página y asentía ahora con la cabeza, con los labios apretados. Sus ojos subían y bajaban por la lista de números. Jow odió su expresión casi en el acto; pensó en los caniches de plástico que suelen adornar la parte trasera de los coches. Era un gesto demasiado estudiado, como parte de un paquete de expresiones estándar aprendidas en algún aula de formación de capullos. Era arrogante, altivo; un lenguaje máscara estereotipado y absurdo que estaba a mil años luz de lo que de verdad pudiera estar sintiendo.

Jow soltó un bufido.

—Bien, pasaremos la solicitud a...

Jow se levantó de la silla de una manera tan inesperada que el banquero se sorprendió conformando un círculo perfecto con sus finos labios.

—Por fin, algo de naturalidad —exclamó Jow—. Enhorabuena, ya pensaba que estaba usted echado a perder. Me levanto porque me voy, y me voy porque ya sé lo que va a decir. Va a pasar la solicitud a la siguiente mierda de departamento con nombre superchulo, que en realidad es el mismo tío cetrino y almidonado de las otras cuatro veces, para que, de una puñetera vez, se lea el informe completo ahora que parece que he saltado todas las puñeteras vallas de su juego de burocracia. Es excitante, de veras. Llámeme cuando decidan algo. Gracias y buenos días.

—Eh...

El banquero añadió algo más: un «buenos días», quizá, o un saludo cordial adecuado a la fórmula protocolaria que le habían enseñado a usar en esos casos, pero se quedó de pie con la mano extendida y una expresión perpleja en el rostro. ¿Qué acababa de pasar? Estaba acostumbrado a que las personas fueran sonrientes y amables, y no simplemente educadas, sino aduladoras, incluso. Esperaban, sin duda, agradar para conseguir, por supuesto, el Dinero. ¡Oh, el Dinero! Al banquero le gustaba el dinero, pilar ancestral y veraz de la Civilización. Esos trozos de papel, esos apuntes digitales en una base de datos en servidores sagrados y protegidos en alguna parte del mundo, eran un símbolo de Honor, de la capacidad para reclamar un pedazo de la energía de las personas que lo producen y lo hacen realidad. El saldo de la cuenta del banco era una declaración de la esperanza de que, en cualquier parte del mundo, habrá personas que honrarán el principio moral de la aportación de valor que es la raíz del dinero. Jow, que abandonaba ya el despacho y caminaba resueltamente para alejarse de allí, pensaba de una manera muy diferente. Estaba deseando salir del edificio. La oprimía, la asfixiaba, la hacía sentirse desconectada de su trabajo y de su vida, y más importante, de sus principios. Para Jow, ni todas las herramientas jamás concebidas por el hombre ni todas las armas del mundo podrían transformar el dinero en el pan necesario para sobrevivir. Le fastidiaba muchísimo pisar un banco, por descontado, pero aún más le fastidiaba tener que dirigir su destino de acuerdo a la posesión o carencia de un puñado de billetes. Era injusto. Jow tan sólo quería crear.

Salir a la calle, sin embargo, tuvo un efecto inmediato y renovador en ella. Sentir otra vez el aire circulando libremente entre los edificios, las manchas de sol y sombra en el pavimento, el suave vaivén de los árboles enclaustrados en sus habitáculos de las aceras la renovó por completo. Dedicó unos segundos a detenerse y sentir, concentrada tan sólo en su propia respiración; fue únicamente cuando reencontró de nuevo su sonrisa interior que pudo, otra vez, dirigirse hacia su coche.

Empezó a conducir de vuelta a la oficina. En la radio del coche sonaba ahora Ed Sheeran con su canción *I see Fire*, y fue una sorpresa agradable: no sólo era una de sus muchas canciones favoritas, era justo el tema que necesitaba para olvidarse del banquero, de la desagradable presión por conseguir dinero y de la mierda de día que había sido en general sin ser aún las doce del mediodía. Sólo para llegar al banco había tenido que soportar tres desvíos, claramente instalados para celebrar el Día Internacional de Toquémosle las Narices a Jow, que básicamente consistía en tres idiotas anónimos decidiendo que era un día excelente para destrozar cosas o tener un accidente del tamaño de Asia. Pero eso quedaba atrás (así era Jow) y ahora sonreía y cantaba a pleno pulmón.

Veinte minutos más tarde, el coche entraba en el aparcamiento de la oficina. A Jow casi le dio pena llegar tan pronto: la radio estaba poniendo un montón de temas que comunicaban con ella de una manera íntima, y además hacía un sol maravilloso. Los días de sol en esa época eran del todo inusuales, y había disfrutado enormemente del trayecto sintiendo el calor en la cara y los brazos. Incluso había mantenido la ventana abierta porque el aire traía ese frescor agradable sin ser el frío habitual de aquellos días de octubre, escoltado por un aroma a renovación, a verde, a luz. La música y la simple conducción, sin ninguna otra cosa que la distrajera, le habían permitido, además, hacer algo que podía considerarse un lujo en el ruido del quehacer diario: relajarse.

Relajarse, sí. El proyecto, con todas sus inevitables complicaciones, empezaba a configurarse como un pequeño dolor de cabeza.

Entró en la oficina y sonrió ante el espacio diáfano que ella misma había pintado con colores alegres. Unas butacas y un sofá acomodarían a los futuros clientes, pero la mesa de la recepcionista estaba vacía. Aún no era el momento; no había nadie en ese puesto porque no tenían todavía ningún producto que vender, ni dinero para pagar sueldos.

Financiación.

Negó con la cabeza, cansada de tener ese tema despertando ecos en su interior, y entró en la sala privada. Enfrentarse al estado de caos en el que se había convertido ese espacio (¡su espacio!) la sacudió como una bofetada. Le gustaba que el lugar donde hacía su trabajo fuese lo más minimalista y limpio posible, porque el esfuerzo intelectual que tenía que desarrollar en su trabajo diario ya era demasiado bullicioso de por sí. Por eso había decorado la sala de trabajo con tonos neutros y pastel, luces cálidas e indirectas, unas cuantas plantas y ciertos toques de madera representada por unos pocos muebles. Ver lo que Arran había hecho con todo aquello en apenas dos días casi consiguió provocarle un desmayo.

Había latas de Coca-Cola por todas partes, a veces formando hileras que, desde su posición, parecían soldados involucrados en algún descabellado desfile. Había papeles amontonados, ¡papeles arrugados!, papeles pintarrajeados, y lápices, bolígrafos, envoltorios de hamburguesas de McDonald's y libros de documentación técnica que se inclinaban precariamente en cualquier dirección. Había muchas más cosas, y casi todas fuera de su sitio, desde cajas de bollitos de chocolate sacadas de algún supermercado horrible hasta envases de cartón de comida china. Incluso las sillas estaban fuera de lugar, a menudo con ropa abandonada encima de una manera desmañada y confusa. Y estaba también su socio, la fuente indiscutible de aquel monumental batiburrillo de desorden y suciedad: Arran Stephens, visiblemente ocupado junto a una larga hilera de servidores. En su mano florecía un ramillete de cables.

—¡Arran! —exclamó a modo de protesta. Estaba tan disgustada como atónita.

—Hey, tía —dijo éste sin volverse.

—¿Qué narices has hecho aquí?

Arran se dio la vuelta. Estaba despeinado y una barba desordenada, incipiente y oscura, le envolvía todo el cuello y el rostro.

—¿Qué pasa? —preguntó.

Jow reconoció el tono enseguida. Era su tradicional manera de ponerse a la defensiva.

—¿Qué es todo esto? —preguntó Jow.

—¿El qué?

—Todo esto, Arran.

Jow estaba disgustada y quería hacérselo saber.

Arran miró la habitación, perplejo.

—Oh, te refieres a...

—Sí.

—No pasa nada, lo recogeré esta noche y mañana estará todo limpio.

—¿Cómo que esta noche? —exclamó Jow, perpleja.

—¡Claro! Estará todo recogido el lunes por la mañana.

Jow soltó un bufido.

—Arran, hoy es lunes.

Arran parpadeó.

—¿En serio? —exclamó—. Vaya. Claro. Por eso estás aquí. ¡Qué barbaridad! Se me ha ido el fin de semana volando. Pero entonces... ¿has estado en el banco? ¿Has conseguido la pasta?

—Aún no —exclamó Jow—. Tienen que... someterlo a evaluación.

—¿Otra vez? Me suena a que dijiste lo mismo hace...

—Lo sé —dijo Jow con fastidio—. Es el procedimiento. ¿Has trabajado todo el fin de semana?

—Ajá. Sí.

—¿Por qué?

—Porque... tenemos un serio problema de espacio. Uno grave. Por eso te he preguntado por la pasta. Vamos a necesitar una ampliación mucho antes de lo que pensábamos. Nuestros servidores están saturados, los discos duros están llenos y ni siquiera he terminado de volcar todas las voces.

—¡¿Qué?! —exclamó Jow. Aún estaba mirando el desorden esperpéntico a su alrededor, pero esa información hizo que se centrara en su socio—. No puede ser. La semana pasada había...

—Trescientos mil millones de petabytes, sí. Pero al volcar la base de datos lo hemos ocupado todo, y sigue sin haber espacio.

Se encogió de hombros como un mimo en un parque infantil.

Jow pestañeó. Había hecho unos cálculos sobre el tamaño en kilobytes que ocupaba cada una de las voces y no le salían las cuentas. ¡Lo había calculado! Debía haber espacio más que suficiente y no era así ni por asomo. ¿Cómo podía haberse equivocado tanto?

—Un momento —exclamó.

Se dirigió a su mesa, la única que no había sido ocupada por el maremágnum caótico de Arran, y empezó a revisar su libreta de trabajo. Era la número veintitrés. Arran se reía muy a menudo de su manía algo retrógrada y obsoleta de seguir usando libretas de anillas, pero a ella le seguía pareciendo la manera más eficiente de almacenar sus ideas, esquemas y diagramas. Los cálculos sobre el tamaño de la base de datos estaban allí.

Los revisó, hizo algunos cálculos mentales, y después de medio minuto concluyó que, cuando menos, debían ser correctos.

—No lo entiendo —murmuró.

Arran se encogió de hombros.

—A mí no me mires —replicó.

—Está bien —dijo Jow cogiendo el teclado de su ordenador—. ¿Y qué estás haciendo?

—Estoy configurándolo todo de nuevo para hacer unidades comprimidas virtuales. Si comprimo los datos, ahorraremos un montón de espacio. ¡Llevo todo el fin de semana liado con eso!

—¿Por qué no has llamado al técnico?

—¡Jesús! —soltó Arran—. Ese mamón cobra una pasta por hora, y me parece que no está el horno para bollos.

—Ay... —exclamó Jow mirando la maraña de cables que iban de un lado a otro, lánguidos como un tendido eléctrico de los setenta—.

Espero que no la hayas liado mucho, porque deshacer este lío sí que nos va a costar caro.

—Me encanta que confíes en mí —soltó Arran, dolido.

Jow no le prestó atención. Se concentró de nuevo en su trabajo con gesto decidido.

—Vale. Si no son los cálculos, entonces algo pasa con los paquetes de datos. O son muchos más de los que compramos, cosa que me parece increíble tratándose de una compañía telefónica, o los paquetes ocupan mucho más de lo que nos dijeron.

—Ocupan mucho más —informó Arran encogiéndose de hombros con visible desgana; demasiado bien sabía que, dijese lo que dijese, su socia comprobaría de todas maneras cada pequeño eslabón de la cadena en busca de errores.

Jow, de hecho, miraba la pantalla con perplejidad.

—¿Qué lío es éste, Ro?

Arran sonrió. Jow nunca lo llamaba Ro cuando estaba enfadada. Era señal de que empezaba a perdonarle el monumental caos que (ahora se daba cuenta) había organizado en la oficina.

—Tienes que entrar por SERVERC.

—Vale. Ya lo veo.

Arran continuó colocando cables. La teoría era sencilla: había revisado esquemas y sabía cómo conectar los *racks*, pero era poco mañoso con las manualidades, y no terminaban de quedar bien, en parte porque estaban viciados a un tipo de dobladura diferente. Después de unos minutos se había olvidado de Jow, que daba órdenes con el ratón haciendo largas pausas pensativas entre ellas. A Arran le dolían las manos: el grosor de los cables y su elevado número estaban consiguiendo que empezase a sudar.

En un momento dado, Arran percibió el silencio y se volvió a mirar a su socia. Jow se recostaba en el asiento en ese mismo instante. Tenía esa mirada dulce, perdida, con una media sonrisa dibujada en los labios rosados. Era una señal inequívoca de que estaba pensando, o mejor dicho, de que estaba poniendo en juego su intuición.

Era algo que Jow hacía muy bien. Era intuitiva, mucho, y tan convencida estaba de ello que en muchas ocasiones había tomado importantes decisiones vitales basadas en sus sensaciones. Nunca se había equivocado.

—¿Qué hay? —preguntó al fin, ahora con curiosidad.

—Ven, te necesito aquí, señor Ingeniero de Sonido. Mira esto.

Arran dejó los cables colgando y se acercó a ella, masajeándose una mano con la otra.

—He visto el tamaño de esos archivos, ¿vale? Luego los he comparado con otros que he bajado de internet con un contenido similar: voces sencillas, similar compresión, etcétera. Mira la diferencia.

—Vaya —exclamó Arran, ahora con el ceño fruncido—. Tienes razón. ¿Qué pasa?

—Eso es lo que quiero que me digas —dijo Jow, levantándose de la silla. Arran se sentó en su lugar y empezó a abrir programas. Los datos de los archivos empezaron a aparecer en pantalla: curvas sinuosas, picos puntiagudos, y un montón de datos de audio que Jow no sabía interpretar.

Entonces Arran se llevó una mano a la frente.

—Mierda... —exclamó.

—¿Qué pasa?

—¿Cómo no me he dado cuenta? —se preguntó, enfadado—. ¡Son archivos para estaciones de trabajo de audio digital! Tienen todos los canales, todas las frecuencias, ¡todo!

Jow sonrió.

—Entonces, ¿tenemos espacio?

—¡Joder, sí! —soltó Arran—. No necesitamos nada por debajo de los veinte hertzios ni por encima de los veinte mil, ahí no hay nada audible para el oído humano. Es un... montón de datos que no nos sirven para nada, toneladas de miles de gigas que...

Se interrumpió. Estaba sintiendo la mirada de su socia en la nuca, y se volvió con suspicacia, preparándose para lo que ya sabía.

—¿Has trabajado todo el fin de semana en reorganizar los discos duros antes de comprobar, idiota, el tamaño de los archivos? —preguntó ésta, divertida.

—No me tortures —soltó Arran, levantándose de la silla con brusquedad.

Jow soltó una carcajada.

2

El resto del día transcurrió con normalidad. Arran estuvo de mal humor, pero sólo durante un rato; al fin y al cabo tenía la sensación de haber malgastado el fin de semana trabajando en algo que ya no era necesario. Luego, acabó decidiendo que lo mejor sería sacar provecho de todo aquel trabajo y seguir adelante con la nueva topografía de redes. Jow estuvo de acuerdo, pero sólo para ayudar a que Arran se moviera en una dirección. Mientras fuese la misma durante el tiempo suficiente, llegaría a algún lado; eso lo enseñaban en la escuela elemental. En realidad, le importaba un pepino que los servidores estuvieran montados de una u otra manera mientras pudieran hacer su trabajo.

El trabajo, sí.

Jow jugueteaba pensativa con los archivos de la compañía de teléfonos. Eran voces de clientes, la mayoría hablando con el redirector de servicios. Había cosas como: «Sí, problema con el ADSL» o el más frecuente: «¡Póngame con un humano, por el amor de Dios!». Cientos de miles de voces totalmente desligadas de sus dueños, anónimas, por lo tanto, pero indeciblemente útiles para su proyecto. Iba a ser el Gran Examen. Ella y Arran cortarían las voces en archivos pequeños, independientes, y los colocarían en un directorio para que su programa se enfrentara a ellos. Los algoritmos que había diseñado tendrían que identificar todos los paquetes y averiguar cuántas de aquellas voces formaban parte de una misma persona, y ordenarlos en directorios independientes para que pudieran ser comparados con los originales. Y no sólo una vez; el *software* haría decenas de millones de pequeñas pruebas en segundos, moviendo, analizando, reordenando y confeccionando una base de datos con sus hallazgos. Todo sería muy rápido; pero si conseguían llevar a cabo esas operaciones con éxito, si lo conseguían... entonces... entonces ya estaba. Sería el final de tres largos años de desarrollo. Podrían obtener la certificación que necesitaban para empezar a vender el *software* como producto tecnológico, firmarían contratos y ganarían dinero, y Jow... oh, Jow podría dedicarse por fin a todos esos proyectos en los que realmente estaba interesada: ¡el arte! Escribiría una novela, quizá, y en el ínterin podría pintar, esculpir... crear.

Sacudió la cabeza.

Los archivos. Algo pasaba con los archivos y no sabía de qué se trataba. Tenía la sensación de que algo importante se le escapaba. Algo.

Miraba la pantalla. El «trimeador», como lo llamaba Arran, estaba haciendo bien su trabajo: cortaba los silencios excesivos en los archivos y dejaba esos trozos en una unidad de temporales; Jow quería conservar al menos una porción de ellos durante un tiempo, aunque sólo fuese por curiosidad o porque, al fin y al cabo, eran algo que le habían vendido. Los nombres de archivo de esos trozos sobrantes aparecían en la unidad temporal a una velocidad de vértigo. Los tamaños de esos trozos eran exageradamente grandes: seis megas, veinte megas, ¡cuarenta megas!

Jow arrugó el entrecejo. No sabía mucho de archivos de sonido, pero sabía lo que podía dar de sí todo un megabyte de información. Un montón de códigos, para empezar, o una aplicación completa, o una miríada de recursos gráficos vectoriales, o una imagen de superalta resolución. Entre otras cosas.

«O puede que una o dos canciones enteras en MP3», se dijo.

Arrugó la frente.

Realmente era mucho tamaño para contener silencios. ¿Qué era un silencio, al fin y al cabo, sino la ausencia de información?

—¿Arran? —lo llamó.

—Dime.

—Ven aquí un segundo, ¿quieres?

Arran suspiró. Había dejado por un momento el trabajo de configuración de la red, ahora que ya funcionaba mínimamente, y estaba limpiando la oficina de latas y restos de comida china.

—¿Qué hay? —preguntó.

—Estos archivos de aquí son los trozos en blanco desechados por tu trimeador. ¿Puedes decirme por qué son tan grandes? Si los ejecuto, están completamente en blanco.

Arran se rascó la cabeza.

—Bueno, son archivos especiales, ¿sabes?, tipo DAW, para estaciones de trabajo. No es como un archivo normal como el que escuchas en tu iPhone o tu MP3.

Jow arrugó la nariz.

—Vale —dijo Arran—. En pocas palabras, se basa en la compresión destructiva. La información que se pierde son ciertas frecuencias inaudibles para la mayoría de los seres humanos y la distorsión armónica de la señal. Por eso no se puede hablar de calidad MP3, porque depende de quién la escucha. Los oídos más finos encuentran ciertas atrocidades en esos archivos difíciles de soportar. Por eso se ha puesto de moda el vinilo.

—¿Y...?

—Estos archivos están sin comprimir en absoluto. Tienen todas las frecuencias, todas las capas, todo.

—¿Y qué hay en ellos?

Arran chasqueó la lengua. No sabía adónde quería llegar su socia.

—Sonido blanco, basura. Nada. Pero incluso eso ocupa espacio. ¿Por qué te preocupa?

—Hum —murmuró Jow, ceñuda—. Porque... he ejecutado nuestro *software* en esta carpeta de ficheros vacíos y se ha puesto a trabajar en ellos. Apenas ha encontrado similitudes, ¿vale?, pero algunas sí. Pocas, pero algunas. Lo que desde luego es un problema, porque o bien el trimeador está cortando trozos valiosos, o nuestro *software* no funciona.

Arran negó con la cabeza, molesto.

—Vale —dijo—. Ahora me estás preocupando. Voy a abrirlos desde mi terminal, allí tengo el Cubase y el Presonus.

Jow hizo un ademán con la mano, como si le cediese paso.

Arran estuvo trabajando un rato. Abría los ficheros, tocaba cosas y el espectro de gráficos aparecía en pantalla con sus informes asociados.

—¿Qué hay? —preguntó Jow después de esperar un tiempo prudencial.

—Hum.

—¿Qué quiere decir «hum»?

—Pues que es raro. He encontrado algo fuera del espectro audible. Hay picos, una intensa batería de picos en un área subsónica, fuera del rango audible.

—¿Subsónica? —preguntó Jow, interesada—. ¿Quieres decir frecuencias no audibles por el oído humano?

—Exacto. Ésa es una buena precisión, porque los perros, los murciélagos o las ballenas sí pueden.

Jow asintió.

—¿Y qué es?

—Están en el rango de los quince hertzios, de hecho —exclamó Arran pensativo, más para sí mismo que para su socia.

Jow estaba empezando a ponerse nerviosa.

—¿Quieres decirme qué es de una maldita vez? —preguntó.

—Pues... ¡algo es! Nuestros espacios en blanco contenían... sonidos.

—¿Entonces ha fallado el trimeador? —preguntó Jow, aliviada de que el problema no estuviera en su *software*.

—Oh no. El trimeador ha hecho su trabajo. Estos sonidos están localizados en un rango improbable. Déjame que aumente la frecuencia fundamental hasta los quinientos, por lo menos. Apuesto a que obtendremos un buen montón de ruido de fondo... como vibraciones de microondas, zumbidos de frigoríficos y cosas así.

Jow miró mientras su socio trabajaba. Cuando Arran terminó por fin de mover el ratón y hacer clics por todas partes y pulsó el botón de reproducir, la sorpresa fue mayúscula.

Era una voz masculina. No se podía entender lo que decía, pero era como un sollozo mezclado con sonido de estática que ponía los pelos de punta.

—¿Qué narices es eso, Ro? —susurró Jow.

—No lo sé. Es... Diría que es... —Pensó durante unos instantes—. Oh, ¿sabes cómo se llama esto?

—¿Un galimatías?

—No. Parafonías.

—¿Qué?

Arran se echó a reír.

—Bueno, es una voz. ¿Qué quieres que te diga? Y una voz muy curiosa, porque en la disciplina de la transcomunicación instrumental, las parafonías suelen encontrarse en rango audible, aunque a baja intensidad y mezcladas con elementos sonoros ajenos que, en ocasiones, las enmascaran.

—Espera. ¿Parafonía? Dime que me equivoco, porque me suena a psicofonía.

Arran volvió a reír.

—Sí, tía —confirmó Arran—. Es lo que he dicho. Es lo mismo.

—Te estás quedando conmigo.

—Bueno, la última vez que conseguí quedarme contigo fue en 1914.

Jow soltó un bufido.

—Quiero oírlo —exclamó.

—Ya lo sé —dijo Arran—. Estoy en ello. Estoy limpiando el ruido. Está en estéreo y eso ayuda. Haré una... extracción del canal central usando un segmento sin voces de la muestra. Es curioso, el rango de onda es de unos cinco decibelios de intensidad y veinticuatro hertzios de frecuencia.

Jow miraba cómo Arran manipulaba sus programas, tan concentrado y ceñudo como podía estarlo. Cortaba trozos y aplicaba filtros, y los picos se duplicaban en múltiples ventanas.

—¿Qué haces ahora?

—Paciencia —pidió Arran—. Pero si te interesa, estoy haciendo una cancelación de fase sobre ese tramo. Y esto último es una ecualización paramétrica sólo para... reforzar los matices. Si tenemos suerte... ahora deberíamos poder oír algo.

Arran pulsó el botón de reproducir y el sonido brotó por los altavoces: apenas un murmullo sordo, demasiado grave y apelotonado como para que se pudiera entender nada.

—¿Qué dice? —preguntó Jow, algo inquieta—. No he oído nada.

—Un momento. He olvidado ajustar el volumen.

Arran volvió a reproducir el audio.

La voz sonó mucho más clara.

—Por... favor... tanta... luz... no puedo...

Jow se quedó quieta, sin atreverse a mover ni un músculo. Era una voz de hombre, pero preñada de una amargura y un sufrimiento que conmovía.

—¡Uau! —soltó Arran.

Reprodujo el sonido de nuevo.

—Por... favor... tanta... luz... no puedo...

—Basta —pidió Jow con un hilo de voz.

—¿Qué?

—No quiero... oírlo más.

Arran se volvió para mirarla, divertido.

—¿Estás... asustada? ¿Es eso?

—No quiero oírlo más —dijo Jow—. Eso es todo. Jesús... esa voz...

—Tiene un no sé qué de amargura, ¿verdad? Casi como... un sollozo.

—Sí... —asintió Jow, sintiendo que un pequeño escalofrío le recorría la espalda. Era casi como si la temperatura de la habitación hubiera descendido, de repente, un par de grados.

—Estas cosas son curiosas —opinó Arran—. Psicofonías. No quiere decir nada, claro. Es como los OVNIS. La misma palabra lo dice: Objetos Volantes No Identificados. Cualquier cosa puede ser un OVNI... Si observas un punto brillante en el cielo, es un OVNI porque, por lo general, no tienes ni idea de qué se trata; sólo asumes que será un avión comercial volando alto. Pero la gente asocia esa palabra a la confirmación inequívoca de que se trata de un artefacto volador de origen extraterrestre. Con las psicofonías pasa lo mismo. No creo que nadie sepa qué son en realidad... Hoy día, con el éxito del libro ese del coñazo de la ouija, a todo el mundo se le llena la boca de «las voces de los muertos» y cosas así, pero... ¿sabes?, la realidad no suele ser tan poética. Podría ser basura de muchos tipos, incluso ondas de radio muertas cuyos rastros resuenan como ecos prácticamente eternos, condenados a reproducirse cuando rebotan por nuestro entorno.

Jow escuchaba, con la vista pegada a la pantalla.

—Lo curioso es que el segmento estaba integrado con el sonido del cliente; es decir, los dos sonaban a la vez. Alguien estaba diciendo esto cerca del teléfono, pero por supuesto, en un rango no audible. Si encuentras a alguien que tenga una garganta capaz de emitir sonidos en ese espectro te doy cien mil libras.

—No quiero —soltó Jow.

Arran soltó una carcajada.

—¡Oh, dioses! —exclamó—. ¡Estás asustada de verdad!

Jow no respondió. ¿Asustada? Si se examinaba con honestidad, la respuesta era contundente: no, no lo estaba. Pero aquella voz...

«tanta luz...»

resonaba en su interior con una cadencia extraña, casi espectral. Era como una llamada de socorro, o quizá como...

Negó con la cabeza.

«Como una invitación. Es una invitación a algo, a cosas a las que quizá... a las que seguramente no debería asomarme.»

—Bórralo —pidió Jow con rapidez.

—¡Claro! —asintió Arran, todavía risueño—. Lo borro. Los directorios temporales tienen un espacio finito y determinado, y no es mucho. Toda esta mierda se va borrando sola a medida que la máquina necesita conseguir espacio de trabajo. Cuando el proceso haya terminado en su totalidad, yo mismo borraré los archivos que queden, ¿vale?

Jow no dijo nada, lo que provocó una nueva carcajada en su socio.

—¿Vale? ¿Mejor así? —preguntó Arran—. Ver para creer. ¡Jow Gibson asustada! Si me hubieran dicho esto hace sólo unos minutos, habría respondido que es imposible.

—Eres idiota —exclamó Jow, ahora esbozando una pequeña sonrisa.

Pero era una sonrisa casi automática, que no comunicaba para nada con la suerte de remolino interno que le atenazaba la base del estómago.

Asustada no, pensó. No asustada. Pero lo que tenía claro era que no había pensado atender esa llamada. Quizá porque, de todas maneras, era una llamada a una puerta que ni siquiera sabía si existía.

3

Por la noche, un par de horas después de que las oficinas hubieran cerrado en casi toda la ciudad, Jow continuaba sentada a su mesa.

Arran se había ido a casa hacía un buen rato, y los servidores rumiaban en la habitación mientras se afanaban por terminar los procesos de limpieza y reducción de los archivos de audio. Se suponía que al día siguiente sería el Gran Día, el momento en el que su *software* se pondría a prueba; sabrían, por fin, si el esfuerzo continuado de tanta investigación y duro trabajo daría sus frutos. Sin embargo, Jow no estaba preocupada. Ni siquiera pensaba en ello. Desde que Arran se había marchado no había parado de mirar el directorio de archivos temporales. Los veía moverse de arriba abajo a medida que se creaban y eran destruidos. Cadenas de nombres de archivos aleatorios con un montón de letras y números que el sistema operativo asignaba al azar.

Por fin, se decidió.

Había visto a Arran trabajar con aquel primer archivo... «tanta luz...» y estaba segura de que podría repetir sus acciones. No se equivocaba: su memoria visual era excelente, y terminó moviéndose entre las diferentes opciones de la estación de trabajo con una facilidad pasmosa. Era como abrir puertas: las puertas correctas, unas puertas que siempre habían estado ahí para ella.

En poco tiempo, tuvo el sonido aislado y listo para ser reproducido. Ocupaba apenas tres segundos, y los picos que registraban su onda de sonido se mostraban en pantalla como una curiosa meseta de suaves colinas. Sin embargo, no había paz en ellas. Jow las percibía como una planicie hostil donde, en cualquier momento, podía desatarse una desapacible tormenta.

Le dio a reproducir y el audio llenó la diáfana sala vacía, provocándole un respingo.

—*Voy a irme pronto...*

Jow suspiró, dejando que las palabras entraran en ella.

Voy a irme pronto.

Se sentía extraña.

Muy extraña.

¿Quién se iba, y adónde?

Estuvo repasando la frase en su cabeza durante un rato todavía, dándole vueltas. Era incapaz de ubicarla, como si fuera una pieza de un puzle que no casaba en absoluto con ninguna de las que ya tenía.

Para cuando quiso darse cuenta, sin embargo, había procesado un par de archivos más. Los reprodujo.

—*No te queda tiempo, no... en tu camino.*

El otro archivo era un sollozo, pero en algún lugar entre las angustiosas exclamaciones desconsoladas una voz de mujer solicitaba ayuda.

—*Ayúdame, Joe. Ayúdame.*

Jow se llevó una mano a la boca. Estaba emocionada, conmovida y sacudida por una miríada de sensaciones diferentes. No eran voces normales. Parecían desgranadas por una garganta rota, como si le costase trabajo hablar, como si tuviera que hacer el esfuerzo de hacerse oír a través de una película de agua.

Un buen rato después, había limpiado y preparado un montón de sonidos más, y menuda colección constituían. Algunos eran difíciles de entender, como gruñidos de animales. Otras, eran voces de personas ancianas; unas pocas eran jóvenes y claras. Unas tenían un eco arrastrado y cenagoso, y otras estaban llenas de paz y tranquilidad. Ninguna de ellas, le pareció, podían ser «ondas de radio muertas», como había dicho Arran: «Rastros que resuenan como ecos eternos, condenados a reproducirse». Esa explicación no tenía sentido para ella. Si hubiera sido así, se dijo, alguna de aquellas voces debía de haber sido un anuncio publicitando un descuento en neumáticos, o un parte meteorológico, o una canción de Bob Marley; el tipo de cosas que la radio emite continuamente. «¡Buenos días, Leeds!» No. Eran voces suplicantes, anhelantes, voces que intentaban afanosamente hacerse oír, con mensajes muy específicos, generalmente dirigidos a un oyente inadvertido.

Para cuando hubo terminado de escuchar sonidos, Jow estuvo un rato en silencio todavía, como si necesitase tiempo para aceptar y procesar el cúmulo de sensaciones que todas aquellas anomalías sonoras le habían producido. No eran una curiosidad; no eran un enigma. Eran algo más. El principio de algo. Jow había conducido su vida dejando que su intuición la gobernase, sobre todo en los momentos difíciles, y allí había algo que le tiraba poderosamente de la manga.

La noche transcurrió casi sin darse cuenta, una hora tras otra, mientras se desplazaba con precario equilibrio entre un cúmulo de sensaciones que la llevaron, a las cuatro cuarenta y cinco de la mañana, a escribir «psicofonías» en Google.

Y entonces se asomó a un mundo que, aún conviviendo con el suyo, le había pasado inadvertido.

VII

Pete y Alma

De alguna forma extraña, las gotas de lluvia resbalando lentamente sobre el cristal del coche trajeron al hombre ensoñaciones de lo que pudo ser y no fue.

Como su vida con Carol.

En los últimos tres años, Carol había sido una constante en sus pensamientos, tan omnipresente como la necesidad vital de respirar. Se levantaba con Carol y se acostaba con Carol, y cuando cruzaba por las calles del centro, veía fugazmente su rostro reflejado en los escaparates de las tiendas. Cuando sonaba el móvil, su nombre aparecía con letras llameantes en su mente, sólo por unos breves instantes, naturalmente, porque nunca era ella. No podía serlo.

Pero ahora que llevaba por fin un tiempo con la mente descansada, que había recuperado el gobierno de su silencio interno y su soledad, recibía ese encargo que se le había antojado rancio y hasta de mal gusto, y la imagen —tan nítida— de Carol había florecido de nuevo en la trastienda de su mente.

Carol. Carol.

Carol se fue inesperadamente. Tomó demasiado deprisa una curva bastante pronunciada, y su coche se precipitó hacia un abismo plagado de rocas puntiagudas, en los acantilados de Beachy Head. El jefe de la policía forense le dijo que el primer impacto había aplastado tanto el techo del vehículo que debió de desnucarse en cuestión de segundos. Dijo que no había sufrido, que su cerebro, probablemente, no tuvo tiempo de captar lo que estaba ocurriendo. Era un triste consuelo, pero un consuelo al fin y al cabo, y él lo aceptó agradecido. Desde entonces habían pasado ya tres largos años, pero incluso ahora, cuando hablaba de ella, nunca decía «Carol murió» o «Carol está muerta». Siempre decía «Carol se fue». Suponía que aceptar el hecho de una manera verbal quedaba aún lejos de sus capacidades mentales. Ya había sido bastante duro enfrentarse al hecho en sí, al desamparo, a la melancolía y a la tristeza, como para afrontar también la terrible realidad desnuda, el hecho inequívoco de que Carol ya nunca volvería.

Sentado en el asiento de su coche, Pete se revolvió, incómodo, intentando apartar de sí los recuerdos. El reloj del salpicadero denunció que el grupo de chalados llegaba tarde. En la calle, las luces del hotel donde había quedado con ellos cimbreaban como las llamas danzantes de una hoguera.

Ellos, los chalados. Así los llamaba.

Era un encargo para tocarle las narices, de eso estaba seguro. Había en la redacción más de un compañero que se habría encargado del asunto con verdadero deleite. Aquella chica rubia, por ejemplo... No recordaba su nombre, pero tampoco importaba, porque difícilmente superaría el periodo de prueba. Pasaba el tiempo enviando e-mails encadenados con mensajes de superación espiritual y karma instantáneo, leía revistas de esoterismo y llenaba su mesa con talismanes y piedras redondas y brillantes. A Pete, que valoraba honestamente su trabajo de periodista y su compromiso de buscar siempre la verdad, esa chica rubia lo ponía muy nervioso. Para Pete, todo eso eran chorradas.

«Pero por eso te han enviado a ti, idiota —se dijo—. El jefe quiere una perspectiva seria del asunto.»

«La única perspectiva», se corrigió.

Suspiró largamente.

Las ocho y cuarto. Llevaban quince minutos de retraso, y él ni siquiera se había permitido cenar para no llegar tarde.

Los chalados, como él los llamaba, eran un grupo de parapsicólogos. Eran como esa chica (en serio, ¿cómo se llamaba?) pero con un gabinete, un montón de aparatos, y una pátina científica con tufo a carne pasada. La culpa, por supuesto, era de ese libro que había publicado el ahora famosísimo escritor irlandés Johnnie Balmori: *La puerta*. Iba sobre fantasmas y cosas similares, y había propiciado toda una moda alrededor de la ouija y los temas espiritistas en general. El periódico quería saber la opinión de una «profesional» del mundillo, y ésa, al parecer, era la doctora Chambers. «No pongas esa cara de imbécil —le había dicho su redactor jefe—. Esa mujer sabe cuántas veces te masturbas a la semana.» Pete había resoplado: para él no eran otra cosa que unos profesionales del fraude.

Leeds era una ciudad grande con un montón de barrios ricos, y hasta tenía zonas enteras con una creciente población judía, como Moortown o Alwoodley. Eran barrios con mucha antigüedad, llenos de gente mayor con un montón de pasta en el bolsillo, y ése era un caldo de cultivo excepcional para los fraudes que esos grupos de parapsicólogos solían cometer. Oh, menudo elenco de sandeces manejaban los de su calaña: ayuda mental a distancia, curaciones, adivinación, y algo que ni siquiera había podido encontrar en el diccionario pero que publicitaban como «quirología». Y por supuesto, la joya de la corona: el contacto con los muertos.

Se revolvió de nuevo, vigilando el indicador de temperatura. Ahí fuera estaba helando.

Las ocho y veinte.

Su estómago protestó con un sonido sordo.

Contacto con los muertos.

Quizá por eso, pensó, Carol había vuelto a su mente consciente. Quizá era tan fácil como eso. Por mucho que detestara el mero concepto de todo el asunto, suponía que era algo que no podía evitar. Era una asociación limpia de ideas, y de esa necesidad... de ese vacío sublime, era de lo que sanguijuelas como aquéllas se alimentaban. Si la señora Marwick quería hablar con su marido, fallecido un par de años antes, podía soltar doscientas libras para recibir un montón de mensajes del Más Allá entre los que se incluían una exuberante colección de jadeos infernales y una o dos frases genéricas: «Su marido le envía todo su amor, señora Marwick. Su marido dice que está feliz. No, dice que no le importa que vea de vez en cuando a su nuevo amigo porque quiere que sea feliz, señora Marwick, porque él la quiere mucho mucho MUCHO».

Negó con la cabeza.

De pronto, unos haces de luz barrieron la carretera delante de la curva. Pete se enderezó en el asiento, suspirando con cierta desgana. A esas horas tardías, y con la que estaba cayendo, sólo podía ser su contacto. A modo de confirmación, el coche aminoró suavemente la velocidad hasta detenerse delante de él. Era un Austin Rover del año de la pera, con el foco derecho condenado a emitir una luz mortecina y anaranjada. Por fin, los haces parpadearon brevemente y el motor se detuvo con un ligero traqueteo. Lentamente, los limpiaparabrisas regresaron a su posición de descanso y la lluvia se apresuró a llenar de gotas el cristal.

Pete tomó su pequeño paraguas y descendió, protegiéndose de la lluvia; ahí fuera había al menos tres o cuatro grados de diferencia, lo que le hizo sentir un pequeño escalofrío. Delante de él, un hombre vestido con traje descendía del Rover. Se cubría torpemente la cabeza con una revista desplegada.

—¿Señor Waters? —exclamó. Tenía que alzar la voz para hacerse oír por encima de la lluvia.

—¡Sí!

—¡Buenas noches! —respondió, acercándose y tendiéndole la mano.

—¡Será un decir! —respondió Pete.

—Oh, es...

Pete percibió el rubor en sus mejillas pese a la lluvia. Ahí delante tenía a un hombre tímido, probablemente debido a su juventud, y aunque venía predispuesto a presentar batalla, se apiadó un tanto.

—Puro formalismo, lo sé, no se preocupe —exclamó—. ¿Ha venido usted solo?

—Sí, y lo siento; ha habido un pequeño cambio de planes. La doctora Chambers no va a poder venir. Lamentablemente, hay demasiada humedad, y ella padece una artritis reumatoide severa. Se preguntaba si querría usted, amablemente, acompañarme a nuestro despacho para celebrar allí la entrevista.

Pete se encogió de hombros.

—No tengo inconveniente... —repuso. En realidad, la idea pareció florecer en su mente: si tenía la oportunidad de visitar sus instalaciones físicamente, podría hacerse una idea mucho más precisa de con quién estaba tratando. Las imágenes llenaban huecos que una conversación no podía llenar, aportaban detalles que unos ojos observadores podrían detectar en el entorno. Una jarra en una mesa podía contener una reveladora serigrafía que dijese ALIANZA RADICAL INGLESA, o quizá uno de esos estrafalarios mensajes pronazis con 4-1 ATAQUE RELÁMPAGO, TA-TA INGLATERRA. Podía haber fotos con personajes conocidos sobre los que investigar, revistas e incluso documentos dejados a la vista. Pensó divertido que sería revelador encontrar una carpeta de un proveedor que suministrase Niebla Fantasmal Blanco Nube.

—¿Quiere que lo siga con el coche? —preguntó entonces.

—No está demasiado lejos, en Enfield Terrace, así que si quiere podemos acercarnos con el mío. Estaré encantado de traerlo de vuelta después.

Pete asintió. Aquel hombre tenía un acento y unas maneras demasiado de Cambridge para su gusto, pero no parecía un mal tío. Subieron al coche, y cuando cerraron las puertas el ruido de la lluvia descendió rápidamente.

—Qué manera de llover... —dijo el hombre con una pequeña sonrisa. Acababa de quitarse las gafas para limpiarlas y Pete reconoció, a pesar de su evidente palidez, que tenía cierta presencia sin ellas.

—Seguirá así toda la semana, según el pronóstico —informó Pete.

—Me llamo Andrew, por cierto. Soy el asistente personal de la doctora Chambers.

Pete le estrechó la mano.

—Encantado. ¿Lleva mucho tiempo trabajando con ella?

—Vaya, pues... —Dudó unos instantes—. Creo que en abril hará tres años ya. Es increíble cómo pasa el tiempo. A veces parece que fue ayer cuando hice aquella entrevista con ella.

—¿Le costó mucho conseguir el empleo?

Para entonces, Andrew ya estaba arrancando el motor. Sonaba a viejo y gastado, pero aún rugía con fuerza bajo la intensa lluvia.

—Bueno... —dijo riendo—... ésa fue la entrevista más extraña que he tenido nunca.

—¿A qué se refiere?

—Bueno... verá, yo acababa de terminar mis estudios, y era un entusiasta seguidor de la doctora Chambers. Lo había leído todo sobre ella, y había asistido a la mayoría de sus conferencias, incluyendo la que pronunció en Frankfurt. Me costó bastante desplazarme hasta allí con mi asignación de estudiante, por cierto. Pero sabía que trabajar con ella era lo que más deseaba en el mundo...

—¿En qué se licenció?

—En Filosofía y Humanidades.

—¿En serio?

—Sí. Pero además hice varias cosas que sabía que me ayudarían a trabajar en su gabinete. Medicina Psicológica en el Real Colegio de Médicos de Londres, un máster en psicoterapia y psicología de la conducta...

—¿Todo eso los ayuda a... hacer prácticas espiritistas?

Andrew soltó una pequeña carcajada mientras hacía dar la vuelta al coche. Los limpiaparabrisas trabajaban con escaso éxito intentando mantener los cristales libres de agua. Uno de ellos, en concreto, producía un ruido en extremo fatigado y lastimero: ÑIIIK ÑIIIK.

—¿Qué pensaba usted que había estudiado? —preguntó el joven.

—No lo sé... ¿parapsicología, simplemente?

Andrew negó con la cabeza, todavía con una sonrisa dibujada en su rostro juvenil.

—Para eso tendría que haber ido a Estados Unidos —explicó—. En Inglaterra es... bueno, es complicado, tendría que haberme doctorado en Psicología, lo que lleva probablemente entre ocho y doce años, y luego continuar desde ahí, cinco o diez años más. Pero en realidad no hace falta nada de eso.

—¿Qué hace falta entonces? —preguntó Pete, ahora vivamente interesado.

—Bien... Es una materia que puede abordarse experimentalmente en muchos aspectos: psicológico, biológico, físico, fisiológico, neurológico, psicoanalítico, antropológico...

—¡De acuerdo, de acuerdo! —protestó, divertido, Pete—. Pero estaba usted contándome cómo fue la entrevista.

—Ah, sí. Bien, yo llegué allí con un montón de papeles. Todos mis títulos, para empezar, cartas de recomendación, algunas colaboraciones en diversas publicaciones... En fin, todo tipo de... de condecoraciones académicas. Ella me escuchó todo el tiempo, y creo que hice un discurso... largo. —Rio brevemente—. No puedo decirle si fue bueno o malo porque no lo recuerdo, estaba francamente aterrorizado. Me había esforzado mucho para llegar hasta allí y ahora todo se decidía en una reunión de unos minutos.

—Sí, lo entiendo... —exclamó Pete, aceptando de manera consciente que sentía una creciente simpatía por aquel muchacho.

—Bueno, me escuchó todo el tiempo, y de repente, sin que ella pronunciase ni una sola palabra, yo había acabado. Eso era todo. Me quedé allí sentado, pensando que mi futuro se acababa de derrumbar por completo. Estaba fascinado. ¡Era Alma Chambers la que tenía delante, y aún hoy no sabría decirle si le acababa de decir que era su fan número uno o le había contado la técnica de fabricación del papel verjurado!

Ahora fue Pete quien soltó una pequeña carcajada.

—Bueno, de repente ella cogió todos aquellos documentos e informes que había puesto sobre la mesa y los apartó con desdén. Pensé: «Ya está. Ahora sí que se ha acabado». Le juro que me habría levantado si no hubiese estado tan bloqueado.

—Pero consiguió el trabajo... —apuntó Pete—. No apartó realmente sus informes...

—Sí que lo hizo. No le interesaban lo más mínimo, aunque eso lo supe más tarde. Lo hizo para colocar sus brazos sobre la mesa, con las palmas hacia arriba. «Vamos. Coge mis manos», dijo.

—¿Eso dijo?

—«Coge mis manos» —repitió, asintiendo suavemente con la cabeza—. Y eso hice, por supuesto. Ella cerró los ojos y permaneció así un buen rato. Puede que fueran sólo unos segundos, pero a mí me pareció una eternidad. De pronto... puede usted creerme, soltó mis manos y, mientras se levantaba, exclamó: «El trabajo es suyo».

—¿Ya está? —preguntó Pete con tono decepcionado, como si hubiese esperado un final mucho más sorprendente.

—Dijo aquello, se levantó y salió de la habitación. Yo me quedé allí sentado, con un notable temblor de piernas, y permanecí sin moverme cinco o quizá diez minutos. Sus palabras se repetían incesantemente en mi cabeza: «El trabajo es suyo», «el trabajo es suyo», aunque no conseguía interiorizarlo. No sabría decirle si estaba eufórico o decepcionado.

—Pero... no comprendo. ¿Qué ocurrió realmente?

El joven le dirigió una rápida mirada apreciativa mientras conducía.

—¿No lo sabe? —inquirió—. La doctora Chambers es una mujer extraordinaria, indeciblemente dotada. No conozco a nadie más como ella. Hay médiums que son sensitivos, otros que se conectan mediante el contacto, los hay capaces de escuchar cosas. La doctora Chambers tiene bastante de todo eso a la vez. Es como si... tuviera un pie aquí y el otro en otra parte. ¿No lo sabía? Pensaba que habría... no sé... investigado un poco.

—Bueno, en realidad para eso estoy aquí —exclamó Pete, ahora a la defensiva—. Para hacer preguntas. Soy de la vieja escuela. Podría haberme quedado en la oficina y haber sacado la información de internet, pero me gusta tratar directamente con la fuente.

—Desde luego... —se apresuró a decir Andrew, recobrando la compostura de la que había hecho gala hacía sólo unos minutos. Se daba cuenta de que se había relajado con demasiada facilidad y sus comentarios resultaban algo impertinentes. Carraspeó y se enderezó en el asiento. Cuando adquiría esa pose cuidada y profesional curvaba suavemente las cejas, lo que le daba un aire flemático típicamente inglés—. No quería hacerlo sentir incómodo, lo lamento.

—No se preocupe. Una pregunta... ¿Qué tiene que ver el hecho de que la doctora sea una médium tan... dotada con su entrevista de trabajo?

Andrew carraspeó brevemente antes de responder.

—La doctora Chambers obtiene información por varias vías, una de ellas es el contacto. Aún no la he oído explicar con sus propias palabras lo que siente, pero... tampoco importa, es algo bien documentado. Sabrá que un médium es un agente entre los planos físico y espiritual. Algunos, como la doctora, tienen la capacidad de transferir, extraer y potenciar la energía espiritual.

Pete suspiró. Tenía la vaga sensación de que acababa de escuchar un discurso político: mucha palabrería, pero ningún contenido real.

—Interesante —dijo.

—Tal y como yo lo entiendo, es como una imprimación de sensaciones. Ella recibe recuerdos e imágenes, a veces por contacto. También es capaz de ver a ciertas entidades que nos rodean y de comunicarse con ellas.

—Eso es fantástico...

Andrew percibió el frío tono de voz de su interlocutor, y la cuidadosa elección de la palabra «fantástico» como manera de mostrar interés.

—¿Cree usted en estas cosas, señor Waters? —preguntó entonces, ahora en un tono de voz más bajo.

—Debo decir que no, lo siento —respondió con rapidez.

—Sé lo que parece —exclamó Andrew—. Pero si llevara tres años trabajando con ella, tendría otra percepción de las cosas.

—Usted ya estaba predispuesto a creer —razonó Pete—. Me lo ha contado. Ya era un seguidor de su trabajo cuando estudiaba.

—Tiene razón. Aunque esa predisposición nace de algunos sucesos ocurridos en mi vida.

—¿Experiencias personales de algún tipo?

—Entre otras cosas, sí.

—¿Es por eso por lo que lo hace? ¿Por eso trabaja en esto?

Andrew pensó unos instantes. En el parabrisas, la lluvia repiqueteaba con intensidad, llenando el interior del habitáculo del sonido grave y melancólico de las gotas golpeando el techo del vehículo. Era un Rover antiguo y no disponía de los modernos climatizadores, pero el aire acondicionado generaba un calor suficiente y agradable.

—Lo hago... porque es excitante —respondió entonces, hablando despacio—. Es como en la Antigüedad, cuando aún había misterios por descubrir. Imagine a un niño en la orilla del océano, preguntando a su padre: «¿Y más allá del horizonte, qué hay, papá?». Y el padre responde: «Oh, no se sabe. Unos dicen que dragones. Otros dicen que nada. Pero nadie lo sabe realmente». Estoy seguro de que ese niño creció pensando que explorar ese océano sería lo más excitante que podría hacerse.

Pete recuperó su sonrisa.

—Comprendo...

—Con este tema pasa lo mismo. La doctora Chambers sigue su propio sendero. Sólo le interesa una cosa: demostrar de alguna forma que coexistimos con un mundo espiritual.

—Vale... —asintió Pete. De pronto, el viejo instinto periodístico saltó a la palestra, y sintió que tenía la oportunidad de recabar algo de información sobre un tema que le parecía crucial para trazar las bases de su artículo—. Pero también atienden un montón de casos. Imagino que son una buena forma de financiación.

—¿Los casos? Oh, no... la financiación no viene de ahí. La mayor parte viene de las arcas personales de la doctora. Otra parte es financiación privada. A un escéptico como usted le sorprendería descubrir que hay mucha gente interesada en su trabajo.

—¿Tienen ayuda de fondos públicos?

Andrew le dedicó otra vez una mirada rápida, con una expresión divertida en el rostro.

—¿Qué? ¡No! No, en absoluto... No hay fondos para este tipo de investigaciones.

—¿No cobran a la gente a la que le prestan servicios profesionales?

—No, jamás hemos hecho tal cosa. No facturamos nunca, ni a empresas ni a particulares. La doctora Chambers jamás cobra por sus conferencias en público. Lo considera divulgación científica esencial.

Pete asintió lentamente, pensativo y hasta algo contrariado. Andrew no parecía el tipo de hombre que mintiera de una manera tan clara sobre un particular como ése. Parecía convincente, pero en su vida había encontrado muchas personas capaces de mentir sin pestañear. No era difícil. A veces las personas interiorizaban una mentira de una manera tan profunda que acababan creyéndosela. Y por supuesto, podía ser que un mero asistente como él no estuviera informado de la realidad de las cosas. Mientras asentía, tomó una pequeña nota mental. La nota decía: «Investigar financiación».

—Pero antes dijo que una gran parte de su financiación proviene de las arcas personales de la doctora —continuó entonces.

—Así es —respondió Andrew—. ¿No conoce la historia de la familia Chambers? Es de procedencia escocesa. Amasaron una enorme fortuna gracias a la industria del acero al final de la revolución industrial. Su abuelo hizo crecer esa fortuna aún más gracias a inversiones en el mundo del petróleo. El padre de la doctora Chambers estaba enfadado con la familia por motivos que me son desconocidos, y ella no pudo disfrutar de ese dinero hasta que éste falleció y ella fue incluida en la herencia familiar. Algo paradójico, porque Alma tenía la misma opinión sobre el negocio familiar que su padre. Una vez dijo algo sobre eso... ¿Cómo era? ¡Ah, sí!: «El negocio del petróleo es tan oscuro, sucio y pestilente como el petróleo en sí».

—¡Oh!

—De verdad... tiene que conocer a la doctora. Creo que le causará una buena impresión. De hecho... ya estamos llegando.

Pete alzó la mirada. Con la conversación, no había reparado dónde estaban. La realidad se distorsionaba a través del cristal por efecto de la lluvia, y el agua se desparramaba lánguida por el cristal. Pero incluso a través de él pudo ver que se encontraban en lo que parecía ser una zona industrial. En el lado izquierdo del coche se levantaba una vieja nave, la única iluminada en la zona.

Andrew detuvo el motor, y de repente, el sonido de la lluvia adquirió una nueva dimensión, casi amenazante.

—Cuando quiera —dijo Andrew al fin.

Pese a que se movieron con rapidez, no pudieron evitar llegar al interior de las instalaciones chorreando. Un inhóspito viento racheado deslizaba la lluvia por debajo del paraguas (que fue del todo insuficiente para ambos), empapando sus trajes en cuestión de segundos.

Andrew cerró la puerta de entrada lanzando sonoros resoplidos. Pete intentaba plegar su maltrecho paraguas, que el viento había deformado terriblemente.

—Vaya. Pensé que éste duraría un poco más. Me costó una fortuna.

Andrew se encogió de hombros.

—Ahí fuera está cayendo un auténtico diluvio. Déjelo ahí, por ahora —indicó, señalando el paragüero.

Mientras dejaba caer el paraguas, Pete miró a su alrededor por primera vez. Era apenas una habitación, pero tenía un aspecto cálido totalmente inusual en polígonos industriales como aquél. El suelo lucía una moqueta de un elegante rojo burdeos, a juego con los simplistas marcos de las láminas de las paredes. Éstos, para su sorpresa, no representaban ojos celestiales encerrados en místicos triángulos, ni caras sonrientes con aspecto de budas. Eran coloristas ilustraciones modernas que mostraban formas esenciales combinadas, realizadas con trazos básicos. En conjunto, combinaban muy bien con el estilo sobrio y elegante del sitio. Por lo demás, los únicos muebles eran una mesa y algunas sillas de aspecto confortable alineadas contra la pared. Casi le parecía haber sido transportado a uno de los mejores lugares empresariales del centro.

—Ésta es la recepción —dijo—. No recibimos muchas visitas, pero es una manera tan buena como cualquier otra de mantener el área privada lejos del público. Por aquí, por favor.

Andrew lo condujo entonces a través de una puerta y accedieron a un pasillo distribuidor. Olía bien, a productos de limpieza, y Pete tuvo que admitir que, de alguna manera, se sentía más receptivo. Lo poco que le había dicho Andrew lo había intrigado, y el lugar parecía muy alejado de la típica consulta de expertos en cosas como el tarot, la quiromancia o, en lo que a Pete concernía, la adivinación por tejas de teca. Tales lugares estaban usualmente recargados con tapices abigarrados de santos e imágenes fantasmagóricas, pletóricos de incienso y de música tántrica, de oscuridad y de brillantes círculos con signos astrales.

—Bonita oficina —admitió.

Antes de abrir la siguiente puerta, Andrew compuso una enigmática media sonrisa. Hizo girar la hoja con un brazo, cediéndole el paso, como un presentador de televisión revelando el contenido de la Tercera Puerta.

Y Pete comprendió por qué inmediatamente.

Se trataba de una sala grande, de techos altos. La primera impresión general era de espacio, y la segunda sensación inmediata era de modernidad. Estaba abarrotada de tecnología y la luz también contribuía a ello: provenía de unos tubos de neón en el techo y confería al lugar una iluminación homogénea y limpia. En primer término había una serie de mesas donde había gente trabajando con modernos ordenadores de alta gama. A su alrededor, las carpetas y documentos formaban grandes pilas sobre las mesas. Un poco más allá, varios estantes albergaban diferentes máquinas con luces parpadeantes. Por lo poco que sabía del asunto, podían ser servidores de datos de algún tipo; se parecían, de hecho, a los que tenían en la redacción.

Pero ahí no acababa todo. Al fondo de la sala había gente en pequeños despachos cuyas paredes eran de cristal transparente. Estaban, por lo tanto, aislados del resto, pero participaban del ambiente general de trabajo. Los que allí desarrollaban su labor lo hacían con equipos informáticos, montones de terminales, cámaras, sistemas de edición de vídeo y otro instrumental que no podía identificar.

Por lo que a Pete se refería, aquél podía perfectamente ser el laboratorio de investigación de algún reputado científico.

—Impresionante —soltó, casi sin darse cuenta.

—Sabía que le gustaría —comentó Andrew.

—¿Para qué es todo este despliegue?

—Para nuestro trabajo, claro —contestó Andrew—. Todo es para lo mismo. Esta gente de aquí, por ejemplo —dijo señalando a las chicas jóvenes que se ocupaban de las pilas de carpetas y los ordenadores—, se dedica a recopilar y analizar casos existentes. Mucha de esa información es viejísima, aparece en libros, periódicos y revistas sensacionalistas de divulgación, pero no descartamos nada. A veces encontramos cientos de referencias sobre un mismo caso, y al recopilarlas, tomamos nota de las incoherencias. Si una misma referencia aparece en un noventa por ciento de las menciones, por ejemplo, se le asigna una probabilidad más alta de ser cierta. Al fin, todo se digitaliza y alimenta una gran base de datos a la que llamamos Virgilio.

—¿Virgilio?

—Como en la *Divina Comedia*, el que guía a Dante a través del Infierno y el Purgatorio —respondió sonriente. Con esa luz, la palidez de su rostro era más que evidente—. Pero ya lo comprenderá más adelante.

Pete asintió, recorriendo la sala con ojos ávidos.

—¿Cuánta gente trabaja aquí?

—No crea, nuestro equipo es pequeño. Somos apenas cinco, el resto son profesionales que intervienen, eventualmente, cuando requerimos de sus servicios. También tenemos un grupo de trabajo de estudiantes universitarios que colaboran haciendo tareas sencillas de documentación y archivo, como esa gente de la que hablábamos antes.

—¿Qué tipo de casos recopilan?

Andrew levantó una ceja, sorprendido.

—Creo que no sabe mucho acerca de nosotros, ¿verdad?

Pete se revolvió, incómodo. Era la segunda vez que se sentía así, con la sensación de que lo habían pillado fuera de juego.

—Sé que son un grupo de parapsicólogos —exclamó, manifiestamente a la defensiva.

—Sí, pero tenemos únicamente un área de investigación. Sólo una.

—¿Y cuál es? —preguntó Pete después de un incómodo silencio.

—Somos un gabinete de investigación espiritista, señor Waters —dijo despacio.

«Carol. Carol.»

Pete tardó un rato en responder, con la mente invadida por sensaciones que no quería dejar entrar en el plano consciente.

—Pero dijo que la doctora era una médium sensitiva, que sabía cosas por contacto.

—Eso es lo que es —asintió Andrew—. No a lo que se dedica. Ese... don, si le gusta el término, es lo que le permitió comprender que la ciencia moderna prefiere ignorar muchas cosas que, sin embargo, están ahí. No hay nada que la moleste más que un reduccionista científico. Piensa que la ciencia debería tener otra mentalidad sobre estas materias, y no lo hace. Como la scopaesthesia...

—¿La... qué?

—Scopaesthesia. Es muy sencillo, el efecto de «mirada en la nuca». Está en la Wikipedia. Creo que lo que dice es «supuesto fenómeno», porque... diablos... ¡existe! Estoy seguro de que lo ha sentido. Todo el mundo lo ha sentido. Pero la ciencia aún no puede explicarlo; en el laboratorio siempre arroja resultados negativos.

—Entiendo —susurró Pete.

—Otra de esas cosas, claro, es el mundo de los espíritus, que, naturalmente, abarca un concepto tan amplio como se desee. No obstante, la capacidad de la doctora es la piedra angular de todo nuestro trabajo.

—Pero veamos... Si lo he entendido bien, toda esta gente...

Pero no terminó la frase. Caminando hacia ellos entre las filas de mesas venía una mujer vestida con un elegante traje de chaqueta gris. No era muy alta, pero como era delgada y caminaba muy erguida, daba la sensación de serlo. Sonreía, y su expresión era dulce en su rostro ligeramente redondo, comunicando afabilidad. Pete se sintió bien cuando la vio, sobre todo al hacer contacto visual, porque era imposible ignorar sus ojos, hipnóticos, fascinantes, profundos. Eran de un tono azul tan claro que uno tenía la sensación de enfrentarse a dos trozos de hielo, marcados por un círculo alrededor del iris un par de tonos más luminoso. Su cabello, claro y largo, estaba cuidadosamente recogido en una coleta, y colgando del cuello llevaba una sencilla cadena de la que pendía el símbolo egipcio de la vida, el *Ankh*.

—Ah... Señor Waters, le presento a la doctora Chambers.

Pete experimentaba una suerte de sensaciones encontradas cuando la miraba. Sus ojos... ¿eran finalmente azules, grises o verdes? Era difícil decirlo, pero lo miraban de una forma que parecía taladrar todos sus pensamientos, como si pudiera leerlos con la misma facilidad que la página de un periódico. Luego desechó esa idea con rapidez. ¿De verdad estaba pensando eso? ¿Él? ¿Precisamente él?

«Sólo tiene los ojos más increíbles que haya visto —pensó—. Así es como lo hacen. Es lo que hacen. Te sugestionan. Al final de la jornada acabas creyendo que el Hada de los Dientes [1] te dejará un trozo de chocolate bajo la almohada si le confías una pieza caída.»

Lo cierto era que, sugestión o no, aquella mujer tenía una suerte de carisma personal que podía percibir de una forma innegable y clarísima. No se trataba de belleza: era una mujer madura, y con la clara excepción de sus ojos, no era particularmente bonita en ninguno de sus rasgos reconocibles, pero lo cierto era que había llenado todo el espacio con su presencia, y eso era un hecho.

Instintivamente, extendió la mano, y de nuevo no pudo evitar pensar que aquella mujer obtendría fragmentos de su vida al entrar en

1. El equivalente en Reino Unido al Ratoncito Pérez. *(N. del A.)*

contacto con su piel. ¿Qué vería? Había tenido una vida que rayaba en lo anodino; ¿qué podía ser lo más significativo? ¿Lo vería con catorce años y el pene entre las manos, entregado a su primera experiencia masturbatoria?, ¿lo vería haciendo el amor con la que sería su mujer, años después, en aquella nefasta primera experiencia sexual?, ¿o sentado en el retrete, con uno de aquellos ejemplares del *Readers Digest*?

«Estás sugestionado, amigo —se dijo—. Puede verte tumbado en el césped de la casa de tus padres explorando minuciosamente tu orificio nasal tanto como tú puedes ver lo que hace Naomi Campbell en estos momentos.»

—Encantado, señor Waters —dijo ella, dándole un cálido apretón. Si había visto algo, su rostro no lo decía—. Por favor, disculpe que no haya podido atenderlo donde convinimos. Lamentablemente, mi artritis empeora en estos días de lluvia.

—No se preocupe, lo entiendo. Es un placer conocerla —manifestó él. Se fijó entonces en que la doctora llevaba unos elegantes guantes blancos. Eso pareció tranquilizarlo un poco.

«No puede hacerlo a través de los guantes, ¿verdad? Con los guantes no puede hacerlo.»

—Ahora voy a quedar aún peor con usted, me temo, porque pese a haber rehusado ir a verlo donde quedamos, ahora voy a pedirle que me acompañe fuera.

Andrew compuso una expresión de sorpresa.

Pete inclinó la cabeza. Iba a decir algo cuando la doctora siguió hablando.

—Acabamos de recibir una llamada. Es un caso que se está produciendo ahora, en estos momentos. Por cosas así, una arriesga pasar una noche envuelta en un dolor desmedido. Además, creo que le gustará ver in situ cómo trabajamos. Puede ser buen material para su artículo, me parece.

Pete parpadeó.

—Oh... desde luego —exclamó, aunque no estaba seguro de dónde se estaba metiendo.

—Una silla que grita, fíjese qué cosas. Pero hay ciertos elementos en esa historia que me satisfacen. Además, ¿cree usted en las casualidades? Supongo que no. Yo tampoco, por descontado. Es nuestra intervención directa número cien. ¿No le parece un número fascinantemente redondo para ser el día que usted viene a vernos?

Pete asintió sin comprender.

Andrew parecía envuelto en sus propias reflexiones.

—¡Doctora, tiene usted razón! —exclamó.

—Nos esperan ya —dijo— Así que, si no le parece mal...

La doctora extendió un brazo, indicando la salida.

Y Pete, inquieto, tardó apenas un par de segundos en decidir lo que pensaba de todo aquello. De repente había caído en la cuenta. No le gustaba. No le gustaba en absoluto.

Su mujer se había salido de la carretera en el kilómetro cien.

VIII

Buenos días, Inglaterra

1

Douglas Winters siempre se había despertado temprano, pero desde hacía unos días, cuando abría los ojos, se enfrentaba a la oscuridad absoluta de su dormitorio. A veces ocurría una o dos horas antes del amanecer, cuando el cielo ni siquiera había clareado por el este.

Estaba inquieto.

Elvenbane siempre había sido un lugar tranquilo, incluso en verano, cuando se celebraban las dos ferias locales, al principio y al final de la temporada. Entonces venían turistas y gente de los pueblos de alrededor y las calles se llenaban de ruido y costaba trabajo encontrar un lugar tranquilo donde tomar una taza de café porque todas las mesas estaban ocupadas; pero a Douglas eso le parecía bien. Las calles olían a algodón de azúcar, el muelle se llenaba de mujeres que lucían bronceados hermosos y se incentivaba la economía local. Era, sobre todo, un turismo controlado que se limitaba a ocupar los hoteles y apartamentos. Pero lo que ocurría esos días en Elvenbane, sin embargo, era muy... muy diferente.

Diferente no, era desquiciante.

Consideró quedarse en casa. Pasear por la calle se había convertido en un auténtico quebradero de cabeza; ya no tenía nada del viejo encanto, de la soledad, del disfrutar del sonido de los pasos por el suelo empedrado, del graznido de las gaviotas en el puerto, de decidir dónde detenerse y ocupar cualquier banco, cruzarse con un vecino y tener algo de conversación trivial. Pero era un hombre de hábitos, y el de pasear llevaba siendo su principal ocupación desde hacía años, así que resopló y se dijo que quizá las cosas hubieran cambiado esa mañana; quizá sí. Al fin y al cabo, no podían durar para siempre.

Salió a la calle y el desánimo se apoderó de él. No vivía precisamente en pleno centro, pero incluso por aquellas latitudes había gente yendo de arriba abajo por la calle. Eran las cinco de la mañana y nadie parecía dormir. Un grupo reía a carcajadas cerca de la esquina y una señora (la señora Meyers, que hacía un ponche de huevo caliente capaz de curar el reúma, por cierto) protestaba desde su balcón.

—Por todos los demonios —exclamó.

La calle que llevaba a Silhoutte y Green Leaf estaba aún peor. Ni se le ocurrió pensar en llegar a la plaza para desviarse a la derecha hasta el café, como cada día, porque demasiado bien sabía lo que encontraría allí: mucha más gente, gente sentada en el suelo, caminando taciturnos por las calles, susurrando en voz baja o armando jaleo, meando en las esquinas, llenándolo todo de basura, papel de envolver bocadillos, bolsas de patatas y un largo etcétera de cachivaches y desechos.

Las autoridades locales estaban desbordadas. En realidad, empezaban a enfrentarse a un dilema grave porque no sabían qué hacer con tanta gente. Tanta, tantísima gente. Ni siquiera sabían qué hacían allí: no había espectáculos, conciertos, museos ni demasiados lugares de interés como no fuera el melancólico paseo marítimo del muelle o la belleza de los prados de alrededor, pero ni siquiera éstos eran distintos del resto de los paisajes que podían encontrarse por toda Inglaterra.

Los hoteles y apartamentos estaban completos, desde luego, y ése era precisamente el problema. El alcalde, el viejo Do-do-dogson Moriarty, que tartamudeaba como un auténtico atleta de las jodidas Olimpiadas del Tartamudeo, estaba encantado no sólo con la entrada de divisas, sino con la reacción de muchos de los vecinos. Los supermercados estaban agotando sus existencias, los restaurantes no daban abasto, y algunos de sus votantes incluso habían empezado a alquilar, habitaciones primero, espacio vital en el suelo después, en cualquier parte: en el salón, en el pasillo de la casa, en el trastero, ¡por verdaderas fortunas! La gente hacía lo que fuese necesario para llegar a Elvenbane y quedarse. Hasta la señora Lee, de la tienda de deportes y artículos para la naturaleza, aseguraba haber vendido el mayor número de tiendas de campaña de toda la historia del pueblo.

Era de locos.

El señor Winters negó con la cabeza.

Ya había tenido bastante. No comprendía las modas, ninguna de aquellas modas estrafalarias, y desde luego, no entendía por qué Elvenbane era de repente el maldito lugar en el que había que estar.

Y mucho menos, que nadie pudiera explicar por qué.

2

¡Buenos días, Inglaterra!

La música de la cortinilla de presentación estaba programada para coincidir con el conocido saludo del presentador principal, Jimmy *Sonrisas* Taylor. Acabó con unos compases *in crescendo* y una pequeña fanfarria de trompetas.

—¡Buenos días! —saludó Jimmy, dedicando unos pocos segundos a asegurarse de que su inmaculada sonrisa se quedaba grabada en la retina de los televidentes—. ¡Menuda mañana tenemos hoy, ¿eh, Andy?!

—¡En efecto! —declaró Andy—. Tenemos una mañana muy muy especial, llena de temas bastante inusuales.

—Ya lo saben, ¡no verán estos contenidos en otras cadenas. Solamente en «Buenos días, Inglaterra» tenemos esa información de la que nadie quiere ocuparse!

—Así es —dijo Jimmy—. Por ejemplo, vamos a hablar de este frío que nos tiene a todos sorprendidos.

—¡Estamos muy sorprendidos, y fríos! —dijo Andy sonriendo.

—Sin duda, lo han comentado entre ustedes —continuó diciendo Jimmy—. Porque hace frío...

—¡Un frío de narices!

—Realmente estamos todos helados, congelados. No importa cuánto te abrigues, el caso es que hace frío, y los termómetros no lo registran.

Andy sacó un pequeño termómetro digital con unos números bastante grandes, de manera que la cámara pudo recogerlos fácilmente.

—Veinte grados en el estudio —exclamó—. Pero les aseguro que se perciben como diez.

—Como siete —corrigió Jimmy.

—¡Como siete!

—Hace tanto frío que uno esperaría soltar una vaharada blanca al respirar, ¡pero eso no ocurre!

—Queríamos traer a un experto climatólogo para que nos hablara de esta ola de frío —añadió Andy—, pero lo cierto es que no pueden explicarlo. La temperatura realmente está bien, el tiempo es normal para esta época del año, pero todos sabemos que en realidad tenemos que buscar el calor de una estufa cuando llegamos a nuestros trabajos o volvemos a casa.

—Hablaremos sobre esto detenidamente un poco más tarde —dijo Jimmy—. Pero ahora queremos mostrarles otra cosa que nos ha llamado la atención.

—En efecto —exclamó Andy—. ¡Van a alucinar!

—Sí. ¡Algo pasa en Elvenbane!

—¿Qué pasa en Elvenbane, Jimmy?

—Tenemos a Nick Rogers allí ahora mismo. Vamos a dejar que él nos lo explique, y luego hablaremos sobre ello en nuestro debate, como de costumbre.

—¡Nick! —llamó Jimmy sin perder la sonrisa—, ¿nos oyes?

3

—¿Listo? —preguntó el reportero.

El cámara levantó un pulgar.

Nick esperó a la luz verde. Mientras esperaba, se repasó el flequillo, compuso su mejor expresión de reportero profesional, y permaneció tan derecho como pudo, preguntándose si la algarabía que tenía alrededor entorpecería la emisión. La cosa lo molestaba bastante. Tendría que elevar la voz y dejar de lado muchas de sus bien estudiadas inflexiones. Y eso era un asco. Muchos de los grandes jefazos de «Buenos días, Inglaterra» podrían estar mirándolo en ese momento; cada segundo que estaba en antena podía significar una oportunidad para ascender.

La luz verde se iluminó sobre la cámara.

—Elvenbane es un lugar apacible y bastante pintoresco —dijo sin más preámbulos—, y tranquilo, por añadidura. Sin embargo, esa tranquilidad se ha visto interrumpida por verdaderas oleadas de gente que han venido a reunirse en este alejado pueblo al este de Leeds. Elvenbane no aparece en los circuitos turísticos de ningún turoperador, ni ha sido objeto de ninguna campaña de promoción, y, sin embargo, las últimas estimaciones hablan de decenas de miles de visitantes, cifra que parece incrementarse a cada hora. Las tres carreteras principales del pueblo están colapsadas por la cantidad de gente que sigue llegando desde literalmente todas partes para formar parte de este curioso fenómeno. Parece que todo el mundo quiere estar aquí, a pesar de que los hoteles están absolutamente copados por la demanda.

»Como pueden ver a mi espalda, las autoridades del pueblo han acondicionado este impresionante solar para que todos estos visitantes acampen aquí y puedan pasar no una, sino tantas noches como les sea posible. La pregunta que nos hacemos todos es: ¿por qué?

El reportero, iluminado por el foco de la cámara, se acercó a un grupo de gente que estaba formando un círculo a su espalda. El círculo se abrió para recibirlo.

—Buenos días —dijo—. ¿Me permiten unas preguntas para «Buenos días, Inglaterra»?

—¡Claro! —dijo alguien rápidamente.

—Cómo no —añadió alguien más.

—Nuestros espectadores quieren saber qué hacen aquí... ¿Por qué han venido a Elvenbane?

Los entrevistados intercambiaron miradas mezcladas con gestos risueños.

—¿Sabe qué, amigo? —respondió alguien—. No lo sabemos.

—No tenemos ni idea —añadió una chica.

—¿No saben por qué han venido? —preguntó el reportero, sonriente.

—La verdad es que no —contestó la chica, encogiéndose de hombros.

—¿Cuándo llegaron?

—Yo llegué ayer —dijo ella.

—Yo hace tres días.

—Llegué el lunes. Llevo aquí desde el principio —comentó otro de los hombres.

—¿Se hospedan en alguno de los hoteles?

—No, amigo.

—No tuvimos esa suerte —dijo la chica con una sonrisa.

—¿Y qué hacen, dónde pasan la noche?

La chica señaló una hilera de tiendas de campaña, instaladas tan cerca unas de otras que parecía un campamento de refugiados tras una tragedia.

—Ahí.

—¿Han traído tiendas de campaña?

—No, las compramos aquí, en el pueblo.

—¿No tenían pensado quedarse cuando vinieron?

—La verdad es que no —contestó ella, incapaz de contener la risa por más tiempo.

El reportero sonrió.

—Es un poco de locos —dijo.

—Supongo que sí —asintió uno de los hombres—. Pero... no sé. Se está bien aquí.

—¿Y ya está? —preguntó el reportero—. ¿Es por eso por lo que se quedan? ¿Porque les gusta este... solar?

—No es por el solar... —repuso el hombre.

—Es una sensación —comentó alguien más.

—¿Por qué decidieron venir aquí en primer lugar? ¿Qué fue lo que los atrajo?

El grupo volvió a intercambiar miradas de complicidad, algo risueños por su incapacidad para responder a preguntas tan obvias. El reportero iba acercando el micrófono a uno y a otro, divertido por el desarrollo de la conversación.

—No sabría decirle —dijo uno de los hombres al fin—. En mi caso, me levanté una mañana y pensé que sería buena idea venir aquí.

—¿En serio? —preguntó el reportero.

—Sí.

—Yo también —comentó la chica—. Me levanté con el nombre en la cabeza. Tuve que buscarlo en internet. Había muchas cosas que respondían a «Elvenbane», pero cuando vi las fotos del pueblo, no sé... Llamé al trabajo y me vine.

—¿Qué quiere decir que llamó al trabajo?

—Sí. Les dije que no iba a ir a trabajar.

—¿Han cogido ustedes vacaciones para venir a este solar?

—No —respondió uno de los hombres—. Lo que le estamos diciendo es que, simplemente, hemos venido, y eso es todo.

4

Nick paseaba entre los arbustos, visiblemente incómodo, vestido con su traje gris y su corbata, a cierta distancia de la gente congregada. El cámara lo acompañaba, moviéndose con precaución para no tropezar, ofreciendo una panorámica del campamento. Había fogatas por todas partes y la gente iba y venía o se sentaba en el suelo formando círculos de todos los tamaños.

—Ya lo han visto —dijo Nick—. Elvenbane es el lugar de moda, aunque nadie sepa explicar por qué. Hay gente que ha dejado colgados sus trabajos y, en ocasiones, a sus familias, para reunirse en este lugar, pero no saben explicar realmente por qué lo hacen. Defecan en pleno campo, se limpian utilizando piedras porque el papel higiénico se ha agotado en todas partes, se lavan con agua del río, comen lo que sea que pueden conseguir en los supermercados locales y no se preocupan de cocinar, lavar la ropa y todo ese tipo de cosas a las que uno está tan acostumbrado cuando va a alguna parte de *camping*. Hemos visto gente con insolación, gente con picaduras graves de insectos, gente que necesita medicamentos importantes que deben consumir a diario para asegurar su estado de salud y que han dejado de tomar al quedarse sin ellos. No les importa. Algunos me han comentado que tienen caravanas aparcadas en casa, pero han venido sin ellas. ¿El motivo? No pensaban que fueran a quedarse, y ahora que están aquí, han declarado no tener ninguna intención de ir a por ellas. Estar aquí es lo único que todas estas personas, que ya se cuentan por decenas de miles, desean. Les ha informado Nick Rogers para «Buenos días, Inglaterra», desde Elvenbane, en el condado de West Yorkshire.

IX

Alma en la oscuridad

1

—Espero no haberle causado contratiempos —dijo Alma cuando el coche hubo arrancado. Se había sentado en el asiento de atrás, junto a Pete, para tener la oportunidad de charlar.

Éste se había ido formando una imagen mental sobre la doctora a medida que Andrew le hablaba de ella, pero esa imagen parecía no corresponderse con la realidad. A decir verdad, la doctora no parecía gran cosa, menuda y con su abrigo mojado sobre las piernas y sus guantes. Esa opinión cambió cuando volvió la cabeza para mirarlo; definitivamente había algo en aquellos ojos que lo hacían sentirse raro.

—No, claro que no —exclamó él.

—Bien. Al fin y al cabo, quería hablar conmigo. Tenemos unos buenos veinte minutos, y aquí se está seco y caliente, lo que para mí es especialmente importante.

—De acuerdo. Buena idea.

Pete sacó el móvil de su bolsillo.

—¿Le importa que grabe la conversación? —preguntó.

—Adelante.

—Bien. Entrevista a Alma Chambers —dijo al teléfono—. Antes de empezar, por favor, sería interesante que me explicara brevemente a qué se dedica su gabinete.

—¿Sabe? A veces decimos que nuestra labor principal es la investigación, pero no es cierto. No tenemos medios para «investigar» desde aquí, sólo recibimos lo que se nos quiere dar. Así que diría que nuestra labor es la de la difusión. Para lograr esto, estamos conformando una base de datos de testimonios de fenómenos sobrenaturales de cualquier época. Recogemos todos los hechos, todos los testimonios, todas las evidencias. Esa información se desmonta, se despieza y se despliega en una base de datos tan completa como nos es posible. Todo se etiqueta, formando árboles de información con «objetos» que pueden enlazarse unos con otros. El resultado es una cosa muy valiosa: la ubicación geográfica y el tiempo en el que suceden esos sucesos, por ejemplo, conforma gráficos de tendencias muy reveladoras.

—Caramba —exclamó Pete—. ¿Y cómo seleccionan la información? ¿Se filtra de algún modo antes de alimentar la base de datos?

—En realidad no —dijo Alma, despacio—. La casuística y los patrones comunes se ocupan de condenar la información que no es verdadera. Por ejemplo, si registramos una noticia aparecida en prensa de que alguien ha visto un unicornio de color rosa, el número de iteraciones de unicornios será tan bajo que no prosperará entre los casos registrados y se morirá entre los datos como «improbable». Si registramos el movimiento espontáneo de una jarra sobre una mesa, el número de iteraciones será mucho mayor, y en una consulta será relevante como «hecho probable».

—¿Pueden hacer eso?

—Claro. Es simple informática. Para eso se hicieron los ordenadores, para analizar la información.

—Informáticos espiritistas —dijo Pete—. Nunca habría casado esos dos mundos.

—En realidad, contratamos programadores para que hagan lo que queremos, y eso es todo —precisó Alma—. No tiene mayor importancia. Un ordenador es sólo una herramienta.

—De acuerdo —asintió Pete—. Antes de seguir, tengo una curiosidad para usted.

—Usted dirá.

—No sé si sabe que un grupo de Nueva Zelanda que se hace llamar La inmortalidad ofrecía un premio de dos millones de dólares neozelandeses a cualquiera que pueda mostrar una habilidad paranormal real bajo condiciones controladas. Paralelamente, en 1922, la revista *Scientific American* ofreció dos premios de dos mil quinientos dólares, uno para la primera persona que pudiera comunicarse con un espíritu bajo condiciones controladas y el otro a quien pudiese producir una auténtica «manifestación psíquica visible».

—No tenía ni idea —dijo Alma.

—Entonces, ¿va a aspirar a alguno de estos premios?

—No —respondió la doctora con una sonrisa.

—¿Por qué? —preguntó Pete, sonriéndole a su vez.

—En primer lugar, porque tenemos suficiente dinero. En segundo lugar, porque sería un ejercicio fútil.

—Pero usted...

—Lo que nosotros hacemos —lo interrumpió Alma— no se puede observar bajo el escrutinio de «condiciones controladas». Hay muchísimas variables que no controlamos. Las cosas llegan cuando tienen que llegar, y nos movemos bajo esa premisa. No se pueden forzar..., eso lo sabe cualquiera que haya dedicado su vida al estudio de lo paranormal. Un amigo mío dijo algo en una de sus charlas que provocó muchas risas, dijo que sería como si un nonagenario intentase demostrar la erección.

Pete levantó una ceja y soltó una tímida carcajada.

—A veces, bajo un mismo estímulo, ocurre. Otras veces no.

—Entiendo —asintió Pete, risueño.

—Se desmonta. Fracasa. Imagine un grupo de hormigas bajo una mesa de pícnic. A veces hay suerte y llega maná del cielo, porque es domingo y una familia ha traído unos emparedados. Las hormigas lo celebran y se dan un pequeño festín con las migas. Al día siguiente no ocurre, ni tampoco el domingo siguiente, aunque naturalmente ellas no tienen medios para medir el tiempo de una manera tan exhaustiva, ni pueden intervenir en la aparición de los excursionistas o los emparedados por mucho que se esfuercen. Eso no demuestra que los emparedados no existan.

Pete asintió.

—Está bien. ¿Qué va a hacer cuando tenga su base de datos funcionando? —preguntó a continuación.

Alma suspiró largamente y volvió la cabeza para mirar por la ventana. La lluvia había cubierto el cristal del coche de pequeñas gotas que resbalaban rápidamente hacia abajo. Luego, miró a Pete por unos segundos antes de responder.

—Está bien... —dijo—, voy a ser sincera con usted.

—Se lo agradezco.

—La parte sencilla es que estamos intentando casar el mundo espiritual con la ciencia. Bases de datos y todo lo demás. Es lo que dirá en su artículo y lo que la gente encontrará razonable. Extraño, pero todavía razonable. La otra parte, la parte importante, es un poco más difícil de comprender.

—La escucho...

—Como sabe, soy una mujer conectada con el mundo espiritual. Desde que era pequeña veo, oigo y siento cosas. No es nada extraordinario, no hay nada en mí que sea excepcional... Todo el mundo podría ver, oír y sentir cosas, pero no lo hacen por diversos motivos.

—Eso es interesante —dijo Pete—. ¿Qué motivos impiden que todos tengamos sus capacidades?

—Nosotros mismos. Son nuestros pactos. Todo el mundo elige antes de nacer qué tipo de discurso vital va a seguir.

—¿Antes de nacer? —preguntó Pete, perplejo.

—Sí. Todos provenimos de una misma Fuente y venimos a este mundo a aprender, muchas veces desde la ignorancia. Tanto es así, que olvidamos incluso que estamos todos conectados.

Pete asintió con gravedad, escuchando ahora con interés.

—Tiene que saber —continuó diciendo Alma— que convivir con el mundo espiritual puede ser muy confuso. Cuando nacemos, por lo general, olvidamos cualquier vida pasada, y lo que no hemos olvidado al nacer lo olvidamos un tiempo después, a medida que nos sumergimos en el mundo terrenal. Este proceso es duro. Hay demasiada información, así que nuestra mente, a medida que se desarrolla, corta esas conexiones de una manera casi instintiva.

Pete asintió lentamente, intentando comprender.

—¿Instintiva, pero consciente?

—Es un acto reflejo natural, producto de la confusión o del miedo. Es el ego. Un bebé, tiene que darse cuenta, es amor amor incondicional, puro. Un bebé está conectado, siempre. A medida que crecemos, desarrollamos el ego, conciencia de nosotros mismos. Entonces nos desconectamos, dejamos atrás todo eso.

»Pero nos estamos desviando —dijo entonces Alma—. Quería explicarle lo que hacemos aquí.

—Así es —dijo Pete—. Sin embargo, todo eso que ha dicho es muy interesante, y tengo preguntas.

—Ahora no debe pensar en términos de preguntas y respuestas —respondió Alma suavemente—, porque nos perderemos demasiado pronto en excesiva información. Los detalles arruinarían la parte esencial de todo esto. Ahora voy a darle una información que es hermosa en sí, y su belleza consiste en que carece de preguntas.

Pete levantó una ceja.

—¿Cómo voy a hacerle una entrevista sin preguntas?

—Porque usted no ha venido por las preguntas. Ha venido por las respuestas. Las preguntas son un juego, un artificio para llegar a algo que lo satisfaga intelectualmente, pero no lo necesita.

Pete no dijo nada durante un rato.

—Está bien —asintió despacio—. ¿Qué es lo que tiene que decirme?

Alma suspiró.

—Yo ya sabía que usted vendría a mí, señor Waters —dijo—. Pero no pensaba que fuese tan pronto. Sabía que vendría porque, por algún motivo, usted es importante para lo que hago. Para lo que hacemos. Hay cosas que tienen que ocurrir, lo percibo yo y muchos de mis compañeros.

Pete asintió de nuevo.

—El mundo está cambiando muy rápidamente. La gente como yo éramos la excepción, como pequeños cortes invisibles en una espalda, como los que produce la hierba cuando te tumbas sobre ella en verano; pican un poco cuando llega la noche, pero al poco tiempo son menos que un recuerdo. Nada. Actualmente, cada vez somos más. Nos reconocemos por la calle, señor Waters, y nos saludamos con pequeñas inclinaciones de cabeza.

—¿Cómo lo hacen? —preguntó Pete—. ¿Cómo se ven?

—Es por una sensación inequívoca. A veces, se diría que es por un brillo especial en los ojos, una manera de mirar..., pero la mayor parte del tiempo es algo que se sabe, sin más. Es una sensación. Como le he dicho antes, la información llega siempre cuando se necesita.

—De acuerdo —aceptó Pete.

—Y somos muchos, y cada día somos más. La gente está despertando por diversos motivos. Uno de ellos es precisamente el alejamiento de la religión convencional.

Pete asintió de nuevo.

—La religión es el manoseo humano de un mensaje que era puro en su esencia, pero que se ha agostado con el devenir de los milenios, manipulado para satisfacer la codicia de poder de unos pocos. Como el mensaje original subyace, resuena en nuestro interior y nos aferramos a él.

—¿Se refiere al cristianismo?

—Me refiero a todas las religiones, señor Waters.

—¿Cuál era el mensaje original? —quiso saber Pete.

—El mensaje original era extraordinariamente simple: amor. Amor incondicional, señor Waters. Amor puro. No queda mucho de eso, no tiene más que observar a su alrededor. El mundo que se nos muestra, que no es más que una representación de un sentir colectivo, se ha convertido en un lugar donde hay más ausencia de amor que otra cosa. Se nos presenta un Dios iracundo que castiga, juzga, y te envía al infierno si no sigues sus dictados. No es así, se lo aseguro.

—Me gusta eso —dijo Pete—. Siempre me he preguntado qué había de misericordioso en el Dios que nos pinta la Iglesia.

—No lo llame Dios, si quiere, para no confundirnos. Llámelo Fuente, llámelo Om.

—De acuerdo, ¿y qué ocurre con todo eso?

—La gente tiene una necesidad vital de sentirse conectada con la Fuente. Al desaparecer el elemento malsano que pervertía el mensaje, al liberarse del miedo que los ataba, ha vuelto sus ojos hacia otro lado: hacia dentro, y ése es el auténtico camino. Y por eso hay más gente con capacidad para vislumbrar el auténtico mundo que nos rodea, la auténtica realidad de las cosas.

—¿Se refiere a los fantasmas?

Alma negó con la cabeza.

—Los fantasmas son el lado morboso de todo este asunto. Es la parte menos importante, sólo un eco, un recuerdo de cosas que fueron. Sé que asustan a la gente... La eterna pregunta de si hay un Más Allá después de la muerte. Sí, la muerte no es el final de nada, es... como dar un paso en una dirección. Y sí, podemos verlos, podemos interactuar con esas energías que nos rodean ahora mismo, pero no son importantes. Cuando hablo de mostrar la existencia de un mundo espiritual, no me refiero a poner a los vivos en contacto con los muertos, porque, para empezar, nadie muere realmente. La muerte no es más que el fin del tiempo, y el tiempo es el medio que se nos entrega para llevar a cabo tareas mucho más importantes.

—Creo que la sigo —dijo Pete.

—Lo realmente importante de todo esto es que el hombre, por fin, está abriéndose de nuevo hacia cosas que había olvidado.

—El mundo espiritual —aventuró Pete.

—Puede llamarlo así —susurró Alma sonriendo. Cuando sonreía de este modo, su expresión era dulce.

—¿Y todo eso es por la pérdida de poder de la religión?

—Sólo en parte.

—Pero no es su caso —aventuró Pete—. Antes ha dicho que usted nació con esa capacidad.

—Así es. Pero en el fondo eso es una consecuencia de lo primero. Yo realmente trabajé duro en otras experiencias vitales para llegar donde estoy. Lo hice poco a poco; un poco cada vez. La gente que está despertando ahora, cuando regrese aquí, lo hará con mayor capacidad. Por eso se percibe un progreso, y por eso le decía que el mundo está cambiando por fin.

Pete parpadeó.

—¿Está diciendo que...? Espere, ¿eso es... reencarnación?

—Así es —asintió Alma.

Pete dejó escapar una exclamación.

—No sé cómo va a tomarse eso la gente que lea el artículo. Hay un cierto número de cosas que un escéptico puede conciliar, y los fantasmas y la reencarnación a la vez son dos temas que nuestro lector medio no podrá asimilar.

—No importa —declaró Alma—. El artículo llegará a las personas adecuadas. Hablarán de ello en las redes sociales y se verán, se unirán como gotas de lluvia en un charco, y de eso va todo esto. Para unos pocos, será una invitación a explorar. Están conectados, pero no lo saben aún. Para el resto, simplemente no será el momento; pasarán la página y se olvidarán de ello tan pronto encuentren la siguiente noticia que les llame la atención. Algo de economía, probablemente. Y está bien. No se trata de convencer a nadie. Escuche: no podemos obligar a nadie a ver aquello para lo que aún no está preparado. Sólo queremos mandar un saludo, o si lo prefiere, plantar una pequeña semilla, como decir: «¡Eh! No te equivocas. Lo que sientes por las mañanas cuando te miras al espejo, lo que percibes cuando regresas a casa y te sientas en el sofá a ver la tele, existe. Es real. Y no estás solo».

—Entiendo —dijo Pete, pensativo—. Entonces, si lo he entendido, este artículo tiene cierta importancia para usted.

—La tiene. Lo sé.

Pete asintió. Soltó un sonoro bufido y pensó durante unos segundos.

—Vale. Entonces... ¿el artículo es necesario porque el mundo está cambiando?

Alma sonrió con dulzura de nuevo.

—Está cambiando, sí, aunque la gente que despierta sigue luchando contra la sociedad. Las nuevas tecnologías, las redes sociales, internet, se están convirtiendo en herramientas muy útiles para poder encontrarnos entre nosotros, para vernos. A través de sus estados, de sus comentarios, reflexiones. Son ventanas maravillosas, proporcionan una imagen diáfana del sentir de la gente. De la conectada y de la perdida. Su artículo será un antes y un después, aunque aún no sepa para qué.

—Comprendo —dijo Pete lentamente—. Lo que no entiendo es qué tiene que ver esto con su trabajo, su... base de datos de fenómenos. Virgilio y todo lo demás.

—Hay un patrón para las cosas —respondió Alma—. Nada ocurre porque sí, ni siquiera los fenómenos que a veces se producen. Casi siempre precisan de una fuente que los genere, o permita contemplarlos. Puede que estén ahí, ocurriendo, pero sin un catalizador no podrá verlos. Y esa fuente, a menudo, es alguien como yo. Si fuese a su casa una noche a ver una película podría hablarle de las otras entidades que viven con usted y que no ha percibido ni visto nunca, y usted acabaría sintiéndolos de alguna manera inexplicable, incluso unas horas después de haberme marchado. Podría, si yo quisiese, abrirle las puertas de ese otro mundo. Si me quedara durante una semana, usted acabaría percibiéndolos como ciertos, e incluso su realidad podría mezclarse con la de ellos. Oiría ruidos, hasta es posible que viese cosas. Porque la conexión funciona en los dos sentidos. Yo puedo ver esas cosas, y esas cosas pueden verme a mí.

—Todavía no la comprendo del todo —dijo Pete—. Sigo sin ver la relación.

—Lo que necesita entender —respondió ella con suavidad—, es que la base de datos no es de casos, sino de personas. Los casos son sólo la consecuencia. Para eso es Virgilio. Queremos marcar las anomalías como fuentes más o menos fiables de personas dotadas.

—¿Quiere... identificarlas?, ¿saber dónde están?

—No. Intento comprender el salto espiritual al que nos abocamos como especie. Quiero comprender los orígenes, los movimientos, las mareas. Quiero saber si, por ejemplo, hay más personas dotadas en países civilizados, y entre éstas, quiero saber si son de un nivel educativo alto. Quiero saber, en suma, las causas. Lo que quiero, señor Waters, es contribuir a su aceleración.

Pete se tomó unos segundos para pensar en las palabras de la doctora Chambers. Luego, asintió con la cabeza.

—Está intentando estudiar el salto espiritual del que se lleva hablando en libros de esoterismo desde hace... no sé... siglos —dijo, más para sí mismo que como respuesta.

—Eso es.

—Es cierto que hay muchos más casos de tipo paranormal ahora. Pero pensaba que se trataba de un daño colateral de ese libro, que tenía más que ver con la sugestión que otra cosa...

—Oh —exclamó Alma—. El libro.

—Sí —asintió Pete—. *La puerta*, de Johnnie Balmori. ¿Lo ha leído?

—Lo he leído —admitió la doctora Chambers—, al menos por encima. Lectura diagonal, se llama.

—Ésa era una de mis preguntas —dijo—. En realidad, es el motivo...

—Es el motivo por el que el artículo existe, en primer lugar —lo interrumpió Alma—. Lo sé. Pero hay algo extraño al respecto de ese libro. Como usted dice, está generando cosas y está «manchando» de alguna manera mi trabajo, creando una capa de elementos extraños que no logro ensamblar con nada. No lo vi venir, para empezar. Algo así... algo así no debía habérseme escapado. Es demasiado grande.

—¿Qué quiere decir? Ha puesto de moda a su gabinete y a todos los otros. Estoy seguro de que reciben más casos y llamadas que nunca, ¿me equivoco?

—No, naturalmente que no se equivoca. Y ése es el problema: es un indicio tan claro como cualquier otro. Esas llamadas son «ruido». Hay mucha energía en movimiento, demasiada, y no toda es... todo lo buena que debería. Hay cosas moviéndose por todas partes.

Pete la miró sin comprender.

—Cosas, sí, señor Waters. Hay muchas más cosas además de nosotros, vivos o muertos, aquí o allí. Hay energías que ni siquiera yo alcanzo a comprender. Con todo lo que he visto, experimentado y sé, hay cosas que se me escapan, que no puedo ver. Cosas que me están vetadas. He intentado hablar con la editorial para entrevistarme con el señor Balmori, pero no me han hecho caso. Naturalmente, están muy contentos con la ingente cantidad de dinero que les produce.

—Es lógico —admitió Pete—. Entonces, ¿cuál es su opinión sobre ese libro?

—No lo sé. La ouija no es ningún juego, señor Waters —explicó la doctora—. No lo era en la Antigüedad, cuando se practicaba con poco o ningún conocimiento de su funcionamiento, y no lo era en la Francia de mil ochocientos, cuando Allan Kardec lo popularizó. Ahora lo es mucho menos. Esos símbolos que el señor Balmori sacó de alguna parte... no me gustan.

—¿Los símbolos del tablero? Están por todas partes. Incluso he visto gente que se los ha tatuado. ¿Ha podido investigarlos?

—No los había visto nunca, no había ninguna información sobre ellos hasta el momento en el que se publicó el libro. No sé de dónde los sacó, pero son algo. Los símbolos representan cosas, señor Waters. Son la base de muchos conceptos. Por ejemplo, los símbolos sagrados del *reiki* funcionan, y tienen su origen en el sánscrito y se desarrollaron en Japón, la India y el Tíbet. Son símbolos de poder y control que permanecieron ocultos y secretos durante mucho tiempo y no se han dado a conocer hasta hace poco, precisamente porque vivimos en una era de expansión y crecimiento espiritual.

—Es curioso... —exclamó Pete. La cabeza empezaba a darle vueltas. Era demasiada información de una sola vez, y cada ocasión en que la doctora explicaba algo, esa información generaba un baile de preguntas en su mente; móviles, danzantes, difíciles de aprehender.

—Lo es —asintió la doctora—. Pero ahora veremos. Sí, ahora veremos. Este caso tiene mucho que ver con el libro del señor Balmori. Señor Waters, creo que... Oh, mire. Estamos llegando a nuestro destino.

2

El coche progresó despacio por la calle hasta encontrar aparcamiento frente a la casa. Era una vivienda de una sola planta, independiente, con un pequeño jardín delantero. Hacía tiempo que nadie cuidaba la parcela, así que la lluvia había hecho crecer las malas hierbas, que se afanaban por reconquistar las pequeñas calvas que el paso hacia la entrada había dejado desperdigadas.

Y aún llovía, aunque menos. Ahora se trataba más bien de un pequeño chirimiri que resultaba, en comparación con la tromba que había caído un rato antes, casi indistinguible en las penumbras de las horas postreras del día.

Andrew ayudó a Alma a bajar del coche. Con su artritis reumatoide, pensó Pete, tanta humedad debía de estar haciéndole pasar un calvario de rigidez y dolores musculares. Leeds no era, a decir verdad, el mejor sitio para la doctora. Inglaterra no lo era.

Una mujer salió de la casa a recibirlos.

—Gracias a Dios —dijo balbuceante. Miró al grupo y se concentró en la doctora Chambers—. ¿Es usted?

—Sí, querida. Hemos hablado por teléfono.

—¿Quiere pasar ahora? —preguntó la mujer—. Está... está encerrado en su habitación.

—Sí, quiero.

La mujer asintió y empezó a andar hacia la casa. Alma y los dos hombres que la acompañaban la siguieron. Ella caminaba cogida del brazo de Andrew. Ligeramente encogida y avanzando tan torpemente que parecía mayor de lo que era. En algún momento, sin embargo, la mujer decidió que estaba descuidando sus modales y se presentó a los dos hombres con un pequeño apretón de manos.

—Soy Sara. Encantada.

«Encantada», pensó Andrew, divertido.

—Andrew.

—Pete —se presentó el periodista, incómodo. Se preguntó brevemente si explicarle que él no pertenecía al grupo, pero pensó que el dato no era relevante: aquella mujer parecía atribulada de veras. Había llorado, eso seguro; el rímel ligeramente corrido que oscurecía visiblemente la parte inferior de sus ojos así lo atestiguaba.

—Está en nuestra habitación... —dijo de pronto mientras progresaban por el jardín—. Y habla solo. Al menos creo que habla solo...

—¿Ha hablado con él sobre el tablero?

Sara se ajustó la rebeca que llevaba puesta sobre el jersey.

—Se lo quité —afirmó, y rápidamente se puso a la defensiva—. ¡Usted me dijo que era peligroso!

—¿Se lo quitó? —preguntó Alma, perpleja.

—¡Lo tiré al fuego!

—No debió hacerlo así —comentó Alma despacio—. Tiene que pensar en él como en un adicto. Le ha quitado su juguete, y ahora será más difícil recuperarlo. ¿Qué hizo cuando lo tiró al fuego?

La mujer se tomó unos instantes antes de responder. Parecía

estar buscando las palabras adecuadas, o quizá el valor para hablar de ello.

—Pasaron cosas —dijo despacio—. Pasaron cosas y él se encerró en el dormitorio.

—¿Qué cosas, querida?

Para entonces habían llegado a la entrada. Sara no dijo nada, la miró con gravedad y abrió la puerta para que pudieran pasar.

Alma miró el interior de la casa desde fuera. Pareció perpleja y contrariada a un tiempo.

—¡Oh! —exclamó. Luego resopló, tendió una mano hacia adelante, con los dedos extendidos, y accedió a la casa.

Sara entró después, respirando ahora con dificultad. Miraba alrededor con ojos atemorizados, pero la habitación, una pequeña y destartalada sala de estar con apenas un sofá y un televisor emplazado en una mesa diminuta, estaba por lo demás vacía. Había revistas y tazas de café sobre la mesa, y la alfombra estaba mal colocada y llena de ondulaciones que denunciaban que Sara no había hecho lo más mínimo por hacer presentable la vivienda.

—Normalmente no está tan fría —susurró Sara.

—Ya lo sé —asintió Alma.

Pete se dio cuenta en ese momento. Él llevaba abrigo y conocía muy bien el frío característico de aquellas latitudes, y además estaba acostumbrado a trabajar en la calle, yendo de un lado a otro, y se dio cuenta de que allí dentro hacía tanto o más frío que fuera; no ese frío común con el que había tratado tanto, sino FRÍO. Frío con mayúsculas. Un frío imposible que se sentía a nivel de la piel, por debajo incluso, como colándose a través del abrigo.

Se estremeció.

—Aquí es donde... las cosas se movían —explicó Sara—. Había un cuadro en esa pared. Lo había pintado mi cuñada Linda, con un bosque precioso y...

—¿Qué pasó con él?

—Salió despedido contra la pared de enfrente. ¿Ve? Ahí está la... la marca que dejó.

Pete miró con curiosidad a Andrew. Esperaba que sacara algún aparato para medir... lo que fuera que midiesen en esos casos. Energía, electromagnetismo... Lo cierto era que no tenía ni idea, y debía acordarse de preguntárselo después para su artículo. Pero Andrew no sacó ningún aparato. No había venido nadie más del equipo, no había intención de instalar cámaras ni se sacaban fotografías ni se ponían grabadoras para registrar voces.

Y no era así, sencillamente, porque tenían a Alma.

La doctora, por su parte, se había plantado en mitad del salón y miraba alrededor, con las manos cruzadas sobre el pecho. Ahora inclinaba la cabeza suavemente, como si se esforzara por oír.

Y oía, sí. Oía y veía, con prístina claridad, ecos antiguos, solapados como capas de chocolate en un bizcocho. Escuchaba, escarbando en sus sensaciones, moviéndose con diligencia como lo haría un geólogo entre sedimentos de tierra en un corte transversal. Y vio episodios felices abigarrados de decoraciones navideñas, comidas familiares, Sara y su marido repantigados en el sofá viendo una película y riendo desaforadamente porque ella había dejado caer su crema de calabacín en la bata nueva que le había regalado su suegra y él la acusó seriamente de hacerlo adrede. Vio besos, besos antiguos, ofrecidos por unos labios diez años más jóvenes; vio a Sara abriendo una carta y echándose a llorar; vio a Sara saliendo para ir a trabajar, un día y otro, con distinto maquillaje, ropas, peinados; vio una discusión y perezosos domingos en los que ella hacía un puzle y él...

«Darnell. Se llama Darnell y le gustan los Jaffa Cakes.»

Leía una revista de automóviles. Y luego, rebozado en todo eso, vio gente que nunca nadie había visto en aquella casa. Vio a la abuela de Sara observando en una esquina, gris y translúcida, el rostro serio, apagado e inexpresivo de los que deberían haberse marchado tiempo atrás; vio a un hombre tocado con un ridículo sombrero llorar en el suelo, acuclillado como implorando clemencia, y vio unas sombras deslizarse hacia la pared y continuar su camino subiendo por ella hasta desaparecer al tocar el techo. Vio también una docena de rastros de energía centellear brevemente, anunciando su presencia, sólo para desaparecer unos instantes más tarde. Vio todo eso y lo desechó rápidamente: eran ecos borrosos, inútiles, estériles, carentes de significado y contenido, como la estática en un televisor antiguo. No eran nada, ni le decían nada.

Para Alma, el proceso era siempre así. Con los años, había aprendido a regular su capacidad de percepción, a filtrarla, de alguna manera, y no como capricho, sino porque había sido algo absolutamente esencial y necesario, imprescindible para sobrevivir a sus capacidades siempre crecientes. Convivir con tanta información simultánea era como ser un televisor y tener sintonizados todos los canales del mundo: audio e imagen, y vivirlos y experimentarlos como única ventana a la realidad. El resultado era imposible de manejar; una algarabía mental cacofónica que la hubiera conducido a un estado de catatonia grave. En ocasiones como aquélla, sin embargo, podía pulsar el botón de cambio automático y hacer un barrido rápido por todas las emisoras: el entrañable canal Abuelitos Fallecidos, el enigmático canal Sombras, el canal Hace cien años, y muchos otros.

Y miraba, sí, retirando los filtros y los bloqueos y abriéndose como una flor que está lista para la polinización, pero sin buscar nada, sólo abriéndose y dejando que las cosas llegasen a su mente. Así era como funcionaban los engranajes íntimos de las cosas; así era su eslogan vital: «La información llega cuando tiene que llegar». Demasiado bien sabía que eso era así, una suerte de ley, algo teñido de una inevitabilidad demasiado palpable como para ignorarla.

Lo que fuese que tenía que llegar, sin embargo, no estaba allí. No había ningún elemento fuera de sitio, ni nada que pudiera explicar los fenómenos sobrenaturales de los que había hablado Sara.

«No, hay... hay algo —pensó—. Algo que aún no puedo ver.»

Arrugó el ceño.

A veces, los fenómenos no se debían a elementos extraños. A veces, la mente humana simplemente sufría un pequeño escape, apenas un agujerito minúsculo en su encofrado de hormigón por donde la realidad se salpicaba de cosas generalmente poco aceptables. Ese agujerito podía producirse por cosas como el estrés, una situación emocional demasiado intensa, el dolor y también el Amor.

«No. Pero es algo. Hay algo que aún no veo.»

Miró de reojo a Pete y a Andrew. Muchas veces obtenía pistas esenciales sobre lo que estaba pasando en los rostros del personal de su propio equipo. Ellos no podían ver como ella, pero, sin duda, podían sentir más allá de su propia comprensión. A veces podía ver cosas en sus reflejos faciales que le daban pistas.

Pero allí había mucha inquietud. Había miedo, y malestar.

De pronto, una voz grave y estridente inundó el salón desde el dormitorio:

—¡DILE A ESA ZORRA QUE SE MARCHE!

Pete dio un respingo. Lo hizo casi al mismo tiempo que Sara comenzó a sollozar. Andrew se tapaba la boca con la mano.

«Algo. Algo, sin duda.»

Alma se volvió hacia ella.

—Tranquila, querida —dijo, colocándole una mano en el brazo—. ¿Le ha dicho a él que veníamos?

—No... —balbuceó Sara—. No le he dicho nada.

—Entiendo.

—Él... él nunca... Lo siento, él no usa ese lenguaje...

—Lo sé —contestó Alma, asintiendo.

Siguió mirando, buceando entre las imágenes que veía.

—Han sido muy felices aquí —susurró entonces.

Sara no respondió. Sus lágrimas y su asentimiento de cabeza eran más que elocuentes.

El pasado de aquella habitación seguía en movimiento, evolucionando en la mente de Alma. Era como fotografías desfilando a alta velocidad. Fotografías, sensaciones, imágenes... pero todavía nada que le pareciera relevante.

De pronto, reparó en algo. Una figura. La figura de la abuela de Sara, observándola desde la esquina, apagada y cenicienta. La miraba a ella, a ella... no a ellos, sentados en el sofá, deslizándose por la línea del tiempo entregados a mil quehaceres diferentes. A ella. Era el único elemento que se mantenía en las muchas imágenes que le venían.

—Cariño —dijo Alma—, estoy viendo a una señora... Viste de negro, camisa y falda negra, y un pañuelo negro que oculta su pelo. Su cara es grande y redonda, muy redonda, y tiene un lunar cerca del labio. Me mira con ojos profundos y negros...

—¡Oh! —exclamó Sara.

—Es tu abuela, ¿verdad?

—¡SARA DILE A LA ZORRA QUE SE LARGUE O LA MATO TE MATO OS MATO A TODOS!

Sara dio un respingo.

—No te preocupes —se apresuró a decir Alma—. ¿Te recuerda a tu abuela? ¿La conociste?

—La... la conocí, sí. La recuerdo tal cual la has descrito.

—Claro que sí. Es como se ha dejado ver, así que seguramente es una imagen que he sacado de tus recuerdos.

Alma...

—Perdona un segundo, cielo —dijo Alma.

—¡LA MATO TE JURO POR DIOS QUE LA MATO!

Se esconden —dijo la abuela sin mover los labios. Las palabras, simplemente, llegaban, como la información que buscaba—. *Están escondidos porque aún no son del todo.*

Alma cerró los ojos.

¿Quienes se esconden, abuela?

Ellos. Él. Todos.

Pete miraba a Alma, de pie en mitad del salón, silenciosa y ausente, mientras mantenía un ojo atento a la puerta del dormitorio. Estaba nervioso, excitado, y no para bien. No era sólo por el frío extraño que lo tenía en estado de alerta, era por las circunstancias de la situación: estaba en casa de alguien cuyo marido parecía haber cruzado alguna línea en su cordura mental. Era como si esperase que fuese a salir del dormitorio en cualquier momento, portando quizá algún objeto contundente en la mano, el torso desnudo y la boca llena de babas, los ojos encendidos y perdidos de alguien que cabalga a lomos de la locura.

Pete no veía qué había de paranormal en todo aquello. En su opinión, alguien debería, simplemente, llamar a la policía.

¿Por qué no los veo? —preguntaba Alma mientras tanto.

Se esssconden —respondió la abuela, arrastrando mucho las palabras—. *Porque no está listo. Aún no.*

Alma pensó durante unos segundos.

Ayúdame a verlo, abuela. A él. A ellos. Lo que sea.

Sabes que... sólo tienes que querer —fue la respuesta—. *Así ha sido siempre.*

—¿Está bien? —preguntaba Sara.

—Estoy —respondió Alma con suavidad.

Querer ver. Era, desde luego, como funcionaban las cosas. Así funcionaba, al menos cuando ella conectaba sus filtros y activaba sus escudos. Era la razón por la que la gente de a pie no podía ver nada de aquello que ella percibía y exploraba con tanta facilidad, porque en realidad no querían.

De acuerdo —respondió.

La abuela permaneció inmóvil. Ahora era apenas una bruma invisible, casi desaparecida, un rastro que estaba perdiendo junto a una Sara, cinco años más joven, que hablaba por teléfono con su madre y le decía que la quería mucho.

Alma se dirigió entonces hacia la puerta del dormitorio.

—Querida, necesito que vengas aquí un momento.

Sara se acercó.

—¿Va a entrar ahí, doctora Chambers? —preguntó Andrew.

—Por supuesto.

—Puede ser peligroso...

—No lo es.

Andrew, que estaba más acostumbrado a tratar con el mundo de lo invisible que con los vivos, negó con la cabeza, pero la dejó hacer.

—Está bien, cariño. Ahora quiero que abras la puerta y entres ahí dentro.

—Oh, pero...

—El que está ahí dentro es tu marido. Darnell. Tu Darnell. Es él en verdad. El hombre que has amado y que amas. El hombre que te ama a ti.

—Sí...

—No olvides eso. No lo olvides en ningún momento.

—No...

—Entra ahí dentro, sin miedos, porque es tu marido. Entra ahí con todo el amor que le profesas y muéstrate a él. No te hará daño. Es tu miedo el que te dice que corres peligro, es tu ego, poniéndote por delante del amor. Pero sabes... sabes que no es así. Veas lo que veas, no vaciles. Sólo... quiérelo. Quiérelo como siempre has sabido hacerlo.

Sara asintió, pero no se movió del sitio.

Alma esperó a que estuviera lista. Cuando lo estuvo, puso una mano sobre el picaporte y lo hizo girar lentamente.

La puerta se abrió, dejando ver el dormitorio.

La luz era extraña, y fue lo primero que les llamó la atención. La mitad de la sala mostraba una iluminación cálida, amarillenta, y la otra estaba en penumbra. Era por la lámpara de la mesilla de noche: estaba caída en el suelo y arrojaba un círculo de luz casi perfecto contra la pared y parte del techo. Casi perfecto porque la sombra del propio Darnell se proyectaba contra la pared creando una figura estridente y esperpéntica.

Darnell, desnudo y acuclillado en el suelo como una rana monstruosa, miraba a la pared con los ojos abiertos como platos.

Sara sintió miedo. Había entrado allí empujada por las palabras de Alma, dispuesta a sonreír y abrirle los brazos a su marido, pero no pudo evitar abandonarse al miedo. No de él, por cierto, sino de cómo estaban las cosas. Ni siquiera reconocía su propio dormitorio: la luz creaba contrastes espantosos, y la cama estaba tan deshecha que parecía que una piara de cerdos se hubiera revolcado en ella.

Y Darnell... Darnell estaba desnudo. ¡Completamente desnudo! Ella misma no lo había visto desnudo de cuerpo entero hasta dos meses después de casarse.

Darnell volvió la cabeza y se quedó mirando la puerta con aire de perplejidad.

—Cariño... —susurró Sara.

Darnell parpadeó un par de veces. Parecía confundido, como si acabaran de sacarlo de un profundo sueño.

—Sara... —susurró a su vez.

—¡Oh, cariño!

Pete se sintió aliviado. Había estado tenso todo el tiempo, con los puños cerrados y una tensión muscular que más tarde se manifestaría como una especie de hormigueo en brazos y piernas, y también en la zona del vientre. Como agujetas. Pero ahora que realmente parecía que Darnell no iba a lanzarse contra ellos con la intención de golpearlos, empezaba a sentir un alivio infinito que actuaba sobre sus músculos como un deshielo. Lo que fuera que lo había sacado de sus casillas no estaba allí.

No lo parecía, al menos.

Alma, sin embargo, estaba teniendo una acuciante sensación de alerta. Al principio no supo por qué, pero de repente, se encontró rodeada de voces anhelantes, susurrantes, que parecían dirigirse a Darnell.

Es la puta.

Es esa puta, Darnell.

¡Cariño!

Tío, quiere joderte LA VIDA.

Te está jodiendo muy mucho, TÍO.

No te dejará hablar más. Con TODOS.

Va a apartarte, Darnell.

¡Mírala, Darnell!

¡ERES EL HOMBRE, Darnell, haz algo!

—S-sí... —susurró Darnell.

Alma quería decir algo. Quería decirle a Sara que se fuera, pero esas voces. Esas voces...

No las había oído nunca. Y nunca era nunca.

Y Sara, con la cabeza llena de las palabras de Alma, avanzó un par de pasos hacia él con los ojos llenos de lágrimas y los brazos extendidos, dispuesta a abrazarlo, a susurrarle al oído que ya había pasado todo, y a prepararle una cena caliente y un baño de espuma, y olvidar todo el incidente que había empezado con aquellos juegos con el tablero.

Pero Darnell se incorporó, ¡desnudo!, y se lanzó hacia ella con tal rapidez que Alma no tuvo tiempo de articular palabra. Un instante después proyectaba sus manos hacia la garganta de su mujer y la atenazaba con tanta fuerza que soltó una especie de gruñido animal, semejante al graznido de un pato. La inercia los hizo caer a los dos al suelo, uno encima del otro. La cabeza de Sara golpeó el suelo con un ruido sordo.

—¡Jesús! —soltó Andrew, saliendo al paso.

Alma estaba demasiado conmocionada. Las voces aún susurraban en su cabeza, graves, arrastradas, terribles en su claridad espectral. Y el frío... estaba retorciéndole los dedos por debajo incluso de los gruesos guantes, produciéndole picos de dolor como no recordaba haber sufrido nunca.

Pete corrió a ayudar a Andrew. Darnell era un hombre fuerte con bastante sobrepeso, y su cuerpo era enorme y redondeado, cubierto de vello negro. Gruñía mientras apretaba los dientes, concentrado en su presa, mientras Andrew trataba inútilmente de liberar a la mujer. Cuando Pete se unió a él, se dio cuenta de que no resultaría tan fácil: aquel mastodonte de casi cien kilos tenía los brazos como vigas de acero.

¡Aprieta, Darnell!

¡Acaba con ella!

¡Un verdadero HOMBRE!

¡Acaba con todo, TÍO!

¡BASTA! —chilló Alma mentalmente.

Las voces se callaron por unos instantes.

Darnell, de repente, se encontró a sí mismo mirando a los ojos enrojecidos y blancuzcos de su mujer, revestidos de una película de lágrimas, sin comprender. ¿Qué había pasado? Mucho antes de que la comprensión terrible del instante se abriera paso en su mente, se sintió proyectado hacia atrás por unos brazos que lo cogían de las axilas.

Alma dejó de ver la habitación, como si, de repente, no estuviera allí.

Y ya no pudo ver más a Darnell. Ni a Andrew. Ni a nadie.

Ahora se encontraba sumida en una oscuridad pegajosa, helada, rodeada de un océano de susurros animales, primigenios, que le traían sensaciones conocidas, como si hubiera estado allí antes. Aún quedaban volúmenes que le recordaban vagamente al dormitorio, pero le costaba mucho distinguirlos; aquello parecía una cama, por ejemplo, pero se diría que las patas eran demasiado largas, si es que aquellos trazos curvos y difuminados podían ser las patas. Las paredes se curvaban como si fueran de papel, concebidas quizá por los mundos oníricos de Dalí. Y allí, por todas partes, vio figuras altas y delgadas cuyos brazos se doblaban por lugares imposibles, seres de grandes y profundos ojos negros, bocas inmundas como pozos oscuros, terribles por su sola presencia, que la miraban de repente con aviesa curiosidad.

Antes de que pudiera decir nada, las voces empezaron a hablar todas en tropel. El ruido era como el de un millar de cuchillos arañando una superficie metálica, muy agudo y en extremo estridente.

¿Quién?

¿Quién?, dinos.

¿Qué hace aquí?

Alma estaba conmocionada. Mucho. Había tenido un millar de experiencias a lo largo de su vida, pero ninguna como ésa. No sabía qué había allí, cómo había llegado y, lo más importante, qué era todo aquello. Alma sabía mucho, muchísimo, y había visto y vivido cosas que harían perder la razón a cualquiera. Pero aunque hacía tiempo que dejó de tener miedo ante esas inesperadas experiencias, ahora se sentía como si todo aquel pánico regresara fortalecido, sacudiéndola como un mazazo y paralizándola en el sitio.

¿Quién? ¿Quiéeeen? —aullaban las voces.

«Es Miedo —se dijo Alma de pronto, haciendo acopio de fuerzas—. Solamente Miedo. El Miedo de siempre. Lo conoces. Lo has derrotado antes.»

Las voces eran ahora un confuso tropel de gruñidos desaforados, preñados de una hostilidad tan fuerte y evidente que Alma se encogió sobre sí misma. Estaban más cerca y sonaban más profundas, desconocidas, graves.

HIJA DE PUUUTAAA.

«El Miedo embota —seguía diciéndose Alma mientras intentaba, sin éxito, cerrar los ojos—. El Miedo destruye. El Miedo mata.»

¿Qué hace aquí? —aulló una voz ansiosa y excitada. Alma las sentía como un torbellino atronador, girando a su alrededor. De vez en cuando sonaba un fuerte ¡CLAP! que le recordaba al de las trampas para animales cuando se cierran bruscamente.

QUIÉN QUIÉEEEEEN.

«Miedo —se decía Alma con insistencia—. El Miedo confunde, distorsiona, proyecta una realidad que no es. El Miedo se combate con...»

«Certeza», dijo un rincón de su mente.

«Amor», dijo otra voz en su interior.

«Amor, sí.»

Alma respiró profundamente. Por alguna razón no podía cerrar los ojos, pero consiguió sustraerse a aquella realidad monstruosa y reencontrarse, menuda y encogida por el frío gélido, en mitad de aquellos torbellinos monstruosos. Lo hizo, y dirigió sus recuerdos hacia...

«Mamá.»

Su madre. Su madre prodigándole todo el cariño y el amor que era capaz de generar: amor incondicional, amor de querer, no de quererse. Amor de dar. Amor en estado puro, intenso y vital, chispeante y hermoso.

Y se concentró en eso y lo hizo su escudo. Y cuando lo tuvo, empezó a brillar, un poco, en mitad de tanta oscuridad.

Las voces aullaron, redoblando su intensidad. Parecía una manada de lobos de un millar de miembros, lobos hambrientos que huelen la sangre por primera vez en milenios. El ruido de las trampas para animales empezó a repicar mucho más rápidamente, como un tambor infernal. CLAP CLAP CLAP.

Y entonces, justo cuando Alma empezaba ya a creer que podría tener una posibilidad de plantarse firme y resistir, la vorágine de aullidos que la envolvía desgranó una carcajada acuosa, enfermiza, como el estertor de muerte de un leproso que está perdiendo su garganta a medida que intenta usarla.

ZORRA ESTÚPIDA.

ME FOLLO TU MIERDA.

Alma centelleó brevemente; su luz amenazaba con apagarse, trémula, y por un segundo se sintió desfallecer.

No...

No estaba funcionando. La doctora seguía sin saber a qué se enfrentaba, pero estaba claro que había tenido un error de cálculo; obviamente, aquellas presencias o entidades del tipo que fuesen eran demasiado fuertes como para dejarse afectar con algo conjurado tan atrás en el tiempo.

Necesitaba otra cosa.

Darnell —dijo su mente.

Las voces se rebelaron. Casi podía sentir sus acometidas como si fuesen pequeñas patadas: la golpeaban en las espinillas, en el costado, en los hombros.

GUARRRRRA.

SO... PUTA.

ES NNNNUESTRO.

¡No lo es! —gritó Alma.

Darnell. Buscó a Darnell a su alrededor, al lado de la cama, y aunque su propia energía estaba más que eclipsada por tanta hostilidad, se concentró en él, en su entidad, su humanidad. Confiaba que su propia presencia hubiera distraído a aquellas entidades, fuesen lo que fuesen, y que lo hubieran soltado; un poco al menos. Confiaba, en suma, en que Darnell hubiera vuelto en sí.

Porque lo necesitaba.

Darnell...

Buscó y buscó y lo encontró, confuso y asustado como un cervatillo que oye la llamada de los cazadores y los ladridos de los perros de caza.

Darnell.

Y encontró que estaba, a pesar de todo. Encontró el amor que residía en él, amor por su mujer, ese amor que habían intentado arrebatarle y volverlo contra él. Y buscó su luz y se aferró a ella, aun tan débil como estaba, torpedeada de miedo y de terror, para usarla como ancla.

Las voces se revolvieron como si las hubieran mordido.

¡BASTA!

CERDA ASQUEROSA.

Alma empezó a sonreír.

POR...

QUERÍA.

¡QUE SE LARGUE!

¡ECHADLA!

Alma levantó ligeramente la cabeza.

¿Qué sois? —preguntó entonces, luminosa y radiante, hermosa otra vez como una estrella.

Las voces aullaron al unísono, como si su pregunta hubiera sido un estilete mortal, largo y afilado, hiriente, lanzado hacia la oscuridad tormentosa y distorsionada que la rodeaba.

¡ECHADLA ECHADLA!

¡NO... AÚN!

¡AÚN NO!

Alma se disponía a repetir la pregunta, ahora con más determinación, cuando de pronto la habitación entera giró noventa grados hacia la derecha, y ella se precipitó hacia un lado como si cayese. Y caía, y caía, descendiendo por un pozo oscuro y resbaladizo, hacia ninguna parte. Entonces, el frío la atravesó haciéndole soltar un quejido de dolor. Y luego...

3

—¡Doctora Chambers! —gritaba Andrew, zarandeándola cada vez con más intensidad. La doctora se había puesto rígida y temblaba de pies a cabeza, la mandíbula sacudida por una vibración que amenazaba con desencajarla.

—¿Está bien? —preguntó Pete, que sudaba copiosamente dentro del abrigo a pesar del frío intenso.

—¿Qué sois? —preguntó la doctora entonces. Su voz sonaba distinta, como si hubiera pronunciado aquellas palabras a través de una película de agua. Sus ojos, abiertos de par en par, se movían con frenética rapidez. Los tenía vueltos hacia arriba, de manera que la mayor parte de lo que se veía era la córnea blancuzca veteada por pequeños capilares rojos.

—Dios mío —exclamó Andrew.

En ese momento, la doctora giró todo su cuerpo hacia la derecha con un solo movimiento imposible, como si alguien hubiera desactivado la gravedad en aquella habitación. Sara, que empezaba a recuperarse al lado de su marido, la vio flotar en el aire y lanzó un grito de terror. Alma cayó entonces sobre la cama como un fardo inútil.

—¡Doctora Chambers! —gritó Andrew.

Alma pareció volver en sí. Su primera exhalación fue una vaharada blanca, tibia, como si acabara de soltar aire en un glaciar.

—Doctora Chambers —dijo Andrew, dándole la mano—. Dios mío, está... helada.

—Estoy bien —respondió la doctora, incorporándose torpemente y ajustándose la falda para recobrar la compostura.

—Nos ha asustado un poco...

—No pasa nada —respondió ella con tranquilidad. Estaba pasándose ambas manos por el cabello para volver a domarlo mientras miraba a Darnell y a Sara. El matrimonio parecía tan confundido como se podía estar, e intercambiaban miradas en las que había una mezcla extraña de miedo y también amor. Era buena señal, se dijo Alma. Darnell derramaba lágrimas de vergüenza. Estaba comprendiendo lo que había intentado hacer y no podía explicárselo.

—¿Se encuentra usted mejor, Darnell?

Darnell la miró, incapaz de responder por el momento.

—Está bien —dijo la doctora—. Sé que sí. Lo han hecho muy bien. Muy bien. Estoy muy orgulloso de ustedes dos.

—Pero yo... —balbuceó Darnell.

—No lo diga —se apresuró a interrumpirlo Alma—. Ya está. Ha pasado todo. No era usted mismo, y tiene que olvidar todo lo que ha ocurrido.

—Darnell... —balbuceó Sara.

—Mientras se tengan el uno al otro —añadió Alma—, mientras se quieran... lo que ha ocurrido no se repetirá. No lo olviden nunca. Recuerden esto: nada real puede ser amenazado.

Entonces Sara olvidó el dolor de su cuello y se lanzó a los brazos de su marido. Él la recibió, desnudo como estaba, y la estrechó entre sus enormes brazos los mismos que unos instantes antes habían intentado estrangularla.

Pete se llevó una mano a la boca, aguantando una explosión de emoción. No comprendía muy bien lo que había pasado, pero acababa de ver a un hombre poseído recuperar la cordura como si lo hubieran devuelto a la realidad de un guantazo, y sobre todo... sobre todo había visto a la doctora Chambers flotar en el aire, ¡aunque hubiera sido por unos segundos!, para caer sobre la cama, como si pesara apenas unos gramos. Y eso... eso era mucho, demasiado para su mente adiestrada para encajar y comprender una realidad determinada, con unas leyes físicas que podían establecerse, explicarse y comprobarse.

Y estaba aquella sensación de frío intenso.

O mucho se equivocaba, o estaba comenzando a desaparecer.

—Darnell... —decía Sara entre sollozos.

Andrew seguía sujetando a la doctora, visiblemente conmovido. Ella hizo un gesto con los brazos para desasirse.

—Estoy bien, Andrew, por el amor de Dios.

—Lo siento, doctora.

—Una cosa más, querida —dijo Alma extrayendo una pequeña tarjeta de su cartera. La levantó con dos dedos para ponerla delante de los ojos de Sara y esperó a que la cogiera—. Este hombre puede ayudarlos a superar lo que viene ahora, ¿de acuerdo? Es un magnífico profesional en su campo, muy bueno en lo que hace.

Sara asintió.

—Bien. Ahora los dejaremos solos —añadió Alma—. Tienen que estar juntos un rato. ¿Quiere hacerme un favor, querida?

Sara abandonó los brazos de su marido para mirarla. Incapaz de decir nada por el momento, asintió torpemente con una sonrisa de franca gratitud en el rostro.

—Ese libro que leía su marido, deje que me lo lleve.

Sara asintió enérgicamente.

—Y otra cosa, querida —continuó la doctora con gesto grave—. Por lo que más quieran, no vuelvan a tocar ese tablero. Nunca jamás de los jamases.

4

El interior del vehículo era cómodo y agradable, y sobre todo, seco. Pete se había dejado caer en el asiento. Después del *shock* emocional, su mente empezaba a tejer preguntas.

—¿Qué ha pasado ahí dentro? —preguntó al fin.

Alma inclinó ligeramente la cabeza.

—Aún no estoy muy segura —contestó—. Tengo que... dejar que haga poso y ver cómo se siente.

Pete no estaba muy seguro de qué quería decir.

—¿Siempre es así? —preguntó al fin.

Andrew, que mantenía las manos en el volante, como tomándose unos minutos antes de arrancar, negó con la cabeza.

—No. Esta vez ha sido... Bueno, estas últimas veces están siendo especiales.

—Ah, sí —asintió Pete—. Lo mencionó antes, creo.

Negó con la cabeza, ceñudo. Andrew lanzaba miradas furtivas a la doctora por el espejo retrovisor. Pete supo interpretar que estaba preocupado por ella.

—Pero... ¿ya está? ¿El caso está cerrado? —preguntó—. ¿Vamos a dejar a ese hombre con ella? Ha estado a punto de matarla. ¿Cómo sabe que... no ocurrirá más? ¿Cómo sabe que lo que sea que lo afectaba no volverá a ocurrirle?

Alma suspiró con suavidad.

—No pasará otra vez —contestó. Se pasaba la mano por la frente como si estuviera aquejada de un severo dolor de cabeza.

—Pero... ¿cómo puede saberlo? Creo que deberíamos llamar a la policía y que ellos se ocupen de...

—No —lo cortó Alma—. Lo que sea que estaba actuando en esa habitación no está preparado. Aún no. Ahora me han visto, y no les gusto. Ese hombre no les interesa, no es nadie, tan sólo tuvo la mala fortuna de estar llamando al timbre cuando ellos abrían la puerta.

—¿Qué ellos? —preguntó Pete—. ¿Qué ha visto?

—Aún no lo sé —respondió Alma.

—¿Qué puerta?

—Es un símil, querido —respondió, paciente, la doctora.

—¿Preparados para qué?

—No lo sé.

—¿Y la tarjeta que les ha dado? ¿Un psicólogo quizá, un compañero suyo?

—No es de un psicólogo —respondió Alma bajando la voz, como si de repente el cansancio estuviera venciendo toda su resistencia—. No es por lo que ha pasado. Es sólo por... el motivo por el que el marido de esa mujer sintió la necesidad de leer el libro en primer lugar.

Pete parpadeó, confuso.

—Oh, está bien —dijo al cabo, resoplando—. Como quiera. Usted tiene más experiencia que yo. En cuanto a eso, me parece que tengo bastante material para toda una vida. Estoy empapado, he visto a un hombre desnudo volverse loco, a una mujer volar por los aires, y quiero acostarme.

Andrew soltó una pequeña carcajada.

X

Consecuencias

1

Se llamaba Daniel, y como todos los días, esperaba en el andén de Plaza España a que llegara el metro. No tenía que recorrer mucha distancia; su parada estaba unas pocas estaciones más allá, en la misma Línea Roja, hasta Arco de Triunfo. De todas maneras, aquel día estaba impaciente y deseaba que el tren llegara rápido. Había quedado con unos amigos para continuar con sus sesiones de ouija, aderezada con los elementos que *La puerta* había introducido. Los resultados eran tan espectaculares que tenía la cabeza llena de todo el asunto. Tenía preguntas, tenía inquietudes, y quería probar y seguir probando, jugar con los elementos de que disponían, asomarse a ese mundo paralelo del que la ciencia se reía con tanta sorna y que, sin embargo, ahí estaba.

El viento que generaba el tren al acercarse por el túnel empezó a llegar a la estación, cálido y cargado de olor a maquinaria engrasada. A Daniel le gustaba, y por descontado le gustaba esa esencia ínfima que se le quedaba impregnada en la ropa. Estaba pensando en eso cuando se levantó distraídamente y se acercó al borde del andén. Delante de él, una señora mayor con un pequeño bolso de un color rosa desvaído miraba con los brazos caídos hacia la boca del túnel.

Daniel se puso detrás de ella.

El tren apareció, aminorando la velocidad, pero todavía rápido. Y de pronto, sin saber porqué, Daniel miró el viejo vagón de un color rojo intenso, miró a la señora, y la empujó a la vía.

El maquinista no pudo hacer nada por impedir arrollarla: el tren le pasó por encima, sin producir sonido alguno, mientras la gente gritaba horrorizada.

Daniel miraba. Miró cómo los vagones aminoraban hasta detenerse con una lentitud casi fúnebre. Luego volvió la cabeza y vio cómo un par de chicas lo observaban con los ojos abiertos como platos, como si fuera un extraterrestre. Daniel se quedó quieto, sin hacer ni decir nada.

La policía no tardó en llegar.

Cuando le preguntaron si conocía a la señora, dijo que no. Cuando le preguntaron por qué la había empujado a la vía, se encogió de hombros, movió con gesto indefinido la cabeza, y contestó: «Me pareció una buena idea».

2

Rose esperaba en el interior de su coche a que el semáforo se pusiera verde. Acababa de comprar una caja de tizas nueva, la tercera en lo que iba de mes, para copiar unos símbolos. Salían en El Libro, así, como por excelencia; el libro que se había convertido en su mejor compañero desde que podía recordar. El libro decía que esos símbolos eran necesarios para obtener resultados.

Bueno, ella ya había obtenido resultados..., más de los que jamás había podido imaginar. Había tenido orgasmos brutales que habían durado unos quince minutos, y había sentido que su piel y su cabello se erizaban mientras se revolvía en la cama, a solas, con el tablero de ouija entre las sábanas. Y quería más. Mucho más.

Se miró en el espejo retrovisor y escrutó sus labios. Eran más sensuales y voluptuosos de lo que jamás habían sido; y se los había pintado de negro. No sabía por qué, pero le quedaban bien.

De pronto, miró al frente y vio a un niño con una bicicleta cruzando por el paso de cebra. La bicicleta era enorme, una vieja BH de color blanco que el niño empujaba haciendo visibles esfuerzos; sólo Dios sabía cómo era capaz de montar en ella si el mismo asiento le llegaba casi hasta la altura del pecho.

Entonces metió la primera y aceleró. El niño giró la cabeza brevemente, abrió mucho los ojos, y salió despedido junto a la bicicleta unos seis metros hacia adelante. Cayó contra el asfalto como un fardo inútil, el cuerpo descoyuntado, para quedarse tendido en el suelo.

Rose soltó un pequeño suspiro.

Definitivamente, los labios negros le quedaban bien.

3

Treinta años en el cuerpo de bomberos no era cualquier cosa, y Alan Jacobs, de nacionalidad irlandesa y poseedor del pelo ralo más rizado y rojo de todo el equipo, lo sabía muy bien. Le había costado su matrimonio, varias quemaduras graves, una fuerte crisis de ansiedad que casi le hizo abandonar su carrera, y muchas, muchísimas horas de soledad mientras permanecía acuartelado; pero estaba orgulloso. Había hecho un buen trabajo y salvado varias vidas, incluyendo aquella niña de siete años que rescató de aquellos bloques baratos en las afueras de la ciudad. Eran cosas que lo hacían dormir bien por las noches, el tipo de cosas que lo habían ayudado a levantarse cada mañana. Y ahora, que iba a recibir un homenaje honorífico, una placa de plata de ley con su nombre grabado con una tipografía de esmerada filigrana, y a estrechar la mano del alcalde en persona, se sentía bien. Muy bien.

Pero no por el homenaje, por supuesto, sino por la alucinante e infernal algarabía de fuego y llamas que iban a recibir sus compañeros y todos esos gilipollas burócratas de mierda.

Llevaba horas preparando su pequeña sorpresa, silbando en voz baja mientras distribuía con cuidado el cableado, haciéndolo pasar por debajo de los asientos en las improvisadas gradas que habían construido para el evento. Luchar contra todos esos condenados pirómanos todos estos años le había enseñado una o dos cosas acerca de cómo formar una condenada traca, una buena de verdad. Cuando accionara el control remoto de su pequeño juguete, toda aquella gente iba a conocer lo que era arder de verdad; el fuego los sorprendería en el mismísimo culo y los arroparía con verdadero calor. Calor humano.

Se rio de su propio chiste, soltando una pequeña carcajada silenciosa que sonó al estertor de muerte de un asmático.

Puede que incluso tuviera tiempo de contarle a su padre cómo había quedado todo. Sus indicaciones habían sido tan precisas... y él había estado tan ocurrente explicándole lo que iba a hacer, que cuando pensaba en ello se le saltaban las lágrimas. Estaba haciendo un gran trabajo, desde luego; iba a estar tan orgulloso de él...

Su padre, que había muerto en un incendio cuando él tenía doce años.

Aquel libro había sido la mejor compra que había hecho jamás.

4

Hace tiempo tuvo un nombre. Era Tommie, o Tom. Tom Sullivan. O Tom F. Algo. El señor Tom, la mayor parte de las veces. Al menos, cuando le hablaban por teléfono siempre era «señor Sullivan». Era el nombre que a veces venía escrito en las facturas que llegaban a su buzón. Un buzón blanco, precioso, emplazado a la puerta de una casa llena de cosas compradas en los muchos lugares que la sociedad proporciona para ello: tiendas de electrodomésticos, de ropa, de cachivaches, tiendas de tiendas. Cosas, cosas. Un día se hartó de ellas.

Ahora ya apenas recordaba su nombre. Era solamente T, sin apellidos, sin nada más. Tampoco nadie lo llamaba nunca, así que T estaba bien. Ahora era una sombra, una mancha borrosa que se movía en los márgenes del delicado engranaje social, a menudo deslucida y cabizbaja en las puertas de los centros comerciales, evadida de los movimientos del dinero, del producir y del generar, y por supuesto, del gastar. T obtenía algunos centavos de todos los ciudadanos que contribuían a que la rueda continuase girando, y eso le daba para un bocado de vez en cuando. T vivía entre cartones, cansado y hastiado de formar parte de algo que consideraba una espiral sin sentido. Ahora era dueño de su tiempo, de su vigilia, de sí mismo.

Pero esa noche hacía frío. Frío de verdad. Hacía tiempo que vivía en la calle y recordaba disfrutar de las noches al raso, en cualquier rincón de la ciudad, en callejones peatonales que se empleaban como zonas de acceso de proveedores, en parques cerrados en los que se colaba como podía, en casas abandonadas en las afueras, y en todos los casos se echaba a dormir, se cubría con las cuatro cosas de que disponía, y disfrutaba echando humo al aire nocturno cuando disponía de un cigarrillo para ello. T sabía del frío: llevaba años conviviendo con él, pero no conseguía recordar uno como aquél. No señor. Era un frío... que atentaba directamente contra su propia esencia, que lo reducía, que lo inutilizaba. Era un frío que se instalaba dentro y hacía que cualquier intento por protegerse fuera fútil, estéril, imposible. Era el Frío, como por excelencia, y lo sentía no sólo en los huesos, sino en sus entrañas, en las sienes, detrás de los ojos.

En el alma.

T se estremeció con un escalofrío.

Estaba planteándose viajar hacia el sur, hacia temperaturas más amables, cuando oyó ruidos en el callejón en el que estaba instalado. Ruido de pasos.

«Basureros —pensó—. O algún honrado ciudadano que vuelve a casa tras pasar un rato en algún pub local.»

Se quedó quieto, esperando a que pasaran. Mientras tanto, seguía pensando en el sur. Pensaba en playas, en lavarse en el mar, para variar, en lugar del infame cuarto de baño de alguna estación de metro o una cafetería, cuando se lo permitían. Pensaba en...

«Jesús, qué puto frío.»

El ruido de los pasos creció en intensidad, acercándose.

El mar. Estaba bien. Nadar desnudo, limpio de roña y mugre del día a día, con un bañador de colores luminosos. Lo bueno de la playa era que el bañador uniformaba a la gente, como una especie de comunismo integral.

Entonces, los pasos se detuvieron.

T abrió los ojos, y cuando lo hizo, la sensación de frío se redobló, como si una pinza metálica, de esas que se usan en un matadero, le hubiera atenazado el cuello.

Eran tres hombres, vestidos con traje y corbata, como si fueran empleados de banca. Sus expresiones eran hoscas, y su corte de pelo impecable. Dos de ellos llevaban anillos de casado. Los detalles. T era bueno con los detalles.

Eran hombres pudientes, sin duda. Casi parecía que fuesen a darle veinte o treinta libras para que no tuviera que pasar la noche a la intemperie (esos trajes eran caros. El viejo T había tenido al menos un par, para las grandes ocasiones), pero entonces, ¿por qué sentía tanto miedo?

T deslizó los brazos dentro de su maltrecho saco y consiguió incorporarse un poco. De algún lugar sacó una sonrisa y se la ofreció.

—Buenas noches, caballeros —dijo balbuceante.

Ninguno de los hombres dijo nada.

Dos de ellos se miraron, incómodos. El que estaba a la derecha, el más delgado de los tres, parecía visiblemente nervioso. Una gota de sudor resbalaba ahora por su frente.

A T no le gustó. Demasiada excitación era ésa para una noche tan fría.

—¿Qué... qué puedo hacer por ustedes? —añadió entonces.

Frío. El Frío.

Uno de los hombres se bajó la bragueta y deslizó una polla menuda y gorda hacia fuera. Luego, orinó sobre él.

El chorro produjo un sonoro repiqueteo sobre el saco de dormir.

T se estremeció con un nuevo ramalazo de miedo, uno tan primigenio y potente que lo dejó inmóvil en el sitio, los ojos clavados en la polla enana cuya cabeza estaba enrojecida como el rabo de un demonio. Ahora que la situación se revelaba ante él, cruda y desnuda, pensó que ojalá se contentaran con eso. Es lo que pensó. Eran gilipollas de ciudad, imbéciles con penes pequeños que con probabilidad querían descargar alguna frustración con él. A lo mejor no habían podido follarse a las rubias del bar, o habían perdido algún paquete de incentivos de empresa por no alcanzar los niveles de producción. Mierdas de ese tipo. Se dijo que ojalá sólo quisieran humillarlo un poco. La humillación no era nada. El olor a pis se lavaba. Los huesos rotos siempre complicaban un poco las cosas, y la sangre... la sangre era demasiado aparatosa. La sangre era un fastidio cuando tocase pedir dinero a la gente al día siguiente: la gente no daba dinero a los capullos con la cara llena de costras, como si fuesen infectados.

No dijo nada. Se quedó quieto. T conocía, de manera instintiva, la psicología de gente como aquélla. Si decía algo, si protestaba lo más mínimo, sería como provocarlos. Estaría diciéndoles: «¡Eh, soy tu enemigo!». Estaría invitándolos a que le dieran una buena paliza.

El hombre más delgado soltó una risa nerviosa.

—¿Te gusta, mierdecilla? —lo increpó el hombre—. ¿Te gusta, no?

—¡Méale en la cara, Roy! —dijo el hombre delgado, dando saltitos de nerviosismo—. ¡Méale en la puta boca, vamos!

T seguía inmóvil. El hombre de la polla fuera avanzó un par de pasos y el chorro salpicó la parte superior de su saco. T podía percibir el olor rancio y el vapor cálido, humeante, de la orina. Olía a retrete de tres al cuarto. Olía a sus calzoncillos cuando podía cambiarlos por otros, lo que no ocurría muy a menudo.

De pronto, el chorro cesó.

—Joder —exclamó Roy—. No hay más. Parece que no hemos bebido bastante cerveza.

—Qué asco —dijo el hombre que estaba en medio—. A mí este tío me da asco. Está todo meado.

El hombre delgado soltó una pequeña carcajada, demasiado aguda y estridente.

—Es verdad —dijo Roy—. ¿Cuánto hace que no te lavas?

—No se laaavaaa —canturreó el hombre delgado.

Roy se guardó la polla en los pantalones y se olisqueó las manos con asco. Luego carraspeó brevemente y forzó un gargajo que escupió sobre el viejo T. La baba blancuzca llena de coágulos de moco le alcanzó la mejilla derecha.

El hombre delgado soltó un pequeño alarido.

«Sus ojos», pensó T. Eran como dos huevos duros. Estaba hasta las cejas de cocaína o algo peor.

Roy miró a uno y otro lado de la calle, y entonces, sólo entonces, T supo lo que vendría a continuación. Lo supo con una certeza tan absoluta como que después de un martes venía un miércoles. Entró en pánico, un pánico sublime que germinó en algún punto de su estómago y subió hasta su cabeza como una explosión blanca. Y sintió miedo. Sintió tanto miedo que sus esfínteres se aflojaron. Quiso decir algo, quiso luchar por sacar los brazos del saco de dormir, pero no consiguió ni una cosa ni la otra. Antes de que pudiera darse cuenta, los tres hombres se habían colocado a su alrededor.

Entonces empezaron las patadas.

—¡Búscate un empleo!

—¡Hijo de puta!

—¡Asqueroso de mierda!

—¡Mierda, pedazo de mierda!

T sintió las primeras patadas como explosiones en su cuerpo: fuertes, retumbantes. La vista sólo le ofrecía fotogramas confusos con imágenes rápidas, irreconocibles. Perdió la capacidad de enfocar muy poco después, más o menos cuando apareció el dolor en forma de pico agudo que lo transportó a un estadio de conciencia neblinoso donde apenas notaba el vaivén mortal de los golpes.

Los huesos crujían debajo del saco de dormir lleno de meados; el cuerpo se le doblaba a un lado y a otro entre espasmos terribles. Dolor. Confusión. Fogonazos en blanco. La sangre le manaba de la boca. Los incisivos frontales se hundieron en la encía antes de partirse al recibir una patada directa, arrancando una punzada de dolor casi eléctrica. T se desmayó en algún momento mientras empezaba a asfixiarse por tener la garganta anegada en sangre.

Los hombres continuaron todavía durante un rato. No eran banqueros, por cierto; eran agentes inmobiliarios y ganaban entre cinco y quince mil libras al mes, conducían coches caros y llevaban una vida con la que muchos soñaban. Uno de ellos había besado con dulzura a su hija de seis años antes de salir de casa, no hacía ni seis horas. Cuando pararon, estaban sofocados y jadeantes. El hombre de la polla menuda proyectó su brazo hacia la pared para no caer al suelo extenuado. La frente, cubierta de sudor, estaba caliente por el esfuerzo.

El hombre delgado miraba el cadáver con fascinación: sus ojos enormes como dos huevos duros se paseaban por los detalles, presos quizá de una mórbida fascinación.

—Joder —dijo el hombre del medio. Estaba pasándose la mano por el cabello, hasta un rato antes cuidadosamente peinado hacia atrás. Mientras lo hacía miraba a un lado y a otro, como si temiese ser descubierto—. Joder, joder.

—Bueno, ya está —dijo el hombre de la polla menuda.

—Ya está.

—¿Lo hacemos ahora? —preguntó el hombre delgado.

—Sí —respondió el primero, pasándose el antebrazo por la nariz y sorbiendo ruidosamente.

—¿Has traído el tablero?

—Sí, joder. ¡Sí!

—Vamos a mi casa.

Y se alejaron, caminando por la pequeña callejuela a oscuras. Ninguno de ellos vio las sombras que, pegadas a sus cuerpos, gravitaban a su alrededor infinitamente satisfechas, hambrientas y henchidas a un mismo tiempo.

XI

Ausencia de amor

1

El despertador sonó puntual a las ocho y media de la mañana, como cada día, desgranando un sonido tan estridente como monótono. A Jow le ponía el vello de punta, pero era la única manera de despertarse que funcionaba.

Apagó el infernal cacharro con una mano y se revolvió entre las sábanas, haciendo ruidos de protesta. Sin embargo, volvió a quedarse dormida. El despertador volvió a insistir unos minutos más tarde, como cada mañana, y Jow se arrastró fuera de la cama para dirigirse al cuarto de baño y empezar el día. Se llevó el nórdico para cubrir su cuerpo desnudo. Últimamente hacía tanto frío...

La noche anterior había sido larga. Jow leía mucho, casi todo lo que caía en sus manos, sobre el mundo que había descubierto hacía sólo una semana: libros, revistas, y mil documentos y entrevistas; todo lo que estaba a su alcance en internet, incluyendo vídeos y fotografías, pero la última noche le habían dado casi las cuatro de la mañana. Por algún motivo le resultaba tan... excitante... Investigar sobre aquel mundo oculto, desconocido y por lo general tachado de pamplina, se había convertido en una especie de *hobby*, de obsesión. Había descubierto además que su innata intuición era más que útil a la hora de manejarse entre tamaño cúmulo de información, porque de alguna manera internet estaba tan lleno de basura que casi olía a cloaca. ¡Oh, era tan complicado separar la paja del grano que no entendía cómo la gente de a pie podía hacerlo! La respuesta era que no lo hacían, naturalmente, y ése era con probabilidad el motivo por el que aquel tema en particular sufría de un escepticismo mundial galopante. Había fotos basura, había vídeos llenos de sandeces, manipulados con filtros y efectos tan burdos que Jow se sentía tan insultada como desanimada.

Había textos atiborrados de morbo y superchería, gurús de plástico y estrellitas de colores, vendehúmos y maestros de la mentira augurando futuros imposibles conjurados con unas cartas llenas de dibujitos místicos. Era agotador localizar la información adecuada, pero estaba. Si se sabía buscar, estaba.

A las nueve y cinco de la mañana, cuando Jow se había duchado y completado su ritual de aseo matutino, el teléfono vibró con un mensaje de texto. Jow levantó una ceja; desde que estaba Whatsapp los mensajes de texto se habían convertido en el equivalente al correo postal, reservado casi siempre a mensajes de las compañías de teléfonos, seguros y...

bancos.

Leyó el mensaje.

—Oh, no.

Era, por supuesto, del banco en el que estaba gestionando el crédito. Se lo habían denegado. Después de casi un mes de gestiones y recopilar información de todo tipo, le mandaban un mensaje al teléfono diciéndole que su solicitud había sido DESESTIMADA, y le deseaban, además, BUENOS DÍAS.

Jow dejó caer el móvil sobre la repisa del lavabo, apretando mucho los dientes. ¡Buenos días! Sin el crédito, todo el proyecto se tambaleaba. Ahora que estaban más cerca que nunca, ahora que su programa había pasado no una, sino varias veces las pruebas finales de eficiencia, su crédito había sido DESESTIMADO.

—No me lo puedo creer —dijo, mirándose al espejo. Era como contemplar la viva imagen de la perplejidad. Incluso sus rizos, por lo general alborotados y vivos como las serpientes de Medusa, parecían aplastados y carentes de vida.

—Mierda. Joder.

Arran y ella habían hablado ya sobre lo que pasaría si el banco decidía no concederles el préstamo. Necesitaban el dinero para terminar de impulsar el proyecto. Había aviones que coger, ciudades que visitar, compañías con las que hablar, y aunque cierta parte del trabajo podían hacerlo ellos mismos, como la página web, había cosas que era mejor dejar en manos de profesionales, como los mecanismos sutiles que esconde un buen diseño y la distribución de la información y los elementos. Ella podía hacer un apaño informativo, un profesional podría ofrecer al mundo la auténtica capacidad de su *software*. Necesitaban eso.

El plan B para conseguir dinero era aparcar el proyecto un año. Era arriesgado, desde luego, porque significaba que en cualquier momento algún programador chino podía dar con la misma idea que ellos, pero no quedaba otra opción. Trabajarían cada uno en una cosa diferente, ahorrando todo lo posible para relanzar su trabajo al cabo de doce meses. Arran, como ingeniero de sonido, tenía contactos en la industria de la música, y ella... ella era una excelente programadora. Había ofertas de trabajo por todas partes para gente capaz como ella, y podría hacerse con un sueldo de unas seiscientas libras semanales a poco que se esforzara.

Pero era un año, maldita sea. Un año más.

Suspiró largamente y buscó el número de Arran. Podía decírselo en persona, pero pensó que, cuanto antes lo supiera, mejor.

2

El Coconut Cake era una cafetería que a Jow le gustaba especialmente. En primer lugar porque estaba al lado de su casa, y en segundo lugar porque era razonablemente económica. Casi siempre había ofertas de bollos dulces, pan negro y café por menos de una libra, o cuencos de fruta del tiempo y yogur por ochenta peniques. Era un buen truco, porque la gente conocía el lugar para desayunar y luego volvían por la noche a tomar unas copas, a precio normal. Y siempre volvían. La verdadera razón de que a Jow le gustase tanto el Coconut Cake, de hecho, era que estaba decorada como un jardín, con rocas de cartón piedra cubriendo las paredes y brotes de vegetación colgando del techo. Toda esa puesta en escena generaba una penumbra que atenuaban con velas y luces cálidas colocadas en las mesas de piedra. El sonido ambiental recordaba al de un bosque o una jungla, con cantos de pájaros silvestres, el frufrú de las hojas moviéndose bajo una brisa suave o un trueno que, de pronto, retumbaba a lo lejos.

Esa mañana, sin embargo, la mayoría de la ambientación había desaparecido. Las luces estaban encendidas, revelando los pequeños fallos que generalmente pasaban por alto. El gran televisor plano que colgaba de la entrada estaba funcionando, y los clientes lo miraban mientras sorbían preocupados sus tazas de café.

—¿Qué hay, cielo? —la saludó el camarero.

—Hola, Lien. Té, por favor, y un cuenco de fruta.

—Claro que sí.

—¿Lien? —preguntó uno de los clientes que estaban apoyados en la barra, pendiente del televisor—. ¿Qué clase de nombre es Lien?

—Lien Mamlag, señor, para servirlo. No sabría decirle. Mis abuelos eran japoneses, mi padre finlandés y mi madre noruega. Yo soy irlandés. ¡Mi familia se ha ido formando a base de cachitos de mundo!

El hombre soltó una breve carcajada.

Jow, mientras tanto, miraba el televisor con curiosidad. La escena mostraba cuatro coches de policía a las puertas de lo que parecía ser un colegio. Había un montón de gente, gente llorando, y un despliegue de ambulancias alucinante. El titular al pie decía: TRAGEDIA EN EL COLEGIO BANE'S PEEK. LA ESTUDIANTE LAUREEN BANYARD (17) PROVOCA MÁS DE VEINTE MUERTOS.

—Dios mío —exclamó Jow—. ¿Qué ha pasado?

Lien se rascó la nariz con una mueca torcida.

—Una estudiante. Parece que se le fue la pinza y acabó con casi todo el mundo en su colegio.

—Pero... ¿cómo?

—De alguna manera consiguió armas.

—Jesús. ¿Disparó contra otros estudiantes?

Jow se sentó en un taburete frente a la barra. Estuvo un rato mirando la pantalla mientras las imágenes evolucionaban. Había tantas furgonetas de medios de comunicación como policiales.

—Llevan toda la mañana con eso —dijo Lien mientras preparaba el pedido.

Jow estaba asintiendo cuando percibió que un anciano, sentado a la barra a su lado, la miraba con manifiesto interés. Era un tipo curioso, con una larga barba gris y un sombrero de color terracota, a juego con su abrigo marrón de flecos. A pesar de las innumerables arrugas de su rostro, aún parecía contar con un pecho fornido y unos brazos fuertes. Jow inclinó ligeramente la cabeza y volvió a concentrar la atención en la pantalla.

—Es una tragedia, desde luego —dijo alguien más, un hombre calvo vestido con un elegante jersey de cuello vuelto—. Pero al menos no es un acto de terrorismo. ¡Cuando se trata de terrorismo se tiran días enteros hablando de ello!

—Menuda hipocresía —soltó el anciano.

Jow volvió a dedicarle un rápido vistazo. El hombre sujetaba su taza con ambas manos, sin mirar a nadie.

—Aquí tienes, cielo —dijo Lien, sirviéndole el desayuno.

—Gracias.

—Bueno, el mundo ya no necesita terrorismo, parece —continuó diciendo el hombre calvo—. Nos hemos vuelto todos locos.

Jow levantó una ceja. Lien advirtió el gesto.

—El programa —siguió con su perorata el del jersey de cuello vuelto—. Hace un rato hicieron un inciso para alertar de todo lo que ha estado ocurriendo este último mes. Cosas terribles, como ésta, por todas partes. Ha sido un poco escalofriante.

—No me he enterado —comentó Jow con suavidad—. ¿Qué está ocurriendo?

—Cosas como gente que empuja a otra a la vía del metro sin saber por qué, un tipo que metió más de cien cajas de ibuprofeno en polvo en el suministro del agua en su bloque, matando a todo el mundo...

—¿En serio?

—Indigentes asesinados. Matrimonios que se han matado el uno al otro... Una pasada.

—¿Cuándo ha ocurrido todo eso?

—Estas últimas semanas. He leído algunas cosas y he visto otras en la tele.

—Vaya —dijo Jow. No se había enterado de nada, y no sólo porque había estado ocupada con su *software* y su personal investigación sobre el mundo paranormal, sino porque, sencillamente, ni veía la tele ni leía periódicos; le parecían campos abonados para la manipulación política. Al menos el tabloide *The Sun* era ocurrente en sus desvaríos.

El anciano del sombrero volvía a mirarla de nuevo. Jow le sostuvo la mirada unos segundos.

—Chica..., tú ves, ¿no?

Jow pestañeó.

—¿Cómo dice?

El hombre se señaló los ojos con dos dedos.

—Tú ves.

—No sé a qué se refiere...

El anciano asintió despacio.

—Lo tienes. A lo mejor no lo sabes, pero lo tienes.

Jow sonrió ligeramente y sorbió un poco de su té.

Lien estaba ajustándose la bufanda. Resultaba raro verlo tan abrigado detrás del mostrador, así que aprovechó aquel hecho para escapar de la atención del anciano.

—¿Estás resfriado, Lien? —preguntó.

—¡Cielos, no! —respondió éste—. No nos dejan trabajar cuando estamos resfriados, pero tampoco nos pagan, y eso no me viene nada bien. Es este... frío. Ni abrigándose uno consigue sacárselo de encima.

—Sí que hace frío —asintió el hombre calvo.

—El caso es que... —se volvió para mirar el panel del aire acondicionado—... el termómetro marca diecinueve grados aquí dentro. No debería hacer tanto frío, pero coño, lo hace. ¿Se habrá estropeado?

—Hace frío en todas partes, Lien —dijo Jow.

—El frío —intervino el anciano—. ¡Mala cosa!

Lien levantó una ceja y miró a Jow con aire de complicidad. Ésta esbozó una pequeña sonrisa.

—Armarán un buen circo con lo del colegio —prosiguió el anciano—. Entrevistarán a psicólogos y descubrirán que la niña usaba el móvil para ligar, así que empezarán a decir que los móviles son demoniacos y algunos padres les quitarán esos cacharros a sus hijos. Como si lo viese.

Jow pensó que no le faltaba razón.

—Pero no es el móvil. Tú sabes lo que es, ¿no, chica?

—No tengo ni idea —replicó ella.

El anciano asintió, soltó un sonoro suspiro y volvió a asentir lentamente.

—Es por cómo está el mundo —dijo—. Es por nosotros. Mira, llevo aquí cuarenta y cinco minutos. En ese tiempo habrán muerto cuarenta y cinco mujeres durante el parto y noventa niños en África por malaria, porque mueren dos por minuto, constantemente. En ese mismo tiempo habrán muerto cuatrocientos cincuenta niños más sólo por beber agua en mal estado. Eso son diez por minuto, de cada día, de cada semana, de cada mes, de cada año. Novecientos cuarenta y cinco niños de menos de cinco años habrán muerto por enfermedades fácilmente curables, pero no tienen medicamentos.

Jow sintió un escalofrío. Lien y el hombre calvo lo miraban como si acabara de abrir la caja de Pandora.

—Pero aquí, en nuestro escondite del primer mundo, una niña pija mata a veinte compañeros y todos nos rasgamos las vestiduras. Es como lo de las torres gemelas o el atentado de París. En serio, qué hipocresía.

Lien asintió, pensativo.

El hombre calvo apuró su taza de café, nervioso.

—Joder. Visto así...

—El cuarenta por ciento de la humanidad vive con menos de dos libras al día, cuando cualquier vaca europea recibe una subvención diaria de cuatro libras al día —continuó el anciano, sin apartar la vista de su taza, recubierta de posos—. En este mundo que hemos construido y del que estamos tan orgullosos, vale más ser una vaca europea que una persona pobre. Es absolutamente trágico.

El hombre calvo miró su taza de café. Iba a pagar casi una libra por él, y más de dos libras si lo hubiera tomado en un Starbucks en el centro de Londres. De repente, tenía un regusto raro.

—El caso es que sobra dinero en el mundo. Hasta para dar una renta personal de por vida a cada ciudadano, pero el dinero es como un montón de hojas en ese patio del colegio donde yacen los cadáveres de niños sobrealimentados: siempre se acumula en montones en cualquier esquina, dejando al resto sin nada.

Todos permanecieron mudos.

—Ustedes callan porque pasado mañana será viernes y es probable que vayan a comprar una película en Blu-Ray. Será su superplan. Pagarán entre quince y veinte libras por ella, y la verán en casa, en su televisor de setecientas libras, ingiriendo bebidas y chucherías por las que habrán pagado una pequeña fortuna en según qué países, y las cuales no necesitan para alimentarse. Y no importará, porque el lunes pagarán ochenta libras más por perder peso en un gimnasio, vestidos con ropa diseñada para sudar por la que habrán pagado... ¿cuánto?, ¿sesenta, ochenta libras más, incluyendo los zapatos? Por eso callan. Son cómplices, culpables de indiferencia, de egoísmo aborrecible.

—Joder, abuelo —dijo el hombre calvo, soltando una pequeña risa nerviosa.

—Está incomodando usted a los clientes —medio bromeó Lien.

—Oh, disculpe por poner el dedo en la llaga —exclamó el anciano levantando ambas manos—. No quería estropear su maravillosa burbuja de felicidad enlatada.

—La verdad es que no le falta razón —dijo el calvo.

—Claro que no —soltó el anciano—. Pero bueno, no quiero hacerles sentir mal. Yo hago lo mismo. Este sombrero me costó diez libras. No quiero decirles lo que dan de sí diez libras de mijo en ciertas zonas de la India. Pero al menos no me sorprendo. Conozco las consecuencias, y estoy dispuesto a pagarlas.

—¿Qué consecuencias? —preguntó Jow.

El anciano sonrió.

—Directa a la cuestión —exclamó el anciano, contento—. ¿Ve cómo está conectada? Creo que sabe la respuesta, pero se lo diré de todas maneras, porque hoy me he levantado parlanchín, lo que no ocurre a menudo. La consecuencia de tanto egoísmo, de tanta... ausencia de amor... es el Frío.

Jow dio un respingo.

—¡Leche! —exclamó Lien—. Voy a dejar de comprar películas en Blu-Ray.

El hombre calvo soltó una carcajada.

—¿Han visto? —dijo el anciano—. Qué sencillo. Hace unos segundos se sentían incómodos y un poco culpables, pero... ¡ya está! Ya se les ha pasado. Vaya. Es fascinante. Dentro de un minuto mirarán sus móviles de cuatrocientas libras con tarifa plana de datos y conducirán sus coches carísimos, porque... porque ¡qué diablos!, dentro de una hora ni siquiera me recordarán a mí.

Jow estaba intrigada y no quería que la conversación se fuera por otros derroteros.

—¿Qué consecuencias está dispuesto a pagar? —quiso saber.

El anciano suspiró.

—El amor tiene consecuencias inmediatas en su entorno. Se lleva dentro, forma parte de usted. Se emite, se regala... no sólo a la persona o personas a las que ama, se percibe de una manera tangible y provoca atracción, una sensación invisible y maravillosa que hace que el mundo se llene de luz y de energía. Algunos podemos verlo más claramente que otros, pero está ahí.

»Lo contrario, la ausencia de amor, provoca Frío. Un frío que ninguna estufa podrá combatir, porque no tiene nada que ver con la temperatura. Es como una enfermedad del alma. Pudre por dentro, te acota, te limita, te define. Y hay tanta ausencia de amor en el mundo que estamos empezando a sentir las consecuencias, como un cáncer, que explota por todas partes en forma de erupciones demenciales, como esos indigentes asesinados, como esos niños muertos en el colegio.

El hombre calvo se revolvió en su taburete, sobrecogido por un inesperado escalofrío.

—¡Joder! —exclamó—. Me cago en la puta... Me está acojonando de veras.

—No pretendía acariciarle los huevos, señor —dijo el anciano—. Normalmente, no hablo de estas cosas y mucho menos en estos términos, principalmente porque sé muy bien que cuando se habla de estas cosas uno acaba con una etiqueta de zumbado en la frente. ¿Me la han puesto ya? Porque casi puedo sentirla...

Esta vez fue Lien quien soltó una carcajada.

—Está bien, abuelo —dijo—. Cada uno es libre de tener su opinión sobre las cosas.

—Desde luego —asintió el anciano—. De todas maneras, hoy me encuentro en un estado de «me importa todo una mierda», y no hay nada más incómodo que un anciano que ha dejado de preocuparse por lo que dice. Solemos decir cosas que joden a la gente, pero lo cierto es que he visto muchas cosas, aunque no pensaba que vería esto que está ocurriendo en lo que me queda de vida. Es como si se hubiera acelerado todo.

Jow se quedó mirándolo. Allí sentado, con su taza de café vacía pero aún caliente entre las manos, como si quisiera extraer de ella hasta la última partícula de calor de que fuera capaz, el abuelo parecía empezar a adquirir una expresión de visible angustia en su rostro.

Tenía una pregunta en la punta de la lengua, pero por algún motivo no se atrevía a hacerla.

Por fin se decidió.

—¿Y por qué cree que se ha acelerado todo? —preguntó entonces, pronunciando cada palabra con suavidad.

El anciano sonrió, dedicó unos segundos a mirar la taza vacía, y luego se levantó del asiento suspirando pesadamente.

—Ya lo sabe —dijo al fin mientras dejaba unas monedas en la barra—. Y si no lo sabe, lo sabrá dentro de poco.

3

El anciano se había marchado, dejando a la clientela sumida en sus pensamientos. Lien Mamlag, heredero de culturas de medio mundo, estaba preparando desayunos para una nueva remesa de clientes, y el hombre calvo había regresado al mundo cotidiano hablando por su carísimo teléfono móvil. Curiosamente, parecía estar haciendo negocios y hablaba de facturas de miles de libras.

Como había dicho el anciano.

Jow negó con la cabeza.

Aunque lo que había dicho el anciano era cierto, ella misma tenía, por el momento, problemas en los que pensar, como la financiación de su proyecto. Generalmente, devoraba el desayuno en pocos minutos y conducía rápidamente a la oficina, pero esa mañana no se decidía a enfrentarse a Arran; había estado tan excitado estos días atrás que no tenía corazón para decirle lo que había pasado. Lo hundiría, un poco al menos, y tendría que ocuparse de mantenerlo a flote durante un par de semanas.

Suspiró largamente, cogió el periódico y empezó a pasar las páginas a modo de distracción. Además de las habituales noticias económicas, el resto de las páginas ofrecían realmente una imagen desoladora de hacia dónde estaba dirigiéndose el mundo. Las palabras del anciano regresaron a su mente. Había, ciertamente, una tonelada de noticias breves sobre sucesos inexplicables, exactamente del mismo tipo de los que habían hablado en la televisión. Casos de «ausencia de amor». Después de leer algunas, decidió que había tenido bastante y se apresuró para llegar a la sección de Ofertas de Empleo.

No tardó mucho en verlo.

Un gabinete de estudios espiritistas necesitaba un programador senior experto en diseño y programación de bases de datos para desarrollar importantes mejoras técnicas en su avanzado *software* de trabajo. Levantó una ceja, perpleja por la coincidencia, mientras intentaba contener un acceso de risa. Ella nunca... nunca... leía los folletines propagandísticos que eran los periódicos, pero a aquel anuncio sólo le faltaba un título grande que dijese: «¡Jow, ÉSTE ES EL TRABAJO QUE ESTABAS BUSCANDO!». Ni siquiera estaba lejos de allí, a quince o veinte minutos en coche, probablemente. Podría pasarse de camino a la oficina y curiosear para ver de qué iba todo aquello. Mientras apuraba su taza de té, dedicó unos instantes a recorrer la lista de requisitos para aquel trabajo, y descubrió que, naturalmente, los cumplía todos. La paga no era la mejor del mundo, pero era, por lo menos, una oferta honesta.

—Lien, cóbrate, por favor —dijo entonces sin levantar la vista del anuncio.

XII

Alma Chambers, antes (III)

Alma está contenta. Inquieta, pero contenta. Aunque tiene solamente veintiún años, un pequeño gabinete de investigación paranormal va a permitir que asista en un caso como médium, o enlace con el Más Allá. El contacto lo ha conseguido su padre mediante una simple carta donde contaba algunos de los dones de su hija. Había leído un reportaje sobre los métodos científicos de ese grupo y le había parecido una buena manera de que Alma tuviese una experiencia real con ese mundo al que, de alguna manera, había nacido atada. Era inevitable, en su opinión, que aquélla fuera la primera de muchas, así que era mejor empezar lo antes posible.

—Además te pagarán tu tiempo —dice el padre—. Buen dinero para el bolsillo.

Y Alma asiente, pero aunque el dinero siempre viene bien, está concentrada en poder hacer algo útil con todo lo que tiene dentro.

Alma se ha criado leyendo cosas sobre lo que le pasa y el mundo que percibe, desde luego, y sus conclusiones son, cuando menos, confusas. Mucho de lo que ha leído no tiene sentido, como si hablasen de otras realidades que no casan con lo que ella siente y sabe. Otras son burdas patrañas, concebidas, quizá, para provocar pequeños ramalazos de miedo lúdico. Algunos de los expertos a los que ha leído en las BBS[2] *de aquel incipiente internet, no tienen, con honestidad, ni puñetera idea. Alma ha comprendido que ese mundo inexplicado, que no inexplicable, es tierra abonada para que cualquiera hable de cualquier cosa que se le pase por la mente, desde abducciones, avistamientos OVNI o estrambóticos influjos lunares a atormentados espectros sedientos de venganza. Todo cae en una especie*

2. Bulletin Board System, el precursor de la actual World Wide Web. *(N. del A.)*

de cajón de sastre ante el que la gente de a pie levanta, lógicamente, un muro de rechazo.

Está en el lugar de la cita quince minutos antes de la hora convenida, algo nerviosa y excitada, elegantemente vestida con una falda larga, una rebeca, y una sencilla cinta blanca recogiéndole el cabello. Es casi la primera vez que no sólo no tiene que ocultar las cosas que siente, sino que se espera que hable de ello, y eso la hace sentirse bien. Extraña, pero bien.

El hombre que ha hablado con su padre, George Culham, llega cinco minutos tarde conduciendo un elegante modelo de Austin de un color gris brillante. Alma sube al coche y saluda formalmente, esbozando una tímida sonrisa. George parece un tipo agradable y se siente cómoda casi de inmediato. A George también le gusta ella: es mona y parece una chica centrada y sana.

—Tu padre nos ha contado algunas cosas sobre ti —dice—. El tuyo es un impresionante currículum.

—Gracias —contesta Alma.

George vuelve la cabeza y se encuentra con los ojos de ella.

—¡Vaya! Tienes unos ojos increíbles.

—Gracias —responde ella, algo incómoda.

—Debes de tener muchos novios.

—No —dice Alma rápidamente.

—Oh. ¿Y eso?

—No es... No es fácil, ¿sabe?

George asiente despacio.

—Comprendo. Creo que comprendo. Si la mitad de lo que cuenta tu padre es cierto... Bueno, conciliar eso con una vida normal, a tu edad, debe ser difícil.

—Un poco —asiente Alma—. Pero me voy acostumbrando.

—Eso está bien. Muy bien.

Hablan durante los veinte minutos que tardan en llegar a su destino. Es una conversación agradable. A Alma le gusta exponerse como es, abrirse sin tapujos, sin omitir nada, sin poner los ojos en blanco cuando alguien dice que tiene una prima que ve a los muertos o que la lámpara de su cuarto se enciende y se apaga misteriosamente. George escucha sin ceños fruncidos o silencios incómodos, complacido y complaciente; tiene una gran experiencia en su trabajo y puede descubrir fácilmente cuando se enfrenta a un fraude, porque hay una casuística que es tan rigurosa como la Tabla Periódica de los Elementos. Lo que dice Alma cuadra per-

fectamente. Está de veras impresionado con su talento natural, y empieza a hablarle de lo que hacen en el gabinete. Le cuenta que, por lo general, emplean a una médium de avanzada edad, muy dotada, con la que han atendido bastantes casos desde hace seis años, y añade que últimamente tiene algunos achaques y problemas de salud.

—Si todo va bien, ¿crees que podríamos contar contigo para otros estudios?

Alma asiente.

—Me gustaría. —Inclina la cabeza y añade con prudencia—: Creo.

George sonríe mientras llega a su destino y aparca el Austin.

—Por supuesto —dice—. Tienes que probar. ¡Es lógico!

Salen del coche. Huele a flores y a principios de verano, y la temperatura es agradable. George se pone a su lado y empieza a hablarle en un tono confidencial.

—Escucha un segundo: por lo que me has contado, creo que podrías tener más experiencia en estas cosas que yo, pero aun así, es mi deber advertirte. A veces, estas experiencias pueden ser agotadoras. Mucho. Hay entidades que tienen mucho poder y pueden dejarte exhausta. No sé qué encontraremos ahí dentro... Puede que algo, puede que nada, pero si notas que algo no va bien, que te duele la cabeza, que te sientes incómoda, triste, que te supera de alguna forma, quiero que me lo digas y saldremos rápidamente, ¿de acuerdo?

Alma asiente.

Caminan hacia la casa, una casa normal en un barrio modesto, construida de acuerdo al estilo mediterráneo. Las paredes blancas están recubiertas de una frondosa hiedra verde. Nadie habría dicho, con el sol incidiendo en las ramas de los árboles del jardín delantero y creando juegos luminosos, que allí se producen fenómenos extraños de difícil explicación, pero se producen. George la pone en antecedentes. Una pareja joven compró la casa hace ahora algo más de un año, y las cosas no van bien: los objetos cambian de sitio o se caen durante la noche, en especial los cuadros; las puertas se cierran con golpes violentos; la cama del dormitorio principal se deshace sola; los grifos se abren ligeramente y hay sonidos que nadie puede identificar y que rompen la quietud de la casa de manera inesperada.

Alma asiente.

—Los propietarios prefieren no estar mientras trabajamos —explica George—. En concreto, tengo la sospecha de que esto es cosa de él y que ella no sabe que venimos. Quizá no crea en...

—Entiendo —dice Alma.

Les abre la puerta un hombre joven que lleva unas gruesas gafas y una sencilla camiseta. George los presenta. Se trata de Louis, y es el técnico del grupo, que ha llegado unos instantes antes con las llaves de la casa. Louis, dice George, desempeña una labor importantísima: tiene un don natural para la electrónica y ha construido algunos aparatos y medidores que usan para sus intervenciones.

—Son fantásticos —dice George.

—Son sólo prototipos —se apresura a replicar Louis con modestia.

—Estamos estudiando la posibilidad de fabricarlos para su venta.

Mira los aparatos que Louis ha desplegado sobre la mesa. Uno parece una polvera algo sofisticada. Otro, una lata de refresco con luces en la parte superior y una larga antena que se extiende casi medio metro. Louis percibe que Alma está mirando y sonríe orgulloso. Rápidamente se adelanta para explicarle.

—Éste es el REM —dice cogiendo el aparato con las luces y la antena—. Las luces se encienden cuando detecta cambios de energía a su alrededor. También puede detectar cambios bruscos de temperatura y movimiento. Es muy fiable, pero hay que ponerlo en el lugar adecuado para que funcione.

Alma asiente.

Louis coloca la mano sobre el aparato y las luces parpadean. Luego pasa la mano rápidamente a su alrededor, produciendo el mismo resultado.

—Qué chulo —exclama Alma.

—Y éste es su hermano menor —anuncia señalando un tubo grueso con una barra de colores en un lateral—. Yo lo llamo Mini-REM. Funciona con campos electromagnéticos... Es... Bueno, es complicado. Hace lo mismo que el REM pero es móvil, lo que supone una gran ventaja; podemos ir por las habitaciones y registrar cosas, aunque aún no es tan fiable como su hermano.

—Fantástico —dice Alma, pero a esas alturas todavía no está convencida de que nada de eso vaya a funcionar realmente.

—La joya de la corona es ésta —dice George, señalando otro aparato—. Éste es un poco más grande y parece una polvera de tamaño industrial con el altavoz de una radio de mediano tamaño acoplado.

Louis se rasca la cabeza, halagado y algo incómodo.

—Es... Bueno, antes usábamos cintas convencionales para escuchar las voces de las entidades —explica—, pero era un proceso lento y unidireccional. Nos llevaba semanas mantener una conversación mínima.

—El proceso agotaba al cliente —dice George—. Había que dejar una o varias cintas grabando durante toda una sesión, a veces toda la noche, luego llevar la cinta a casa, inspeccionarla cuidadosamente, extraer los sonidos, encajarlos con las preguntas, hacer deducciones... Era agotador.

Louis asiente con una sonrisa.

—Aburrido —dice.

Alma no dice nada. Ha leído algo sobre psicofonías, pero no le ha interesado demasiado; para ella es como si alguien, en la puerta de su fábrica de fundición, se vanagloriara de haber descubierto el fuego. Asiente tímidamente e intenta hacer ver que está sorprendida.

—Básicamente registra las voces de los espíritus a través de barridos de bajas frecuencias en AM y FM. Lanza un sonido que les facilita la comunicación —añade Louis—. Dedujimos que era lo mejor para obtener psicofonías: usar frecuencias de radio muertas como base.

—Creo —opina George— que lo mejor es empezar y que lo vea todo funcionando.

Louis está de acuerdo, y sin decir nada más, empiezan a revisar las baterías y hacer ajustes en los aparatos. Hablan animados y orgullosos de sus pequeños inventos, les gusta lo que hacen y creen en ello, y Alma percibe eso tan claramente que los deja hacer, satisfecha. Pero tiene una urgencia: quiere saber qué pasa en la casa, así que se da la vuelta y se enfrenta por primera vez a la habitación, mirando con curiosidad las paredes, la decoración, el mobiliario, todo impregnado de recuerdos a los que ella puede acceder como las páginas de un libro. Curiosea con delicadeza, pasa una página, olfatea su aroma, la deja... Entonces respira profundamente y se sumerge, por fin, en el mundo de las sensaciones a las que está tan acostumbrada.

Y siente.

Inclina la cabeza, embriagada.

—Hay alguien aquí —susurra de pronto.

George se da la vuelta para mirarla, con el Mini-REM en la mano. La muchacha tiene esa expresión que ha visto otras veces en gente dotada, y piensa: «Aquí vamos».

Apunta con el aparato hacia Alma y mira la escala de colores.

Nada. El aparato está como muerto.

Levanta la mirada, se cruza brevemente con la de Louis e intercambian un instante de desconfianza.

—¿Estás segura? —pregunta al fin.

—Sí —susurra Alma—. Es... muy fuerte. Una presencia muy fuerte. No un rastro. Un rastro no... Está aquí.

Ahora está mirando hacia la escalera que conduce al piso superior mientras mantiene una mano en el pecho. Su expresión es dulce, como si estuviera esforzándose por oír una melodía lejana.

Louis está manipulando todos sus aparatos, pero sin resultado. George no sabe qué pensar.

—¿Arriba? —pregunta.

—Sí... —contesta Alma con naturalidad, y empieza a subir.

Louis ya se ha adelantado y ha cogido los medidores. Acaba de conectar el Mini-REM a otro dispositivo de gran tamaño que se cuelga del hombro mediante una cinta de tela; está lleno de radiales y tiene una banda alargada con frecuencias impresas. George, a su vez, lleva la sofisticada polvera, pero tampoco ahora capta nada.

Y llegan arriba. Alma no tiene necesidad de curiosear por las habitaciones. Rápidamente gira a la izquierda y se dirige a la habitación principal. George y Louis intercambian otra mirada y el primero asiente satisfecho: el cliente les ha dicho que es allí donde se han registrado la mayoría de los sucesos. «Hay algo», se dice George, que mira incrédulo sus terminales sin ver reflejado ningún resultado.

Alma suspira largamente.

—Está aquí —susurra con voz lastimera—. Está... siempre... aquí.

—¿Estás aquí? —pregunta George a la habitación vacía. La fuerza de su voz hace que Alma de un pequeño respingo.

Pasan unos instantes, y George repite:

—¿Estás con nosotros?

Entonces, una pequeña luz se enciende en la polvera, crepita y arroja una voz que suena a fanfarria metálica y retumba en el dormitorio.

FUERA.

Louis se yergue. La orden, de un tono imperativo desagradable, le hace ajustar el volumen con manos temblorosas.

Alma mueve la cabeza suavemente. Su expresión, ahora, es triste.

—Oh —susurra—. Es por eso...

—¿Qué ocurre? —pregunta George.

Alma se lleva una mano a la boca. Parece a punto de llorar.

—Pero... cielo... —dice.

George va a preguntar algo cuando el Mini-REM empieza a emitir señales luminosas. En el mismo momento, la polvera crepita con un so-

nido estridente, como de estática, pero no surge ninguna voz de la caja. Louis se apresura a colocar el módulo REM sobre la cama, pero no tiene que esperar mucho, las luces empiezan a parpadear prácticamente en el acto.

—¿Quién eres? —pregunta George.

—Rafael —susurra Alma, conmovida.

RAFAEL *—dice la polvera.*

George la mira, perplejo. La simpleza y contundencia de lo que acaba de pasar le demuestra que aquella chica puede, finalmente, ser todo lo que su padre había prometido.

Alma cierra los ojos y deja que unas lágrimas desciendan por sus mejillas. George no comprende, pero espera, expectante y emocionado. Es como si, alrededor, se tejiera un manto de algo que no puede expresar pero que siente crecer en el pecho; una emoción interna inexplicable, un sentimiento de algo que no puede descifrar.

—Cree que... Cree que sigue aquí —dice Alma finalmente—. Cree que la casa es suya, y no entiende lo que pasa. Cree que sigue en este mundo... Oh, está tan perdido...

George parpadea. Va a decir algo pero se interrumpe. El REM y el Mini-REM titilan como locos.

—Rafael —susurra Alma—. Pobre Rafael.

MI CASA

—Rafael... —añade Alma—. Tienes que... comprender que éste ya no es tu sitio. Ésta no es tu casa. Tu tiempo... tu tiempo se acabó, y es hora de continuar...

LA CASA

—Continuar, Rafael... Tienes que...

ES MÍA

—Yo puedo ayudarte. ¿Quieres?

ES MÍA LA CASA ES

—Si quieres, puedo ayudarte a seguir tu camino y dejar esta existencia triste que arrastras...

ES MÍA ES MI

—Elige dejar atrás la tristeza, Rafael... Es hora de... seguir.

Arrastra mucho la palabra: Seguiiiiiir. Se recrea en ella. La viste de algo hermoso, lleno de una promesa genuina y pura.

De pronto, la polvera se queda en silencio y las luces dejan de parpadear. Louis, con la frente cubierta de un repentino sudor, mira a George, pero éste está mirando a Alma, quien permanece quieta, inmóvil junto a la cama, con los brazos cruzados sobre el pecho, los ojos cerrados.

—¿Quieres? —susurra.

Silencio.

SÍ *—dice la polvera.*

George esboza una repentina y genuina sonrisa, como aliviado. Alma asiente, llena de una suerte de alegría que brota de algún lugar en su interior, la colma, la transporta a estadios de ternura, bondad y comprensión; hasta Louis ha olvidado por un instante sus aparatos y parece emocionado.

Alma asiente, sonriendo.

—Bien. Muy bien... —dice. Entonces suspira, agacha la cabeza, y se queda quieta, muy quieta. Durante un largo momento parece que lo único que hace es... permanecer, ante la atenta mirada de George y Louis, que no se atreven a articular palabra. Louis parece más nervioso, pero George intuye que algo está pasando y respeta el silencio y la quietud de la muchacha. Pasa un minuto, un minuto y medio... y luego, de pronto, Alma respira como un nadador que ha estado aguantando el aire durante un largo rato. Suelta todo el aire de sus pulmones y abre los ojos sonriendo.

Los aparatos yacen, inútiles, en las manos de los expertos, silenciosos, apagados.

—¿Qué... qué ha pasado? —pregunta George.

—Ya está —dice Alma—. Ha pasado...

—¿Cómo? —quiere saber George—. ¿Lo has... conducido tú?

Alma niega enérgicamente.

—¿Como la señora bajita de Poltergeist*? —ríe con ganas—. Oh no. No sabría. No podría. Pero he contactado con un... yo los llamo Recolectores de almas. Se lo ha llevado. La he visto como... como una mujer joven, de piel negra. Era preciosa.*

George asiente. Nunca ha oído nada parecido, pero la cree. La cree porque está en el aire, y porque la ha visto trabajar. La cree. Y piensa, además, que Alma no parece ahora tan tímida como cuando se subió al coche. Se le ocurre que, quizá, esa experiencia ha abierto algo en ella, algo bonito, como un sentido a sus capacidades. Ha hecho algo precioso y está contenta de haberlo hecho. Habla con emoción, con naturalidad y hasta cierto desparpajo.

Alma se apoya en la pared y se pasa una mano por la frente.

—¿Estás bien? —pregunta George.

—Estupendamente —dice—. Gracias.

George asiente.

—Qué pasada... —susurra Louis mirando los registros de los aparatos. Está emocionado con las lecturas y los picos desorbitados de datos que revelan la potente actividad paranormal que se ha vivido en la habitación—. Ha sido una pasada...

Alma sigue mirando a la habitación, que ahora parece más luminosa. Ella, sin embargo, está ensimismada.

—Hay... tanta gente perdida por ahí —dice de pronto—. Gente que no tiene poder para llamar la atención, como ha pasado aquí, pero que sufre... ¡Sufren tanto! Gente que no encuentra, no comprende... Ahora lo veo. Sí. Ahora lo veo.

George la mira. De repente tiene ganas de abrazarla, pero no lo hace... se le antoja, quizá, inapropiado, porque ella es muy joven y no la conoce todavía lo suficiente. En lugar de eso, cambia el peso del cuerpo de pie y cruza los brazos sobre el pecho. Se limita a permanecer allí, sonríe, y piensa algo que decir. Algo que la anime.

—Tienes un talento increíble —dice al fin—. ¿Considerarías... trabajar para nosotros?

Alma lo mira. Tiene, realmente, los ojos más increíbles que haya visto jamás.

—Puede que lo haga —contesta con sencillez.

George sonríe.

—Demonios, trabajaríamos para ti si montas un gabinete.

Alma suelta una carcajada, quizá la carcajada más sencilla y hermosa que hayan visto esas paredes desde que fueran proyectadas, hace ya treinta años; una carcajada que parece deshacer el nudo que se había creado en el pecho de todos. Luego, mira a George otra vez y dice:

—Puede que lo haga.

XIII

Alma y el Frío

Alma atravesaba un periodo horrible. Su experiencia reciente en casa de Sara y Darnell había marcado un antes y un después en su experiencia vital; de hecho, se encontraba tan perdida y desorientada como cuando era pequeña y luchaba todavía por comprender y manejar sus capacidades.

Ahora era incluso peor, porque no sabía cómo podría salir del agujero al que la habían arrojado, o si lo conseguiría alguna vez. Otra vez.

Para empezar, había afectado sus escudos de una manera que aún le costaba comprender. Los había anulado, destruido prácticamente en su totalidad, y llevaba soportando ya cuatro días de intenso dolor de cabeza. Las imágenes de cosas que fueron eran una cosa: podía manejar a los espectros, trazas de energías y sensaciones diversas, pero las voces... todas esas voces gritando dentro de su cabeza y reclamando atención, eran otra.

La primera vez recibió ayuda de un experto; construyó sus defensas mediante meditación, relajación y técnicas avanzadas basadas en el *reiki* para controlar el *chakra* de la corona y el Tercer Ojo. Aprendió a manejar esas cosas como un niño aprende a controlar sus esfínteres, con tiempo, paciencia y todo el cariño que necesitaba. Ahora estaba muy por encima de esas cosas. Conocía bien toda la teoría y sabía los procedimientos, pero era incapaz de recuperar el control. Dormía poco y mal, y cuando abría los ojos veía casi lo mismo que en sueños.

A las siete de la mañana, una mujer que falleció de tisis en 1812 se quedó de pie delante de la cama, tosiendo sangre. Estuvo pidiéndole ayuda durante doce minutos, y luego desapareció atravesando la pared. A las siete y treinta y cinco, tres sombras negras, demasiado antiguas como para tener identidad, se deslizaron sobre ella. Permanecieron allí casi un minuto, zumbando con intensidad, hasta que se esfumaron como si nunca hubieran existido. A las ocho menos cuarto, algo creció desde el suelo y pareció quitarle el color a la habitación. Era frío y terrible, y Alma se sintió increíblemente cansada. No quiso mirar; se arrebujó entre las sábanas e intentó concentrarse en no sentir, pero sin resultado.

Mientras tanto, un niño de seis años apareció sentado en su cama. Alma lo recordó de su niñez: le había hecho compañía durante años, siempre sentado en la cama, abrazado a una vieja pelota de trapo, hasta que ella levantó sus defensas y él desapareció. Hizo que desapareciera. Ahora volvía, reclamando nuevamente atención, mirándola tan inquisitivamente como antaño. Allí seguiría, día y noche, mirando cómo se vestía, cómo intentaba conciliar el sueño, escudriñándola, inexpresivo, al despertar.

Las apariciones vinieron y se fueron durante toda la mañana, sin descanso. Comió con un soldado de la segunda guerra mundial al que le faltaba un brazo, y se lavó los dientes con el corazón encogido mientras una mujer de mediana edad gritaba por toda la casa buscando a su hijo desaparecido.

Estaba agotada. Tenía que conseguir detener todo eso.

La pregunta era cómo, pero concentrarse en pensar no era sencillo. Andrew la había llamado tres o cuatro veces al móvil, probablemente porque requería su presencia en la oficina para cualquier cosa, pero no contestó, y no porque no tuviese pensado ir (por descontado) sino porque hablar por teléfono era imposible. Ese medio era un excelente conductor para las voces que pendían en el aire, inaudibles para la mayoría de los hombres mortales pero no para ella. Sería incapaz de oír a Andrew con ese tropel de gruñidos, lamentos y mensajes desesperados intentando hacerse notar.

Una respuesta era, naturalmente, los sueños. Alma obtenía mucha información del mundo onírico. Para las personas como ella, conectadas al mundo de lo invisible, los sueños representaban mensajes importantes sobre cosas que debían ser comunicadas. El problema de los sueños, por supuesto, era que no podían ser controlados. Se requería tiempo, quizá demasiado; podría pasar meses, años y décadas esperando la respuesta que necesitaba sin obtenerla, y algo le decía que no disponía de ese tiempo. El otro problema era, naturalmente, que no podía conciliar el sueño hasta el punto de tener sueños lúcidos.

Entonces decidió hacer un poco de meditación. Necesitaba respuestas, necesitaba un poco de ayuda, y si había algún lugar en el que buscar la información que precisaba era allí, en su interior: «La información llega cuando tiene que llegar».

Resopló. Iba a ser duro concentrarse con todo el circo que tenía montado en su cabeza y alrededor de ella.

Las voces repicaban contra su mente.

Dile

Ve

¿Cómo?

¡Escucha!

—¡Basta! —gritó a la habitación en apariencia vacía.

¡Basta! —repitieron las voces, ahora iracundas, ahora desesperadas, enredadas en lamentos amargos.

¡HAZ QUE PARE!

¡Devuélvelo!

DEVUÉLVENOS

Alma cerró los ojos.

Respiró.

¡No!

¡Sí!

Intentó aliviar la mente de pensamientos. Esforzarse por no pensar era un acto fútil, eso lo sabía, porque buscar la ausencia de pensamientos era un pensamiento en sí. En lugar de eso, se vació, se despojó de la trampa de su mente, fluyendo como lo haría una hoja que discurre mansamente por un tímido caudal de agua.

Y poco a poco, con una naturalidad de la que no se creía capaz en esas circunstancias, se deslizó suavemente hacia ese particular estado de conciencia al que estaba tan acostumbrada: dentro de ella, progresando hacia un Yo profundo que se mantenía a salvo y protegido, precisamente, por carecer de defensas, más allá de los mecanismos complejos del ego.

Las voces se desvanecieron, se difuminaron, alejándose de ella. Alma abrió los ojos, pero no los ojos físicos, sino los ojos que miran hacia dentro, y se sintió repentinamente inundada de Luz. Oh, sí... Era ella, por supuesto, pura, eterna, inalcanzable, inabarcable. Hacía tiempo que no se veía con esa claridad y se sintió abrumadoramente agradecida. Pasara lo que pasase, cualesquiera que fueran las circunstancias en las que tuviera que moverse, ella siempre sería así: hermosa, límpida, ajena a los movimientos tempestuosos de la vida, a las mareas del devenir de las cosas, a los daños colaterales de sus capacidades, al ruido de la fricción de la vida. Y allí se quedó un tiempo, disfrutando del silencio de su alma, libre al fin de presencias y rastros.

Se dejó curar, lamiéndose las heridas como lo haría un pequeño cachorro tumbado al sol, despacio, con mesura, lametón a lametón. La luz le decía: «¿Qué quieres?», y al mismo tiempo se respondía: «Puedes. Lo que sea que deseas, puedes».

La intranquilidad y el desasosiego desaparecieron.

«Puedo.»

«¿Cual es la pregunta? —dijo la Luz—. Si sabes la pregunta, sabes la respuesta.»

La pregunta.

La... causa.

La causa de todo aquel desbarajuste era, por supuesto, su experiencia en casa de Sara y Darnell. Era la primera vez que se había enfrentado a algo así, tan... vasto, tan desconocido, tan potente. Le había hecho recurrir a la fuerza más poderosa del universo, el Amor, para salir victoriosa, pero una parte de sí misma le decía que hubiera podido quedar atrapada, tal vez para siempre. Como Darnell, que había estado a punto de matar a su mujer. Darnell había estado atrapado por esas energías desconocidas, esas... entidades oscuras que latían con un odio malsano y terrible.

Era odio, sí.

Cada una de aquellas voces era odio.

«Y frío», se recordó.

Pero ¿qué eran?

Alma sabía que no había cosas desconocidas en la Creación. No había criaturas primigenias como no había minerales desconocidos, o leyes físicas por descubrir. Todo funcionaba con los mismos y viejos fundamentos que se combinaban de mil maneras diferentes para formar cosas más complejas; hasta la forma de vida más compleja y grande del universo seguía estando compuesta por carbono, hidrógeno, oxígeno y nitrógeno, combinados de tal manera que forman biomoléculas. Así pues, la pregunta, ¿cuál es la pregunta? ¿cuáles, de los elementos esenciales ya conocidos, podían ser tan potentes?

La luz que era ella misma titiló.

«La ira —dijo ésta—. La rabia. El dolor. Son tan intensos como el amor; quizá no tan potentes, pero sí intensos.»

Alma aceptó la información.

Pero si eran, en esencia, odio, ira, rabia y dolor... ¿de dónde salían?

Esperó, pero esta vez, no llegó ninguna respuesta.

Después de un rato, comprendió que lo que necesitaba saber no estaba dentro de ella; estaba en algún otro lugar, en otra parte, tiempo o realidad. Entonces respiró profundamente y se preparó para la Visión Total. Era, al menos, el término que ella misma le había dado cuando aún no había leído nada sobre el tema, hacía mucho, mucho tiempo. Otra acepción mucho más común era el Tercer Ojo. Los hindúes lo llamaban *Ajna*, y su verdad sagrada era: «Busca solamente la Verdad». Era lo que necesitaba, después de todo: la Verdad, simple y llanamente. Ese tipo de técnica nunca la llevaba a lugares o situaciones del mundo terrenal. No era como un viaje astral, donde el espíritu abandona el cuerpo y se traslada. Era, simplemente, una manera íntima de llegar a la comprensión de las cosas.

Se sentó en la cama y se concentró.

Abrió su canal de luz, imaginando cómo un rayo dorado bajaba desde arriba y entraba por su cabeza. Era la manera de conectarse.

Tiempo.

Tiempo. Tiempo.

El silencio.

Las mareas. Mareas de silencios.

Un océano de destinos.

Momentos. Instantes.

Alma se desplazó siguiendo la corriente de las cosas que fueron, son y serán. Ante ella, por todas partes, se formaban imágenes como en un calidoscopio, pero ninguna resonaba en su interior. De pronto, una imagen más potente restalló delante de ella: indeciblemente nítida y tan espeluznante como inesperada, una atrocidad que intentó desechar tan pronto se presentó, sin resultado. Era imposible no verla. Era un hombre, vestido de época, sentado sobre el cuerpo agonizante de un niño que tenía los órganos vitales expuestos por heridas atroces. El hombre lo miraba con fascinada curiosidad, como quien mira el precioso y mágico momento en el que una yegua da a luz a un precioso potro. Estaba embelesado por el dolor insoportable de su víctima. Alma no tenía forma de saberlo, pero contemplaba a Gilles de Rais, un maniaco perverso que, en contraste, había luchado con Juana de Arco. Pasó a la historia por destruir la inocencia y profanar la virginidad de aquellos a los que aún les quedaba tiempo para preservarla.

Y sintió Frío.

Herida y angustiada por lo que acababa de ver, Alma se sintió transportada a otro lado. Ahora estaba en una especie de bulliciosa oficina. Había gente vestida con traje, enganchada a sus teléfonos, que se afanaba por hacerse oír por encima de los demás. Había paneles con información que no podía entender, columnas de números y letras que cambiaban cada poco tiempo. Alma no había estado nunca en una oficina de operaciones bursátiles, pero podía reconocerla gracias a las películas. Las bocas se llenaban de cifras, cifras astronómicas, decenas y cientos de miles de dólares. Y mientras hablaban, haciendo aspavientos con las manos, garantizando rentabilidad y un retorno de la inversión, Alma supo... que el retorno de la inversión les importaba una mierda: lo único que ocupaba su mente era ganar dinero. No les importaba que los inversores fueran gente con unos ahorros escasos, a menudo los únicos de los que disponían, que quedarían desamparados sin ellos. No estaba en sus mentes.

Y sintió Frío.

La escena cambió de nuevo. Ahora estaba en un elegante salón comedor con una enorme mesa. Las paredes se encontraban elegantemente adornadas con cuadros y recargadísima decoración a base de filigranas. Un grupo de hombres vestidos con uniformes de oficial, la mayoría, estaba sentado alrededor de la mesa, entregados a una acalorada discusión con un montón de documentos. Alma reconoció los uniformes: algunos llevaban las conocidas siglas de las SS, y otros, una banda en el brazo con la esvástica nazi. Tampoco esta vez pudo saber que estaba, en realidad, en la villa de Gross Wannsee, y que los hombres que estaba viendo eran Reinhard Heydrich, comisionado por Hermann Göring, jefe de la Gestapo, y Wilheim Stuckart entre muchos otros. Era el 20 de enero de 1942, y decidían la Solución Final para el problema judío. En ese momento se mencionaban por primera vez las palabras «exterminación» y «aniquilación» que desembocarían en el genocidio atroz de millones de judíos por toda Europa.

Y sintió Frío.

A partir de ese momento, Alma se encontró enfrentándose a una miríada de imágenes similares. Vio a soldados que históricamente habían sido considerados como «héroes» por estar en el bando ganador violando niñas y mujeres; vio a Mao Tse Tung enmarcado en el cuadro de sufrimiento de setenta millones de chinos, vio a unos niños despellejando a un perro vivo mientras le hacían fotos con el móvil; vio a la reina de Madagascar, Ranavalona I, que eliminó a más de diez mil esclavos en una sola semana mediante terribles procedimientos de tortura; vio las atrocidades cometidas por la Santa Inquisición española, torturas imposibles ejecutadas en el nombre de Dios; vio la creación de los Gladiadores do Altar, en Brasil, un grupo concebido para erradicar a los ateos y a los gays. Vio a un hombre comiendo un trozo de pizza en el salón de su casa asistiendo impasible a unas imágenes donde unos niños del Tercer Mundo morían lentamente por inanición, con sus vientres hinchados; vio...

Vio tanto, que para cuando el despiadado bombardeo de imágenes cesó abruptamente, estaba llorando desconsolada, con el pecho partido en dos por un dolor y un sufrimiento atroces.

Y sintió Frío.

¿Qué era todo aquello? Alma estaba confusa.

Dolor. Ira. Egoísmo. Monstruos carentes de empatía y humanidad. Y no grandes genocidas, sino...

Pensó en el hombre comiendo la pizza, y en los agentes de Bolsa recomendando invertir dinero en mierdas que ellos sabían fallidas. No eran grandes crímenes. Era...

Indiferencia.

Desconexión. De las cosas importantes, de uno mismo, del resto de la humanidad.

Ausencia de amor. Eso era.

Pero ¿qué significaba todo eso?

De pronto, abrió mucho los ojos.

Había un gran común denominador.

El Frío.

Como aquel día en el dormitorio de Darnell y Sara. Un frío raro, extraño, sobrenatural, que sobrevivía a las bufandas y a las capas de ropa que uno llevara encima. Un frío interno. El frío del alma.

Todas esas imágenes generan frío. No las imágenes, los hechos tras las imágenes. El dolor, el egoísmo deleznable que se arrastra, estéril y venenoso, como una hiedra por un muro.

Y así como el amor generaba energías positivas que ella podía ver en los ojos de la gente y sentirlas, de alguna manera la ausencia de amor generaba otras.

Alma asintió. Comprendió. Estaba comprendiendo. La humanidad llevaba milenios engendrando aquella enfermedad, una enfermedad cuyos efectos empezaban a notarse por todas partes en forma de... algo, que se sentía como frío. Pero no era frío, por supuesto, era una podredumbre terrible que denunciaba el lado más oscuro del hombre: los demonios internos. Sin embargo, algo estaba fuera de la ecuación todavía.

Las voces, aquel plano terrible del dormitorio, helado y confuso.

¿Qué eran las voces? ¿Qué eran esas cosas?

La ira, el odio, el egoísmo, eran condiciones del alma muy potentes, pero no eran cosas en sí; desde luego no eran las voces que había oído en aquel momento. No, el egoísmo era sólo la podredumbre que las alimentaba, pero éstas habían acudido como respuesta a la existencia de esos sentimientos oscuros, en primer lugar.

Por otro lado, la existencia del frío a un nivel prácticamente global denunciaba que esas cosas estaban aumentando su presencia y su poder, así que la siguiente pregunta era: ¿por qué ahora? ¿Qué había cambiado?

¿Acaso se había llegado a una especie de borde de algún vaso y había... rebosado?

La historia de la humanidad era una historia de barbarie y asesinato. Desde sus orígenes, el hombre había dado sus pasos pisoteando y masacrando a sus hermanos. Golpe a golpe. Sangre a sangre. El poderoso comía sobre la carne macilenta de los menos favorecidos y el fuerte sometía al débil. Siempre había sido así. El mundo era un escenario complejo, pero las cosas no estaban mucho peor que en otras épocas. Le resultaba difícil imaginar que se hubiera llegado a un límite justo ahora, en su periodo vital. Demasiada coincidencia; y las coincidencias, como bien sabía Alma, eran mucho, mucho más inusuales de lo que la gente común pensaba.

¿Por qué, por qué ahora?

Necesitaba concentrarse un poco más.

Vaciarse.

Alma dedicó tiempo a estar, no a pensar, porque el razonamiento no le servía en esos momentos, sino a estar, a abrir su corazón, su intuición, sus percepciones, su conciencia vital, su yo esencial. Se quedó quieta y callada, sentada sobre la cama de su dormitorio, durante un largo rato.

Un largo largo rato.

Pero la respuesta no llegó.

Después de varias horas, Alma soltó todo el aire de los pulmones y se derrumbó sobre la cama, súbitamente mareada. Estaba exhausta. Un severo dolor de cabeza empezaba a actuar en la nuca y apenas tenía fuerza para levantar los brazos.

No podía más.

Con un último esfuerzo (apenas un pensamiento) cerró su canal de luz. Mientras tanto, agradeció al universo la información recibida; era importante y nunca se olvidaba de eso.

Había comprendido cosas. Aún no del todo, pero era un buen comienzo. Sin embargo, había algo que había cambiado como resultado de sus ejercicios. Estaba consciente, tumbada sobre la cama, y no oía voces ni veía sombras resbalando por las paredes.

Sus escudos habían vuelto.

Sonriendo, conmovida y agradecida, se quedó dormida en el acto.

XIV

Jow abre *La puerta*

1

Como Jow había pronosticado, Arran no se había tomado demasiado bien la noticia del banco. Se había quedado en cortocircuito, como ella lo llamaba, mirando la pared de servidores de su pequeña oficina, sin hacer o decir nada durante un buen rato. A Jow la exasperaba esa actitud, pero con Arran no había otra opción.

—Tenemos el plan B. ¿Quieres ver los datos?

Arran no dijo nada.

Jow suspiró largamente y colocó un par de papeles sobre la mesa.

—Ésta es la lista de indispensables. Incluye cosas como el alquiler del local, la comunidad y varios. Ésta es la cifra. Hay una partida para mantenimiento y reparaciones eventuales, ya sabes, cosas que surgirán y para las que tenemos que estar preparados. En la lista de gastos opcionales he puesto cosas como la electricidad. No sé si querremos mantener esto encendido, si necesitaremos acceder al programa para trabajar, aunque sea de vez en cuando...

—Dios, es horrible —dijo Arran por fin, poniendo una mueca de asco.

—Sí —asintió Jow—. Pero así son las cosas.

—Joder.

—Jodidos del todo.

Arran soltó un suspiro.

—Está bien. Buscaré un puñetero trabajo.

—Yo he encontrado uno ya —respondió ella.

—¿En serio? ¿Es bueno?

—Creo que será una experiencia interesante. Fui ayer pero la responsable no estaba. Me han dicho que me avisarían.

—Bueno, espero que haya suerte —le deseó Arran.

Jow asintió.

Dedicaron unos minutos todavía a contemplar su lugar de trabajo, embargados por una melancolía inesperada. Eran conscientes de que ésa era, probablemente, una de las últimas veces que estarían allí, con la oficina tal como estaba. Empaquetarían los clasificadores, guardarían los papeles, bolígrafos y retirarían los ordenadores en los que trabajaban para llevárselos a casa. Habían sido muchas jornadas abigarradas de largas horas, y no sólo de esfuerzo, sino también de ilusión, de risas, de pequeños triunfos, de silencios interrumpidos tan sólo por el clic-clac de los teclados.

Se preparaban para congelar el sueño.

—No es tan malo —susurró Arran.

—Claro que no —respondió ella.

Pero mientras lo decía, se preguntó por qué tenía entonces los ojos nublados de lágrimas.

2

Jow aparcó el coche varias calles más allá de su casa. Era algo que hacía a veces, cuando la temperatura era agradable y se sentía con ganas de caminar un poco. La avenida, de todas formas, era preciosa, con una hilera de árboles centrales que llevaban más de cien años arrojando sombra y las luces de los escaparates aportando una nota de color a las anchas aceras.

Ese día, no obstante, una de las calles estaba cortada por un grupo de gente que se congregaba alrededor de una ambulancia y un par de coches de policía. Alguien había recorrido los tres pisos del bloque donde vivía armado con un hacha provocando ocho muertos, dos de ellos niños pequeños de seis y diez años. Les había clavado el hacha en plena cara y se habían quedado en el suelo con los ojos abiertos en un gesto congelado de sorpresa.

Cuando Jow se enteró de lo que pasaba por los comentarios de la gente, sintió un espanto atroz. Se quedó un instante paralizada, súbitamente sorprendida por una acuciante sensación de frío. Lo que más la impresionaba no era el hecho en sí, sino la manera en que la información se propagaba por el grupo. Un par de personas miraban con el gesto torcido, otra hacía una foto del precinto policial con su móvil con una expresión del todo inapropiada, como si estuviera fotografiando una curiosa tortuga en el zoo. Un par de chicos incluso reían mientras uno de ellos levantaba los brazos en el aire como si esgrimiese un hacha invisible.

Era espeluznante.

Lloró. No por los niños. Por la indiferencia de la gente.

Se alejó conmocionada.

El anciano del bar tenía razón: algo iba mal en el mundo. Muy mal.

Caminó. Y caminó. La ciudad bullía a su alrededor. Había dos niños y seis adultos muertos a pocos metros de allí, pero la gente sonreía cuando salía de un comercio con sus bolsas en la mano. *Jingle-Bells, Jingle-Bells, Jingle all the way.*

De pronto, algo llamó la atención a su izquierda: un luminoso y precioso escaparate dedicado por entero al ÉXITO INTERNACIONAL del autor JOHNNIE BALMORI, con un despliegue impresionante de libros ordenados de forma que parecían ser el marco de una puerta. A su lado había dos pilas cuidadosamente distribuidas conformando dos pirámides. Jow se detuvo. Era ese libro del que todo el mundo hablaba: *La puerta*; de hecho se lo había encontrado no una ni diez veces mientras investigaba el mundo espiritista, sino muchas más; estaba por todas partes. Era como un *boom*, una moda como las había por decenas a lo largo del año. Incluso había oído a gente comentar cosas sobre el libro, y visto programas donde decían que su lectura podía ser peligrosa. Que las prácticas de ouija podían ser peligrosas. Para Jow no era nada nuevo: en todos los lugares donde había husmeado decían lo mismo. La ouija era peligrosa.

Entonces se fijó en algo más. Había un tablero de ouija sobre un cojín de color burdeos, y un elegante cartel que decía: DE REGALO, EL TABLERO OUIJA OFICIAL DEL LIBRO.

Un perro ladró en alguna parte. Un coche llegó por una calle transversal iluminando con sus faros. El haz incidió en el escaparate e iluminó brevemente un cartel que decía: CÓMPRELO AQUÍ. El plástico que lo recubría centelleó durante un segundo como una estrella al morir.

Jow se quedó mirándolo.

Su intuición se puso en marcha.

De pronto, sin saber cómo, se encontró comprando el libro. Se sentía extraño al tacto, como si contuviera un mensaje importante entre sus páginas. El tablero era otra cosa, sin duda: ominoso y estridente en su combinación de colores, con unos extraños y delirantes símbolos decorando sus esquinas. A Jow no le gustaron en absoluto. Estuvo a punto de rechazarlo y decirle a la dependienta (la campeona nacional de Masticar Chicle A Gran Velocidad) que no lo quería, pero antes de que pudiera articular palabra, metió el libro y el tablero en una bolsa y se lo entregó.

Jow aceptó la bolsa porque no tenía que tocar el tablero.

Unas horas más tarde se encontraba en el sofá de su casa sumergida en la lectura del libro. Estaba realmente bien y podía comprender a la perfección por qué se había convertido en un éxito. La parte en la que los protagonistas hacían espiritismo con el tablero, decorado con los mismos símbolos que aparecían en el que le habían regalado, le llamó poderosamente la atención.

Leyó toda esa parte y luego dejó el libro a un lado.

La ouija.

Los símbolos.

Esos símbolos marcaban la diferencia, como decía el libro, como decían todas esas personas que advertían sobre la peligrosidad de la práctica de la ouija en relación con ellos.

Los símbolos.

El tablero seguía en la bolsa. Había tenido mucho cuidado de no tocarlo cuando cogió el libro, y ahora, recordando que había estado a punto de dejarlo en la tienda, se preguntaba de qué tenía miedo. Si había sido eso, había desaparecido, reemplazado por un potente sentimiento de curiosidad.

Con un gesto rápido, sacó el tablero de la bolsa y lo colocó sobre la mesa. Estuvo mirándolo durante unos instantes. La mayor parte del diseño era tan morboso como olvidable: el diseñador no había dudado en poner las letras temblorosas, como fantasmales, y en el fondo había una luna, nubes oscuras, la silueta de las tumbas en un cementerio. Estupideces románticas, tonterías, fruslerías. Los símbolos, en cambio...

Los símbolos eran líneas enredadas en círculos, engastados con caracteres que parecían runas extraídas de algún videojuego de fantasía, con magos y dragones llameantes involucrados. Había visto decenas de símbolos como ésos en tatuajes, ilustraciones demoniacas y portadas de álbumes de grupos de música entre otros. Pero aquéllos... Aquéllos despertaban sensaciones que no podía explicar. Jow casi podía sentir su intuición zumbando como el sentido arácnido de Spiderman.

La curiosidad la envolvía como una nube de insectos, zumbando con intensidad. ¿Sería verdad que los símbolos funcionaban?

Sabía que la ouija normalmente implicaba la colaboración de varias personas; ocurría en el libro y en todos los documentos que había leído al respecto, así que no pensaba realmente ponerla a prueba. La idea, no obstante, estaba en su mente. Pensó que un día podría, quizá, llamar a Titry y a Laura, o incluso a Arran, y pensó que sería divertido probar, solamente como curiosidad, tal vez después de una cena a base de *sushi* o esos rollos turcos por los que Arran tenía tanta predilección. Aun así, casi sin darse cuenta, sacó una moneda de su cartera y la colocó sobre el tablero. Antes de que fuera consciente de lo que hacía, tenía un dedo encima de la moneda.

La moneda se desplazó casi en el acto hacia el SÍ describiendo un único movimiento firme, rápido y decidido.

Jow dio un respingo.

Rápidamente, se alejó del tablero con los ojos muy abiertos. La moneda se había movido sola, arrastrando su dedo en su camino. Hasta juraría que cuando había retirado la mano en el último momento, la moneda había seguido moviéndose unos centímetros.

—Que me jodan —soltó.

Se había movido. Realmente se había movido, allí mismo, y sin nadie más.

Había escuchado aquellos archivos de sonido y había leído muchísimas cosas sobre el mundo de lo oculto, pero verlo actuar delante de sus ojos era otra cosa. Se quedó mirando la moneda con las manos recogidas contra el pecho, como si esperara que, en cualquier momento, fuese a moverse por sí sola.

Después de un rato, volvió a acercarse al tablero. La moneda, de dos libras esterlinas, era una moneda vulgar y corriente con el centro en cuproníquel y el anillo exterior en latón, de las que manejaba casi a diario. Parecía, sin embargo, devolverle la mirada.

Por fin, se decidió a poner el dedo otra vez en la moneda.

La moneda volvió a moverse, rápida, directa, poniéndose encima de algunas de las letras.

T-E-S-S-A

Jow se quedó callada, respirando veloz.

—Qué... —susurró.

P-R-O-Y-E-C-T-O

Jow abrió mucho los ojos.

—Proyecto... —dijo.

—P-O-D-E-M-O-S-A-Y-U-D-A-R-T-E

Jow sintió que la sangre se le subía a la cabeza. ¿De verdad una moneda de dos libras sabía su nombre y lo de su proyecto sin que ella hubiera preguntado ni dicho ni palabra?

Miró a la habitación vacía que era su hogar, pero no reparó en los muebles ni las estanterías llenas de sus pequeños recuerdos y posesiones. Miraba a la nada. Miraba al aire, dejando la vista fija como si quisiera percibir movimiento con la visión periférica. Aparte del extraordinario frío que parecía haberse acentuado en los últimos minutos, no había nada extraordinario.

Pero está aquí. Está o están. Lo que sea que haga mover la moneda, está aquí ahora mismo.

—¿Quién eres? —susurró.

La moneda volvió a moverse por el tablero produciendo un pequeño sonido de fricción.

T-O-D-O

—¿Todo?

P-R-O-Y-E-C-T-O

—No. No vas a ayudarme con el proyecto porque no sé quién eres. Dime quién eres.

T-O-D-O-S

Jow pestañeó. La respuesta era distinta, pero de una manera sutil. TODO se percibía diferente a TODOS; había un matiz.

—Todos... Muy bien.

Jow tenía una pregunta en la cabeza. La pregunta era, por supuesto, ¿por qué? No entendía por qué alguien del otro lado, del Más Allá, o de esos planos invisibles, podía querer ayudarla.

P-O-R-Q-U-E-P-O-D-E-M-O-S —compuso la moneda.

Jow se estremeció. Era casi como si hubieran leído su mente.

—¿Por qué? —preguntó con un hilo de voz.

T-E-Q-U-E-R-E-M-O-S

Jow se estremeció.

Su intuición estaba funcionando a toda máquina, traqueteando como una tubería llena de vapor. Y esa intuición iluminaba su mente con un neón gigantesco en forma de signo de exclamación.

La ouija es peligrosa, decían los expertos.

Muchas veces son entidades aduladoras, había leído. Utilizan mentiras, dicen lo que sea que queramos oír para acceder a nosotros.

Lo que queremos oír.

Jow tragó saliva.

—Suponiendo que acepte la ayuda... ¿cuál es el precio?

La moneda se quedó inmóvil, y Jow esperó. Esperó durante un largo rato, sin que ocurriera nada. Empezaba a pensar que la pregunta era quizá muy complicada cuando la moneda empezó a moverse de nuevo. Apenas se había posado encima de la P cuando un sonido estridente estalló a su alrededor. Jow dio un respingo y soltó un pequeño chillido; luego, cuando se dio cuenta de que sólo era el móvil en su bolsillo, soltó una pequeña carcajada. La moneda, privada ya de su conexión, se había quedado inmóvil sobre el tablero.

—Jesús —soltó. Luego miró el teléfono. Era un número desconocido.

—Diga.

—Buenas noches, ¿Jow Gibson, por favor?

—Soy yo.

—Mi nombre es Alma Chambers, la llamo por el currículum que ha dejado en nuestro gabinete.

—¡Oh! —exclamó Jow, sorprendida—. ¡Sí, claro! Estaba esperando la llamada.

—Bueno, tengo que decirle que no entiendo gran cosa de lo que ha puesto en su currículum, pero mis técnicos me han pasado una nota diciendo que la quieren sí o sí.

—Estupendo —dijo Jow. Lo cierto era que se había perdido un poco entre las palabras; su mente había escorado hacia la increíble casualidad de que la llamaran desde el gabinete espiritista justo cuando estaba...

Negó con la cabeza.

—Me preguntaba si puede pasarse por aquí para...

La línea se llenó de estática.

—¿Oiga? —preguntó Jow.

Crujidos.

¡Qué mierda!, pensó.

De pronto, un alarido animal restalló en la línea del teléfono a un volumen tan despiadado que, de manera instintiva, apartó el auricular para protegerse.

¡ZORRA ESTÚPIDA!

Jow se sobrecogió. Miró la moneda con un rápido vistazo, pero ésta continuaba inmóvil.

Sin embargo...

Sin embargo, el frío.

Se arrebujó en la rebeca que llevaba puesta, una vieja rebeca gris que usaba para estar por casa.

—¿Jow? —la llamó la voz en el teléfono.

Jow volvió a acercar el auricular a su oreja, con el corazón latiendo fuerte en el pecho.

—¿Si?

—¿Me oye?

—Sí. Ha habido una... interferencia.

—Sí.

Hubo una pausa.

—Dígame —quiso saber la señora Chambers—. ¿Usted lo ha oído, verdad?

Jow tragó saliva.

—Sí.

Otra pausa.

—¿Lo había oído antes?

—No...

—¿Sabe lo que es?

—No... No era una interferencia, ¿verdad?

—No lo era. Me sorprende que haya podido oírla.

—¿Qué es...?

Otra pausa.

—No estoy segura —dijo la doctora—. Pero el hecho de que haya podido oír esa voz me dice mucho. ¿Puedo preguntarle por qué ha pedido trabajo en nuestro gabinete?

Jow suspiró.

—Necesito un trabajo, básicamente.

—Como le he dicho, mis técnicos están impresionados por su experiencia y conocimientos. Estoy segura de que alguien con su talento puede encontrar un trabajo mejor remunerado.

—No sé qué decirle... —respondió Jow.

—Se lo diré de otro modo —replicó la doctora—: ¿Qué conexión tiene con el trabajo que hacemos aquí?

—Está bien —admitió Jow—. Lo cierto es que me interesa, me interesa mucho. No sé qué más decirle. Estas semanas he estado leyendo bastante sobre estas cosas y me parece un campo fascinante.

—¿Estas semanas? ¿Qué cambió para que se interesara por estos temas?

—Bueno, lo cierto es que trabajaba en unos archivos de sonido cuando encontré voces solapadas al audio normal, voces escondidas en frecuencias que, por lo general, no son detectadas por la voz humana.

—Entiendo.

—Estaba en todos los archivos de sonido, ¿sabe? Era... bastante impresionante.

—Comprendo. Y se puso a investigar, y de repente encontró nuestra oferta de trabajo.

—En líneas generales, sí.

—Qué prodigiosas son las serendipias, ¿no le...?

De pronto hubo un crujido terrible acompañado de una explosión cegadora en forma de luz. Una luz negra, si ello era posible. Para cuando Jow pudo ver otra vez, la habitación había cambiado. Ahora era una pesadilla de oscuridad con volúmenes apenas insinuados. Allí estaba la mesa, sí, pero las patas parecían retorcerse sobre sí mismas como las raíces de una hiedra negra, y las estanterías eran bloques lisos que parecían diseñados por alguien sin ninguna noción de perspectiva. El suelo era un espanto ondulado con estrías, y el tablero de ouija cimbreaba creando una suerte de ilusión fascinante, como si desapareciera de tanto en cuanto de manera intermitente. Casi dolía a la vista.

Lo peor..., o lo más excepcional, era otra cosa.

Jow tardó un rato en verlos porque su mente se negaba a aceptarlos, como en esa teoría que dice que los indios aborígenes no vieron las carabelas de Colón cuando se acercaban a sus costas porque eran, sencillamente, tan diferentes a todo lo que estaban acostumbrados, que los ojos los engañaban. Se percibían de hecho como algo translúcido que evolucionaba con lentitud, como un volumen carente de forma. Jow, que empezaba a notar un frío glacial, se sintió fascinada por el efecto visual. Siguió mirando y mirando, viendo cómo los detalles aparecían ante sus ojos sorprendidos. Miraba y comprendía; miraba y admitía; miraba y descubría. Cuando la evidencia de que allí había algo se hizo absoluta en su mente, las formas terminaron de revelarse.

Y vio sombras de una negrura imposible, la oscuridad más penetrante que nadie hubiera observado jamás. Era como si la realidad se hubiera desvanecido, como un desgarro en el tejido de las cosas, como si alguien hubiera agujereado un velo y a través de él se percibiera un abismo absoluto, o la ausencia de abismo: la nada. Era tan negra, alienante, desconocida e imposible de comprender, que dañaba a la vista, como si los ojos se resistiesen a aprehenderla. Y se movían... cimbreándose como un objeto que, demasiado próximo a una vela, arroja sombras furiosas contra la pared. A veces el movimiento era tan frenético que Jow tenía la percepción de que estaba viendo una película a la que le faltaban fotogramas.

La vieron, se vieron, y el aire se llenó de un sonido estridente que recordaba a los frenos de un tren antiguo.

Jow creyó desfallecer.

Estaba a punto de gritar cuando, de pronto, todo terminó.

Jow se quedó quieta, respirando con cierto esfuerzo, con el teléfono cogido con fuerza en la mano. Los oídos le pitaban como si hubiera explotado un obús a su lado.

—Jesús —exclamó la doctora al otro lado de la línea.

—Qué... qué...

—Dios mío...

—Yo...

—Lo has... has visto lo mismo que yo...

—¿Qué? —preguntó Jow, confundida.

—Lo has visto —exclamó la doctora, llena ahora de convencimiento—. Yo he podido verlos porque me he conectado contigo.

—Es... ¿están aquí? —susurró.

—Están ahí, sí. —Hizo una pausa—. ¿Tienes miedo?

—Sí.

—No lo tengas. Aún no tienen bastante poder para hacer nada. Estás tan a salvo como ayer, o hace un año.

—Dios mío.

—Lo sé.

—Dios mío...

—Olvídalo, querida. Hay cosas de las que es mejor no hablar, por el momento, y menos en horas de oscuridad.

—Pero... ¿qué son?

—Hablaremos de ellos en otro momento, ¿de acuerdo?

—Vale —contestó Jow—. Están aquí... Dios mío, creo que me iré a un hotel...

—Puedes irte a un hotel, pero eso no te alejará de ellos ni de muchas cosas. No hay un Más Allá. Está todo aquí, con nosotros, pero invisible a nuestros ojos físicos.

—Dios mío.

La doctora sonrió al otro lado de la línea. Jow, como es natural, no podía verlo, pero lo supo; supo, de alguna manera inexplicable, que estaba sonriendo.

—Creo que... la estoy viendo a usted... —dijo.

—Es posible —contestó la doctora—. Hay cosas que son difíciles de entender, como... conexiones entre personas. Se establecen y consolidan a través del más mínimo contacto porque existe una predestinación a ello. Algunos nos reencontramos una y otra vez a lo largo de nuestras muchas existencias. Usted y yo, por ejemplo, ahora mismo. La conexión ha sido muy muy fuerte.

Jow negó, aturdida, con la cabeza. Era demasiado para digerir en tan poco tiempo. Las formas estridentes e imposibles de aquellas criaturas se habían grabado en su mente de una manera permanente. El hecho de saber a ciencia cierta que aún seguían allí, sólo que ella no podía verlos, no hacía las cosas más fáciles.

—Lo que no comprendo es... por qué ahora... —dijo entonces la doctora.

—No lo sé...

Hubo otra pausa.

—Querida, ¿qué estaba haciendo cuando la he llamado?

—Yo... ¡Oh!

—¿Qué pasa?

—Estaba... estaba tonteando con un tablero de ouija...

Silencio.

—Venía de regalo con ese libro que está de moda, *La puerta* —dijo Jow—. No sé si lo conoce.

Silencio.

—¿El tablero tiene unos símbolos en las esquinas? —preguntó la doctora lentamente.

—Sí...

Silencio.

—Hagamos una cosa. Venga a verme mañana. Quiero conocerla. ¿De acuerdo?

—Sí.

—¿A las diez le parece bien?

—Sí.

—De acuerdo, entonces. Ahora deshágase de ese condenado tablero. Tírelo a la basura y sáquela a la calle, no lo deje en casa.

Esta vez, Jow no dijo nada. Asintió. Alma Chambers, al otro lado de la línea, supo que lo había hecho.

—Y querida... —añadió la doctora—, de paso, tire el puñetero libro también.

XV

Círculos

1

—¿Doctora? —dijo Andrew al abrir la puerta de su despacho—. Es su cita de las diez.

No eran todavía las diez, de hecho faltaban doce minutos, pero Alma ya estaba levantándose para salir a recibirla. A pesar del cansancio y del sueño que tenía, casi había podido sentirla llegar.

Cuando la vio por primera vez, sonrió. Más que conocerla, la había reconocido, con sus ojos azules y su pelo rizado con matices que hacían que pareciera una llamarada. Su sonrisa aún era mejor.

Se dieron un abrazo sin decir nada, y después se miraron durante un rato, sonriéndose. Jow levantó una ceja.

—Lo ves, ¿verdad? —preguntó Alma.

Jow estaba confundida. La sensación que había tenido al ver a la doctora era difícil de explicar. Había familiaridad. Había una empatía especial. Era algo más que «caerse bien».

—Creo que sí —contestó.

Alma asintió.

—Está bien —dijo—. Hablaremos de todo con calma a la hora de la comida, pero ahora los técnicos están impacientes por conocerte.

—Ah —replicó Jow—. Pensaba que la entrevista iba a ser con usted.

—¿Entrevista? —preguntó Alma.

Jow inclinó la cabeza con una expresión divertida.

—El... el trabajo. La entrevista para el...

—¡Oh! —exclamó Alma, riendo de buena gana por primera vez en muchos días—. El trabajo es tuyo, querida, ¿aún no te has dado cuenta? Siempre ha sido para ti.

2

Los técnicos recibieron a Jow con mucho entusiasmo. No sólo parecía ser la persona idónea para solucionar todos sus problemas con su programa, sino que era, además, una mujer extraordinariamente atractiva. La última vez que uno de ellos había salido con una mujer, Matthew Bush estaba en la presidencia. El otro tenía treinta y tres años y sólo había tenido dos experiencias íntimas con el bello sexo.

En apenas media hora, sin embargo, la pusieron en antecedentes. La base de datos estaba terminada y era operativa, y aunque en opinión de Jow había mucho, muchísimo trabajo de optimización por hacer, eso no era tan importante como el hecho de que, a fin de cuentas, funcionaba. Al fin y al cabo, el *software* era para uso privado y no necesitaba pasar ninguna certificación de calidad. Lo que era un verdadero lío era la parte de las consultas relacionales, montadas sobre SQL. La metodología de la programación era tan antigua como el poeta romano que daba nombre al proyecto, Virgilio, pero a medida que los programadores le enseñaban los diferentes módulos que componían todo el núcleo del sistema, sus ojos expertos iban divisando fallos, redundancias y obsolescencias. Simplemente, saltaban a la vista. Era amable y sutil, sin embargo. Sabía que esos dos muchachos habían trabajado duro en el sistema y habían intentado, por todos los medios, que funcionase. Alabó todo lo que habían hecho y sólo se permitió gruñir entre dientes ante algunas de las peores barbaridades.

—Está bien —dijo Jow—. Ya veo cómo está todo. Lo que no sé es qué esperáis de esto... ¿Cuál es la salida?

—Bueno —respondió uno de los técnicos—, ésa es la parte que menos funciona de todo.

—Queremos dar salida a los datos en un mapa —se apresuró a explicar el otro—. Representarlos con gráficos, ¿sabes? Es lo que más le interesa a la jefa. Todos los datos tienen varios campos de ubicación: país, ciudad, población... incluso la calle, cuando el dato se conoce. Queremos efectuar consultas para verlos en un mapa global. Luego queremos poder hacer *zoom* sobre el mapa para obtener un detalle mayor.

—¿Como los mapas de Google? —preguntó Jow.

—Sí, algo así.

—¿Y eso es todo?

Los técnicos se miraron, confusos.

—Bueno... No es cualquier cosa.

Jow arrugó la nariz. Había esperado una tarea complicada, pero por lo visto iba a terminar el trabajo en menos de una semana, diez días como mucho.

—Está bien —dijo—. ¿Qué herramienta usáis para el control de versiones?

—Usamos Subversion.

—Creadme una cuenta, dadme un ordenador, y nos pondremos a ello.

3

—¿Es usted residente? —preguntó el oficial de policía, elevando ahora la voz para hacerse oír sobre la masa de gente.

—¡No, no soy residente!

—¡Entonces no puede pasar! —chilló.

—¿Qué cojones dice? —bramó el hombre—. ¡No puede cerrar el paso, es una vía pública!

—¡Le repito, señor, que Elvenbane está CERRADO!

El oficial dio media vuelta y se retiró detrás del cordón policial, andando con paso presuroso y el rostro encendido. Estaba harto de gritos y protestas. En todos sus años de servicio nunca había visto algo similar. ¿Qué narices le pasaba a todo el mundo con Elvenbane?

Allí lo esperaba su superior, que acababa de bajarse de su vehículo.

—¿Cómo va la cosa, Ed?

Edmond se quitó su gorra de oficial y se pasó la mano por la calva. Estaba hecha de fieltro y, por lo tanto, la transpiración era bastante pobre, dejándole la frente cubierta de sudor.

—Cada vez peor. La gente está acampando más allá del cordón. Les da lo mismo. Si no pueden llegar a Elvenbane, se quedan lo más cerca posible.

—No pueden acampar en esas tierras, Ed. Son tierras privadas para ganado y cultivo y los dueños están protestando. Me están presionando desde arriba. Mucho.

—Lo sé —dijo Edmond—. Los obligamos a levantar los campamentos pero se retiran varios cientos de metros y acampan en otro lado: es automático. El perímetro es demasiado grande, Paul. La gente deja el coche y echa a andar por el campo para llegar al pueblo.

—¿Y se sabe ya el porqué?

Edmond soltó un bufido.

—Nadie tiene ni puñetera idea. Pero Paul..., la cosa es más grave de lo que parece.

—¿Más? —preguntó éste con una sonrisa socarrona.

Edmond asintió con la cabeza.

—Están habiendo deserciones en nuestra gente —dijo.

—¿Qué?

—Hay compañeros que, de repente, dejan su puesto y se van hacia el pueblo.

—¿Qué estás contándome? —se sorprendió Paul.

—Desertan, jefe. Sólo uno de ellos se tomó el tiempo de quitarse el uniforme. ¡Se van, así de sencillo! En cada cambio de turno regresan muchos menos policías de los que vienen.

Paul miró al horizonte, a la enorme multitud de gente congregada. La caravana de vehículos que bloqueaba la carretera intentando llegar a Elvenbane era impresionante, y se extendía hasta donde alcanzaba la vista; una visión del todo irreal para un entorno rural como aquél. Algunos vehículos, sobre todo los más capacitados para circular por terrenos no asfaltados, abandonaban la carretera y circulaban campo a través intentando sortear el bloqueo. Un par de helicópteros de la policía sobrevolaba la zona.

—¿Qué está pasando, Ed? —preguntó Paul.

—No lo sé.

—¿A qué nos enfrentamos?

—No lo sé —fue la respuesta.

4

El canal de noticias en directo de la British Broadcasting Corporation, más conocida como BBC, estaba cubriendo los eventos que ocurrían alrededor de Elvenbane. En mitad de la transmisión, el reportero, de forma inesperada, se quedó callado.

Decenas de miles de espectadores levantaron una ceja casi al unísono. En la cabina de control del programa, el regidor se quedó helado, rodeado de un súbito silencio. Nadie se movía, como si no se atreviesen a respirar. Las diferentes pantallas mostraban el rostro impertérrito del corresponsal, mirando a algún punto indeterminado con ojos vacíos. Cada segundo que pasaba era un mazazo insostenible.

—¿Qué... está... haciendo? —preguntó el regidor.

—Dios mío —exclamó su ayudante.

—Reacciona, hijo de puta... —susurró.

El teléfono rojo de los jefazos empezó a sonar.

—Mierda —ladró—. Pasad a publicidad. ¡Pasad a la puta publicidad!

Justo cuando cortaban la señal, el reportero se levantó, se ajustó la chaqueta, y abandonó su puesto. El resto del equipo se quedó mirándolo, estupefacto.

El encargado de control se acercó a él.

—¿Qué pasa, Mark? Mark... ¡Mark!

El reportero lo miró un solo instante.

—¿Qué... ocurre? —preguntó el encargado.

—Me voy.

—¿Qué? ¿Adónde... adónde vas?

—A Elvenbane —contestó, y salió del estudio.

5

Son las tres y media de la madrugada, y el reloj despertador de la mesilla de noche marca, displicente, las 03.30. Alma abre los ojos con suavidad, y cuando enfoca la oscuridad del dormitorio, sonríe.

—Buenas noches —dice la forma.

—Buenas noches —contesta Alma, incorporándose.

—Los Tres Que Son Uno —dice, y a su manera, sonríe.

—Oh —responde Alma—. ¿Quién más?

—Llegará. Todo llega.

—Sí.

—Lo hice bien —dice la forma—. Aunque todo era confuso y pareciera lo contrario, los dos hicimos lo convenido.

—Lo sé —asiente Alma—. Puedo verla, y es preciosa. Siempre lo ha sido.

—Sí —dice la forma—. Cuídamela, por favor.

—Lo haré, señor Gibson —responde Alma sonriendo.

La forma no dice nada, pero emite una energía cálida y agradable que permanece en la habitación durante muchos minutos después de desvanecerse.

6

Jow compiló el código, lo que le llevó doce segundos. Cuando terminó, lincó el código objeto y se encontró con un pequeño fichero ejecutable con la palabra Virgilio en él, incluyendo el número de versión y otros caracteres de control. Un único fichero, compacto y precioso, fruto de un par de semanas de trabajo. Era un trabajo bien hecho, desde luego. Se reclinó en la silla, satisfecha, y aprovechó para dar un sorbo a su café. Se había quedado frío, por supuesto, como cada vez que se concentraba demasiado en su trabajo.

—Está listo —dijo.

Los técnicos la miraron.

—¿En serio? —preguntó uno de ellos—. ¿Ya compila?

—Ha compilado sin advertencias, errores o problemas. Suave como el culo de un bebé.

—¡Vaya! —soltaron los dos, admirados, al unísono.

Hubo una pausa expectante. Después, los técnicos se acercaron corriendo a la mesa de trabajo de Jow.

—¡Fallo de excepción general en menos de cinco segundos! —exclamó uno.

—¡Corrupción de vídeo al arrancar! —soltó el otro.

Jow esbozó una sonrisa.

—Ésas son cosas de novatos —murmuró entre dientes. Y entonces adelantó un dedo hacia el teclado y pulsó una única tecla.

El programa arrancó. En la pared, las pequeñas luces verdes de los *routers* comenzaron a parpadear, indicando tráfico pesado de datos. La pantalla de Jow se iluminó con el logotipo de la aplicación: Virgilio v.1.9 alfa.

Jow navegó por el menú de opciones y seleccionó una de ellas.

—Basura en la presentación —se apresuró a decir uno de los técnicos.

—Corrupción de datos —exclamó el otro.

—Callaos ya, novatos —bromeó Jow.

Un mapa del mundo se presentó en pantalla, rodeado de varias ventanas con unos campos desplegables.

—Vamos a ver... —susurró ella—. Por ejemplo, vamos a ver cuántos casos tenemos registrados de... experiencias cercanas a la muerte.

Seleccionó un par de opciones ante la mirada expectante de los técnicos.

—Cuelgue inminente —amenazó uno.

—Ningún dato encontrado —comentó el otro.

El mapa global, sin embargo, se llenó de marcas. Una ventana indicaba el número de casos encontrados: más de cuatro millones.

—¡Dioses! —exclamó uno de los técnicos.

—La leche —dijo el otro.

Jow estuvo un rato navegando por el mapa, moviéndose por los controles de *zoom* con suavidad. Se trataba de una aplicación de escritorio, así que los datos se refrescaban y respondían casi al instante.

—¡Qué velocidad! —dijo admirado uno de los técnicos.

Luego, Jow amplió una de las marcas cerca de Nuevo México, y una pequeña ventana se abrió junto a ella con algunos de los datos clave: nombre, año del evento, fuente del dato.

—Alucinante —comentó el otro.

—Podemos incluso filtrar un poco más, una vez hecha la búsqueda —dijo Jow—. Por ejemplo... Por ejemplo... Experiencias cercanas a la muerte con proyección astral.

En unos segundos, el número de marcas se redujo de manera notable. Ahora había menos de un millón de resultados.

—¡Uau! —soltó un técnico.

—Los filtros son progresivos —explicó Jow—. Ahora podemos seguir filtrando... Ah, esto es interesante. Experiencias cercanas a la muerte con proyección astral experimentadas por... ¿invidentes? ¿En serio?

—*Yeah* —dijo el técnico más joven.

—Son los casos más alucinantes —remarcó el otro.

Jow se encogió de hombros. Ejecutó el nuevo filtro y los resultados se redujeron a algo más de veinticuatro mil casos documentados.

—¿Por qué almacenáis ese tipo de información? ¿Por qué es relevante? —preguntó Jow.

—¿Lo dices en serio?

—Cuando te proyectas en astral ves tu cuerpo desde fuera. Algunos de esos invidentes pudieron ver no sólo la realidad por primera vez, sino su propio cuerpo. Algunos dijeron poder reconocerse por alguna cicatriz, marcas, anillos en sus dedos, o cualquier otra cosa.

—Caramba —dijo Jow, admirada—. No entiendo de dónde habéis sacado esos datos... He estado tan ocupada con esta pequeña funcionalidad que no me he parado a pensar de dónde habéis sacado semejante montón de información. ¿La habéis... introducido a mano?

—Cielos, no —repuso el técnico.

—Utilizamos lectores de datos, robots que escudriñan internet y extraen información —explicó el otro.

—Utilizamos el código Ansa-Baren, de hecho.

—¿Qué? —preguntó Jow.

—En el año 2004, un grupo finlandés desarrolló una aplicación que extraía información de internet para producir predicciones de mercado. Se la conoce como la aplicación Ansa-Baren. Rastrea todos los blogs, todos los comentarios, páginas web, incluso redes sociales como Facebook o Twitter, para extraer cadenas de texto y convertirlas en datos. Lo que hacía era sacar patrones de esas cadenas. Por ejemplo, si hay cien mil personas hablando de «vacaciones» y de «Londres», la aplicación predecía un excelente resultado hotelero para ese año.

—Humm —dijo Jow—. Brillante...

—Ese robot no es diferente de los que utiliza Google para indexar sus páginas. Se procesan millones de páginas por segundo, cada segundo. La gente lo cuenta todo por internet, sobre todo en Facebook, y aunque comprendemos que una parte de esa información puede ser falsa, aceptamos un índice de corrección inevitable. La parte maravillosa, por supuesto, el logro técnico, es la que analiza la información haciendo mil operaciones sobre los textos que encuentra.

—La base de datos empezó a llenarse —comentó el técnico.

—Los datos además se comparan todo el tiempo. Los casos duplicados se detectan sin problemas, y se completan con cualquier información que pueda ser útil. Los algoritmos son tan avanzados que si deciden que pueden proporcionar información útil y no hay ningún campo disponible, lo crean.

—¿En serio? —preguntó Jow—. ¿Dinámicamente? Es fascinante.

—¡*Yeah!*

—Desde entonces hemos estado trabajando en los datos —exclamó el menos joven—. Siempre se almacena la fuente, así que vamos comprobando al azar haciendo un mínimo de filtrado y correcciones.

—Eso es alucinante —dijo Jow—. ¡Buen trabajo!

—Oh, el mérito no es nuestro —repuso el técnico, sonriente—. La doctora compró esa aplicación. Nosotros sólo la adaptamos a nuestras necesidades.

—¡El caso es que la puñetera aplicación funciona por fin! —comentó el otro técnico, exultante.

—Claro que funciona —respondió ella.

—Habrá un desbordamiento de pila antes de quince minutos.

—Fallo grave del sistema debido a hongos en el código.

Los tres rieron con ganas.

—¡Deberíamos celebrarlo! —exclamó el joven de repente.

—Bueno, deja que la jefa eche un vistazo primero —sugirió Jow.

—Tienes razón. ¡Voy a llamarla!

Alma no tardó en llegar. No hacía ni dos días que había pensado que esa funcionalidad de Virgilio le sería más que útil, y por supuesto, las cosas ocurrían justo cuando tenían que ocurrir.

—¿Funciona? —preguntó Alma.

—Eso creemos.

Alma asintió.

—Enseñádmelo —pidió.

Jow pasó un rato navegando por el mapa y ejecutando consultas al azar mientras la doctora miraba con interés. Los datos llenaban la pantalla respondiendo a las acciones, las fichas se mostraban en pequeñas ventanas, visitaban la fuente original que había sido grabada en la memoria. A veces, Alma pedía algo, miraba los resultados y asentía satisfecha.

—Funciona... Funciona de veras —susurró entonces—. Has hecho un gran trabajo, querida.

—Lo hemos hecho entre todos —respondió.

Alma asintió.

—Está bien, querida. Ahora quiero que me muestres algo. Haz una búsqueda de texto. Muéstrame resultados para «Johnnie Balmori».

Jow no dijo nada. Había estado esperando esa petición desde mucho antes de que el programa estuviera terminado.

Escribió el texto y pulsó el botón de BUSCAR.

El mapa se llenó de resultados. Estados Unidos y Europa, sobre todo, eran una erupción de color rojo volcánico; otros círculos rojos inundaban de forma aleatoria el resto del mundo.

—¡Jesús! —soltó Jow.

—Bien —dijo Alma, despacio—. Ahora añade la palabra «ouija», por favor.

Jow escribió: «JOHNNIE BALMORI + OUIJA».

Los resultados descendieron, pero el número de círculos rojos sobre el mapa aún era impresionante.

—¿Qué... quiere decir?

—No lo sé —respondió la doctora—. Aún.

Esta vez fue la propia doctora quien se adelantó para escribir en el campo de búsqueda.

«JOHNNIE BALMORI + OUIJA + FRÍO», escribió.

Esta vez, los resultados conformaron un resultado inesperado.

—Qué demonios... —susurró Jow.

Alma suspiró.

Los círculos rojos en el mapa global conformaban un esquema muy específico. Eran como ondas en un estanque tranquilo: como si alguien hubiera tirado una piedra en mitad del mapa.

Jow accionó los controles del *zoom* para moverse. Cuando se acercaba las ondas se hacían menos evidentes, más borrosas. En algún punto resultaba imposible ver el patrón que la dibujaba como una onda clara y circular desde una perspectiva global.

—Alucinante... —comentó Jow—. Esto es de todo menos casual.

—Eso parece —dijo Alma—. Ve al origen. Al centro.

—Sí... Ya estoy yendo a...

Parpadeó.

Era, por supuesto, el Reino Unido.

Jow tragó saliva. Alma, agarrada al respaldo de su confortable silla de despacho negra, no dijo nada.

Ya sabían adónde los llevaría el viaje por el mapa.

Lo sabían las dos.

—Elvenbane —susurró Alma.

7

Alma duerme. Ha tardado un rato en hacerlo porque tiene la cabeza llena de cosas, y aunque es muy buena prestando más atención a su yo profundo que a su línea de pensamientos, generadora de obstáculos, dudas y miedos, hay demasiadas variables sobre la mesa. Eso la confunde y la agota.

Pero mientras duerme, su yo esencial sigue buscando, intentando abrirse hueco entre el ruido de su mente. Es lo que hace mejor.

Y sueña que está progresando por una casa en la que ya ha estado antes, en otros sueños: una construcción de terracota o de algún otro material que le da un aspecto rojizo. Un número de terrazas y salientes imposibles hacen que parezca un trabajo de Escher; cada ventana, cada arco, es diferente en tamaño y forma. La casa se percibe diferente desde cada ángulo que se mira.

Y ella entra y empieza a recorrer sus salas inmensas, abigarradas de columnas y techos ornamentados, sin muebles. Se desliza despacio por las penumbras macilentas, dejándose llenar del tono uniforme y apagado que tienen todas las cosas. Es sepia. Todo es tan sepia que acaba sintiéndose de ese color.

La que pasea por las salas es una niña, por cierto. Así es Alma en su interior y en sus sueños especiales: una niña pequeña; la niña que fue mucho antes de que el mundo se esforzara por intentar cambiarla, uniformarla, moldearla, «normalizarla» según unos patrones tan poco apropiados para ella como una inyección de cianuro. Cuando tiene sueños especiales, cuando su yo esencial se involucra, es una niña. Siempre.

Y la niña progresa por las habitaciones, que cada vez son más pequeñas y rudimentarias. Las filigranas de las cenefas desaparecen, las molduras decorativas que embellecen los techos ya no están, e incluso las puertas pierden su cuidada decoración para pasar a ser simples, desnudas, equipadas tan sólo con un picaporte. Y los espacios... Los espacios se reducen. Los techos ya no son altos. Sus pasos ya no levantan ecos velados por las enormes estancias. Las paredes tienen cada vez más puertas. Son opciones. Cada vez más decisiones, bifurcaciones, posibilidades de error, de equivocar el camino.

Pero la niña sigue avanzando. En las últimas habitaciones tiene la sensación de progresar a través de una serie de armarios, tan pequeñas son las nuevas habitaciones. Además, cada vez está más oscuro y las puertas son cada vez de menor tamaño. Antes de que pueda darse cuenta, está agachada para poder seguir andando, con la cabeza rozando el techo. Ahora no puede extender los brazos, toca ambas paredes con las manos y siente que le falta la respiración. Empieza a experimentar una suerte de claustrofobia, pero sólo puede avanzar. Ir hacia atrás no es una opción.

Ahora está tumbada en el suelo. Se arrastra como un gusano, moviendo los brazos recogidos bajo el cuerpo, como un soldado superando una alambrada. Respira con cierta dificultad. Cruzar la última puerta le supuso un esfuerzo enorme, y cuando mira hacia adelante y ve la puerta siguiente, descubre con desánimo que no podrá cruzarla, de ninguna de las maneras.

Ese conocimiento la deja tendida y exhausta. Ya ni siquiera puede levantar la cabeza para mirar. El techo la oprime, como si las paredes y el propio techo estuvieran encogiéndose. No sabe qué hacer y no hace nada. Hasta que oye una voz que parece venir de todas partes a la vez.

MIRA LA PUERTA

La niña se sorprende. Intenta mirar, pero le cuesta un trabajo ímprobo. Aun así, lo consigue. En la puerta hay un número escrito: 108.

¿LO VES? *—pregunta la voz.*

Alma no dice nada. No hace falta.

Y la voz dice:

LEE: UN... CÍRCULO... INFINITO.

Alma mira los números. El uno es un uno. El cero es un círculo perfecto. El ocho es el símbolo del infinito en vertical. Un círculo infinito.

No comprende qué puede significar.

LAS COSAS SON COMO TIENEN QUE SER *—dice la voz.*

SÍ, se dice.

HAY UN CÍRCULO.

SÍ. CÍRCULOS..., se repite Alma.

DEJA QUE SE FORME. FLUYE A SU ALREDEDOR.

FLUIR.

HAY UN PLAN.

SÍ.

DEJA QUE LA PUERTA SE ABRA. DEJA QUE LAS COSAS... OCURRAN. HAY UN CAMBIO. FLUYE CON EL CAMBIO.

Alma asiente. Está aceptando esa información cuando la puerta, delante de ella, se abre. Y cuando lo hace, un torrente de luz tan brutal como inesperado inunda todo lo que la rodea. La luz es absoluta, plena, y eclipsa todo lo demás. Todo desaparece. Y ella sale, hacia fuera, hacia el vacío, cruzando el umbral.

Y cuando lo hace...

Despierta.

XVI

TODOS

1

Aquella mañana, Johnnie había vuelto a sentarse delante del ordenador. Lo hizo como colofón de una larga serie de pequeños hitos rutinarios que lo llevaban, de manera inequívoca, a esa inevitable conclusión. Comenzaban con el aséptico sonido del despertador: una secuencia de pitidos regulares fuertes y vibrantes que lo arrancaban a regañadientes del sueño. Luego, se sentaba con esfuerzo en el borde de la cama y dejaba pasar hasta casi medio minuto, tiempo en el que se preparaba para afrontar lo que seguía: una visita al retrete donde vaciaba la vejiga. Duraba una eternidad, por cierto, y cuando lo alcanzaban los vapores calientes apartaba la cabeza, asqueado; luego echaba un vistazo al espejo y trataba de decidir si había que rasurarse la barba. Por lo general, a menos que el cuello fuera una confusa maraña de pelo (que en su caso se distribuía, además, de una manera irregular y en direcciones inverosímiles), lo dejaba pasar. Luego venía la ducha, secarse de manera adecuada, elegir la ropa y prepararse el desayuno. Y en esos estadios tardíos, la inquietud por enfrentarse al papel en blanco iba en aumento. Hacía ya demasiado tiempo que esa inquietud era tan fuerte que le producía la suficiente carga de estrés como para sentir un principio de arcadas.

Rebecca, en cambio, ignorante de lo que ocurría, se levantaba más tarde. Era una de las razones por las que nunca había aceptado un contrato en una empresa; le gustaba disfrutar de esos pequeños lujos de la vida y tomarse las mañanas con calma.

Cuando tuvo la pantalla delante, sin embargo, no encontró el documento vacío, estéril, del procesador de textos; lo primero que vio fue la ventana del navegador, lo que le supuso un alivio inesperado. Ahora recordaba que la última vez que estuvo sentado había estado leyendo sinopsis de películas viejas, sobre todo por si alguna, debido a su naturaleza breve y misteriosa, despertaba algún tipo de semilla en su cabeza. Eso no ocurrió, pero se dijo a sí mismo que ésa parecía una buena idea y se animó a echar otro vistazo; al fin y al cabo seguía sin saber sobre qué escribiría. Sin embargo, justo cuando llevó el cursor a la barra de direcciones del navegador, tuvo una ocurrencia rara: visitar Facebook. Al fin y al cabo, Brown le había dicho que Facebook estaba lleno de comentarios de gente. Si esos comentarios eran como los del archivo de películas, podrían estar llenos de pistas sobre las cosas que los lectores habían disfrutado más de su primer libro, y esa información podría ser muy útil.

Johnnie recuperó su contraseña del e-mail de la editorial y accedió, y cuando lo hizo se vio sumergido en un océano inexplorado de fans. Había un *banner* de cabecera con su foto y la portada del libro junto a un sello rojo que proclamaba BESTSELLER. Había fotografías de gente feliz con su libro, gente disfrazada de los protagonistas (incluso de Allen, que apenas salía en un único capítulo); había mil comentarios en cada una de las entradas, gente de Perú, de Chile, de toda Latinoamérica, seguidores que solicitaban que el autor hiciera una ruta de presentaciones en su país. Vio intensos debates que analizaban y comentaban cada pequeña porción del libro y vio dibujos, minirrelatos hechos por lectores que expandían el libro que él había escrito en mil direcciones diferentes, e incluso iniciativas para recoger firmas para pedir a la editorial una segunda parte. Y había páginas y grupos relacionados con el mundo espiritista. Los antiguos dioses del género, eminencias patrias que escribían en revistas, libros y participaban en programas de televisión, se arrastraban por allí intentando recuperar la atención de esos potenciales clientes.

—Madre de Dios —susurró.

Pero se puso a leer.

Rebecca bajó casi a media mañana, arreglada para salir. Se encontró a Johnnie pegado a la pantalla del ordenador, y le gustó comprobar que tenía esa expresión concentrada y pensativa que ella reconoció de la vez anterior, cuando estaba en la cumbre de los procesos mentales y creativos más álgidos del proceso de creación de *La puerta*, así que decidió no decirle nada. Sonrió con dulzura, ignorante de lo equivocada que estaba, y dejó el domicilio para irse a su reunión de trabajo.

Johnnie continuó mirando, leyendo, sorprendiéndose de todo lo que encontró allí. Casi todos los comentarios eran encantadores y cariñosos, y no sólo hacia su obra, también hacia él. Una muchacha que se ocultaba tras un avatar de la princesa Mononoke declaraba abiertamente su inmenso amor por Johnnie y solicitaba que alguien la informara, con un mensaje algo apremiante, de adónde podía escribirle. Alguien le contestó que probara a mandarle un privado.

Johnnie parpadeó. No sabía que en esa red social se pudieran mandar privados, y, sin embargo, tardó apenas un par de segundos en encontrar el icono brillante en la parte superior de la pantalla con un 99 en rojo brillante.

Más de cien mensajes, decía la pantalla.

Johnnie echó un vistazo. Había cientos de mensajes. El icono no informaba acerca de la totalidad de ellos, sino de los que estaban sin leer. Había tantos que Johnnie llegó a preguntarse si la cifra real no estaría más cercana a los miles, incluso varios miles, y ante esa idea arrugó la frente. ¡Mensajes sin leer!

Se revolvió en la silla y dejó escapar todo el aire. ¿Qué ocurría? Pensaba que la editorial se ocupaba de atender las peticiones de la gente y que había alguien atendiendo a sus lectores. La respuesta no tardó en llegar: al menos veinte mensajes eran de «Hoy» y casi cincuenta de «Ayer». Algunos de los días anteriores los privados se contaban por centenares, y la cosa se alargaba en el tiempo por un periodo de meses. Era abrumador. Se dijo que, con toda probabilidad y de manera comprensible, la gente que se ocupaba de la cuenta hacía tiempo que había perdido la capacidad de resolver la ingente demanda.

Todo el mundo quería hablar con Johnnie. Tenían preguntas, querían comunicarle lo mucho que habían disfrutado y conectado con la historia, y tenían ruegos, súplicas y hasta quejas. También experiencias personales que habían vivido jugando a la ouija. Alguien, que se definía a sí mismo como un escéptico, había colgado un *post* con una exclamación de sorpresa donde se leía: MADRE DE DIOS. ESTO FUNCIONA.

Johnnie dejó, sin darse cuenta, que la mañana discurriese mientras leía y descubría, de una manera directa, y tan intensa como reveladora, el alcance que había tenido su novela.

Hacia el mediodía, Johnnie se topó con un mensaje bastante extenso. Casi estuvo a punto de desecharlo, pero algo en su manera anticuada y casi victoriana de escribir le llamó la atención. La cuenta firmante era, simplemente, «TODOS», y casi sin ser consciente de ello se encontró progresando rápidamente a través de su contenido. Empezaba con una reseña sobre su novela, y era buena de veras. Desentrañaba su estructura con la precisión de un cirujano y concluía calificándola de «brillante». Johnnie lo aceptó, porque aunque sabía que ese acierto era del todo fortuito, fruto de un raro azar que le había permitido pulsar las teclas del piano en el orden y cadencia correctas, lo cierto era que, contra toda probabilidad, la genialidad estaba realmente ahí, y la veía con claridad meridiana casi por primera vez.

Lleno de curiosidad, siguió leyendo.

El misterioso TODOS (¿quién elegiría un nombre como ése, por el amor de Dios?) ponía de relieve muchos de los hitos más importantes de la historia mientras analizaba los personajes y sus relaciones, concluyendo con un breve apunte donde explicaba exactamente cuál era la genialidad de la novela sin entrar en adjetivos desmedidos ni agasajos innecesarios. A Johnnie le gustó eso también. De todos los comentarios que había leído, aquél le parecía el más notorio, sincero y cabal. Aquella persona sabía de qué hablaba.

Y aún había más.

El mensaje acababa con una petición: TODOS decía que para él sería un honor que Johnnie leyese su gran ópera prima, su primera novela, y la ofrecía en un documento adjunto para su descarga. Decía que en su opinión, Johnnie era la única persona en el mundo capacitada para juzgar su trabajo, y que esperaba su más sincera opinión, por brutal que ésta fuera, o especialmente si ése era el caso.

Johnnie se quedó mirando el icono del archivo. Lo cierto era que hacía tiempo que no leía ningún libro. Desde que se dedicaba a escribir, sentía que había perdido la necesidad de absorber las historias de otros, como si su mente se concentrase solamente en conjurar cosas nuevas. En las pocas ocasiones en las que había sentido la necesidad de perderse en las páginas de algún libro, solían ser trabajos que ya había leído con anterioridad, y más que nada, por embeberse en la técnica de la prosa desde un punto de vista puramente analítico, de aprendizaje como profesional del tema.

Y ahora, mirando el icono, lo cierto era que sentía curiosidad. Alguien que había desmontado las estructuras básicas de su propia creación de una manera tan certera debía de haber creado algo, cuando menos curioso, independientemente de la historia.

«No tienes tiempo para esto», dijo una voz en su cabeza.

«Sí que lo tengo», se contestó.

Y Johnnie deslizó el dedo sobre la superficie del ratón y pulsó el botón.

2

Rebecca apareció en casa un poco antes del anochecer, exultante de alegría. La reunión había ido bien, demasiado bien de hecho para haber sido una primera toma de contacto. Venía con un cheque por valor de cinco mil libras como provisión de fondos para un proyecto que, si todo salía como debía ocurrir, le daría trabajo durante varios meses. El dinero, naturalmente, no les hacía precisamente falta gracias a los ingresos de Johnnie, pero a ella le gustaba pensar que aportaba algo a la economía familiar. Y eso, y sentirse ocupada con las cosas que la entusiasmaban, suponía un mundo de satisfacción personal.

Johnnie había pasado todo el día leyendo la novela que se había descargado de Facebook, y estaba, a decir verdad, sumamente enganchado. Ni siquiera había comido; no se había acordado. Las horas, literalmente, habían pasado volando. La prosa tenía un estilo demasiado recargado y algo rancio para los estándares modernos; era como leer a Bécquer con tintes de Poe y Lovecraft, pero la historia era buena; era buena de veras. Tocaba otra vez el tema del espiritismo, pero con un enfoque satánico o demoniaco, salpicado con portales dimensionales y conflictos entre el Bien y el Mal, una lucha de poderes invisibles, de entes descarnados, en la que los protagonistas se veían involucrados sin poder evitarlo.

Esa noche, Johnnie cenó con rapidez mientras su esposa intentaba resumirle la reunión que había tenido. Estaba entusiasmada e intentaba transmitirle los pormenores del trabajo a realizar con muchos gestos y un brillo especial en los ojos. Johnnie apenas escuchaba; se limitaba a asentir vagamente mientras su mente trabajaba a toda velocidad, tan concentrada como maravillada con la historia. Ella se dio cuenta, y aunque al principio se sintió incómoda, luego lo dejó hacer. Era parte del proceso, de su proceso, y estaba bien. Dejó que Johnnie volviera al ordenador y recogió en silencio los platos de la cena.

Johnnie leyó durante toda la noche sin poder parar y, sobre todo, sin querer hacerlo. La historia no sólo era cada vez mejor, lo más curioso era que a medida que leía iba dándose cuenta de que aquel libro podría, con los cambios adecuados, convertirse en una especie de segunda parte de *La puerta.* Se sentía conmovido, transportado, intrigado... ¡la historia era tan buena!, y se sentía, a la vez, exponencialmente frustrado. Pensaba que si eso se le hubiera ocurrido a él, hace tiempo que se habría entregado a la tarea casi compulsiva y obsesiva de convertirlo en palabras.

Terminó de leer al amanecer, sintiéndose eufórico y, a la vez, desanimado. Era una obra magistral; no había otra palabra para describirla. Era redonda, enorme, soberbia. De no ser por la prosa, algo caduca, estaba seguro de que Cormick publicaría el libro de inmediato. Lo haría de todas formas, aunque tuviese que reescribirla entera. Al fin y al cabo, le había dicho en alguna ocasión, en Nostromo tenían un pequeño ejército de profesionales que podían producir seiscientas páginas de un pequeño guión de sólo dos folios.

Miró la pantalla de su ordenador, con los brazos caídos a ambos lados de la silla, fatigado pero no cansado, sabiendo que aunque se fuese a la cama en ese mismo momento, sería incapaz de dormir. En la pantalla se leía: FIN. Esa historia... era perfecta. Era la historia por excelencia, su historia; una pieza de puzle que encajaba de maravilla con la trama de *La puerta.* Y el título de *La puerta II*, de repente, se dibujó claramente en su mente.

Preparó café. Estaba tan excitado y atribulado que olvidó preparar también para su mujer. Su cabeza bullía.

«Puedo comprarla —pensó de repente. La idea cruzó su mente como una centella—. Puedo llegar a un trato con ese hombre y comprarle la historia. Puedo cederle una parte de los *royalties* de las ventas. Al fin y al cabo, nadie leerá el manuscrito de un autor desconocido; las editoriales reciben cientos de originales de autores noveles cada semana. Y el libro... —pensó a continuación con una sombra en los ojos y una media sonrisa plantada en sus labios apretados—... vendería mucho sólo por llevar mi nombre...»

Tendría que hacer algunos cambios, desde luego; adaptar las situaciones y los personajes a los suyos. Cambiar los escenarios. Hasta podría... sí, podría mejorar un par de cosas.

Se quedó de pie, en mitad de la cocina, con la cabeza en plena efervescencia, pensando en la adaptación mientras la taza de café que tenía las palabras MIDNIGHT impresas en el lateral humeaba en silencio.

Con cada vuelta de tuerca que daba a la historia se iba sintiendo más y más satisfecho. A veces movía la mano en el aire o levantaba varios dedos enumerando listas invisibles de cosas que tendría que recordar. Empezó a sentirse exultante, barajando la posibilidad de hacer suyo ese manuscrito.

Cuando Rebecca, despeinada y con los ojos medio cerrados, llegó a la cocina, lo encontró garabateando furiosamente en un trozo de servilleta.

—Cariño... —susurró con voz dulce—. ¿No has dormido?

Johnnie dio un respingo.

—¿Qué? —preguntó—. Sí, sí, claro que he dormido.

—Tu lado de la cama estaba intacto...

Johnnie hizo un gesto de asentimiento con la cabeza.

—Lo siento, cariño, me quedé dormido en el ordenador.

—Cielo, no hagas eso. No es bueno para la espalda.

Ella se acercó y le dio un beso en los labios. Él la miró. A veces, cuando la miraba, sobre todo cuando la miraba a esas horas tempranas en las que ella exhibía una dulzura dormida en el rostro, aún podía ver a la Rebecca que conoció hacía ya bastantes años, aquella Rebecca joven y vital que le había hecho sentirse especial, amado, único. Y sonrió. Pero sobre todo, sonrió porque se sentía entusiasmado.

—Pareces contento —dijo ella.

—Sí.

—¿Estás trabajando en...?

—Sí —repitió él.

Ella asintió, arrugó la nariz de aquella manera extraña y encantadora que a él lo enamoró tanto, le dio otro beso y lo dejó hacer.

3

Johnnie trabajó en la adaptación de la novela durante el resto del día, casi toda la noche, y también al día siguiente, y fue un trabajo tan excitante como frustrante. Intentaba descubrir si podía coger los mimbres esenciales del libro y darles la vuelta, alterarlos, modificarlos lo suficiente como para hacerlos suyos; en otras palabras, coger la historia y reconducirla, reinventarla, para extraer algo nuevo y diferente. Pero cuando intentaba alterar sus estructuras esenciales en lo más mínimo, la historia perdía fuerza.

Varias veces cogió todas sus notas y apuntes, hizo una gran bola de papel con ellas, y las lanzó a la papelera.

Fatigado y desesperado, se sentó delante del ordenador con una idea palpitante en la cabeza.

«Está bien —pensaba—. Hablaré con ese tipo. Le ofreceré pasta.

»¿Y qué dirá Cormick? ¿Qué dirá Rebecca de eso? La cosa puede que funcione, pero será como hacer el amor con tu mujer tomando Viagra porque tienes la vieja varita tan manoseada que no serviría ni de pisapapeles. No es lo mismo. No es lo mismo porque Cormick y Rebecca sabrán que estás muerto por dentro. Agotado. Acabado.

»Cormick no tiene que saber nada —se contestó—. Ni siquiera Rebecca. Firmaremos un acuerdo con un contrato privado y nadie lo sabrá nunca. Compraré su historia y será mía. Tiene que ser mía.»

Accedió a Facebook y se dirigió con rapidez a los mensajes privados; una vez allí buscó con ansiedad el mensaje de TODOS. Mientras lo hacía, se dijo que le ofrecería una cantidad de pasta tan grande que no podría rechazarla. Estaba seguro de que otros autores hacían lo mismo. Había autores que publicaban dos novelas al año; nadie podía tener tanta imaginación.

Buscó. Y buscó.

El mensaje no aparecía por ninguna parte.

Contrariado, se detuvo unos instantes. Luego, cerró la ventana y la volvió a abrir, como si eso pudiera hacer que el mensaje apareciera de repente, como por ensalmo.

Pero no lo hizo.

Johnnie utilizó el buscador e introdujo la palabra «TODOS».

La búsqueda produjo tan sólo resultados irrelevantes, coincidencias entre un montón de mensajes privados, todos de otras personas.

—¿Qué pasa? —preguntó airado, en voz alta, a la habitación vacía.

Se fue entonces al buscador general y trató de encontrar a alguien llamado «TODOS», pero de nuevo sin éxito.

Johnnie se dejó caer sobre la silla con las manos en la cabeza. ¿Qué estaba pasando? ¿Cómo era posible?

«Ha borrado la cuenta —se dijo de pronto—. La ha borrado y ahora está... ilocalizable.»

«No.»

«¡No!»

Se fue al archivo con el documento de la novela y buscó en la primera página, en la segunda, tercera y subsiguientes, y también en la última, pero en ninguna parte aparecía el nombre del autor; ni siquiera el seudónimo TODOS. Ninguna dirección de contacto, ni siquiera un e-mail.

Johnnie se quedó inmóvil. No podía creerlo. No había forma de contactar con el autor.

Se levantó de la silla con un movimiento rápido y empezó a caminar por la habitación, dejándose mecer por decenas de ideas que iban y venían conformando una confusa amalgama de pensamientos. Se dijo que podría esperar a que el autor lo contactase... pero ¿lo haría? Chascó la lengua cuando recordó que ni siquiera le había mandado una respuesta. Si le hubiera enviado un simple «Lo leeré», algún tipo de mensaje, algo..., el autor habría esperado un tiempo prudencial y habría vuelto a ponerse en contacto para saber cómo iba. Pero en lugar de eso se había borrado. Borrado. Desaparecido por completo. Después de todo, ¿cuánto hacía que aquel mensaje estaba esperando una respuesta? No había mirado la fecha. Podía llevar días, semanas o meses. Quizá el autor se había cansado de esperar. Quizá...

Johnnie se dejó caer sobre el sofá, sumido en el desánimo. Sus esperanzas se habían desvanecido; después de un par de días de trabajo y de recuperar el viejo entusiasmo por tener una historia sobre la que trabajar, ya no quedaba nada. Nada.

«Volverá —dijo una débil voz en su mente—. Me contactará por algún medio. Seguro. No se rendirá, porque alguien que ha escrito un libro tan bueno sabe que lo es, y querrá una opinión, querrá...

»¿Y si lo ha enviado a otro autor? —preguntó otra voz con visible nerviosismo—. Facebook es un hervidero de autores. ¿Y si lo ha enviado a un editor? ¿A un agente? A poco que un agente meta su nariz en la primera página, si la recargada prosa no lo ahuyenta, sabrá que hay algo bueno. Lo querrá. Lo moverá por cielo y por tierra si es necesario hasta que consiga colocarlo en alguna parte, y entonces no importará si la editorial es grande o pequeña; la gente lo pondrá en su sitio. Será un éxito.»

Negó con la cabeza y se quedó tumbado, incapaz de moverse, decir o hacer nada.

Estaba, otra vez, en compás de espera.

4

En los días siguientes, Rebecca percibió el desánimo en su marido. Al principio no dijo nada, pero una noche, ella preparó una cena especial a base de espaguetis con chili («carbohidratos de cena, cariño, ¡no te convienen!»), y trató de abordar el tema con tanta suavidad como fue capaz.

—¿Cómo... cómo va esa novela, eh?

Johnnie tardó un rato en reaccionar. Luego se encogió de hombros y siguió comiendo, ahora con más rapidez, como si tuviera prisa por terminar y marcharse al despacho. Fue suficiente. Pasaron el resto de la noche en silencio. Johnnie no pudo acabar el plato, murmuró algo y se fue.

Rebecca se quedó en la cocina. Había pensado seducir a su marido esa noche y pasar una velada en la cama, pero, otra vez, llevar a cabo esa idea se le antojó imposible.

Y suspiró con cierta amargura. Otra vez.

5

Después de una semana, Johnnie estaba tan intratable que pasaba la mayor parte del tiempo paseando para liberar energías. Cuando volvía a casa, miraba el ordenador en busca de un mensaje de TODOS. Antes de cenar, miraba el ordenador. Lo miraba después de cenar y volvía a mirarlo varias veces durante la noche. Y cada vez que accedía a Facebook y navegaba a través de la ingente cantidad de mensajes nuevos sin encontrar lo que tanto ansiaba, se sentía más y más abatido. Rebecca vivía con él pero sin él; había aprendido a pasar la mayor parte del tiempo en su proyecto, ya no en la misma habitación, dejándole tanto espacio como le era posible. A veces, Johnnie ni siquiera volvía al dormitorio: dormitaba intranquilo en el sofá, vencido por la ansiedad y la impaciencia.

Una noche, Johnnie se despertó en mitad de un confuso sueño en el que el libro de TODOS había sido el protagonista. Había vuelto a tejer la historia en su mayor parte, revisitando los momentos clave como si de una película se tratase. Las escenas tenían incluso banda sonora, y en los momentos cumbre, una audiencia invisible que esperaba en los márgenes de su inconsciente aplaudía con fervor.

Fue a la cocina, consideró la posibilidad de comer algo pero la desechó al instante; no tenía hambre. Tenía más bien sed. Tenía...

Tenía ganas de empezar.

«Puedo... Puedo hacerlo —se dijo con creciente entusiasmo—. Puedo empezar a escribir la historia. No tengo otra cosa que hacer, de todas maneras. Cuando ese tipo me contacte, estaré preparado. Sí.»

Permaneció todavía quieto unos instantes, sintiendo cómo el irrefrenable impulso de escribir se abría paso en su interior. Resultaba imposible desatenderlo, y no lo hizo: se lanzó hacia el ordenador con un brillo entusiasta en los ojos, y en poco menos de un minuto tenía el primer párrafo conformado y asentado en la cabecera de la página. A partir de ahí, el resto... vino solo.

6

Pasaron días que, inadvertidamente, se convirtieron en semanas, y que luego, antes de que Johnnie se pudiera dar cuenta, se transformaron en meses. El verano, investido de largos periodos de intenso calor, se fue transformando en noches de agradable frescor que anunciaban su final.

Johnnie escribía durante casi todo el día; y la mayor parte del tiempo también de noche. Rebecca terminó su trabajo y recibió una buena cantidad de dinero que miró con ojos soñadores, acariciando la posibilidad de hacer un viaje por algún lugar de Europa. Podían hacerlo, desde luego. Por primera vez en muchos años podían permitirse un viaje completo a algún destino exótico, y había perdido tanto a su marido mientras escribía que sentía un enorme deseo de recuperarlo, sólo para ella, durante unas semanas. Pero Johnnie escribía y escribía, y cuando conseguía separarlo del ordenador era sólo para hacer un pequeño descanso: cosas como ir al cine o a cenar a algún restaurante cercano.

Rebecca pasaba mucho tiempo sola, en el jardín, consolándose con la caricia del sol sobre su piel.

Johnnie aún miraba, de vez en cuando, su cuenta de Facebook. Miraba su e-mail e incluso el correo postal, pero no había noticias de TODOS por ninguna parte. Mientras tanto, la novela avanzaba y crecía; ya tenía casi doscientas páginas, y aunque al principio se había dicho que la adaptaría a su propio ritmo cuando éste surgiera de manera natural, fracasó como la otra vez. No pudo ni siquiera alterar la estructura esencial de la historia: encajaba con sus propios personajes como un guante fabricado a medida. Muy pronto acabó por olvidar lo que estaba haciendo. Era su novela, suya, reescrita en su totalidad con sus propias expresiones y su prosa mucho más moderna, directa y sin aspavientos o florituras; justo lo que el público demandaba.

Cormick seguía llamando, cada vez con más frecuencia. Casi siempre era con la excusa de alguna buena noticia, ya fuese un documental en una cadena de televisión o alguna reseña en un prestigioso periódico americano. Casi siempre, esas reseñas se traducían en otros veintitantos mil ejemplares vendidos. Pero el trasfondo de la llamada (y Johnnie lo sabía) era averiguar el estado de la segunda novela de Balmori. Los lectores empezaban a demandar, cada vez con mayor urgencia, algo nuevo; para muchos de ellos habían pasado meses desde que leyeron *La puerta* y no podían esperar a adquirir otro libro de su autor favorito.

Cuando le preguntaba por la novela, y sobre todo, si podían leer algo («algo, cualquier cosa, ¡unas páginas!») Johnnie recordaba con secreta inquietud que la novela no era sino el plagio de otra que, por lo que él sabía, podía estar ya en las manos de Cormick o en las de cualquiera del equipo que hacía informes de lectura. Entonces se venía un poco abajo y su conversación se volvía esquiva y un tanto balbuceante. Cormick lo notaba, notaba que algo ocurría, que algo no estaba encajando en el esquema general de las cosas. Trabajaba con todo tipo de autores, los que le aseguraban que su novela era muchísimo mejor que la anterior y los que mostraban dudas y enviaban avances página por página porque necesitaban ese apoyo positivo de que estaban en el buen camino, pero Balmori... Balmori se comportaba como el estudiante al que se le pregunta por los deberes que ha olvidado en casa y teme dar una respuesta clara. Cormick estaba preocupado, sí. Temía que el segundo libro no fuese tan bueno como el primero, pero, sobre todo, temía que el libro, como el famoso manuscrito de Jack en *El resplandor*, ni siquiera existiese.

Por lo demás, en todos aquellos meses, el interés por lo sobrenatural iniciado por *La puerta* continuó desarrollándose y creciendo. En la televisión había programas especializados que aunque trataban otros temas relacionados con el mundo del ocultismo se centraban casi exclusivamente en el espiritismo. Una noche, mientras Rebecca miraba la televisión, soñolienta, recorriendo todo el espectro de canales sin encontrar nada que la sacara de su letargo de final del día, se encontró con uno de esos programas. Un experto en la materia estaba hablando de manera acalorada con el presentador.

—... la gente no lo comprende —decía—, esto es mucho más que una experiencia curiosa, y por supuesto, es mucho más que un juego. La ouija funciona, señor, y aunque hay un sinfín de teorías sobre por qué funciona, ciertas pruebas de campo realizadas con métodos científicos desmontan todas esas teorías. Es muy frustrante..., es casi como si nos estuviera vetado, como si en el esquema global no se quisiera que se supiera. ¡Pero la ouija está, existe, es algo! Algo misterioso, inexplicado, que no inexplicable, donde entran en juego fuerzas aún por descubrir. Por eso no lo entendemos. La ouija es una puerta, como se explica en el libro del señor Balmori. Puede parecer una novela de ficción, de terror si quiere, pero es el que más cerca ha estado de explicar cómo funcionan las cosas.

Rebecca se revolvió en el asiento. Había... leído y oído tanto sobre el libro de su marido que le resultaba imposible pensar que pudieran decir algo que no supiera ya; no sólo sobre el libro o lo que había supuesto entre sus seguidores, esa moda fantástica y desproporcionada, sino sobre el tema del espiritismo en general. Sin embargo, aquel hombre parecía estar lanzando alguna especie de advertencia y quería escucharla.

—Todo lo que los personajes hacen —continuó diciendo el experto— es formular con precisión cómo se activan las fuerzas de la ouija de una manera explosiva. Todos sabemos cómo se hace espiritismo y la mayoría lo hemos llevado a cabo en el instituto o en nuestra adolescencia, como un juego. Pero el señor Balmori añadió algunos elementos nuevos a la puesta en escena que, de hecho, parecen funcionar bastante bien. No sé qué son esos símbolos que acompañan y custodian el tablero, ignoro de qué tipo de pesadilla ancestral los sacó, o si los copió de algún códice de brujería antiguo... ¡Lo ignoro! Pero esos símbolos y la ubicación de las velas alrededor del tablero son unos alucinantes potenciadores de la experiencia general de espiritismo. Tal vez uno de los primeros lectores llevó a la práctica el proceso, y como quiera que obtuviese resultados más que satisfactorios, se produjo el efecto boca oreja. La gente se ha enganchado a esos efectos, señor. Si la ouija es una puerta a cosas que desconocemos, y no estoy diciendo que sea necesariamente al mundo del Más Allá, entonces el señor Balmori ha escrito el manual de instrucciones más exacto y perfecto que existe, aunque partiera, como creo, de una base ficticia.

Rebecca sintió un escalofrío.

—¿Y qué instrucciones son ésas, en su opinión? —preguntó el presentador—. O sea, ¿qué describen?, ¿a qué llevan?

—¿A qué llevan? Bien, hablamos de energías misteriosas —respondió el experto—. Hablamos de... sucesos a los que no se les encuentra explicación. Activan fuerzas, ponen en marcha cosas, traen, nos transportan, abren planos de los que no sabemos nada. Y esas fuerzas nos impregnan, ¿comprende? Permanecen, se quedan, producen un eco que reverbera durante un tiempo. En estos momentos hablamos de una cantidad... incalculable, ¡inimaginable! de personas realizando sesiones de ouija y espiritismo. No sólo los lectores del libro de Balmori, sino los que se han sentido atraídos por el fenómeno. Está ahora en la calle, en todas las casas, en internet. Y eso son muchas sesiones simultáneas.

—¿Quiere decir... —preguntó el presentador— ...que la masa de gente practicando espiritismo está...?

—¡Exacto! —respondió el experto, exultante—. Están creando vórtices masivos de energías, haciendo que nos impregnemos de lo que sea que la ouija genere. Y dado que esas energías son invisibles para el aparato científico actual, me parece un problema muy grave y muy serio, porque no sabemos con qué estamos tratando, y sobre todo, qué repercusiones puede tener. Como hemos dicho al principio del programa, los fenómenos son cada vez más contundentes, más rápidos, más potentes. Es como si nos acercáramos a algo.

Rebecca siguió escuchando todavía un rato, pero la conversación degeneró a partir de ese punto; sacaron diagramas extraños que pretendían mostrar una explicación pseudocientífica sobre el fenómeno, pero todo sonaba extraño y sin una base real. Rebecca se retrajo poco a poco a su propia línea de pensamientos, y éstos la llevaron de la incertidumbre a la preocupación.

En la televisión, los programas de ese tipo invitaban a cualquiera que sonara más o menos convincente. Y, sin embargo...

Sin embargo, había algo ahí.

Algo.

XVII

El Club de los Antiguos Senderos Rectos

1

—¿Señor Waters? —preguntó Alma a través del teléfono.

—Al habla.

—Soy la doctora Chambers. No sé si me recuerda. Me hizo usted una entrevista...

—Oh, claro que la recuerdo —respondió Pete de inmediato. Había cierto interés en su respuesta, y Alma lo captó con satisfacción. Era, desde luego, una buena señal.

—Me alegra oír eso —respondió la doctora—. Porque si no me recordara haría más difícil el motivo de mi llamada.

—Dígame... ¿puedo ayudarla en algo?

—De hecho, sí. Lo llamo para pedirle algo. Están ocurriendo cosas, cosas importantes, y creo que tienen relación con... Elvenbane.

Hubo una pausa al otro lado de la línea.

—¿Sabe? Es curioso que me llame en este preciso momento.

—¿Ah, sí? —preguntó Alma con una pequeña sonrisa.

—Desde luego. Acaban de pedirme que vaya allí y haga un artículo sobre cómo se sienten los vecinos. Tengo un pase de prensa para...

Se detuvo.

—Vaya —añadió con un susurro.

Alma sonrió, pero no dijo nada.

—Ya entiendo. Usted me llama para que la deje pasar conmigo. No se permite la entrada a nadie que no sea residente, o un periodista con la debida acreditación.

—En efecto, señor Waters.

—Llámeme Pete, por favor. Es usted... sorprendente.

—Yo no, Pete. Las coincidencias, admito, a veces lo son. No debe alarmarse. Acéptelo; hay cosas que ocurren porque deben ocurrir.

Y Pete, que de manera oportuna tenía su acreditación para sortear el bloqueo policial entre las manos, sintió un escalofrío.

2

Alma se detuvo justo cuando estaba a punto de salir de la oficina. Iba un poco retrasada. Si Pete era puntual, ya debía de estar esperándola fuera, pero sentía... Sentía que faltaba algo. Algo aún no estaba bien.

Se quedó quieta, sintiendo, intentando averiguar qué era.

Sin resultado.

Se dio la vuelta y miró alrededor. Observó a Andrew que pasaba consultando un pliego de papeles, observó la puerta de su despacho, el tablón de comunicaciones internas que pendía de la pared...

No, no era nada de eso.

Consultó su pequeño reloj de pulsera y negó con la cabeza. Ya iba diez minutos tarde y empezaba a ser demasiado. La puntualidad, para ella, era importante, porque significaba consideración y respeto, y no iba a hacer esperar más a quien le estaba haciendo un favor.

Caminó resuelta hacia la puerta y salió al exterior, pero tan pronto lo hizo se detuvo de nuevo. La llevó un par de segundos comprender por fin lo que estaba faltando.

Era Jow, por supuesto. Estaba hablando con Pete, que esperaba junto a su coche. Charlaban con despreocupación, bastante animados. El coche era un todoterreno de pequeño tamaño, lo que le hizo levantar una ceja. A veces, las cosas iban tan rodadas que se sentía un poco títere de un destino demasiado grande para ser comprendido.

Entonces se acercó, caminando despacio, como dándoles tiempo.

—Ah, buenos días, doctora Chambers —la saludó Pete cuando reparó en ella.

—Buenos días, Pete. Llámeme Alma, por favor. Es lo justo.

—Claro que sí.

—Veo que ha conocido a Jow.

—De hecho, sí —respondió el periodista, sonriendo—. O tal vez no, porque ya nos conocíamos antes.

—Sí —asintió Jow—. Coincidimos una vez en el Queen's Theatre de Londres, es lo que estábamos comentando ahora.

—*Los Miserables*.

—*Los Miserables* —confirmó Jow riendo.
—Entiendo —comentó Alma con una sonrisa.
—Yo había olvidado mi entrada —dijo Pete.
—Y yo llevaba dos, porque iba a ir con una amiga que me dejó colgada en el último momento —se apresuró a decir Jow—. Lo vi allí, como un... Bueno, como un miserable, de hecho, mirando el cartel de la entrada.
Pete soltó una carcajada.
—Tenía envidia —soltó éste, recordando aquella noche—. Llevaba esperando mucho tiempo al momento adecuado para poder asistir. Pero... luego me alegré de ser tan descuidado. Fue divertido...
—¡Sí! Después tomamos un café en aquel sitio...
—¡Oh, sí! —añadió Pete—. El café era bastante nefasto...
—Café para turistas a dos libras y media —rio Jow.
—Sí... Cielos, se me pasó la tarde volando...
Estaban mirándose y riéndose como dos colegiales mientras se abandonaban a los recuerdos.
—¿Y ya está? —preguntó Alma—. ¿No volvieron a verse?
—Eh... No... —dijo Pete, confundido.
—Yo iba a pedirte un teléfono, pero...
—Sí, yo también.
Jow se encogió de hombros.
—No lo hicimos —respondió al fin, sin abandonar nunca la sonrisa.
—No, no lo hicimos.
—Bueno —exclamó Alma, hablando despacio—, ahora se han encontrado de nuevo. Por si les dice algo. Sugiero que esta vez intercambien sus números, pero eso es cosa suya.

Pete bajó la cabeza, ruborizado, pero Jow era una persona fuerte y mostraba una sonrisa enigmática. Alma miraba, divertida, las delicadas filigranas de la atracción sexual y emocional, pero no hacía falta tener ni un ápice de su capacidad para ver que allí había una conexión magnética de primer orden. Estaba allí, instantánea y espontánea, tan cierta como fascinante.
—Sí, claro que sí... —añadió Jow, sonriendo.
Alma reparó ahora en una pequeña herida que estaba ya terminando de curar sobre la ceja derecha de Pete. Una herida de algún tipo. Se tocó la suya propia cuando lo miraba.
—¿Qué se ha hecho ahí, Pete? —preguntó, intentando desviar la oleada de rubor que se había creado entre ellos.

—Oh, esto... No es nada —respondió sin darle importancia—. Tengo otra rozadura más fea en el codo. Fue en el supermercado.

—Deportes de riesgo —comentó Jow, divertida.

—Bueno, en estos tiempos nunca se sabe cuándo... Quiero decir, la gente anda como crispada.

—Cierto —respondió ella.

—Maniobraba hacia atrás con el coche cuando un tipo salió de la nada y se colocó detrás de mí. O quizá era yo el despistado, que podría ser; el caso es que lo vi en el último momento. Frené a tiempo y ni siquiera lo rocé, pero a pesar de eso, el tipo se lanzó a por mí.

—¡No! —exclamó Jow.

—Sí. Me sacó del coche y me arrojó al suelo de un empellón, como en uno de esos videojuegos.

Se señaló las heridas con un gesto vago.

—Cielos —comentó Jow, tapándose la boca con una mano.

—Su expresión era... una máscara de crispación e ira...

Alma no dijo nada. Ella también había visto cosas así.

—¡Una máscara de crispación e ira! —exclamó Jow entonces, poniendo los ojos en blanco—. Cómo se nota que eres periodista y te gusta escribir.

Pete volvió a reír.

—En fin —exclamó—. Creí que iba a darme unas patadas. Ni siquiera dije nada, levanté los brazos y creo que cerré los ojos. Eso o el miedo me «desconectó» durante unos instantes... Esas cosas pasan. Cuando volví a mirar, el tipo se alejaba ya moviendo los hombros y el cuello, resoplando como un toro.

—Qué curioso —dijo Jow—. Realmente las cosas están...

—Están mal, sí —la interrumpió Alma—. Lo que me recuerda algo: Pete y yo vamos a Elvenbane a ver qué se cuece por allí, querida. Me interesa. ¿Quieres acompañarnos?

—Oh —susurró Jow, confundida por el giro de la conversación—. ¡Elvenbane! Supuse que querría ir a echar un vistazo después de lo que vimos en el mapa, pero... Vaya, no lo sé... Soy programadora, ¿seguro que quiere que vaya yo? ¿Para qué me necesita? ¿Qué quiere que haga allí?

Alma se encogió de hombros.

—Intercambiar vuestros teléfonos, querida —dijo despacio—. ¿Qué si no?

3

El viaje hasta Elvenbane fue largo y corto a la vez. Eran dos horas de camino, pero Alma estuvo dormitando en el asiento de atrás mientras Jow y Pete charlaban sobre trivialidades: Pete al volante y Jow a su lado, sonriendo como un niño con un juguete nuevo. Todo les interesaba, desde las anécdotas más triviales a las opiniones sobre cualquier tema que tuviera a bien salir. Coincidían en todas las cuestiones importantes, de todas formas, y cuando aparecía una discrepancia trivial, como si preferían el vino tinto o el blanco, hacían grandes aspavientos mientras reían bulliciosos. Cuando ella hablaba, él asentía con una sonrisa dibujada en su rostro sereno; cuando él contaba algo, era ella la que miraba como si se le estuviera revelando el Gran Esquema del Universo. Alma escuchaba, sintiéndose a gusto, dejándose mecer a ratos por los flujos y reflujos de la atracción en su estado más puro e inocente, mirando por la ventana hacia la campiña británica con una expresión de complacencia en el rostro.

Cuando se encontraron con el atasco de tráfico, aún faltaba una buena media hora para llegar al pueblo.

—Dios mío —soltó Pete—. Sabía que había problemas para llegar, pero no esperaba esto... ¡Aún falta mucho!

—Yo tenía que haberlo sabido —reconoció Jow—. Había visto imágenes en las noticias. Es algo... alucinante.

—Tus hormonas han estado distraídas, cielo. No pasa nada —exclamó Alma, suspirando desde el asiento trasero y esbozando una sonrisa—. Yo sí lo sabía. ¿Olvidé mencionarlo? Parece que tenemos una buena caminata por delante.

—¿Olvidó mencionarlo? —exclamó Jow, imitándola—. ¡Pero qué mentirosa es usted!

—¿Cómo dices? —preguntó Alma, incapaz de ocultar una expresión de perplejidad entremezclada con una expresión tan infantil como traviesa—. ¿Qué insinúas, querida?

Pete soltó una carcajada.

—Menos mal que suelo llevar zapatillas deportivas —apuntó Jow.

—No te preocupes. No tendremos que andar tanto. Pete, querido, ¿puede sacar el coche de la carretera?

—¿Sacarlo? —preguntó éste, confundido—. ¿Cómo?

—Sacarlo, sí. Por la derecha estará bien. Ahí mismo, entre esos arbustos.

Pete miró hacia la dirección que la doctora le indicaba, pero allí no había ningún camino ni nada que se pareciera, sólo la interminable campiña inglesa con unos fardos de heno cuidadosamente apilados cerca de un rudimentario pajar, al fondo.

—Comprendo —dijo Pete—. ¿Está segura?

—Hágame caso en esto, querido. Llegaremos en un santiamén.

Pete asintió y sacó el coche de la carretera con un decidido movimiento. El todoterreno se zarandeó ligeramente cuando atravesó la cuneta en dirección a una pequeña zanja destinada a permitir el paso del agua, pero la suspensión compensaba el desnivel, de manera que apenas sintieron la maniobra. En unos instantes, cruzaban campo a través con un suave traqueteo.

—¿Ve ese grupo de árboles al fondo, Pete? —preguntó Alma.

—Sí.

—Vaya hacia allí.

—De acuerdo.

Jow miró hacia atrás. Un coche había intentado seguirlos, pero era un utilitario convencional construido para circular por carretera y la zanja había sido demasiado. Se quedó trabado con las ruedas girando a gran velocidad y soltando chorros de barro.

—Menos mal que tienes un buen coche —comentó Jow.

—Es... Es nuevo. De hecho, me lo dieron hace una semana.

—Sí, lo veo —dijo Jow—. Vas a darle un buen estreno.

—Nunca había tenido un todoterreno —comentó él, pensativo—. Pero de repente pensé que sería buena idea.

Alma no dijo nada, pero lo pensó todo.

—¿Ha estado alguna vez en Elvenbane, Alma? —preguntó Pete.

—No... Creo que no. No.

—Entonces, ¿cómo sabe que por aquí...?

Se interrumpió. No necesitó continuar con la pregunta. De alguna manera supo que Alma estaba usando su incomprensible capacidad para dirigirse hacia el pueblo. Alguien menos dado a creer en esas cosas diría que estaba usando la intuición, y alguien mucho más escéptico argumentaría que Alma podría haber mirado los mapas de la zona. Jow también debía de saberlo porque no dijo nada; y Alma, desde luego, sabía, de alguna manera, que él conocía ya la respuesta, porque tampoco hizo ningún comentario.

—Eso es lo que he oído de la gente... —comentó Jow—. La gente que va a Elvenbane, quiero decir.

—¿Qué cosa? —preguntó Pete.

—Que les pareció buena idea ir.

—Oh. Sí, ¿no es curioso? A mí me lo parece.

—De hecho, sí —contestó Jow—. No había oído nada similar en mi vida. Tanta gente queriendo reunirse en un mismo lugar sin ningún motivo para ello.

—Quizá en *Encuentros en la Tercera Fase* —respondió Pete.

—¿Cómo?

—¿No la has visto? Hay un momento en el que todos los que han tenido contacto con los... avistamientos deciden ir al mismo punto en el mismo momento. Y como en Elvenbane, las autoridades deciden cerrar el lugar. En la película aducen que la zona está llena de gases letales, ¡pero es porque ellos saben que los extraterrestres están a punto de contactar!

—¡Extraterrestres! —exclamó Jow, resoplando—. Creo que ya tenemos bastantes fenómenos paranormales en esta historia, gracias.

Pete soltó una carcajada.

El coche evolucionaba hacia la arboleda lejana, zarandeándose con suavidad de izquierda a derecha. Alma, que miraba ahora por la ventanilla, se fijó en los prados verdes que se extendían casi hasta el horizonte. Era una visión agradable, y suspiró con un deje de dulzura. Unas espigas altas y delgadas, mecidas por una brisa suave, parecían flotar a pocos centímetros del suelo, como pequeños fantasmas dorados, y Alma estuvo un rato mirándolas y dejándose llevar por el sonido apagado del motor.

Un buen rato más tarde, el pueblo de Elvenbane apareció desde detrás de una colina cimentada sobre una pared de piedra. El sol del mediodía encendía las blancas paredes de sus edificios, dándole un aspecto tan bucólico como estival. Era un lugar idílico, de hecho; podían decirlo por la belleza serena del campanario, que era, a pesar de toda la frívola decadencia constructora que había arruinado el paisaje rural de Inglaterra, el edificio más alto que quedaba a la vista, todavía. Y por la exuberante vegetación que se arracimaba por todas partes, conformando pintorescos núcleos verdes. Jow estaba sonriendo ante esa inesperada estampa cuando vio a la gente.

Entre ellos y el pueblo se levantaba una especie de alocado campamento de lonas, cuerdas, enormes tiendas de campaña y algunas caravanas aparcadas de cualquier manera. La gente conformaba grupos enormes, y entre ellos, unas pocas columnas de humo blanco ascendían lánguidas hacia el cielo a medida que la gente cocinaba cosas como salchichas, rollitos de carne y verduras de todo tipo. Jow pensó en los multitudinarios conciertos estivales, como el alemán Rock-am-Ring, sólo que allí no había ningún evento de ningún tipo. Sólo... Elvenbane, un pueblo tranquilo con apenas seis mil habitantes y casi ninguna historia relevante que contar en ningún libro.

—Qué locura —comentó Pete.

—Desde luego —exclamó Jow.

—Acércate todo lo que puedas, Pete, cielo.

—De acuerdo. Ha sido un buen truco. Muchas gracias. Creo que de no haber sido por usted aún seguiría en la carretera. Habría tenido que volver a la redacción con las manos vacías.

—No tienes por qué darlas.

El coche recorrió imparable los últimos doscientos metros. El terreno allí era más rocoso que en los tramos anteriores, así que les costó todavía menos llegar hasta el borde exterior del campamento. Había otros coches aparcados, algunos de los cuales se usaban como improvisadas residencias. Alguien había clavado unos palos de escoba en el suelo y colgado sábanas entre éstos y el vehículo, conformando una especie de porche donde refugiarse del sol. El olor a humo y a comida frita los recibió cuando bajaron del coche.

—Bien, hemos llegado —dijo Alma despacio.

—Madre mía —exclamó Jow—. Qué «ambientazo».

—Es casi como Woodstock en el sesenta y nueve.

—Oh, vamos —protestó Jow—. No eres tan viejo.

Pete levantó una ceja.

Jow pensó durante unos segundos.

—Ni de coña —dijo riendo.

—¿Cual es tu plan, Pete? —preguntó Alma.

—Bien, tengo que llegar hasta el pueblo y buscar a alguien del Ayuntamiento que quiera prestarse a una entrevista, si puedo conseguirla. La versión oficial, ya sabe. Mientras hago eso intentaré hablar con algún residente, ver cómo se siente la población local. Algún dueño de alguna tienda, que a pesar de todo creo que están encantados con todo esto. Y luego hablaré con algunas de estas personas, aunque ya sepa lo que me van a decir.

—Tienes para un buen rato, entonces —apuntó Alma—. ¿Un par de horas, tal vez?

—Tal vez. Sí.

—De acuerdo. Son casi las doce del mediodía. Contando el tiempo para comer, si conseguimos que nos sirvan algo en alguna parte, ¿nos vemos aquí a las tres de la tarde, por ejemplo?

—Vale, de acuerdo, sí —asintió Pete.

—¿Qué va a hacer usted?

—Daré una vuelta por aquí —respondió Alma.

—¿Voy contigo? —preguntó Jow.

—Me temo que sí, querida. Voy a necesitarte.

—Oh, será un placer.

Pete asintió. Lo cierto era que, a pesar de todo lo que tenía que hacer por allí, le hubiera gustado dar una vuelta con Jow por aquel improvisado festival de tiendas y gente. No muy lejos de allí, alguien había formado un pequeño corro y cantaba viejas canciones de los Beatles mientras torturaba, sin mucha destreza, una vieja guitarra; y a unos metros a la derecha, un grupo de amigos compartían una botella de bourbon entre risas y carcajadas, armando cierto jolgorio. Dos días atrás, todo eso ni siquiera le habría llamado la atención; estaba demasiado taciturno y apagado como para que esos delirantes acontecimientos hubieran podido afectarlo. Ahora, sin embargo, aquel cotarro de mercadillo de feria le parecía hasta sugerente. Excitante, quizá. Nuevo, diferente, y hasta luminoso y divertido. Estaba animado e incluso contento, y empezaba a intuir que ese estado de ánimo se debía, con seguridad, a la presencia de Jow. Le gustaba. Vaya si le gustaba.

Se despidieron, no obstante, y Jow anduvo al lado de Alma mirando al suelo, sumida en sus propios pensamientos.

—Querida —susurró Alma—, ¿podrás esperar hasta las tres sin sufrir demasiado?

—¿Qué? —protestó Jow—. ¡Oh, cielos! ¿Tanto se me nota?

—Si tuvieras sus ojos tatuados en la frente y el corazón latiendo a mil por hora cogido entre las manos, no sería tan evidente.

Jow volvió a reír. Alma tenía razón, desde luego, pero por otra parte ella no había hecho ningún esfuerzo por ocultar sus sentimientos. Esas cosas no eran para ella. Le gustaba desnudar sus pensamientos y emociones más que taparlos, porque era la única manera de asegurar que se acercaban a su vida las personas adecuadas. Ahora reía, sin embargo, más de puro entusiasmo que de otra cosa. Encontrar gente nueva que la interesara de una u otra manera era siempre excitante, la hacía sentirse vital y contenta, porque para Jow la vida iba sobre eso. Por ejemplo, era consciente de que esa mañana había soltado más carcajadas que de costumbre. Muchas, en realidad, más que en las últimas semanas; probablemente las mejores carcajadas desde que Arran y ella dejaran de ir a las oficinas y dieran el proyecto por cancelado.

Pero hoy hacía sol, lo que para el Reino Unido era un pequeño triunfo en sí mismo, y el aire traía olores a salchichas con col y cebollas, a cerveza y a protector solar, y estaba contenta de trabajar con el equipo de la doctora Chambers. Ella misma le gustaba mucho más que mucho, se sentía a gusto a su lado, y hasta le gustaban los dos pequeños frikis que tenía trabajando a su lado, por mucho que, en ocasiones, la miraran con ojos demasiado cargados de testosterona.

Caminaron durante un rato entre la gente, sin un rumbo aparente, sin decir nada. Alma sonreía, pero una pequeña arruga de preocupación enturbiaba su expresión complacida.

Jow no dijo nada.

—¿Qué sientes, querida? —preguntó Alma al cabo de un rato.

—¿Sentir? No lo sé. Estoy a gusto, me parece.

Alma asintió.

—Ajá. Hay como un buen rollo aquí, ¿verdad? Parece un... pícnic veraniego.

—Sí —dijo Jow sonriendo.

—No es lo que esperaba.

—¿Ah, no? —preguntó la joven—. ¿Qué esperabas?

—No lo sé —respondió Alma con un suspiro—. Ven, vayamos hacia el pueblo.

Salieron del prado en dirección a la carretera que se adentraba en Elvenbane, atestada de vehículos detenidos a ambos lados del arcén. Parecía que alguien los hubiera abandonado; algunos estaban puestos de tal manera que parecía imposible sacarlos, pero Alma supo que a nadie le importaba demasiado: nadie tenía intención de moverse de allí. Una línea amarilla impedía además el estacionamiento, pero parecía obvio que las autoridades tenían demasiado trabajo para prestar atención a esos pormenores.

—Algo pasa con Elvenbane, eso está claro —susurró Alma.

—¿Qué piensas? —preguntó Jow, curiosa.

—No lo sé. Esperaba encontrar alguna pista viniendo aquí, sentir... el pulso general de toda esta gente. Ver cosas, quizá. Pero no esperaba encontrar esta feria.

Miraba ahora a una familia que venía del pueblo con toallas colgando de los hombros, como si volviesen de darse un baño. Si los suministros de los restaurantes que atendían a tantísima gente no se habían visto afectados por el bloqueo de las carreteras, podía poner la mano en el fuego a que habían comido delicioso pescado fresco con limón o alguna otra cosa parecida.

—Pero eso es bueno, ¿no?

—No lo sé —dijo Alma—. Están pasando cosas que no me gustan. Esas entidades que vimos cuando hablamos por teléfono llevan entre nosotros demasiado tiempo, alimentándose y engordando.

Jow sintió un escalofrío. Se había olvidado de ellas, su mente las había apartado como se aparta un mal recuerdo o una experiencia negativa, y Jow era especialmente buena haciendo esas cosas. Se había adiestrado durante toda su vida en concentrarse en el aspecto más benigno de las cosas, de manera que funcionaba a base de actitud; era feliz porque elegía serlo en cada momento, ni más ni menos. Sin embargo, había bastado evocar a aquellas cosas para que incluso con el corazón henchido de sensaciones vitales, el sol estival y rodeada de un entorno tan festivo, una sombra de inquietud hubiera cruzado su ánimo, cortándolo como un estilete frío y preciso.

Negó con la cabeza.

—El libro del señor Balmori —siguió diciendo Alma— parece haberles dado un resquicio para interactuar con nosotros a algún nivel, y como consecuencia, hay una verdadera oleada de pirados haciendo toda clase de barbaridades por todas partes. Si tienes los ojos atentos verás esas cosas detrás de cada noticia.

»Algo que aún no sé es si obran siguiendo sus dictados o si actúan porque se han ensuciado de una manera indirecta, inconsciente..., como cuando estás con alguien lleno de ese entusiasmo vital y te contagia, o al contrario, pasas una tarde con alguien que es básicamente un pozo ciego y te pierdes un poco en su negrura. Ya sabes de qué hablo...

—Sí, claro —admitió Jow.

—Si han estado jugando a la ouija con esos símbolos, han estado en comunicación con ellos. Y aunque esa comunicación haya sido pobre, está el otro nivel: la comunión. Se establece un vínculo que se retroalimenta, y esas cosas comen de la oscuridad de sus corazones y al revés.

—Entiendo —asintió Jow, pensativa—. Aquel día, cuando hablamos por teléfono la primera vez, la moneda se movió prácticamente sola. No tuve que hacer gran cosa.

—Claro —dijo Alma—. Pero ¿qué pasó? Nunca he querido preguntarte directamente. Pensé que, si era importante, la conversación saldría en algún momento.

—Bueno, me ofrecieron ayuda con mi proyecto.

—¿El de las voces?

—El de las voces.

—¿Qué contestaste?

—No lo recuerdo con claridad —exclamó Jow—. Pero no me fié en absoluto. No es sólo que fuera una moneda moviéndose sobre un tablero..., no es que no me fiara de algo tan... onírico, extraño. De alguna manera daba por hecho que hablaba con alguien.

—Entiendo —respondió Alma.

—No era eso. No me fiaba de..., por qué lo hacían.

—Eres muy intuitiva —dijo Alma—. ¿Sabes?, todos recordamos lo que somos, de dónde venimos, a qué hemos venido. Todos. Está ahí, a un nivel inconsciente, más o menos inalcanzable. Cuando se hace hipnosis regresiva, toda esa información sale, con gran lujo de detalles. Y hay otras maneras de hacer introspección hacia nuestro Yo esencial, muchas maneras: mediante meditación, una experiencia traumática, etcétera. A algunas personas, esa necesidad de recuperar lo que somos les viene en algún momento de su vida. Para otras, como yo, es innato. Algunos nunca sienten esa necesidad y se escudan en complicados exabruptos de negación, y todo eso está bien, cada uno tiene sus caminos y sus pactos personales.

—Entiendo —dijo Jow.

—Cuando te enfrentas a la verdad de las cosas como te pasó a ti, lo reconoces. Tu Yo esencial salta de pronto y dice: «¡Eh, es eso, eso es importante, es real!», y te hace actuar de una u otra manera. En tu caso, tu Yo esencial te advirtió de que debías alejarte de esas cosas. Que no son buenas. Y sentiste rechazo.

—¿Qué sentiste tú? —quiso saber Jow.

—Ya te lo he dicho —contestó la doctora—. Yo ya sé lo que son. Busqué explicaciones y las encontré, dentro de mí. Esas cosas se nutren de actos de maldad, pequeños o grandes. Desde el más insignificante acto de egoísmo a las acciones perpetradas por el mayor asesino de la historia y sus horribles genocidios.

Jow asintió, aunque confundida.

—¿Y qué tiene que ver eso con Elvenbane?

—Apuesto a que todos los que están aquí han leído el libro de Balmori. Quizá no hablen de ello, quizá no lo sepan, pero lo que han hecho los ha unido aquí. La pregunta es: ¿para qué?

—¿En serio? —preguntó Jow. Volvió la cabeza y vio a un hombre con el torso desnudo que acarreaba una caja de cervezas. Sonreía, como lo haría un pirata del siglo XIX en pleno Caribe llevando un cofre lleno de oro español. Desde luego no tenía mucha pinta de haber leído ningún libro en su vida, ni *La puerta* ni ningún otro.

—Perdone, señor —exclamó entonces dirigiéndose a él—. ¿Ha leído usted *La puerta*, de Johnnie Balmori?

El hombre parpadeó. Su expresión pareció congelarse de pronto. Sus ojos grises se clavaron en ella como si acabara de hacer un chiste sobre su prominente barriga.

—Sí... Sí, claro —dijo contrariado.

Jow se quedó mirándolo con perplejidad.

—Perdone, no he querido molestarlo —dijo.

El hombre asintió brevemente y continuó andando, pero ya no sonreía. Unos pasos más allá, volvió la cabeza para mirarlas con una expresión de desconfianza.

Alma había inclinado ligeramente la cabeza.

—Es curioso —dijo Jow—. Jamás hubiera dicho que ese hombre leyese libros. Ninguno en absoluto.

—¿Te has fijado en su reacción? —preguntó Alma.

—Desde luego que sí.

Alma asintió.

—Parecía... —Jow pensó unos instantes, intentando encontrar la palabra adecuada—. Culpabilidad. Eso es. Se sentía culpable, eso seguro.

—Sí —asintió Alma.

—¡Era como si le hubiera preguntado si se masturbaba violentamente mirando fotos de niños pequeños!

—¡Jow! —protestó Alma, escandalizada.

Jow soltó una risita, pero seguía preocupada.

—Qué curioso... —exclamó al fin.

—Lo que no entiendo es qué los ha traído aquí. Es como si algo los llamara... Han sido congregados, pero ¿para qué?

—Algunos habrán venido por el lío —aventuró Jow—. A la gente le gusta el lío.

—No diré que no a eso, en fin de semana. Pero hoy es miércoles. Es un día de trabajo normal. Puede que algunos desempleados hayan visto el follón por la televisión y hayan decidido venir a echar un vistazo, pero para la mayoría, ¿crees que alguien en su sano juicio dejaría su trabajo para venir a acampar aquí y alimentarse de salchichas mal cocinadas en una barbacoa colocada sobre el capó de un coche?

Jow asintió.

Alma negó con la cabeza y se miró las manos. Era algo que solía hacer cuando se sentía impotente.

—Tuve un sueño. Un sueño especial —dijo entonces.

—¿Un sueño especial?

—A veces los tengo, pero sé cuándo son especiales porque se sienten diferentes. Cuando te levantas por la mañana, sabes que ha sido algo que no se ha construido con las sobras mentales de los procesos diurnos del cerebro.

—Creo que te entiendo —admitió Jow.

—Ese sueño rompía algo dentro de mí, finalizaba una secuencia complicada que llevaba años repitiéndose. Larga historia en pocas palabras: uno de esos sueños recurrentes que terminan en una sensación de agobio y luego te despiertas.

—¿Y?

—Significan cosas. Miedos, un problema no resuelto, una preocupación, tal vez.

—Ya.

—El final de ese sueño era, por fin, diferente. Cuando la sensación de agobio llegaba a su momento álgido, en lugar de despertarme algo abría una puerta delante de mí y me mostraba una deslumbrante sensación de libertad conformada por un torrente de luz.

—Oh.

—Y una voz dentro de mí decía: «Hay un plan. Deja que fluya. Confía. CONFÍA».

—¡Uau!

—Era como: «No hagas nada. Deja que las cosas sigan su curso. Al final, todo será para bien».

—Vaya...

—No sé si se refiere a esto. Si el mensaje se refiere a algo distinto, es un momento raro para que me lo hayan puesto delante de las narices, porque últimamente no pienso en otra cosa.

—¿Entonces?

—No lo sé. Me preocupa esto. Me preocupa todo. Que haya tanta gente cometiendo pequeños actos de crueldad es malo. Que haya tanta gente toqueteando la frontera entre dos realidades puede ser malo. Que ocurran cosas inexplicables como lo que pasa aquí, en Elvenbane, puede ser malísimo. ¿Confiar? Puede ser. Hace tiempo que sé que nos dirigimos hacia algo. La humanidad en su conjunto, quiero decir. Cada vez somos más los que nacemos con ojos para «ver», y cada vez hay más gente como tú que despierta a esta realidad de las cosas.

Jow, esta vez, no dijo nada. Andando por la carretera, habían terminado por adentrarse en el pueblo y recorrer una pintoresca callejuela adornada con balcones atiborrados de lozanas plantas verdes. Jow levantó la vista y se dejó embriagar por el olor de las flores que coronaban los macizos de vegetación.

—Parece mentira que este pueblo pueda esconder algo terrible —dijo entonces.

—A lo mejor no esconde nada terrible —repuso Alma—. A lo mejor es otra cosa: el Yin del Yan, el contrapunto de tanta locura. A lo mejor la gente se está congregando aquí para algo bueno.

Se detuvieron en mitad de la calle. Al otro lado de los blancos edificios se oía el piar de una miríada de pájaros que se preparaban para pasar las últimas horas de sol cazando y alimentando a sus polluelos. La gente iba y venía enredada en mil conversaciones triviales, sonrientes e indiferentes al rumbo que tomaban. Les daba lo mismo subir que bajar la calle, siempre y cuando se mantuvieran en el pueblo.

—¿Cómo sabes que el mensaje te lo envió alguien bueno? ¿Cómo sabes que no te lo enviaron ellos para manipularte? Para que los dejaras tranquilos.

Alma se quedó en silencio meditando esa posibilidad. ¿Hasta qué punto sus barreras eran seguras? Jow dejó que la doctora buscara las respuestas necesarias, pero algo dentro de ella la inquietó. Tenía ganas de regresar al todoterreno, volver a ver a Pete.

—¿Qué hacemos, entonces? —preguntó Jow—. ¿Quieres volver, o...?

—Seguiremos por aquí un rato, pero hacia dónde, no lo sé. Hay demasiada felicidad a mi alrededor para que pueda ver nada. Dímelo tú, querida. Esta vez confiaré en tu intuición. ¿Adónde quieres ir?

—¿Yo? —preguntó Jow, divertida.

Miró a un lado y a otro, pero ninguna de las dos direcciones le decía nada. En cambio, un pequeño corredor que nacía de esa calle y ascendía hacia el oeste le llamó la atención.

—Vamos por ahí —dijo sonriendo.

Alma no dijo nada, y se pusieron en marcha.

4

Jow las había llevado en zigzag por algunas de las calles más hermosas del pueblo. Pensaba que le hubiera gustado descubrir Elvenbane cuando aún era un pueblo apartado y desconocido, ajeno a las rutas turísticas convencionales, porque la cantidad de gente existente arruinaba la experiencia de recorrer sus calles, otrora tranquilas y apacibles. No había ni un solo rincón que escapase de la muchedumbre: los escalones de los portales estaban ocupados por gente que se sentaba allí a pasar el rato, los pretiles de las fuentes parecían el lugar de moda para citarse, y empezaba a haber demasiada basura tirada, algo que siempre había sido uno de los aspectos más cuidados por las autoridades locales.

Los restaurantes y cafeterías estaban cerrados en su mayoría, por cierto. Algunos habían colocado carteles que denunciaban los problemas de abastecimiento que les impedían seguir ofreciendo sus servicios. Jow y Alma, sin embargo, tuvieron suerte: encontraron un improvisado puesto a pie de calle que ofrecía bocadillos de rosbif, jamón de York y pavo a casi siete libras. Aunque iban acompañados de una lata de refresco o un botellín de agua, era un precio del todo desorbitado. Lo pagaron de todas maneras.

Un rato después, las elecciones en apariencia aleatorias de Jow las llevaron hacia el exterior del pueblo. Éste acababa de manera abrupta, con algunas casas desperdigadas entre amplios jardines, después de lo cual, la calle se convertía en un camino que discurría mansamente por una suave colina hacia un riachuelo. Éste burbujeaba con un alegre alboroto entre un grupo de rocas, tocadas por arbustos y juncales, y allí moría, al pie de un pequeño bosque.

Alma suspiró ante la imagen que tenía delante.

—Qué curioso —dijo entonces.

—¿Qué cosa?

—Este lugar —añadió la doctora—. Míralo. Es hermoso. Si viniera a pasar un solo día a este pueblo, con el calor que está haciendo, éste es el lugar que elegiría.

—Cierto —sonrió Jow.

—Y, sin embargo, con tanta gente como hay por todas partes, aquí no hay nadie.

Jow pestañeó. Miró al río y las rocas planas y suaves y las imaginó calientes y agradables por acción de los rayos del sol, con el agua clara y sonora invitando a meter los pies descalzos en ella.

—Es cierto —dijo.

—Es raro. Hemos visto familias con niños...

—Sí.

—Y, sin embargo...

Se interrumpió. Jow la miró mientras la doctora inclinaba la cabeza y parecía escuchar, con los ojos entrecerrados. El murmullo de la gente en el pueblo aún era audible desde allí, pero era en verdad el único sonido que llegaba hasta sus oídos además del rumor de la corriente. Faltaba algo.

«Los pájaros —pensó—. Faltan los pájaros.»

Los habían oído antes, alborotadores y ruidosos, concentrados en los escasos árboles que crecían entre las casas. Y allí, donde el bosque se extendía frondoso y generoso en ramas y escondites para sus nidos, no parecía haber ni una sola ave a la vista.

—Vamos un poco más allá, querida —dijo Alma, señalando el linde del bosque.

Jow asintió, pero de pronto había dejado de tener ganas de seguir caminando. La siguió, pero echó un vistazo al móvil para comprobar cuánto faltaba para irse de allí.

5

El bosque era un sepulcro, y no sólo por el silencio, sino también por el frío. Las copas de los árboles dejaban pasar el sol a duras penas, conformando un damero de luces y sombras sobre la hojarasca que cubría la tierra fértil y oscura del suelo. El sonido de sus pasos haciendo crujir las hojas secas llenaba el silencio reinante.

Seguían, por cierto, un pequeño sendero. Era viejo y casi abandonado, caído en desuso desde hacía tiempo. En muchos tramos desaparecía de la vista haciendo casi imposible seguirlo, pero de alguna manera sobrenatural, como en todos esos casos, Alma parecía seguir su trazado sin problemas, y después de unos metros, el camino terminaba siempre por reaparecer.

Jow no quería preguntar adónde iban; tampoco le hacía falta. Podía sentir cómo Alma caminaba siguiendo algún instinto interior sujeto a sus capacidades sensoriales elevadas, y no quería inmiscuirse. Estaba siguiendo un rastro, algo, caminando despacio con las manos adelantadas, como un invidente en un entorno desconocido.

De repente, sin saber por qué, Jow se volvió, y cuando lo hizo, dio un pequeño respingo.

Allí, en la distancia, entre los árboles, divisó a un hombre; no era un hombre cualquiera, sino el mismo hombre que acarreaba la caja de cerveza y a la que ella preguntó acerca del libro de Balmori, con su barba pelirroja y el torso todavía desnudo.

Esa visión le pareció extraña. Curiosa. Fuera de lugar.

Demasiada coincidencia.

—Alma... —susurró.

Alma no respondió.

—Alma...

—Un momento, querida.

—Es que hay... un tipo allí.

La doctora se volvió como si hubieran accionado un resorte.

—Oh. Es un tipo de verdad.

Jow arrugó la nariz.

—Es el mismo hombre del pueblo...

—¿De veras? No veo bien desde aquí.

—Sí, estoy segura.

El hombre se había detenido; parecía haber comprendido que lo habían descubierto y miraba en otra dirección. Jow estaba segura de que estaba disimulando.

—Creo que nos ha estado siguiendo —dijo Jow.

—¿Ah, sí? Qué curioso —opinó Alma.

—Quizá deberíamos volver.

—¿Por qué? —preguntó Alma.

—Bueno, estaría más preocupada si el tipo no tuviera esa expresión de imbécil, pero... no estoy tranquila.

Alma sonrió.

—Claro que no lo estás, cielo. Tú menos que nadie. Hay un motivo por el que nadie viene a este lugar y por el que los pájaros no anidan entre las ramas.

—¿Cómo? —se extrañó Jow.

—Luego te lo explicaré. Ahora me gustaría seguir antes de que nos quedemos sin luz.

—¿Seguir? ¿Y qué hacemos con ese tipo?

—Ah, el tipo —dijo Alma—. Déjale que represente su papel en esta obra. Todo lo que ocurre, ocurre por algo. Por ahora no creo que debamos interferir en la línea de acontecimientos, ¿no te parece? Quizá sólo esté dando un paseo. Quizá le ha gustado tu voz y quiere proponerte una cita en una de esas tiendas de campaña. Eres toda una rompecorazones, querida.

Jow soltó una carcajada.

Luego volvió a echar un vistazo. El hombre de la barba caminaba ahora pendiente arriba, mirando el suelo frente a él y alrededor de forma distraída, como quien da un paseo sin rumbo. Estaba claro que estaba disimulando, y eso no le gustó. Alma, sin embargo, parecía tener sus propias ideas al respecto. Caminaba de nuevo siguiendo el impreciso y antiguo rastro del sendero.

«Interpretar su papel en esta obra», había dicho.

«Todo lo que ocurre, ocurre por algo.»

Bueno, pensó, si ese tipo se acercaba a ellas con cualquier intención que un niño de diez años no debiera escuchar, por sus rizos que iba a meterle el papel y toda la puñetera obra directamente en el culo.

6

Uno de los lugares favoritos de la doctora Chambers era Stonehenge, pero también Glastonbury, y otros como la catedral de Chartres, erigida sobre un bosque sagrado de los celtas galos. Pero a Alma no le gustaban solamente por su interés estético o turístico, sino por cómo se sentía en ellos. La realidad de esos sitios era que formaban puntos clave en el trazado de las llamadas Líneas Ley, que muchos asociaban con diversas corrientes religiosas o de pensamiento como la Nueva Era, la ufología, el esoterismo o el ocultismo. Para Alma, era diferente. Ella pertenecía al Club de los Antiguos Senderos Rectos, que estudiaba ese tipo de líneas desde hacía incontables décadas, mucho antes de que naciera. El grupo sabía que eran corrientes telúricas, henchidas de energías espirituales que ella percibía del mismo modo que una persona normal puede percibir la corriente eléctrica en contacto con la piel; y para alguien con las capacidades de Alma era... bueno, era como si se encontrara a las puertas del Nirvana, el fin del ciclo de renacimientos. Alma intentaba visitar esos lugares tan a menudo como podía, para entrar en comunicación consigo misma y con energías todavía por descubrir por el aparato científico.

Aquella que venía siguiendo no era tan fuerte, pero aún era poderosa e identificable a las claras. Y era enigmática, por añadidura; primero porque nunca había oído hablar de ninguna estación de energía en Elvenbane, y segundo porque se sentía diferente a las demás. Muy diferente. Le producía cosquillas en el bajo vientre, como si aún tuviera doce años y acabara de enamorarse, y la hacía sonreír sin saber por qué. Se sentía como embriagada por efecto del alcohol.

Alma sabía que había muchos lugares conectados a las Líneas Ley en el mundo, y sabía que algunos debían permanecer ocultos y desconocidos. Se encontraba maravillada de haber dado con uno: Elvenbane no aparecía en ninguno de los estudios a los que había tenido acceso. Sólo en el Reino Unido existían al menos cuatrocientas Líneas Ley evidentes, identificadas con miles de conexiones. El trazado de las líneas podía llevarse a cabo de una manera tan sencilla como desplegar las líneas rectas de cualquier punto cruzado, produciendo un número ilimitado de líneas en un solo país. Pero aquélla estaba, por lo que sabía, indocumentada.

Ahora se decía que la existencia de aquella corriente y lo que estaba pasando en Elvenbane debían estar relacionados, pero si era así,

¿por qué la gente gravitaba alrededor y no incidía sobre ella? En lugares como Stonehenge la había divertido observar a la gente de a pie detenerse en el trazado de las líneas. Muchos se paraban cuando se encontraban sobre su área de influencia y dedicaban unos instantes a sentir; a sentirse, aún sin saber qué o por qué. Pero si daba por sentado que aquella línea estaba ejerciendo tanta influencia como para atraer a la gente desde toda Inglaterra, ¿por qué no estaba el bosque lleno de hippies fumando porros, sintiéndose conectados con las estrellas y con cada pequeño guijarro de cada playa del planeta?

La respuesta llegó unos metros más allá, cuando el sendero se desvió de forma abrupta hacia la derecha, descendiendo hacia una quebrada donde había emplazada una estructura oscura, como una especie de cubo de un negro pálido. Apenas lo distinguió, dejó escapar todo el aire de sus pulmones. Allá se fue toda la sensación de bienestar, de aroma de porros, de tranquilidad y dicha espiritual... Todo eso le fue arrebatado de repente, como si le hubieran arrojado un jarro de agua fría, o como si le hubieran dado un puñetazo en toda la nariz, uno de esos que te rompe todos los huesos y te deja sumido en una nube blanca de dolor exquisito durante medio minuto.

Se detuvo, tambaleándose; parecía que iba a caer al suelo como un fardo. Jow parecía contrariada, pero ni por asomo llegaba al nivel de la doctora, así que se adelantó para sostenerla. No dijo nada, sin embargo... podía sentir que algo ocurría alrededor, aunque no supiera qué. Para Jow, era como un malestar físico, como si algo en mal estado hubiera acabado por llegarle a la sangre y a presentarse como un síntoma: un mareo súbito que iba *in crescendo* apoderándose de ella.

Un sudor frío se apresuró a conquistar su frente.

—Por Dios... —dijo al fin—. ¿Qué...?

Alma había conseguido adelantarse un par de pasos para buscar apoyo en el tronco de uno de los árboles. Se quedó allí, jadeando, con los ojos semicerrados.

Jow empezaba a encontrarse otra vez mejor. Había tenido un... ¿mareo, desvanecimiento? No lo sabía, pero gracias al cielo empezaba a remitir. Tomó aire hasta llenar los pulmones y trató de concentrarse en la doctora.

—¿Estás bien? —le preguntó.

La doctora negó con la cabeza.

Jow quería preguntar qué acababa de ocurrir, pero en cambio volvió la cabeza para mirar al sendero. Allí vio la estructura negra, pero no la percibió como un cubo, como Alma, sino como lo que era: una casa de madera, abandonada y desvencijada, que el sol había ennegrecido hasta dejar un tono apagado y oscuro. Tenía dos pisos y un tejado a dos aguas, parte del cual se había derrumbado revelando vigas de madera que sobresalían como los huesos de un cadáver a medio descomponer. La fachada también estaba dañada, y en algunas partes había huecos y listones que se habían perdido o colgaban todavía, inútiles. Las ventanas y la puerta principal habían sido tapiadas con ladrillos, pero el color rojizo de éstos, aún desvaído, los hacía parecer heridas sangrantes en una piel negruzca y repulsiva, llena de vetas y malformaciones de una madera sin tratar, diez mil días castigada por demasiado sol.

Jow sintió aversión.

—¿Tú también lo has notado? —preguntó Alma, que había conseguido enderezarse y ponerse a su lado.

—¿Qué...?

—Te he oído exclamar «Por Dios» —dijo Alma despacio—. ¿Qué has sentido?

—¿Sentido? —ladró Jow—. ¡Tengo bastante con lo que veo!

El comentario pilló por sorpresa a Alma. No pensaba que pudiera ver, pero quizá Jow estaba mucho más conectada de lo que pensaba.

—¿Qué es lo que ves, cielo? —quiso saber.

—¿Qué? ¿Es que tú no...?

—Yo veo mis cosas —se apresuró a decir Alma—, que pueden ser diferentes de las tuyas.

Jow suspiró.

—Está bien. Se mueve. Cimbrea un poco. Pero no cuando la miras directamente, sino cuando paseas la vista por la fachada; entonces es como si las tablas de madera se estremecieran en la vista periférica.

—Vista periférica, sí —dijo Alma, sonriendo.

—Y las sombras. ¡Por el amor de Dios, las sombras!

—¿Sombras?

Jow deslizó un brazo ante ellas, como si estuviera inaugurando un evento, y Alma miró. Tardó unos segundos en comprender, pero cuando lo hizo, le sorprendió no haber reparado antes en ello. Ahora que su mente lo había registrado, resultaba incluso dañino a la vista;

tenía que bizquear para poder enfocar y asimilar la anomalía. Eran las sombras, sí: estaban todas mal. El sol del mediodía brillaba con fuerza en el cielo, pero las sombras de casi todo lo que existía por allí parecían mucho más alargadas de lo que deberían ser. Prolongadas y proyectadas hacia la casa, formando una suerte de estrella. Cada roca, tronco, arbusto y matorral lanzaba una sombra delirante y alargada hacia la casa.

Alma estaba vivamente sorprendida.

—Esto es...

—¿Qué? —quiso saber Jow—. ¿Normal? ¿Raro...? ¿Son estas cosas normales en tus...?

—No —se apresuró a decir Alma—. Para nada.

—Espera. Quiero hacerle una foto con el móvil.

Jow sacó el móvil del bolsillo. Cuando miró la pantalla, compuso una expresión de perplejidad.

—¡Ocho por ciento de batería! —exclamó—. Lo había cargado esta mañana, como cada día... Aunque... es posible que me olvidara...

De pronto, la pantalla del móvil cambió para mostrar un símbolo característico que Jow conocía demasiado bien. Se estaba apagando. El ocho por ciento de batería había durado apenas un instante.

—Se ha apagado... —exclamó, extrañada.

—Eso, al menos, sí resulta más normal. Es por las energías desencadenadas. Las baterías no las aguantan demasiado bien. ¿Qué más cosas has visto o sentido?

—Un... una especie de mareo, como si...

Alma asintió.

—¿Sabes lo que es?

—No... pero supongo que es por la casa...

Alma volvió a asentir.

—Pero... ¿qué demonios pasa? —quiso saber Jow.

Alma hizo una pausa antes de responder; aún le costaba controlar la respiración.

—Es... Nosotros lo llamamos «agujeros».

—¿Un agujero? ¿Cómo que un agujero? ¿Qué clase de... agujero?

—Agujeros en nuestro plano de existencia que conectan con otras cosas. Sé de algunos, he leído sobre otros, y hasta he estado en uno, en España hay uno, en plena ciudad de Barcelona. El carrer del Rec. Como éste, conecta con planos donde la maldad fluye como el agua en una cascada eterna. No es tan fuerte como éste... pero todavía es suficiente como para hacerte sentir que te partes por la mitad si tienes la más mínima sensibilidad hacia estas cosas. Si te quedas durante un mes, puedes acabar sangrando por cada agujero de tu cuerpo.

—Qué dices... —exclamó Jow, tan sobrecogida como asustada.

—Éste es malo..., fuerte. Mucho. No me extraña que esa casa esté abandonada.

—Pero... ¿cómo?... ¿Es una especie de... casa encantada? ¿Esto pasa porque hubo asesinatos dentro, o algo así?

Alma soltó una risita nerviosa.

—No, querida. Has visto demasiadas películas. Ningún... asesinato puede provocar algo como esto. Hay genocidios por todas partes, incluso mientras hablamos. No. Es el lugar... sólo el lugar, y existe probablemente desde siempre. Alguien construyó la casa encima; probablemente algún pirado con cierta sensibilidad para percibir que se sintió atraído por el torrente de maldad que emana el lugar. Debió de resonar con su interior, hacerlo sentir motivado, fuerte. Apuesto a que se sentía eufórico y tenía sueños llenos de sangre y fuego —negó con la cabeza—. Si buscas en la historia de Elvenbane, estoy segura de que hay alguna leyenda oscura sobre el dueño o los dueños de esta casa. Si buscas más allá, es posible que encuentres todo tipo de historias bastante oscuras en todos los periodos, todas las épocas.

—Entonces... no es la casa, es el sitio *per se*...

Alma asintió.

—Hay algo que me tranquiliza, no obstante... —dijo—. Aquí no hace ese frío horrible...

—Oh, quieres decir... ¿Crees que este lugar podría tener que ver con... lo que vimos en mi casa?

—Espero que no. Creo que no.

Esperaron, envuelta cada una en sus propios pensamientos y reflexiones.

—Ven —dijo Alma al fin, resuelta—. Quiero acercarme un poco más. No llegaremos a sus puertas, pero quiero mirarla sin árboles de por medio, desde este lado de la quebrada.

—Mierda —soltó Jow—. Sabía que dirías eso.

7

Alma se sentó en el suelo, sobre las agujas de pino que formaban montones de un tono pardusco que contrastaban sobre la tierra oscura. Y se sentó porque era incapaz de sostenerse en pie.

Ahora estaba apenas diez metros más cerca de la casa, pero incluso esa distancia era suficiente para que el corazón se le acelerara en el pecho. Era demasiado hasta para ella, de hecho. No habría podido acercarse ni un centímetro más, porque lo que generaba la casa era demasiado fuerte.

Mirar a la casa era como abrir las puertas a un mundo de sensaciones desbocadas; como viajar en un traqueteante carrito de una montaña rusa, con descensos inesperados que le hacían tener una fuerte sensación de náusea, y momentos de quietud en los que su mente parecía escorar hacia universos de locura a los que jamás había tenido que enfrentarse. Para empezar, ella no veía una casa, como veía Jow. Para la doctora, era una estructura cimbreante sin una forma definida, como si la imagen estuviera afectada por la distorsión producida por el calor. En ocasiones, el efecto se acentuaba como espoleado por una sobredosis de LSD, demasiado confuso y casi incomprensible. Era, desde luego, hipnótico.

Lo que lo hacía, además, espeluznante eran las emanaciones. Nacían en la casa y se propagaban alrededor como emisiones de radio, o como ondas en un estanque. Era como si allí, dentro de la casa, resonara un gong cuyas ondas fuesen emanaciones preñadas de sensaciones malignas y terribles. Alma se esforzaba por repeler ese flujo activando sus escudos mentales, los mismos que la mantenían firme en este plano terrenal, pero le costaba un esfuerzo consciente y agotador. No quería ni podía quedarse mucho, sólo lo justo para ver un poco más y descubrir con qué estaba tratando; si tuviese que permanecer allí durante una sola hora, acabaría por tener un humor de perros. En veinticuatro horas se lanzaría contra Jow para arañarle la cara. En una semana, le gritaría a la luna, intentaría arrancarle el corazón a su empleada con las manos desnudas y se lo comería gruñendo como un lobo salvaje.

Eso sabía.

Pero a pesar de todo, miraba la estructura negra. Y miraba, dejando pasar el tiempo, soportando las sensaciones oscuras y hasta asfixiantes que la enredaban como una telaraña. Porque sabía que todo eso no era más que la superficie de algo. No era más que la fachada de una realidad añadida que existía mucho más allá de lo que, en esencia, ocultaba. Y supo también, en ese momento, por qué había traído a Jow consigo.

Para ver.

Para verlos.

Alma necesitaba saber si sus sospechas eran ciertas. Quería saber si las criaturas que ella había visto en casa de Darnell y Sara y luego en el salón de Jow estaban allí, alrededor de aquel agujero, actuando detrás de la anomalía que ocurría en Elvenbane y que atraía a tanta gente. Si era así... Bueno, si era así, tendría que hacer unas cuantas llamadas, y una de ellas sería al señor Balmori, en cuanto pudiera localizarlo. Si fuera así, sería raro y preocupante de veras.

Las sensaciones que la casa le transmitía le traían ecos del pasado. De su niñez. Del pozo, en concreto, profundo y aciago, que su familia tenía en el jardín trasero de su casa.

Para cualquier persona, el pozo pasaba por normal. Estaba hecho de ladrillos antiguos, de terracota, y hasta resultaba agradable a la vista en los días cálidos y las tardes soleadas; pero Alma nunca había visto un pozo antes, y podía ver cómo un líquido negro se filtraba por las rendijas de los ladrillos, denso y oscuro como sangre antigua. El hecho, para su mente infantil y desprovista de experiencias, no era más extraordinario que la caída de una hoja en otoño.

Alma pasaba tiempo asomada a él. Había ranas, a veces hasta serpientes, y en una o dos ocasiones encontró los cuerpos hinchados de pequeños animales, como gatos, ahogados en el fondo. Los gatitos muertos eran bastante impresionantes, pero la visión fugaz de aquella mujer que a veces se asomaba en el agua oscura y trepaba por las paredes en su busca, era mucho mayor.

Cuando pasaba esto, Alma echaba a correr al otro extremo del jardín, cerca de la puerta de casa. Allí esperaba a que la mujer asomara por el brocal bajo del pozo, el rostro blanco y blando vuelto hacia ella, con los ojos iracundos y encendidos de una cólera ancestral. Pero nunca ocurría. Con el tiempo, cuando se asomaba al pozo y veía a la mujer muerta trepando, se limitaba a alejarse un poco hasta que la visión desaparecía.

Un día de invierno en el que el viento y la lluvia teñían el jardín de un gris plateado, su perrito *Lindsey* se cayó accidentalmente dentro del pozo. Alma intentó salvarlo, pero no tuvo tiempo. El agua del fondo se sacudía como si un centenar de serpientes se revolcaran en ella, y *Lindsey* se sacudía sin hacer ruido, como si estuviera atenazado de terror. Alma gritaba su nombre con el rostro anegado en lágrimas, pero en un momento dado, el sonido claro e inequívoco de huesos rompiéndose llegó hasta ella. *Lindsey* reflotó, convertido en un montón de carne peluda que se doblaba de una manera imposible. Su columna estaba rota.

Alma, consumida por un latigazo de dolor insoportable, no pudo articular palabra. El río de lágrimas se secó de pronto. Tampoco podía apartar la mirada. Veía el cuerpo de su amigo flotando en unas aguas que volvían a tranquilizarse, y estaba haciendo eso cuando la mujer del agua emergió del fondo, como otras veces, para dar un salto descomunal hacia donde ella estaba. Antes de que pudiera darse cuenta, la mujer estaba junto a ella, mirándola de manera inquisitiva. Alma percibió su aliento frío y muerto, una mezcla de hojarasca en descomposición y carne putrefacta. El hedor la abofeteó con dureza, y la niña se descubrió cayendo hacia atrás sin que pudiera hacer nada por evitarlo. Se golpeó la cabeza y perdió el conocimiento.

Para cuando despertó, estaba otra vez en casa, atendida por una madre preocupada. Nunca volvió a tener experiencias como aquélla, nunca el plano de lo desconocido se había involucrado y solapado tanto con la realidad palpable como aquella vez en la que aquella energía hostil y preñada de un odio desgarrador había generado la capacidad para hacer presa en un ser vivo, aunque fuera el perrito *Lindsey*. El pozo se selló y la pesadilla terminó allí, pero a Alma se le permitió entender que esas cosas podían pasar. Ocurrían. Había cosas, mezcladas con la monótona y cotidiana existencia, que tenían un poder exacerbado, incomprensible y, afortunadamente, inusual.

La casa era una de esas cosas.

Alma extendió la mano hacia Jow y ella, sin intercambiar palabra, la cogió entre las suyas. Estaban calientes y sudorosas.

Jow estaba más que inquieta por varias razones. Ahora que estaban más cerca, casi podía sentir el aire a su alrededor, pesado y asfixiante, como si fuera mucho más denso. Mover simplemente los brazos le costaba un esfuerzo importante, y eso, unido a esa sensación de malestar detrás de los ojos (que giraban en sus cuencas como si estuvieran rebozados de arena) hacía que no terminara de sentirse del todo bien. Y luego estaba ese cuchicheo interminable. Allí, entretejido en el silencio, había como un murmullo audible pero ininteligible. En ocasiones le parecía oír alguna palabra, sí, pero apenas la había comprendido, se escabullía de su mente consciente y resbalaba hacia un extraño olvido. La mayor parte del tiempo, sin embargo, era ruido, como el frufrú de las sábanas cuando se mueven las piernas en sueños. O como el sonido de un sudario cuando tiras de él y resbala por la piel muerta de su propietario.

Alma se concentró aún más.

El movimiento que percibía con sus ojos privilegiados aumentó todavía más. La estructura pareció deformarse como si estuviese hecha de una especie de chicle del color y la textura de la brea, pero desechó eso también. Seguían siendo capas que enmascaraban la verdad. Sólo capas y capas, como si tuviera delante de las narices la madre de todas las cebollas. Alma buscaba más allá; aún más allá, lejos de la parafernalia casi onírica y prescindible.

—Alma... —susurró Jow, inquieta.

—Ssssh —pidió Alma.

Más allá.

Estaba tardando mucho. Quizá el agujero, como ella lo llamaba, no fuera demasiado grande o suficientemente profundo. Quizá solamente tenía que acercarse más. Sospechaba, sin embargo, que si avanzaba tan sólo un par de pasos se le pondría el pelo blanco, o se le rizaría la piel como si se hubiera internado en el mismísimo reactor nuclear de Chernobyl.

Haría un último esfuerzo, no obstante; un esfuerzo de concentración final, el último que podía llevar a cabo antes de considerarse rendida.

Y entonces...

8

Jow dio un respingo seguido de un pequeño grito; algo acababa de tocarle el hombro. Cuando se dio la vuelta para mirar, segura de que encontraría algún terror surgido del infierno, se descubrió mirando al tipo de la barba anaranjada que las había estado siguiendo. Ya no tiene cara de imbécil, sin embargo, sino que parece una puñetera máscara balinesa con los ojos redondos despuntando como dos huevos duros en su rostro pálido.

—Hola, niña —dijo.

«Niña», pensó Jow, confusa.

Jow no sabía si era su estado de ánimo o las emanaciones de la casa del agujero, pero su cara realmente parecía un esperpento sacado de una película de terror de los años cincuenta, pródiga en maquillaje hipercontrastado. Sintió rechazo, y también miedo, sobre todo porque el imbécil de barba anaranjada no estaba solo. Había, a su espalda, otros tres tipos esperando de pie, mirando con expresiones neutras, como si nada de aquello fuese con ellos.

Pero la expresión del imbécil...

Su expresión era verdaderamente horripilante.

Y miraba alternativamente su boca y sus pechos.

«Vale —pensó Jow con rapidez—. Con todo lo que está pasando en Elvenbane, y con lo lejos que estamos del pueblo, podrían dedicar horas a violarnos sin que nadie los interrumpiese. O sacarnos los intestinos por la boca, para el caso, según les dé. Por las emanaciones. Por este sitio. Y después podrían pasar semanas enteras antes de que alguien encontrase nuestros cuerpos.»

—Aparta, gilipollas —contestó entonces, incorporándose.

El hombre compuso una expresión de perplejidad.

Alma pareció volver de su trance en ese momento. Ahora miraba a unos y a otros con una expresión confusa, como la de alguien que acaba de despertar de un profundo sueño y no sabe si es por la mañana o por la tarde. Después de un par de segundos, sin embargo, su expresión cambió.

El imbécil de la barba sonreía otra vez, pero ahora con reservas. Dudaba, Jow podía leerlo en sus ojos y su lenguaje corporal. «Está midiendo sus posibilidades —pensó Jow—. Lo he descolocado con mi respuesta, y está calculando cuánto espacio tiene para moverse. Podría aplastarnos con su enorme barriga, pero en el fondo es un cobarde, como todos.» Pero si algo sabía de psicología de capullos (y sabía bastante) era que volvería a la carga en cualquier momento. Además, sus amigos se lanzarían con él en cuanto diese el pistoletazo de salida, y entonces...

«Entonces no podremos pararlos.»

—Alma —exclamó.

—Sí —dijo la doctora, poniéndose en pie. Estaba todavía algo mareada, pero comprendía el peligro que corrían y trataba de reaccionar tan rápidamente como le era posible.

El imbécil no dijo nada. Ni siquiera dejó escapar un comentario grotesco o libidinoso, como sería, quizá, esperable. «Eh, caperucita... tengo un lobo entre las piernas.» Casi hubiera sido mejor, porque el silencio las incomodaba mucho. Incluso la sonrisa iba desapareciendo mientras las miraba con gesto torcido. Alma sabía lo que significaba: estaba a punto de lanzarse a por ellas.

Era por el agujero, sin duda. Alma lo supo al instante. Hubiera apostado todos sus dones a que hasta esa mañana el imbécil de la barba anaranjada y sus cuatro amigos habían sido hombres normales, con sus más y sus menos, pero tíos que llevaban sus vidas, trabajaban donde podían y pagaban facturas todos los meses.

Incluso supo que el hecho de que fuera ella tenía que ver.

(GUARRA ZORRA QUE HACES AQUÍ PUTA. PUTA)

Era por ella. Por ser quien era.

No había podido ver las sombras del cuarto de Darnell y Sara, pero podía poner una mano en el fuego a que estaban allí, y querían que ella se marchase. Querían que no existiera. Sabía que el agujero, de alguna manera que no alcanzaba a comprender, había congregado a aquellos hombres.

—Vámonos —dijo.

Se pusieron en marcha.

No podían regresar por el sendero porque los hombres estaban de pie cerrándoles el paso, pero ascendieron por la cañada hacia el grupo de árboles. El camino había discurrido de una manera bastante lineal desde que empezaron a andar, así que sólo tenían que ir hacia el este para regresar a Elvenbane. ¿Cuánto habían andado a la ida? ¿Veinte o treinta minutos? ¿Quizá un poco más? Lo cierto era que habían caminado muy despacio, pero si apresuraban el paso podían estar de vuelta en unos diez minutos. Diez minutos tal vez... sólo diez minutos y volverían a estar a salvo entre la gente.

Jow pensó en Pete. Lamentó no haber intercambiado aún los teléfonos; su móvil estaba muerto, pero el de Alma quizá aún funcionaba. No se le ocurrió pensar que Alma podía tener ya su número.

—¡Eh! —gritó el hombre de la barba de color jengibre cuando empezaron a alejarse—. ¡Eh!

Jow ni siquiera miró atrás. Se dijo que si volvía a notar su mano sobre el hombro, se volvería como una serpiente y le aplastaría la nariz de un puñetazo. Lo haría aun cuando eso significase tenerlo encima cinco segundos más tarde, con la cara chorreando sangre e hincándole los dedos en la garganta; pero lo haría.

Después de caminar durante casi tres minutos sin pronunciar palabra, Jow se decidió a volver la cabeza. Los hombres las seguían todavía, pero a cierta distancia. Por el momento parecían contentarse con eso. Alma, agarrada a su brazo, resoplaba fatigosamente, pero no quería bajar el ritmo, como no quería tampoco acelerarlo; acelerar el paso podía ser una invitación para que sus perseguidores se lanzaran a por ellas.

Jow iba a decir algo cuando, de pronto, se sintió proyectada hacia adelante, como si la hubieran lanzado con una catapulta gigante. Acto seguido se golpeaba contra el suelo con tiempo apenas suficiente para protegerse con las manos; aun así, el impacto fue tan inesperado como doloroso. Un segundo más tarde, tenía la cabeza hundida en la hojarasca con una enorme presión sobre la espalda. La confusión era enorme; el dolor, creciente.

Para cuando pudo reaccionar, Alma estaba ya encima del imbécil, tirando de su cuello con todas sus fuerzas. El imbécil parecía ignorarla. La doctora golpeaba con su pequeño puño aplicando la fuerza de una anciana de noventa años, o quizá la de un niño de seis, ninguna de las cuales era suficiente para hacerlo pestañear.

—¡Suéltala, SU-ÉL-TA-LA!

Los otros hombres miraban con ojos despavoridos y las piernas abiertas, moviéndose lateralmente como perros enjaulados, incapaces de decidirse a hacer nada. El imbécil se aseguraba de que Jow mantuviera la cara hundida en el suelo mientras permanecía subido a horcajadas sobre su cintura. Mientras tanto, con la mano libre, intentaba bajarle los pantalones.

—¡SUÉLTA...!

De repente, Alma, que seguía encaramada al cuello del imbécil, se quedó inmóvil, como congelada. El botón del pantalón de Jow estalló y la cremallera cedió finalmente. El imbécil tiraba de su ropa con la cara desencajada, preñada de una lujuria enfermiza.

Alma acercó la boca a su oído y empezó a gritar:

—¡JOHN, BEVIE DICE QUE PARES ESTO!

El imbécil se detuvo, con los ojos abiertos de par en par. Jow dejó de forcejear, tan quieta como John.

—John Sawyer —siguió diciendo Alma—, Bevie dice que pares. ¡Para! O hará que tu madre se entere de lo que hiciste con la pequeña Valerie.

John se volvió para mirarla, con la expresión más atónita que había compuesto en toda su vida.

—Va... Valerie... —susurró, perplejo.

—Lo sabe. Bev lo sabe, John —exclamó Alma.

—Bev está muerta...

—Está muerta y está viendo lo que haces. Lo sabes. Hablaste con ella con el tablero. Puede verte...

—S-sí...

—Dice que pares. Está muy enfadada contigo, John. Muy muy enfadada. No quiere que lo de Valerie pase otra vez. Se lo prometiste...

—¿Bev... enfadada? Oh, no... —exclamó el imbécil, sollozando.

—Sabe lo de Valerie. Se lo dirá a tu madre, a tu hermano... a todos.

—¡No, Bevie! —lloriqueó, implorante, con los ojos llenos de lágrimas.

—Quiere que te portes bien, John.

—¡Lo haré, lo...!

—¡Pues deja a esa chica! ¡Déjala en paz y vete corriendo!

John se volvió para mirar a Jow, que había girado la cabeza para poder respirar. Ni siquiera ofrecía resistencia; sólo esperaba, expectante, a ver qué pasaba. John pareció darse cuenta de lo que había estado a punto de hacer en ese momento; negaba con vehemencia, asqueado y quizá avergonzado de sí mismo. Miró alternativamente a ambas mujeres y luego se puso en pie para salir corriendo hacia el bosque.

Los otros hombres se miraron, confusos. Ninguno sabía qué hacer. Alma no tuvo que añadir nada, sólo esperar. Descabezado, el grupo se desarticuló rápidamente. Salieron corriendo en diferentes direcciones.

Jow se incorporó, soplando para alejar trozos de hojas de sus labios.

—¿Estás bien, cielo? —preguntó Alma.

—Estoy... Estoy bien. Un poco tocada en el amor propio, pero bien.

—Estupendo.

—Ésa ha sido buena... Lo has leído en su mente, ¿no?

Alma negó con la cabeza, aún demasiado afectada para sonreír, pero mirándola con ojos amables.

—No, querida. No puedo leer la mente de nadie. Pero la información llega...

—... cuando tiene que llegar —concluyó la frase Jow, burlona.

—Sí. Eso. Cuando lo toqué, estaba demasiado alterada para pensar en mis defensas, así que recibí una descarga de recuerdos suyos.

—Bevie... Comprendo. Lo sacaste de sus recuerdos. ¿Y qué era ese rollo de Valerie?

Alma miró al suelo.

—No quieras saberlo, cielo. Anda, sácame de aquí —dijo entonces—. Llévame al coche y esperemos a Pete, si es que no está allí para cuando lleguemos. He tenido suficiente Elvenbane para años.

Jow asintió.

Se puso en pie con agilidad, se sacudió el polvo y las hojas de los pantalones, y se sacó la camisa por fuera para que nadie viese la ausencia del botón y la cremallera rota.

—Lista —dijo, haciendo ondear sus rizos de un lado a otro cuando sacudió la cabeza.

Se pusieron en marcha caminando despacio, agarradas la una a la otra. Si alguien las hubiera observado pasear entre los troncos rectos de los árboles, haciendo crujir suavemente la hojarasca a su paso, una con la cabeza en el hombro de la otra, habría pensado que se trataba de dos amigas que pasaban una deliciosa y otoñal tarde campestre. Pero Alma acababa de enfrentarse a una prueba vital que la había dejado exhausta; y aún había tenido fuerzas para salvar a su amiga de una violación.

Tenía ganas de regresar y dormir un día entero, pero una pregunta rondaba todavía su mente.

El imbécil... ¿había llegado hasta ellas sólo porque era imbécil y se había enamorado de los rizos de su empleada, o porque algo... una voz interna... un susurro lejano e invisible, lo había empujado hacia ellas para quitarlas del medio? Por lo que sabía, ella y Jow eran las únicas que los habían visto.

Quizá sólo era porque el mundo iba cada día peor.

Pero quizá no.

Le hubiera gustado saber si aquellas criaturas estaban realmente detrás del agujero o eran cábalas suyas, pero se dijo que lo comprobaría otro día.

Hoy... hoy ya no tenía fuerzas.

9

Los campamentos que rodeaban Elvenbane como en un estrafalario asedio medieval tenían sus secretos. Alguno de esos secretos se llevaban a cabo en la oscuridad de la noche, cuando la bulliciosa actividad se había casi paralizado y la mayor parte de la gente se entregaba a sueños intranquilos.

Muchos de esos secretos se llevaban a cabo en silencio, como una masturbación adolescente entre las sábanas. En solitario o en grupos pequeños y otros más grandes, muchos de los acampados sacaban de sus mochilas tableros de ouija de diversas formas y tamaños, algunos comprados en bazares baratos, en jugueterías, o fabricados a mano con cartones y un bolígrafo; otros, oficiales, con el tablero satinado y vibrantes colores. Todos funcionaban igual.

Y lo que hacían con esos tableros y lo que susurraban cuando las largas horas nocturnas discurrían sobre el pueblo, se quedaba en las tiendas, en el interior de los vehículos y las caravanas, en los apartamentos y habitaciones de hotel.

XVIII

Johnnie abre la puerta

1

Johnnie terminó su novela a principios de octubre, dos semanas antes de su cumpleaños. Como la otra vez, apenas escribió la palabra «FIN», metió el archivo en el iPad de su mujer y se lo llevó con una sonrisa exultante. Ella, sin embargo, tenía un plan secreto, así que dejó el iPad a un lado y reclamó a Johnnie para sí. «Has escrito y escrito durante meses; ahora hazme un poco de caso», le dijo, e hicieron el amor. Johnnie estaba tan eufórico y excitado, se sentía otra vez tan vital, que la experiencia resultó más que satisfactoria. Si no se hubiera quedado dormido tan rápidamente y le hubiera preguntado a su mujer, ésta no habría dudado en calificar el intercambio sexual como «el polvo del siglo», aunque sólo fuera por lo mucho que lo había echado de menos.

El plan secreto de Rebecca, por otro lado, consistía en aprovechar la proximidad de su cumpleaños. Le parecía redondo, como un hecho sincrónico tan evidente que debía aprovecharlo. Por ese motivo, estuvo esquivando a su marido esas dos semanas mientras le decía que tenía mucho trabajo, que no tenía tiempo para leer, y se inventaba complicadísimas reuniones que le ocupaban casi todo el día. Salía de casa temprano y no volvía hasta tarde, aprovechando el día para leer el manuscrito con avidez en el coche o en las cafeterías cercanas a su casa. No resultaba nada fácil. Johnnie se impacientaba muchísimo y se disgustaba cada vez más a medida que pasaban los días. No quería enviar el manuscrito a Cormick hasta que Rebecca lo hubiera leído, y sentía que llegaba tarde, de alguna manera. Aunque las llamadas de Cormick habían ido distanciándose en el tiempo, consciente quizá de que Johnnie no soltaría prenda, empezaba a sonar hosco y distante. Cormick llegó a preguntarle si le habían hecho alguna oferta mejor de alguna otra editorial.

Una tarde, tres días después de empezar a leer la segunda parte de *La puerta*, Rebecca terminó de leer el manuscrito. Tan pronto lo hizo, se abrazó a su iPad y permaneció abrazada a él dejándose llevar por un océano de sentimientos encontrados, hasta que, por fin, no pudo evitar romper a llorar. Era una historia tan... desgarradora, preciosa, terrible... y buena. No era buena, en el amplio sentido de la palabra; era buenísima. Había estado leyendo y leyendo, olvidando incluso dónde estaba o cuánto tiempo faltaba para regresar a casa antes de que Johnnie empezara a mover los papeles del divorcio, queriendo progresar en la historia y deseando saber qué pasaba con los personajes. Esos días había salido de casa contenta, deseando regresar al mundo construido por su marido, y entregarse a una lectura compulsiva. Oh, había mejorado tanto... había tanta pasión en esas páginas, tanta magia y carisma en los personajes... Y había terror... muchísimo terror. Comparada con *La puerta*, la nueva novela de su marido era un desquiciante viaje hacia lo sobrenatural, a dimensiones tenebrosas y desconocidas que autores como Lovecraft sólo pudieron esbozar. El mundo espiritista esbozado en *La puerta* se revelaba como una amenaza terrible, espantosa, que se adentraba en lo satánico; donde las entidades descarnadas penetraban en el plano terrenal y se apoderaban de todo sin que nadie pudiera hacer gran cosa por impedirlo; y todo de una manera tan actual, tan cotidiana, tan... plausible... que resultaba del todo desquiciante.

Rebecca se enjugó las lágrimas, pero mientras lo hacía, sonreía vivamente. Su marido era un genio, y aunque sabía que era así por muchísimos motivos, no había llegado a saber cuánto hasta ese momento. Incluso se enfadó consigo misma por haber dudado de él en aquel periodo en el que parecía que le costaba arrancar. Una novela como aquélla no salía por el simple hecho de sentarse a escribir; una novela como aquélla salía de dentro, de algún lugar inaccesible para el resto de los mortales.

Le costó un trabajo enorme llegar a casa y no comérselo a besos, salpicados de lágrimas de felicidad. Disfrazó su entusiasmo y sus sensaciones inventándose mil peripecias de sus fingidas reuniones, y Johnnie la escuchó pero a duras penas. Estaba triste porque pensaba que su mujer no le estaba prestando la atención que necesitaba.

Rebecca escribió a Cormick aquella misma noche, mientras decía estar trabajando. Le envió el manuscrito y le contó su plan de darle a Johnnie una fiesta sorpresa. Tenía solamente seis días para leer la novela y comunicarle a Johnnie sus impresiones; esperaba que fuera suficiente, porque no tenían más tiempo. Luego añadió algo sobre lo que le había parecido a ella.

Cormick respondió a los pocos minutos. Le dijo que seis días eran una eternidad, que iba a ponerse a leerla personalmente en ese mismo instante, y que tendría una respuesta para ella en breve. Añadió que era, probablemente, la novela más esperada del año, y que si era la mitad de buena de lo que ella dejaba entrever, nadarían en oro puro.

Rebecca borró el e-mail de respuesta, por si acaso, pero pensó que el oro, en realidad, no le importaba tanto como que los editores, y sobre todo los lectores, pensaran que el libro era bueno. No sabía cómo Johnnie afrontaría un fracaso.

El día de la fiesta sorpresa llegó. Para entonces, Johnnie estaba verdaderamente abatido y triste; le había dicho a su mujer que tenía que leer la novela o le mandaría a Cormick el manuscrito sin que ella lo hubiera leído, y aunque fue algo que dijo como si estuviera enfadado, Rebecca sabía que, en realidad, estaba dolido. Ardía en deseos de decirle que... ¡sí, claro que había leído la novela!, ¡que se habría lanzado a su lectura aquella misma noche, la del polvo del siglo, de no haber estado rumiando una sorpresa! Quería decirle que era muchísimo mejor que *La puerta*, que había vuelto a hacerlo, y que era una especie de dios de las palabras, el mago de las historias, un artesano tejedor de sentimientos. En lugar de eso, sin embargo, tuvo que hacer verdaderos esfuerzos para esquivar a Johnnie por toda la casa, sonriendo ante sus desplantes y sus ganas de tener una discusión.

Esa noche casi tuvo que arrastrarlo para llevarlo a cenar al restaurante donde estaba Cormick, otros dos altos cargos del Grupo Nostromo, y un buen montón de sus amigos, incluidos, por supuesto, Brown y su mujer. Johnnie se quedó perplejo cuando lo recibieron con un montón de globos blancos y dorados, champán, y un letrero enorme que decía: «¡FELICIDADES POR OTRO BESTSELLER!».

—Empecé a leerla al día siguiente, tontito —se apresuró a decirle Rebecca con una radiante sonrisa—. Y es... maravillosa, Johnnie. No podía parar de leerla... es intensa, sublime... genial.

—¿En... en serio? —balbuceó él.

Cormick se acercó a estrecharle la mano.

—Mis más sinceras felicitaciones —le dijo—. La novela es... bueno, ¡es impresionante! Es mucho... ¡mucho más de lo que esperábamos!

—¿De verdad? —preguntó Johnnie con la misma perplejidad mientras Cormick sacudía su mano hacia arriba y hacia abajo con un entusiasmo fuera de lo común. Tenía una sonrisa enorme pegada a la cara; sus cejas estaban tan arqueadas que casi se le confundían con el cabello.

—¡Johnnie, eres grande! —gritó alguien, y entonces toda la sala estalló en un clamoroso aplauso.

Johnnie se quedó de pie, en la entrada del restaurante, mirando alrededor, tan sorprendido como contento. ¡Rebecca se había leído el libro! ¡Y también Cormick! Y muchos otros, al parecer. Allí estaba Albert, otro de los editores, y Birger... que no sabía muy bien qué hacía pero era alguien de importancia en el grupo. Y ella, su mujer, lo miraba con unos ojos tan cargados de amor y de cierta... sí, admiración... que se sintió transportado a unos estadios de felicidad como no los había conocido en muchísimo tiempo.

—¿De verdad te ha gustado, cariño? —preguntó con un hilo de voz cuando su mujer se acercó a él y le pasó un brazo alrededor de la cintura.

—Mucho. Muchísimo —se apresuró a decir—. A todos nos ha encantado, Johnnie. Te has... te has superado. La novela me gusta tanto —añadió con un guiño— como el hecho de que pueda abarcar tu cintura con el brazo.

Johnnie se miró el abdomen. Era cierto, había perdido muchísimo peso, y el traje le sentaba mucho mejor de lo que solía sentarle la ropa. Estaba contento, y sonrió; luego la besó en los labios con dulzura y empezó a avanzar repartiendo abrazos y apretones de manos entre la gente.

La fiesta transcurrió como un sueño para Johnnie, un sueño dulce y, además, cierto; el aquí y ahora de la felicidad. Cuando habló con Cormick y la otra gente de la editorial, se dejó halagar por un montón de entusiastas comentarios sobre las posibilidades de la novela. Cormick decía que los comerciales tendrían que limitar los exagerados pedidos iniciales en base a los cuales se decidía la primera tirada si no querían acabar con todos los árboles del Amazonas. Otro de los editores fue un poco seco al principio; dijo que ni en un millón de años habrían puesto en el mercado un libro sobre demonios, en concreto, sobre posesiones demoniacas. Dijo que el tema estaba agotado, que ese tipo de cosas eran demasiado cutres para el público masivo.

—Además, es un tema que da reparos —dijo—. Hay connotaciones religiosas y desagradables que despiertan rechazo entre la gente. Se asocia a incultura, a superstición y superchería, y personalmente, debo decir que me desagrada. Sin embargo, tengo que admitir que la lectura de su manuscrito me produjo un cambio de mentalidad. Consiguió transportarme. Tiene..., como su anterior trabajo, un qué sé yo de plausibilidad.

—Oh, ya lo creo —opinó Cormick—. De hecho, si *La puerta* puso de moda de una manera bastante salvaje el fenómeno espiritista, auguro un montón de seguidores demoniacos para el próximo año.

Todos rieron, menos Rebecca. Aún recordaba las palabras del experto advirtiendo, con cierta ansiedad, a la audiencia. «Me parece un problema muy grave y muy serio, porque no sabemos con qué estamos tratando, y sobre todo, qué repercusiones puede tener.» Sintió un escalofrío y dejó que la recorriera y se quedara, de alguna manera, atrapado en su abdomen.

La noche transcurrió entre risas, música, bailes, cánticos de «Cumpleaños feliz» y «Es un escritor excelente». Hubo tarta, una enorme de tres pisos con una puerta negra en su parte superior y fantasmitas de azúcar glasé decorando los laterales; y hubo tanto champán que toda la sala se impregnó de su aroma dulzón y burbujeante. Johnnie sonreía tanto que su cara empezó a parecer una máscara con una sonrisa esculpida, y cuando llegó la hora de las fotos, aunque estaba exultante y rebosante de felicidad, su sonrisa parecía fingida y carente de vida.

En las últimas horas del evento, Johnnie consiguió quedarse solo unos instantes. Se sentó en una silla, con una copa de champán, y dedicó unos momentos a mirar alrededor, tan sonriente como satisfecho. Observar la escena desde fuera, con Cormick hablando con afabilidad con algunos de sus amigos y Brown haciendo grandes aspavientos delante de Rebecca mientras relataba alguna de sus peripecias, le hizo tener una sensación extraña. Su sonrisa fue menguando hasta desaparecer casi por completo. Allí, en medio de toda aquella gente, se movía el fantasma de un hombre al que no había visto nunca. Alguien que ni siquiera tenía un nombre real pero que era, sin duda alguna, el auténtico homenajeado, el motivo de tanta celebración. TODOS. Era su novela; era su mérito. Él la había escrito, había escrito lo que Cormick había llegado a decir que se trataba de la novela del siglo. Johnnie tan sólo... bueno, era su cumpleaños. Pero eso era todo.

Por unos segundos, se sintió asustado. ¿Qué había hecho?

«Has plagiado, querido —dijo la voz de su madre en su cabeza—. Has copiado. Has robado algo que era el esfuerzo de otro, como cuando eras pequeño y te pillaron copiando en un examen y papá y yo fuimos a hablar con el director y tuvieron que ex-pul-sar-te toda una semana. Eso has hecho.»

Sacudió la cabeza como para apartar ese pensamiento, pero la imagen de su madre seguía ahí, mirándolo con severidad. Tenía esa expresión agria y feroz que era la antesala de un buen castigo.

«Ya no eres un niño —dijo la voz severa de su padre—. Eres un adulto, y como tal, debes afrontar las consecuencias de tus actos. Plagiar una novela no ha sido el más brillante de tus actos, hijo.»

«¡Ex-pul-sado! —chilló su madre—. Ex-pul-sa-do. De las listas de ventas. De tu matrimonio. De todas partes.»

«No —se dijo Johnnie—. No será así. Yo soy... Johnnie. Johnnie Balmori, el célebre escritor. ¿Quién va a creer a un... a un mequetrefe que creó una cuenta en Facebook sólo para enviarle su novela a un escritor de fama internacional con la esperanza de que se la leyera? Además —continuó diciéndose con un destello de repentina comprensión en los ojos—, ese estúpido borró la cuenta... ¡Borró la cuenta! ¿Cómo va a demostrar que me escribió a mí? A mí... que nunca uso la cuenta de Facebook ni he escrito allí una sola palabra. Jamás.»

Esa repentina comprensión volvió a dibujar una sonrisa en su rostro. Una nueva, más fría y artificial.

«No puede —se dijo—. Y aunque pudiera... la he reescrito. Le he dado mi estilo personal... Cormick lo ha dicho; está tan bien escrita que tiene la madurez literaria de alguien que llevase toda su vida escribiendo. Y ése soy yo. No él. YO.»

«YO.»

La palabra levantó ecos desquiciados en su mente, apuntalando las oscuras manchas de la mentira que emponzoñaban su alma.

Rebecca se acercó a él en ese momento.

—Cariño... —dijo—. ¿Estás bien?

—Claro que estoy bien —respondió él en el acto.

—Tenías una mirada... —exclamó ella, preocupada—. No sé.

—¿No? Yo tampoco sé —respondió él con una sonrisa, ahora más natural. Se levantó de la silla y se acercó a ella—. Pero... una cosa sí sé. Éste ha sido... uno de los mejores cumpleaños que he tenido.

Ella arrugó la nariz.

—¿Me estás diciendo que ha sido mejor que aquel cumpleaños que pasamos desnudos, durante cuatro días, en aquella casita de la costa granadina?

Johnnie carraspeó.

—Bueno, después de ése.

Ella sonrió y lo besó con suavidad, aunque seguía preocupada.

2

Llegaron a casa hacia las dos de la mañana. Rebecca se había asegurado de que Johnnie disfrutara y apenas se había mojado los labios con el champán. Él, en cambio, estaba chispeante y divertido, y parloteaba sin cesar rememorando los mejores momentos de la noche. Rieron de buena gana cuando recordaron que uno de los mandatarios del Grupo Nostromo llevaba un bisoñé demasiado evidente, y Johnnie apuntó que le parecía increíble que alguien pudiera querer usar cosas así en pleno siglo XXI. Cuando llegaron a casa, circulando despacio por el camino de gravilla (que producía un sonido característico que a Johnnie le sonaba a hogar), vieron un coche aparcado.

—¿Y ese coche? —preguntó Rebecca, aún con una sonrisa en los labios.

—No lo sé —dijo Johnnie—. Es raro.

—Hay alguien dentro —advirtió Rebecca. La sonrisa fue desapareciendo poco a poco de su rostro.

—¿Es otra sorpresa? —preguntó Johnnie, divertido—. ¿Es una *strip-girl* para que hagamos un trío esta noche?

Rebecca puso los ojos en blanco.

—Ni en tus mejores sueños —respondió.

—Ya... —contestó él riendo—. Párate al lado, le preguntaré.

Rebecca aminoró con suavidad hasta colocarse a su lado. Johnnie estaba ya bajando la ventanilla cuando ella sintió una repentina sensación de peligro. De pronto, sintió el impulso loco, potente e irrefrenable de pisar el acelerador y seguir adelante; y no sólo eso, quiso dar la vuelta al coche en la pequeña rotonda de la entrada principal y empezar a alejarse de allí tanto como le fuera posible.

—Johnnie... —susurró con un hilo de voz.

Johnnie miraba ahora por la ventana. El conductor estaba sentado tras el volante, con las manos cubriéndole el rostro.

—Dios mío —exclamó—. Re, este hombre está... llorando.

—Johnnie... —repitió Rebecca.

Él abrió la puerta del coche para salir.

—¡Johnnie, no salgas!

—¿Qué? —exclamó el escritor, perplejo—. Este hombre está llorando, cariño..., quiero ver qué le ocurre.

Sacó una pierna del coche y se incorporó. Rebecca, atendiendo su loco impulso, lanzó una mano hacia él intentando agarrarlo, pero falló por poco. Johnnie estaba fuera, enfrentado a su destino, mientras ella percibía cómo el corazón se le desbocaba en el pecho.

—Oiga... ¿Está usted bien? —oyó preguntar a su marido.

«Oh, Johnnie.»

—¿Se encuentra... bien? ¿Necesita ayuda?

«Johnnie, Johnnie.»

El sonido de las botellas de champán al descorcharse acudió a su mente de una manera tan inesperada como inexplicable.

El hombre lloraba, sí, y lo hacía con amargura. Movía la cabeza hacia arriba y hacia abajo mientras profería un sonido quejumbroso. Johnnie le preguntó un par de veces más, ahora con suavidad; después de todo, estaba seguro de que debía de haberle oído, y el hombre parecía abatido, hundido en una tristeza inopinada. Sin embargo, tardó aún un poco en reaccionar, alejando al fin las manos de su rostro.

—¿Qué le ocurre? —le preguntó Johnnie.

—Usted... —susurró el hombre.

—¿Sí? —preguntó Johnnie, confuso.

—Es usted... —exclamó de pronto. Su rostro se transformó en una mueca de rabia.

Johnnie parpadeó. De pronto, su sexto sentido se disparó como lo había hecho en su mujer unos instantes antes. Algo iba mal, muy mal. La manera en la que el hombre lo miraba, transformando su expresión de desesperación por otra mucho más iracunda, despertó en él un sentimiento de alarma.

—El escritor... —ladró.

Johnnie inclinó la cabeza. No estaba acostumbrado a que la gente lo reconociera por la calle, lejos del ámbito de las presentaciones y firmas de libros. Apenas salía de casa, y cuando lo hacía... bueno, estaba mucho más delgado que en las fotos promocionales, y además, los escritores no eran personajes populares como podía serlo cualquier participante de un programa de televisión.

—Sí... —asintió Johnnie, sin saber qué pensar.

Entonces todo ocurrió con mucha rapidez, sin darle apenas tiempo a ser consciente, y mucho menos a pensar. El hombre movió la mano hacia un lado, sin desviar la mirada. Su labio inferior se movía en pequeños temblores convulsivos. Para cuando la mano volvió, portaba un pequeño objeto que Johnnie no tuvo tiempo de reconocer, algo pequeño y de un color infinitamente negro. Parecía que quería entregárselo a través de la ventanilla. Johnnie respondió de manera instintiva, haciendo un amago para recibirlo. Sin embargo, cuando tuvo el objeto casi al alcance de la mano, lo reconoció: era, sin lugar a equívocos, una pistola.

Johnnie contuvo la respiración. Desvió la mirada hacia el hombre y éste le dedicó un par de intensos segundos colmados de una rabia amarga.

—Balmori..., asesino.

Luego, un sonido vibrante y explosivo restalló en la quietud de la noche.

Johnnie se sacudió, retrocedió un par de pasos y se dejó caer contra su coche. Miró hacia abajo mientras oía cómo Rebecca profería un grito, y descubrió que su impecable traje de ochocientas libras estaba manchado de algo en la zona del estómago. «¡Qué rabia!», pensó. Estaba echado a perder por algo oscuro que crecía ante sus ojos como una mancha de brea.

Luego, otro pensamiento afloró en su mente consciente.

«Me ha disparado», se dijo con perplejidad, y ese descubrimiento se iluminó en su mente como una bengala en mitad de la noche. Con los ojos abiertos como platos, Johnnie miró al hombre. La pistola humeaba apenas, y hasta le parecía percibir su olor.

Rebecca gritaba.

«Ssssh —pensó—. Ssssh. No pasa nada.» Subiría al coche junto a ella y entrarían en casa, donde terminarían de celebrar su cumpleaños, desnudos sobre la cama. «No, sobre la cama no —pensó—. Rebecca me matará si la lleno de sangre.» Se limpiaría, se pondría un poco de alcohol sobre la herida, y estaría per-fec-ta-men-te. No parecía ser grave. Al fin y al cabo, no sentía nada de nada. ¡Nada! Torció la boca, divertido ante el descubrimiento. Le habían disparado y no sentía nada; tendría que tomar nota de ese detalle, se dijo, para sus novelas. Pensó que era algo realmente curioso.

De pronto, el coche arrancó con un sonido vibrante y las ruedas comenzaron a girar a toda velocidad, arrojando una pequeña vaharada de humo blanco a su alrededor. Olía a gasolina y a goma quemada. Johnnie intentó apartarse, pero para cuando quiso darse cuenta ya no estaba de pie. Se había deslizado hacia el suelo, como si sus piernas no pudieran sostenerlo, y tendió una mano hacia la gravilla para evitar golpearse. El coche echó a andar por la gravilla en dirección a la rotonda.

«Estoy mareado —pensó confuso—. Es el champán, sólo el champán. Sssssh. No pasa nada. Estaré bien en unos...»

De pronto, un ramalazo de dolor despertó en su vientre, cortándole la respiración. «Duele —pensó entonces—. Sí que... duele.»

De pronto, Rebecca estaba a su lado, sacudiéndolo por los hombros. Estaba gritando algo, de eso estaba seguro, pero no podía oírla.

—He bebido mucho —susurró entonces, aunque ni siquiera pudo oírse a sí mismo. Tenía la sensación de que ni siquiera estaba articulando bien, pero continuó de todas maneras—: Creo que no podré... hacer el amor... contigo... hoy...

«Contiiiiiigo.»

Johnnie se deslizó por un tobogán invisible hacia una negrura alquitranada y cierta.

3

—Vale —dijo Cormick cuando regresó, avanzando a grandes zancadas por el pasillo—. Está fuera de peligro.

Rebecca recibió la noticia como una bofetada. Había estado aguantando la respiración y ahora se entregaba a un llanto desconsolado. Las palabras despertaban ecos en su mente: «Está fuera de peligro. Está fuera de peligro». Cormick la abrazó y la dejó llorar contra su hombro.

—¿Puedo... verlo? —preguntó después de unos instantes, mirándolo a través de un océano de lágrimas.

—Claro —respondió Cormick con una sonrisa—. Cuando quieras. Pero está sedado y dormido. Ha sido una operación delicada, pero ha tenido muchísima suerte, ¿sabes?

—La bala...

—Pasó limpiamente entre el bazo y el estómago, sin provocar daños graves. Un centímetro más hacia la derecha o la izquierda y habríamos... tenido un problema.

Rebecca rompió a llorar de nuevo, y Cormick volvió a abrazarla.

—Gracias a Dios —dijo—. Gracias a Dios.

—Sí. Ha sido un milagro, sin duda. Lo importante es que está bien. Descansará esta noche y mañana estará despierto otra vez.

—Dios mío... —repetía ella sollozando—. Pero... ¿por qué...?

—En cuanto a eso... —respondió Cormick en voz baja—. La policía ya tiene a ese hombre. Condujo unos doscientos metros, paró el coche en mitad de la autovía, y se quedó allí. La policía lo detuvo hace un par de horas. Aún tenía la pistola... Y además ha confesado.

—Pero... ¿por qué? —volvió a decir ella, negando con la cabeza y esforzándose por hacerse entender a través de los sollozos.

Cormick chasqueó la lengua.

—Bueno... es un loco. Un chalado. No tienes que darle muchas vueltas...

—No. Dijo su nombre —exclamó Rebecca—. ¡Dijo su nombre, lo llamó asesino, y le... le...!

Cormick volvió a intentar abrazarla, pero ella se zafó con un gesto brusco, evitándolo. Lo miraba inquisitivamente, y Cormick supo que quería respuestas. Ahora que Johnnie estaba fuera de peligro, era normal que ella quisiera saber qué había pasado, aunque sólo fuera para asegurarse de que algo así no volviese a ocurrir jamás.

El editor se revolvió, incómodo.

—Sí... parece que... tenía algo contra Johnnie —respondió al fin.

—¿Qué... qué es lo que...?

—Bueno... la policía encontró fotos de Johnnie en su coche, y también su libro, con vuestra dirección garabateada en la primera página.

—Nuestra dirección —susurró ella, perpleja—. Pero... ¿cómo? ¿Cómo consiguió nuestra dirección?

—No lo sé, Rebecca. Supongo que, quizá, pudo obtenerla de internet, o de alguna otra parte. Alguna... publicación oficial, una base de datos de... alquileres de coches... cualquier cosa.

—Lo llamó asesino —susurró ella.

Cormick se revolvió de nuevo, incómodo. Ella buscaba respuestas en sus ojos y percibió su comportamiento esquivo. De repente, la tristeza dejó paso a las preguntas. Preguntas cargadas de sombras furiosas.

—¿Qué es lo que no quieres contarme? —preguntó Rebecca. Su tono de voz demostraba cierto enfado.

—Oh, no es que no quiera contar... —carraspeó—. Entiéndeme; es que no quiero que te preocupes.

—Eso lo decidiré yo —contestó Rebecca, decidida, restregándose las lágrimas de los ojos.

—Está bien —dijo Cormick después de unos segundos—. Es un caso triste. Al parecer, ese hombre tenía dos hijos, muy jóvenes e impresionables. Parece que... bueno, por lo que ha dicho la policía, fallecieron. El hombre estaba bastante trastornado.

—¿Fallecieron? —preguntó Rebecca, confusa—. Pero... ¿por qué...? ¿Qué tiene que ver Johnnie en todo eso?

—Bueno, los encontraron... muertos. Parece ser que estaban practicando espiritismo —exclamó Cormick en voz baja.

—¿Qué? —exclamó Rebecca.

—Ese hombre... —siguió diciendo Cormick, ahora con rapidez—... le echó la culpa a Johnnie. Bueno, su libro estaba allí, junto a los cuerpos, con el capítulo seis abierto, donde se explica todo el proceso para realizar espiritismo. Creo que... debió de juzgar con las variables equivocadas y rumiar una especie de venganza... absurda.

—Dios mío —susurró Rebecca.

—Ha sido una serie de desafortunados incidentes en cadena. Creo que no hay por qué preocuparse...

Pero Rebecca no estaba tan segura.

—Asesino... —musitó, pensativa.

Mientras Cormick parloteaba sobre el azar y la exposición de Johnnie a la masa anónima e indeterminada, y trataba de quitarle de la cabeza la idea no sólo de que habían estado en peligro, sino de que podrían estarlo en el futuro, ella se retrajo en sus pensamientos. Aparte del hecho de que odiaba profundamente que su marido pudiera acabar como un John Lennon, víctima de las tribulaciones mentales de un perturbado (con o sin razón), recordó también las palabras del experto; y eso, unido al hecho de que la segunda parte de *La puerta* contenía mucho mucho más que simples sesiones de espiritismo, le produjo de pronto una inquietud sobrenatural tan fuerte que, por unos instantes, fue incapaz de moverse del sitio. No lo hizo, por mucho que estuviera deseando reunirse con su marido.

La palabra, quizá, no era inquietud. Tampoco era miedo.

Era terror.

XIX

El fin de las cosas

1

El fenómeno de *La puerta* no terminaba de ceder. Alma escudriñaba las noticias a diario, sobre todo por internet, utilizando la base de datos Virgilio para recabar y registrar cada caso que se producía. En las noticias, la conexión entre el libro de Balmori, el tablero ouija y los incidentes cada vez más comunes y terribles empezaba a ser inquietantemente frecuente, pero todavía no del todo claro; ella veía en el mapa que había programado Jow la contundencia de esa realidad que a los periodistas y autoridades locales parecía escapársele todavía.

Le preocupaban los «seres». A falta de un nombre para denominarlos, los había llamado «Descarnados», pero ninguno de sus colegas inmediatos sabía muy bien a qué se refería. Todos habían visto cosas similares en algún momento de sus vidas, entidades corpóreas que pulsaban en planos paralelos o en rangos de existencia distintos al nuestro, pero no eran del todo lo que ella había visto. La casuística siempre variaba. No eran ellos, sus Descarnados.

Buscar esa clase de información por internet era también difícil, por la complejidad de las sensaciones que los Descarnados acarreaban, y por la dificultad de describirlos. Estaba segura de que incluso si en alguna parte había alguien que había visto lo mismo que ella, tenía que haber usado otras palabras.

También le preocupaba Elvenbane.

Habían pasado semanas desde que estuvo allí, pero el problema del pueblo no sólo no había menguado, sino que se había agravado considerablemente. Las noticias eran cada vez más extravagantes. En algún momento se instaló equipamiento y suministros para las personas que estaban allí instaladas, pero un día, éstas fueron retiradas. La prensa decía que había sido una argucia gubernamental para «sugerir» a la gente que se marchase, porque de tener el alimento asegurado, la situación podía prolongarse indefinidamente. Cada vez eran más los que intentaban llegar hasta el pueblo o acampaban allí donde la policía tenía acordonada la zona. Empezaba a rumorearse acerca de la aplicación de la ley marcial en la zona, al menos hasta que todo volviese a su cauce. Algunos empezaban a ocupar las poblaciones más cercanas (apartamentos, hoteles, casas rurales y viviendas), y una noticia en el periódico señalaba que las casas en Elvenbane habían visto aumentar su valor en un cuatrocientos por ciento, y que dicho valor se incrementaba casi a diario. La última moda era alquilar todo tipo de embarcaciones, helicópteros y avionetas para llegar hasta allí.

Alma se preguntó si alguien habría reparado ya en el agujero.

Comentó ese descubrimiento con algunos de sus colegas del Club de los Antiguos Senderos Rectos. Se mostraron exultantes, pero a ninguno le gustó la cercanía de las Líneas Ley y el agujero.

—¿Te das cuenta, Alma? —comentó uno de sus colegas—. Es como... como un cáncer. Como una enorme infección cerca de la arteria principal. Esparcirá gérmenes por todo el cuerpo en cuestión de segundos.

—Lo sé —respondió Alma—. A mí tampoco me gusta, pero así están las cosas.

—Quizá por eso andan tan mal en general —añadió su colega, ahora en un tono de voz más bajo—. Ayer agredieron a mi madre. Estaba mirando un escaparate en el centro de Londres y un tipo llegó por detrás, le agarró la cabeza, y se la estrelló contra el vidrio.

Alma se asustó.

—¡Qué dices!

—No te preocupes. Sólo tiene cortes superficiales, pero... lo que importa es el concepto. Era un tipo desconocido, un hombre anónimo, un cualquiera, ¿comprendes? No la conocía. Mi madre tiene casi ochenta años, Alma, y ya la conoces...

—Es un cielo de mujer —se apresuró a decir ella.

Al otro lado del teléfono, su colega asintió.

—Cosas así pasan continuamente. Imagino que la proliferación de la ouija es una parte del problema. Ese cáncer en las Líneas Ley es otra. El mal se propaga, Alma, y la gente predispuesta al mal responde. Espero que esa moda por el espiritismo pase pronto, porque si la gente sigue enredando con esos canales... no sé qué podría pasar.

Alma asintió, pero no dijo lo que pensaba realmente.

Aún recordaba su sueño. «Hay un plan. Deja que fluya. Confía. CONFÍA.» Alma todavía no tenía claro que todo aquello fuese para mal. Quería confiar, y de todas maneras, tendrían que hacerlo, porque no podían hacer nada.

Nada.

2

Jow y Pete empezaron a salir juntos con un beso robado. Estaban en la puerta de su casa y él estaba plantado a su lado, sabiendo que debía despedirse pero turbado por mil sensaciones encontradas. Sabía que ella le gustaba mucho, muchísimo, y ella parecía incluso receptiva; pero cuando pensaba en acercarse para dar ese paso, el paso que se sella con un beso en los labios, el fantasma de Carol aparecía cruzando su mente como una centella.

Jow puso los ojos en blanco.

—¿Es que tengo que ser yo el hombre en esta relación? —susurró, y alejó todas sus tribulaciones plantándole un suave beso. El beso. Fue dulce, fue largo, y puso en marcha una vieja maquinaria interna que Pete creía ya destruida.

Luego se abrazaron, y cuando el sol se arrastró para ocupar su posición en el horizonte, despertaban juntos en la cama.

3

La amistad entre Alma y Jow creció paralela a la relación entre ella y Pete. Jow quería escuchar todo lo que Alma tenía que contarle, y eso era mucho; sus conversaciones giraban, principalmente, en torno a esos temas.

Un día tomaban un café un poco antes de salir del trabajo. Se trataba de una agradable terraza cercana, construida en un viejo vivero para plantas. El sol se filtraba perezoso a través de una miríada de cristales provocando una soñolencia casi estival en las dos mujeres.

—¿Sabes? —susurró Jow, removiendo pensativa su café—, una vez pasé un par de años en España. Mi primer trabajo. Bueno..., vivía en una pequeña urbanización a la que llamaban Little England, porque estaba ocupada principalmente por británicos expatriados. Allí conocí al señor y la señora Smith.

—Sí que parecían británicos —bromeó Alma.

—Sí. Lo eran —respondió Jow, riendo—. Tenían un cuadro de la reina sobre la chimenea, y era divertido porque las fotos de sus hijos estaban colocadas alrededor y eran de un tamaño mucho más pequeño. Él contaba... bueno, contaba historias geniales sobre la segunda guerra mundial y sobre cómo eran las cosas antes de que se construyese la urbanización. Me contaba historias de terror sobre pozos en los sótanos y ríos subterráneos que se llevaban a los niños al mar. Ninguno de los dos hablaba español, aunque llevaban allí veinte años, ni tenían interés por aprender... Creo que su mundo era pequeño y suficiente. Él tenía ochenta y dos años, y ella no le andaba muy a la zaga. Tenían una serie de pisos vacíos que alquilaban a los turistas, así que de vez en cuando él se colocaba un sombrero de paja e iba a hacer una ronda de control. Una vez lo vi salir de uno de esos pisos con una cerveza... Iba... bueno, iba totalmente bebido. Se escondía, ¿sabes?, de su mujer, porque no quería que bebiese. Imagino que era uno de esos pequeños placeres mundanos que le hacían querer levantarse de la cama cada mañana.

Alma sonreía: Jow tenía esa mirada nostálgica que evidenciaba que estaba buceando vivamente en una serie de recuerdos bonitos.

—Murieron. Los dos. Uno detrás del otro.

Alma sonrió con indulgencia.

—Recuerda, cielo... que nadie muere, en realidad, sólo estamos de visita en este planeta.

—Me afectó un poco —asintió—, aunque ya eran mayores. A veces veía su casa vacía, triste y fría, y pensaba que allí había acabado un periodo. Tuvieron su momento, su realidad, y ahora sería de otras personas.

—El ciclo. El ciclo natural de las cosas.

—Sí. Bueno, un poco antes de volverme a Inglaterra, vi a un hombre subiendo por la cuesta de la calle. Tenía... Iba vestido con aquellos pantalones grises y aquella camisa blanca, y también el sombrero de paja, e incluso tenía los mismos andares que el señor Smith, ¿sabes? Pensé en él inmediatamente. Yo estaba a sólo unos metros, así que cuando el señor dobló la esquina para dirigirse a las puertas de la urbanización, tardé unos segundos en hacer lo mismo.

Alma asintió otra vez; empezaba a sospechar el final de la historia.

—Cuando doblé la esquina, no había nadie. Era imposible que le hubiera dado tiempo a trastear con las llaves y la puerta, y de todas maneras era una reja, así que lo hubiera visto al otro lado, subiendo la escalera. Pero no había nadie. En ese momento supe que era él: el señor Smith.

Alma sonreía.

—Ahora esperas que yo te diga algo... —apuntó.

Jow soltó una carcajada.

—Bueno, no lo sé...

—Sí lo sabes —dijo Alma, sonriendo—. Bueno, te diré lo que sé. Sé que a veces les gusta regresar a recordar cosas que hicieron en vida, como en un acto de melancolía... No necesariamente cosas bonitas. Algunos se quedan porque no se dan cuenta de que ya no están aquí. Otros vuelven a recordar momentos importantes, periodos de sufrimiento, cosas que, tal vez, salieron mal. Por eso a veces hay gente que percibe sufrimiento. Pero son ecos. Recuerdos que en ocasiones se desparraman un poco y nos impregnan.

—Oh...

—No perduran para siempre, porque todos estamos abocados a continuar nuestro camino. Tarde o temprano, todos volvemos a casa y nos reconvertimos en otra cosa, o regresamos aquí a empezar otro ciclo.

—Entiendo.

—Pero no sé si era tu señor Smith —susurró Alma—. No puedo poner los ojos en blanco y llamarlo para preguntárselo; no funciona así.

—¿En serio? —bromeó Jow—. Pero ¿qué estafa es ésta?

Alma rio con ganas.

—Demasiadas películas —dijo.

—Demasiadas películas —repitió Jow.

Se quedaron otra vez pensativas, con una sonrisa suave en el rostro. Jow entrecerró los ojos, como hacía siempre que su mente se ponía a trabajar. Alma no podía extenderse más en su explicación de que había cosas que no se podían entender con la mente, pero a veces la pelirroja la sorprendía con el hecho inesperado de que sus pensamientos se mezclaban con su intuición, produciendo un resultado cierto y calculado. Como resultado, Alma había aprendido a escucharla.

—Lo que no entiendo... —susurró Jow—. Bueno, todo este mundo tuyo... es en verdad muy curioso. Y potente. Quiero decir... esas cosas que sabes, y que haces, tu capacidad para sentir a las personas, y todo lo demás... Tiene que haber más gente como tú.

Alma asintió.

—Oh, sí, la hay.

—Entonces... ¿este tipo de conocimiento se usa en... agencias gubernamentales para su explotación y esas cosas? Es lo que me pregunto.

Alma sonrió.

—Afortunadamente, no —dijo.

—Pero ¿por qué no?

—Porque... no se puede —replicó Alma lentamente.

—¿No se puede? ¿Por qué?

—Muy bien —contestó la doctora, suspirando—. Empecemos por el principio. No sé si te he dicho que soy deísta...

—Creo que no, pero lo había intuido por las cosas que...

—Vale —la interrumpió Alma—. Creo que, efectivamente, hay un ser, un Dios, una entidad, en alguna parte, de la que procedemos y a la que volvemos. Puedes ponerle el nombre que quieras, eso no es importante.

—Un ser superior —dijo Jow.

—No. No necesariamente. Siempre se ha dicho que Dios, la Fuente, nos hizo a su imagen y semejanza. Por lo que sé, eso es rigurosamente cierto. Dios, la Fuente, como prefieras, es infinitamente capaz. ¿Por qué iba a crear un ser inferior? Eso sería un gesto muy humano.

—Comprendo.

—Pero... sí creo que hay algo y hubo algo, una venida, una comunicación, que con el devenir de los tiempos fue pervertido por la codicia del hombre. De ahí nacieron nuestras confusas interpretaciones recogidas en las varias religiones repartidas por la Tierra.

—Entiendo —exclamó Jow—. Eso me gusta.

—Pues bien, todas estas cosas que la gente como yo tenemos..., estas percepciones, este... conocimiento, estas habilidades, son dones. Si estuviéramos en el ámbito de la religión, diría que son «milagros».

—Milagros... —repitió Jow.

—No te agarres a la palabra —le pidió Alma—. Sé que se te mueven las orejas sólo al oírla. Tu mente protesta: «¡milagro, milagro!» al asociarla a todo esto que estás aprendiendo, pero... pero es sólo una palabra. Un milagro es un evento especial, de difícil comprensión, que escapa a todo lo que se tenía establecido como posible, ¿de acuerdo?

—Sí. Vale —asintió, expectante.

—Los milagros proceden de la Fuente. Por eso funcionan. Tenemos lo que tenemos porque estamos conectados con la Fuente, o mejor dicho, porque sabemos que lo estamos.

—Oh...

—Algo así sólo funciona si sirve al Amor. No es posible alterar eso. No es posible... mancillarlos. No puedes jugar sucio con eso, no puedes darle la vuelta, no puedes emplearlo para nada que no sea Amor. Por eso no funcionan en un laboratorio bajo circunstancias controladas, porque no están ahí para ser estudiadas ni medidas ni para acallar las mentes exaltadas que se aferran a una tabla de leyes físicas y sus medidas. Ni siquiera es que desaparezcan si intentas usarlos con otro fin, porque, para empezar, si esa posibilidad existiera no te habrían sido dados.

—Entiendo —dijo Jow—. Por eso... a ningún vidente le ha tocado nunca la lotería...

Alma se abandonó a una carcajada que brotó de muy dentro, como hacía tiempo que no le pasaba, y se sintió bien, francamente bien; luego asintió y miró a través de los cristales ahumados, hacia la calle, donde la gente se entregaba a sus tribulaciones diarias. Eran como hormigas acarreando sus valiosísimos huevos porque empieza a desatarse una tormenta. Gente que buscaba un sustento para seguir empujando la rueda de su periodo vital, día tras día.

—Puede que realmente sí fuera tu señor Smith —susurró Alma al fin con una expresión misteriosa.

—Puede que sí... ¡A por otra cerveza!

Rieron otra vez, y Jow saboreó un poco más de su taza de café Moglia. Era un café excelente, realmente bueno, y se dijo que tendría que buscarlo por las tiendas de cafés.

—Pete... —dijo de pronto—. A veces me cuenta cosas de Carol.

—Lo sé.

—La quería mucho. Él no puede evitar sentirse un poco culpable por haber continuado su vida conmigo, ¿sabes? A veces se lo noto.

—Me extraña que no haya hablado conmigo.

—Es demasiado prudente. No lo hará.

—Tal vez sería buena idea.

—Supe lo de Carol cuando lo vi por primera vez —dijo Alma.

—Oh, ¿y eso?

—Porque iba pegada a él —dijo Alma sonriendo—. Se preocupa. Lo vuestro... pudo no haber sido, había elementos de incertidumbre, y ella miraba atenta.

—Cielos —exclamó Jow—. No sé cómo me hace sentir eso.

—¿Por qué?

Jow se revolvió en su asiento.

—Bueno, eso de que tiene a su mujer pegada a él. Estamos en el comienzo de la relación, ¿sabes? ¡Hacemos el amor a menudo!

Alma se rio de nuevo, esta vez con ganas.

—¡A veces eres tan tonta! —exclamó.

—¡En serio! —protestó Jow.

—Oh, bueno —dijo Alma—, no puedes pensar en esas cosas en términos terrenales. Ella ve amor entre vosotros, y eso siempre está bien, en todos los libros. El amor es bueno... ¡anótalo en una de tus libretas con anillas!

Jow hizo un gesto con la cabeza. Sus rizos revolotearon de un lado a otro, juguetones.

—De hecho, ahora que estáis juntos, Carol ha podido seguir su camino. No se ha ido del todo... aún no, aún hay algo por aquí que quiere averiguar, pero está mucho más feliz de que Pete haya encontrado... lo que tenía que encontrar.

—Lo que tenía que encontrar —susurró Jow—. Como... ¿el destino y esas cosas?

Alma levantó su taza de café, compuso una mueca enigmática, y por enésima vez aquella tarde, sonrió con ganas.

—Por el destino —exclamó—. Oh, vale, no me contestes —refunfuñó Jow, pero brindó con entusiasmo.

4

Un delicioso bollo de chocolate apareció de repente junto al teclado de Jow.

—Dios mío —exclamó con una sonrisa, fingiendo sorpresa con teatrales aspavientos.

Se volvió para encontrarse con Pete, que la miraba sonriente.

—Vas a hacer que engorde —le dijo—. Quieres engordarme para asegurarte de que ningún otro me mirará nunca, ¿verdad?

Pete soltó una carcajada.

—Me has descubierto —exclamó.

Jow asintió y cogió el bollo con una mano.

—¿Qué haces aquí? Es muy temprano.

—Sí. Esta mañana nos han hecho llegar una nota de prensa. Creo que nadie lo sabe, por el momento, es como una sorpresa o algo así, para orquestar el anuncio simultáneo en todas partes —dijo, sacando un pliego de papel del bolsillo del abrigo—. Así que os interesará, creo, con todo lo que está pasando y lo que habéis trabajado en ello.

Jow dejó el bollo de chocolate, llena de curiosidad. Tomó el papel y echó un último vistazo a Pete para tratar de descubrir alguna pista, a modo de juego, componiendo su mejor expresión de juguetona sensualidad. Pete volvió a enamorarse en el acto, como casi cada día, pero no sucumbió. Se limitó a mirarla con esa sonrisa especial que a Jow le gustaba tanto porque le recordaba cuánto la quería. Con un suspiro, desplegó la nota para leerla.

GRUPO NOSTROMO
Oficina de Prensa

PARA SU DISTRIBUCIÓN INMEDIATA

Anunciado el lanzamiento de la esperada continuación
del bestseller internacional *La puerta,* de Johnnie Balmori.

Jow pestañeó.

—Oh... —exclamó—. Vaya.

—Tengo una entrevista para un artículo aquí cerca, pero pensé que querríais verlo lo antes posible.

—Uf... —continuó, cogida de improviso, Jow—. Realmente no sé qué pensar. Ese libro ha traído muchos problemas. Alma y sus amigos llevan tiempo rumiando sobre todo lo que el libro ha provocado, así que no sé... no sé qué esperar de esto.

—Bueno. Llévaselo a la doctora a ver qué dice.

—Sí —asintió, pensativa.

Pete se inclinó suavemente para besarla en la frente.

—¿Te veo esta noche? —preguntó.

Ella parpadeó de nuevo y compuso una sonrisa encantadora.

—Claro que sí —susurró entonces, y le devolvió el beso, esta vez en los labios.

5

Alma se quedó quieta como una gacela que ha percibido un olor extraño en mitad del prado donde pasta.

—¿Es... malo? —preguntó Jow.

Alma parpadeó.

—Inesperado... —susurró.

—¿Crees que puede... causar problemas, como la otra?

Alma movió ligeramente la cabeza.

—No lo sé. La publicación es dentro de un mes. Necesito leer esa novela como sea antes de que se ponga a la venta.

—Crees que puede causar problemas —soltó Jow.

No era una pregunta.

6

Johnnie se recuperó con bastante rapidez de la operación, hospedado en un hotel cercano. Comía sano, descansaba y dormía mucho, y contaba con vigilancia las veinticuatro horas, cosa que a Rebecca la satisfacía enormemente. Así, dejaron pasar un par de semanas relajadas en las que Rebecca trató de ocultar su preocupación por cómo se habían ido desarrollando las cosas; al fin y al cabo, Johnnie necesitaba descansar y liberar la mente. A ella no le gustaba; menos aún que eso, lo odiaba, lo sentía como un insoportable, irremediable y detestable daño colateral de la fama. El hecho de que la editorial Nostromo hubiera empezado a emitir notas de prensa sobre el lanzamiento de la nueva novela, desde luego, no ayudaba en absoluto. A Johnnie lo ayudaba a olvidar el incidente, y hasta parecía disfrutar cada vez que un medio se hacía eco de la noticia. Ésta estaba por todas partes, desde pequeños periódicos locales a cadenas de televisión, pasando por las redes sociales, que habían explotado con la noticia; su nombre (¡y su foto!) aparecía más frecuentemente que muchos de los grandes nombres de fama internacional. Rebecca lo detestaba. Cuando el nombre de Johnnie Balmori salía en la televisión en mitad de un telediario, ella no podía evitar dar un respingo, y su inquietud aumentaba exponencialmente.

Cuando la recuperación terminó, ni Johnnie ni Rebecca regresaron a casa más que para organizar un poco sus efectos personales; para el resto de las cosas, contrataron a una agencia. Rebecca no quiso ni oír hablar del hecho de regresar a un lugar cuya dirección pudiera obtener cualquier chalado con acceso a internet o lo que hubiera permitido que aquel padre de familia, ahora privado de ella, pudiera dar con ellos. Johnnie no pudo ni intentó poner objeciones; Rebecca era firme en su determinación, y de todas maneras, el futuro parecía lo suficientemente brillante como para que pudieran permitirse malvender la casa, si hiciera falta, y comprarse otra.

Pero no había tiempo para encontrar un nuevo hogar, no con tanta premura, así que alquilaron una pequeña cabaña en un lugar apartado mientras buscaban. Hicieron las gestiones a través de la editorial, por cierto, para que el nombre de Johnnie Balmori no apareciera en ningún contrato. Rebecca fue tajante respecto a eso.

La cabaña resultó ser un lugar idílico donde vivir. No era demasiado grande pero más que suficiente para una pareja sin hijos. Y todos, o casi todos los días, al atardecer, disfrutaban dando paseos por los alrededores, exuberantes de vegetación y del embriagador olor de las mimosas que empezaban a florecer con la llegada de la primavera.

Rebecca acabó relegando el incidente al fondo de su mente, y Johnnie... Johnnie ya no pensaba en TODOS. Había desaparecido de su vida.

7

Pete llegó a casa un poco antes de lo habitual, a las seis menos cuarto. Cuando entró por la puerta, Jow y Alma, que disfrutaban de un té caliente y pan de pasas, se levantaron al unísono.

Él se quedó mirándolas antes de decir nada.

—¡No seas capullo! —protestó Jow—. ¡Habla ya!

Pete asintió.

—Bueno, parece que... el señor Balmori no está disponible para entrevistas. No ha sido fácil desentrañar el porqué, pero al parecer, el padre de un fan que resultó muerto practicando ouija intentó asesinarlo. Le dispararon y ha estado en rehabilitación estas semanas.

—¡Cielo santo! —exclamó Jow.

—Está fuera de peligro —continuó explicando Pete—. Ha permanecido en un lugar desconocido desde entonces, y así seguirá por el momento. Son increíblemente celosos al respecto, e incluso dentro de Nostromo no creo que mucha gente sepa dónde se encuentra. Es su gallina de los huevos de oro, al fin y al cabo.

—Comprensible —dijo Alma—. Bueno, lo has intentando, Pete. Te lo agradezco.

—Tengo un amigo —siguió diciendo Pete— que es bastante bueno rastreando información por internet. Quería que encontrara alguna pista de su pasado, de cuando aún no era tan famoso. La gente deja pistas por todas partes. Descubrió que Balmori es un apellido que surgió hace sólo unos años; el tipo se cambió de nombre de manera legal, pero desconozco el motivo.

—¿Un nombre artístico? —preguntó Jow.

—No lo sé.

Alma inclinó la cabeza ligeramente.

—¿Y su mujer? ¿Has podido hablar con ella? Vi su foto en alguna parte. Sonreía, pero... había algo en su mirada. Creo que nos escucharía.

—Lo intenté —respondió Pete—. Pero hablar con su mujer puede ser aún más complicado. Ella está con él ahora, y que yo sepa nunca ha concedido entrevistas.

—Está bien —dijo Alma—. Supongo que las cosas son...

—... como tienen que ser —concluyó la frase Jow.

—Oh, vale —protestó Alma.

Jow la cogió del brazo y apoyó la cabeza en su hombro, sonriente.

—De todas maneras, algo he conseguido —dijo Pete, metiendo una mano en el bolsillo del abrigo. Dejó que pasaran unos segundos, y luego extrajo algo. Jow tardó todavía unos instantes en distinguir qué era, porque casi todo era de color negro. En la portada, unas elegantes letras blancas anunciaban:

ALMA

—*ALMA* —exclamó Jow—. ¡El puñetero libro se llama *ALMA*!

—Sí... —asintió Pete—. Curioso, ¿verdad?

—¡Curioso se queda corto! Pero... ¿cómo lo has conseguido? —preguntó Jow, atónita.

—Un amigo hace reseñas literarias para el *New York Times* y tenía una copia de prensa en su correo. Edición rústica para la prensa, nada de tapa dura —dijo riendo.

—¡Uau!

—Le he explicado un poco lo que os traéis entre manos —continuó diciendo Pete—, todo lo que está pasando, y ha dicho que es... bueno, le ha parecido más que interesante. Casi podía oír su instinto de periodista zumbando a toda máquina. Dice que hay conexiones significativas entre lo que pasa, el frío, Elvenbane y todo lo demás, así que... me lo ha enviado. A cambio, Alma, quiere que le des tu opinión cuando lo leas.

—Estupendo... —exclamó Alma, hablando despacio—. Lo haré. El *New York Times* es una buena cosa.

Jow la miraba. Alma no parecía contenta; ni tampoco triste, sino que parecía discurrir por ese túnel que suele estar marcado con el rótulo de «Destino Inevitable». Miraba el libro como si, en algún lugar de su interior, una voz estuviese diciendo «Ya está aquí» más que «Oh, a ver qué dice». Y tenía los brazos cruzados sobre el pecho, señal inequívoca de que la situación no le gustaba demasiado. Jow se preguntaba qué sentiría ella en ese momento, pero no quería hacerle la pregunta delante de Pete; se lo preguntaría al día siguiente, en la oficina, cuando estuvieran a solas.

Mientras tanto, Pete se había adelantado hasta la doctora y extendía el libro hacia ella. Alma titubeó.

—Déjalo en la mesa, querido —dijo al fin, intentando componer una sonrisa.

Pero no le salió demasiado bien. Jow se dio cuenta, pero no dijo nada. «No quiere ni tocar el puñetero libro», se dijo. Entonces se quedó mirando el ejemplar de cortesía, de un tono negro tan intenso que resultaba molesto a la vista, como un trozo de irrealidad. Como un agujero. Negro. Negro absoluto. Negro muerte.

8

La Navidad ya hacía semanas que se había instalado, con el tradicional encendido de luces en la londinense Oxford Street a primeros de noviembre, pero era ahora, cuando corría ya diciembre, que empezaba a sentirse en todo su esplendor.

Jow amaba la Navidad. También en Inglaterra era una tradición muy familiar, y aunque ella no había tenido demasiada suerte y no contaba con muchos familiares con los que compartir esas fechas, la Navidad la fascinaba igualmente.

Le gustaba pasear por las calles y disfrutar de los adornos, distribuidos con más o menos acierto por todas partes. Incluso allí donde los criterios estéticos eran más relajados, para Jow seguían siendo, a pesar de todo, adornos navideños, y le iluminaban el rostro con una sonrisa dulce. Le gustaban las luces, las cintas de espumillón, los calendarios de Adviento, los coloridos ramilletes de acebo, la hiedra y el muérdago (sobre todo cuando podía encontrarlo en algún bar local). Le gustaban las decoraciones caseras, como los juguetes de madera con los que algunos decoraban sus árboles, los *crackers* y los villancicos.

Sobre todo, le gustaba mucho el pavo asado con su relleno y sus patatas asadas, la salsa de arándanos y el *gravy*, y por supuesto las coles y las salchichas envueltas en tocino. Los mazapanes y el budín navideño de ciruelas (sobre todo flameado con brandy) la hacían sentirse, otra vez, niña.

Había algo especial en la Navidad que a Jow le ponía brillos de estrellas en los ojos. Podía respirarlo en el aire, sentirlo en la piel, percibirlo como mágico y entrañable todo alrededor, en las calles, en la disposición de la gente, en las relaciones personales e incluso profesionales, y en la eventual aparición de los viejos amigos a los que se creía ya perdidos. Estaba en los regalos inesperados, en las tarjetas especiales que se recibían, a veces primorosamente manuscritas, en las sonrisas porque sí.

Y estaba en el hombre de voz sexi que iba caminando a su lado, sonriéndole mientras la acompañaba en un paseo sin rumbo por las calles del centro.

—¿Sabes qué? —preguntó Pete.

—¿Qué?

—Consigues que se me olvide todo esto del... libro.

—Ah, el libro —dijo Jow con suavidad, sonriendo.

—¿Tú no estás preocupada?

—No. La verdad es que no.

—¿Puedes pasear sin más y seguir como si nada?

—¿Cómo? —exclamó Jow—. ¿Qué crees que estamos haciendo ahora?

—Pero ¿cómo lo haces? Quiero decir... La verdad es que... antes de conocerte, habría cavado un agujero en el suelo, comprado toneladas de provisiones, y me habría amargado un montón esperando el momento...

—Bueno, no lo sé. Todo tiene su momento, supongo. Ahora toca disfrutar de esto, y ya veremos lo que venga cómo será y cómo lo afrontaremos, ¿no?

Pete asintió sonriendo.

—Pero... quiero decir, yo antes...

Ella se volvió hacia él, apoyó un dedo en sus labios mientras sonreía también con la mirada y ladeó la cabeza. Él se dejó embriagar por mil sensaciones diferentes. Realmente, aquella mujer lo conmovía de una manera que le era totalmente desconocida.

Jow movió la cabeza afirmativamente, y él la imitó.

—Antes, antes... —susurró ella—. ¿Dónde estamos ahora?

—Aquí —respondió él.

—¿Dónde?

—Contigo —dijo.

Ella volvió a sonreír.

—No está mal —susurró ella.

Se besaron.

9

El reloj de pared en el apartamento de la doctora Chambers daba las once de la mañana cuando Alma cerró el libro. Había estado leyendo la última mitad de la tarde, toda la noche y lo que llevaba de la mañana, pero había terminado. Lo había leído entero, había llegado al final, y lloraba.

Sabía lo que ese libro representaba. Lo que era, y lloró de pura impotencia y de rabia.

Aún recordaba su sueño y la cifra CIENTO OCHO, pero no tenía ni idea de cómo aquel libro podía lograr algún bien no sólo para el esperado y deseado salto espiritual que ella y muchos otros llevaban percibiendo desde hacía décadas, sino para la humanidad en general. Era una especie de mentira, susurrada a su Yo esencial por alguna interferencia o artificio supino que se había infiltrado en sus percepciones más íntimas. Una artimaña, probablemente auspiciada por los Descarnados que había visto en casa de Darnell y Sara, y también en el salón de Jow.

La habían engañado.

Ese libro, que se llamaba como ella, era el fin de todas las cosas. Cuando llegara a manos de la gente y empezaran a jugar con sus procesos mentales, todo cambiaría para siempre. Y no tenía ni idea de cómo pararlo.

Continuó llorando durante veinte minutos, luego se quedó dormida, y tuvo sueños llenos de seres descarnados que la llamaban puta y guarra asquerosa en la oscuridad de su miedo.

XX

Inevitabilidad

1

La segunda parte de *La puerta*, con el título de *ALMA*, se publicó un martes de un mes de enero en medio de una fulgurante campaña de promoción. Nostromo había invertido una notable cantidad de esfuerzo, recursos y dinero en asegurarse de que todo el mundo se enterase del evento, y la puesta de largo se llevó a cabo simultáneamente en varios países. En Londres se hizo en el Hammersmith Odeon, y en Estados Unidos en mitad del Festival de Cine Fantástico de Las Vegas con la participación de prácticamente casi todo el mundo; ni siquiera la proyección del estreno de la película basada en la vida de Steve Jobs resistió la competencia del evento.

Se realizó una tirada de emergencia de seiscientos mil ejemplares, en base a las peticiones de los libreros, sólo para Inglaterra; pero en menos de una semana hubo que reimprimir cuatrocientos mil más. Algunos escritores de renombre retrasaron sus propios lanzamientos para no hacerlos coincidir con *ALMA*. Mientras tanto, las diferentes traducciones se llevaban a cabo a marchas forzadas. Había tanta presión por parte de las editoriales que habían comprado los derechos para el extranjero que el libro se había dividido en cuatro bloques y entregado cada uno de ellos a un traductor independiente. El personal de Nostromo recibía actualizaciones del trabajo cada pocos días para unificar el estilo.

Las primeras reseñas llegaron rápidamente, casi al mismo tiempo que los comentarios de los primeros lectores en las redes sociales. Eran mejor que buenas, eran sensacionales, y auguraban la confirmación de que Johnnie se convertiría en una fulgurante estrella en el panorama literario mundial. El apellido de Johnnie llegó a ser *trending topic* en Twitter y no se movió de la lista durante tres días. En algunos países latinoamericanos, los recién nacidos recibían casi todos el nombre de Balmori.

—Ya está —dijo Rebecca mientras cerraba un PDF enviado por la gente de Cormick con una recopilación de reseñas—. Lo has hecho. Ya es oficial.

—Supongo que sí —asintió Johnnie.

—¿Cómo te sientes? —preguntó ella con una sonrisa.

—Supongo que bien.

—¿Sí? —preguntó ella mientras se le acercaba con una sonrisa—. ¿Y qué otras cosas supones?

—Supongo que... podríamos celebrarlo.

Ella levantó una ceja con una media sonrisa; siempre hacía ese gesto cuando tenía en mente seducir a su marido.

—¿Y se te ocurre alguna manera, oh, gran suponedor de los suponedores?

—Supongo que...

Johnnie no dijo nada más. Se acercó, la cogió en brazos y se la llevó a la habitación.

2

Bernie Carlone había perdido casi diez kilos en el último mes, pero no porque estuviera a régimen o hiciera deporte, ni porque se hubiera planteado siquiera perder peso. Era, sencillamente, porque la mayor parte de las veces se le olvidaba comer. Cuando se preocupaba de ello por pura debilidad, comía cualquier cosa: un mendrugo de pan, galletas o un vaso de zumo de frutas industrial colmado de azúcar; cualquier cosa que le permitiera volver rápidamente a su pequeña obsesión. El tiempo volaba cuando estaba sentado a la mesa de su salón, totalmente involucrado en el tablero.

Ahora estaba nervioso, lloriqueando junto al sucio vaso que usaba como marcador, con el dedo tembloroso sobre su superficie.

—Por favor... —imploraba—. Contéstame... No volveré a desobedecer, pero por favor... no me dejes solo... ¡Lo siento! ¡Lo siento mucho!

El vaso permaneció inmóvil.

—Por favor..., haré lo que sea, lo que me pidas...

Una cascada de mocos colgaba de su nariz, haciendo que su voz pareciese gangosa y demasiado nasal. Los ojos enrojecidos por el exceso de lágrimas lo hacían parecer una ruina psicológica tan deplorable como lastimera. Lo era, en realidad. Estaba roto, destrozado por una sensación de miseria porque su contacto al otro lado del tablero ya no le hablaba.

—Por favoooor... —exclamó, superado por el dolor.

Pasaron unos instantes y el vaso volvió a moverse.

Bernie Carlone se quedó inmóvil, con la nariz llena de una mucosidad blancuzca.

Era ella. Tenía que serlo. Había vuelto... por fin.

—Oh...

El vaso se movió hacia el SÍ.

—Oh... eres... eres tú —exclamó, colmado de alivio—. Dime que me has perdonado, por favor... ¡no lo haré más! ¡Nunca volveré a dudar! ¡Seré bueno! ¡Seré tan bueno...!

El vaso salió del círculo del SÍ y volvió a entrar en él.

SÍ.

Bernie asintió, sollozando pero otra vez feliz.

—Haré aquello —dijo—. Lo haré...

SÍ.

—Sólo necesito saber dónde. ¡Dime dónde y cuándo, y lo haré!

El vaso se movió por el tablero, produciendo un sonido de fricción.

A-L-M-A-C-H-A-M-B-E-R-S

Bernie Carlone apuntó el nombre en el pliego de papel que mantenía al lado del tablero, asintiendo con gratitud.

—De acuerdo —murmuró, entusiasta—. ¿Y la dirección?

Y el vaso comenzó a moverse, desgranando, letra a letra, el dato que Bernie le había pedido. Cuando hubo terminado, leyó la dirección entre las brumas borrosas de sus propias lágrimas. Ni siquiera le pillaba lejos. De hecho, estaba ahí mismo, a dos calles de distancia, en Enfield Terrace.

Bernie Carlone sonrió, agradecido.

Haría lo que hiciese falta para no perder a su amiga.

Cualquier cosa.

3

Alma sacó su móvil del bolso y escribió un breve mensaje para Jow: la reunión con Alan Carmack tenía que celebrarse dentro de diez minutos. Al periodista le habían concedido un premio y no había más tiempo disponible porque en sólo unas horas tendría que volar a Estados Unidos. Alma, sin embargo, estaba contenta. Al fin algo se movía en una dirección que podría ser la correcta. Al fin podían mover ficha.

—¿Nerviosa? —preguntó Andrew mientras le ofrecía su chaqueta con una sonrisa de felicidad en el rostro.

—Con ganas, supongo —respondió ella, aliviada.

Esas ganas recuperadas no estaban allí días antes. De alguna manera, Andrew y Jow se habían ocupado de sacarla de casa e insuflarle, de nuevo, los ánimos perdidos. Habían sido días raros, llenos de noticias lúgubres. Jow había pasado tiempo empleando su mente analítica, buscando patrones en los libros de Alma, rastreando códigos secretos, pistas, la solución quizá a un dilema cuyo cuadro general aún se les escapaba. A veces recitaba párrafos enteros en la soledad del cuarto de baño, murmurando sus palabras, intentando que la permearan. A veces salía corriendo y repasaba algún fragmento, lleno de apuntes y palabras enlazadas con alegres colores. Era ahora lo que ocupaba casi todo su tiempo y su mente por completo.

—¿No se siente como una superheroína, doctora? —preguntó Andrew en cierta ocasión mientras estaban sentados a la mesa saboreando unos deliciosos tallarines—. Quiero decir, si podemos impedir que esto suceda, será como... como salvar el mundo.

—Por el momento los tallarines te han salido deliciosos, Andrew, querido —respondió Alma—. Del resto ya veremos.

—Entonces me debe una cena, y de las caras, y si salvamos el mundo tendrá que subirme el sueldo.

Alma sonrió.

Desde que Jow había llegado para formar parte del equipo todo había cambiado. Un poco, al menos. Había cierta conexión de la que antes su pequeño gabinete adolecía. Había familiaridad, cálida y agradable. Cenaban juntos, trasnochaban en la oficina y conspiraban.

Estaba pensando en eso cuando llegó a la cafetería.

4

—Doctora Chambers, éste es Alan Carmack —dijo Pete con su cuidada pronunciación de Oxford—, corresponsal del *New York Times* aquí en Inglaterra.

La doctora estrechó la mano del amigo de Pete sobre la mesa donde esperaban un par de cafés.

—Es un placer conocerlo, Alan. ¿Puedo llamarlo Alan?

—Por supuesto —respondió él—. El placer es mío, debo decir. Siento mucho haberla obligado a adelantar nuestra cita.

—Oh, no se preocupe, no todos los días se recibe un premio como ése. Enhorabuena, por cierto. Y gracias por hacernos un hueco en su agenda a pesar de todo.

—El vuelo es esta tarde, no hay prisa. ¡Gracias a usted por pensar en mí! —Se ruborizó un tanto—. Pete me ha hablado mucho de usted, y debo decir que estoy... muy intrigado por su trabajo y sus capacidades.

Alma movió la cabeza con un gesto vago.

—Además, no quiero perder la oportunidad de decir que tiene los ojos más increíbles que haya visto nunca, doctora.

Alma sonrió.

—Los ojos son el reflejo de Alma, si me permite el chiste —respondió ella, sonriente.

Alan le devolvió la sonrisa y Jow asintió en silencio, complacida con la facilidad con la que Alma conectaba con la gente. Era su don.

—A Jow ya la conoces —añadió Pete.

—Sí, claro.

Jow y Alan intercambiaron una sonrisa.

Fuera, en la calle, una ambulancia cruzó la avenida escoltada por un par de policías montados en motocicletas, pero nadie le prestó atención. A esas alturas, el sonido de las sirenas de las ambulancias y los cuerpos de seguridad del Estado se habían convertido en cosas cotidianas.

Se sentaron alrededor de la mesa y Pete pidió un par de cafés más. Alan no había dejado de mirar a Alma durante todo el tiempo. Sonreía con interés.

—Estamos muy contentos de que haya podido atendernos —dijo Alma—. Un artículo en el *New York Times* podría suponer una gran diferencia.

—Pete me ha puesto en antecedentes —respondió Alan, entrando en materia—. Debo decirle que estoy interesado en escribir un artículo sobre todo el caso. No es particularmente novedoso, todo el mundo habla de la ouija, hoy día, pero es cierto que nadie le ha prestado la debida atención. No he visto todos esos fenómenos relacionados más que de una forma muy vaga: el frío, la oleada de violencia, el libro del señor Balmori. Ahora que ha puesto usted la relación entre ellos sobre la mesa, hasta parece obvio.

Alma asintió.

—Sin embargo —continuó diciendo Alan—, no puedo prometer nada. A veces puedo hacer propuestas sobre algunos temas, pero hay que esperar que te autoricen y conseguir el favor de varios jefes de redacción, editores, supereditores, etcétera. Es complicado. Un periódico como el *New York Times* se debe a una línea editorial, una inclinación política, e intereses comerciales, como casi todo el mundo; y el Grupo Nostromo es un pez enorme como para conjeturar algo así de una manera gratuita. A mis jefes podrían preocuparles las repercusiones legales... Si no lo hacemos con cuidado, podrían destrozarnos a demandas.

—Lo sabemos —dijo Jow—. Pero por lo menos hay una posibilidad. Es mucho más que lo que teníamos ayer.

—¿Han intentado ir con la historia a las cadenas y periódicos de aquí? —preguntó Alan.

—Sí —asintió Jow—. Las respuestas han sido un poco flipantes. En uno de los medios incluso nos insinuaron que trabajábamos para el Grupo Nostromo y que tratábamos de crear paranoia viral para aumentar las ventas.

Alan sonrió.

—En otros nos dijeron que el tema había sido tratado ampliamente y que todo el mundo sabía que la ouija era mala, pero que la gente seguía practicándola. Como lo de fumar.

—Cielos —soltó Alan—. Está bien. Entonces... ¿ha leído la segunda parte? —preguntó, dirigiéndose a la doctora Chambers.

—Sí —respondió ésta.

—¿Y qué ocurre con ese libro? ¿Es como el primero? ¿Es... peligroso?

—Se lo explicaré —respondió Alma—. El primer libro, con sus símbolos esotéricos, abrió el *chakra* coronario, el séptimo de todos ellos. Es un centro de comunicación que alimenta a todos los centros de energía localizados en nuestra envoltura física y los nutre con la vibración de los planos superiores de conciencia.

—Vale —dijo Alan, suspirando—. Voy a pedirle que tenga paciencia conmigo. Siempre me pierdo con esos temas, y le aseguro que he leído algo.

—Desde luego —susurró Alma mientras el camarero ponía los otros dos cafés en la mesa—. Digamos que esos símbolos hacen que llegue la información. Algunas personas poseen ese don porque tienen el séptimo *chakra* abierto. Lo llaman intuición, u olfato: son sensibles a recibir la información que precisan cuando la necesitan. En el caso del libro, como los símbolos están vinculados a un medio de comunicación esencial como la ouija, el canal es directo. Establece un vínculo inequívoco y muy poderoso y se produce la recepción del mensaje.

—Es lo que hace que la ouija funcione de una manera tan contundente —apuntó Alan, que había empezado a tomar notas en un pequeño Moleskine negro.

Alma asintió.

—El problema está en que ese vínculo se queda abierto de forma permanente. Por tanto, toda la información, cualquier tipo de información, entra a todas horas, sin filtros ni barreras. Eso genera una sobrecarga de un nivel tal que lo incapacita para poder llevar una vida normal. Hay personas que tienen ese *chakra* más abierto, más receptivo, así que ellos son los primeros en sobrecargarse.

—La ira es, entonces, una consecuencia de una... ¿sobrecarga sensorial de información?

—Algo así. Aunque es posible que intervengan ciertas energías dañinas que empujen a dicho individuo hacia emociones como la ira, tampoco puedo decir con seguridad que sea así en todos los casos. Sólo tengo confirmación de primera mano de un par de ellos.

Alan se acariciaba la barbilla con los labios apretados.

—Y todo eso... es el resultado del uso de unos símbolos. Sería difícil de creer si no estuvieran siendo garabateados, tatuados, esculpidos y manoseados por todo el mundo. Bien, pero entonces... entonces, doctora, ¿para qué necesita otro libro?

—El segundo libro —explicó Alma— abre el Tercer Ojo, el ojo interno. Es el *ajna*, o el *chakra* que tenemos en la frente. Este *chakra* permitirá a todo el mundo ver las entidades con las que han estado comunicándose. En otras palabras, el segundo libro hará que esas entidades penetren de una manera real en este plano de existencia.

Alan parpadeó.

—¿En serio? —exclamó.

Alma no dijo nada.

—Cuando dice entidades... —continuó diciendo Alan— quiere decir... demonios. Sé que el libro va de eso.

—Demonio es una palabra —respondió Alma—. La tradición cristiana describe demonios como parte de su mitología, igual que hace con el infierno. Son imágenes, generalmente, basadas en hechos históricos puntuales que el hombre primitivo no sabía interpretar. Yo prefiero llamarlos Descarnados, porque la idea de un infierno llameante adonde van los impíos a pagar sus pecados es del todo risible.

—¿No cree que exista el infierno?

—Dios, Om, la Fuente... como quiera llamarlo, no castiga.

—Entiendo —dijo Alan—. Así que hablamos de... entidades descarnadas, que literalmente nos invadirán cuando la gente se ponga a jugar con los ritos del segundo libro.

Alma asintió de nuevo, con la frente surcada por arrugas de preocupación.

—Ya están entre nosotros, Alan. Ocurre que, al no verlos, creamos una realidad donde no existen. Pero cuando la gente empiece a ver que son reales, creerán que lo son, y su percepción de la realidad los hará tangibles. Les dará el poder para existir e interactuar.

—Es complicado de entender —apuntó Alan—. Pero desde luego es aterrador. No sé cómo enfocar el artículo. Además, no tenemos demasiadas pruebas.

—Tenemos un as en la manga que podría ser de su interés —dijo Alma—. Una base de datos. La llamamos Virgilio. Muestra de una forma clara cuál es la interacción entre los fenómenos paranormales, el libro del señor Balmori, y Elvenbane.

—Es un google paranormal —comentó Jow.

Pete soltó una breve risita.

—¿En serio? —preguntó Alan.

—Sí —continuó Jow—. De hecho, esta semana hemos estado modificando el *software* para que recoja, además, otro tipo de datos. Los actos de violencia y todos los sucesos que leemos cada mañana en los periódicos.

—Vas a quedarte alucinado, Alan —comentó Pete.

—¿Cómo? —quiso saber Alan—. ¿De dónde sacan los datos?

—Nuestro *software* despliega cientos de miles de bots que rastrean internet para localizar y almacenar la información que necesitamos —explicó Jow—. Podemos configurarlo para cualquier cosa. Podríamos instruirlo para que busque gente que come *sushi* y en una semana tendríamos una estadística global de rango de edad, ubicación, horarios y tipo de *sushi* que se consume a diario en el mundo. Hasta podríamos saber cuál es el gran favorito, en qué países se consume más, y dónde se encuentra el más caro.

—Y cuánta gente se ha encontrado enferma por comer *sushi* —bromeó Pete, sonriendo, buscando la complicidad de Jow, que lo ignoraba a propósito.

—Fascinante —apuntó Alan—. Eso me gustaría verlo. Le daría un trasfondo... eh... científico a nuestro pequeño trabajo de investigación. Cifras. Estadísticas. Datos concretos. Eso es algo que los lectores del *New York Times* pueden manejar.

Alma iba a añadir algo cuando su móvil empezó a sonar.

—Disculpe —dijo.

—No se preocupe.

Alma se apartó de la mesa para contestar la llamada, pero cuando lo hizo, su expresión cambió rápidamente a una de severa preocupación.

Habló brevemente y luego colgó. Se había llevado la mano al pecho y la había cerrado alrededor de su colgante, el viejo *Ankh*, y lo apretaba fuertemente en el puño.

En la calle, una unidad de la policía pasó a toda velocidad haciendo sonar la sirena.

—¿Ocurre algo? —preguntó Jow, preocupada.

—Tenemos que irnos —dijo ceñuda.

5

Enfield Terrace era un caos de coches policiales, agentes del orden, ambulancias y curiosos. Un par de agentes femeninas tocadas con el característico gorro de la policía británica estaban desplegando cintas de seguridad para acordonar la zona.

La doctora Chambers, Pete, Jow y Alan no tuvieron dificultades en atravesar el perímetro policial una vez se identificó ante el agente encargado del acceso por carretera. Tampoco tuvieron que preocuparse de aparcar el coche. Hacía frío, mucho, así que Alma tardó un rato en bajar del vehículo ayudada por Pete.

La nave donde habían estado ubicadas las oficinas del equipo de Alma era un montón de escombros humeantes. La parte delantera había desaparecido en su totalidad, y en la parte de atrás aún se distinguían algunos monitores aplastados por el tejado y los escombros producidos al derrumbarse las paredes. Un amasijo de cables salía de entre los restos renegridos de las estructuras esparcidas por el suelo. El lugar donde había estado la entrada, sobre la escalera, era ahora un socavón enorme lleno de cascotes y retorcidas vigas de acero que recordaba más bien a un bombardeo aéreo. El humo se elevaba hacia el cielo encapotado mientras los bomberos seguían humedeciendo los restos.

—Dios mío —gimió Jow, cubriéndose la boca con la mano. Sus ojos estaban abiertos de par en par y las lágrimas correteaban libres sin permiso de circulación.

Alma tenía una expresión extraña; parecía estar mirando el cartel con el menú del día escrito en otro idioma y esforzándose por comprenderlo.

—¿Qué...?

Un agente de policía se acercó a ellos.

—¿La doctora Chambers? —preguntó.

—Soy yo —respondió Alma con serenidad.

El oficial se quedó trabado unos instantes en su mirada. Alma estaba acostumbrada: sus ojos siempre producían el mismo efecto.

—Soy el agente Roger Wilco —dijo al fin—. Lamento este desastre. ¿La han informado de lo que ha ocurrido?

—No... —respondió.

—¿Qué ha pasado? —preguntó Jow.

—Aún no tenemos un informe fiable, pero los vecinos han informado de una explosión ocurrida hace unos veinticinco minutos que ha destrozado la nave en la que, según hemos podido comprobar, estaban emplazadas sus oficinas.

—Sí...

—¿Qué tipo de oficinas tenía usted ahí?

—Oficinas administrativas —respondió Alma.

—¿Combustible inflamable, material explosivo...?

—No. En absoluto. Sólo papeles, ordenadores... ¿Dónde están mis empleados?

—Bueno. Hemos encontrado... restos mortales alrededor del lugar de la explosión. Pertenecen, sin duda, a dos personas diferentes, pero no hemos podido acceder al área del siniestro todavía, así que no descartamos que... pudiera haber más.

Jow soltó un gemido.

—Andrew...

Andrew y los dos técnicos debían de estar ya en la oficina cuando la explosión ocurrió. También el resto del personal, entre fijos y colaboradores esporádicos. En total podía haber hasta siete personas en la oficina, eso si no había algún mensajero entregando un paquete en el momento de la explosión.

—Lo lamento —dijo el agente Wilco—. Lo lamento muchísimo. Tómese su tiempo, pero... vamos a necesitar hablar con usted. Con todos ustedes.

Pete asintió. Se había acercado a Jow y pasado sus grandes y pulcras manos sobre sus hombros. Ésta sollozaba, incapaz de contenerse.

Alma asintió. Pensaba en Andrew, por supuesto, y también en los otros empleados a su cargo. Eran jóvenes y ninguno tenía mujer o hijos, lo que era un alivio, pero eran tan jóvenes... tan jóvenes, que de repente, sin poder contenerse, empezó a respirar con dificultad. Jow fue hacia ella para abrazarla, mientras una fina lluvia se abrió camino a través de las nubes grises y el humo para empezar a caer sobre la escena.

El agente Wilco se caló su casco de policía y guardó su pequeño bloc de notas con expresión apesadumbrada.

Odiaba esa parte de su trabajo.

Un bombero equipado con un traje ignífugo y máscara de gas metía en ese momento en una bolsa un trozo de pierna con lo que parecían ser los restos de un calcetín mientras en algún lugar, entre los destrozos, los restos de uno de los servidores chisporreteaba calladamente y se apagaba para siempre.

Virgilio había dejado de existir.

6

Alma no se fue a casa hasta muy tarde. Estuvo en la comisaría, respondió a las preguntas de las autoridades y firmó algunos papeles de atestados y el seguro de responsabilidad civil entre otros. Luego salió fuera y se tomó unos momentos para asumir el dolor que se había instalado en su pecho. Se sentó en un banco y se dijo que tendría que visitar a la familia de Andrew, por lo menos, para darles el pésame. Para Alma, la muerte no era precisamente un final, sino todo lo contrario, pero aun así, la interrupción brusca del proceso de la vida era siempre doloroso; y aún lo era más para los familiares que se quedaban y que apenas contaban con unos pocos cimientos de índole religioso, demasiado poco sólidos y neblinosos como para que fueran ningún consuelo. Andrew, como todos sus otros empleados y colaboradores, tenían sueños y esperanzas, cosas que hacer y que ver en el mundo antes de irse, y ya no podrían embarcarse en ninguno de ellos. No esta vez. El hecho de que fuera, en parte, culpa suya, no la hacía sentir mejor.

Cuando cayó la noche, Alma regresó a Enfield Terrace. Los inspectores y personal del cuerpo de bomberos seguían aún trabajando en los restos, pero ella no estaba interesada en lo que hacían. Sólo eran cosas, y los restos, solamente restos. En lugar de eso, se sentó en un escalón de la acera opuesta y esperó.

Andrew apareció un par de horas más tarde.

Alma...

—Hola, Andrew —dijo, visiblemente emocionada.

Ya estoy aquí otra vez.

Alma asintió. Andrew parecía cinco años más joven. Estaba radiante, de hecho, vestido con un elegante traje negro. Y sonreía, con esa sonrisa franca que sólo había visto en aquellos que han fallecido y están a punto de despedirse.

—Ojalá lo hubiera sabido —exclamó Alma con un susurro.

No es así como funciona.

—Aun así, a veces se me permite saber cosas... —dijo ella.

Sabes que no habría supuesto ninguna diferencia.

—Lo sé. Lo sé.

Andrew acentuó su sonrisa. Inclinó ligeramente la cabeza, como si quisiese decir algo, pero permaneció callado.

—¿Qué va a pasar, Andrew?

Andrew no respondió.

—Es todo tan confuso...

Tienes que confiar. Hay un plan...

—Lo sé, pero... ¿y si el plan es...?

No pudo acabar la frase. Confiar era algo difícil teniendo presente la imagen de su oficina destruida; lo que tenía en mente, además, resultaba demasiado aterrador como para pronunciarlo siquiera.

—¿Estaremos bien? —preguntó entonces.

Andrew volvió a sonreír, esta vez con indulgencia.

Alma asintió, suspiró largamente y se arrebujó en el mullido y confortable jersey que llevaba puesto.

—¿Te quedarás por aquí o... te vas?

Regreso ya —dijo Andrew—. *Todos estamos regresando.*

—¿Tanto van a cambiar las cosas?

Andrew asintió despacio.

—Buen viaje, querido —susurró ella.

Andrew permaneció de pie durante unos segundos, con su sonrisa hermosa y sincera dibujada en los labios. Luego se desvaneció lentamente, perdiendo identidad a ojos vista. Para cuando Alma parpadeó, ya no quedaba nada de él.

La doctora Chambers continuó sentada todavía durante un rato. A la luna aún le faltaban un par de días para estar llena, pero arrojaba una luz preciosa sobre la calle, por lo demás coloreada por las luces de emergencia de las unidades de bomberos locales.

Luego, se puso en pie y se marchó a su casa, paseando, meditabunda y consumida.

7

La noche antes de la publicación de *ALMA*, Jow y Pete fueron a visitar a la doctora Chambers a su casa. Habían pasado dos semanas desde que las oficinas de Enfield Terrace volaran por los aires. El informe policial había dictaminado que había provocado la explosión un artefacto casero, zafio y chapucero, fabricado con pocos medios atendiendo a las especificaciones de una página web alojada en aguas internacionales, en concreto en gabarras construidas con contenedores. Sin embargo, no habían encontrado al culpable. El oficial encargado del caso había dicho que, de haber ocurrido tan sólo un año antes, habrían podido destinar más recursos, pero que con todo lo que estaba pasando, sus efectivos estaban demasiado ocupados «apagando fuegos».

—No tienen ni idea del incendio que se avecina —había dicho Alma antes de darse la vuelta y marcharse.

Por petición de ella, no habían vuelto a verse en esas dos semanas, después del entierro de Andrew y los otros empleados. Éste fue bastante emotivo y doloroso, con familiares venidos de Irlanda y del sur de Inglaterra que lloraron la pérdida desconsolados. La prensa y los medios de comunicación apenas habían recogido el incidente. Pasaban demasiadas cosas a diario como para que pudieran detenerse en un suceso aislado. A los dos días de la tragedia, las excavadoras limpiaban los restos del gabinete espiritista mientras algunos vecinos miraban entretenidos desde la carretera, y eso fue prácticamente todo. Alma no pudo evitar sentirse culpable. Demasiado bien sabía que esa bomba, construida en alguna cocina sucia y cochambrosa donde a buen seguro coexistía un tablero de ouija, había estado destinada a ella y solamente a ella.

—Debe de haber algo que podamos hacer —dijo Jow, frotándose las manos enfundadas en unos guantes de lana. Hacía frío, pero desde hacía unas semanas hacía frío en todas partes. Más que nunca. Alma ya ni siquiera se esforzaba por encender el pequeño calefactor que había colocado a sus pies.

—Me temo que no, querida —contestó ésta.

—Mi periódico publicará el artículo mañana —dijo Pete con rapidez—. Mi editor ha recortado mucha de la información que queríamos incluir, pero... el tono general de alarma y advertencia sobre el libro continúa ahí.

Alma sonrió ligeramente.

—Gracias, Pete, querido. Puede que ese artículo salve algunas vidas.

Jow se incorporó del sofá, visiblemente furiosa.

—¡Es de locos! —exclamó.

—Es... lo que tiene que ser —respondió Alma con suavidad. Parecía abatida y anciana, escurrida en su batín de estar por casa, con el pelo lacio cayendo a ambos lados de la cara.

—Pete y yo fuimos a las oficinas de Nostromo —dijo Jow entonces.

—¿Sí? —exclamó Alma, ahora con renovada curiosidad.

—Intentamos hablar con el editor responsable —añadió.

Alma esperó, con una ceja levantada.

—No nos hicieron ni caso —murmuró Jow.

—Bueno, es normal, querida.

—Fue interesante, sin embargo —dijo Pete—. A juzgar por la reacción de todo el mundo, creo que saben más de lo que dicen sobre la relación entre el libro de Balmori y lo que está pasando.

—Estaban bastante crispados —añadió Jow—. Cuando les dijimos de qué se trataba, todo eran negativas.

—Puedo entenderlo —dijo Alma.

Se miraron sin decir nada durante unos instantes. Por fin, Jow volvió al sofá y se sentó junto a Alma. Ella vio su expresión de franca desesperación en el rostro y le dedicó una sonrisa forzada. Era lo mejor que podía conseguir, dadas las circunstancias.

El teléfono empezó a sonar.

Alma cerró los ojos y sus labios, finos y delgados, se curvaron en una mueca de desesperación.

Pete y Jow se miraron, preocupados.

El teléfono sonó por tercera vez.

—¿No lo... coges? —preguntó Jow.

—No —respondió Alma.

Jow pestañeó, haciendo verdaderos esfuerzos por comprender. De pronto, tuvo una sensación tan fuerte como desagradable, y comprendió. Comprendió de qué se trataba. Aun así, alargó el brazo, cogió el auricular, y lo pegó a su oreja. Alma hizo un ademán de protesta, pero se rindió casi en el acto.

Una voz harto desagradable y soez empezó a chillarle al otro lado de la línea.

—PUTA, PUTA ASQUEROSA, PÚDRETE ZORRA DEL...

Jow dio un respingo y colgó el auricular.

La voz... esa voz grave y preñada de ecos terribles, la había dejado helada. Soltó todo el aire de sus pulmones y éste formó una pequeña nube de vaho que se quedó suspendida en el aire un par de segundos.

—Jesús —murmuró.

—Mañana llamaré a la compañía —dijo la doctora, encogiéndose de hombros—. Daré de baja la línea. Al menos quiero estar tranquila lo que quede de tiempo.

Jow sintió un pequeño escozor en sus ojos claros. Odiaba ver a Alma tan abatida.

Permanecieron así unos momentos más, sumidos en pensamientos tan lúgubres como inevitables.

—Alma... —susurró Jow al fin—. ¿Qué va a pasar?

Alma suspiró largamente.

—No lo sé —respondió balbuceante. La doctora parecía confusa y hablaba ahora con un tono de voz lánguido y decaído—. No tengo ni idea. Llegué a pensar que todo lo que estaba pasando era por un bien mayor, pero luego... luego cambié de opinión. Creo que algo interfirió con mi capacidad para distinguir las cosas... Ahora no lo sé. Sólo sé que todo lo que ha ocurrido era y es inevitable. Pensar que hubo otras opciones... me resultaría demasiado duro de asimilar. Estaría eternamente en duda, el miedo me bloquearía. No sé lo que ocurrirá, sólo hay una verdad universal a la que me puedo agarrar por el momento: que lo que ocurre es lo único que debe ser.

—Eso suena a conformismo derrotista —exclamó Pete, a caballo entre la rabia y la desesperación.

Jow, a pesar de que odiaba admitirlo, estuvo de acuerdo. Alma había dicho que el miedo la bloquearía, pero por lo que ella podía sentir, ya estaba bloqueada. No reconocía gran cosa en la mujer que tenía delante, carente del viejo entusiasmo por el té caliente y el chocolate frío, la mujer que siempre elegía salir a pasear por las mañanas a pesar de las bajas temperaturas, tan perjudiciales para su salud. A Jow la angustiaba contemplar a alguien que era una sombra pálida de la mujer que había llegado a conocer, admirar y amar, y eso la entristecía tanto como la preocupaba. Le resultaba doloroso verla en ese estado, y desde luego podía reconocer las telarañas del miedo a su alrededor, impidiéndola ver, comprender, aceptar y avanzar. Pero no dijo nada.

—Hay cosas que... —dijo Alma, deteniéndose un momento para pasarse la mano por la frente, como si le costara trabajo pensar—. Hay cosas que se nos escapan porque no estamos preparados para entenderlo. Supongo que por eso está pasando todo. Es el insufrible, eterno e inconmensurable ego humano. Creemos que estamos capacitados para entenderlo todo, porque somos el *summum* de la Creación, la cúspide de la pirámide evolutiva, los señores de todo, hechos a imagen de Dios. —Rio entre dientes—. Pero no es verdad. Un conejo encerrado en una jaula conoce su espacio, pero no sabe que alrededor de ella hay una habitación, una calle, una ciudad, un país, un planeta, una galaxia, un universo; si le pones una zanahoria, sabrá de qué se trata y tratará de comérsela, pero no puedes hablarle de aeronáutica porque, por muchas palabras que uses, por mucho que pintes diagramas y esquemas sencillos, ni su cerebro ni su Yo esencial están preparados para comprender nada de eso. No se puede. Es imposible. Con las personas pasa lo mismo.

Pete asintió.

—Nunca lo había pensado así —dijo.

—Claro que no. Porque desbordamos ego. El ego, es sin duda, un gran maestro, pero puede ser nuestro peor enemigo, sobre todo si le hacemos caso. Si hacemos caso a sus miedos. Desconocer las argucias de nuestro ego es un resquicio terrible por el que se colarán ellos, los Descarnados, porque nadie ha prestado atención a nada relacionado con todo este asunto: la ouija, Elvenbane, y todo lo demás. Si el agujero que detectamos hubiera emitido energías medibles por nuestros aparatos científicos, y no por un puñado de gente trastornada que habla de energías espirituales, fantasmas y todo lo demás, no habríamos llegado a nada de esto.

—Eso es cierto... —susurró Jow, algo molesta. Entendía la línea general del discurso, pero algo no terminaba de encajar en el marco general de las cosas. Algo... Algo se les estaba escapando, y su potente intuición chillaba y pataleaba como un bebé hambriento.

—Estamos tan centrados en las pruebas, cariño... —continuó diciendo Alma, que ahora por fin parecía otra vez ser aquella mujer lúcida y valiente que Jow había conocido—. Nos llenamos la boca con esa palabra, «ciencia»... que usada por alguien con una actitud poco científica resulta hasta peligrosa. ¡Todo es ciencia! Pero nos negamos a aceptar que intentamos medir y certificar cosas que no son medibles, no con la tecnología que tenemos. Nos negamos a entender que pueden existir más puntos de vista aparte del nuestro. Seguimos viendo la Tierra plana. Decimos que la Tierra es redonda porque fuimos capaces de salir de nuestra perspectiva. Y a la vez sigue siendo plana, porque desde nuestro punto de vista físico lo es. Los dos puntos de vista son correctos, pero no tenemos en cuenta que hay otras perspectivas, otras realidades, otras formas de existencia conviviendo con nosotros, aquí y ahora, y que para ellos posiblemente no haya Tierra. —Se arropó con la manta, como si de repente el frío se hubiera acentuado—. Que lo único cierto sobre nosotros es que cada ser humano tiene poder absoluto sobre su persona, su carácter, sus acciones y pensamientos, pero la gente vive creyendo que tiene poder sobre todo lo que lo rodea, que puede comprar lealtades, casas y personas, pero que no puede controlar cómo se siente o cómo lo hacen sentir.

—Les da miedo enfrentarse a ellos mismos —opinó Jow.

—Ahí está la verdadera puerta por dónde ellos se colarán —siguió diciendo Alma—. El ser humano prefiere ser títere de alguien ajeno a tener que enfrentarse a las decisiones y las consecuencias de vivir una vida.

Dejaron que el silencio acompañara al frío de la habitación. La información llegaba cuando debía, desde luego, pero las conclusiones a las que había llegado Alma en esos momentos eran difíciles de digerir.

—Por eso —siguió diciendo Alma, empleando ahora un tono de voz más bajo— Alan no pudo publicar su artículo. Necesitaba los datos tangibles de Virgilio, algo que la gente pueda comprender y digerir. Datos, cifras, estadísticas en un cuadro de Excel. Nada de todo lo demás. Sin eso no había artículo. Sin artículo...

—Sin artículo no hay advertencia. —Jow abrió mucho los ojos—. Nos están dando el poder a nosotros. Nos dan el poder de elegir. ¿Por qué?

—No lo sé —suspiró Alma.

Pete no podía dejar de mirarse las manos.

—Entonces... no hay nada que hacer —dijo al fin—. Si todo sucede como debe...

—Nada que hacer más que esperar —dijo Alma—. Esperaremos a que la gente lea el libro. Algunos querrán jugar con los conceptos que incluye, y entonces... bueno, ya veremos qué pasa.

Se quedaron callados de nuevo, y continuaron así durante un buen rato. En realidad, se mantuvieron juntos hasta tarde, sin decir gran cosa pero juntos, por el placer y el consuelo de la compañía: Jow y Pete en el mismo sofá, con las manos entrelazadas, y Alma en su butaca, pensativa. Al menos parecía pensativa. Lo cierto era que había llegado a la extenuación mental. Estaba agotada, y por el momento, se contentaba con ver discurrir el tiempo.

Sólo quedaba eso: esperar.

8

Esa noche, Alma, que dormitaba en el sofá vestida todavía con ropa de calle y su viejo batín de estar por casa, tuvo uno de sus sueños especiales. Supo que lo era incluso estando dormida, lo cual era una especie de traición a la norma ancestral de despertarse en el momento en el que uno se da cuenta de que está soñando.

Soñó otra vez con Giles de Rais, el maniaco perverso que luchó junto a Juana de Arco y se sentaba sobre sus víctimas semidescuartizadas, disfrutando de una manera atroz de su dolor y su sufrimiento; soñó con gente vestida con traje en una oficina de operaciones bursátiles que vendían acciones de mierda a confiados inversores de a pie que a menudo invertían sus ahorros miserables con la ilusión de prosperar en la vida; soñó con los nazis reunidos en la villa de Gross Wannsee (Heydrich, Stuckart, y muchos otros) decidiendo el destino final de millones de judíos; soñó con niños que le arrancaban la piel sangrante a un pobre chucho sólo por diversión, con el hombre que veía anuncios de niños muriendo de enfermedades comunes y de inanición mientras devoraba una pizza quince veces más calórica que lo que ellos comerían en toda una semana, indiferente, y soñó con todas las otras escenas que ya vio una vez, hacía ahora una eternidad, cuando se concentró en buscar la verdad sobre lo que estaba pasando.

Esta vez, sin embargo, veía más cosas en cada escena.

Junto a todas aquellas personas, estaban las sombras.

Las sombras, los Descarnados, manchas terribles de una oscuridad primigenia que se movía como una gota de vino vertida en un vaso de agua, frotándose contra las mejillas de los hombres ignorantes de lo que ocurría, deleitándose y absorbiendo los efluvios de las energías oscuras que sus corazones negros e indolentes bombeaban con cada latido. Susurrando. Las sombras junto a los niños que hacían sufrir al animal sólo por el placer de ver su dolor terrible y lacerante, retorciéndose ante su disfrute como serpientes recién nacidas en un nido de cría; las sombras junto al oído de Heydrich, adulándolo y susurrando mientras se tomaban decisiones que afectarían no sólo a millones de víctimas, sino a sus familias, a sus conocidos, a la gente que se enteraría del genocidio tras acabar la guerra y sentirían una punzada de asco y horror por la capacidad del hombre de provocar dolor, generando una espantosa cadena de miedo, repulsión y sufrimiento. Las sombras. Los Descarnados. En todas partes, invisibles pero omnipresentes, desde los siglos de los siglos.

Se despertó llorando cuando aún era noche cerrada, y cuando el amanecer se abrió paso afligidamente entre las penumbras, la encontró llorando todavía.

9

Pete estaba mirando por la ventana de la casa en la que había vivido cuando era niño. Siempre lo había fascinado aquella casa. Era grande, laberíntica y algo oscura, pero había sido su parque de juegos en todos esos años de infancia en los que se explora y reconoce cada pequeño rincón, y no había recodo, mancha de humedad en el papel pintado o grieta en el suelo que no hubiera sido su centro de atención durante todos aquellos años. Cada vez que soñaba con un hogar, era esa casa, y no otra.

La ventana estaba ubicada en la cocina, y daba a un patio estrecho y lúgubre donde los vecinos colgaban, en ocasiones, la ropa húmeda y preñada del olor penetrante a detergente y suavizante. Se agarraba con los dedos a la reja que su madre había instalado hacía tiempo, en principio para evitar que los gatos se cayesen, pero en realidad era para acallar sus propios temores: todos en la familia sabían que ningún gato se tiraría desde una altura semejante. Miraba... Sólo miraba, sin pretensiones, sin preocupaciones, disfrutando del sencillo olor que traía la brisa del atardecer; hasta que, de pronto, se encontró mirando a Carol, que había aparecido desde algún punto situado a su derecha y caminaba alejándose de él.

Había dos cosas que estaban mal: una era que Carol parecía desproporcionadamente grande; la otra, que flotaba en mitad del patio andando distraída por el aire.

Pete, sin embargo, no pensó en nada de eso. Se puso muy contento y empezó a llamarla.

—¡Carol! ¡Carol, CAROL!

Ella se dio la vuelta y lo reconoció enseguida. Sonrió, poniendo los ojos en blanco y meneando alegremente la cabeza, y ese gesto parecía decir: «¡Ah! Ahí estás». Luego se acercó a él. Estaba guapísima, con el pelo suelto y largo como en su mejor época, y un hermoso pañuelo anudado al cuello.

Pete se emocionó vivamente.

Ssssh. Tranquilo, cariño —dijo ella.

—Carol...

Tranquilo...

Pete asintió, embelesado por sus facciones dulces. ¡Era tan... tan hermosa! Había olvidado cuánto. Mucho. Muchísimo. Hasta parecía resplandeciente, radiante y más joven, rodeada de un halo casi luminoso. Más joven, sin duda, como en los años dulces en los que compartían ese enamoramiento inicial y mágico que hacía que cualquier acto cotidiano se colmase de magia.

—Carol...

Pete... Ahora estás bien. Ya te tocaba.

Pete asintió.

—Sí. Creo que estoy bien.

Carol sonrió otra vez. Era una sonrisa contagiosa, imposible de ignorar. Pete se encontró respondiendo al gesto con la misma intensidad, pero al mismo tiempo no podía evitar pensar en el motivo real de que estuviera bien. Era Jow, por supuesto.

Carol pareció captar su línea de pensamientos: inclinó la cabeza y soltó una pequeña carcajada.

Oh, Pete. Sé que has estado preocupado...

—Sí...

No lo hagas —dijo—. *Está bien. Es lo que tiene que ser, desde el principio. Es una mujer preciosa, Pete, y muy vieja. Mucho. Te enseñará muchas cosas... Vas a crecer tanto... No es la primera vez que estáis juntos. Ella ha sido muchas veces tu destino, sólo que esta vez habéis tenido menos tiempo.*

Pete asintió.

—Pero yo te quiero...

Claro que sí, idiota —respondió ella con un divertido movimiento de cabeza—. *Si eres incapaz de sentir otra cosa. Me alegra que te hayas reencontrado.*

—¿Carol? —la llamó Pete. Empezaba a parecerle que se alejaba, y esa sensación estaba conduciéndolo por senderos de inquietud que ni siquiera creía posible. Se acercó a la reja tanto como pudo, implorante—. ¡Carol!

El amor te salva, cada una de las veces. Así ha sido muchas veces antes, y será todavía muchas veces más. Ahora también.

—Carol —sollozó Pete—. ¿Qué quieres decir?

El amor, cariño. Recuerda cuánto amor tienes. Y úsalo.

—¿Carol?

Se iba, se desvanecía, confundiéndose con el blanco pálido de la pared del patio. De repente, ya no estaba. Pete extendió la mano como si quisiera retenerla, pero ésta chocó con la reja de los gatos, oxidada por las inclemencias del tiempo y el devenir de los días, y no pudo impedir que su rastro desapareciese por completo.

Cerró los ojos y unas lágrimas saladas corrieron a resbalar por sus mejillas. Cuando volvió a abrirlos, estaba otra vez en su habitación, su vieja habitación de matrimonio, todavía, a veces... demasiado solitaria y fría.

10

Unas semanas después de la publicación de *ALMA*, el libro se había convertido en un bestseller histórico, sin precedentes. Todo el continente americano, Inglaterra, Alemania, Francia, Italia y Australia contaban con sus propias traducciones, y el dinero entraba a espuertas en el Grupo Nostromo. Cormick, como responsable máximo de operaciones, se compró un coche nuevo de alta gama, estaba negociando la compra inminente de una villa de lujo en el extrarradio de Londres y empezaba a invertir a lo grande. Una tarde, cuando se detuvo a echar gasolina en una estación de servicio en las afueras de Leeds, un hombre se puso a su espalda, le arrancó el dispensador de las manos y lo orientó hacia él. Cormick chilló de pura sorpresa mientras la gasolina mojaba su carísimo traje de mil setecientas libras. Iba a protestar cuando el hombre sacó un mechero Zippo del bolsillo, lo encendió, y lo arrojó contra él. Cormick dio varias vueltas sobre sí mismo aullando de dolor. Luego avanzó varios pasos hacia la carretera y cayó de rodillas al suelo. Cuando su cabeza chocó contra el asfalto ya estaba muerto.

Los ingresos provenían, esta vez, de los libros. En su totalidad. No hubo explotación comercial que licenciar; el tema de los demonios y las posesiones era demasiado delicado como para que un grupo de empresas como Nostromo se viera involucrado en algo así. Había... implicaciones teológicas y sociales que resultaban demasiado escabrosas incluso para la gran promesa de una nada desdeñable cantidad de pasta.

Los primeros en huir fueron los pájaros. Se alejaban de las ciudades formando grandes bandadas con rumbo desconocido. A veces, sobre todo cerca de los parques más grandes, había tantos en el aire que ocultaban parcialmente el sol. Los hombres, consumidos en sus quehaceres diarios, caminando cabizbajos mientras miraban el asfalto de las interminables calles y carreteras de las grandes megalópolis, no prestaron demasiada atención aparte de la ocasional mirada de curiosidad. Pero olvidaban poco después.

XXI

La casa Taggar

1

Los días y las noches se habían vuelto extrañas en Elvenbane desde que se publicó el segundo libro de Johnnie Balmori. Era como si alguien hubiera pulsado un interruptor en alguna parte y la gente hubiera decidido irse de nuevo. Había largas peregrinaciones de gente que abandonaba el pueblo, y las autoridades estaban encantadas. Los que no disponían de vehículo, y aquellos cuyos automóviles habían quedado bloqueados por otros coches, se marchaban andando, caminando por las carreteras y caminos locales. Para facilitar las cosas, las autoridades fletaron autobuses para propiciar el éxodo, incluso camiones militares con destinos tan variopintos como exigía la gente. La mayoría, sin embargo, insistía en ir a la ciudad más cercana.

Algunos responsables de Seguridad Civil se daban palmadas en la espalda, seguros de que el alucinante y extraño acontecimiento estaba empezando a pasar. Y no podían celebrarlo más, porque el mundo había empezado a enloquecer y necesitaban todos los efectivos con los que pudieran contar para hacer frente a la crisis que empezaba a desatarse en las ciudades.

—¡Era cuestión de tiempo! —se decían.

Sus expectativas se vieron hechas añicos cuando la gente empezó a regresar, otra vez, a Elvenbane. En menos de veinticuatro horas había riadas de gente moviéndose en los dos sentidos: un caos de circulación y tráfico como no se conocía en toda la historia del Reino Unido.

—¿Qué está pasando? —quiso saber uno de los responsables—. ¿Por qué cojones vuelven de nuevo?

Su subordinado tenía la cara roja cuando le respondió. Tenía manchas de sudor en las axilas y olía como alguien que había pasado tres turnos completos sin tomarse un pequeño descanso, como de hecho había ocurrido.

—Han ido a comprar un libro... —exclamó con voz ronca. Tan pronto lo dijo, empezó a reír; entre dientes al principio, y luego de una manera más evidente, soltando una carcajada tan estruendosa que tuvo que agarrarse a sus propias rodillas para no caer al suelo.

Todo el mundo en Elvenbane quería la segunda parte de *La puerta*.

Algunos vendedores avispados detectaron esa imperiosa necesidad y se pusieron manos a la obra. Había gente que compraba centenares, miles de volúmenes en las grandes ciudades y llenaba con ellos sus furgonetas; luego viajaban con ellas a Elvenbane. El libro se vendía en las afueras del pueblo a veinticinco libras con noventa peniques, casi cuatro libras más que el precio de venta recomendado en la contracubierta. Nadie protestaba por ese aumento. Los que se habían quedado sin dinero en efectivo pagaban con tarjeta; los que se habían quedado sin ningún dinero en absoluto ofrecían sus móviles, relojes y cualquier cosa que pudiera servir como pago por el ejemplar. Incluso comida. Una chica de veintidós años llamada Bárbara Simmons ofrecía cuatro horas de sexo sin limitaciones a quien le proporcionase el libro, y en los caminos escondidos que serpenteaban entre los árboles, por todas partes, había gente que era asesinada para ser privada de sus valiosísimas posesiones, que casi siempre se reducían a una sola cosa: el último libro de Johnnie Balmori. La palabra «ALMA» era como un mantra infernal que se susurraba por todas partes.

Mientras tanto, en el pueblo y sus extrarradios, la gente leía. Leía por todas partes, con expresiones concentradas. Leían en los portales, en las aceras, en las tiendas de campaña, bajo los árboles, en las sillas robadas de las cafeterías (que a esas alturas habían sido virtualmente desmanteladas y saqueadas), en el interior de las viviendas que habían sido allanadas y arrebatadas a sus legítimos propietarios. Algunos leían junto a los cadáveres de sus antiguos dueños, como el señor Douglas Winters (que ya nunca más caminaría por Silhoutte y Green Leaf), masticando con fruición cualquier cosa que hubieran encontrado para comer.

Y a medida que terminaban la lectura, cerraban el libro con manos temblorosas, los ojos anegados en lágrimas y una súbita comprensión que parecía provenir de una conexión ancestral y cierta dictada por designios incomprensibles; y esa comprensión les decía, muy a las claras, lo que debían hacer después.

2

Esa noche durmió muy poca gente en Elvenbane. Los que aún no habían adquirido el libro estaban demasiado concentrados en solucionar ese problema; los que aún no lo habían terminado no podían apartar los ojos de él, y los que ya lo habían leído...

Bueno, el libro hablaba de Elvenbane.

No directamente, claro, pero la población ficticia de Heresville donde ocurrían los hechos se parecía bastante a aquel pueblo pintoresco y agradable, colmado de pequeños racimos de vegetación, casitas blancas, y hasta un lago. Para todos ellos, la asociación era tan directa como inevitable, tan obvia que se caía por su propio peso. Al fin y al cabo, llevaban demasiado tiempo pernoctando allí y preguntándose por qué lo hacían, aferrados a una única verdad, que por mucho que fuera indiscutible, era en realidad tan peregrina como podía serlo: Que estar en Elvenbane era lo único que los hacía sentirse en-el-lugar-adecuado. Era como estar de pie a la hora señalada, delante de los invitados, el día de tu boda, algo tan obvio que no cabían preguntas. Ahora sabían. Sabían que se habían reunido allí para eso que se contaba en el libro.

En la novela, los tres protagonistas abrían el Portal de Mundos, realizando un ritual que tenía mucho que ver con las prácticas de ouija que todos conocían tan bien. Y lo hacían en Heresville, por supuesto, en la vieja casa de los Taggar. Gracias a eso, conectaban con el otro lado, esa realidad tangible pero invisible que evidenciaban las prácticas espiritistas.

En las calles de Elvenbane, en los campamentos que rodeaban la ciudad desde las afueras, en el interior de las tiendas de campaña (las familiares y las pequeñas) y los muelles del puerto, todos... todos sin excepción hablaban de esa coincidencia innegable. Hablaban entregados a susurros excitados, sujetando el libro con las manos y repasando los pasajes clave, leyendo partes en voz alta, asintiendo con severidad y abriendo mucho los ojos, como si estuvieran siendo partícipes de una conjura prohibida. El tomo negro, con ese diseño de portada tan íntimo como mínimo, parecía un ejemplar de la Biblia en sus manos. Las palabras «casa Taggar» se pronunciaban de una manera velada, como si temiesen invocar cosas terribles al amparo de las penumbras nocturnas.

Douglas Winters, de no haber estado muerto y descomponiéndose en el interior de un armario de su propia casa, se habría percatado rápidamente del movimiento de la gente, que conformaba una suerte de marea por las calles del pueblo. A algunos les costó un poco saber qué ocurría, para otros fue instintivo. Se decía que un hombre de barba anaranjada había encontrado la casa Taggar, o algo similar, y las filas de curiosos marchaban por el pueblo siguiéndose unos a otros. Muchos portaban linternas, porque el camino los conducía más allá de las últimas casas hacia la zona del río, entre las hileras de árboles, y allí terminaba la iluminación de las farolas locales. Un observador lejano habría visto una fantasmagórica marcha nocturna entre los árboles, y era posible que la escena le hubiera parecido entrañable.

El camino, por supuesto, acababa cerca de la estructura de madera oscura que Alma y Jow habían descubierto hacía toda una eternidad. Allí, los susurros y conversaciones veladas languidecían y se apagaban, envueltos en un misterio casi religioso, como si un grupo en peregrinación hubiera llegado al final de su largo viaje, como si de repente hubieran hallado el misterio por el que se pusieron en marcha; como si el Mesías estuviese a punto de aparecérseles procurando el ansiado maná divino, la conclusión de un periodo extraño de sus vidas, pero algo... algo en realidad único y especial. Algo importante. Algo que estaba a punto de suceder. De empezar o de terminar.

Y miraban, inseguros de qué hacer a continuación, incapaces de comprender las energías turbulentas como espirales de un tornado que los atravesaban, pero sintiéndolas de alguna manera inexplicable. Esos torbellinos invisibles e intangibles los hacían sentirse raros, conectados entre sí, expectantes, partícipes de una confabulación cósmica que estaba ocurriendo en ese mismo momento, tan real como inequívoca.

Ahora esperaban, sin hacer otra cosa que dejar pasar las lánguidas horas de la noche, dejándose envolver por sensaciones encontradas y esperando, quizá, a que pasara algo.

Porque si algo sabían todos, los que esperaban de pie y los que habían encontrado un hueco en el suelo, era que algo estaba a punto de pasar.

Algo.

3

La Muerte conducía un Bentley Continental y llegó al atasco de Elvenbane, que empezaba a casi diez kilómetros del pueblo, a las seis menos diez de la mañana. Se quedó bloqueado en la carretera de la costa detrás de una furgoneta blanca, en la parte trasera de la cual se mostraba un adhesivo que decía: TÓCAME EL CLAXON Y TE TOCO LA PUTA CARA. Suspiró brevemente, apagó el motor con parsimonia y abandonó su Bentley Continental. Había sido un buen coche, uno de los mejores que había tenido nunca, y odiaba perderlo, pero... así eran las cosas. Sencillamente, no había manera de resistirse a los cambios.

Era un títere, sí; una marioneta del destino. Pero él, al menos, era un títere que veía los hilos.

Miró alrededor. Hasta donde le alcanzaba la vista no podía ver más que coches: miles de automóviles embotellados costado contra costado y frontal contra frontal, formando una sólida masa de un color apagado y deslucido que uniformaba la tenue luz del amanecer. El cielo estaba encapotado y hacía frío, pero últimamente hacía frío siempre.

Abrió entonces el maletero y miró la pequeña bolsa de deportes negra, sin marcas. La llevaba a la vista, no en el compartimento oculto donde solía guardar las cosas comprometedoras, y eso era tan inusual en él como una nevada en pleno julio. De todas maneras, no era que llevase armas ni ninguna de las otras cosas que solía llevar cuando estaba trabajando, pero la naturaleza de esas cosas eran extrañas cuando las observabas en su conjunto, y en otros tiempos habrían hecho que cualquiera que indagase en ella se hiciera preguntas. Preguntas incómodas. Ahora todo era diferente; imaginaba que las cosas estaban ya demasiado enloquecidas como para que nadie se interesase por una bolsa de deportes negra, sin marcas, en el maletero de un Bentley Continental. Y tan cerca de Elvenbane, por añadidura.

Cargó la bolsa y empezó a caminar, y ni siquiera se molestó en cerrar el maletero. ¿Para qué? Tenía muy claro cómo se desarrollarían las cosas.

El final de todo.

Mientras caminaba, pensaba. En realidad, era curioso cómo se habían desarrollado las cosas: Veinte años trabajando en el negocio de la Muerte, inventando mil argucias para evitarla y administrarla con eficiencia, y ahora caminaba resueltamente hacia un destino seguro. Ni siquiera estaba muy seguro de por qué se había prestado a ello... Podía, sencillamente, haber huido a cualquier parte del mundo y servirse de su extraordinario talento para sobrevivir durante tanto tiempo como le hubiera sido posible. Su padre habitualmente decía que «un día siempre es un día», y había aplicado esa mentalidad a su existencia durante toda su vida profesional. Imaginaba que tenía sentido; una especie de trabajo último, un homenaje a toda una vida de encargos llevados a cabos, de clientes satisfechos, de ética profesional, de discreción, anonimato, periodos en las tinieblas, cambios de identidad, caminar entre la gente con la cabeza gacha y las solapas del abrigo subidas, un lobo entre corderos. ¿A cuántos había matado en esos veinte años? Probablemente a cientos. Cientos de personas. Ni siquiera podía recordarlos a todos, por mucho que se empeñase, y por mucho que hubiera recogido la mayoría de esos encuentros en un pequeño diario que gustaba de llamar «Yo, Monstruo». Acabar por ello con todo, o propiciar que ocurriese, se le antojaba una buena traca final. Algo que, de alguna forma extraña, tenía sentido en el periplo de su vida.

Le llevó una buena hora y media llegar hasta Elvenbane. Hubiera tardado menos, pero no llegó por la carretera principal: había demasiados estúpidos y excesivo ruido, mucha gente insoportable, perdida y quejumbrosa. Lo hizo a su manera, por la puerta de atrás, por los senderos perdidos entre los árboles, a través de los campos, lento pero seguro.

Las afueras de Elvenbane, por cierto, eran un espectáculo inesperado. Estaba preparado para tener que atravesar una muchedumbre insufrible; lo había visto en las imágenes del canal de noticias y en los periódicos, pero allí no quedaba apenas nadie, sólo inválidos, impedidos y gente demasiado mayor como para poder moverse de un lado a otro con libertad; todos los demás se habían marchado ya. Aquello era como cruzar a través de los restos abandonados de un campamento de refugiados que hubiera sido desalojado, colmado de tiendas de campaña vacías, cajas apiladas, restos de... comida, de ropa, basura, despojos, hogueras todavía humeantes y un desagradable olor residual a humanidad, heces y fritangas.

Colin negó con la cabeza.

Un abuelo sentado en una silla de *camping* plegable le dirigió una mirada dura. Colin no lo miró: le bastaba con la visión periférica para tener controlados todos sus movimientos. Era una especie de secuela de su trabajo, muy poco convencional: controlarlo todo, mantenerse alerta, no dar nada por sentado. La vieja y mugrienta manta que le cubría las piernas podía esconder un arma, pero el tipo no daba la talla. Con los años, Colin había aprendido que sólo había ocho tipos de personas, y aprender a clasificarlos era extraordinariamente sencillo si uno estaba atento a las señales. La expresión de los ojos, la profundidad de la mirada, el lenguaje corporal e incluso las marcas en el rostro decían mucho sobre cómo era alguien en realidad, y aquél no era más que el tipo de hombre que parecía ser: un anciano sentado en una silla, probablemente esperando a que su hija Betty de cuarenta y seis años, aquejada de varices en las piernas, volviese a por él.

Colin le devolvió la mirada durante un par de segundos, y el anciano pareció encogerse en la silla. Cuando hubo pasado, se santiguó. Pasó la media hora siguiente deseando fumarse un cigarrillo.

Colin sabía exactamente adónde ir; tenía información precisa. Siempre la tenía, era su trabajo, y jamás lo había descuidado. Sin embargo, cuando llegó al lindero del bosque se encontró con la gente. Toda la gente que debía de haber estado en el campamento estaba allí congregada, como si hicieran cola para alguna loca súper rebaja en un centro comercial el día antes de Navidad, pero faltaban las voces, las voces airadas, las conversaciones superpuestas, las protestas y las exclamaciones nerviosas de quien estaba a punto de comprar aquello que tanto había ansiado a buen precio. Contemplar a tanta gente reunida y en silencio, contentándose con pequeños susurros velados, resultaba tan irreal que toda la escena cobraba un tinte casi onírico.

Colin avanzó, trepando entre las rocas. Avanzó tanto como pudo, moviéndose entre el gentío disperso, y cuando resultó ya demasiado complicado seguir avanzando por la masificación, se plantó con un sonoro suspiro.

—Perdonen —exclamó entonces en voz alta, con su perfecta pronunciación—. ¿Me dejan ustedes pasar, por favor?

Lo miraron, perplejos. Una señora que dormitaba varios metros más allá dio un respingo y se incorporó sobresaltada; los que estaban sentados en el suelo con la espalda apoyada en los troncos de los árboles se revolvieron, incómodos, como si alguien los hubiera espoleado con un bastón. El resto se volvió, mirándose unos a otros, sin saber qué decir o qué hacer. Alguien resopló y pareció estar a punto de decir algo, pero Colin clavó su mirada en él, revestida con el burdo sucedáneo de una sonrisa, tan ausente como fría. El muchacho se sacudió con un escalofrío y se limitó a apartarse.

—Gracias —dijo al fin.

Colin avanzó, dando las gracias a medida que pasaba. El contenido de la bolsa que llevaba a la espalda producía un sonido cantarín —clink, clink— con el bamboleo que ocasionaba su avance. De vez en cuando exclamaba un simple «disculpe» y la gente se hacía a un lado rápidamente. Era como si emanase de él una oleada de algo invisible pero perceptible, tan ominoso como desagradable. Gracias. Disculpe. Gracias. Era como un rey progresando entre el gentío; todo el mundo le hacía hueco y tardaban en cerrar filas a su espalda, como si fuera dejando un rastro que nadie quería invadir.

Avanzó, andando a buen paso, hasta que llegó al otro extremo del bosque y la visión de la casa Taggar empezó a dibujarse entre los arbustos. Apenas la vio, la reconoció enseguida. Era la misma que había visto en sus sueños, con todos los detalles. Hasta la luz era la misma. Sabía positivamente que sería así, pero tener la confirmación visual, real y tangible, delante de sus narices, le produjo cierta impresión.

Asintió con un gesto de la cabeza y continuó avanzando.

Nadie ocupaba el perímetro de la casa, como si alrededor de ella hubieran dispuesto un cordón de seguridad invisible. Este hecho lo divirtió sobremanera. Miró brevemente hacia atrás y vio la inconcebible cantidad de gente congregada ocupando cada pequeño espacio, cada roca, expectantes y concentrados en él, llamados por sólo Dios sabía qué voz sobrenatural e invisible, sin que ninguno supiera una mierda de lo que estaba pasando. Y esto lo divirtió aún más.

Dejó la bolsa en el suelo y la abrió con un rápido movimiento. Entonces extrajo un par de martillos grandes, comprados la noche anterior en una ferretería a doscientos cincuenta kilómetros de allí. Una herencia, sin duda, de su trabajo. No había sabido hasta ese momento para qué quería dos martillos, pero ahora lo sabía. Vaya si lo sabía.

Estudió a la gente con un rápido vistazo.

—Usted —dijo, señalando a un hombre—. Y usted. ¿Quieren por favor venir hasta aquí?

Los dos hombres avanzaron, dubitativos.

—Vamos. Vengan aquí. No tengan miedo.

Colin les entregó los martillos y los aceptaron sin preguntas; luego se acercó a la entrada principal de la casa y tocó con la mano los viejos ladrillos con los que habían tapiado la entrada principal, muchos años atrás. Asintió, satisfecho: eran ladrillos de hueco simple dispuestos en horizontal, lo que quería decir que no tardarían mucho en echarlos abajo. No había esperado otra cosa.

—Utilicen sus martillos —exclamó entonces.

Los hombres se miraron. Colin esperó a que el mensaje penetrara lentamente en su densa malla cerebral, sin añadir nada, hasta que uno de ellos avanzó con pasos temerosos hasta donde él esperaba. El otro no tardó en seguirlo.

—Golpeen con fuerza —exclamó.

Se sentó en una roca cerca del porche y extrajo una elegante pitillera negra del bolsillo de su abrigo. Tenía las siglas C. F. G. grabadas: un vestigio de otro tiempo, otro nombre, otra época, el único que conservaba de un tipo de vida que la gente normal aprobaría y consideraría socialmente aceptable. Normalmente, se fumaba un único cigarrillo por cada trabajo terminado, una especie de recompensa y un pago velado por su intromisión en el destino de las cosas. Había leído que cada cigarrillo suponía un minuto menos de vida, así que él se restaba un minuto por cada vida segada, y ese pensamiento no sólo le parecía justo, sino macabramente divertido.

Un minuto menos.

Esta vez era diferente; no habría un después. Tendría que fumárselo ahora, porque dudaba de que luego hubiera tiempo. Dudaba de que luego hubiera cualquier cosa.

Lo encendió y dio una larga calada. Para entonces, el ruido de los martillazos sobre los ladrillos empezaba ya a llegar hasta él, así que cerró los ojos y dejó que el sonido irregular de los golpes se convirtiera en una suerte de melodía en su cabeza. Cada golpe era como un mazazo terrible, un clavo en el ataúd de la humanidad. No un minuto, sino mucho más. Un año. Diez años. Cien siglos. Una eternidad. El destino, se dijo, no estaba carente de ironía.

La gente seguía esperando, y era todo lo que hacían. Esperar. Mirar con una expresión vacía en el rostro. Incluso ahora, en medio de un momento tan importante, seguían siendo incapaces de tomar decisiones, de vivir la vida, y por eso estaban allí, reafirmando su error, representando de forma exacta la farsa de su patética existencia social.

Colin empezaba ahora a comprender el motivo por el que había tenido aquellos sueños; aquella gente no parecía preparada para hacer nada. No habrían hecho nada, más que esperar hasta que el hambre o la sed los hubieran ido alejando del lugar al cabo de más o menos tiempo. Y eso hubiera sido una pena. Estaban, simplemente, allí reunidos, y sabía qué los había reunido. Se preguntó qué tipo de adulaciones y mentiras los habían seducido para acabar allí, lejos de sus familias, de sus trabajos, de sus sueños, soportando el calor del día y el frío de la noche: ¿sexo?, ¿poner final a la insondable soledad de sus almas mezquinas?, ¿amor tal vez, amor... de ese tipo que sólo los más afortunados viven una única vez en la vida, a veces por breves periodos, que te cala tan hondo que te transforma para siempre?, ¿o algo más pueril como el dinero, el poder o diversos logros personales? ¿Qué mentiras?, ¿qué promesas? Colin lo había visto en los ojos de todos ellos. En algunos, al menos. En la mayoría. Mentiras al mando de tableros de ouija, como una masturbación compulsiva. Mentiras, falsas esperanzas, engaños, anhelos nacidos de la miseria humana, la desesperanza alentada por falacias ficticias.

Cerró los ojos y fumó.

Cuando los golpes terminaron, Colin volvió a mirar. Echaría de menos el tabaco y echaría de menos estar vivo, por descontado. Aunque había dedicado su vida al negocio de la muerte, aún podía apreciar cosas como la belleza caótica y casi fractal de la disposición de las ramas de los árboles y el olor a tierra, o un día de viento, o el calor tibio del sol en el mes de marzo. Eran cosas bonitas, y la vida era pródiga en ellas si uno se decidía a encontrarlas.

Los hombres, por cierto, habían hecho un buen trabajo. El hueco en los ladrillos era lo suficientemente amplio como para que una persona pasara con holgura. Asintió satisfecho y se puso en pie, tomó de nuevo la bolsa de deporte negra, sin marcas, y se dirigió hacia la casa. Ni siquiera miró a los hombres cuando pasó junto a ellos: habían terminado su cometido y ya no significaban nada para él. Le preocupaba mucho más no mancharse el abrigo de polvo. Morir con el abrigo sucio era demasiado estrafalario.

El interior de la casa olía a tumba. Había un rastro de humedad, pero también una notable ausencia de aire, como si allí dentro éste hubiese escaseado desde hacía décadas y ahora se hubiera renovado alimentándose de las viejas paredes, el mobiliario prácticamente descompuesto y el polvo que cubría el suelo como una alfombra.

El recibidor principal, por supuesto, era justo el espacio que necesitaba. También había sabido eso. Se trataba de una estancia diáfana de unos ocho metros cuadrados de la que nacían puertas, arcos desnudos y una escalera que ascendía al segundo piso. Pero no había más muebles que una vieja estantería que amenazaba con desmoronarse sólo con mirarla y un par de butacas cuya tela era un festival de moho y hongos. En los altos techos, unas telarañas grandes como sábanas tremolaban suavemente por la suave brisa que entraba por la puerta principal. A Colin no le importaba nada de aquello, era atrezo barato de una película de terror. Sacó de su bolsa de deporte varias linternas de *camping* preparadas para ser colocadas en posición vertical y que dispuso rápidamente por el suelo y en la estantería. Ofrecían una luz pálida y espectral pero suficiente.

Los dos hombres habían entrado tras él. Sus rostros se revelaban afligidos por un temor casi reverencial, como si hubieran accedido a la mismísima tumba de Jesucristo y esperaran encontrarse con su creador. La luz que iluminaba sus rostros desde el suelo producía sombras y exagerados contrastes en sus facciones asombradas. Colin les dedicó una breve mirada.

—Justo a tiempo, caballeros. Tengo más trabajo para ustedes.

Sacó un paquete de tizas escolares de la bolsa y se las entregó. Luego extrajo un pliego del bolsillo de su abrigo.

—Estoy seguro de que reconocen esto —les dijo, desplegando el trozo de papel. Lo levantó con una mano para que pudieran verlo bien. Mostraba un círculo con unos símbolos, los mismos que el libro de Johnnie Balmori describía.

Los hombres asintieron.

—Dibújenlo en el suelo. El círculo debe ser tan grande como puedan. Utilicen todo el espacio, hasta las paredes.

El hombre más joven lo miró, perplejo y boquiabierto.

—Y caballeros —añadió, con esa sonrisa fría y desnaturalizada que tantos hombres, mujeres y niños habían contemplado antes de morir—, sean cuidadosos. Hagan los trazos precisos. No quiero el pintarrajeo de un escolar.

Asintieron. Pero tenían la boca tan seca que la sentían polvorienta como la vieja habitación.

Veinte minutos más tarde, el trabajo estaba hecho. No había quedado mal, en opinión de Colin, y ni siquiera había tenido que mancharse las manos de tiza o de sangre, para el caso, porque tenía muy claro que no quería chapuzas en nada que tuviera que ver con el trabajo. Las proporciones parecían correctas y el círculo, al menos, parecía un auténtico círculo. Hasta los símbolos tenían cierto criterio artístico.

Para entonces, algunas personas habían ido entrando en la casa, todas en silencio, moviéndose como unos astronautas que dan sus primeros pasos por un asteroide. Nadie decía nada, y eso era bastante conveniente. Las masas podían ser muy caprichosas y difíciles de manejar si las cosas se torcían, y quedaba tan poco que le cabrearía mucho tener que tomar medidas drásticas.

Colin extrajo unos de los últimos objetos de la bolsa: unas velas grandes de un fascinante tono rojo navideño. Eran para los extremos del dibujo, conformando una especie de señal luminosa que acentuaba el diseño del pentágono. Las encendió y sacó la última cosa de la bolsa: un ejemplar de *ALMA*, de Johnnie Balmori. Había marcado la página donde estaba la parte que necesitaba.

Colin miró a la gente antes de empezar a leer. Oh, no tenían ni idea de lo que se les venía encima, y eso, pensó... eso también era divertido.

—*Mah ta sabah* —exclamó— *na tak minas bai. Tak margath unal.*

Apenas había terminado de decir la última palabra cuando el lugar entero se sacudió con un crujido terrible. Fue como un pequeño terremoto, como si los cimientos enterrados en el suelo hubieran sufrido una embestida que los había partido en varios pedazos. Algunas tablas se desprendieron de la pared y cayeron al suelo con un repiqueteo que pasó desapercibido; el polvo acumulado en el techo se apresuró a caer, como ingrávido, formando pequeñas nubes blancas que se esparcieron con notable rapidez. Algo más crujió amenazadoramente en el piso de arriba, y tanto las velas como las linternas se apagaron al unísono.

Colin no se inmutó, pero algunas personas gritaron. Fuera, la sacudida provocó un pequeño revuelo. Algunos se cubrían las cabezas con los brazos, como si temieran que la casa se les fuese a caer encima.

Colin sabía que la cosa no terminaría así. Lo había visto en uno de sus sueños especiales, los mismos que lo habían mantenido vivo durante tantos años, como aquella vez que se despertó a las cuatro de la mañana en una habitación de hotel con el tiempo justo para meterse debajo de la cama: diez segundos más tarde entraban dos tipos armados y vaciaban sus cargadores sobre la cama vacía. Esos sueños.

Tiró el libro a un lado y esperó, con las manos recogidas a la altura del abdomen. Con el abrigo de color negro parecía un sacerdote que acabase de oficiar un funeral, y con probabilidad, así era.

Esperó...

Unos instantes después, el suelo saltó por los aires. Los trozos de madera volaron convertidos en peligrosas esquirlas, puntiagudas y terribles, y algunas fueron a clavarse en la gente que esperaba cerca del umbral. Hubo más gritos, y hubo sangre, y alguien cayó al suelo de rodillas sujetándose el cuello con ambas manos. La sangre manaba abundante tiñendo sus dedos. Colin movió la cabeza. Luego, un chorro de luz de un tono verde pantanoso brotó del agujero.

El viento empezó a soplar, dentro y fuera de la casa. Sin la luz de las linternas no se veía gran cosa, pero a Colin le pareció distinguir trozos de roca, ladrillo y madera volando por todas partes, describiendo círculos centrífugos que giraban como a cámara lenta. La gente, entregadas a una caterva estridente de alaridos, empezó a salir de forma atropellada, apretándose contra los ladrillos para pasar por el hueco.

Colin fue el primero en verla. Salía del agujero, tímida como los efluvios ponzoñosos del caldero de una bruja de cuento, ingrávidos, casi perezosos, dando forma a una especie de brecha en mitad de la sala, como si la realidad desapareciera y fuese apartada y consumida. La sala entera pareció gemir, y la oscuridad cimbreó por todas partes, como sacudida de sus estructuras esenciales. Las sombras se movieron para apuntar al agujero abierto en el suelo.

Colin compuso una mueca de satisfacción. En su sueño había visto una masa informe de muerte, pero verla allí, en directo, era otra cosa. No era desagradable. No era fea y abyecta, era... una hermosa nada, pura en su esencia íntima. Él no había querido una muerte sucia.

Se permitió susurrar unas últimas palabras, una especie de homenaje a una larga carrera, un momento frívolo de vanidad exaltada.

—Soy la Muerte.

De pronto se sintió transportado. Nunca supo de qué se trataba. Un instante más tarde giraba alrededor de la habitación mientras algo tiraba de sus extremidades en todas direcciones. Sintió una enorme presión en el pecho y en las sienes, y los brazos explotaron en un estallido de dolor inenarrable que le hizo cerrar los ojos mientras era consciente de que estaba siendo aplastado. Ni siquiera tuvo tiempo (bendita adrenalina) de sufrir dolor. Simplemente, con un único pensamiento furtivo de lo mucho que le apetecería fumarse un cigarrillo, dejó de ser.

Fuera, la gente estaba mirando con ojos atónitos cómo el techo se desmontaba en mil pequeños fragmentos, como si alguien hubiera aplicado una aspiradora industrial sobre una construcción infantil hecha de bloques de madera. Los restos parecían elevarse en el aire varios metros para salir expulsados en todas direcciones, como una fuente de escombros. La casa Taggar crujía, las paredes cimbreaban y los tablones saltaban enloquecidos; en la quebrada, las rocas rodaban levantando una polvareda sucia de color sepia.

Luego, por fin, la casa empezó a vomitar oscuridad.

Descarnados.

Como un recién nacido, los Descarnados tenían hambre. Un hambre atroz, primigenia, ancestral, que necesitaba alimento de una manera imperiosa para prosperar en su estado incipiente. Acababan de despertar a un nuevo mundo que les era desconocido y que estaba dominado por leyes físicas incomprensibles, pero se habían ocupado de eso; se habían procurado todo un séquito de almas, a veces con maneras sutiles, como los sueños, a veces de una manera más paciente y laboriosa, como convencer a cada uno de ellos prometiéndoles, adulándolos, diciéndoles, rellenando sus insufribles, frágiles y ridículas carencias humanas, todo con la paciencia de quien ha vivido todo el tiempo del universo, desde siempre.

Alimento, cuidadosamente condimentado.

Entonces sí que empezaron los gritos de verdad.

Entonces sí.

4

La primera vez que todo empezó a cambiar de veras fue en North Wessex Downs, cerca de Eddington, Inglaterra, en una pequeña casa con una preciosa terraza que miraba al río Kennet.

Jimmy McReady había terminado la lectura de *ALMA* a las dos y veinte de la mañana, y aunque tenía que levantarse antes del amanecer para ir a trabajar, estaba tan exultante y tan lleno de curiosidad que se decidió a probar los cambios introducidos al nuevo ritual de la ouija.

Los símbolos habían desaparecido. Ahora, las letras estaban circunscritas en un solo símbolo gigante, en forma de círculo, conformado con pequeñas marcas a modo de runas. Una especie de galimatías de líneas que se cruzaban entre sí ocupaba el espacio central.

McReady dibujó todo eso en la pizarra infantil de su hijo, sirviéndose de tizas de colores. Cuando hubo terminado, dejó la pizarra en el suelo y colocó un vaso en el centro. Luego, intentó el proceso utilizando las mismas palabras que se describían en el texto.

Miraba el tablero expectante, esperando esa comunicación alucinante y directa que ocurría en el libro de Balmori. Sin embargo, aunque esperó durante casi un minuto, no ocurrió nada.

Nada en absoluto.

McReady se sintió decepcionado al principio, pero después sonrió para sus adentros. Era sólo un libro, y además estaba mentalmente extenuado. Sabía por experiencia que la conexión no se establecía si se deseaba sin energía, cansado tras un largo día de trabajo, por ejemplo. Siempre podía intentarlo otro día, o volver a los símbolos del primer libro que, por cierto, funcionaban de maravilla.

Estaba ya a punto de borrar el dibujo de la pizarra cuando, de pronto, tuvo un acceso de duda. Con mucha rapidez, volvió a coger el libro y buscó el capítulo en el que los protagonistas enredaban con el tablero y los símbolos. Un párrafo llamó su atención.

—Velas —susurró en la oscuridad.

Los personajes del libro utilizaban cinco velas, dispuestas en círculo alrededor del dibujo. Una en el cenit superior, dos a los lados, y dos más en la parte de abajo, como en una especie de pentágono.

Torció la cabeza, divertido por el hecho de que, realmente, fuese a intentar reproducir la secuencia tal cual aparecía en la novela que, por cierto, era de FICCIÓN, como rezaba la portada. Pero lo hizo, sólo por descartar todo el asunto.

La luz se iba a menudo en aquella parte del río, así que McReady contaba con una buena cantidad de velas comunes que guardaba en un cajón del aparador. Eran pequeñas y achaparradas, de un color cremoso, pero supuso que servirían lo mismo. El libro no especificaba que tuvieran que ser de un color determinado.

Cuando las hubo colocado, las encendió con ayuda de un mechero, pero aún no proporcionaban el ambiente adecuado que la ocasión merecía. La luz de la lámpara en el techo arruinaba todo el ambiente de película de terror, así que, movido por el morbo y una fascinación peliculera, dio tres grandes zancadas hacia el interruptor y lo pulsó. Se quedó mirando su pequeño escenario. Estaba contenido en apenas un metro cuadrado de suelo, pero de alguna forma, lo sentía correcto, estéticamente correcto. Estaba tan excitado que se dijo que esa noche, de todas maneras, no podría dormir demasiado, pero le daba lo mismo. No era la primera vez que veía amanecer jugando a la ouija.

«Si mi mujer se despierta ahora me va a estar mirando como si estuviera zumbado durante tres putas semanas», se dijo, riendo para sus adentros.

Satisfecho, suspiró largamente y ensayó, una vez más, las extrañas palabras que conformaban el saludo inicial. McReady había tratado con extranjeros toda su vida, y estaba bastante seguro de que aquellas palabras eran una mezcla absurda y fantasiosa que intercalaba lenguajes de ficción como el de los *Mitos de Cthulhu* con algo de latín y, con bastante probabilidad, árabe, o cualquier otra basura sacada de la imaginación del autor. De todas formas, acercó la página a la luz de las velas y pronunció las palabras de nuevo, poniendo tanto cuidado como pudo.

—*Mah... ta sabah na tak minas bai... tak margath unal.*

Fuera, en el pequeño jardín delantero, el viento golpeó con fuerza el lateral de la casa. Unas viejas latas que colgaban de una cuerda cerca del pozo desgranaron, inesperadamente, una suave cantinela metálica, y el aire se llenó de un olor dulzón, como de tierra fértil que ha sido removida en mitad del bosque. McReady sintió un repentino escalofrío. ¿Era él, o la temperatura acababa de bajar varios grados? Estaba casi seguro. Además, tenía esa repentina sensación de náusea. Parecía crecer desde la base del estómago y abrirse camino hacia su cabeza, como si...

De pronto, el tablón de la pizarra crujió con un sonido tan fuerte como inesperado. McReady dio un respingo. La luz de las velas pareció crecer en intensidad, chisporroteando en pequeños estallidos intermitentes, para luego apagarse. Antes de quedarse a oscuras de nuevo, McReady alcanzó a ver una raja en el tablero que antes no estaba ahí.

Dejó escapar una exclamación ahogada.

Se quedó quieto, respirando con cierta dificultad, intentando ordenar sus pensamientos.

«El calor de las velas», se dijo, sin poder dejar de sentirse tan asustado como excitado. Esa explicación le trajo un acceso de risa que sonó aberrante en el silencio de la habitación. «¡El puto calor de las velas ha hecho que el tablero se parta, me cago en Dios!» Y, sin embargo, no podía evitar sentirse todavía inquieto. Desde luego, no se explicaba por qué las velas parecían haberse convertido, por un instante, en jodidas bombillas de cien vatios.

Estaba cogiendo una de esas velas con una mano e intentando recordar dónde las había comprado para poner una queja cuando, un par de habitaciones más allá, su mujer profirió un alarido escalofriante.

McReady se estremeció, consumido por un nuevo ramalazo de terror.

—Linda... —musitó, perplejo. Las ideas se agolpaban en su cabeza como complicadas piezas de un puzle alienígena que su mente no era capaz de abarcar. Luego... se puso en pie de un salto y salió corriendo hacia el dormitorio.

—¡Linda! —chilló.

Linda volvió a gritar. Esta vez, su voz llegó acompañada de una segunda voz. Parecía, más bien, el gruñido de algún tipo de animal, restallando en la oscuridad de la habitación como un latigazo de irrealidad.

McReady tropezó con el sofá en su intento de llegar al pasillo y trastabilló con las manos adelantadas, preparándose para la caída. La rodilla explotó con una terrible punzada de dolor, pero no le prestó atención. Linda no paraba de lanzar gritos, uno tras otro, ininterrumpidamente.

—¡LINDA!

«Oh cielos, Linda, Linda, oh cielos.»

—¡Jimmmmmmmmmy!

Cruzó el pasillo como una exhalación, los ojos despavoridos intentando descubrir volúmenes en la penumbra. Cuando llegó al dormitorio, la puerta estaba abierta, y la imagen de lo que se cernía sobre la cama lo inundó tan por completo que durante unos momentos se quedó plantado en el umbral, incapaz de reaccionar o de comprender del todo lo que estaba ocurriendo; ni siquiera lo que estaba viendo.

Era una forma imposible de entender. Los detalles se perdían en la oscuridad, pero allí había una suerte de forma, una amalgama sin sustancia, un agujero en la realidad a través del cual la habitación parecía desaparecer por un pozo sin fondo, como si faltara un pedazo.

McReady se quedó sin respiración. Los latidos de su propio corazón producían sonidos retumbantes en su cabeza.

—¡Jimmmmmmmmmy!

Linda se escurría hacia el cabecero, su cara pálida y joven deformada por un terror tan intenso que hacía que sus ojos parecieran dos huevos duros a punto de escapar de sus oquedades.

La forma se estremeció, creciendo a través de la habitación. Las sombras naturales adheridas a las esquinas, bajo la silla, parecían estirarse como si fueran atraídas por aquel vórtice en el que la materia desaparecía como si estuviese vetada para acceder. Creció, consumiéndolo todo y acercándose a Linda, produciendo un crujido sobrenatural. Cuando McReady comprendió que aquello conduciría a un final tan espantoso como inevitable, el corazón le falló. Tenía cuarenta y cuatro años y demasiado azúcar en el cuerpo. La orina, que había sido incapaz de contener por más tiempo, se apresuró a formar una mancha oscura en sus pantalones. McReady dio dos pasos hacia atrás, consumido por un dolor devorador en pleno pecho; la pared del pasillo le impidió retroceder más.

—Linda... —consiguió decir antes de que el intenso dolor lo obligara a cerrar los ojos.

Fue lo último que supo.

5

—¿Qué has dicho? —preguntó la oficial de policía, perpleja.

Su compañero corría a su lado, con la frente completamente cubierta de sudor y la mano en la cartuchera donde llevaba la pistola.

—Que la casa estaba desapareciendo —exclamó.

—¿Cómo que desapareciendo?

¡Es lo que han dicho en la central! —respondió.

Habían llegado a la puerta de la casa, así que ambos sacaron sus pistolas reglamentarias y las mantuvieron cogidas con ambas manos, apuntando hacia el suelo.

—Por el amor de Dios... —soltó ella—. Sólo quiero volver a casa y descansar los pies, estoy harta de majaderías.

—Bueno, así es este trabajo —susurró él mientras controlaba el entorno: las ventanas, las salidas a ambos lados del callejón, los coches aparcados que podrían dificultar los movimientos, otras puertas y ventanas donde podrían apostarse tiradores, y muchos otros parámetros que su instrucción como agente de policía le había enseñado a considerar—. Hay heridos. Por lo que sé, podría haber muertos.

—Dios —soltó ella—. Desde luego, que la casa desaparezca tiene que ser algo bastante chungo.

Pero Ben no estaba para chistes. Hizo un gesto con la mano y ella comprendió al instante. Se colocó a un lado de la puerta. Sólo entonces Ben llamó con los nudillos.

—¡Policía de Los Ángeles, abran la puerta!

Esperaron un par de segundos. Luego, Ben insistió y volvió a llamar.

—¡Policía, abran!

Laura soltó un bufido para librarse de un mechón de pelo, largo y negro como el carbón, que había acabado enredado junto a la comisura de sus labios. Siempre se hacía una coleta cuando estaba de servicio, pero con la carrera, algunos cabellos habían escapado. Era un fastidio. Si no fuera porque su madre probablemente moriría de un disgusto, habría dejado que su hermano le aplicara un corte de pelo más que severo hacía mucho tiempo.

Ben entró en la vivienda el primero, con el arma preparada y separada del cuerpo, los brazos dispuestos en un ángulo de treinta grados. No sabía qué significaba que la casa estuviese «desapareciendo», pero debía prepararse para cualquier eventualidad, y una eventualidad más que probable era un par de hippies con demasiada coca en el cuerpo, excitados por un par de visiones estridentes. Los hippies, latinos y afroamericanos casi siempre sacaban sus armas cuando tenían visiones paranoicas.

Accedió a una sala diáfana que debía de ser el distribuidor principal, con espacios abiertos en muchas direcciones. Desde allí se veía parte del salón, un pasillo distribuidor, y la entrada de la cocina, a la derecha. No le gustaba: había demasiados frentes abiertos como para controlarlos todos a la vez. Y había otra cosa que no le gustaba: entrar allí dentro era como acceder a una cámara frigorífica. Literalmente debía de haber como menos cuatro grados.

Ben, sin embargo, se esforzó por concentrarse en lo que hacía. Miraba con rapidez, buscando ángulos muertos, sofás que pudieran esconder cosas detrás, rincones oscuros. Pasaba una hora del mediodía y la casa estaba ya demasiado oscura para su gusto.

Algo le llamó la atención en primer lugar: sobre la mesa de la cocina había una especie de tablero con varias velas dispuestas alrededor. Estaban apagadas, pero aún podía percibir el olor a humo de cera; esas velas habían estado encendidas no hacía demasiado tiempo.

—¡Policía! —gritó—. ¿Señora Sailor?

El silencio era sepulcral.

Laura se puso a su lado. Ben sabía que era ella no sólo por lo obvio, sino por el olor de su sudor corporal. Ben, que se había criado, curiosamente, cerca de un pestilente mercado de pescado en Baltimore, tenía un olfato prodigioso.

La miró brevemente.

Ben hizo un gesto hacia el salón, y mientras ella se adelantaba con la pistola preparada, él metió la cabeza en la cocina para echar un vistazo rápido. No había nadie, pero las sillas estaban separadas de la mesa y una se encontraba caída en el suelo. No sabía a qué tipo de juego de mesa habían estado jugando con todas aquellas velas, pero parecía que había terminado abruptamente.

Laura levantó una mano con un gesto específico que quería decir que el salón estaba despejado.

—¡Señora Sailor! —gritó Ben, mirando la escalera—. ¿Está usted arriba?

—No me gusta... —susurró ella—. No me gusta ni un poco. Y este frío... ¿Qué pasa con el frío en esta ciudad, por Dios?

Ben se quedó quieto. Había otro olor en el aire, pero no podía identificarlo todavía, y eso lo inquietaba. Mucho. Por lo general, podía entrar en una casa cualquiera y saber si habían tenido un animal de compañía en las últimas semanas; hasta podía saber si ese animal era un perro o un gato; pero allí no olía a animales. Olía a...

Putrefacción.

Era putrefacción, sin duda, y no el tipo de hedor insoportable que deja un cubo de basura o la verdura podrida en un lugar cerrado, era putrefacción del tipo «Oh-Dios-mío-este-cadáver-lleva-aquí-tres-meses». Ese tipo de hedor le llegaba a ramalazos, todavía demasiado vago e impreciso como para que consiguiera saber de dónde provenía. A veces giraba la cabeza y se decía que sí, que estaba allí; un instante después lo perdía de nuevo.

Ben avanzó por el pasillo, dando pasos pequeños, atento a cualquier ruido que pudiera producirse. A esas alturas no quería volver a alertar a nadie de su posición y progresaba en silencio. Laura, mientras tanto, continuaba emplazada al pie de la escalera, asegurándose de que nadie bajase por allí sin que ella lo apuntara con su revólver. No necesitaban intercambiar muchas palabras: el procedimiento estaba muy claro.

Al mirar en una de las habitaciones, Ben se encontró con unos pies tendidos en el suelo, pies descalzos con un pantalón de un blanco intenso. Al menos parecían pies, porque tenían el color de la ceniza, como si fueran parte de una escultura más que de un cuerpo humano. Producían un contraste demasiado fuerte con el tono de la ropa.

Hizo una seña a su compañera, y cuando ésta asintió brevemente, entró en la habitación, tenso como un cable de acero. El dedo en el gatillo era una escarpia de precisión.

No había nadie a excepción del cadáver, pero aunque era un agente con experiencia y en todos sus años de servicio había visto cuerpos incluso en avanzado estado de descomposición, no estaba preparado para aquello. Ahora que se fijaba mejor, tenía un color azul varicoso, y parecía... exprimido, como si alguien le hubiera conectado unos tubos por la espalda y hubiera succionado todas sus vísceras. La cara era un espanto famélico, con los ojos flotando en una especie de esponja consumida. Los dientes, desgastados y amarillentos, sobresalían en ángulos divergentes de los labios retraídos como látex quemado.

—Jesús... —soltó, ronco.

Iba a advertir a su compañera cuando, de pronto, un sonido retumbante como los frenos de una locomotora llegó hasta sus oídos. Venían, claramente, del piso de arriba. Ben seguía sudando, sin poder hacer nada por evitarlo, recorrido por un nerviosismo creciente. Hasta las manos sentía incómodas asidas a la culata de su revólver. Se había enfrentado a yonquis, delincuentes de medio pelo y rateros profesionales, incluso a miembros de bandas latinas y asiáticas empapados en *crack*, pero no tenía ni idea de a qué se enfrentaba ahora. Esas cosas lo ponían nervioso: lo desconocido, la incertidumbre. No sabía si, en esas circunstancias, sería capaz de reaccionar con la debida velocidad. Laura era otra cosa: se había reafirmado en su posición colocando las piernas para distribuir mejor el peso de su cuerpo y levantaba la pistola, lista para disparar contra lo que fuese que avanzaba produciendo aquel ruido por el piso de arriba. Ben retrocedió hasta ella.

El sonido grave y quejumbroso de los escalones de madera llegó hasta sus oídos. Aquello, lo que fuese, estaba descendiendo hacia ellos.

Ben levantó ambas manos, encañonando el tramo de escalera que tenía delante. Estaba intentando mantener la concentración cuando, de pronto, las sombras parecieron cimbrear por doquier. El efecto visual los desconcertó sobremanera. No comprendían qué estaba pasando, era como si toda la habitación se moviera, como si se entregara a un movimiento sutil pero cierto, visible sobre todo desde la visión periférica.

Luego, la escalera desapareció.

Al menos fue la impresión que tuvieron.

Se había dicho que dispararía en cuanto aquella cosa, lo que fuese, apareciese delante de sus narices, pero aquello no era nada que hubiese esperado. No era un hippie, por descontado, ni siquiera un animal, era... la escalera desapareciendo en una negrura que los dejó paralizados.

—Ben... —exclamó Laura.

Ben sintió que le sobrevenía un acceso de vómito, pero lo reprimió. Sabía demasiado bien que su inteligente cuerpo sólo pretendía dejar paso al horror que quería instalarse en sus entrañas.

Laura disparó. Disparó una, dos y hasta tres veces, pero los proyectiles se perdían en la oscuridad sin que parecieran incidir en ninguna parte. Ni siquiera se dio cuenta de que la mancha, el pozo de negrura infinita, se había arrastrado por los peldaños hasta sus pies. Ben lo advirtió en el último momento, pero no tuvo tiempo de decir o hacer nada.

Hubo un sonido terrible coronado con un crujir de huesos tan estruendoso como evidente, y después, la agente de policía se encogió abruptamente sobre sí misma, como una plancha de hierro a demasiada profundidad. Laura dejó escapar todo el aire de sus pulmones. Hubo un gemido sibilante, pero casi inaudible, y después su piel se contrajo replegándose sobre el hueso. Los ojos le temblaron como dos bolas de gelatina en un plato de cocina.

Ben reaccionó, por fin, disparando cuatro, cinco y hasta seis veces mientras gritaba. Disparó al suelo, a la marea negra que había formado un reguero oscuro y que se había arrastrado bajo los pies de su compañera, pero ninguno de sus disparos produjo ningún efecto, en ninguna parte. Gritó aún más fuerte, y siguió gritando mientras Laura se desplomaba en el suelo como el pellejo de una serpiente tras la muda de temporada. Ben seguía apretando el gatillo, pero su arma no disparaba ya más proyectiles —click click click.

Después, el espanto fue hacia él.

Ben pensó confusamente en el frío antes de que aquella cosa terrible se hundiese en su pecho.

6

Morgana tenía trece años, y hacía lo que quería con sus dos hermanos, Jacob y Susan, que tenían nueve y ocho años respectivamente.

Jacob era idiota. Cuando las velas chisporrotearon, se asustó tanto que salió corriendo hacia su cuarto, produciendo un alegre sonido de pies descalzos sobre la moqueta del suelo. ¡Cómo se había reído Susan! Comentó que Jacob parecía un conejo con su pijama blanco, y había aplaudido enfervorizada mientras chillaba que le encantaba el *piritismo*, sobre todo cuando hablaban con el Hombre Alto y les decía qué dibujos iban a echar en Cartoon Network esa semana, o cómo preparar bromas estupendas para hacer a los vecinos y compañeros de clase. Sobre todo le gustaba que todo el asunto fuese un secreto, algo que su hermana Morgana (a quien idolatraba profundamente) había querido compartir con ellos. Algo que, bajo-ningún-*concierto*, debían contar a mamá o papá, ni, por descontado a ningún adulto.

—¡Jacob, eres idiota! —decía Morgana, o Morgi, como ellos la llamaban. Se reía, sujetándose la barriga para aliviar el delicioso dolor de la carcajada incontenible.

Ahora estaba haciendo el idiota, como siempre, produciendo sonidos extraños desde su cuarto. Era su manera de luchar contra el miedo: hacer el idiota. Sólo Dios sabía con qué estaba haciendo aquel chirrido enervante.

Susan lo imitó.

—¡CHIIIIIIIIIIII GRIIIIIIII! —Luego le entró un ataque de tos debido al esfuerzo que había hecho con la garganta y empezó a reírse otra vez.

—Sois unos cagones —protestó Morgi—. ¡Jacob, ven aquí, majadero!

Susan se llevó la mano a la boca, con los ojos muy abiertos.

—¡Has dicho una palabrota! —exclamó, atónita.

—Ve a buscar a tu hermano, anda.

—¡También es tu hermano! —protestó la pequeña.

—Pues ve a buscarlo de todas maneras.

—Está bien —dijo, bajándose de la silla con cierta torpeza.

No llegó al pasillo. Apenas había empezado a trotar por la moqueta, una mancha negra salió a su encuentro y la hizo revolotear en el aire como si fuera a cogerla en brazos. En mitad del movimiento, sin embargo, algo fue mal, terriblemente mal. Susan, cuyo cuerpo era ya muy menudo, se dobló sobre sí misma, como si nunca hubiera tenido ninguna estructura ósea que diese forma a su cuerpo. Parecía un vestido. Un vestido de piel y cabello. Muchos de los cuales cayeron al suelo como madejas de hilo.

Un millón de pequeñas gotas de sangre salieron esparcidas en todas direcciones, manchando las paredes, el jarrón con las enormes margaritas de plástico que tanto le gustaba a papá y la fotografía familiar de las últimas vacaciones en Eurodisney. Jacob había hecho un notable esfuerzo por poner cara de Pluto en esa foto, pero su talento quedó oculto por un goterón de sangre del tamaño de una naranja.

Morgana no tuvo tiempo de chillar. Afortunadamente, sufrió un desmayo y se desvaneció cayendo hacia un lado. No volvió a abrir los ojos. Nunca más.

7

—¡¿Es que se ha vuelto loco todo el mundo?! —chilló el jefe de sala, de pie en mitad de las mesas de los operadores. A su alrededor, los teléfonos sonaban sin descanso. Había noventa puestos y aun así no eran suficientes; aunque ninguno de los empleados debía trabajar más de dos horas sin descanso, los veteranos acarreaban ya más de seis horas de trabajo ininterrumpido.

Era el edificio del Centro de Emergencias del 112 en Madrid; una mole de hormigón con forma circular. En la gran sala central se podían atender alrededor de trescientas llamadas en un día, pero esa cifra había ido creciendo paulatinamente en las últimas semanas, doblándose y triplicándose. El ritmo era agotador, e incluso los puestos de operación que servían de enlace con el Samur, los bomberos, la Guardia Civil y los cuerpos municipales y nacionales de policía no daban abasto. Las incidencias rara vez cambiaban de estado, se quedaban trabadas en el «acuse de recibo», sin solucionar. Simplemente, no había recursos suficientes para atender tanta emergencia.

El teléfono del Área de Crisis, situado un piso por encima de la sala central, empezó a sonar. Otra vez.

—Mierda —masculló el jefe de sala, pasándose una mano por la mejilla. Su suerte de moreno permanente que le había hecho merecedor del sobrenombre «Julio Iglesias» había desaparecido en la última semana; ahora estaba lívido como una pared encalada, y cuando se pasó la mano por la mejilla, temblaba visiblemente.

El hecho de que ese teléfono sonara era un claro indicativo de que algo estaba yendo mal, horriblemente mal. Era la sala donde se gestionaban todas las emergencias, donde se había gestionado el 11-M en 2004 o el accidente de Spanair en 2008; también se activaba en situaciones complicadas como nevadas graves o la coronación de Felipe VI. Y donde se estaba gestionando la inexplicable oleada de violencia que estaba afectando a todo el mundo. El hecho de que lo requiriesen podía anunciar un cambio en la operativa, los protocolos, o algo aún más descabellado.

«Por Dios —pensó—. No quiero no quiero saber nada.» Y era cierto, no quería. No quería más responsabilidades, ni cambios complicados de adaptar en su programa, ni medidas especiales u horas extras. Había tenido bastante de todo eso para varias vidas enteras. Se quedó quieto, tenso en su expectación, mientras los teléfonos sonaban alrededor conformando una sinfonía tan estridente como desquiciante. Por fin, cogió el auricular y cerró los ojos.

—Suba aquí inmediatamente —dijo la voz.

El jefe de sala colgó, suspiró, y se dirigió al piso de arriba. Al pasar por la cafetería lamentó no haber cogido un café antes de hacerlo; sabía por experiencia que arriba las cosas podían alargarse mucho.

Cuando llegó al Área de Crisis, pasando a través de los controles de seguridad, descubrió que allí habían estado trabajando duro. Habían emplazado pizarras con grandes hojas blancas en las que había garabateados números y diagramas, y las mesas estaban llenas de listados, platos con bocadillos a medio comer y toneladas de impresos en papel pautado. Había gente hablando por teléfono y gente que hablaba atropelladamente entre sí.

Uno de los responsables se acercó a él y lo hizo acercarse a una mesa, sin tiempo ni para un apretón de manos. El jefe de sala no lo había visto más que en un par de ocasiones, pero la placa de identificación en su camisa revelaba su nombre: Fran Morales.

—Tenemos instrucciones para su equipo, Conde —dijo rápidamente.

—Me lo imaginaba —contestó—. ¿De qué se trata?

—Hemos encontrado un patrón en esta crisis —dijo otro de los hombres; se había aflojado la corbata y llevaba la camisa remangada hasta los codos—. Algo sorprendente.

—Es un libro, Conde —dijo Fran—. Un puñetero libro.

—¿Un libro?

—Tienes que meter esa pregunta en la lista que manejan los operadores telefónicos.

—¿Qué pregunta? —quiso saber Conde, confuso.

—Si han leído el libro, si alguien de su familia lo ha hecho, si les suena siquiera. Si lo tienen en casa. Si alguien les ha hablado de él.

—¿Cómo?

—Si han leído cualquiera de los libros de ese autor inglés, Johnnie Balmori —siguió diciendo Fran—. Si han practicado espiritismo. Si han hecho ritos satánicos.

Conde sacudió la cabeza, perplejo.

—¿Ritos satánicos? ¿Espiri...? ¿De qué... de qué estamos hablando? ¿Quiere meter esas preguntas en la secuencia operativa?

—¡Sí, Conde, es importante! —exclamó alguien, ceñudo.

—¿En serio? —insistió el jefe de sala mirando a los hombres que tenía alrededor—. Pero... son preguntas muy genéricas... ¡Alargarán el tiempo de respuesta sensiblemente!

—No importa. Olvídese de sus nueve segundos. Que se tomen el tiempo que haga falta. Esas preguntas son esenciales.

Conde parpadeó y pensó en el asunto durante un par de segundos.

—¿En qué orden va?

—En primer lugar —respondió Fran.

—No puede estar hablando en serio —respondió Conde—. ¿Quiere que le pregunte a la gente que llama, histérica, si han leído un libro?, ¿si han hecho espiritismo o practicado ritos satánicos antes de saber siquiera qué problema tienen?

—En primer lugar —repitió Fran.

—Pero... ¿qué es lo que ocurre? ¿De qué libros estamos hablando?

Fran cogió un par de libros que estaban encima de la mesa, entre los papeles, y los colocó delante de él.

—Estos libros —dijo.

Conde miró las portadas. En una de ellas, escrita con caracteres cimbreantes como si fuera el humo de un cigarro, se leía: *La puerta*; debajo, en letras versalitas, el nombre del autor: JOHNNIE BALMORI. Una banda roja anunciaba una desorbitada cantidad de lectores expresada en millones. El otro se titulaba *ALMA* y era negro como la brea.

—*¿La puerta?* —graznó, perplejo. Conocía el libro, por supuesto, aunque personalmente no lo había leído porque no le interesaban demasiado las historias de terror, pero tenía amigos que sí lo habían hecho. Y sabía de qué iba—. ¿Fantasmas?

—Hemos preparado ya la base de datos —dijo otro de los hombres—. Reiniciaremos el sistema y los operadores podrán empezar a cumplimentar esos campos adicionales. Los resultados nos darán la perspectiva que necesitamos.

Conde recibió la noticia como una bofetada.

—¿Van a reiniciar el sistema? —exclamó, en un tono de voz agudo y estridente, cargado de perplejidad—. No pueden hacer eso. Pararán todo el servicio durante... Dios mío, por lo menos les llevará quince minutos.

—Conde... —exclamó Fran, empleando ahora un tono conciliador—. Todo eso que usted está pensando ahora ya lo hemos decidido aquí mucho más cuidadosamente de lo que usted cree. Necesitamos saber si las emergencias tienen relación con esos libros. ¡Y eso es todo! Ahora se trata de actuar con rapidez, no de que usted necesite comprenderlo. Necesitamos *esos* datos. Ya está.

—Pero... —empezó a decir Conde. Entonces percibió las miradas severas clavadas en él y se calló.

—Está bien —dijo—. Aprovecharé ese tiempo para instruir a los operadores. Por cierto, están agotados. Necesito más gente.

—No hay más gente —le aseguró Fran—. Pídales que aguanten. El asunto es mucho más serio de lo que parece.

—¿Cómo de serio? —quiso saber Conde.

—Está afectando a todo el mundo.

—¿A todo el mundo? —preguntó Conde.

Fran levantó un dedo en el aire, se aseguró de que Conde ponía sus ojos en él, y luego señaló una de las pantallas de la sala. Conde dirigió la mirada al punto que le indicaba. Era un televisor convencional, y en él retransmitían el telediario con un cartel en una esquina que decía: DIRECTO. Conde miró durante un rato sin comprender, pero cuando vio a la gente corriendo por la calle en estado de pánico sin que se entendiera gran cosa de lo que ocurría a causa del movimiento frenético de la cámara, se llevó una mano a la boca y no dijo nada.

—Pero ¿qué...?

—Es grave —dijo Fran.

Conde miró las imágenes unos instantes más. A veces, la imagen se iba a negro, como si hubiese un fallo en la calidad de la señal. La calle y algunos edificios se veían a medias, deformados por la mala calidad de la imagen. De pronto, algo cayó sobre el suelo delante de la cámara, una suerte de mancha negra que se movía a gran velocidad. Al instante, la imagen se movió de una manera alocada unos segundos, pero luego terminó enfocando brevemente el bulto en el suelo e hizo un brusco *zoom*. Se produjo un acusado desenfoque, pero tampoco importaba, la imagen era inequívoca y todos pudieron ver claramente de qué se trataba: era un hombre, o más bien los restos aplastados de un hombre en el suelo. Un hombre que había caído desde algún piso hacia la calle.

—Jesús —exclamó Conde, vivamente impresionado.

—Instruya a su equipo, Conde —dijo Fran—. Hágalo ahora. ¡Y hágalo deprisa!

8

La Línea Ley que cruzaba Elvenbane estaba, naturalmente, conectada a todas las demás, formando un entramado mundial que fue mapeado a principios del siglo XX por entusiastas de todo el mundo. Las técnicas usadas incluían métodos pseudocientíficos como la radiestesia o el psiquismo, pero para la gente que vivía entre éste y otros mundos, como la doctora Alma Chambers, eran una realidad tan indiscutible como el aire que respiraban. Sencillamente, que la ciencia moderna alcanzase un estado mediante el cual pudiesen dar conformidad oficial a las líneas era algo que no les incumbía.

Estas líneas formaban una rejilla tan tupida y compleja como los rieles de ferrocarril que salen de los múltiples andenes de una estación de pasajeros en cualquiera de las principales ciudades del mundo. La conclusión a la que habían llegado los estudiosos era que se trataba de alineaciones de energía, construidas con algún propósito por pueblos desconocidos. Las capitales del mundo occidental, sobre todo las de América, fueron construidas en los vórtices o centros de poder de esas líneas, incluyendo muchas construcciones estratégicas gubernamentales. Estudiar los planos de esas líneas, incluso para un escéptico, constituía un ejercicio curioso.

La infección originada en Elvenbane, por lo tanto, no tardó en propagarse, saltando de vórtice a vórtice como lo haría un paquete de datos de internet de un nodo a otro. Generalmente, la tecnología del siglo XXI requiere microsegundos; el poder de las Líneas Ley requería incluso menos tiempo.

Colin aún estaba vivo y pensando cuánto lo hubiera fastidiado una muerte sucia cuando la energía oscura saltó de Leeds a Edimburgo, y después, en el acto, se movió a San Sebastián, en el norte de España. Luego continuó el viaje hacia la isla de Malta, en el centro del Mediterráneo. De Edimburgo rebotó rápidamente al este de Nottingham, se estremeció y cruzó Londres como una centella, la francesa Normandía, varias poblaciones limítrofes con Burdeos, y acabó otra vez en el vórtice de San Sebastián, sacudiendo la población por segunda vez. Este repetido impacto llegó con una fuerza tal que cerca de cuatro mil personas, sentados por entonces en los coches que conducían hacia sus trabajos y quehaceres diarios, clavaron los frenos brusca e inesperadamente, provocando una cadena de accidentes de tráfico, muchos de ellos con consecuencias mortales.

Un segundo más tarde, la infección cruzaba el océano Atlántico y llegaba al continente americano. Lo hizo por Miami, en uno de los nodos más importantes del mundo, y de allí cruzó a varias docenas de lugares más, entre ellos la Costa Oeste, cerca de San Diego, el segundo vórtice más importante del continente. Las líneas salían de esos sitios como un ramillete apelmazado. Colin aún estaba vivo cuando la oscuridad terrible y cruel del agujero infectaba ya todo el planeta.

Mientras todo eso sucedía, un grupo de estudiantes de la escuela Luz Profunda, asistidos por voluntarios venidos de todo el mundo, estaba trabajando en la Línea Ley que involucraba el lugar sagrado de Teohuacán. La línea estaba ligada a la escuela Sandy Hook, en Estados Unidos, donde habían ocurrido ciertos eventos hacía ya un tiempo. El grupo estaba convencido de que los místicos de los altos mandos conocían y usaban esas líneas energéticas para fines egoístas, y que esa línea en concreto había sido manipulada para favorecer tales eventos, así que desarrollaban una serie de ejercicios espirituales para purificar de nuevo el lugar.

La infección llegó allí en plena sesión, cuando todos juntos extendían sus manos hacia el suelo, abrían sus corazones y se entregaban a procedimientos místicos que, pensaban, eran efectivos. El golpe los alcanzó como un rayo, penetró en sus almas al descubierto, y los derribó como empujados por un vendaval. Cuando se levantaron, algo confusos al principio, estaban tan cargados de un sentimiento de náusea, asco, odio y rencor, que en pocos minutos terminaron enzarzados en una especie de batalla campal. Alguien introdujo sus pulgares en los ojos de una chica rubia llamada Even hasta que la masa gelatinosa y mórbida estalló con un chapoteo. La eligió la primera porque era preciosa, y porque nada más verla la había deseado sexualmente sabiendo que nunca sería suya. Al mismo tiempo, el hombre que estaba a su lado descargaba tantos golpes sobre el cráneo de su compañero que terminó por romper el duro hueso y encontrarse machacando la pulpa grisácea y ensangrentada de su masa cerebral. Ambos agresores se quitarían la vida segundos más tarde luchando el uno contra el otro, esta vez porque estaban cerca.

En Sioux Falls, un vórtice de nueve puntas, la redundancia repetitiva de los impactos de maldad concentrada, alcanzó al doctor David Calalonso, que estaba asistiendo un parto en el día no más propicio de su vida. La noche anterior, su mejor amiga, la mujer con la que se había casado, se había despedido de él en plena noche con una expresión desconocida en el rostro y pronunciando la frase «Ya no». Se había dejado los ojos llorando, hasta que el amanecer lo llevó, por muy poco, a la ducha; bien podía haberlo llevado hasta el armario de las medicinas, donde la idea de ingerir una caja entera de Ibuprofeno lo había estado seduciendo poderosamente.

El bebé apareció cuando Colin susurraba «Soy la Muerte». Incluso cubierto de sangre y fluidos, el neonato era tan pequeño, suave y precioso, que el doctor sintió un asco repentino. Miró a la madre, cubierta de lágrimas y sudor por el esfuerzo, pero con una sonrisa radiante y un brillo rutilante en sus ojos enrojecidos por el sufrimiento. Luego miró su mano, fuertemente aferrada a la de su marido, y las manos del doctor temblaron. «Mi niño», decía ella, «Mi niño...», las mismas palabras que su mujer le había susurrado a él no hacía ni un mes, cuando le prometía que nunca lo abandonaría, que siempre siempre lo querría, siempre, pasara lo que pasara. Y el beso. Fue el beso que él le dio en la frente, lleno de amor, felicidad y dicha, lo que arrancó el fogonazo, lo que hizo que...

Alguien gritó. Él parpadeó, confuso, como si despertara de una ensoñación momentánea. Miró alrededor para encontrarse con la imagen aterrorizada de su ayudante, retrocediendo varios pasos para alejarse de él. Lo miraba como si, de pronto, se hubiera convertido en una especie de monstruo. Levantó las cejas, sorprendido.

El padre gritó también. Esta vez dio un brinco. Era un grito grave y prolongado que sonaba como el eco en un túnel. Instintivamente, giró otra vez la cabeza, siguiendo la fuente del sonido, intentando comprender lo que ocurría. La expresión del padre estaba marcada por el espanto más absoluto, coronada por una boca abierta congelada en una suerte de grito de incredulidad. Sus ojos... sus ojos estaban dirigidos hacia el bebé.

El doctor Calalonso miró sus manos. El cuerpecillo diminuto del bebé, con la piel todavía arrugada formando pliegues, como si fuera un par de tallas demasiado grande para su pequeño cuerpecito, descansaba en ellas. Pero sus manos... sus manos, las de él... se aferraban a su cuello con fuerza, con demasiada fuerza. La cabeza del bebé colgaba inerte a un lado. El doctor miró, incrédulo. El cuerpo era una descripción gráfica de laxitud.

Primero pensó que había algún problema. Pensó en reanimación, pensó en los protocolos cuando un bebé deja de respirar... pero luego, cuando volvió su cuerpo con un movimiento, al ángulo de la cabeza le dio la pista de lo que había ocurrido.

Había sido él. Le había partido el cuello.

9

Ocurrieron muchas cosas ese día, y muchas solamente en los primeros segundos desde que el agujero de Leeds hizo explotar el suelo de la casa Taggar. Otras tardaron un poco más, alimentadas por el eco incesante de las reverberaciones invisibles. En el primer minuto, más de doscientas cincuenta mil personas en todo el mundo decidieron suicidarse, repentinamente cansadas de la monótona e incomprensible marea de la vida; el ochenta por ciento de ellas lo llevaron a cabo con tanta prontitud y eficacia como pudieron, algunas con métodos tan expeditivos como el del tipo que intentó robarle el arma a un agente de policía en un barrio con un altísimo índice de criminalidad. En cuestión de segundos fue juzgado, sentenciado y abatido a tiros.

Dos minutos más tarde, decenas de miles de empleados explotados en sus puestos de trabajo arremetían contra las terminales de sus pantallas, contra el compañero más cercano, o contra su jefe. Hombres y mujeres bien vestidos, o con placas de supervisores, o gorras tiznadas de grasa de veinte y treinta años de experiencia, eran asesinados de maneras tan variopintas como crueles. En Indianápolis, un camionero llamado Carl que transportaba veinte mil litros de veneno agrícola, se detuvo a unos sesenta kilómetros de la ciudad. Había visto un enorme depósito de agua potable que abastecía a la pequeña población adyacente y, ¡caramba!, acababa de tener una fantástica idea para darle un mejor uso a todo aquel veneno.

Las calles estallaron, enloquecieron. Un hombre al volante detenido delante de un semáforo en rojo fue asesinado por el conductor que venía detrás. Se alejó con la cara llena de salpicaduras de sangre susurrando «tocapelotas» mientras, unos metros más allá, un ingeniero de veintiséis años con toda la vida por delante decidió empezar a conducir por la acera abarrotada de gente.

Tres minutos más tarde, las cosas eran aún peor.

XXII

La muerte de las muertes

1

Rebecca y Johnnie miraban el televisor desde el sofá de su pequeña cabaña alquilada, arrebujados bajo una manta y apretados el uno contra el otro, sin decir nada. Rebecca mantenía las piernas debajo de su cuerpo, como si le diera miedo extender los pies y dejarlos colgar hasta el suelo. El salón tampoco la hacía sentirse muy en casa; estaba lleno de cajas de embalaje, algunas cerradas y otras parcialmente llenas de sus cosas, y la mayoría de los efectos personales, objetos decorativos, cuadros y libros, esperando el traslado. Éste debía haberse producido ya, por cierto, pero las cosas... se habían complicado bastante recientemente.

Las cosas empezaron a preocuparla en serio cuando Johnnie fue interrogado por la policía, hacía sólo unos días. Dos inspectores habían estado haciéndole preguntas sobre la novela, en particular sobre los símbolos que había utilizado en el primer volumen, *La puerta*. El tercer hombre, que se presentó como un representante americano de la Agencia de Seguridad Nacional, era un señor con gafas oscuras, traje y corbata que estuvo callado y serio durante todo el encuentro. Miraba a Johnnie como si estuviera escrutándolo, como si pudiera atravesarlo con rayos X, así que Rebecca tenía sus propias teorías sobre lo que ese hombre era en realidad. Johnnie dijo que se había inventado los dibujos, como todo lo demás. Le pidieron echar un vistazo a su biblioteca y que le permitieran acceso a todo el material relacionado con el libro, incluyendo cualquier tipo de base de datos, anotaciones o libros que pudiera haber usado para documentarse. Johnnie mencionó que conocía sus derechos, pero que quería colaborar, y les entregó todo lo que tenía.

Más tarde, creyó recordar que aquellos dibujos habían venido, quizá, por la vía de los sueños. Quizá.

Ahora... ahora todo eso parecía extraordinariamente remoto. Veían la tele, sobrecogidos, enfrentados al desarrollo paulatino de una situación descabellada, tan incomprensible como inexplicable. Johnnie, que se dedicaba a escribir escenas de terror, habría usado el término «onírico», porque era, en efecto, como una pesadilla hecha realidad. A veces las noticias y las imágenes se entremezclaban con el aviso, pronunciado con una gravedad absoluta, de que todo el mundo debía permanecer en sus casas. PERMANEZCAN EN SUS CASAS DURANTE ESTE PERIODO DE EMERGENCIA era el mensaje que circulaba por la banda inferior de noticias breves, en un tono amarillo chillón. Las imágenes... Las noticias e imágenes que acababan de ver en el televisor los habían dejado helados, tan petrificados como horrorizados. En primer lugar había un desorden social inexplicable, acompañado por lo que se identificaba como actos terroristas, con la inmediata movilización del ejército y todas las fuerzas de seguridad. Había asesinatos brutales, accidentes y sucesos incomprensibles, como explosiones repentinas en viviendas y lugares de trabajo como oficinas y fábricas. Los aviones caían del cielo, los trenes descarrilaban.

Y había otra cosa. Había... algo, algo imposible, oscuro, una especie de nube negra, una marea de muerte que recorría las calles convirtiendo a cualquiera que se cruzara con ella en un despojo humano sin vida, un desecho varicoso y destartalado, tan aberrante que dolía mirarlo. No sólo ocurría en Inglaterra, también en Francia, Alemania, España, Italia, Estados Unidos y cualquier país donde... «Bueno —se dijo Rebecca—, cualquier país donde el libro de Johnnie se hubiera publicado.»

Aquélla fue la primera vez que en la BBC (que se ocupaba de la emergencia ininterrumpidamente) se mencionó el libro de Johnnie como común denominador de, al menos, algunos de los acontecimientos que estaban ocurriendo. Según dijo el presentador, se habían puesto al descubierto indicios reveladores que respaldaban esa teoría, pero ni la editorial ni el propio autor habían podido ser localizados para dar su opinión sobre esa información.

Naturalmente, el carácter sobrenatural de esa amenaza inexplicable solía obviarse en casi todos los comunicados. La mayor parte de las veces se decía que se trataba de una especie de polución tóxica, gases de una naturaleza desconocida que no había sido posible comprender.

Rebecca se quedó helada. Aunque en su fuero interno siempre había albergado la pregunta ominosa, absoluta, terrible y preñada de un terror tan acuciante que a veces, por la noche, la impedía dormir como si una garra invisible le cortara la respiración, el hecho de que se mencionara la posibilidad remota de que estuvieran considerando el libro de su marido como detonante de tanto horror la petrificó. ¿Cómo podían sugerir que la lectura de un libro podía generar poluciones esporádicas letales, por el amor de Dios? Johnnie se puso de pie casi en el acto y empezó a chillarle a la tele. No era la primera vez que el libro era relacionado con casos de violencia y crueldad humanas, pero asociarlo con esa conjura estridente era demasiado, sobre todo en un medio tan divulgado como la BBC. Todo el país debía de estar viéndolo, pegados a sus televisores, intentando averiguar qué era lo mejor para preservar la vida.

Johnnie sacó su móvil y empezó a buscar el teléfono de Cormick mientras hablaba de demandas por difamación, daños y perjuicios... y que se iban a enterar de quiénes eran él y el Grupo Nostromo. Pero su mano temblaba, así como su voz. En el fondo, también Johnnie sabía que si *La puerta* había sido un manual de instrucciones, *ALMA* había sido la ejecución, la lista de la compra para rituales oscuros llenos de elementos de satanismo, invocación de demonios y... la rendición de la humanidad a algo tan primigenio, abyecto y oscuro, que considerar la idea de que pudiera estar pasando realmente era del todo aterrador.

Johnnie se quedó mirando el móvil sin decir nada.

—¿Qué pasa? —preguntó Rebecca, sobrecogida.

—No hay línea —exclamó Johnnie—. Dice que está sin servicio.

En ese momento se fue la luz.

—Oh, Johnnie...

Éste no dijo nada.

—Johnnie... qué has hecho...

Rebecca rompió a llorar.

2

Alma miraba el televisor, aterida de frío. Sin embargo, no vestía más que un jersey de cuello vuelto: hacía días que había comprendido que guarecerse entre mantas y ropa de abrigo no suponía ninguna diferencia.

PERMANEZCAN EN SUS CASAS DURANTE ESTE PERIODO DE EMERGENCIA.

¿Cómo podían sugerir semejante cosa? Alma apretaba los dientes, impotente. Estaban tratando de condenar a la población a una especie de tumba silenciosa.

Lo cierto era que estaban ahí. Realmente había pasado. No había calculado que fuera tan rápido ni tan contundente, pero había pasado de todas maneras. Y ahora los cuerpos succionados de toda vida manchaban las calles, y la gente corría por las ciudades perseguida por otra gente o por aquella amenaza imposible a la que esta realidad siempre le había estado vetada, libre para servirse de aquello que era su alimento: el dolor, el sufrimiento, el caos, la muerte...

No sabía qué hacer. Aunque sabía cosas, aprehendidas del pozo difuso de sus sensaciones y su conexión con el mundo de lo invisible, se sentía confusa, impotente y perdida. Sabía, por ejemplo, que Elvenbane había jugado una baza importante en todo aquel horror, aunque no podía todavía imaginar cómo. Se decía que algo debía de haber ocurrido allí. Algo había hecho que el agujero se abriese y liberase aquel monstruo.

Ella sabía que el agujero podía abrirse y vomitar todo lo que tenía dentro. Lo supo antes de que todo estallase, o al menos debía haberlo sabido. Imaginaba que uno nunca está preparado para que las cosas cambien, hasta que cambian y luego ya es demasiado tarde. Entonces es más fácil mirar atrás y descubrir qué quedó por hacer, o qué se hizo que estaba fuera de lugar. Pero Alma miraba las imágenes espantosas del televisor y escuchaba las opiniones de un montón de expertos, autoridades y miembros de los sistemas de emergencia del país, y se torturaba pensando que ella podía haber hecho algo. Ninguno de aquellos hombres y mujeres tenían ni idea de qué estaban tratando, hablando de trajes y filtros especiales para respirar dentro de las poluciones tóxicas. Si no hubiera sido tan atroz sería casi hilarante.

Alma, aunque había captado el mal espantoso e intolerable que manaba de aquel lugar, no había hecho nada al respecto. Había hablado con algunos colegas, sí, pero esos colegas eran sólo ratas de laboratorio, gurús de la meditación y del mundo abstracto de los sentidos y los sentimientos, teóricos de un estilo de vida demasiado introspectivo y particular como para que hubieran hecho algo.

«Algo como volar por los aires la maldita casa.»

Ese súbito pensamiento le hizo pestañear.

Había otra cosa que alguien había intentado que volara por los aires.

«Yo.»

Ella. La doctora Alma Chambers.

Parpadeó, sin atreverse siquiera a respirar.

Siempre había sabido que la explosión iba dirigida a ella, siempre. Lo había sabido como sabía que mañana el sol saldría por el este. Y habían intentado eliminarla porque...

«Porque puedo suponer una diferencia.»

Se levantó del sofá, inquieta y atribulada por un confuso tropel de pensamientos inesperados.

«Puedo... ¿O podía?»

«No —se dijo, reafirmándose—. ¡Puedo! Yo sé qué es... Sé de dónde viene, sé lo que la alimenta y lo que busca. Puedo hacer algo todavía. ¡Puedo!»

Ese pensamiento la hizo sentirse colmada de un renovado optimismo. La idea venía acompañada de una sensación inequívoca de estar en el camino correcto. Resonaba en ella como chocan las olas de un océano tumultuoso contra un acantilado, furiosas y llenas de una energía tan innegable como imparable.

La pregunta era, por supuesto, ¿qué iba a hacer ahora?

«Jow.»

Jow, sí. Jow era enérgica y decidida cuando se lo proponía y una mujer con más recursos de los que ella misma sabía, y, sin embargo, ¿qué podía hacer? No creía que pudiera ayudarla a decidir un curso de acción, ni a intentar algo, cualquier cosa, para detener aquella locura, porque las cosas estaban ya demasiado desmadradas a un nivel casi mundial. Y, sin embargo...

Sin embargo, Jow...

No sabía si sólo quería verla, pues estaba preocupada por ella, o había algo más. Buscó el móvil de todas maneras y la llamó. La única respuesta que recibió fue un tono intermitente. A la segunda tentativa obtuvo el mismo resultado, y lo mismo ocurrió la tercera vez. Entonces miró la pantalla de su móvil. SIN SERVICIO, ponía

Chasqueó la lengua.

... DURANTE ESTE PERIODO DE EMERGENCIA. PERMANEZCAN EN SUS CASAS DURANTE...

Sabía, por supuesto, dónde vivía Jow; había estado en su casa numerosas veces, entregadas a una de sus muchas conversaciones sobre todo aquello que conformaba su realidad y su mundo, y en ocasiones sólo a pasar el rato juntas, porque las dos disfrutaban de la compañía de la otra. Cuando había charlas más o menos sesudas, Jow había demostrado ser una excelente interlocutora: su sed de conocimiento no tenía fin, y su don natural para recordar cuánta de aquella información era esencial, indescriptible. A veces aventuraba cosas que ella no le había contado. O bien las deducía o las recuperaba de su yo profundo para ponerlas otra vez sobre la mesa, como si fueran nuevas, Jow podía tener una idea o dos sobre cómo manejar esa situación, así que se dijo que podía intentar llegar hasta ella; al fin y al cabo, las cosas no estaban aún tan mal en aquella zona como en otras, no tanto como para que no pudiera desplazarse hasta allí. Seguramente no en metro, pero sí en taxi. Aún circulaban vehículos por la calle, y todavía había transeúntes que caminaban con paso presuroso y la cabeza llena de miedo por las noticias que les llegaban por uno u otro medio, pensando en hacer las maletas y marcharse tan pronto anunciaran qué lugares eran todavía seguros. Todavía sonaban, también, las sirenas de los vehículos policiales, atribulados con los daños colaterales que la situación provocaba, como asaltos a las tiendas donde vendían trajes herméticos y máscaras antigás.

En ese momento, sonó el timbre de la puerta.

Alma dio un respingo, pero un instante después, sonrió. Sabía perfectamente de quién se trataba, así que se acercó a la entrada y abrió la puerta sin tomar la precaución de utilizar la mirilla.

Era, naturalmente, Jow.

—Estaba pensando en ti —dijo—. Hola, Pete.

Jow asintió con la cabeza.

—Hola, Alma —la saludó Pete.

—¿A qué vienen esas caras de preocupación? —preguntó ella.

Jow soltó un bufido y entró en el apartamento.

—La ironía te sienta muy mal —exclamó.

Alma se encogió de hombros.

—Las cosas están muy mal —dijo Pete, señalando el televisor encendido. Tenía un gesto de preocupación que Alma no recordaba haberle visto antes.

—Sí que lo están —asintió la doctora.

—Yo... No imaginábamos cuánto —añadió Pete—. Quiero decir... Había imaginado cosas por las conversaciones que hemos tenido, pero... pero esto... todo este caos... ¿En serio es por el libro? Y esas... poluciones letales...

—Poluciones letales, ¡bah! —soltó Alma con displicencia—. Podrían haber dicho que son los cuatro jinetes del Apocalipsis liderados por un Pato Donald zombi.

Pete recibió el comentario con perplejidad. No esperaba un humor tan irónico por parte de la doctora en un momento como ése, pero le hizo comprender lo que estaba soportando.

Jow había cogido el mando a distancia.

—¿Qué estás viendo? ¿No has visto la CNN? —preguntó.

—No lo sé, querida. Son... sólo las noticias.

—En la CNN hay algo más interesante —explicó Pete—. Lo estábamos viendo en casa cuando decidimos venir a buscarte.

—¿Buscarme?

—Mira... —dijo Jow.

El televisor mostraba una imagen que, al principio, costaba trabajo entender. Era un movimiento rápido de cámara, demasiado rápido como para que la imagen, víctima del retraso que sufrían las comunicaciones en toda el área, pudiera definirse y concretarse. Parecía un vídeo de baja calidad sacado del histórico de YouTube. Pete, inconscientemente, giró la cabeza, buscando quizá algún patrón que lo ayudara a comprender la imagen.

Cuando ésta se concretó, vislumbraron lo que parecía ser una portezuela metálica que daba a un cielo cuajado de nubes. Era una cámara operada por alguien que estaba moviendo el aparato para emplazarlo en el suelo de lo que, finalmente, se reveló como algún tipo de helicóptero. El suelo pasaba zumbando, vertiginoso, en la parte inferior de la pantalla. Verde, verde, verde... solamente interrumpido por la presencia de algún grupo de árboles o una colina mellada por un grupo de rocas.

La parte inferior de la pantalla decía: EN DIRECTO. ELVENBANE.

Alma sintió un escalofrío.

—¡Mira! —exclamó Pete—. Son las mismas imágenes que cuando salíamos de casa.

—¿Por qué dice «en directo»? —preguntó Jow.

Pete se encogió de hombros.

—Seguramente no han tenido tiempo de ajustar la información. Repiten, y ya está.

La cámara se reajustó de nuevo para enfocar la distancia. Un breve pero molesto efecto de *zoom* hizo que la imagen perdiese de nuevo la nitidez, hasta que unos edificios se hicieron visibles en la pantalla. Alma los reconoció al instante. Era, efectivamente, el paisaje que Elvenbane ofrecía a cualquiera que se acercase desde el oeste, con sus reconocibles tejados a dos aguas y la torre del campanario.

—¿No has visto esto? —preguntó Jow.

—No... —dijo Alma.

Entonces la cámara giró bruscamente a la derecha, y la imagen se distorsionó brevemente con grandes bloques de píxeles de tonos anaranjados y azules. Luego volvió a recobrar nitidez. Alma se llevó la mano a la boca.

Y allí, evolucionando por encima de los edificios como una suerte de tormenta concentrada, estaban las poluciones tóxicas, con una masa intolerable que producía daño a la vista, incluso a través de la pantalla del televisor. No se trataba, en efecto, de un solo cuerpo, sino de una amalgama inconexa de pequeños grupos de oscuridad que conformaban un bloque consolidado de un tamaño espeluznante. En la distancia, semejaban una masa enorme, descomunal, de la que partían pequeños jirones delgados y rizados que acariciaban los tejados de los edificios como si se apoyara sobre ellos, como si caminase sustentada por patas espectrales.

Eran los Descarnados. La misma negrura imposible que Jow había visto en su apartamento, la misma a la que ella se había enfrentado en el piso de Sara y Darnell, la que había visto en sus sueños. Sabía que toda la emergencia se refería a ellos, pero verla allí, desnuda, tangible, integrada en el paisaje extrañamente bucólico y otoñal de aquel pueblo que había sido placentero y agradable unas semanas atrás, era otra cosa. Verlos con sus ojos físicos era algo que la empujaba a unos estadios de intranquilidad inenarrables.

—Impresiona, ¿verdad? —susurró Pete.

—La gente... —dijo Alma de pronto en voz baja—. Allí estaba toda esa gente cuando fuimos...

Jow asintió.

—También lo pensé. Quiera Dios que... bueno, que se hayan... trasladado, o algo.

Alma no dijo nada, pero dudaba que algo en el mundo hubiera hecho salir a aquella gente de aquel lugar. Hasta el último momento. Y mucho se equivocaba o estaba viendo ese último momento en pantalla en aquel mismo instante.

—Alma... Es aquel lugar, ¿no? —preguntó Jow—. Donde estuvimos. Aquella casa negra.

Alma no dijo nada.

—Tenemos que irnos —añadió Jow de inmediato.

La doctora no dijo nada.

Jow se acercó a ella y la agarró de los brazos.

—Alma... Es Elvenbane. ¡Está aquí al lado!

—Lo sé —contestó al fin.

—Esas imágenes tienen por lo menos una hora. Es lo que hemos tardado en venir hasta aquí, porque... porque todo es un caos, y va a peor cada minuto que pasa... Hasta podrían ser más antiguas... podrían ser ya viejas cuando nosotros las vimos.

Alma seguía mirando la pantalla. Habían congelado la imagen para mostrar un detalle de la nube. Transformada a la señal digital de una pantalla plana, lo que se obtenía era una especie de plano en negro sin mucho sentido: una miríada de pequeños pedazos tenebrosos, como piezas de un puzle mucho mayor. La imagen se redujo a un pequeño cuadro que se mantuvo a la derecha del locutor del programa. El cambio de señal lo sorprendió con alguien pasándole un pliego de papeles. Nadie pidió disculpas ni se preocupó por ello. El locutor parecía superado y hablaba con rapidez.

—Alma... tenemos que irnos —insistió Pete.

—¿Irnos?

—A otro lado. A cualquier otra parte.

Alma negó con la cabeza.

—¿Para qué? No pasa sólo en Elvenbane —repuso—, y las calles son de todas maneras muy peligrosas. Imagino que viajar de un lado a otro también lo es.

—Ya lo sabemos —asintió Pete—. Pero Elvenbane... En ninguna otra parte se ha visto una mancha tan enorme como allí. ¡Y está tan cerca!

Jow estaba ceñuda.

—Es porque... viene de allí, ¿no? —insistió.

Pero Alma no respondió. Parecía ensimismada.

—Elvenbane... Es de donde viene, ¿no es cierto, Alma?

Alma pestañeó, como si de repente volviera a conectar con la realidad, y asintió.

—Son muchas —continuó diciendo Jow—. Por Dios, son muchísimas.

—Alma... —intervino Pete—. Deberías hablar con las autoridades sobre todo lo que sabes, ¿no crees?

—Oh —exclamó Alma, sacudiendo la cabeza como si le hubieran dado una bofetada—. Que digas eso a estas alturas, querido...

—Pero... ¡no lo hemos intentado, realmente! —protestó él—. ¡Creen que es una nube tóxica, por el amor de Dios!, gases nocivos que dejan el cuerpo vacío como un pellejo. ¿Adónde crees que irán con todo eso? ¿No te parece que estamos condenando a todo el mundo con nuestra inactividad? No intentarlo realmente, tratar de explicarles que...

Alma se acercó a Pete mientras éste se entregaba a una serie de aspavientos con los brazos y el rostro encendido por la emoción, y lo interrumpió con un beso en la mejilla.

—Pete, querido... —susurró—. Yo sólo sé lo que son, sé de dónde viene tanta violencia, pero no sé cómo pararlo. Aunque me creyesen, ¿de qué serviría?

—Si lo que me ha explicado Jow es cierto, si todo sale de ese... agujero, ¿no podrían hacer algo? Podrían tirar cohetes en la zona, o...

Alma sonrió.

—O llenar el agujero con cemento, ¿no, querido? No funciona así. Son lugares de poder, pero no entendemos de dónde viene. Podrías construir una torre allí, y la energía no cambiaría. Podrías retirar toda la tierra a cien kilómetros alrededor, y la energía no cambiaría. Sólo está allí, Pete. Ni una bomba atómica cambiaría eso.

Pete iba a añadir algo pero se interrumpió. Jow, que ahora estaba a su lado, le pasó una mano por la espalda y la acarició suavemente.

—Yo... —empezó.

Pero no terminó lo que iba a decir. En lugar de eso se abrazaron, los tres, y por un momento... por un breve instante, el frío de la habitación pareció remitir. Un poco.

3

De repente, gritos.

Llegaban desde la calle, al principio lejanos; tanto que ni siquiera pudieron oírlos concentrados como estaban en sentir ese abrazo curativo. Luego se volvieron audibles, acompañados del ulular estridente de una sirena de policía.

Alma fue la primera en dar un respingo.

De repente sentía una enorme inquietud, como si todos sus sensores de alerta se hubieran disparado inesperadamente, pero se quedó inmóvil, como petrificada. Pete fue el primero en acercarse a la ventana. Alma vivía en el tercer piso de un bloque de apartamentos en una gran avenida, y la visión de la calle desde allí era bastante buena, pero todavía no lo suficiente. Pete tuvo que subir la hoja de la ventana para sacar la cabeza y poder echar un vistazo, y tardó sólo un segundo en regresar con ellas. La expresión de su cara era otra muy diferente: el miedo bailaba en sus ojos de color miel.

Alma no necesitó ninguna explicación. Sabía.

—¿Qué...? —preguntó Jow, con el corazón encogido.

Pete negó con la cabeza, incapaz de responder. Se había llevado la mano a la frente, como aquejado por un repentino dolor de cabeza o estuviera a punto de desfallecer.

—Pete... ¿qué pasa? —preguntó Jow. No esperó la respuesta, caminó decidida hasta la ventana y miró.

—Están aquí... —dijo Alma.

Jow, que aún no había visto a los Descarnados con sus propios ojos, no comprendía lo que veía. Ni siquiera oyó a Alma: la escena que tenía ante la vista era demasiado horripilante como para que pudiera prestar atención a ninguna otra cosa.

Era la calle, por supuesto: estaba desapareciendo, devorada por una «ausencia de cosas», como le chilló su mente cuando se enfrentó a la oscuridad al final de la avenida, cuatro o cinco calles más allá. Se percibía como agujeros en los edificios, como pozos de nada, abiertos directamente en el asfalto. Jow se encontró bizqueando para enfocar mejor. La nada evolucionaba, arrastrándose como una marea y dejando un rastro tan curioso como desquiciante. Era como si los edificios por donde pasaba hubieran perdido parte del color, como si el tiempo se hubiera ensañado con ellos en cuestión de segundos, dejándolos deslucidos y extraños. Mirar todo eso era... era, desde luego, absolutamente hipnótico.

De pronto se sintió transportada hacia atrás. Era Pete, que tiraba de ella. Jow se sintió aliviada. Podía haberse quedado mirando durante todo el tiempo que esa cosa hubiera tardado en llegar hasta ellos.

Pete acercó su rostro a ella, esperó unos segundos, y gritó:

—¡HAY QUE IRSE!

4

La calle era un caos, como sacada de una escena de una película catastrofista. La gente corría, intentando alejarse de aquella cosa oscura que muchos habían visto ya en la televisión. Algunos miraban, sin comprender, o demasiado asustados como para alejarse. Otros, quizá resignados, se quedaban plantados con lágrimas en los ojos.

Un turista japonés tropezó con sus propios pies y cayó en el asfalto produciendo un sonido hueco. La cámara golpeó el suelo y luego se arrastró durante unos buenos tres metros hasta detenerse, inservible.

Muy pronto comprendieron que desplazarse en coche era del todo imposible. El tráfico estaba colapsado por completo en ambos sentidos. Muchos coches habían cruzado la mediana para invadir el sentido contrario con la intención de alejarse en la dirección correcta y provocando un caos absoluto.

Un viento gélido parecía llegar, además, desde el final de la avenida, donde la oscuridad, precedida por un maremágnum de gritos y lamentos, avanzaba como una tormenta de brea. Alma se quedó quieta apenas salieron del edificio, sintiendo el frío en las mejillas y parpadeando con rapidez. Podía sentir lo que ese frío traía, más allá de la pura sensación térmica, y era tan espantoso como pudiera concebirse. Para sus capacidades sobrenaturales, se percibía como un desánimo fulminante, doloroso como el puño cerrado en torno al corazón que denuncia el más extenuante desamor, como el odio más exacerbado, como ese tipo de rencor superlativo que hace que a uno le tiemble la mandíbula de rabia e impotencia. Por un momento se quedó quieta, sin poder hacer frente a tamaño cúmulo de sensaciones, muchas de ellas desconocidas. Las articulaciones le explotaron de dolor debido al frío intenso, y las rodillas le flaquearon arrojándola al suelo, donde chocaron contra el pavimento con un crujido terrible. Jow y Pete, situados cada uno a un lado, fueron muy rápidos en atenderla.

—¡Alma!

—Es... estoy bien —musitó, pero estaba a diez mil kilómetros de estar bien; estaba en el otro extremo del continente Estoy bien. Se sentía tan turbada, confusa y dolorida como si le hubieran propinado una paliza.

—¿Puedes caminar? —preguntó Pete.

—¿Qué te ocurre? —quiso saber Jow a su vez.

—Es... No es nada —mintió—. Sólo necesito un segundo.

Jow giró la cabeza. La oscuridad no parecía estar más cerca que cuando había mirado por la ventana, y eso era una buena señal, significaba que progresaba lentamente; significaba, en definitiva, que si se alejaban corriendo, o andando, para el caso, aún podían tener una oportunidad.

—Vamos... —dijo Pete, nervioso.

Jow miró a Alma, menuda, con su pequeña rebeca sobre los hombros y su expresión fatigada, e hizo un gesto para indicarle a Pete si podía cargarla en brazos.

Pete la miró brevemente y asintió.

—¡Pete! —exclamó Alma cuando se sintió alzada en el aire. Su cabeza se movía a uno y otro lado, como si estuviera empleando sus últimas fuerzas antes de desfallecer.

—Vamos, Alma —dijo Pete, haciendo pequeños movimientos para equilibrarla en sus brazos.

—Oh, Pete...

Pero no tenía fuerzas para protestar más allá de eso, y de todas formas habían emprendido el camino calle abajo, entre la gente que se desplazaba presurosa. No iban hacia el coche, por cierto; lo habían aparcado a un par de calles en la dirección opuesta, y de todas maneras estaba bastante seguro de que le sería imposible sacarlo de donde lo habían dejado con todo el caos circulatorio que se había generado. Chasqueó la lengua mientras la gente los adelantaba. Nadie parecía prestarle atención a pesar de que cargaba con una señora en brazos. Nadie le preguntó si necesitaba ayuda.

En la distancia, oyeron disparos.

—¿Adónde vamos? —gritó Pete para hacerse oír.

Jow no lo sabía. Mientras avanzaba entre la gente con cuidado de no ser arrollada por los que la pasaban corriendo, lo miró con un gesto de desconcierto que parecía decir: «Lejos, supongo», y continuaron andando.

En un momento dado doblaron la esquina, porque en las calles perpendiculares había mucha menos gente. Pete ni siquiera preguntó; tenía miedo de que alguien le diera un codazo y lo hiciera caer sobre Alma, que seguía cabeceando tras el desmayo. Allí las viviendas tenían ese tono borgoña característico de las ciudades británicas, con amplios jardines entre ellas; los coches llenaban la calzada, pero ésta tenía un diseño mucho más complicado, con innumerables entradas y salidas hacia zonas de aparcamiento y almacenes, así que había mucho espacio para poder avanzar.

Jow y Pete se miraron.

—Pete...

—Lo sé, pero...

—Pete, ¡necesitamos un coche!

—¿De dónde vamos a sacar un coche aquí?

Alma empezaba a pesar.

Fue Jow quien se acercó a uno de los vehículos aparcados y comprobó si tenía puesto el seguro. Estaba cerrado. También el siguiente, y el de más allá.

Todos cerrados.

Jow no se imaginaba rompiendo ninguna ventana para forzar la puerta, ni siquiera en esas circunstancias, por el sencillo motivo de que no sabría qué hacer después, sin la llave de contacto. Se sintió frustrada, y giró la cabeza para mirar alrededor.

—Pete... —dijo Alma—. Déjame en el suelo.

—¿Estás mejor?

—Sí. Estoy mejor, gracias.

Mientras tanto, unos metros más allá, Jow oyó un sonido que conocía bien: el bip-bip de la apertura de puertas de un coche que respondía a un mando a distancia. Se volvió para mirar, esperanzada, y vio a un hombre calvo algo entrado en años que se disponía a introducirse en su coche, un monovolumen familiar.

No perdió el tiempo y se plantó junto a la ventana del conductor.

—¡Espere! —exclamó—. ¿Puede ayudarnos?

El hombre, que tenía ya las manos al volante, dio un respingo y se quedó mirándola, desconcertado. Su expresión era de auténtico miedo. Su cabeza parecía moverse muy sutilmente de izquierda a derecha, como si preparase una negativa automática.

—Sólo queremos salir de aquí —explicó Jow rápidamente—. Alejarnos. ¿Puede llevarnos? Por favor... a donde sea que vaya; nos da lo mismo.

El hombre se quedó mirándola, luego descubrió a Pete y Alma, que se acercaban por la calle, y pareció estar a punto de arrancar el motor y salir zumbando, sobre todo cuando vio a Pete, un hombretón alto con aspecto sudoroso y una expresión acelerada. Jow lo percibió... Tenía un segundo, un solo instante para reajustar esa decisión que estaba ya formándose en su mente: la negativa, la cómoda negativa, y puso ambas manos juntas, como si implorase. Luego compuso rápidamente su mejor expresión de súplica femenina, frunciendo los labios de una manera que sabía sexi.

—Por favor... —susurró—. Sólo queremos salir de aquí...

El hombre se mordió el labio; un instante eterno de incertidumbre. Jow sintió que los segundos se arrastraban entre ambos, TICTAC, TICTAC, como el reloj del Fin del Mundo.

—Está bien —accedió al fin—. ¡Está bien, suban!

Jow tardó muy poco en abrir la puerta de atrás y ayudó a subir a Alma. Las articulaciones la estaban matando. Le costó un tiempo que Pete aprovechó para llegar al asiento del copiloto. Un banderín en tonos azules y dorados con las palabras LEEDS UNITED FC colgaba del espejo retrovisor.

—Gracias. Se lo agradecemos...

—Me largo de aquí —respondió el hombre cuando empezó a maniobrar el vehículo—. ¡No voy a parar hasta que esté bien lejos, les venga bien o no!

—Nos parece bien —se apresuró a decir Jow.

Se movía con habilidad entre los vehículos, cruzando por zonas restringidas, plazas de aparcamiento y aceras cuando era posible, circulando siempre a una buena velocidad. Pete parecía alarmado, pero Jow aplaudió en silencio su determinación: sólo saldrían del centro con alguien así al volante.

—¿Han visto esa cosa? —preguntó el hombre.

—Sí.

—Me refiero a esa cosa. ¿La han visto? No sé qué demonios es. ¿Qué demonios es?

—No lo sabemos —mintió Jow.

—Es una mierda, eso seguro —soltó el hombre, zumbando a ochenta kilómetros por hora por una pequeña calle de servicio para proveedores entre centros comerciales. Luego masculló algo ininteligible antes de seguir hablando—: Por mi vida que no he visto nada así en todos los años que...

De pronto, un coche circulando en dirección contraria estuvo a punto de chocar con ellos. El conductor realizó una rápida maniobra, condujo varios metros por encima del jardín de una hilera de viviendas, y volvió a la calzada.

—¿De qué se trata ahora? —preguntó, como si no hubiera pasado nada—. ¿Terroristas? ¿Alguna mierda de gas extranjero? Nos vamos a tomar por culo, eso seguro.

Nadie dijo nada. Ahora se acercaba peligrosamente a un contenedor de mercancías y Jow se agarró al asa de su asiento mientras lanzaba una mano hacia Alma, que parecía aún desorientada. Sin embargo, no sintió inquietud. El hombre calvo conducía bien y el coche se zarandeó bruscamente hacia la derecha, imponiendo una dura prueba a la suspensión y sorteándolo sin problemas.

—Esa cosa es de un color que no sé ni qué mierda es —continuó diciendo el hombre—. ¡Me cago en la puta!

—¿Lo ha visto en la calle? —preguntó Alma de pronto.

—¿En la calle? Joder, no. En la televisión. ¿Qué coño de calle? ¿Qué calle?

De pronto, Jow abrió mucho los ojos.

Había ido recto, luego había girado a la derecha, otra vez a la izquierda y circulado por una calle que describía un giro hacia...

Tragó saliva.

¿Hacia dónde estaba conduciendo?

Iba a decir algo cuando el coche viró bruscamente y se encontró de frente con la avenida que acababan de dejar. Pete se sacudió, inquieto, en su asiento. Jow apenas tuvo tiempo para decir nada. El hombre calvo fue el último en comprender lo que ocurría.

Allí, entre los edificios, estaba prendida la oscuridad, tejida como una gigantesca telaraña. Cerca. Demasiado cerca. Ahora podían ver que no se trataba de una única mancha, sino de un grupo de formas oscuras que se desplazaban por el aire apoyándose unas en otras, trepando por las fachadas, o quizá solapándose por las fachadas, como si la existencia física de éstas fuese algo que no les incumbiese. Se movían, además, de una manera que desafiaba la comprensión, como si fuesen piezas de un rompecabezas que saltaban de su sitio para acabar, instantáneamente, colocadas de otra forma. Ver el movimiento intermedio era imposible porque no existía.

Alma gimió.

El hombre calvo se quedó mirando durante un par de segundos, superado por lo que veía tras el parabrisas. Resultaba difícil de asimilar. Por fin, en los últimos metros, exclamó algo en irlandés y giró completamente el volante mientras usaba el freno de mano. El coche viró con brusquedad y derrapó sobre dos ruedas, deteniéndose con un fuerte golpe al chocar contra un vehículo que estaba detenido. Las planchas de la carrocería, al rozarse, produjeron un sonido metálico, breve pero potente.

Alma miró, aunque se sentía mareada y presa de sentimientos encontrados. Estaba tan cerca de la fuente que sentía una miríada de cosas, rastros de sentimientos poderosos que la zarandeaban como un bebé de dos meses en la celebración de su bautizo, pasando de brazo en brazo.

Un hombre trató de acercarse a ellos a la carrera, pero una de las sombras se lanzó hacia él y lo apresó por la cabeza. El resto de su cuerpo reaccionó inmediatamente: el color de sus brazos extendidos pasó a un gris ceniza y luego cambió a un desagradable y sucio tono de azul. Su cuerpo perdió volumen y la carne pareció replegarse sobre los huesos. Las venas se apresuraron a decorar sus miembros, rosadas y nauseabundas, como el mapa del sistema circulatorio en un libro escolar. Luego, estallaron a través de la piel, soltando una nube de finísimas gotas que llenó el aire de un tono rojizo.

El hombre cayó al suelo abruptamente, desmadejado.

Eso fue lo que vieron todos, todos menos Alma.

Ésta vio algo más, una realidad que solamente algunas personas podían registrar porque estaban acostumbradas a ver el mundo desplegado en un espectro de visión más amplio. Vio cómo su Yo esencial, su alma luminosa y confusa, era absorbida por la boca. Salió expulsada de su cuerpo con una furia sobrecogedora y quedó expuesta un par de segundos, rutilante y hermosa, mientras las venas empezaban a vestir los brazos desnudos. Luego se deshizo en jirones de luz, desgarrada en su composición esencial, hasta desaparecer suavemente en el aire con pequeños destellos de color.

Alma se sintió sobrecogida, superada y atónita. No era la muerte, sino algo infinita e indeciblemente peor. No habría otra oportunidad para todos aquellos hombres y mujeres, no habría un regreso a la Fuente, no habría, nunca, ninguna otra realidad, ningún Tiempo. Nunca jamás. Para alguien que comprendía y aceptaba la eternidad como un hábitat precioso que se nos brindaba para manejarnos a través de una miríada de instantes y experiencias, concebir de nuevo la no existencia, la ausencia del ser y del estar, era un impacto fortísimo. Era la muerte de las muertes.

Las repercusiones de aquello eran fulminantes; demasiado poderosas como para que su mente humana pudiera abarcarlas y manejarlas.

Gritó.

En ese momento, otro hombre abrió inesperadamente la puerta del conductor y lanzó un brazo hacia el hombre calvo. Éste apenas tuvo tiempo de protestar: un instante después, le habían sacado violentamente del coche. Pete intentó ayudarlo, pero no pudo reaccionar a tiempo, había estado mirando cómo la nube de sangre parecía caer a cámara lenta hacia el suelo, dispersándose antes de tocar el asfalto.

—¡Necesito tu puto coche! —gritaba el agresor mientras asestaba puñetazos al hombre calvo—. ¡TU PUTO COCHE!

Los golpes le dieron repetidamente en la cara, y la sangre no tardó en aparecer.

—¡Pete! —chilló Jow.

Antes de que nadie pudiera hacer nada, el hombre calvo resbaló hacia el suelo con la cara ensangrentada. El puño levantado de su atacante estaba cubierto de su esencia vital, intensa y brillante a la luz del día. Sus ojos parecían encendidos y centelleantes.

Fue Jow quien reaccionó primero. Pete estaba aún perplejo en su asiento, sorprendido por el inesperado asalto, cuando ella saltó desde el asiento de atrás y se colocó en el lado del conductor. El agresor se volvió rápidamente, pero Jow ni se molestó en cerrar la puerta: metió la primera, giró el volante y apretó el acelerador, y el coche se encabritó con un sonido ronco. Las ruedas chirriaron de una manera enervante, pero un par de segundos más tarde circulaban a velocidad creciente, otra vez, en dirección opuesta. La hoja de la puerta se bamboleaba alocadamente sin que nadie le hiciera caso.

—¡Joder! —soltó Pete.

—Cuida ese lenguaje, niño de Oxford —exclamó Jow.

Se volvió para mirar a Alma, que se había dejado caer de lado sobre el asiento e intentaba sujetarse extendiendo los brazos.

—¡Alma!, ¿estás bien?

—Estaré bien... —respondió—... cuando nos alejemos de aquí.

—Ya me estoy ocupando de eso —farfulló Jow, concentrada en la conducción.

El hombre calvo era un buen conductor, pero Jow parecía manejar el vehículo con incluso más destreza. Ni siquiera era consciente de ello: nunca había hecho nada de lo que estaba haciendo en ese momento, utilizando el freno de mano para tomar mejor las curvas y describiendo giros tan precisos que la parte de atrás del vehículo derrapaba lateralmente por la inercia rozando con los otros coches aparcados. Condujo por las calles y avenidas menos concurridas alejándose, decididamente, de la oscuridad.

Fue Alma la que habló primero.

—Vaya viaje —soltó.

Y se desmayó.

XXIII

Causalidad

1

Habían aparcado el coche al sur de Leeds, en una carretera poco transitada. Jow se recostó en el asiento y se pasó la mano por la cabeza.

—Bien... —dijo Pete—. ¿Qué hacemos ahora?

Nadie contestó.

—¿Alguien tiene alguna idea?

—Huir... —respondió Jow—. Supongo.

—¿Huir adónde?

—Necesitamos un televisor, o una radio, para escuchar las noticias. Debe de haber un lugar seguro...

—Todos los hoteles y restaurantes que hemos encontrado por el camino estaban cerrados.

—No hay un lugar seguro —susurró Alma.

—¿Cómo lo sabes? —preguntó Pete con cierta desesperación.

Alma no contestó, se mantenía cabizbaja, mirándose las manos enguantadas.

—Hace tanto frío... —respondió.

—Vale —exclamó Jow, soltando un suspiro—. Las cosas están mal, pero me niego a creer que no haya nada que se pueda hacer. Veamos. Por lo que sabemos, todo parece venir de Elvenbane.

—¿Cómo que viene de Elvenbane? En las noticias he visto ciudades americanas con problemas tan graves como los nuestros.

—Es por las Líneas Ley —dijo Jow—. Alma lo explicó. Es como una infección. Elvenbane está conectada a esas líneas, así que se ha extendido desde ahí a todas partes.

—Ah, sí —exclamó Pete, recordando esa conversación.

—Hay, o puede haber, otros brotes más pequeños —explicó Alma con desgana—. Cualquiera que haya hecho el juego de la ouija con los símbolos del segundo libro desde que el agujero se abrió, puede haber creado pequeños túneles adicionales y dejado escapar al menos a uno de esos Descarnados. Son los que hemos visto en las noticias.

—Joder —soltó Pete.

—Vale —siguió Jow, animada—. Eso ya es algo. Tenemos uno o más agujeros que cerrar. Tenemos Descarnados que devolver a casa.

Alma soltó una risita entre dientes.

—¿Qué? —exclamó Jow, enfadada—. ¿Te vas a poner derrotista?

—Cariño... —susurró Alma—, las cosas están... mucho más difíciles de lo que crees.

—Pues cuéntamelo —soltó Jow con el rostro enrojecido—. Deja de decir que no se puede, que las cosas están mal, y dime todo lo que sabes. Al menos lo intentaremos. Algo intentaremos. Yo lo intentaré, eso te lo garantizo. No quiero conducir por toda Inglaterra hasta que una de esas cosas nos pille, en alguna parte, tarde o temprano.

Alma suspiró.

—Está bien —asintió—. Esos Descarnados están henchidos de maldad. Son oscuridad en esencia, y allí por donde pasan lo dejan todo impregnado. No te puedes ni imaginar las cosas que sentí cuando los tuvimos delante. Casi no podía ni respirar...

—Te desmayaste —le recordó Jow.

—Sí. No puedes ni pensar cuando...

—Bueno, nosotros no sentimos nada —la interrumpió Jow—, como no sea el miedo natural por la situación a la que nos enfrentamos. Eso ya es algo.

—De acuerdo, pero ¿te fijaste en la calle cuando estaban pasando, o cuando los encontramos delante de nosotros? Parecía deslucida, vieja, como si tuviera un par de decenas de años.

Jow frunció el ceño.

—Ahora que lo dices, sí... Es verdad.

—No es algo que yo sienta. Es algo que dejan plantado, invisible, como semillas. Esa oscuridad se percibe, aunque tu adrenalina no te haya permitido darte cuenta debido a la naturaleza de la situación. Toda esa maldad permanece, y un corazón humano es, por naturaleza, como una radio; siempre está dispuesto a sintonizar con lo que tiene alrededor y le llega.

—El concepto de la psicología de las masas de Freud —susurró Pete.

—Algo así —asintió Jow—. Y entre otras cosas, hay unos libros como *Las Nueve Revelaciones* que deberías leer... Pero no me extiendo más; lo que quiero decir es que incluso si consigues acercarte lo suficiente, si consigues a pesar de todo sobrevivir, esa maldad penetrará en ti como el agua si acercas un vaso lleno a tus labios sedientos. Y créeme, querrás... arrancarte los ojos de pura rabia y frustración.

—Como aquel hombre —apuntó Pete en voz baja—. El hombre que quería coger el coche. Lo mató con los puños...

—Sí.

—Vale —dijo Jow con rapidez—. Así que toda esa oscuridad... genera maldad en la gente, como una epidemia.

—Algo así —suspiró Alma.

—Así que tenemos varios agujeros, demonios descarnados, y un montón de gente que querrá matarnos a puñetazos —resumió Jow.

Pete, que jugueteaba con el cinturón de seguridad, soltó un suspiro.

—¿Qué pasa si cerramos los agujeros? —preguntó entonces.

—No lo sé —respondió Alma.

—Deberíamos probar eso.

—Es posible que... la conexión que hay entre los Descarnados y el plano de existencia que les es natural, se corte.

—¿Sí? —preguntó Pete—. ¿Qué les pasará, se morirán, se... secarán?

—¿Secarse?

Jow negó con la cabeza.

—Cosas de películas. Quiere decir si acabaremos con ellos.

—No lo sé, cielo... —reconoció Alma—. En realidad, todo esto es tan nuevo para mí como para ti.

—¿Y quién puede saberlo? —quiso saber Jow.

Alma pensó durante unos instantes.

—Había un tipo, Alfred, un hombre joven que escribió unos artículos sobre las Líneas Ley. Quizá no sea la persona más relevante sobre el tema en el mundo, pero sé donde vive porque tuvimos una entrevista hace un año, y no está lejos, en Wakefield.

—¡Wakefield! —exclamó Pete, esperanzado—. ¡Eso está aquí al lado! ¿Doce o trece kilómetros?

—Más o menos —dijo Jow mientras arrancaba otra vez el coche—. En marcha.

—Puede que ya no viva allí —apuntó Alma.

Jow buscó su mirada a través del espejo retrovisor.

—Será lo que tenga que ser —soltó.

Y Alma, por primera vez en mucho tiempo, sonrió con ganas.

2

Llegaron a Wakefield casi al anochecer, porque recorrer el último tramo de carretera, cuando apenas quedaban tres kilómetros, había sido un proceso lento. A veces transcurrían quince minutos y avanzaban apenas unos metros.

Alfred E. Newman vivía en Eastmoor Road, en el área más septentrional de Wakefield, condado de Yorkshire. Había un buen número de industrias allí, la mayoría mineras, y el castillo de Sandal y la catedral atraían a un buen número de turistas en cualquier temporada. No era raro tampoco ver gente arremolinada en los alrededores del parque de las Esculturas, el museo Wakefield o los bares de Harry y Elliott cualquier día de la semana, cualquier mes del año, y a ninguno de los numerosos hoteles y apartamentos les faltaban nunca ingresos. Ahora, a pesar del turismo y sus casi ochenta mil habitantes, Wakefield parecía abandonada. Las calles vacías y silenciosas eran un espectáculo difícil de comprender o soportar. Significaba que las cosas estaban realmente mal.

—No creo que siga aquí... —susurró Pete cuando se encontraban ya frente al edificio.

—No lo sé —respondió Jow.

—Es como si toda la maldita gente se hubiera ido a otra parte —añadió.

—Puede que sólo se hayan quedado ocultos en sus casas.

—Es lo que la televisión decía —musitó Pete—. Que la gente se quedase en sus casas.

—A los Descarnados no les importan los impedimentos físicos como los muros de una fachada —exclamó Alma—. Entrarán de todas formas.

—¡Dios! —exclamó Pete—. Alguien debería decirles lo que está pasando de verdad. No pueden... aconsejar a la gente que se esconda en sus viviendas si no sirve para nada. Es de locos.

—Aunque sepan lo que ocurre —apuntó Jow—, seguirán diciendo que la gente se quede en sus hogares. No quieren personas trasladándose como locas de un lado a otro creando caos y dejando las carreteras bloqueadas.

Para entonces habían bajado del coche y miraban alrededor. Eastmoor Road no era una calle con mucho tráfico, ni peatonal ni rodado, pero ninguno de los tres conocía este hecho y se encontraban algo sobrecogidos por el silencio reinante, que atribuían a lo que estaba pasando. Una verja con penachos terminados en punta de lanza y que recordaba a un cementerio daba paso a un prado verde con algunos árboles en primer término, como si alguien hubiera querido dar un poco de intimidad al parque. Al otro lado, una serie de viviendas de dos pisos se alineaban de manera uniforme.

—Es ahí —exclamó Alma señalando una de las puertas blancas.

Jow no se lo pensó dos veces: cruzó la calle y avanzó resuelta hacia la puerta indicada. El cielo era una capota grisácea y desabrida que parecía demasiado cerca del suelo.

Pulsó el timbre y esperó, pero no tuvieron que esperar mucho; Alma y Pete acababan de llegar a su lado cuando la puerta se abrió con un sonido de cerrojos. Una figura oscura abandonó las penumbras del interior para salir a la vista, parpadeando como si llevara tiempo sin ver la luz del día.

—Hola, Alfred —lo saludó Alma al instante.

Alfred era el típico británico con ascendente germánico, de facciones duras, ojos azules y rasgos muy marcados. Era joven, alto y vestía de negro, con una camiseta bastante vieja donde se leía: ALIEN INSIDE. Se quedó perplejo mirando a Alma.

—¡Doctora Chambers! —exclamó al fin—. ¡Dios mío!

—Sí... —asintió Alma, sonriendo.

—Dios... ¿Qué... qué está haciendo aquí?

—He venido por lo que está pasando, Alfred. Creo que tú puedes ayudar.

Alfred abrió mucho los ojos, perplejo.

—¿Yo? ¿Qué...?

—¿Podemos pasar, cielo? No llevo un buen día y mis manos están deseando calentarse.

—¡Por supuesto! —exclamó, sacudiendo la cabeza como si se reprochara por sus modales. Se hizo a un lado y los invitó a pasar.

—Éstos son Pete Waters y Jow Gibson, unos buenos amigos —los presentó Alma al pasar.

Intercambiaron unos apretones de manos y, antes de que pudieran darse cuenta, estaban sentados en el salón rodeados de libros y revistas apiladas, un par de ordenadores Apple, una enorme estatua de Buda, un televisor gigante y bastantes pósteres con mapas, fotos de Pompeya, y de lo que parecían ser OVNIS. Algunas de esas cosas decían «Pirado del ocultismo». Otras, como un casco de soldado imperial de *La guerra de las galaxias* en una vitrina de cristal, decía otras cosas. Había muchas piezas grandes y pequeñas, de películas, series y videojuegos; juguetes caros para adultos. Un sinfín de detalles más y un cómodo sofá lleno de cojines más confortables que estéticos les decían que Alfred pasaba mucho, mucho tiempo en casa, y que vivía solo en su sanctasanctórum.

Les ofreció unos refrescos que aceptaron encantados.

—Me he quedado de piedra al verla, doctora.

Alma asintió.

—Dios mío... Lo que está pasando es...

Pete miraba el televisor con los ojos muy abiertos.

—¿No tiene puestas las noticias? —preguntó de repente.

—¿Las noticias?

—La televisión —dijo, señalando el aparato.

—Oh, no. Utilizo internet... Es mucho más directo y fiable. La televisión es lineal y... un muermo. Internet es una onda expansiva, una bomba, puedes recibir cosas de todas partes del mundo, muchas veces a nivel personal.

—Bueno, ¿y qué está pasando? —preguntó Jow.

—Dirán qué no está pasando. ¡Es un auténtico follón!

Alfred se volvió para que pudieran ver las pantallas. Las dos mostraban varias ventanas: un chat, vídeos de YouTube, blogs dinámicos que se actualizaban automáticamente cada pocos segundos, y varias páginas web.

—Miren... —añadió Alfred arrastrando una de las ventanas al centro de la pantalla. No usaba, por cierto, un ratón convencional, sino una tableta Wacom con un lápiz digital.

El vídeo se puso en marcha. Estaba grabado con un móvil, y aunque el movimiento era errático, la calidad era aceptable. Se trataba de una calle, y a juzgar por el tipo de casas, parecía Inglaterra, aunque nadie pudo asegurarlo. Pero no era la calle lo que el vídeo mostraba, sino una multitud de cuerpos caídos por todas partes, a veces unos sobre otros, superpuestos y amontonados en pequeños cúmulos irreconocibles. Algunos estaban tirados en el suelo, otros parecían sentados con la espalda apoyada sobre un coche o una pared. Allí asomaba un brazo, al otro lado una cabeza con los ojos hinchados y la lengua amoratada colgando flácida como la tripa de un toro.

Y todos los cadáveres tenían ese tono azulado y ese aspecto desinflado que conocían ahora tan bien.

Alma, que no se esperaba semejante masacre, apartó la cabeza rápidamente, cerrando los ojos para no tener que soportar tanto horror.

—Lo siento doctora... —susurró Alfred—. Pensé que...

—¿Dónde es eso? —lo interrumpió Jow.

—Sheffield —contestó Alfred—. Hace unos... veinte minutos.

—¡Jesús! —soltó Pete, sobrecogido—. Es aquí mismo.

Jow asintió.

—Es casi como si... Leeds formara un triángulo con Sheffield al sur y Elvenbane al este...

—Oh... —exclamó Alfred de pronto—. ¡Elvenbane, claro! Ya sé por qué han venido... ¡Han venido por las Líneas!

—Exacto —contestó Jow rápidamente.

—Claro —dijo Alfred, pensativo—. He de admitir que me he quedado de piedra al verla, doctora, pero ahora sé por qué ha venido...

—Sí, Alfred. Recordé tu trabajo sobre las Líneas.

—¡Sí, sí! —replicó Alfred, entusiasmado—. ¡Las Líneas! En cuanto empezaron a dar noticias sobre todo lo que estaba pasando e iban mencionando lugares, fui atando cabos. ¡Son las Líneas, ¿verdad doctora?!

—Son las Líneas —respondió Alma con suavidad.

—Lo sabía... —exclamó, triunfante—. Empecé a trazar un mapa y casaba perfectamente. ¡Vaya! Incluso pude localizar de dónde venía todo por el impacto de las noticias en las ciudades y su importancia en el *feed* de Google.

Jow pensó brevemente en la base de datos Virgilio y en lo bien que les habría venido para localizar los incidentes y trazar, quizá, una ruta segura a algún lugar, aunque fuera en el extranjero.

—Elvenbane —susurró Alma entonces.

—¡Exacto! —exclamó Alfred—. ¿Cómo lo ha sabido?

—Por varios motivos, querido —contestó Alma, y dando un largo suspiro empezó lentamente a ponerlo en antecedentes. Primero le habló de los libros de Johnnie Balmori y de las sombras que había visto en casa de Darnell y Sara. Luego le habló de cómo la misteriosa afluencia de gente los había llevado a investigar el lugar, y le habló de su viaje al pueblo y todo lo que allí sintió junto con Jow. A medida que hablaba, la expresión de Alfred iba cambiando entre interesada y atemorizada; a ratos se echaba hacia adelante, con los codos en las rodillas, y luego cambiaba a una expresión atemorizada y reculaba en el asiento.

Alma acabó el relato con el viaje en coche de esa mañana.

—Dios mío —exclamó entonces.

—Y por eso estamos aquí, querido —susurró Alma.

—Comprendo. Sin embargo, yo... ¡Jesús! Las Líneas Ley infectadas. Es como... como una sífilis interplanetaria de caballo.

Pete sacudió la cabeza.

—Dios mío, ¿te das cuenta del poder... del enorme poder que ha hecho falta para provocar esto?

—No... —dijo Alma—. Dímelo tú.

—Toda esa gente haciendo sesiones de ouija diseñadas para contactar con esos...

—Descarnados —apuntó Alma.

—Ésos, sí. A nivel mundial... hablamos de... millones de personas abriendo lentamente los canales y dando energía a ese agujero en Elvenbane...

—Con pequeños actos de maldad —apuntó Jow.

—Sí. Cada uno de ellos era canalizado hacia la apertura del agujero...

Alma parpadeó.

—Por eso nadie lo había descubierto... —susurró, con los ojos fijos en la alfombra del suelo—. Por eso era tan fuerte cuando estuvimos allí. Hace unos meses hubiera pasado casi desapercibido... Ahora entiendo...

—Por supuesto —dijo Alfred—. Apuesto a que la gente reunida en Elvenbane fueron llamados por esas cosas. No era casual. Eran su...

—Su picaporte —concluyó Jow.

Alfred asintió y apuró de un trago su lata de Little Buddie. Parecía estar pensando a toda velocidad.

—Luego pasó algo en Elvenbane que terminó por abrir el agujero —continuó diciendo—. Y ahora están aquí.

Alma asintió de nuevo. Ahora parecía incluso más pequeña y encogida, como si lo que había sentido en la ciudad la hubiese hecho menguar. Hasta su cabello parecía tener unas cuantas canas más de la cuenta y se veía deslucido y apagado.

—Lo que queremos preguntarte, Alfred, es... ¿cómo podemos purificar las Líneas Ley de nuevo?

—Dios mío —musitó, pasándose una mano por la boca, los ojos abiertos como platos—. Mire... he estado en sesiones de desbloqueo de Líneas Ley manipuladas, y hasta hemos limpiado algunas que estaban mal alineadas, muchas veces por eventos importantes, como la mayoría de las Líneas que cruzan por las zonas de guerra en Francia y Alemania. Costó meses... ¡meses!, y además no se puede comparar con nada de esto. —Negó con la cabeza—. Hará falta mucha, mucha gente para que nuestros esfuerzos puedan ver algún resultado.

Jow chasqueó la lengua.

—Además hay otra cosa. Aunque ataquemos conjuntamente una Línea concreta, me parece que mientras esté conectada a la fuente, la infección será... Bueno, sería como intentar arreglar con las manos desnudas un enchufe que aún recibe corriente.

Alma no dijo nada, pero el ejemplo era muy gráfico y podía hacerse una idea.

—Alfred —dijo Pete con gravedad—, supongo que lo que todos queremos saber es: ¿se puede intentar cerrar el agujero?

—¿Qué? ¿El de Elvenbane? —Miró unos instantes a sus tres invitados y sacudió la lata vacía en la mano, como si echara de menos un trago—. ¿Lo estáis diciendo en serio?

—Hay que intentarlo...

—Creo que... no habéis visto las últimas imágenes.

Se miraron, luego Alfred se levantó de la butaca y fue al ordenador. Allí desplegó un vídeo que tenía guardado en una carpeta.

—Éste es de hace una hora.

En cuanto se desplegó la imagen en la pantalla, todos supieron lo que había cambiado, y la sola visión fue difícil de soportar. El pueblo entero había cambiado: estaba deslucido y descolorido, los árboles parecían muertos, como tristes imitaciones lánguidas hechas de plástico. El sol parecía reacio a tocar sus tejados, y las casas tenían el aspecto apagado de las que han estado abandonadas durante años. Incluso la tierra, que desde que los muchos visitantes del pueblo habían acampado en sus afueras parecía un terrario, se asemejaba más a los alrededores de un volcán, cuajado de cenizas grises.

Y encima, sobrevolando el pueblo como un fantasma tumefacto e hinchado, estaban las salpicaduras de nada, arremolinadas como soldados acuartelados, girando como un remolino tormentoso.

—Dios mío —exclamó Jow.

—¿Cómo vamos a acercarnos allí?

Nadie dijo nada.

—En serio —insistió Alfred—. ¿Cómo?

—No lo sé —dijo Alma—. Pero tenemos que hacerlo.

—Alguien tendrá alguna idea, por el amor de Dios —soltó Pete.

Se quedaron pensativos, frustrados en sus líneas de pensamientos que no conducían a nada productivo. Jow echaba miradas furtivas a la pantalla. Los *feeds* de noticias parecían enloquecidos. Los titulares circulaban por la pantalla a una velocidad de vértigo: POLUCIONES LETALES EN EL CENTRO DE BALTIMORE decía una. UN BARCO MERCANTE DE LA COMPAÑÍA MAERSK SE ESTRELLA CONTRA EL PUERTO DE VALENCIA, decía otra. UN INCENDIO DEVASTADOR ARRASA STAMFORD BRIDGE, UK. La última que acababa de aparecer decía: LEEDS SUCUMBE AL CAOS. INGLATERRA PROCLAMA LA LEY MARCIAL.

—Ley marcial —dijo, sintiéndose exhausta y sin aliento.

—Internet —dijo Alfred de pronto—. Eso es.

—¿Qué? —preguntó Pete.

—La gente tiene que saber esto —dijo enseguida.

—¿Qué quieres decir? —quiso saber Pete.

—Quiero decir que nadie sabe una mierda sobre lo que pasa. Todo lo que leo es: ocurre esto, ocurre lo otro, pero no hay soluciones, ni pistas. No sé a qué niveles se trabaja en el problema, pero todo el mundo parece demasiado ocupado mirando las llamas en lugar de atajar la fuente del incendio. Como mucho, alguna vez aparece que un grupo de científicos en no sé dónde estudia el terreno afectado por la polución en busca de una solución al problema, pero por descontado no encontrarán una mierda con sus puñeteros cachivaches, ¿cierto?

—Cierto —dijo Alma.

—Entonces hagamos un escrito con todo lo que sabemos y publiquémoslo, antes de que internet se vaya a tomar por culo. Esto es como una de esas películas de zombis... Estoy seguro de que el tiempo corre en nuestra contra.

Jow parpadeó, perpleja.

—Publicarlo en internet —susurró—. ¡Claro!

—Lo colgaremos en tantos lados como podamos, archivos de noticias, Reddit, 4Chan, Facebook, Twitter... Joder, hasta lo pondremos en Instagram en formato de imagen.

—Yo puedo ayudar con eso —dijo Jow rápidamente—. Soy programadora. Puedo hacer un *script* para publicar la noticia en tantos lugares que te dará asco verlo. —Miró brevemente a Alma—. Esto es como el código central de Virgilio, pero al revés. Puedo hacerlo.

—Yo puedo remitirlo a un montón de periódicos y subirlo a agencias de noticias —dijo Pete—. Tengo los contactos en gmail.

Alma sonrió, y Alfred asintió satisfecho.

—Suena tan bien... —dijo Alma, pero ya nadie la escuchaba. Jow se había levantado y señalaba una de las sillas junto a los ordenadores; Pete estaba a su lado, frotándose las manos.

—¿Cual puedo usar? —preguntó.

Pete, Alfred y Jow se pusieron a trabajar mientras Alma los miraba satisfecha, sintiéndose todavía cansada. No sabía si se trataba de los ecos del trauma que había vivido en Leeds, pero era como si todo su interior vibrase a una velocidad trepidante, y eso la extenuaba. Sin embargo, estaba contenta. Resultaba que había que escribir la noticia más importante de la historia de la humanidad, y allí había reunido a un periodista con contactos, a un experto en el problema, y a una programadora con experiencia en internet para propagarlo por todos los rincones del mundo; y ello gracias precisamente al trabajo que ella misma le había hecho desarrollar. Las cosas habían ido sucediendo de una manera casual y fortuita, pero si allí no había una perfección y una causalidad (que no casualidad) tan simple y pura como para sentirse estremecida, no la había en ninguna parte.

Quizá las cosas salieran bien, después de todo. Quizá sí. Quizá su tiempo había llegado al final. Quizá había hecho todo lo que tenía que hacer, o quizá aún quedara algo.

«Tienes que confiar. Hay un plan», había dicho Andrew.

Confiaría, se dijo.

Alma cerró los ojos escuchando el frenesí del trabajo rápido, excitado y bullicioso, y se quedó dormida.

3

Johnnie estaba lamentando haber dado todo el material de que disponía a la policía. Los libros. Los apuntes. Todo. El otro, el que tenía almacenado en el ordenador, era inaccesible porque hacía bastante que se había ido la luz. Ventajas de la tecnología moderna, se dijo; podía consultar las *Cien Recetas de Cocina* y aprender a hacer gazpacho con ayuda de una mísera vela, o podía viajar al país de Nunca Jamás con su ejemplar impreso de *Peter Pan*, pero no podía consultar ninguno de sus archivos digitales, ni siquiera los del iPad: la batería se había extinguido hacía horas.

Sin embargo, mientras miraba la pantalla inútil de su teléfono móvil, sentía que debía hacer algo. Algo.

Habían sido los símbolos. Se lo decía el aire que respiraba y el susurro tibio de la tierra alrededor de la casa; se lo decía la intuición y una voz interior. Se lo decía la mirada de culpabilidad de su mujer que, sentada en el sofá de setecientas libras del salón, se había dejado los ojos llorando en las últimas horas.

«Un comunicado oficial —pensó—. Quizá pueda hacer un comunicado oficial y decir que los símbolos... Soy Johnnie Balmori, coño, me escucharán. Publicarán cualquier cosa que diga, incluso puede que venga un equipo de televisión a grabar mis...»

Sacudió la cabeza con pesar.

Era demasiado tarde para eso, y lo sabía. Unos días antes quizá hubiera existido esa oportunidad, pero ahora acababa de desvanecerse con todo lo que estaba ocurriendo. Antes de que se fuera la luz había visto esas sombras negras brotando de las paredes de una central de policía como en la puñetera película de *Ghost*, donde salía Jodie Foster. No, Demi Moore. Era Demi Moore, seguro, cuando aún era joven y vestía aquella camiseta minúscula que acentuaba sus pechos, en aquella escena erótica con el barro. Aún podía recordar cómo su compañero Danny Glitch se había levantado de su butaca en el cine y había gritado: «¡Basta de tanta arcilla y métele la salchicha!», y la gente había explotado con una estruendosa carcajada.

La salchicha, sí.

¿Habría recordado aquella puñetera película cuando escribía sobre sus monstruos, en su libro? Probablemente, sí. Los había sacado de su inconsciente, o quizá de alguna jugarreta del mundo onírico, de donde le parecía que había conjurado aquella mierda de símbolos. ¿Por qué había insistido tanto en que se reprodujeran en el libro? ¿Por qué? ¿Por qué le había parecido tan importante como pudo haber sido la foto de Lady Di unas horas después del accidente que le quitó la vida?

No lo sabía.

No lo sabía, pero lo había hecho de todas formas, así que daba igual, aunque se sintiese un títere del destino.

Total, la comisaría... Aquellas cosas eran, desde luego, sobrenaturales. Parecían utilizar las esquinas oscuras de la habitación para desplazarse más rápidamente, aunque luego saltaban hacia cualquier lado y se quedaban ingrávidas, como si flotaran, para terminar ensartando a cualquiera que se cruzase en su camino. Cuántas balas y proyectiles habían disparado contra ellas no lo sabía, principalmente porque en el vídeo había sido retirado el sonido para ahorrar a la audiencia el espanto de los alaridos y el crujido de los huesos compactándose como en una trituradora de basura. Pero las imágenes... Las imágenes las habían pasado todas, sin censura, dando finalmente una idea de lo que se trataba. De a lo que se enfrentaban. Aquellos cuerpos encogiéndose y cambiando de color y cayendo al suelo como guiñapos, basura humana sin sentido ni forma.

Algo. Algo había que pudiera hacer.

Miró el reloj. Era tarde y llevaba horas recluido en su despacho; muchas, demasiadas. ¿Adónde se había ido el tiempo? ¿Qué había hecho, en realidad, aparte de pensar y alejarse de la ruina llorosa en la que se había convertido su mujer para evitar sentirse miserable y culpable? Culpable, sí... Ella le había echado la culpa de todo lo que estaba pasando. ¿Acaso lo había abrazado para decirle que no se preocupara, que no era culpa suya, que nunca fue su intención despertar a ningún jodido monstruo invisible y llenar el mundo de mierda? No, le había recriminado, si bien no con palabras directas, sí con aquella mirada entre espantada y atemorizada, como si él, ¡él!, fuese un monstruo que hubiese provocado todo aquello a propósito.

No, no estaba preparado para volver con ella. Si no venía a pedirle disculpas, para empezar... bueno, dormitaría en la silla y dejaría que amaneciese, y al día siguiente ya vería cómo se desarrollaban las cosas.

Miró otra vez la pantalla de su teléfono móvil, decorada con una bonita imagen de una de las pirámides de Egipto. Nunca había estado en Egipto y empezaba a preguntarse si alguna vez lo haría; la imagen estaba allí, simplemente, porque le recordaba un capítulo muy, muy especial de su vida, y a veces le gustaba mirarla y pensar en las posibilidades.

Estaba pensando en eso cuando un crepitante crujido llegó desde la habitación contigua. No podía venir de otro sitio; la cabaña era pequeña, así que aquélla era prácticamente la única habitación además del salón, la cocina y el pequeño cuarto de baño que era, en realidad, un aseo. Frunció el ceño.

Entonces, de repente, un escalofrío le recorrió la espalda. La temperatura había caído tres o cuatro grados, sí, y el cuerpo se estremecía para aclimatarse, pero había algo más. Era... como si el frío... ese frío, brotase de su interior, de su corazón, de algún lugar dentro... Muy dentro.

El frío, y ese presentimiento que empezaba a anegarlo como el agua en una plantación de arroz.

Se abalanzó hacia la puerta, tropezando con la silla que había quedado olvidada en mitad de la habitación, con una sola palabra aguardando para abandonar su boca abierta en forma de grito: «Rebecca». Y cuando salió de la habitación, se encontró con ella al lado de la mesa, rodeada por un rastro neblinoso que flotaba en el aire como fantasmas sacados de una película antigua.

Era humo, humo de unas velas que acababan de apagarse, como si estuvieran dispuestas sobre una tarta de cumpleaños y una niña de ocho años acabara de soplarlas; velas distribuidas alrededor de un dibujo que ocupaba toda la mesa y cuyo tablero se había quebrado con una única estría oscura y profunda, como un hachazo.

Johnnie se quedó mirándola, sin comprender.

—Rebecca... ¿Qué?

—Johnnie... —dijo ella con la voz seca.

—¿Qué es lo que...?

Oh, pero sabía muy bien de qué se trataba. El diseño del círculo era el de su libro, de *ALMA*. Rebecca lo había dibujado con algún pequeño resto de pintura blanca que había sacado de algún rincón de la casa. También esta vez se ocupó de que la editorial incluyese el diseño entre el texto, simplemente porque...

«Porque quedaba bien.»

«No, porque alguien... algo, te dijo que lo hicieras.»

Era el mismo dibujo, con las puntas rematadas por unas velas. Como en el libro. Su libro.

El libro que...

Se quedó mirando a su mujer, que tenía una expresión desconcertada en el rostro, comprendiendo al fin lo que estaba ocurriendo, y lo que, probablemente, estaba a punto de suceder.

—¿Por... por qué? —preguntó, con la voz ronca y atenazada por el miedo.

—Sólo... quería... pedirles. Pedirles que... Pedirles que parasen.

Johnnie miró las letras dispuestas dentro del círculo. Era un condenado tablero ouija de tamaño gigante, con una ficha de los carritos del supermercado en el centro. Rebecca había tratado de hablar con ellos.

—¿Qué... les has dicho?

Rebecca negó con la cabeza, confundida.

—¿Qué te han dicho? —susurró, ahora con la boca seca. De alguna manera parecía saber la respuesta; podía verla venir como se distingue la luz de un tren que se abre paso por un túnel.

Rebecca tardó todavía unos segundos antes de responder.

—Todos.

TODOS. TODOS. TODOS.

Entonces Johnnie comprendió.

Comprendió de verdad.

La cuenta de Facebook, la novela servida en bandeja sin repercusiones de acusaciones de robo, fraude o plagio, perfectamente diseñada para funcionar y tener la máxima repercusión. Lo comprendió todo. TODOS.

Comprendió el engaño, la manipulación...

El caballo de Troya.

Se sintió estúpido, como un juguete fácil de manipular a manos de Dios sabía qué tipo de monstruos sobrenaturales, ese tipo de monstruos, quizá, que te roban la respiración cuando duermes y hacen que te levantes sobresaltado, jadeante y sudoroso. Los que viven bajo las camas de los niños en sus cuartos infantiles. Los que se esconden en el armario. Los que acuden cuando uno se siente solo y abatido a las cuatro de la mañana de un jueves y susurran la palabra «suicidio» al oído.

TODOS.

Comprendió que alguien debía de haber transcrito la novela, todas aquellas palabras susurradas, creado una cuenta en Facebook y enviado el manuscrito bajo alguna delirante promesa, susurrada seguramente con letras del alfabeto de un tablero. El tablero que empezó a funcionar de veras con su libro. Por su culpa.

Quiso decir algo, pero no tuvo fuerzas. Ninguna.

La habitación pareció estremecerse a su alrededor, como si las paredes se hicieran más pequeñas. Pero no se achicaban... Sólo las sombras se movían.

Crecían hacia ellos.

XXIV

La Comunidad del Agujero

1

Pete redactó la nota de prensa. Era directa, sin florituras, tan honesta y sincera como podía ser; lo bastante breve como para que nadie sintiera el impulso de pasarla de largo, pero conteniendo todos los detalles importantes. Pete sabía que la redacción de esa nota era absolutamente esencial para su difusión, y requería un delicadísimo equilibrio y mucha, muchísima concentración. Hizo diez borradores antes de quedar satisfecho, porque no quería que la nota de prensa llegara a los medios y fuera descartada. El borrador final era formal, incluía datos manejables y estaba bien redactada, huyendo de la urgencia estridente de las declaraciones histéricas sobre el fin del mundo. Jow la leyó en voz alta junto con Alma, que lo miró con esa expresión dulce que decía: «Estoy orgullosa», y Pete asintió, sonriendo. Luego, dedicó un par de horas a enviarla absolutamente a todas partes: sus colegas de profesión, redacciones de periódicos, cadenas de televisión, programas de radio y agencias de noticias en general.

Mientras tanto, Jow había estado trabajando en su *script*. Sin su experiencia previa en el *software* Virgilio, hubiera sido imposible tenerlo listo en tan poco tiempo, pero el trabajo había sido tan reciente que aún podía recordar trozos enteros de código y cómo se estructuraba el núcleo principal. Su aplicación hacía lo contrario que el código en el que trabajaba Virgilio: en vez de leer y analizar, analizaba y enviaba, pero le sirvió enormemente para poder fabricar un lanzador de paquetes.

Cuando todo estuvo listo, Alfred se puso en marcha. Las listas automáticas estaban bien, pero él conocía a la gente que estudiaba el ámbito de las Líneas Ley, y para quienes el contenido de la nota de prensa tendría todo el sentido del mundo. Trató de llegar a ellos a través de los muchos medios disponibles: las redes sociales, el e-mail, canales privados de chat en antiguos servicios de IRC, y otros.

El trabajo, por cierto, se realizaba intercalando miradas ceñudas a las noticias que iban apareciendo en los navegadores web. Ya nadie se refería a los Descarnados como «poluciones tóxicas», sino con un término que había ido generalizándose hasta convertirse en un pequeño estándar: Marea Negra. A veces, las noticias, vídeos e imágenes provocaban una profunda tristeza, y a veces arrancaban sorpresa, pero siempre eran un impulso para seguir trabajando con ánimos renovados. A menudo, a medida que las líneas se perdían y los nodos fallaban por cortes de luz o una posible desatención por parte de sus operadores, la velocidad de internet caía en picado con cortes ocasionales, lo que era un indicio de lo mal que estaban yendo las cosas. Pero sabían que trabajaban contrarreloj y no se permitían un solo descanso.

Apenas emplearon siete horas en total, pero en ese tiempo el mundo cambiaba rápidamente. El caos era generalizado y prácticamente mundial. Incluso en continentes donde no se había publicado el libro no faltaba quien había pirateado el volumen o quien lo había conseguido en formato digital en *ebook*, y desde luego, la infección de las Líneas Ley no dejaba ni un kilómetro cuadrado de agua sin tocar. Había estallidos de violencia, revueltas, asesinatos, violaciones, atentados y auténticos genocidios de mayor o menor tamaño. Las poluciones negras, los Descarnados, se propagaban por doquier distribuyendo muerte sin que nadie pudiera hacer nada por detenerlas.

—Bueno... —dijo Alfred dejándose caer en el sofá junto a Alma—. Parece que hemos hecho todo lo posible.

Jow asintió.

Pete, que se había quitado su sempiterna americana y estaba en mangas de camisa, se mesó los cabellos con manos sudorosas y respiró hondo, asintiendo con gravedad.

Jow aún miraba las noticias. Estaba demasiado excitada como para sentarse a descansar.

De pronto, con la visión periférica, captó un titular que le llamó la atención. Leyó el título una, dos y hasta tres veces, comprendiendo de una manera que no podía explicar que allí había algo importante, hasta que abrió la noticia.

Apenas había empezado a leer cuando los llamó a todos.

—Tenéis que leer esto —dijo.

NIÑA DE OCHO AÑOS SOBREVIVE A LA MAREA NEGRA EN FINLANDIA.
Vantaa, Helsinki
(Reuters / EFE)

Taimi Nieminen, de ocho años, ha sido la única superviviente del paso de la Marea Negra en la ciudad de Vantaa, que forma parte del área metropolitana de Helsinki, Finlandia, según han informado miembros de la Cruz Roja Finlandesa.

Vantaa es la cuarta ciudad más grande del país con 206.950 habitantes según un censo de agosto del 2013.

Los operativos de la Cruz Roja acudieron a la localidad en busca de supervivientes dos horas después de que fuera atacada por esta amenaza desconocida, diezmando a la población, y aprovechando que ésta se desplazaba, finalmente, hacia el este.

Se calcula que la Marea Negra ha dejado alrededor de doscientos mil muertos a su paso. «Las calles eran una visión imposible, llenas de cadáveres. Ni siquiera pudimos usar los vehículos, recorríamos las calles con megáfonos en busca de supervivientes. Avanzar entre ellos y por encima de ellos fue una dura prueba para nuestra cordura», ha dicho Antti Aalto, voluntario. Los cadáveres mostraban las características típicas de los ataques de la Marea Negra, con huesos pulverizados, septicemia y tono ligeramente azulado de la piel.

La niña Taimi Nieminen fue la única superviviente que el personal de la Cruz Roja pudo localizar, abandonada en mitad de la calle en el barrio de Martinlaakso y rescatada y llevada a un hospital de campaña donde permanece en observación. Según el informe de la Cruz Roja, la niña paseaba por la calle entre los cadáveres. «No los veo —dijo la pequeña—. Deberían estar aquí, pero no están.» Según el informe médico del psicólogo que la atendió, la niña se encuentra en estado de shock.

Al ser interrogada acerca de cómo había podido escapar a la catástrofe, la niña dijo que: «No tenían nada que ver conmigo, sólo tenían pena dentro».

Las autoridades están muy pendientes de su evolución y posterior interrogatorio. Según ha informado el doctor Mika Paasilinna, será sometida a diferentes pruebas para tratar de determinar si algo en su organismo pudo haberla ayudado a librarse del ataque cuya naturaleza aún se desconoce.

—Pobre pequeña... —exclamó Alma con una sensación de ahogo.

—Pero... se ha salvado —exclamó Pete.

—Se ha salvado, pero no de ellos.

—¿De quienes?

—De los médicos. Estoy segura de que querrán extraerle sangre, materia cerebral y hasta trozos de pulmón para analizarlo y ver si es inmune a esas cosas.

—Jesús —susurró Pete.

—Así es como piensan.

Pete asintió.

—Pero... ¿qué hay de esas cosas que ha dicho? —quiso saber Jow.

Alma asintió.

—Creo que es una niña muy conectada. Ha dicho «Deberían estar aquí, pero no están». Se refiere a los muertos. Creo que ella puede verlos, como muchos de nosotros, pero cuando uno muere al ser atacado por los Descarnados... —hizo una pausa—... lo pierde todo. Quiero decir todo...: el cuerpo, la vida aquí y ahora, y el alma que encerramos.

—¿Cómo? —exclamó Alfred.

—¿Cómo lo sabes? —preguntó Jow, con el rostro enrojecido de rabia—. No puedes saberlo.

—Lo vi cuando estuvimos en Leeds, cariño —explicó Alma—. El cuerpo es un feo envoltorio para ellos, y lo tiran cuando se alimentan de lo único que les interesa: nosotros. Y por nosotros me refiero a... —hizo un gesto cruzando los brazos sobre el pecho—... nosotros. Por eso no podía verlos. Sólo quedaban los cuerpos, que para alguien como ella, sobre todo a su edad, son simples carcasas vacías carentes de emociones o sentido.

Jow se quedó congelada. El dato era demasiado impactante como para que pudiera pasarlo por alto. De hecho, estaba partiéndola en dos, desgarrándola con un dolor que no estaba segura de haber conocido jamás. No hacía ni un mes que había empezado a aprender cosas sobre el mundo espiritual que era el *modus vivendi* de la doctora Chambers, y ahora hasta eso se ponía en peligro. Había hecho muchas de las cosas que había hecho porque comprendía, finalmente, que siempre hay una existencia más allá de todo acto, más allá de la muerte terrenal que nos devuelve al polvo de estrellas del que nos rodeamos; que siempre volvemos, que siempre existimos, que siempre somos.

Y los Descarnados... ¿terminaban con todo eso?, ¿eso que era tan precioso, tan eterno, tan...?

Negó con la cabeza.

Nadie había advertido, sin embargo, su línea de pensamientos, así que Pete siguió preguntando.

—¿Qué hay de lo otro que ha dicho? ¿Cómo era? ¡Ah, sí!: «No tenían nada que ver conmigo. Sólo tenían pena dentro».

Alma no respondió. De pronto parecía sumida en sus propias cavilaciones mientras jugaba con el pequeño colgante que pendía de su cuello, el símbolo egipcio de la vida o *Ankh*, como si parte de su significado tuviese relación con los pensamientos que cruzaban su mente.

En ese momento, la ventana del chat de IRC soltó un pitido. Había gente en el canal.

—Un momento —dijo Alfred lanzándose hacia el teclado—. ¡Son los chicos del grupo de las Líneas Ley!

Pete, mientras tanto, miró a Jow, que parecía hundida y desanimada. Podía verlo en su expresión, en la vacuidad de sus ojos azules, embargados por una tristeza tan honda que transmitían el frío de los vacíos espacios siderales. Movido por una sensación de urgencia y ternura, Pete se acercó a ella y la abrazó con fuerza, y ella respondió al abrazo mientras cerraba los ojos y dejaba que unas lágrimas de amargura resbalaran por sus mejillas.

Y Alma pensaba.

«Sólo tenían pena dentro.»

O mejor dicho, sentía.

2

El canal del chat fue llenándose más y más a medida que pasaba el tiempo, invadido por entusiastas de todo lo relacionado con las Líneas Ley. Habían acudido al ver la nota de prensa que iba apareciendo paulatinamente en todos los medios, muy poco a poco, hasta que en algún momento empezó a formar parte de los bloques de noticias que ofrecían en canales de prestigio como CNN. La situación era tan dramática que la posibilidad de que una energía prácticamente imposible de medir hubiera provocado la apertura de un portal... místico... a una dimensión de demonios, no sonaba ya tan extravagante.

Alfred, en tanto que divulgador del mensaje, se había erigido como moderador e iba respondiendo todas las preguntas y tratando de poner orden, porque las conversaciones se mezclaban en el canal general. Muchos de ellos se habían conocido en sesiones, convenciones y festejos en varios países y se preguntaban entre sí, preocupados por saber cómo estaban. Algunos se apresuraban a contar sus experiencias personales, muchas de ellas alucinantes, sin esperar a que alguien les hiciera caso. Había quien, simplemente, tenía miedo, y había quien se sentía desesperado. Algunos aseguraban haber oído gritos en su mismo bloque, un par de pisos más arriba, y preguntaban si alguien vivía cerca. Otros querían saber adónde podían ir. Había quien decía que la nota de prensa era una patraña monumental e intentaba convencer a los demás de que no pasaba nada, y Alfred no tardó demasiado en «sugerirle», con un rápido comando, que abandonara el canal: nadie tenía tiempo para polémicas. Algunos se caían del chat en el momento más inesperado y ya no volvían.

Resultó un trabajo ímprobo, pero después de un buen rato, se creó un canal paralelo llamado #LeyLineUK donde Alfred reunió a todos los que podrían llegar a Elvenbane en el plazo de unas horas. Eso aceleró las cosas, porque había mucha menos gente que manejar, y porque, para entonces, todos tenían claro que si querían hacer algo, debía hacerse allí, en el epicentro de la infección. En Elvenbane.

<RuffRuff>: Pero... ¿¿como??, ¿¿como lo haremos??
<BigAl>: No lo sé. Una solución se presentará por sí sola.
<AudiDriver>: ...
<BigAl>: Llegaremos allí y veremos sobre la marcha.
<BigAl>: Nos escabulliremos por donde no puedan vernos.
<BigAl>: Encontraremos un camino.
<BigAl>: Tiene que haber una manera. Lo sé.
<Vondur>: Cuenta conmigo, lo sabes.
<BigAl>: Será peligroso, Dmitry.
<Vondur>: No hacer nada es peligroso.
<CapShrimp>: Es cierto.
<NickFury>: Me pilla demasiado lejos. No llegaría.
<NatLeep>: Estais locos. En serio.
<BigAl>: Tenemos que hacerlo, Natalie...
<NatLeep>: Chupame la almeja, Al.
** NatLeep se ha desconectado.

<BigAl>: Bueno.

<Vondur>: ¿Kien se apunta? Yo me apunto.

<CapShrimp>: ¡¡¡Yo!!! ^^

<RuffRuff>: Yo me apunto :D

<Clone6728>: Cuenta con nosotros. A POR TODAS

<FreeNepal>: ¡!Y con nosotras!¡

<TheYmoment>: <3 <3 <3 <3

<Manero_M>: Si tío. Luz siempre \^^/

<BigAl>: Gracias, hermanos.

<Lindsey35>: Namasté. Siempre juntos.

** AudiDriver se ha desconectado.

<Moonie25>: Lo siento. Soy demasiado joven para esto :'(

** Moonie25 se ha desconectado.

La conversación duró horas, y la noche pasó rápidamente, reemplazada por un nuevo día. Sin embargo, enclaustrados en el salón de por sí oscuro, nadie se dio cuenta. Jow y Pete ayudaban a Alfred con las tareas de organización de la iniciativa, cuyo punto de reunión se estableció en un pequeño hotel de carretera a diez kilómetros al suroeste de Elvenbane. Pete contribuyó, además, cocinando unos huevos con beicon, pan tostado, alubias de lata y té negro, que comieron de cualquier manera mientras permanecían atentos a la pantalla. Algunos de los miembros de la recién creada iniciativa estaban bastante lejos, así que la reunión se estableció para al cabo de diez horas desde aquel momento, porque nadie en realidad sabía cómo estarían las carreteras. Todos eran conscientes de que los móviles no funcionaban, así que acordaron, además, dejar el canal abierto, sobre todo por si entraba alguien durante ese tiempo que pudiera estar interesado en unirse al comité. Alfred aseguró que se mantendría en su puesto hasta dos horas antes del evento, el tiempo que necesitaba en llegar hasta allí. Clone6728 sugirió, en un momento dado, un nombre para el grupo, la Comunidad del Agujero, y aquélla fue prácticamente la única broma que se permitieron durante aquella larga noche.

—Bueno —dijo Jow, estirándose al acabar—. Estoy exhausta.

—Exhausta —exclamó Alfred en un tono burlón—. ¿Qué fue de estoy hecha polvo?

—No, no voy a echar ningún polvo —respondió Jow con una sonrisa burlona.

Alfred soltó una sonora carcajada, la primera de la jornada, y Jow asintió satisfecha. Habían estado tan tensos, habían acumulado tanta emoción por la incertidumbre de las cosas, que había calculado que un poco de risa relajada, cómoda y sencilla, sería un bálsamo para sus ánimos. Y así fue. De hecho, Alfred aún se reía cuando Pete entró en el salón con el ceño fruncido. Parecía preocupado.

—¿Habéis visto a Alma? —preguntó entonces—. Pensaba que estaba en el cuarto de baño pero...

Jow se volvió rápidamente, tocada por un súbito arrebato de inquietud.

—¿Alma? —preguntó.

Miró el sofá vacío, donde Alma había pasado las últimas horas, pensativa y ensimismada, más interesada en mantener los ojos cerrados y respirar que en lo que el resto del grupo hacía con el ordenador. Y se preguntó...

De repente se preguntó qué había estado pasando por su cabeza.

Rápidamente salió del salón para buscar por la casa, llamándola a gritos.

—¿Habrá salido a dar una vuelta? —sugirió Alfred.

Pete se adelantó hasta la puerta principal y salió para mirar. Era otra vez de día, y aunque el cielo seguía tempestuoso y encapotado, la luz lo hizo parpadear un par de veces. Miró a ambos lados para encontrarse con una calle tan vacía como el día anterior, aunque algo era diferente: el aire parecía traer los restos imprecisos y vagos de un rastro a humo, como si en alguna parte, lejos de allí, se hubiera declarado un incendio. Pete no pensó en ello. Otra cosa había cambiado: el coche. El coche del hombre calvo en el que habían venido no estaba allí.

Regresó a la casa para encontrarse con Jow y Alfred.

—El coche no está —dijo.

—¿Qué? —preguntó Jow, atónita.

—¿Adónde habrá ido? —preguntó Pete—. No ha dicho nada...

—No... —dijo Jow.

—¿Habrá ido a buscar algo?

—No, no, no... —insistió Jow—. Se ha ido. Esa vieja loca ha cogido el coche y se ha ido a intentar algo por su cuenta.

—¿Cómo? —preguntó Pete, confuso.

Jow empezaba a atar cabos.

—La niña —dijo—. Empezó a quedarse ensimismada cuando leímos lo de la niña...

—¿Qué niña? —dijo Pete, que tenía la cabeza llena de demasiada información y unas cuantas horas más de la cuenta de cansancio en el cuerpo.

—¡La niña, Pete! La niña finlandesa. «Estaban llenos de pena», ¿no dijo eso?

Pete abrió mucho los ojos, recordando.

—Sí... —asintió Alfred—. Algo así.

—Apuesto mi vida sexual a que se le ha ocurrido algo, algo peligroso —soltó Jow, encendida otra vez por la impotencia—. ¡Ah, qué loca! Se ha ido a intentar algo sin nosotros.

—¿Qué...? Pero ¿qué...?

Jow negó con la cabeza y se volvió hacia Andrew.

—¿Tienes coche? —preguntó con rapidez.

—Sí... Sí, claro.

—Préstamelo. Tengo que ir a por ella. Con suerte no estará muy lejos y apuesto a que conduce despacio. Con suerte.

—Pero...

—¡Préstamelo, Al! —rogó, implorante.

Alfred comprendió la urgencia en la voz de Jow, sacó las llaves del bolsillo del pantalón y se las entregó.

—Es ese de ahí —dijo señalando uno de los coches aparcados.

Jow cruzó la calle con paso presuroso.

—¡Voy contigo! —se apresuró a decir Pete.

—¡Eh! —les gritó Alfred, levantando la mano—. ¡Tenemos que salir de aquí dentro de tres horas!

—¡Descuida! —contestó Jow mientras subía al coche, un pequeño Smart de cuatro puertas. Pete se sentó a su lado.

—¿Estás bien? —preguntó.

—Ya veremos —dijo, y luego repitió en un susurro—: Ya veremos.

3

Alma conducía, progresando a buena velocidad por la carretera de vuelta a Leeds. El tráfico en dirección contraria era muy denso, y no faltaba quien le hacía destellos con las luces o, directamente, tocaba el claxon, como si quisiera advertirla de que estaba conduciendo hacia una ciudad condenada.

Alma lo sabía. Sabía que Leeds estaba abocada a la muerte, como aquella ciudad finlandesa, como cualquier ciudad que estuviera siendo afectada por la Marea Negra, pero por eso precisamente conducía hasta allí.

Tenía una idea, y esperaba... sentía... que podía tener éxito. La gente de Alfred, los que irían a Elvenbane, iban a necesitar esa información si querían tener un mínimo de oportunidades para salir vivos, alguna garantía de éxito. Y si estaba en lo cierto... oh, si estaba en lo cierto, entonces se podrían salvar unas cuantas vidas.

«Hay un plan», había dicho Andrew.

«Lo hay —se dijo—. Creo que lo hay.»

La serie de pensamientos que manejaba la llevó, inevitablemente, a acordarse de John. Su John. Suspiró brevemente y dejó que la carretera se volviera difusa y fantasmal ante sus ojos perdidos en los recuerdos que afloraban, una vez más, a su mente.

John era... fue la única persona que había amado de una manera absoluta y cierta en toda su vida, alguien tan importante que, cuando lo perdió, nunca jamás pudo volver a recuperar la serie de emociones que llegó a manejar cuando estaba a su lado. No es que Alma se cerrara, como escondiéndose en un caparazón generado desde el más exquisito dolor; es que sencillamente no volvió a encontrar a nadie que la conmoviese en cuerpo y alma como él lo hizo, y acabó perdiendo el interés por encontrar, y mucho menos por buscar. John era el dios de los detalles, encantadoramente pródigo en sus interminables e incansables muestras de amor, único en sus miradas cargadas de sentimiento y especial en la manera que tenía de abrazarla, como si quisiera meterla dentro de sí. John decía «Te amo» y el tiempo se detenía, y ella se sentía tan inundada de esas palabras que las piernas le flaqueaban, sus escudos psíquicos se venían abajo y se dejaba inundar por una sensación tan genuinamente hermosa que, a menudo, no podía evitar que las lágrimas le asomasen a los ojos. El tiempo que pasó con él fue, con mucho, la época más bonita de su vida: un año y seis meses cargados de recuerdos íntimos, preciosos, indescriptibles, atiborrados de complicidad, largas tardes de sudor, abrazos y caricias, silencios... ¡oh, los silencios!, y también carcajadas y momentos tan valiosos que la vida se constituía en un efervescente carrusel de días felices.

Un día, John la dejó por otra mujer. Sencillamente, se enamoró de una chica que no era particularmente bonita pero que arrugaba la nariz cuando sonreía. Él nunca pudo explicarle, sin embargo, qué era lo que la hacía tan valiosa que hubiese decidido tirar la relación que tenía con ella por la borda. «Las cosas son así —le dijo aquella mañana en la que se sentaron a hablar—. La amo, y no sólo no puedo hacer nada por evitarlo, sino que, además, no quiero.»

Tras unos instantes de sorpresa inicial, ella lo miró dulcemente y le dio un suave beso. «No hay crimen en el amor, cielo —le dijo—. Ve con ella.» Luego, le agradeció el tiempo que habían pasado juntos y se marchó, confusa y desorientada, a pasear por la ciudad, ahora desconocida y colmada de los fantasmas de ellos; ellos besándose en mil esquinas, ellos paseando, ellos riéndose de tantas bromas y juegos, ellos soñando con el futuro y disfrutando el presente. Ellos. Nosotros. Y en esas calles se rompió en mil, en un millón, en un trillón de pequeños pedazos que, como no significaban nada individualmente, se deshicieron hasta desaparecer.

Al cabo de un tiempo, sin embargo, Alma le escribió una carta. «Querido John», empezaba. Le dijo que si alguna vez descubría que quería volver con ella, le mandara una única palabra, por cualquier medio que prefiriese. La palabra era PIRÁMIDE, que para ella tenía una simbología especial. Nunca supo si la carta había sido entregada o si había querido leerla, pero desde que envió el mensaje había vivido con la esperanza de recibir un telegrama, una misiva, un mensaje de texto o un e-mail con la palabra PIRÁMIDE en ella. A veces se levantaba de noche con una sensación de urgencia inexplicable y corría emocionada al móvil para revisar si había llegado el mensaje que esperaba. No vivió ni un solo día sin pensar en ello. Ni uno solo.

Pensar en ello aún le traía dolor. Dolor. Pero un dolor bonito, dulce, profundamente explorado a conciencia. Se había dejado mecer tantísimas veces por él que había terminado por vestirlo con colores, había colocado plantas en sus otrora abominables ventanas y dispuesto preciosas alfombras en los suelos de sucio barro. Y en ese dolor, que a veces había llamado tristeza, a veces desesperación y a veces soledad, le gustaba pensar que John, en alguna parte, era todavía feliz con aquella mujer. Era lo que más le importaba en el mundo, que hubiera sido tan feliz como su cuerpo pudiera resistir.

Un día... Un día descubrió que eso que solía llamar dolor, tristeza y desesperación, había destilado un poso hermoso e incalculablemente valioso que era... sencilla y genuinamente, amor. Simplemente, amor.

Parpadeó cuando un coche le lanzó unos destellos y una advertencia sonora, sacándola de sus recuerdos.

—Querido John —susurró entonces a la soledad del coche del hombre calvo—. Hay un plan, y todo pasa por una razón, así que ya veremos. Ya veremos si... Ya veremos.

El coche del hombre calvo aceleró, y el cielo encapotado engendró lluvia.

4

Llegó un momento en el que Alma no pudo avanzar más, sencillamente porque la policía había cortado el acceso a la ciudad. A lo lejos, entre los edificios, unas densas columnas de humo negro se elevaban hacia el cielo formando una suerte de garra terrible y demoniaca.

La doctora ni siquiera se molestó en mover el coche hacia la cuneta; de hecho, ni siquiera se llevó las llaves. Las dejó puestas y empezó a andar. Nadie la detuvo; todo el mundo estaba demasiado ocupado como para fijarse en alguien que caminaba con paso seguro hacia la ciudad, avanzando entre los coches tan erguida como podía a pesar del dolor lacerante con el que las articulaciones protestaban.

Porque hacía frío.

El termómetro del coche indicaba trece grados, pero parecía que fueran siete. O cuatro, sí, tal vez cuatro.

Una vaharada blanca abandonó su boca cuando expulsó el aire de los pulmones.

Caminó durante al menos una hora, internándose poco a poco en la ciudad. Aún había gente que corría por la calle cargada con bolsas y maletas de viaje, dirigiéndose a alguna parte con expresiones graves y asustadas, y estúpidos que aprovechaban la confusión para romper los escaparates y llevarse lo que podían. El sonido de las alarmas llenaba las calles, acompañado por el retumbante trueno ocasional de un disparo en la distancia. También olía a humo; una humareda tupida y neblinosa flotaba en el aire por todas partes.

Alma caminaba con paso seguro, intentando progresar hacia el centro de la ciudad. Calculaba, simplemente, que cuanto más al centro, más oportunidades tendría de encontrarse con los Descarnados. Sólo necesitaba uno, un pequeño encuentro para comprobar lo que quería saber, y con eso sería suficiente. Una moto en la que iban dos personas llegó rugiendo por la avenida que venía siguiendo, pasó a unos metros de donde ella estaba y viró bruscamente a un lado para pasar junto a una pareja de ancianos. Al superarlos, el chico que iba detrás extendió el brazo con el casco en la mano. El casco golpeó a la anciana en la cabeza y la lanzó un metro hacia atrás. Alma cerró los ojos instintivamente, pero el sonido penetró en sus oídos a pesar de la distancia, un sonido grave y retumbante. Cuando volvió a abrirlos, el hombre corría hacia su esposa con paso tembloroso y los brazos extendidos. La moto desapareció calle arriba con el tubo de escape vomitando un sonido horrible y cruel.

Alma no tuvo que esperar para conocer el desenlace. Ella, la anciana, estaba ya de pie, al lado de su cuerpo caído, mirándose con incredulidad.

Había visto ya la escena unas cuantas veces, y siempre era lo mismo. Unos instantes de confusión seguidos por una expresión anonadada a medida que la Verdad se abría camino en su Yo esencial. La Verdad de las cosas. Entonces comprendían; la mayoría comprendía, y seguía su camino.

La anciana lo hizo. Comprendió, o mejor dicho, recordó... y sonrió ligeramente. Luego miró con dulzura a su marido, que estaba arrodillado en el suelo, a su lado, incapaz de emitir sonido alguno, pareció cimbrear ligeramente y desapareció sin dejar rastro.

Alma siguió su camino.

Los motoristas pudieron haberla elegido a ella como víctima, eso, sin duda. Podían haberla golpeado en la cabeza arrancándola de su proceso vital en un solo instante. Fin. Si hubiera sido así, habría comprendido, antes de morir, que su teoría sobre los Descarnados era incorrecta, porque si era cierta... si era cierta conseguiría atravesar todo el espantoso caos en el que se había convertido la ciudad para conseguir su objetivo. Si su teoría era cierta, lo haría. Sin duda. Cualquier otra cosa, simplemente, no tendría sentido.

Caminó como una Helena de Troya, entre el sufrimiento de la ciudad, para conocer su destino.

5

Habían pasado dos horas y media y no había ni rastro de la doctora ni de la encantadora pareja de amigos. Alfred estaba nervioso.

Se fue corriendo al canal de chat y aporreó el teclado con manos sudorosas.

```
<BigAl>: ¡No tengo vehículo! ¿Puede alguien recogerme?
```

Ninguna respuesta.

Probablemente, era demasiado tarde para que alguien estuviera todavía junto al ordenador; todo el mundo debía de haber salido y estar ya en camino. Si los teléfonos móviles funcionasen, sería otra cosa; habría podido contactar con alguien para que lo recogiese, pero sin ellos... estaba solo, perdido y varado en dique seco.

Pensó durante unos instantes.

Tenía que ir. Tenía que estar en el punto de encuentro en el plazo de tiempo acordado porque era importante. Era importante de veras. Y ahí fuera, en la calle, había un montón de vehículos. Se dijo que en tiempos de necesidad cualquier cosa era admisible. Se dijo que había circunstancias especiales.

Suspiró, abrió una ventana en el navegador de internet y escribió: HACER UN PUENTE, ARRANCAR UN COCHE SIN LLAVES.

6

La zona por la que estaba cruzando parecía de otro tiempo, como si algo, de repente, la hubiera envejecido. Era por el color de las cosas. El asfalto parecía más claro, como enfermizo, las fachadas estaban deslucidas de manera que las grietas y las imperfecciones llamaban mucho más la atención, cubiertas de una pátina de algo parecido a un tinte sepia. Los cristales parecían ahumados, y los pocos árboles que adornaban las medianas en las avenidas eran feos y grises, como estructuras de piedra burdamente esculpidas.

Y la calle...

Allí estaban los cadáveres de la gente que había intentado huir, desmadejados y dispuestos en montones, arrojados al suelo en su carrera por la vida, sin que hubieran tenido nunca ninguna oportunidad. Era como si fueran muñecos que un niño hubiera dejado tirados por todas partes después de una tarde de juegos.

No sólo había cadáveres. Los Descarnados habían sido caprichosos y erráticos en su hambre, y por todas partes había gente confusa. Algunos corrían hacia un lado, otros lo hacían en sentido contrario. Una mujer «se llama Susan, es irlandesa, y pinta ángeles con alas». se encontraba tirada en el suelo con un zapato en la mano, el cabello rubio caía despeinado sobre su rostro anegado en lágrimas. A su lado, un caballero con una fea herida en la frente caminaba con las llaves del coche en la mano, describiendo inesperados giros bruscos como si no recordase dónde había aparcado. A poca distancia, una visión espantosa: una señora mayor arrastraba un bebé con la mano derecha, como si fuera un juguete roto en manos de una niña. A juzgar por la laxitud de la cabeza y los brazos, estaba muerto, eso seguro.

La miró y pareció establecer una conexión instantánea. La voz de sus pensamientos la impactó, nítida y rápida como una bala.

Fue mi decisión, ¿no? Mi decisión. Y no hay errores. Nada de lo que haga puede estar mal, porque... no hay... errores.

Alma sacudió la cabeza con pesar. Ya no podía hacer nada por aquel bebé, cualquiera que hubiera sido su historia, y por muy terrible que resultase, intentó concentrarse en lo que estaba haciendo. Cuanto antes supiera, mejor. Mientras captaba los pensamientos confusos de alguien más (*cuando éramos pequeños y jugábamos entre los cadáveres se nos daba whisky antes de cortarnos las piernas*) se dijo que tendría que tener cuidado en lo sucesivo, levantar sus escudos psíquicos si no quería inundarse de la basura mental de toda aquella gente en estado de *shock*, de su drama, su hostilidad y su profunda tristeza.

Por lo demás, no captó allí ningún rastro vital o energético de la gente que había sido arrancada de este mundo: nada, ninguno. Era como si toda la actividad a la que estaba tan acostumbrada se hubiera marchitado. Pensó que los Descarnados no se nutrían sólo de lo obvio, de las almas eternas de aquéllos a los que atacaba, sino de todo lo demás, todo lo que los ojos, normalmente, no quieren ver. Los ecos, las energías. Todo.

Se sentía horrible. Para una persona normal era duro enfrentarse a la visión de tantos cadáveres, pero ella, más que nadie, supo que la realidad era aún peor. «La muerte de las muertes», se repitió, con el corazón congelado.

Estaba sudando a pesar del frío. Tuvo que recordarse que aquel helor no venía provocado por circunstancias climatológicas, y por lo tanto no se percibía en la piel, sino dentro, muy dentro.

Un disparo en una calle cercana le hizo dar un respingo y la empujó a continuar andando. Y lo hizo durante un buen rato mientras el tiempo parecía dilatarse y contraerse sin que tuviera ninguna noción o control sobre él. Por todas partes veía lo mismo, y a veces era aún peor: había estallidos de violencia, gente que se enzarzaba en disputas sin que pudiera explicarse el motivo. Alguien iba registrando los cadáveres y mirando el contenido de sus carteras y bolsillos: relojes, cadenas, pulseras, teléfonos móviles y dinero en efectivo. Un hombre llegó hasta ella envuelto en una gruesa película de sudor, y cuando pasó a su lado, dijo:

—¡Eh!, ¿puedes... puedes sentirlo, eh? ¿Puedes? Es lo que siempre decía... ¡Yo siempre lo decía, y ahora está por todas partes!

Alma se volvió para verlo alejarse, con los brazos levantados mientras gritaba: «¡Por todas partes, por todas!».

Caminó mirando hacia el cielo y preguntándose en qué dirección debía seguir a continuación. Estaba por entonces cerca del barrio de Chapeltown, donde se asentaba la población negra de Leeds. Lo cierto era que no tenía ni idea; no sabía si se alejaba o se acercaba a los Descarnados, y era en verdad difícil saberlo, incluso con sus extraordinarias percepciones. Cuando trató de cerrar los ojos para, simplemente, sentir, no sirvió de nada. No sólo había demasiadas interferencias por los pensamientos y sentimientos a flor de piel de los supervivientes, por todas partes recibía la misma tristeza, honda y terrible, y el mismo desánimo funesto, como si toda la ciudad hubiera quedado impregnada. Así que caminó al azar tomando una calle u otra, movida por algún extraño sexto sentido, diciéndose a sí misma, de nuevo, que si tenía razón... Bueno, si tenía razón, no tardaría en encontrarse con algún Descarnado. Pronto.

Entonces, algo llamó su atención.

Las sombras.

No había muchas, porque el cielo era un nubarrón oscuro que se desplazaba a cierta velocidad hacia el nordeste, pero por doquier, los edificios conformaban esquinas tenebrosas, también debajo de los vehículos y en muchos otros lugares, como las que proyectaban sutilmente las personas que deambulaban por todas partes. Y éstas chirriaban ante su percepción estrictamente mundana de las cosas, como cuando se examina una lámina que tiene mal la perspectiva y ésta parece, de una manera apenas insinuada, protestar ante la vista.

Porque no estaban bien.

Apuntaban, de una manera algo forzada, hacia un punto determinado, al final de la calle, algo hacia la izquierda. A veces, hasta las líneas rectas que debían proyectar formas uniformes se torcían inesperadamente en algún punto, provocando un efecto visual curioso.

«Van hacia ellos —pensó, abriendo mucho los ojos, en los que asomaba un destello de comprensión—. Es por allí.»

De pronto, un grupo de jóvenes salió inesperadamente de uno de los portales, riéndose y a la carrera. La escena, enmarcada en ese entorno de pesadilla, parecía tan fuera de lugar que Alma se detuvo unos instantes, sorprendida. Los jóvenes iban haciendo bromas y dándose codazos, como si salieran de clase o se estuvieran preparando para ir a una fiesta un viernes por la noche. Uno de ellos saltó sobre el capó de un coche y luego volvió a saltar otra vez hacia el suelo, levantando los brazos en el aire. El coche empezó a protestar con su alarma sonora: BIP BIP BIP BIP.

No tardaron en cruzarse con ella. Alma no quería ser motivo de su atención, quería pasar desapercibida y que se olvidaran, pero se habían colocado justo delante. Entonces los miró de soslayo y se quedó inmóvil, intentando componer una expresión neutra y desaparecer de la escena, de sus pensamientos.

Las risas se fueron diluyendo hasta desaparecer. El que iba delante se quedó plantado, contrariado, mirándola a la cara.

«Los ojos —pensó Alma de repente, apretando los dientes—. Son mis ojos.»

Bajó la cabeza.

A veces se le olvidaba.

—Hostia —exclamó alguien—. Mirad qué ojos tiene esta tía.

—Los he visto... —dijo alguien más.

—¿A ver? ¿Qué ojos? ¿Qué les pasa?

—Son raros de cojones...

—Eh, tía... ¡enséñanos los ojos!

Alma suspiró largamente, pero levantó la cabeza. No tenía sentido no hacerlo a esas alturas, sería como una provocación. Eran seis, y no tendrían más de veinte años, todos vestidos con ropa informal.

—¡La hostia! —soltó uno de los chicos.

Se quedaron callados.

De pronto, un pequeño detalle en la camiseta de uno de ellos llamó su atención. Era vieja y raída, de un negro desvaído, con las letras MAY THE 4TH BE WITH YOU, pero había algo más. Sobre la tela negra no se notaba, pero en contraste con las letras blancas se percibía claramente que se trataba de una sustancia densa, roja y pegajosa.

También estaba en el antebrazo de uno de ellos, subiendo en espiral como las cintas de una alpargata romana.

Alma recibió un ramalazo de súbita comprensión.

«¿Qué habéis hecho, chicos? ¿Qué...?»

Y la información llegó, claro, como la de la mujer que arrastraba el bebé muerto.

—¿Qué son esos ojos, tía? —preguntó uno de ellos.

—Esta tía es una de esas cosas raras —soltó alguien en voz baja.

Alma no dijo nada, pero bastó ese comentario para que se animara a empezar a andar de nuevo. Intentaba, simplemente, pasar entre ellos. Si lo hacía con la suficiente seguridad y determinación, el efecto psicológico quizá fuese suficiente para que la dejaran ir.

No lo fue.

Empezaba a sentir que estaba dejándolos atrás cuando se le echaron encima.

XXV

Varios caminos

1

—Sólo digo que no puedes estar segura —repitió Pete, con un tono que desvelaba una protesta. Los brazos cruzados sobre el pecho, por encima del cinturón de seguridad, afianzaban esa imagen.

—Ha venido aquí, a buscarlos a ellos —repitió Jow mientras movía los ojos rápidamente a un lado y a otro intentando encontrar un hueco entre el tráfico.

Jow y Pete habían sido un poco más listos que Alma y habían evitado las carreteras principales. Habían seguido una pequeña carretera secundaria hasta que tampoco fue posible continuar por ahí, y entonces, como de costumbre, decidieron tomar un atajo campo a través. Para hacerlo, tuvieron que arrollar una alambrada, pero ésta era débil y pensada para marcar un límite psicológico al ganado más que como impedimento, y el coche pudo fácilmente con ella. Ese sendero los llevó por detrás de una gasolinera hacia un grupo de almacenes industriales por los que cruzaron a buena velocidad, luego pasaron por un destartalado barrio de casas pobres y se encontraron en la periferia de la ciudad.

Allí parecía imposible continuar de ninguna de las maneras. Los coches ocupaban incluso las aceras.

—Parece que... hasta aquí hemos llegado —dijo al fin, deteniendo el motor.

—Dios mío, no puedo creerlo —siguió protestando Pete.

Jow le dirigió una mirada fulminante.

—Escucha, puedes quedarte en el coche, si quieres. Sé que ella está por aquí... y quiero estar a su lado cuando intente lo que sea que se le haya ocurrido.

Pete suspiró y se miró las manos.

—Lo sé —dijo Pete—. Sé que piensas eso, pero...

—Lo siento —exclamó Jow, determinada.

—Un segundo —pidió Pete, inquieto; sabía que cuando Jow tomaba una decisión era prácticamente imposible hacerla cambiar de opinión—. Vamos a pensarlo despacio. Leeds tiene casi novecientos mil habitantes y una extensión de cuánto, ¿quinientos kilómetros cuadrados? ¿Te das cuenta de lo que es tratar de encontrar a Alma aquí dentro, sin tener ni idea de por dónde puede andar, de qué camino puede haber seguido?

—Me da lo mismo —replicó Jow.

—¡Y eso suponiendo que haya venido a Leeds! En serio; por lo que sabemos, ¡a estas alturas podría haber vuelto a casa de Alfred!

—Sé que no es así —respondió Jow, tajante.

—No estás siendo razonable... —exclamó Pete.

—La razón no tiene nada que ver con esto, Pi. Eso lo dejo para cuando estoy sentada delante del ordenador, programando. Ahora sólo estoy sintiendo. Es lo que ella me ha enseñado, y me gusta. Ella siente conmigo. Sé que... si tengo que encontrarla, la encontraré.

—Hablas de cosas que...

—Hablo de instinto. Llámalo instinto, si te es más cómodo.

—Pero... ¿y si no la encuentras?, ¿qué crees que puede pasar? ¿Aceptarás tu destino... fatal y eso será todo?

—Mira... quédate en el coche —dijo Jow suavemente—. De verdad, no pasa nada. Es mi decisión, mi camino. Tal vez no sea el tuyo. Yo no te pido nada.

Lo besó en la mejilla y se bajó del coche, mirando alrededor. Lo primero que le llamó la atención fue que, en comparación, el Smart de Alfred parecía una pegatina o un montaje hecho con Photoshop que no se integraba nada bien con el resto de la imagen. Allí faltaba color, faltaba sustancia, como si estuviera mirando una fotografía vieja que hubiera estado demasiado tiempo al sol. Lo otro era el frío, desde luego, el frío que conocía tan bien. Pero además...

«Tristeza.»

Lo cierto era que, a pesar de la adrenalina que cabalgaba por sus venas, de repente se sentía desanimada y decaída, como si hubiera cogido el teléfono a las cuatro de la mañana para recibir la noticia del fallecimiento de un ser querido.

—Oh, Dios —susurró, encogiendo el cuerpo y cruzando los brazos sobre el pecho.

«Respira.» Era lo que solía decirle Alma. «Respira.»

—Respiro... Respiro.

Respiró una, dos y hasta tres veces, hasta que algo le tocó el hombro. Dio un respingo y se volvió.

Era Pete. Había abandonado el coche y se había puesto a su lado.

—Está bien —dijo con una sonrisa—. Tú y yo contra el mundo.

Jow lo miró unos instantes. Sí, Pete la seguiría..., cruzaría con ella la ciudad sabiendo a lo que se enfrentaban; lo haría porque...

Porque...

Se abrazaron.

2

Algo chirrió en alguna parte. Era un sonido enervante, estridente, de esos que te hacen apretar los dientes, como el que produce una tiza en una pizarra, pero a un volumen industrial. El grupo de jóvenes lo había oído antes, ese mismo día, y lo reconocieron enseguida. Soltaron a Alma como si fueran niños a los que se ha sorprendido torturando a una mascota y se quedaron congelados. Todo el mundo se quedó congelado, durante un instante, al menos. Después, explotó el caos.

Gritos, carreras. Los jóvenes se dispersaron en todas direcciones, y Alma se quedó en la acera intentando recuperar el equilibrio. Cuando consiguió alzar un brazo y sujetarse a la pared, levantó la vista y lo vio.

Era como si las sombras en el suelo estuvieran haciendo un esfuerzo por erguirse, proyectándose a sí mismas en sentido vertical y escapando de su prisión de dos dimensiones. Sus raíces parecían ser la oscuridad de la parte inferior de un viejo Austin y las tinieblas engendradas bajo la marquesina de un pequeño comercio, ALFRED LIL' GROCERY, y de allí surgía lo imposible: una concentración de oscuridad tan escalofriante que parecía que la calle se hubiera desgarrado, mostrando un agujero por donde los ojos se resistían a ver o comprender nada.

Alma dio un respingo.

Allí estaba. Era lo que estaba buscando.

Un Descarnado.

Antes de que pudiera reaccionar, sin embargo, la sombra se desplazó abruptamente hacia la derecha en un solo movimiento fugaz y despiadado. Un segundo más tarde estaba al otro lado, enganchada a la pierna de un señor con el pelo blanco. El hombre se cayó de bruces, como si le hubieran atrapado el pie con el anzuelo de una caña de pescar. Aulló, y aulló aún más cuando la sombra se cernió sobre él y su cuerpo comenzó a encogerse de una manera imposible y aterradora, desgranando sonidos húmedos y desgarradores. Un par de segundos más tarde, estaba muerto. Su mano derecha caía sobre la acera, lánguida, y su reloj de muñeca producía un sonido metálico al chocar contra el suelo.

Alma se lanzó hacia el monstruo.

—¡Eh! —graznó.

La sombra se sacudió: sus múltiples facetas se revolvieron y cambiaron de lugar.

«No..., así no», pensó Alma.

Estaba llena de urgencia, de rabia, de... inseguridad. Llena. Colmada. Su labio inferior, incluso, se estremecía como si tuviera vida propia, y así no iba a conseguirlo: el invasor se ocuparía de ella como se había ocupado de casi todo el mundo.

Así no.

Entonces se detuvo, mientras la forma negra parecía crecer ante ella, evolucionando hasta parecer un poste tosco y deforme, amenazante como un animal que se ha erguido sobre sus cuartos traseros para parecer más grande.

«Está... midiendo», pensó.

De pronto, la doctora Chambers se dejó caer al suelo. Se quedó sentada con las piernas cruzadas, como una diligente estudiante de los caminos del yoga. El frío era tan acusado que sus articulaciones parecieron quebrarse en múltiples trozos, proyectando atroces punzadas de dolor, pero lo ignoró. Cerró los ojos y lo ignoró todo.

Se olvidó de la sombra, de la amenaza, hasta de sí misma. Buscó la soledad, recuperó la soledad en la que se había instruido y encontrado durante casi toda su vida y en la que ella era ella, infinita, única, tan imperturbable como inalcanzable.

Entonces... silencio.

El silencio.

Se rodeó de calma, de confianza; sin miedo, sin ansia, prisa o urgencia. Era ella, conectada con todas las cosas vivas: otras personas, animales, los árboles, las plantas, las piedras, el corazón invisible de la misma Tierra, los filamentos energéticos y luminosos que cruzaban el vacío sideral conectando las estrellas, las galaxias, la estructura esencial del universo. Y permaneció en la imper

ma

nen

cia.

Abrió los ojos, incapaz de saber cuánto tiempo había transcurrido desde que se perdiera en sí misma. El ruido del mundo regresó entonces con una contundencia arrebatadora, como si alguien hubiera encendido un televisor y empezara a sonar a máxima potencia. Se encogió sobre sí misma y se atrevió a abrir los ojos. Apenas lo hizo, descubrió que la sombra, que había estado a punto de abalanzarse sobre ella, ya no estaba.

Miró alrededor, confundida y algo desorientada, y descubrió enseguida que el Descarnado seguía su camino por la calle, alejándose de ella: una mancha imposible, farragosa y desconcertante que dejaba un reguero descolorido tras de sí.

—No... —musitó, incorporándose tan rápido como le fue posible.

Intentó avanzar hacia la amenaza, pero ésta empezó a replegarse contra el suelo y las paredes, confundiéndose con las sombras del lugar. En cuestión de segundos parecía haberse fundido con las zonas más oscuras, desapareciendo de la vista. Alma llegó enseguida, arrodillándose allí donde había percibido su presencia la última vez.

Ya no estaba allí. Había...

Se había evaporado.

Alma apretó los dientes, presa de un desánimo desnudo y sincero.

—No...

Había conseguido escapar, sí, pero esconderse no era una victoria. Había hecho lo que la niña finlandesa, en su prodigiosa inocencia infantil, le había sugerido con sus palabras: Vaciar. Vaciar todo el miedo, la inseguridad, los pensamientos sobre la muerte, la sensación de pérdida, el dolor o la perspectiva del dolor... y había conseguido pasar desapercibida. Era algo, desde luego, pero no era lo que había pretendido.

Había funcionado a medias.

Ella quería haberlo destruido.

3

Alfred llegó al punto de reunión a la hora convenida, pero allí no había nadie más que Penny, una artista de treinta y tres años que esculpía, principalmente, mujeres en actitudes amatorias, y el viejo Vondur, que por lo que sabía, vivía una vida apacible dedicada a sus varios hobbies sin remuneración gracias a una pequeña herencia familiar. Los dos vivían a no mucha distancia de allí, y sus palabras no encerraban demasiadas esperanzas de que el número de integrantes fuese a aumentar.

—Me ha costado Dios y ayuda llegar hasta aquí —dijo Penny, apartándose el pelo de la cara—. Las carreteras... Bueno, la mayoría están cortadas.

—Yo me encontré con el puñetero ejército, ¿podéis creerlo? —explicó Vondur, recostado contra su vieja furgoneta—. Pude escabullirme por un pequeño sendero y di una vuelta enorme. Estaban deteniendo los vehículos que viajaban hacia aquí. Empujaban los coches a la cuneta, y la gente que iba dentro era introducida en un camión militar.

—¿Y eso? —preguntó Alfred.

—¡No lo sé!

—Estamos bajo ley marcial —dijo Penny—. Pueden hacer lo que quieran.

Alfred asintió.

—Llevaban varios vehículos cubiertos con lonas. Para mí que eran cañones.

—Hum. No creo que nada de eso funcione.

Penny negó con la cabeza.

—No lo hará —afirmó—. Pero ellos hacen lo que tienen que hacer: intentarlo todo.

—A lo mejor los cañones no son para la Marea Negra —apuntó Alfred—. A lo mejor son para recuperar el control en las ciudades.

—Puede que leyeran tu nota de prensa y hayan decidido hacer algo en Elvenbane —dijo Vondur—. No sé.

Se pasó una mano por la barba canosa y suspiró largamente, luego tiritó, sacudiendo su voluminoso cuerpo con una especie de espasmo.

—Y este frío...

—Pensé en ello —dijo Penny—. Pensé que... aquí debía de hacer más frío. Pero los abrigos no ayudan.

—No ayudan —susurró Alfred.

—Es de locos —añadió Vondur.

—El caso es que no veo cómo podrán llegar aquí los demás —opinó Penny, suspirando—. En serio. Un trayecto que antes se hacía en diez minutos ahora es algo... imprevisible. Puedes tardar un par de horas, o puedes... no llegar nunca.

—Mierda... —exclamó Alfred—. Si lo hubiéramos sabido antes, habríamos podido, quizá, hacer algo.

Penny se encogió de hombros y volvió la cabeza para mirar hacia un punto determinado del horizonte, donde un grupo de árboles despuntaban desmañadamente en una planicie verde. Sabía que más allá estaba el pueblo de Elvenbane, donde había empezado todo. Le resultaba muy curioso que el origen de tanto horror se hubiera engendrado allí, tan cerca de su casa, en el lugar donde solía pasear con aquellos primeros novios de juventud, donde pasaba parte de las vacaciones de verano con su familia, donde había habido tantas risas, momentos felices, días de sol y de soñolencia a media tarde.

Era posible que el nombre del pueblo no estuviera tan mal escogido[3] después de todo.

—Entonces... ¿no lo hacemos? —preguntó Alfred.

—No lo sé —dijo Penny—. No tiene realmente mucho sentido ir allí. Sólo somos tres. Es ridículo intentarlo.

—Diablos —susurró Vondur, pensativo—. Estuve... Cuando venía hasta aquí, estuve pensando que éste era el momento en el que, quizá, podría dar un sentido a mi vida. No he hecho demasiado con ella, ¿sabéis? No he... hecho ningún trabajo que la gente recuerde, no he escrito un libro, ni siquiera he sido especial para nadie o formado una familia. —Se miró las manos—. Era ahora. Aquí y ahora. Para esto era todo. Me sentí bien viniendo aquí, en mi sitio, como si... como si...

Penny le pasó una mano por encima del hombro.

—No importa —exclamó Vondur al fin.

—Sé lo que quieres decir —susurró Penny—. Yo también me sentía así.

Se quedaron silenciosos y pensativos, cabizbajos y alicaídos.

—Quizá deberíamos esperar un poco más —opinó Alfred.

Penny tenía sus propias ideas al respecto, y no eran muy esperanzadoras. De hecho, estaba frotándose con el dedo el pequeño tatuaje

3. Elvenbane, en inglés, literalmente «La perdición de los elfos». *(N. del A.)*

de una mariposa que lucía en el antebrazo. Era viejo y estaba deslucido, pero para ella tenía un significado muy especial, el de un antiguo renacimiento que había tenido que afrontar en tiempos difíciles. Cuando tenía problemas, de una manera inconsciente, lo acariciaba con uno o dos dedos.

De pronto, oyó un rumor sordo, áspero y lejano, como el de un motor. Alfred también lo había oído porque, en ese momento, giraba la cabeza hacia la carretera.

—Dios... —exclamó.

Se trataba de un camión. Incluso a esa distancia resultaba inconfundible con su color verde, el guardabarros de barras gruesas y la lona que cubría todo el remolque. Era un camión militar, un transporte de algún tipo, y circulaba a gran velocidad hacia ellos.

—Hostia —soltó Vondur.

—Militares...

—¿Un transporte de tropas? ¿De gente?

—¿Creéis que nos... echarán de aquí? —preguntó Penny.

—No lo sé —dijo Vondur.

—¿Deberíamos irnos?

—No creo que debamos irnos ahora, si es lo que estás preguntando —respondió Alfred en voz baja—. No me parece buena idea. Ley marcial. No se huye del ejército.

El sonido del camión era cada vez más cercano.

—A lo mejor pasan de largo —apuntó Penny—. Debe de haber más gente por la zona... ¡Que yo sepa no han desalojado a nadie en ninguna parte!

Pero nadie respondió. El camión se acercaba a ellos con rapidez, y ahora podían incluso distinguir el polvo del parabrisas con dos marcas limpias en su superficie, conformando algo parecido a un abanico. La matrícula también se hizo visible, y el estruendo fue, finalmente, tan grande en mitad de aquel silencio que parecía envolverlos y tragárselos.

El camión empezó a aminorar la velocidad. El hecho de que iba a parar donde ellos estaban cruzó por la mente de todos. Era lo que habían temido, que los echaran de allí; pero nadie dijo nada. Sólo miraban, expectantes. Al fin, se detuvo junto a ellos con un quejido hidráulico. La ventana del conductor se abrió.

Penny lo reconoció enseguida. Era Bataller, uno de los que se habían apuntado a las sesiones de Elvenbane, y sonreía.

—¡Vamos, subid atrás, que nos vamos! —dijo.

—¿Qué? —exclamó Penny, perpleja—. ¿Qué es lo que…?

—¡Ahí atrás están casi todos! Subid, ¡ya os lo explicarán!

Penny movió la cabeza con incredulidad y miró a Alfred, que estaba perplejo.

—Es Alex Bataller, del chat —explicó.

Vondur soltó entonces una especie de grito de júbilo y salió corriendo hacia el remolque. Alfred se quedó mirando al hombre y terminó encontrando una sonrisa con la que vestir su sorpresa. Eran ellos. Realmente estaban ahí. Contra todo pronóstico, habían conseguido llegar, y juntos. Y eso…

Eso probablemente significaba algo.

Como el grito de Vondur. Ese hombre podría estar celebrando marchar hacia una muerte segura, pero lo sentía como si fuera parte de su destino vital; la razón última de todo.

Y eso… eso también significaba algo.

4

El zumbido inequívoco de un helicóptero se hizo audible en mitad de la calle.

Pete miró hacia arriba a tiempo para distinguir la silueta de una nave del ejército: un aparato con dos grandes cañones dispuestos a ambos lados que volaba a baja altitud por encima de los edificios, describiendo una especie de giro cerrado. El sonido de sus motores, a esa distancia, era trepidante.

—Dios, ¿qué querrán hacer con eso? —preguntó Jow.

Pete se encogió de hombros.

Caminaban por una de las calles, entre gente que iba y venía en ambas direcciones, buscando con ojos muy abiertos algún sentido para lo que estaba ocurriendo. Alguien caminaba con un colchón en equilibrio sobre la cabeza, asegurándose de mantener a su familia debajo, como si quisiese protegerla de una lluvia de flechas. Otros, arrastraban carritos, maletas y bultos de todo tipo.

Un hombre se había subido a un coche y gritaba algo en un idioma extranjero.

A veces les costaba avanzar entre el gentío.

—¿Cómo vamos a encontrar a Alma en este caos? —preguntó Pete, elevando la voz para hacerse oír.

Jow no lo sabía. Había estado dejándose llevar por la afluencia de personas, como si fuera una hoja arrastrada por la corriente, pero no había tenido tiempo de pararse a pensar. Era incluso complicado averiguar dónde estaban los Descarnados, porque la gente huía desde y hacia todas partes, y tampoco encontraron ningún agente del orden que les impidiera ir hacia alguna dirección en particular. Era el caos perfecto.

Era una buena pregunta.

¿Cómo daría con Alma?

Si fuera el caso contrario, si fuese Alma quien la estuviera buscando, podría, quizá, utilizar alguna de sus capacidades para dar con ella, pero el único don que Jow podía reclamar en justicia era una pequeña reserva de intuición, por lo demás, bastante limitada.

—No lo sé —exclamó.

Pete suspiró largamente y miró alrededor.

Dos hombres se afanaban por arrastrar el cuerpo de una mujer, cogiéndola por las axilas y los pies, haciendo lo imposible por avanzar. Su cabeza se bamboleaba. Pete pensó que, con probabilidad, intentaban llevarla a algún centro de salud, pero dudaba de que nadie fuese a atenderla con rapidez.

Había mucha tristeza en todo lo que veía, y podía sentirla dentro, socavándole el ánimo. En ocasiones, se veía obligado a tomar una profunda bocanada de aire.

Jow se apartó a un lado, dejando que el río de gente fluyera. El helicóptero hizo otra pasada con un estruendo ensordecedor.

Alma.

¿Cómo podría encontrarla en aquel laberinto de miserias humanas? ¿Cómo?

Estaba pasándose la mano por la cara cuando un chirrido estridente como el de los frenos de un tren se elevó por encima del ruido de la gente, y todo el mundo empezó a gritar.

5

La sombra emergió sin que nadie se diese cuenta de nada, conjurada como por ensalmo de entre las esquinas oscuras de la avenida. Se formó con la lentitud con la que se abre el capullo de una flor, creciendo entre la gente, hasta que tuvo suficiente consistencia como para emitir una especie de grito de guerra. Entonces se desplegó como una estrella de mar, proyectando hilachos alargados y retorcidos, negros como la pez.

Las personas que tenía alrededor apenas pudieron reaccionar. Fueron alcanzadas cuando la sombra se reveló en todo su terrible esplendor, ominosa como un agujero negro, alcanzadas por sus cimbreantes extremidades. Como en todos los otros casos, los cuerpos perdieron su entidad física en cuestión de segundos, desinflándose y cayendo al suelo sin nada que los sostuviera, burdos disfraces de ropa, piel y cabellos.

Aun entonces nadie pareció ver nada, y si alguien lo vio, no pudo articular palabra. Fue luego, cuando el Descarnado profirió esa especie de alarido, que la gente reaccionó moviéndose en masa como un solo cuerpo.

La gente caía al suelo. Los que podían correr más rápido se abrían paso a codazos entre los que no.

La sombra se desplegó lateralmente y pareció introducirse en el interior de un coche. Los cristales estallaron lanzando mil esquirlas en todas direcciones, rápidas como proyectiles, provocando heridas en aquellos a quienes alcanzaba, incluso a través de la ropa. Alguien cayó al suelo y rodó sobre su propio cuerpo, sacudiéndose en un doloroso espasmo. Desde allí, saltó sin que se pudiera ver cómo hacia la acera, enredándose en una de las farolas. El efecto visual fue curioso: como si el metal de repente perdiera su capa de pintura y se volviera quebradizo en apariencia, sucio, estragado por cien mil inclemencias, y luego se desplazó por la acera pasando entre la gente.

Los cuerpos caían en el acto. No había un proceso de succión. Era como si el simple contacto fuera suficiente para que las frágiles carcasas humanas fuesen privadas de su contenido. Algunos arrojaban una fina película de sangre al aire en el proceso, como un géiser. Otros, sencillamente, se desinflaban como un globo.

Jow y Pete miraban con ojos atónitos cómo la gente se encendía como una llama en un océano de hierbas secas, entregándose a un griterío que denunciaba, sobre todo, el miedo y la desesperación. Ahora todo el mundo subía por la calle, corriendo en una única dirección. Animales huyendo despavoridos, autómatas uniformados por el riguroso traje del miedo. El colchón que cubría a la familia, visible sobre las cabezas de la gente que huía, fue arrojado inesperadamente varios metros más allá, dio un bandazo en el aire y salió despedido de nuevo en dirección contraria. Jow no quiso saber ni imaginar qué había pasado con los niños.

Algo tiró de ella.

Era Pete, mirándola con expresión asustada.

—¡Tenemos que irnos! —le decía con urgencia.

Jow lo sabía, sí, pero no podía ni pensar en mezclarse con aquel torrente de gente. A veces, alguien pasaba demasiado cerca y la arrastraba unos centímetros, o le daba un codazo que le arrancaba un leve quejido, o sufría un pisotón. No, formar parte de ese pánico desbocado y acelerado no parecía la mejor de las ideas, y, sin embargo, ¿qué alternativas tenía?

De pronto, algo en la escena cambió, o estaba cambiando en ese momento; algo por encima de la muchedumbre, del ruido, del movimiento vertiginoso. Jow tuvo que parpadear varias veces para comprender lo que pasaba, captar los detalles con la visión periférica. Eran las sombras..., no la sombra demoniaca dotada de vida, sino las pequeñas sombras mundanas e insignificantes propias de un día gris que se proyectaban en las fachadas, entre las ventanas, bajo las cornisas... Todas ellas se movían lentamente como volutas de hierro atraídas por un imán, girando en círculo alrededor de...

La calle estalló con un destello oscuro. El Descarnado, como si estuviera henchido ahora de las energías que precisaba, se había desplegado hacia el centro de la avenida, expandiéndose como un agujero abyecto y voraz. Era una telaraña ominosa y cruel a cuya visión pocos podían escapar. La mayoría se quedaban petrificados, incapaces de soportar la ausencia de materia, la nada colérica que les hacía sentir escalofríos tan violentos que algunos caían de rodillas.

Jow dejó escapar un gemido.

Era como si alguien acabara de apuñalarla en el corazón.

Dejó escapar una vaharada blanca, todo el aliento que le quedaba, y su mano helada se dirigió a la de Pete.

—Vámonos... —susurró éste—. Vámonos...

Jow retrocedió un par de pasos, chocó contra la fachada que tenía detrás, y se quedó allí, sintiéndose como un muerto viviente.

La abominación chilló.

6

El helicóptero descendió entre los edificios, levantando polvaredas de humo y aire. El piloto, uno de los más experimentados de la RAF, realizó una de las maniobras más arriesgadas a las que se había enfrentado, porque los edificios estaban tan cerca unos de otros que no había mucho lugar para maniobrar. Sin embargo, consiguió colocarse en la posición que necesitaba, la única posible para probar el dispositivo: justo a tres metros sobre el nivel del suelo y veinte metros de donde estaba el enemigo, esa sombra monstruosa sin rostro. Tenía que ser ésa, y tenía que ser allí. Llevaban siguiéndola durante horas, perdiéndola y reencontrándola gracias a las reacciones de la gente, porque todas las demás conformaban un tropel demasiado enorme y dinámico como para que pudieran atacarlas. Era, sin duda, la misión más importante de cuantas había afrontado, y había afrontado centenares.

—En posición —exclamó, con los brazos tensos como cables por el esfuerzo de manejar el aparato con tanta precisión.

—Lo has clavado —exclamó el comandante, nervioso y sudoroso bajo el casco—. Buen trabajo, Hylke.

—Vamos, dispare ya esa maldita cosa —soltó, apretando los dientes.

—Equilibrando... Treinta segundos.

—Dios, hay tanta gente —susurró Hylke, mirando cómo la multitud se protegía del viento que generaban las aspas mientras procuraba alejarse de la amenaza, justo delante de él. Algunos hacían señales moviendo ambos brazos, como si quisieran ser rescatados.

—Nadie sufrirá daños —le aseguró el comandante—. Sólo son ultrasonidos.

—Lo sé —asintió Hylke—. Estaba pensando, más bien, en si no funciona. ¿Quién protegerá a esa gente?

—Está bien, estamos listos —comentó el comandante tras revisar su terminal—. Control, voy a iniciar la prueba.

—Adelante, Topo Beige —crepitó una voz por radio.

El comandante, con aire solemne, echó una breve mirada a Hylke; le parecía un buen momento para compartir un instante de posible gloria antes de que su intento se revelase como un éxito o como un fracaso, pero el veterano piloto no podía ni corresponderle: estaba demasiado concentrado en mantener el aparato en el aire sin que escorase ni siquiera un metro en ninguna dirección. Eso era del todo inadmisible.

Si tal cosa ocurriera, las aspas acabarían por chocar contra una fachada, y aunque difícilmente un leve roce provocaría desperfectos en las aspas reforzadas, la vibración y el impacto lo empujarían rápidamente contra el lado contrario. Ese segundo impacto sí tendría consecuencias. No tardarían en convertirse en varias toneladas de hierro girando a velocidades mortales sobre un montón de población civil.

Pensó en cuerpos cercenados.

Pensó en cabezas cortadas.

Y mientras lo hacía, el comandante pulsó el botón de disparo.

7

De pronto, el helicóptero que habían visto sobrevolar la zona (o uno muy parecido), apareció descendiendo con suavidad y mucha rapidez al final de la calle. Lo hizo dando un arriesgado y espectacular giro, tanto que el rotor de cola estuvo a punto de chocar contra una de las fachadas; sin embargo, terminó el movimiento con delicadeza, como una pieza de un puzle que encaja suavemente en su sitio. La impresión que tuvo Jow desde su punto de vista privilegiado era cinematográfica, como un efecto especial pensado para provocar el máximo impacto en el espectador. El viento generado por las aspas estaba levantando una polvareda impresionante, y la ropa de la gente y sus cabellos tremolaban enloquecidos. Lo peor, sin embargo, era el estruendo.

Jow se pegó al cuerpo de Pete.

Hubo algunos instantes de confusión que languidecieron ante sus ojos nerviosos y expectantes. El tiempo se arrastraba, sí, y mientras lo hacía, por todas partes sucedían cosas: gente que moría convertida en guiñapos resecos, gente que caía al suelo y gente que se quedaba congelada como un conejo ante los faros de un coche que se aproxima. El agujero en mitad de la avenida se cimbreaba y cambiaba de forma cada segundo, como si marcara el tiempo en un reloj invisible que tenía guadañas en lugar de agujas.

Entonces, los tubos a ambos lados del helicóptero (que Pete había confundido con cañones) empezaron a emitir una ráfaga de luces intermitentes, seguidas por un sonido agudo en extremo. La gente lanzó las manos hacia sus oídos, y los cristales de los edificios de oficinas que estaban a ambos lados del aparato estallaron ruidosamente, llenando la calle de una tormenta de trozos de vidrio. Jow y Pete estaban a cierta distancia, pero pudieron percibirlo igualmente, y era en extremo molesto. Hacía que quisieras morderte la lengua con los dientes.

Muchos empezaron a chillar, pero la forma oscura, siniestra y terrible que se asentaba en el centro de la avenida, no pareció afectada en lo más mínimo. Seguía evolucionando, cambiando su silueta y desgranando formas como en un caleidoscopio.

8

—No funciona —dijo el comandante con desesperación.

—¿No puede... darle más potencia? —aulló Hylke.

—¡No se trata de potencia! —exclamó el comandante, visiblemente nervioso—. Esa gente del Skylon... creía que podría funcionar.

—¿Más tiempo?

—No.

—Entonces no funciona —masculló Hylke.

—No lo ha hecho, maldita sea.

—Topo Beige —dijo una voz por la radio—. No estamos captando nada... ¡Informe!

El comandante iba a responder cuando, de repente, la sombra saltó hacia ellos; como de costumbre, sin transiciones de por medio: en un momento dado estaba allí y al siguiente parecía infiltrarse por la cabina liberando pequeños trazos oscuros, como el humo de una tostadora.

—¡Jesús! —soltó Hylke.

Rápidamente, tiró de la palanca hacia sí y el aparato se encabritó con rapidez. El rotor de cola chocó ligeramente contra el asfalto y la cabina se elevó bruscamente. El comandante se llevó la peor parte: su cuerpo atravesó la maraña de oscuridad y se desinfló como un flotador barato; el casco, sin cráneo que lo sostuviera, resbaló por encima de la ropa hasta caer sobre sus rodillas, reducidas a dos débiles hilachos. Unas manchas oscuras se apresuraron a teñir las perneras.

El sonido, a tan corta distancia, fue lo peor, como el crepitar desproporcionadamente enorme de un mechón de cabello sobre una vela.

—¡Topo Beige, informe!

Hylke soltó un graznido. Estaba a punto de tratar de elevarse cuando las sombras se retiraron con rapidez, como si fueran velámenes negros que alguien, en alguna parte, hubiera empezado a recoger. De repente ya no estaban. Ahora podía ver los controles de nuevo, e incluso podía ver la calle a través del cristal de la cabina. Entonces parpadeó, trató de estabilizar el aparato y soltó todo el aire de sus pulmones. Estabilizar el aparato era lo primero, si tenía tiempo. No podría salir de allí con ninguna inclinación que no tuviera bajo control. Cualquier cosa que intentase acabaría en desastre.

Pero algo... algo pasaba en la calle.

Delante de él, algo inexplicable estaba ocurriendo.

XXVI

Amor

1

—Pero ¿cómo? —preguntó Alfred.

En el compartimento había gente. Su gente, la gente del chat. Seis rostros sonrientes, la mayoría aún jóvenes, liberados de preocupación, que se entregaban a una tarea que podía ser muy bien la última que desempeñasen. Y que, a pesar de ello, sonreían.

Las noticias que los medios divulgaban no eran muy halagüeñas, de todos modos. La situación parecía agravarse por momentos, cada vez en lugares más dispares. Había brotes de Marea Negra por todas partes, y uno solo de esos brotes era suficiente para provocar un reguero de muerte sin parangón. Nada parecía poder contenerlos, nadie sabía cómo contrarrestarlos o enfrentarse a ellos. Era como intentar eliminar el humo de un incendio con una cuchara. Allí donde no se producía el fenómeno las cosas tampoco iban mejor. El mundo se había convertido en un caótico escenario medieval en su época más oscura. Alfred supuso que para toda aquella gente tanto daba esperar la muerte en alguna parte que afrontarla allí mismo con un pequeño resquicio de esperanza.

—Nos fueron parando al llegar al cruce que lleva aquí desde la autopista —explicó uno de los hombres—. No dejaban pasar a nadie. Te metían en un camión y apartaban el vehículo a un lado.

—Entonces... algo saben —exclamó Alfred.

—Es lo que hemos pensado.

—Deben de estar trabajando en ello. Investigando.

—Espero que no se les ocurra algo estúpido como... tirar una bomba en Elvenbane —exclamó alguien.

Luego, empezaron a hacer preguntas sobre la nota de prensa y todo lo que se escondía detrás: el conocimiento que destilaba su exigua y contundente declaración, lo que subsistía tras las palabras. Alfred se lo contó todo o casi todo, empezando por quién era Alma Chambers y su visión sobre el engranaje esencial de las cosas. Su narración cautivó a todos los presentes. Muchos habían leído bastante sobre el tema, y la mayoría había dedicado tiempo a la introspección personal, a la búsqueda interior de una conciencia alejada del ego de la mente, y coincidían con las cosas que decía de Alma. Una chica empezó a llorar a mitad de la narración, pero lo hizo con una sonrisa.

Eso les llevó un tiempo. Para cuando hubo terminado, el camión se había acercado tanto a Elvenbane que los edificios, ahora deslucidos y frágiles en apariencia, eran perfectamente visibles. El conductor detuvo el motor y se asomó al remolque.

—Hemos llegado, Alfred —dijo cuando apareció tras la lona.

Hubo un instante de silencio, pero después todos se apresuraron a bajar del remolque para echar un vistazo.

Estaban en mitad de una explanada a poca distancia del pueblo; la misma donde la gente había acampado muy poco antes. Era como si un viento huracanado hubiera arrancado las tiendas de campaña de sus sujeciones y esparcido todo para formar pequeños montones de basura donde despuntaban toallas, colchonetas, cajas, trastos, sillas y mil otros enseres, conformando una alfombra multicolor que resultaba, por la ausencia de gente, totalmente desalentadora.

Durante unos instantes, nadie dijo nada.

—Impresiona —admitió Alfred, procurando respirar despacio—. Pero hay algo bueno.

—El qué —preguntó una chica a su lado.

—La Marea Negra —dijo señalando el cielo gris sobre los edificios—. No está.

Era cierto. En las imágenes que habían visto en las noticias, la Marea Negra se mostraba siempre arremolinada sobre el pueblo, como el epicentro de un tornado terrible que oscurecía toda la escena. Pero ahora las nubes grises y descoloridas se veían limpias, casi brillantes, dejando filtrar ligeramente la luz de un sol que brillaba detrás, como una promesa de futuro, de esperanza.

La escena, aunque estaban ateridos de frío, los hizo respirar y hasta sonreír.

—Entonces... ¿empezamos aquí? —preguntó alguien.

—Aquí no —dijo Alfred, sacando su móvil y trasteando en él—.

La doctora Chambers me mostró la ubicación exacta del... agujero. Internet no funciona en los móviles, pero metí una captura del mapa.

Levantó la mano para que todos pudieran verlo.

—¿Quieres que vayamos allí? —preguntó Vondur.

Alfred asintió.

—Creo que allí es donde debemos hacerlo —dijo.

—En el ojo del huracán —apuntó alguien.

Alfred volvió a asentir, con el semblante serio, y hubo unos momentos de silencio en los que cada uno trataba de reunir el valor y la decisión en sí mismo. Unos segundos más tarde, sin embargo, estaban comparando el mapa con lo que veían alrededor. Averiguaron primero dónde estaban y trazaron desde allí una ruta hacia el agujero que describía un paseo entre los árboles, al este del pueblo.

No tener que cruzarlo les pareció, en cualquier caso, un alivio, pero se equivocaban.

2

El bosque estaba silencioso y sembrado de cadáveres.

No hacía demasiado que esos cuerpos habían caído allí, pero la pestilencia era insoportable, como si hubieran estado pudriéndose al sol durante semanas. Olía a descomposición, a enfermedad, a muerte... y casi todo el mundo se vio obligado a esconder la nariz debajo de la camiseta o recurrir a un pañuelo para cubrirse la parte inferior de la cara. Caminar por allí tampoco fue sencillo; había tantos cadáveres... tantos, y había tanto silencio...

Muchos se daban cuenta ahora, por primera vez, de a lo que se enfrentaban en realidad. La visión espantosa de aquellos restos mortales convertidos en un puré cenagoso donde flotaban ojos, cabellos y trozos de huesos reblandecidos era de una presión psicológica tan insoportable que en ocasiones alguien se derrumbaba y rompía a llorar. En ocasiones, tenían que ayudarse unos a otros para dar un solo paso más. A veces, alguien resbalaba y sentía un pavor primigenio ante la posibilidad de caer sobre aquel pringue.

Y nadie se daba cuenta, aún, pero la cercanía del agujero jugaba poderosamente con sus ánimos. Éstos se tambaleaban con un vaivén insoportable, saltando de un punto a otro en la escala de estados anímicos. A veces era desesperanza, a veces incertidumbre, luego miedo, miedo... miedo, luego terror... para recaer en una honda tristeza o una rabia insoportable que les hacía rechinar los dientes. Luego, otra vez desánimo. Nadie estaba preparado para ello como lo hubieran estado Jow o Alma. Sus rostros mostraban expresiones de repugnancia a medida que pisaban los charcos que no hacía mucho habían sido personas.

Roy, que habituaba a dirigir las sesiones de limpieza y alineación de las Líneas Ley, se acercó a Alfred mientras caminaban entre los árboles, con aire preocupado.

—Alfred... —susurró—. ¿Te das cuenta de lo que hay aquí?

—¿Los cadáveres? —preguntó Alfred en voz baja.

—No —exclamó, tocándose el pecho con el puño cerrado y los ojos abiertos de par en par—. Aquí. En este lugar.

Alfred ladeó un poco la cabeza, como si quisiera aguzar el oído.

—Lo sé. Es... es algo, ¿verdad?

Roy asintió.

—Es algo, sin duda. Algo que te entra dentro —dijo—. Al principio creí que era por... toda esta masacre, pero creo que me estoy volviendo loco.

—Estaba pensando lo mismo. Es un calidoscopio de... sensaciones...

Roy movió la cabeza de nuevo, pasándose una mano temblorosa por la nariz. Estaba mirando la alfombra de desechos, una especie de vómito diluido en trazas de sangre que se extendía hasta donde alcanzaba la vista. Lo peor era quizá la visión del calzado y la ropa, apelmazados entre los restos, acusadores vestigios de que toda aquella plasta había sido gente. ¿Cuántos habían muerto allí, en realidad? ¿Eran aquéllos los restos de los que se habían congregado en Elvenbane? ¿Ése había sido su destino final? ¿Para eso habían sido congregados por alguna extraña confabulación inter... dimensional?

—¿Qué les ha podido pasar? —preguntó al cabo—. Es... horrible... No son como los cadáveres que hemos visto en las noticias... Están... derretidos... como grasa... humana.

—A lo mejor... es por la cercanía de la fuente —susurró Alfred—. A lo mejor aquí, esas cosas son más fuertes.

Roy permaneció callado unos instantes.

—No lo vamos a conseguir.

Alfred lo sabía. Sabía que la alineación de las Líneas Ley se conseguía en estadios de relajación mental, de mantener un ánimo y una actitud ante la vida positiva, de generar amor, por uno mismo y hacia las cosas, hacia la vida. Un estado de gratitud, de mirar la luz del sol y sentirse pletórico de energía, de extender las manos hacia tu compañero y regalarle parte de ti, como en cualquier acto íntimo de contacto físico. Amor. Sólo amor.

Estaban muy lejos de todo eso.

Demasiado.

Meneó la cabeza con desánimo.

—No lo sé —contestó—. Sólo podemos llegar allí e improvisar sobre la marcha.

—No lo conseguiremos —exclamó Roy con amargura, luego apretó los dientes y los puños y, con voz ronca, repitió—: No lo conseguiremos.

3

Había una mujer delante del helicóptero, o mejor dicho, entre éste y la sombra.

No hacía nada, sólo estaba de pie, con el pelo revuelto y moviéndose en todas direcciones por efecto de las aspas; la ropa, algo holgada, rizándose en un mar de ondulaciones histéricas. Pero conseguía, a pesar de todo, mantenerse erguida, con los pies juntos y ambas manos recogidas sobre el vientre, como una recatada señorita de principios del siglo XX.

Hylke se quedó mirando, como hipnotizado. Ni siquiera podía verle la cara porque estaba de espaldas a él, como enfrentada a la sombra. A su alrededor, casi todo el mundo había caído al suelo o se mantenía agachado, presa del pánico.

Hylke comprendió que no era una mujer normal.

Destilaba algo. Algo que le hacía tener la mirada fija en ella.

4

Alma miraba la sombra, y la sombra la miraba a ella.

Estaba acordándose de John. Su John.

Lo había dejado marchar, sí, amándolo tanto como lo había amado porque era lo que él quería, lo que lo hacía feliz. Lo hizo sin reproches, sin presionarlo, sin enturbiar su felicidad con su sensación de abandono y su tristeza, porque aunque el dolor la envió a los infiernos para enfrentarse a su soledad, también la obligó a mirar al rostro de la gran pregunta: ¿Lo amaba, o por el contrario sólo quería que le quisiese? ¿Lo amaba a él, o amaba la sensación de ser querida? ¿Era amor o era apego, necesidad, dependencia?

No necesitó mucho tiempo para conocer la respuesta: lo amaba, sí. Aunque aún se levantaba por las mañanas con la esperanza de que John apareciera por algún lado, lo que más deseaba en el mundo era que fuese feliz, cualquiera que fuera su decisión, con ella o sin ella. Aún lo amaba, porque el amor no desaparece ni se marchita, no se mitiga ni flaquea: sólo el burdo sucedáneo de la dependencia emocional y afectiva lo hace.

Ahora se daba cuenta de que la ausencia de John la había ayudado a enfocar todo ese amor, primero hacia ella misma, y luego hacia muchas de las cosas que hacía. Como el programa Virgilio, o los artículos que escribía sin remuneración en muchas revistas y páginas web de introspección espiritual; o los casos que atendía sin cobrar por sus servicios. O las charlas sobre la conciencia del ser y la iniciación al mundo espiritual del que formamos parte intrínseca. Eso era amor: actos que persiguen un bien común sin esperar nada a cambio, amor puro, incondicional, el mismo tipo de amor del que se compone el universo. Ese amor, ahora se daba cuenta, había nacido de lo que sentía por John y de lo que había llegado a sentir por ella misma cuando decidió dejarlo marchar. John se lo había regalado. Lo había aprendido, vaciado de las capas superfluas y extrañas que muchas veces lo disfrazan.

Allí, plantada en mitad de la calle, Alma miraba a la sombra. En su corazón brillaba la luz de toda esa comprensión rotunda e inequívoca, y la emitía como un faro proyecta un haz en el horizonte, barriendo las tinieblas de la noche.

La sombra permanecía inmóvil.

Alma la miró ahora como lo que era: un vacío, un agujero hacia la nada, una ausencia de las cosas primarias y esenciales que nos definen como seres de luz.

«Están llenos de pena.»

Pena, sí. Ausencias. Vacío.

Recordó al hombre que comía pizza, molesto porque le pasaban imágenes de africanos hambrientos y recordó lo que significaba: ausencia de amor.

Oh. Ella tenía amor. Tenía amor bastante como para llenar toda esa nada.

Cerró los ojos y... sintió.

AG... PUTA —dijo el Descarnado en su mente.

5

Jow divisó a Alma, erguida y esbelta como una Galadriel considerando que habían llegado los días de ir a los Puertos Grises, parada en mitad de la calle. Era como si nada de lo que ocurría la afectara, ajena a la tristeza y el malestar que pendía de las fachadas y se tejía entre los corazones de la gente y las sombras de cada esquina; su expresión era de serenidad absoluta, de confianza cierta, de ser y estar. Y sonreía. Con sutileza, pero sonreía.

—Alma... —susurró.

La había encontrado; estaba allí, probando lo que fuese que se le hubiese ocurrido probar, midiéndose de una manera íntima con el monstruo. No podía ni quería imaginar la suerte de energías invisibles que debían de estar circulando entre los dos, algún tipo de comunicación mental, una batalla entre almas, lo que fuera. No lo sabía. Pero sí sabía que ésta podía consumirla en cualquier momento, y esa visión, la de su cuerpo succionado y convertido en pulpa de un tono azulado, era algo a lo que no quería enfrentarse. No estaba preparada para nada de eso, y entrecerró los ojos, llena de un miedo inesperado y terrible.

La sombra titiló, como si fuese un holograma proyectado sobre la calle que estuviese perdiendo la conexión: estaba ahí, al segundo siguiente desaparecía y luego regresaba como si nada hubiese pasado. Pero algo estaba ocurriendo; y si bien no podía verlo con claridad, sí podía sentirlo. Los hilachos de oscuridad se sacudían, estremecidos, el agujero cambiaba de tamaño expandiéndose y contrayéndose como las válvulas de un corazón desbocado, y los bordes ondulantes se convulsionaban como si fuesen un carrusel infantil que alguien, de repente, hubiese conectado a la corriente eléctrica.

Se mantuvo quieta, sin atreverse siquiera a respirar.

Pete le apretó la mano.

Alma había empezado a andar. Se acercaba con paso lento a la sombra, que comenzaba ahora a contraerse sobre sí misma, retorciéndose. Era una entidad demasiado abstracta como para que ni Jow ni nadie pudiera atribuirle debilidades humanas, pero a juzgar por sus contoneos, parecía aquejada de un dolor exquisito, insoportable y creciente.

Entonces se expandió, creció alrededor de Alma como la boca de un lobo que fuese a cerrarse sobre su presa, y se quedó prendida en el aire, un manto negro y denso sobre una mujer menuda cuyo pelo se sacudía como colérico.

Alma titubeó.

Jow esperó lo peor, pero no podía cerrar los ojos.

No sabía si correr hacia ella o darse la vuelta. Estaba consumida por el terror.

6

Algo iba mal.

La sombra tenía demasiado poder. Demasiado.

Por un momento había creído que podría... que sería suficiente, que lo que sentía y sabía podría socavar aquella formidable ausencia de sensaciones, aquel grito ahogado convertido en unas fauces de oscuridad, pero...

Pero no.

«John», pensó.

JOHN JOOOHN. JOHN ESTÁ CON NOSOTROS.

El miedo empezó a crecer en su interior, minando, desgarrando, extinguiendo toda su luz interior.

Cerró los ojos.

PUTA. ENTROMETIDA. DE. MIERDA.

Dio un paso atrás, y como respondiendo a su acción, la sombra se lanzó a por ella.

7

Jow percibió lo que ocurría.

Entonces el dolor se apoderó de ella, ávido, veloz, y la mordió en el corazón. Una sola dentellada, pero tan cruel, que se sintió desfallecer.

«Alma...»

«Todo pasa por alguna razón», era lo que decía ella siempre. Le había dicho tantas cosas... pero ¿eso? ¿Era así como tenía que acabar todo? Mientras pensaba en ello, innumerables imágenes de todos los momentos que habían compartido acudieron prestas a su memoria, centelleando como partículas de polvo iridiscente flotando ingrávidas en una habitación soleada, llenas de una melancolía inesperada.

Y la amó.

Ni siquiera cerró los ojos.

La miró, y la amó.

8

«Va a pasar —pensó Hylke, horrorizado—. Va a matarla.»

Su bisabuelo era judío polaco, y durante la segunda guerra mundial fue uno de los únicos que se negaron a que los alemanes nazis, cuando llegó el momento, los ejecutaran sentados. Se quedó de pie, rodeado de gente que lloraba y se abrazaba, esperando a que llegara su turno, con los brazos cruzados y una expresión ceñuda en su rostro. Dos jóvenes soldados trataron entonces de sentarlo a la fuerza; la razón era que la sangre salía despedida y manchaba demasiado el camino que luego habría que cubrir con serrín, pero ni siquiera entonces se doblegó. Lo golpearon en la espalda, en la cabeza, los riñones y las piernas, pero él siguió de pie, soportando el dolor atroz, inflexible. Era su manera de ser él, aún libre a pesar de las circunstancias, aún altivo y orgulloso de su condición de judío. Tuvieron que partirle las rodillas con las porras para que cayera al suelo, donde, finalmente, una bala le atravesó el cerebro privándolo de la vida.

Hylke no sabía quién era Alma ni lo que, en realidad, estaba intentando, pero miraba fascinado su porte altivo y su manera de enfrentarse a la situación, valiente, libre para decidir cuándo y cómo morir. Le recordó a su bisabuelo, y a su manera, la miró con todo el amor que pudo generar en aquel instante terrible.

9

Alma había cerrado los ojos en ese último momento, cuando la amenaza ancestral se cernió sobre ella. Sentía otra vez miedo, sí, y el miedo había ahuyentado su concentración y el caudal cálido que había generado en su interior. Se había llevado lo que sabía del amor y lo que significaba, lo había anulado. La doctora Chambers se había vaciado por completo, volviéndose frágil y vulnerable.

Sintió que todo estaba perdido y se preparó.

De pronto... Calidez.

Algo estaba cambiando. En la oscuridad de sus párpados cerrados, algo nuevo estaba apareciendo, brillante, luminoso, aún débil pero cierto. Venía de alrededor, de...

«Jow», pensó.

Había olvidado a Jow, pero ahora, de repente, el recuerdo se había abierto paso en su corazón.

Pensó en ella, y también en Pete, y en el amor que se tenían: bonito, sencillo, una semilla pequeña pero potente, simple en su estado prematuro, todavía delicado pero sin contaminar por la convivencia, el paso del tiempo y el exceso de conocimiento el uno del otro. Luego pensó en Andrew, a quien también había amado a su manera, y en muchos de sus compañeros de investigación. Pensó en gente que había conocido a lo largo de su vida, gente por la que había hecho cosas y que habían hecho cosas por ella. Becky. Helen. Patrick. Jow. Elbereth Perland, Sarah y Moe, aquel tonto de Dan Shannon o el viejo Simmons. Aquel chico de la discoteca, Eddie... La farmacéutica de pelo canoso que siempre le sonreía cuando compraba sus fármacos. Su madre. Su padre. Y todas las almas errantes a las que había ayudado durante sus sesiones en el gabinete, la gente a la que había ayudado en todos sus años de carrera. De nuevo, se reforzó en ellos... y por ellos.

Y por último, pensó en todas las cosas que la habían llevado hasta ellos, en todas las cosas que habían propiciado que pudiera haber llegado hasta esas personas, a las almas perdidas que sufrían, a los asistentes a los seminarios... Cosas no siempre buenas, cosas que la habían hecho sufrir, que parecían, en su momento, una dura prueba a la que enfrentarse cuando lloraba desconsolada en su cuarto porque veía y oía cosas, cuando se desmayaba porque le entraba un trance, cuando sus compañeros de clase se burlaban de ella y la señalaban con el dedo.

Una vida difícil y confusa que la había llevado, finalmente, a repartir sus experiencias y conocimiento a un montón de gente, tamizadas por el dolor y generando un poso delicado pero cierto: amor.

De eso iba todo.

Y cuando comprendió todo eso y agradeció, inesperadamente, todos los padecimientos y las lágrimas vertidas, la sombra se retorció.

PUUUUUUU... TAAAAAAA

Y conformó una onda luminosa que explotó en su interior como los fuegos artificiales de una feria de verano, desterró el miedo de su mente y la duda de su corazón, y le dieron ganas de sonreír.

Y eso hizo.

10

Justo cuando Jow pensaba que iba a asistir al insoportable espectáculo de ver a Alma reducida a un pellejo sin vida, la sombra reverberó, parpadeó, y se contrajo sobre sí misma. Luego se quedó inmóvil, como congelada, y se dividió en una miríada de trozos oscuros, como jirones de humo esparcidos por un vehículo que lo cruza a gran velocidad, hasta desaparecer lentamente en el aire.

Y eso fue todo.

Alma permaneció de pie, rodeada de la mirada atónita de la gente y el estruendo del motor del helicóptero. Ni siquiera estaba cansada, sino todo lo contrario. De repente se sentía bien, y sonreía mucho. Mucho.

Alguien corría hacia ella.

Parpadeó, atónita.

Era Jow.

Casi la derriba en su carrera. Chocó contra ella y la apretó contra su pecho en un abrazo tan desproporcionado que Alma creyó que iba a romperle las costillas.

—Alma...

—Querida —respondió ella. Pensó en decir algo ocurrente sobre el trabajo o una subida de sueldo, pero luego recordó que Enfield Terrace había saltado por los aires y se calló, dejando que Jow la abrazara sin más. Le llevó unos segundos. Luego se miraron.

—Estás...

—Estoy de una pieza, cielo —respondió Alma—. ¿Qué haces aquí, cómo me has encontrado?

Jow compuso una sonrisa radiante.

—Te busqué, claro.

Volvieron a abrazarse brevemente, llenas de una alegría íntima y dulce, hasta que Jow volvió a separarse con una pregunta.

—¿Qué ha pasado? ¿Realmente has...?

—Sí.

—Lo has... destruido.

Alma se encogió de hombros.

—Creo que me he convertido en el típico británico de cuarenta y picos años que viaja a destinos como Ibiza, querida.

Jow parpadeó, confundida.

—¿Qué?

—Sí. Obsesionado por llenar agujeros.

Jow tardó unos instantes en comprender, pero cuando lo hizo, soltó una carcajada burbujeante y alegre como una cascada. Sólo entonces la gente que estaba alrededor de ellas, como si hubieran comprendido lo que acababa de ocurrir o se hubieran contagiado de la felicidad de Jow, empezaron a aplaudir.

XXVII

El desastre de Elvenbane

1

Casi todo el mundo caminaba despacio, agotados y vencidos, arrastrando los pies de tal manera que producían un sonido acuoso y desagradable; tanto, que los llenaba de desasosiego y abatimiento. Al fin y al cabo, ninguno podía ignorar el hecho de que pisaban restos de cadáveres.

Las sensaciones que los habían estado confundiendo y atormentando durante el periplo por el bosque también eran ahora peores, más intensas, acentuadas, cambiantes. Ni siquiera caminaban ya juntos; había quien se había alejado varias decenas de metros y marchaba paralelo al sendero, y alguno se había alejado tanto que apenas era una figura grisácea entre la bruma. Roy estaba tan apesadumbrado y encorvado que parecía a punto de rozar el suelo con las manos, y esa sensación se acentuaba por la mochila que llevaba a la espalda, donde había guardado las herramientas que pensaban usar para la curación de la Línea Ley. Alfred, mirándolo desde las tinieblas de su desánimo, se preguntaba qué había pasado desde que estuvieron en el camión para que las cosas hubieran cambiado tanto, y la respuesta le vino de inmediato: era, por supuesto, la Línea Ley infectada. Estaban demasiado cerca del agujero y los efectos eran devastadores.

Roy tenía razón. No lo conseguirían. De ninguna de las maneras.

«Llegaremos allí y nos mataremos entre nosotros, si alguien no se suicida primero», pensó.

Miró alrededor, tan frustrado como furioso. Las expresiones en las caras de la Comunidad del Agujero lo decían todo. Había desolación, rabia, desconfianza, tristeza, y también expresiones muertas, desgarradamente desnudas, desprovistas de toda esperanza. Había pesimismo, había negatividad.

Se detuvo, estiró los brazos como si quisiera despegarse de una telaraña invisible, y lanzó un grito al aire viciado del bosque.

Los otros se detuvieron, mirándolo con ojos atónitos.

—¿Al? —preguntó Roy—. ¿Estás bien?

—No —ladró Alfred—. No lo estoy. Ninguno lo estamos.

Se miraron unos a otros.

—Lo sabéis —añadió—. Nadie ha dicho nada, pero puedo oír vuestro runrún mental desde aquí. ¡Estáis hechos un asco!

Roy asintió.

—¿Qué nos pasa? —siguió diciendo Alfred—. ¿Por qué... dejamos que esto nos afecte así? ¿Por qué nadie ha dicho nada? ¿Tanto miedo tenemos de desnudar nuestros sentimientos?

—Tienes razón... —dijo una chica que cubría su cabello rubio y lacio con un gorro de lana.

—Si no estamos juntos, ¿cómo vamos a hacer lo que hemos venido a hacer?

—Sí... —asintió Roy—. Es cierto.

Alfred paseó la mirada de uno a otro, deteniéndose unos segundos con cada uno. Las reacciones eran diferentes: algunos agachaban la cabeza, pero otros la mantenían erguida, asentían con un pequeño y sutil movimiento o se quedaban inmóviles como estatuas. Incluso en esos casos en los que no parecía haber ninguna respuesta, Alfred podía sentir el deshielo en sus corazones, reaccionando lentamente a sus palabras, llegando de alguna manera a ellos. Un murmullo apagado empezó a extenderse entre el grupo.

—Venid. Acercaos. Quiero un abrazo grupal. Vamos a apoyarnos unos en otros y a recuperar lo que éramos cuando llegamos aquí... gente con cosas buenas dentro... gente que quiere...

De pronto, alguien, en la distancia, lanzó un grito. Se volvieron para mirar, agazapándose como si hubieran oído un disparo. Se trataba de uno de los miembros del grupo. Se había separado tanto que era apenas una mancha en la distancia, pero ahora caía al suelo y se levantaba en el aire como si alguien tirara de sus piernas. En mitad del tirón, describió una voltereta inverosímil y cayó en las garras de una mancha oscura que parecía salir de los mismos árboles. Su cuerpo no resistió: pareció derretirse como si estuviera hecho de jabón y cayó al suelo deslizándose.

La chica del gorro lanzó un grito, y alguien exclamó algo que nadie pudo entender.

La sombra empezó a avanzar hacia ellos, extendiendo tentáculos de oscuridad con los que se agarraba a los troncos, como una araña terrible y delgada.

Fue Roy quien reaccionó primero.

—¡CORRED!

La mayoría empezó a correr, espoleados por un terror súbito e inesperado que los empujaba a huir tan lejos de allí como fuera posible. Casi todos corrieron en la dirección correcta, pero algunos emprendieron el camino de vuelta por donde habían venido. Nadie se detuvo a mirar qué pasaba con los demás. El chapoteo de sus pisadas en las babas humanas se mezclaba con los jadeos entrecortados.

Mientras corrían, oyeron otro ruido, como el de unas maletas cayendo sobre otras, seguido de un alarido extraño, gutural, como el ronquido de un animal. Todos comprendieron lo que acababa de ocurrir y apretaron el paso, presos de la histeria. Lo único que les cabía en la mente era correr correr correr más deprisa, más rápido, más lejos.

La chica del gorro corría en último lugar. No era demasiado buena en ese tipo de situaciones, y además el terror la paralizaba. Resbaló y cayó de bruces entre los restos. Cuando se irguió a duras penas, con la cara llena de moco gelatinoso, estaba tan impresionada y bloqueada que no pudo ni avisar a sus compañeros. La sombra le pasó por encima, recorriendo su cuerpo desde las piernas hasta la cabeza. Si Alma hubiera estado allí, habría visto cómo su esencia vital era literalmente arrancada de la carne y proyectada hacia adelante, donde permaneció ingrávida y brillante hasta que un latigazo de oscuridad la rompió en pequeños círculos de luz que no tardaron en esfumarse. El cuerpo se deshizo como una especie de fuente de yogur.

—¡CORREEEEED!

Alfred buscaba escapatorias entre los árboles, pero todo se le antojaba igual. Ellos no habían tenido tanta suerte como Alma o Colin. El sendero, que ya era vago entonces, había quedado sepultado por los restos mortales, así que corrían a ciegas, sin saber si se acercaban o alejaban de su destino. Y el pecho empezaba a arderle, castigado por la falta de aire y el esfuerzo. Un cráneo parcialmente derretido pareció mirarlo pasar desde la derecha, sonriendo burlonamente.

A su espalda, los ruidos y los gritos se sucedían con demasiada rapidez. Estaban cayendo todos, uno tras otro.

Alfred corrió. Corrió más. Corrió durante toda una eternidad. El costado le dolía, las rodillas parecían a punto de desgarrarse, pero siguió corriendo. Roy pasó a su lado y lo superó, a pesar del peso extra de su mochila, raudo como una centella; movía los brazos como si fuese un autómata pasado de revoluciones, echando rápidos vistazos hacia atrás. La visión casi hubiera resultado hilarante de no haber sido por las circunstancias.

Después de un rato, Alfred perdió la noción del tiempo. Le parecía que había estado corriendo durante horas enteras, aunque la realidad hablase más bien de minutos. Roy, unos metros delante de él, acababa de darse la vuelta y detenerse, dando pequeños pasos hacia atrás. La boca abierta le hacía parecer un pez que busca oxígeno fuera del agua.

Pasó a su lado y el otro lo detuvo con un brazo. Alfred se frenó, aunque siguió corriendo todavía unos metros. Era la primera vez que miraba a su espalda, pero cuando lo hizo le sorprendió ver la diáfana extensión del bosque salpicada solamente por los troncos de los árboles, silenciosos e impasibles. No había rastro de la sombra, ni de nadie.

Quiso decir algo, pero de pronto un acceso de vómito lo hizo doblarse en dos. Permaneció así, apoyado en las rodillas, jadeando descontroladamente y dando grandes bocanadas.

Miró otra vez sin incorporarse. Ahora había algo que iba hacia ellos, avanzando desde la bruma. Eran dos personas, apoyadas la una en la otra.

—Dios —exclamó Roy—. Queda alguien...

—¿Qué...? —preguntó Alfred, pero no consiguió añadir nada más. Una nueva arcada le hizo agachar la cabeza. Cuando se miró las piernas, descubrió que tenía manchas por todo el pantalón, hasta la cintura. «Manchas de gente», pensó. Y vomitó de nuevo.

—Se... Se ha ido... —susurró Roy, mirando alrededor.

—¿Qué...?

—Esa cosa... Se ha ido...

Los dos supervivientes llegaron hasta ellos: un hombre joven y una mujer vestida con ropa deportiva. Alfred no los conocía, pero habían asistido a algunas sesiones con Roy.

—¿Estáis bien? —preguntó éste.

—Joder... —dijo el hombre.

Alfred consiguió incorporarse. El corazón parecía a punto de salírsele por la boca, pero la respiración empezaba a normalizarse un poco.

Ahora se daba cuenta de que estaba mareado, y le costaba mantenerse recto sin oscilar hacia los lados, pero... pero estaba allí, estaban allí...

—¿Dónde están... los demás? —preguntó de repente.

El chico se encogió de hombros.

—Había una chica que venía detrás de nosotros hace un rato, pero...

—Dios —susurró Roy.

—¿Penny? ¿Era Penny? —preguntó Alfred.

—No sé quién es Penny, lo siento —dijo el joven.

—¿Y Vondur? ¿Lo conocéis?

Ambos negaron con la cabeza.

—Vinimos con Ralph. Ralph... cayó a nuestra espalda hace un buen rato. Salió despedido contra uno de los troncos, como si...

La mujer se echó a llorar y él la abrazó.

—Dios —repitió Roy.

—Tiene que haber alguien más —dijo Alfred con esfuerzo. Tenía la boca repentinamente seca y rasposa; el regusto a vómito estaba dándole náuseas de nuevo—. Nos hemos dispersado... Tiene que haber...

Miraron inquietos en la distancia, pero no apareció nadie más.

—Es imposible —susurró Alfred.

—Oh, tío... —lloriqueó el hombre.

Roy le puso una mano en el hombro. Su expresión era tensa.

—Lo sé.

—Esa... cosa...

Roy asintió.

—Lo sé.

—Tenemos que volver a por ellos —exclamó Alfred de pronto.

—No, Al —se negó Roy, enérgico—. Ésa no es buena idea.

—¡Pero salimos corriendo en direcciones opuestas! —exclamó Alfred elevando la voz—. ¡Puede que haya alguien por el bosque todavía!

Roy se acercó a él, mirando nervioso alrededor.

—No grites, tío, ¿vale?

Alfred lo miraba como si hablara en otro idioma.

—No grites —repitió susurrando—. No es buena idea, tío. Si pudiéramos... ayudarlos, si tuviéramos una manera de hacer frente a esas cosas... ¡te diría que sí! Pero no podemos, tío. Si volvemos, nos pondremos en peligro otra vez...

—Pero...

—¿Sabes lo que tenemos que hacer? —propuso Roy—: Encontrar el dichoso agujero. Encontrar el agujero y...

—Míranos —dijo Alfred, ahora con lágrimas asomando a sus ojos claros—. Somos muy pocos, Roy. Nos han... diezmado antes de venir.

—Somos cuatro... Aún podemos intentar algo.

—Sabes que no... —exclamó Alfred—. Sabes que no.

—¿Y qué quieres hacer, entonces?

El joven, aún abrazado a la mujer con ropa deportiva, carraspeó brevemente.

—Nosotros... vamos a... buscar la salida... —dijo.

—¿En serio? —preguntó Roy.

—Sí. Esto es...

—Pero...

—Yo voy a buscar a los demás —exclamó Alfred.

Roy suspiró. Se miró las manos, impotente, y maldijo en voz baja.

—¿No os dais cuenta? —dijo—. Somos... quizá... la última esperanza del mundo... Tenemos algo que hacer, hemos venido a hacerlo, todo el mundo quería hacerlo...

El hombre joven balbuceó algo.

—Nosotros...

La mujer rompió a llorar.

—No podemos rendirnos —se apresuró a decir Roy en tono suplicante.

—Lo siento —dijo el joven—. Lo siento.

—Es este lugar... Produce... esta sensación de derrota, este desánimo... esta tristeza. ¿No lo veis? ¡Venga, tenéis que afrontarlo!

Pero no añadieron nada más. Se dieron la vuelta y empezaron a caminar, lentamente, hacia algún lugar a su izquierda, un punto intermedio entre la dirección que venían siguiendo y hacia donde se suponía que se dirigían originalmente.

Alfred, con los ojos anegados en lágrimas, miró al bosque. Era un extraño paisaje, casi mágico, con tintes sobrenaturales, como una estampa en blanco y negro. Pensó fugazmente que, en otras circunstancias, y sin la triste inmundicia que cubría el suelo, era un lugar del que hubiera disfrutado. Pero en las ramas de los árboles colgaba ropa embadurnada en baba, como si, al ser atrapados por las sombras, éstas hubieran salido volando en cualquier dirección. Con la bruma y el aspecto descolorido del lugar, parecían espectros henchidos de amargura.

—Alfred, ¿podemos por lo menos ir con ellos? —preguntó Roy en voz baja—. Si vas a buscar a los demás y nos hemos desperdigado, ¿qué más te da? Podrían estar en cualquier dirección.

Alfred pensó durante unos instantes. Luego, asintió brevemente.

—De acuerdo —asintió, y luego, con un hilo de voz, repitió—: De acuerdo.

2

El bosque era eterno, y los cadáveres vivían en él.

Habían andado durante tanto tiempo que no podían decir cuánto. Nadie se había preocupado siquiera en mirar la hora, sólo se concentraban en dar un paso tras otro, uno cada vez. Cada paso, una victoria. Cada vez que sus zapatillas se hundían en una maraña de ropa, cabello y trozos de hueso, apretaban los dientes y se esforzaban por tirar de la otra pierna, y el sonido les producía náuseas. Pero continuaban.

Y aunque hablaban poco o nada, seguían juntos, porque tampoco habían encontrado a nadie, ni habían llegado a ninguna parte. Cuando lo hacían solía ser para decirse que, en cualquier momento, saldrían de allí; que los restos terminarían alguna vez, que llegarían a un prado, o a un camino, o a una carretera, y que sería pronto. Se decían, sobre todo para sus adentros, que cada paso podía ser el último, que podían, de repente, pisar suelo firme. Y esa sensación los apremiaba.

Pero eso no ocurrió.

En lugar de ello, Roy, que iba en primer lugar, encontró que el camino descendía abruptamente justo delante de él. Levantó la vista y encontró la quebrada, con los restos de la casa Taggar a la vista.

Roy se quedó tan impresionado que no pudo articular palabra.

La casa Taggar se había convertido en un espectáculo fantástico y surrealista, una estructura negra tan maltrecha que parecía a punto de desmoronarse. Mirándola, ni siquiera se entendía que pudiera sustentarse por sí misma, entre otras cosas, porque no lo hacía. Los tablones de los laterales se habían desprendido en su mayoría, pero seguían allí, prácticamente en sus posiciones habituales, flotando ingrávidos en el aire, superpuestos unos a otros, girados en varias direcciones, creando una suerte de escudo puntiagudo. A través de los huecos que dejaban se filtraba una luz de un azul intenso, casi iridiscente, rodeada por un confuso montón de maderas y cascotes. El tejado se había venido abajo en su totalidad, sobre todo por la parte central. De allí brotaba una luminosidad inquietante que parecía alcanzar a las mismas nubes, dotándolas de un halo espectral amenazante por sus claroscuros. Alrededor flotaban tejas y trozos de ladrillo, pequeños despojos que parecían gravitar alrededor de la casa, como atrapados en una órbita.

Roy no estaba preparado para esa visión. Había oído, leído y hasta visto cosas, pero aquella deformación imposible de la misma realidad superaba cualquier cosa que hubiera podido concebir.

Se dejó caer al suelo y se quedó sentado sobre los restos húmedos que se esparcían por allí, sobre las piedras, los arbustos ralos, manchando los troncos de los árboles, cayendo en cascada por la quebrada, chorreante como un limo aborrecible.

—Dios mío —dijo Alfred a su espalda. Acababa de descubrir lo que Roy estaba mirando y estaba tan sobrecogido como impresionado. Apenas comprendía lo que veía. Ni siquiera pensó que habían llegado al agujero; su cerebro trataba simplemente de aceptar la imagen, de integrarla con lo que sabía de la realidad de las cosas. El hombre y la mujer vestida con ropa deportiva se les unieron un momento después, y los cuatro se quedaron mirando, incapaces de pronunciar palabra.

Alfred se agachó junto a Roy.

—Es... el agujero —susurró.

Roy asintió despacio.

—Tiene que serlo —dijo.

—Dios mío.

Mirando las tablas y los pequeños trozos de roca flotando por todas partes, Alfred se acordó de Alma. Allí había fuerzas en acción que escapaban ampliamente de su conocimiento o capacidades, y pensó que quizá habría sido importante que estuviera allí, a su lado, porque ella se manejaba mejor con ese tipo de sucesos. Las cosas que él sabía eran meramente teóricas, expresadas por gente que tenía sensaciones íntimas y que parecían funcionar, al menos la mayor parte de las veces; casi nunca con efectos visibles o palpables. Allí, en cambio, la realidad cimbreaba, destrozaba las leyes físicas y las desparramaba ante la vista.

Alfred miró hacia atrás y vio a la pareja, todavía cogidos de la mano. Su expresión era de auténtico terror. Estaban mentalizados para salir de allí, no para encontrarse con un espectáculo tan extravagante que hacía que les zumbaran los oídos.

Roy asintió, con los ojos brillantes.

—No creo que haga falta acercarse más —dijo—. Podemos hacerlo aquí.

—¿Hacer qué? —preguntó Alfred.

—¡El ritual de alineamiento!

—¿Cómo?

Roy iba a decir algo cuando, de pronto, algo golpeó la cabeza de Alfred. El sobresalto fue mayúsculo, y tuvo que lanzar una mano hacia atrás para apoyarse y no caer. Meter la mano en la inmundicia fue como introducirla en una fuente de flan casero cuajado de grumos.

Roy miró alrededor, sobrecogido.

—Allí —dijo el hombre joven con voz ronca.

Miraron en la dirección en la que señalaba y descubrieron una forma agazapada entre los árboles. La primera impresión fue de que se trataba de alguna monstruosidad, algún extraño guardián conjurado, quizá, para proteger el agujero; una suerte de troll abyecto. Pero no era un espectro, ni una de las sombras, ni ninguna otra criatura. Era Penny, con el pelo pegado a la cara por efecto de los restos jabonosos que los rodeaban.

Alfred sonrió.

3

Hylke había hecho aterrizar el aparato por varios motivos. En primer lugar, no podía irse sin más, las manos le temblaban demasiado como para intentar ninguna maniobra. Tampoco se sentía cómodo volando de vuelta a la base con los restos del comandante chorreando en el asiento del copiloto. Era macabro, y los despojos de carne blanda que quedaban empezaban a emitir un olor muy fuerte. El tercer motivo era la mujer que se abrazaba a su amiga en mitad de la calle.

Lo que había pasado...

Porque había pasado, ¿verdad? Casi empezaba a dudarlo. Casi. Pero había visto lo que había visto, había visto cómo la sombra se había consumido, retorciéndose como atormentada cuando había intentado engullirla. Era algo, desde luego. Era algo que merecía la pena investigar, sobre todo tras el fracaso de los cañones.

—Topo Beige —decía la radio—. Informe. ¡Adelante, Topo Beige!

Hylke respondió. Siempre se ajustaba al protocolo, pero pensó que se había ganado unos momentos.

—Control de misión —respondió—. Eh... van a tener que esperar un momento. Ha ocurrido algo importante.

—Topo Beige, ¿ha funcionado el prototipo? —inquirió la voz con visible urgencia.

—No —dijo, y cortó la comunicación.

Luego se soltó el cinturón de seguridad, se quitó el casco y se bajó del aparato, acompañado del vaivén lastimero de los últimos giros de las aspas. Los motores, en pleno proceso de apagado, producían una suerte de estertor terminal, como el sonido de una bomba al caer.

Para entonces, Pete se había sumado a Alma y a Jow y compartían un abrazo común, sonriendo satisfechos.

—Hola —dijo al acercarse—. Soy el teniente Hylke de las Fuerzas Aéreas Británicas.

Jow se volvió para encontrarse con una mano tendida. Pete fue el primero en estrecharla.

—¿Están bien? —preguntó el piloto.

—Estamos bien —respondió Alma.

Hylke se quedó momentáneamente clavado por el influjo de su mirada, pero no era la mirada en sí... era la belleza magnética y misteriosa de sus ojos, esculpidos en hielo.

—Usted... —dijo al fin—. He visto lo que ha pasado... Parecía como si...

Alma asintió.

—Se ha ido —confirmó—. Lo he disuelto, como hacen ellos con nosotros.

—Disuelto... —farfulló Hylke—. ¿Destruido?

—Destruido.

—¿Cómo ha hecho eso?

Alma suspiró.

—Es... largo de explicar, y me temo que tenemos algo de prisa.

La gente de la calle, mientras tanto, se había congregado paulatinamente alrededor. Miraban la escena como meros espectadores, curiosos, atónitos, casi sin moverse, recorridos por un murmullo apenas audible. Todos habían visto lo ocurrido y estaban conmocionados, pero Pete sabía que era cuestión de tiempo que empezaran a comportarse como el ganado asustado que era: intentarían acceder al helicóptero con la esperanza de salir de allí, y lo harían a toda costa. No dudarían en reducir a la única autoridad que había por la zona, que irónicamente era el propio piloto. Lo matarían si intentaba detenerlos. Hylke lo sabía también. Mientras hablaba mantenía la mano en la cartuchera que contenía su pistola reglamentaria, lanzando pequeñas y rápidas miradas alrededor. Estaba nervioso; sabía cómo funcionaban esas cosas.

—¿Puede llevarnos a Elvenbane? —preguntó Alma de pronto—. Es importante, créame. Mucho.

—¿Cómo? ¿Elvenbane?

Jow acababa de comprender.

—Elvenbane —dijo—. Tiene que llevarnos. Hay cosas que están pasando allí...

—Sé lo de Elvenbane —afirmo Hylke—. Pero precisamente por eso no puedo llevarla allí. Puedo llevarlos a la base... Allí los escucharán y los ayudarán...

—No hay tiempo —dijo Alma—. Tiene que ser Elvenbane, y tiene que ser rápido. En su aparato.

—¿Cuántas veces ha visto esto? —preguntó Jow.

—¿El qué?

—Vencer a uno de esos monstruos —dijo Jow—. ¿Cuántas veces lo ha visto?

Hylke suspiró.

—Ninguna —respondió.

—En ninguna parte, ¿verdad?

—No... Pero...

—Entonces háganos caso. Esta mujer sabe cómo vencerlos. Tiene un plan, ¿comprende? Llévenos a Elvenbane, por favor. ¡Llévenos! El tiempo corre en nuestra contra.

—¡Tengo órdenes! ¡No puedo ir a Elvenbane! —exclamó Hylke.

—Déjelo —dijo Jow, dándose la vuelta—. Iremos por nuestro propio pie.

Pete levantó una ceja.

—Señorita —exclamó Hylke, enérgico—, le recuerdo que el Reino Unido está ahora mismo bajo ley marcial, y como oficial...

—¿Va a dispararme? —lo desafió Jow, volviendo la cabeza de nuevo para encararse a él—. ¿Va a disparar a esta señora que acaba de salvarle la vida a usted y a todos los demás? ¿A la única persona que puede detener todo esto?

Hylke apretó los dientes.

Le parecía que los curiosos estaban ahora más cerca, mucho más cerca; era cuestión de segundos que alguno saltara a la cabina para tratar de asegurarse un sitio en el aparato. Si uno solo daba un paso, si alguien se adelantaba aunque fuera sutilmente, con un paso tímido, apenas un amago de intento... los demás lo seguirían. Siempre era así.

Consideró entonces sus opciones, pero ni le hizo falta pensar mucho ni podía tampoco permitírselo.

—Está bien —exclamó al fin—. Los llevaré a Elvenbane. Pero si salimos con vida de allí... por Dios que vendrán conmigo a la base, ¿de acuerdo?

—De acuerdo —aceptó Alma con rapidez mientras miraba a Jow de reojo. Parecía a punto de morder a alguien.

Hylke le ofreció la mano a Alma y ésta se la estrechó con un gesto firme. El teniente asintió con un enérgico movimiento de cabeza.

—Suban al compartimento de carga —dijo—. El asiento del copiloto está algo sucio.

4

Alfred abrazó a Penny, a pesar de la porquería que la cubría.

—Creí que estaba sola —exclamó sollozando.

—No... Estamos nosotros —dijo Roy—. ¿Cómo has llegado aquí?

—No lo sé. Por azar.

—¿Qué te ha pasado, cielo? —preguntó Alfred, levantando una mano para retirarle la porquería de la cara. Penny se apartó con un gesto brusco.

—¡No lo toques! —exclamó con un arranque de histerismo.

—Está bien... —dijo Alfred despacio—. Sólo quería...

—Esta cosa... me salvó, creo. Me caí y... quedé llena de esto... Entonces la sombra que me perseguía me pasó por encima. Sentí algo... como un desvanecimiento... Me vi desde fuera, ¿sabéis?, me vi allí tendida... mirándome... recubierta de... Y luego era yo otra vez, y la sombra continuó su camino. Creo que perseguía a Vondur. No pude... seguir mirando.

—Vondur —exclamó Alfred con un nudo en el pecho.

—Sí —sollozó Penny.

—Por favor —dijo Roy, nervioso—. Por favor, bajad la voz.

Alfred atrajo a Penny hacia sí y volvió a abrazarla, y permanecieron así durante unos instantes, meciéndose mientras la casa Taggar zumbaba y crujía al otro lado de la quebrada.

—Luego... —dijo Penny al fin—... luego me incorporé, y ya no había nadie. Así que eché a andar. Quería alejarme, llegar a alguna parte, y me encontré aquí.

—A nosotros nos pasó lo mismo —dijo Alfred.

—Es posible que otros aparezcan —apuntó Roy.

—Es posible —confirmó Alfred.

—También es posible que no —dijo el hombre joven—. A lo mejor deberíamos irnos... ahora que... Ahora que todavía no nos han visto.

Pero justo cuando la mujer iba a decir algo, Roy lanzó una exclamación con el dedo extendido hacia el bosque. Cuando miraron en aquella dirección, tres figuras más, caminando vencidas entre los árboles, se acercaban a ellos.

La Comunidad del Agujero se había separado, pero aún no estaba del todo vencida.

5

—Cuéntame —dijo Jow con suavidad—. ¿Cómo lo conseguiste?

Alma estaba mirando a través del cristal de la ventanilla a la ciudad que evolucionaba debajo de ellos. Había incendios y humo, mucho, muchísimo humo; había coches siniestrados en las calles, y aunque algunas de las avenidas aparecían despobladas y estériles, en otras una turbamulta de gente avanzaba como un río, intentando salir del infierno. El cuarto piso de uno de los bloques de edificios estalló ante su vista, proyectando una burbuja de fuego de un amarillo intenso hacia la calle.

Alma asintió con la cabeza.

—La pista me la dio la niña —susurró.

Jow la miró, confundida.

—La niña finlandesa que se salvó —explicó Alma.

—Sí —respondió Jow al fin.

—Los Descarnados se alimentan de vacío. Son vacío. Ausencia. Son... ella lo llamó pena... «Están llenos de pena», dijo. La pena, al igual que el dolor, son emociones que nos ayudan a vaciar, como un mecanismo que elimina las cosas que no nos dejan avanzar. El vacío desde el Yo es un estado puro, lleno de paz. El vacío desde la carencia es un agujero negro que absorbe todo lo que lo rodea. Ese vacío y la pena son lo contrario al amor. Supongo que debió de ser su interpretación al mirarlos de frente, ver todo ese vacío, esa nada.

Miró otra vez hacia la ventana y se dejó llevar por un escalofrío.

—Ay, cariño —añadió de pronto—. El amor... Hay tantas palabras, frases y filosofías sobre él... Se nos llena la boca de amor. Los románticos escriben sobre él, la gente cree que lo siente, furioso, desbocado, pasional... Pero el amor del que hablan no es amor: ese pseudoamor encierra un monstruo que nos devora: el ego. El amor sólo es, no encierra nada. La mayoría de la gente no siente amor, sino necesidad de llenar una carencia. Eso es apego. No aman... sólo... quieren que se les quiera. Le ponen condiciones, exigen... Sólo enfrentándote a ese monstruo puedes saber qué es el Amor. Y te das cuenta de que sólo con Amor podemos comprender el Todo. Todo lo que nos sucede, todo lo que vivimos, hacia dónde vamos y de dónde venimos. Sólo con amor es posible comprender —repitió.

Jow asintió despacio.

—Creo que te sigo, pero...

—Lo sé —exclamó Alma con tristeza—. Ése es el problema, y el motivo por el que... nos está pasando esto, me parece. Creo que empiezo a comprenderlo ahora mientras hablo... Yo sabía... intuía que como humanidad estábamos llegando a un cenit, un hito, una especie de despertar espiritual. Pero no comprendía que se trataba, en realidad, de una prueba, una dura y terrible evaluación.

—Lo recuerdo —intervino Pete—. Lo mencionaste en nuestra entrevista... Hace... hace tanto de eso...

—Espera —dijo Jow—. ¿Una prueba... para el hombre?

—Como el diluvio universal, si quieres. Eso creo. Ignoro cuánto de la historia del diluvio es realmente cierta, porque de hecho se encontraron restos de un arca como la que se describe en los textos bíblicos en lo alto del monte Ararat, pero... Pero no importa. Es un ejemplo, ¿vale?

—Vale —asintió Jow, confusa.

—Esto ha sido... está siendo una prueba. Sí. Oh, nos hemos... desviado tanto, equivocado tanto...

—Entonces... ¿es una prueba de... alguien, de esa entidad superior de la que hablas, de Dios o como quieras llamarlo?

Alma se encogió de hombros.

—No sé si directamente de él. No lo creo. Hay un libre albedrío, sí... pero... ¿Sabes lo primero que oyes cuando pasas al otro lado? Está en varias experiencias personales, como las del doctor Eben Alexander.

Jow negó con la cabeza.

—«Nada de lo que hagas puede estar mal» —dijo Alma.

—Entonces...

—Entonces... Sí, sé lo que parece, pero es posible que haya puntos de inflexión. Exámenes puntuales, como éste. Puedes adornarlo como quieras. Puedes pensar en las trompetas del Juicio Final, si eso te gusta. Pero es lo que es: un examen. Un examen de fin de carrera.

Jow asentía, aún algo perdida pero empezando a comprender, y la comprensión de todo ello empezaba a arrancarle un dolor terrible en el estómago. Las lágrimas brotaron de sus ojos.

—Una prueba para la humanidad —susurró—. Pero... eso es terrible. ¿Y hemos fracasado? ¿Nadie... siente amor? No lo creo, Alma... Me niego a creer eso.

—Sentir amor no es fácil —exclamó Alma despacio—. No lo es. Sentir amor por todo lo que te ha sucedido y te sucede es el trabajo más difícil que existe. Amor por las cosas buenas y las malas, comprender que... no hay cosas malas, en realidad. Todo tiene un mensaje, un aprendizaje, un motivo. Dar gracias con lágrimas en los ojos por las miserias que nos atribulan no es nada sencillo. Ahora mismo lloras..., pero examina tus lágrimas. No hay amor en ellas. Hay miedo, hay frustración, hay rabia. La aceptación es el primer paso para aprender cómo amarlo todo, empezando por nosotros mismos. Empezando por ese monstruo. Por todo lo que nos ha ayudado a ser como somos. A llegar donde estamos.

—Jesús —soltó Pete, moviéndose incómodo en su asiento.

—Sólo se puede vivir con amor —continuó diciendo Alma—. Sin restricciones, real, sin juicios, sin juzgar o señalar a nadie. Sólo con amor... se puede vivir... libre.

—Sin juzgar a nadie... —susurró Jow—. Alma... no creo que... Creo que ahora comprendo por qué... hemos fracasado.

Alma no dijo nada más. Se quedó callada, como ensimismada, mirándose los guantes cubiertos de suciedad.

—Pero tú lo hiciste... —exclamó Jow entonces.

—Lo hice casi sin querer. Comprendí todo eso, agradecí todos los momentos difíciles de mi vida y lo compartí con el Descarnado para que lo entendiera. Naturalmente, no pudo.

Pete lanzó un sonoro silbido.

—No creo que yo pueda sentir todo eso —respondió Jow con un velo de tristeza en la voz.

Alma soltó un largo suspiro.

—Creo, cariño, que tal vez tú puedas. Eres muy... hermosa. Más de lo que crees. Pero no estoy tan segura de que haya muchas personas que lo consigan. Siempre ha estado mal. Siempre. Piensa que educamos a los niños para pensar y sentir de una manera... equivocada. ¿Quién piensa en la reflexión de uno mismo y del entorno? Nadie. El eslogan del colegio que hay cerca de mi casa, colocado en una enorme valla publicitaria, es: SÉ EL MEJOR. ¿No te parece terrible?

Jow no respondió, pero comprendía lo que quería decir.

—Los niños crecen y transmiten, a su vez, esa forma de entender las cosas. Llevamos siglos haciéndolo. Competitividad, competitividad, integrarse en un sistema que premia abarrotar nuestras vidas de cosas superfluas, nimiedades que sólo servirán para justificar nuestra existencia vacua y empobrecida. La sociedad te dicta que tienes que ser especial. Ser el mejor. Ser alguien que destaque. ESPECIAL. No existe tal cosa. Somos únicos, pero no especiales, porque todos somos lo mismo. De ese conflicto surge una oscuridad, una nebulosa casi paranoica donde el ser humano que tienes al lado es un enemigo, su vida es despreciable, y todo lo que hagas en tu vida tendrá como base el ego, que cuando se ignora no es más que tu falsa esencialidad.

Jow y Pete escuchaban atónitos. Jow recordó a aquel abuelo en la cafetería donde, a veces, desayunaba. ¿No había sido el primero en entender el problema? ¿Cómo no había sido capaz de acordarse de él hasta ese momento?

Alma fijó la mirada en ellos durante unos instantes.

—Lo sé —exclamó al fin—. Piensa en el frío que venimos padeciendo desde hace meses. No era de ellos. Era nuestro... ¡Nuestro! Generado por el individualismo extremo, la necedad, la hipocresía, los subvalores sociales y el desprecio al prójimo. ¿Quién escuchaba a los que hablaban de esto? Nadie. Le poníamos etiquetas risibles. Zen. New-Age. Patrañas. Místicos. Tonterías. Todos nos reíamos.

Pete se cubrió la boca con la mano.

Jow pensaba otra vez en el abuelo del bar. Lo que decía Alma era cierto: sólo les había parecido un pobre loco, un hombre extraño al que todo el mundo olvidó casi en el acto, alguien que había soltado cuatro tonterías mientras los hombres de verdad, los hombres de provecho, hablaban por sus móviles carísimos para hacer negocios y ganar dinero. Ella misma se había olvidado completamente de él, y reconocer eso la hizo sentirse mal.

—Nos reíamos... —estaba diciendo Alma, cabizbaja.

—¿Y toda la gente que se quiere? —preguntó Pete—. ¿No hay nadie en el mundo que...?

—¿De qué vale el amor de dos seres vacíos? —lo interrumpió Alma—. Dime. ¿De qué? Será un amor perverso, casi mórbido, donde cada uno será víctima y victimario a la vez. Si nada de esto hubiera ocurrido y trataras de explicárselo, ¿qué crees que pasaría?: defenderían a capa y espada su manera de interpretar su amor, porque finalmente el hábito dominará sus vidas, lo que piensan, lo que sienten y lo que hacen. Aman cada momento de sus vidas grises, aman sus oscuridades, aman su pobreza interior, y no se atreven a enfrentarse a ninguna otra verdad, porque enfrentarse a la realidad cuesta mucho trabajo y dolor, sobre todo si te has construido una realidad propia donde sus carencias son alimentadas con premios y objetos materiales.

Alma suspiró.

—Suspendidos —añadió al fin—. Todos suspendidos.

—¿Y entonces? —preguntó Pete con amargura—. ¿Ya está? ¿Fin?

Alma se volvió para mirar por la ventana. Abajo, el mundo parecía abocado a esa palabra que Pete había pronunciado: el Fin. La palabra retumbó en su mente durante unos instantes: Fin, Fin, Fin, pero no contestó. No dijo nada porque no podía, porque no tenía ni idea de lo que pasaría a continuación. Ir a Elvenbane parecía el siguiente paso, enfrentarse al origen, a la fuente del mal, pero... ¿tendría fuerzas suficientes? Ni siquiera sabía qué esperar, qué tipo de... magnitud insoportable podía afrontar cuando llegaran. Había dudado con aquella única sombra y casi consigue perderse en sus miedos e inseguridades. De no haber sido por la inesperada ayuda de Jow, emitiendo su amor por ella en el último momento y ofreciéndole un pequeño punto de apoyo, la habría devorado. Funcionó, pero... ¿y si se enfrentaba a dos, a cinco, a diez mil? ¿Sumarían sus fuerzas en una especie de combate íntimo y psíquico entre el bien y el mal?

No dijo nada, y ni Pete ni Jow aportaron más a la conversación, cada uno sumido en sus propios pensamientos. Estaban apesadumbrados, rendidos y desesperanzados.

El helicóptero dejó la ciudad y cruzó océanos de campiña inglesa salpicada de pequeñas granjas, carreteras y edificios veteados por el aspecto vetusto y descolorido de la miseria sin color que dejaba, a su paso, la Marea Negra. Parecían haber pasado por todas partes en su camino hacia Leeds.

El tiempo pasó deprisa, sin ser advertido. Ninguno de los tres pensaba ya en nada, acunados por el arrullo del motor. Alma cerró los ojos un instante. De repente se sentía cansada, muy cansada. Terriblemente cansada. Se dijo que, cuando pasara todo, dormiría durante semanas. Luego se preguntó si pasaría todo alguna vez, y por último se convenció de que las cosas, de una forma o de otra, estaban a punto de acabar. Para entonces se hundía ya en los lindes de la vigilia.

Estaba a punto de quedarse dormida cuando, de pronto, el altavoz interno crepitó brevemente. La voz de Hylke irrumpió en la cabina.

—¡Algo va mal! —dijo.

XVIII

Cambio de planes

1

Si existía una entidad superior como Alma sostenía, un Dios, una Fuente, un... Creador de todas las cosas... y si esa Fuente era amor en esencia, en esos momentos debía de estar sufriendo por sus hijos como nunca lo había hecho: el planeta entero era un desgarrador grito de dolor, un llanto desconsolado, un océano de desesperanza, y también un furibundo y colérico alarido de furia y rabia.

El caos crecía por todas partes, atendiendo una progresión geométrica. Elvenbane había sido el origen, pero por todo el mundo, decenas de miles de personas habían dibujado el símbolo maestro que abría los portales y permitido la entrada de las sombras, que deambulaban no sólo absorbiendo almas, sino sembrando desánimo, tristeza y desesperanza. Esa tristeza provocaba, sobre todo, suicidios, pero también actos de inenarrable maldad, como si la gente, al perder la esperanza, se abandonara a sus más profundos y animales estadios de comportamiento.

La mayor parte de las estructuras de emergencia, defensa y respuesta civil se estaban desmantelando, bien por haber sido diezmadas por las sombras, bien porque se habían dispersado o destruido entre sí. La frustración era enorme. Ni los cañones ni las balas ni los muros ni los productos químicos o los gases hacían nada por impedir el avance. Nadie tenía ni la más remota idea de a qué se enfrentaban, y muy pocos de los que sí podían hacer algo, no habían hecho ningún caso a la nota de prensa que Alma y el resto habían redactado.

A esas alturas, internet era apenas un vestigio lento y ruinoso. La mayoría de los nodos principales por los que circulaba su caudal de datos se habían quedado sin operarios, o en el mejor de los casos, sin electricidad. En uno de los centros de procesamiento de datos más importantes del mundo, construido en el desierto de Utah, una empleada llamada Patricia (que llevaba el pelo teñido de un tono amarillo similar al de un pollito) había fabricado una bomba de gas letal usando ácido clorhídrico y luego se había ahorcado usando una maraña de cables.

En las calles, por todas partes, la gente asesinaba por un poco de combustible. Por una mochila. Por un gesto. Porque sí. Y junto a los cuerpos de aquellos que eran asesinados caían los suicidas desde las azoteas, los balcones y las ventanas, incapaces de soportar el desgarro profundo que aquella tristeza honda e insoportable había provocado en sus corazones ya martirizados por sus particulares heridas. Otros caían porque eran empujados, a veces por familiares, por sus esposos o esposas, por sus hijos, por alguien que, simplemente, lo tenía a mano. Y esas cosas pasaban por todas partes en casi todo el mundo, continuamente, sin pausa. Miles de eventos por minuto, simultáneos.

Cada minuto. Miles de muertes. De actos atroces.

En un solo minuto.

En un minuto cualquiera sucedían todas estas cosas: un piloto de la Fuerza Aérea de Estados Unidos, en plena misión de reconocimiento aéreo, decidió soltar los mandos de su aparato. Tenía que cubrir el área arrasada y avejentada que la Marea Negra había dejado a su paso para hacer unas mediciones, pero apenas llegó hasta ella, el desánimo lo tumbó como si un boxeador le hubiera dado un derechazo en la mandíbula. De pronto, no quiso continuar. Con nada. Se quedó mirando el cielo azul tras el cristal de la cabina en la que había pasado más de doscientas horas. El aparato descendió con suavidad virando ligeramente hacia la derecha, y colisionó estrepitosamente contra la segunda planta de un bloque de viviendas. El impacto fue terrible y provocó una flagrante explosión que barrió la calle en sentido horizontal durante unos segundos, haciendo estallar casi un centenar de cristales y provocando catorce muertos.

En ese mismo minuto, un policía de treinta y tres años llamado Ulrich Wesler, en la población alemana de Unterschneidheim, descendió de su vehículo en plena calle, sacó su pistola reglamentaria, y empezó a disparar contra la gente sin importarle su sexo, edad o condición. Mató a Tobias Brandt, que en otras circunstancias, quince años más tarde, habría tenido un hijo que hubiera sido decisivo para desarrollar una vacuna para el VIH.

En ese mismo minuto, el australiano Hudson Robe decidía vaciar un bidón de combustible sobre su cuerpo y prenderse fuego. Lo hizo en el almacén de productos químicos donde trabajaba, algunos altamente inflamables y explosivos, la mayoría letales. Provocó un incendio monumental y una nube de vapores tóxicos que asfixió al ochenta y tres por ciento de las poblaciones vecinas. Sesenta y tres mil muertos.

En ese mismo minuto, en la República Checa, la niña de doce años Marie Pávková clavaba un cuchillo en el pecho de su madre, Hanušová Pávková, mientras dormitaba en el sofá de su casa, agotada de llorar por lo que veía en las noticias. La idea no había sido suya, se lo habían dicho sus «amigos de la tabla». La madre no murió inmediatamente. Se despertó con un grito ronco y desgarrador atrapado en la garganta, y sin incorporarse levantó la cabeza para descubrir con ojos despavoridos el mango de madera que asomaba entre sus senos. Luego, el dolor le hizo dar varias vueltas por todo el salón, derribando el viejo televisor de tubo, el jarrón amarillo con las flores de plástico, y la silla de mimbre de la abuela, mientras la baba caía de su boca entreabierta y la sangre dejaba un reguero carmesí en el suelo de azulejos blancos.

En ese mismo minuto, Furio Bianchi asfixiaba a sus nietos en la cama utilizando sus manos arrugadas y curtidas de labrador, sin sentir nada mientras lo hacía. Unas semanas antes había cuidado amorosamente a un cachorro de gato para salvarle la vida, dedicándole la mayor parte del día.

En ese mismo minuto, Pete Fleischer violaba brutalmente a Mette Andersen, que acababa de cumplir veinte años. La idea de hacerlo le vino cuando descubrió que todo se iba al carajo, así que la esperó en el rellano y la arrastró al cuarto de los contadores. No fue difícil porque Mette era pequeña y liviana. Fleischer era impotente y no había practicado sexo desde hacía catorce años, pero disfrutó introduciendo su propia mano hasta que el olor a sangre lo hizo marearse.

En ese mismo minuto, uno solo de los Descarnados cruzaba horizontalmente el monumental centro comercial de Les Quatre Temps, en La Défense, París. Nadie tuvo realmente tiempo de darse cuenta, pero lo hizo atravesando los escaparates de las tiendas, las poderosas columnas de sujeción, los tabiques, ascensores, expositores, todo. Lo hizo a una velocidad imposible, como si saltara de un lugar a otro, dejando un reguero de cadáveres que caían al suelo como maniquíes de aspecto varicoso, la piel trocada en azul ceniciento. La mayoría de la gente ya sabía lo que significaba por las noticias, y el pánico fue aún peor. Después de dar varias pasadas, el espectro cruzó las dieciséis salas del cine UGC provocando más de un millar de muertos en apenas ocho segundos.

En ese mismo minuto, Larry Baker...

En ese mismo minuto, Yesim Efimov, Cao Nguyen...

En un solo minuto. Por todas partes.

2

La Comunidad del Agujero, contra todo pronóstico, estaba ahora compuesta de ocho personas. Penny, que pensaba alocadamente que los restos humanos que la cubrían podrían protegerla, Alfred, Roy, el joven y su compañera vestida con ropa deportiva, y los tres integrantes que habían aparecido en el último momento. Estaban tan asustados, perdidos y desorientados como el que más. En aquel momento contemplaban la demencial estructura que era la casa Taggar.

—Somos ocho —dijo Roy—. Creo que podemos intentarlo.

Alfred asintió. Habían llegado hasta allí y en número suficiente; aunque la anomalía que tenían delante era bastante más vasta que los desequilibrios con los que había trabajado hasta el momento, las cosas se habían desarrollado de tal manera que parecía, finalmente, plausible el intentarlo. De todas maneras, se dijo, habían ido hasta allí para eso.

—Muy bien —exclamó Roy, sacándose la mochila de la espalda—. Hemos... Bueno, Susan no está..., pero no creo que haya que usar radiestesia para saber que estamos encima de la Línea. Por lo que hemos vivido, apuesto a que se extiende en esa dirección a través del bosque.

Abrió la mochila y empezó a extraer una serie de minerales de distintos tamaños.

—¿Qué traes? —preguntó la mujer vestida con ropa deportiva—. Oh, cuarzos.

—Cuarzo —asintió Roy—. Cuarzo rosa, cuarzo transparente, que es una piedra de poder, y sobre todo, el cristal de los ángeles, el cuarzo Elestial, que puede cambiar la energía en varios kilómetros.

—Cuarzo Elestial —susurró la mujer—. Es precioso.

—Piedras espirituales —susurró Penny—. No sabía que esas cosas... funcionasen.

—Funcionan —afirmó Roy—. Las usaremos para lavar la energía que se ha instalado aquí. Los lavé en casa, por cierto, y debería hacerlo otra vez, pero... no creo que tengamos tiempo.

De pronto, al sacar una de las piedras, su expresión cambió.

—¿Qué ocurre? —preguntó Alfred.

Roy levantó la mano para mostrarle una roca con cristales oscuros facetados que a Alfred le recordó la superficie de Kripton, el planeta natal de Superman.

—El cuarzo transparente —dijo—. Se ha contaminado...

—¿Contaminado?

—¡Sí, sí! Mira. Está opaco. Oscurecido. Nunca había visto una transformación así en tan poco tiempo...

—¿Cómo se ha contaminado?

—¡A través de la mochila, mientras caminábamos por el bosque! Es una puta infección de mierda, te lo aseguro...

—¿Y qué significa que estén contaminadas? —preguntó Penny.

—No podemos usarlas. Tendríamos que purificarlas y no...

Negó con la cabeza y desechó la piedra dejándola caer entre los restos espeluznantes que cubrían el suelo.

—No importa —dijo—. Tendremos que hacerlo sin ellas.

Roy empezó a distribuir las otras piedras entre el grupo. Cuando sacaba cuarzo contaminado, lo tiraba a un lado con una expresión afligida en el rostro.

—¿Tendremos suficientes? —preguntó Penny.

—No merece la pena ni pensarlo —respondió Roy—. Lo haremos con lo que tenemos.

Cuando la mochila estuvo vacía, Roy miró alrededor y contó las piedras. Había trece en total. Daba para dos hileras de seis, al menos. No era en absoluto lo que tenía pensado, pero podría ser suficiente.

—De acuerdo —dijo, incorporándose—. Como primer paso, vamos a distribuir las piedras en dos hileras a lo largo de esta línea, en dirección al bosque. ¿De acuerdo? Deberíamos colocarlas en el suelo...

Alfred frunció el ceño.

—¿Encima de...?

Roy pensó unos instantes y negó con la cabeza.

—No. Vamos a tener que... retirar eso un poco. Las piedras deben estar en contacto directo con el suelo...

—Oh, Dios —exclamó la mujer.

—Dios santo —murmuró uno de los hombres—. ¿Cómo vamos a hacer eso?

Roy le dirigió una mirada dura.

—¡Acabamos de perder a un montón de gente! —bramó de pronto, con las venas del cuello hinchadas—. El mundo entero está bien jodido, ¿sabes?... Así que... vamos a retirar esta mierda con la puta mano, ¡coño!, con los dientes si hace falta. Si tenemos que tragarnos esa papilla para sacarla de ahí... ¡joder... eso es lo que vamos a hacer!

3

Habían terminado de colocar las piedras y se encontraban de pie, sucios y sudorosos a pesar del frío interno, formando una especie de hilera junto a las piedras. Eran ocho, así que se habían distribuido formando parejas enfrentadas, cuatro a cada lado. En sus rostros había miedo, incertidumbre, y una buena dosis de cansancio. Roy estaba a punto de explicar cuál era el siguiente paso cuando, de pronto, un inesperado temblor de tierra los lanzó al suelo sin que tuvieran tiempo para reaccionar. Penny cayó sobre Alfred dando un pequeño grito.

La brutal sacudida duró unos segundos, seguida de un temblor persistente que se prolongó un largo rato. Sus efectos empezaron a sentirse enseguida. El bosque empezó a lamentarse con sonoros quejidos a medida que algunos árboles perdían agarre y se venían abajo, en ocasiones produciendo un efecto en cadena. La tierra se agrietó formando pequeños canales estriados por donde la densa pasta de muerte empezó a filtrarse burbujeando con un sonido que recordaba a un sumidero atascado.

En la quebrada, muchas rocas (algunas de gran tamaño) se desprendieron y rodaron hacia abajo levantando una nube de polvo y tierra. El pico de rocas por el que Colin ascendiera no hacía demasiado tiempo, se vino abajo con un estrépito amenazador. La casa Taggar, sin embargo, permaneció impasible a medida que el suelo se sacudía y cambiaba de inclinación bajo ella, como si gravitara en el aire. El terreno se estremecía como una atracción de feria.

Nadie decía nada, estaban demasiado ocupados mirando alrededor, asustados, más pendientes de los árboles que de ninguna otra cosa. Estaban cayendo por todas partes produciendo un estrépito que iba *in crescendo*. Alfred, aún tendido en el suelo, abrazó a Penny y le protegió la cabeza con su brazo.

Un crujido desgarrador les llegó desde la casa Taggar. Algunos volvieron la cabeza atraídos por el ruido, pensando, quizá, que se venía abajo; pero las tablas seguían flotando en el aire y la estructura se mantenía intacta. Era el suelo el que parecía desgarrarse, desparramándose hacia la quebrada, como la tierra que es sacudida en un tamiz. Las viejas raíces muertas afloraban, las rocas salían despedidas al chocar unas contra otras, y la polvareda iba en aumento.

Roy estaba intentando incorporarse cuando, de pronto, el suelo descendió casi medio metro bajo sus pies, como si estuviera subido en un montacargas. Cayó levantando los brazos mientras su boca componía una O perfecta, la viva imagen de la sorpresa. Levantó la vista y se encontró con Alfred, que lo miraba con asombro y una expresión de vértigo esculpida en el rostro. Ninguno dijo nada, pero Alfred se separó de Penny y se lanzó hacia él, tumbándose en el suelo con el brazo extendido. Roy lo cogió de la mano. El suelo volvió a ceder, haciéndole descender, esta vez unos quince centímetros. El corazón se aceleró en su pecho. Era como si la tierra se filtrara por un agujero bajo sus pies, escurriéndose entre sus piernas a una velocidad de vértigo. Roy pensó en pozos insondables y en abismos que serpenteaban hacia las profundidades de la tierra, pensó en asfixia y en oscuridad, pensó en el crujir de huesos y los golpes mientras caía. Azuzado por el terror generado por esas visiones, se agarró al brazo de Alfred para, con un pequeño salto, escapar de aquella depresión.

Se miraron por unos instantes, Roy respirando como si tuviera un fuelle instalado en el pecho, mientras a su alrededor el bosque crujía y se desgarraba. Roy se volvió a tiempo para ver cómo el terreno, finalmente, se separaba como una lámina de caramelo, como si alguien hubiera eliminado, en alguna parte, un muro de contención. Caía, como todo lo demás, hacia la cañada, monte abajo, formando un amasijo de rocas y tierra contaminada de pringue. Las raíces de los árboles, atrapadas en grandes bloques de tierra húmeda, empezaron a quedar al descubierto; los grandes troncos se mecían, débiles como los dientes de leche de un infante.

Roy se impulsó con las piernas para alejarse del borde, preso de una histeria creciente.

Alfred fue el primero en avisar.

—¡ATRÁS, SE VIENE ABAJO!

4

Pete, Jow y Alma se estiraron en sus asientos, tan expectantes como atemorizados. «Algo va mal», había dicho el piloto. ¿Qué más podía ir mal? Ninguno sabía cómo comunicarse con la cabina, así que esperaron a que ampliara la información. Ésta llegó enseguida.

—Miren a su derecha —dijo Hylke—. Hay un montón de actividad sísmica ahí abajo.

Pete y Jow se movieron para mirar por la ventana del panel lateral, más cerca de donde estaba Alma. La visión que obtuvieron fue la de un bosque que se extendía hasta donde alcanzaba la vista, pero parecía vivo, en movimiento, como si los árboles estuvieran asentados sobre una sábana que se moviera por acción del viento. Suaves ondulaciones sacudían su superficie de un lado a otro, como las ondas en un lago quedo. El aire estaba lleno de polvo y tierra en suspensión. Estaban mirando la escena como hipnotizados cuando una sección del bosque se colapsó y se hundió en un solo instante. Los árboles caían por todas partes, quedándose prendidos unos en otros.

—Dios mío —exclamó Pete—. ¿Dónde estamos?

Hylke no respondió. Pete chasqueó la lengua al recordar que, con seguridad, no podía oírlo. No tardó demasiado en descubrir un pequeño comunicador colgado en la pared.

Pulsó el botón.

—¿Hylke? —preguntó.

—Sí. Le escucho.

—¿Qué pasa ahí abajo?

—¿No lo ve? —exclamó Hylke—. ¡Es un terremoto, y uno grande!

—¿Dónde estamos?

—Ése es el bosque de Tir Nanog, al este de Elvenbane. El pueblo está justo ahí delante, pero no voy a poder aterrizar ahí. Con esta intensidad sísmica sospecho que el pueblo debe de estar hecho unos zorros... Voy a sobrevolarlo para que puedan verlo.

—No nos interesa el pueblo, Hylke —se apresuró a decir Alma al comunicador—. Tiene que buscar una quebrada.

—Hay una quebrada que cruza el bosque de norte a sureste —informó Hylke—. ¿Quiere que la sobrevuele?

—Sí, querido, por favor.

El helicóptero viró con elegante suavidad hacia un lado, y por un instante perdieron de vista el bosque. En su lugar, el cielo cuajado de nubarrones grises les ofreció un pequeño espectáculo tan estremecedor como ominoso. Pequeñas estrías luminosas indicaba que allí detrás, en alguna parte, el sol seguía brillando, y Alma se dejó conmover por el sutil pero certero mensaje de esperanza que esa visión ofrecía. Luego, el aparato volvió a girar y tuvieron, otra vez, una visión de Tir Nanog, sacudido por el terremoto. Resultaba un espectáculo tan hipnótico como funesto, con zonas enteras devastadas en su práctica totalidad, irguiéndose entre las masas de árboles. Parecían costras grises y enfermizas. En ellas, uno o dos árboles se empeñaban en permanecer erguidos, todavía victoriosos, apuntando hacia el cielo con una persistencia sobrenatural.

—Estoy acercándome desde el lateral para que puedan ver la quebrada.

Todos miraban por la ventana lateral, pero Alma y Jow ponían especial interés en reconocer el lugar que habían visitado hacía algún tiempo.

Fue Hylke quien lo vio primero.

—Dios mío —exclamó por la radio—. Creo que estoy viendo lo que buscan. Seguro.

—¿Qué ha visto? —preguntó Alma. Luego recordó que tenía que apretar el botón y repitió—: ¿Qué ha visto, Hylke?

—A su derecha, en unos segundos.

Miraron hacia allí.

Era como un resplandor de un azul eléctrico que destacaba en mitad del espacio grisáceo, conformando una suerte de esfera. No se habían dado cuenta de la ausencia de color que afectaba al bosque, sobre todo porque el día estaba gris y ceniciento; pero la intensidad de la luz azulada era tan intensa que parecía teñir hasta las nubes. En el interior del resplandor había algo, una luz aún más poderosa que salía de una estructura de un negro ominoso. Jow no tardó en reconocerla: era la casa Taggar, desde luego, pero parecía como si ésta hubiera explotado y se hubiese congelado el tiempo en mitad del momento, con todas las tablas que conformaban la fachada y un sinfín de rocas y desechos flotando alrededor sin terminar de salir despedidos. La visión resultaba extraña.

—El agujero —susurró Alma, y casi en el acto, un desánimo frío y espantoso le atenazó el corazón.

5

La Comunidad del Agujero corría por el bosque, tratando de alejarse del barranco. El suelo se derrumbaba en grandes secciones, como arrastrado por un río tumultuoso. Los árboles se desarraigaban y caían produciendo un enorme estrépito. Corrieron tanto que no tardaron en encontrarse con un claro lleno de troncos caídos, las ramas quebradas y partidas en direcciones contrapuestas, el suelo cubierto de hojarasca. Avanzar por allí era complicado, pero al menos no tenían que temer ser aplastados por la caída de un árbol.

Ahora lo único que les preocupaba era que el suelo no se abriera bajo sus pies.

Alfred se detuvo el primero, fatigado y dolorido. Se miró los pantalones y los tenía llenos de cortes que debía de haberse hecho, sin darse cuenta, en algún momento. La tierra aún se sacudía, pero comparado con cómo se había movido unos instantes antes, parecía una pista de baile.

—¡Por Dios! —gritó Roy—. ¿Es que no nos van a dar tregua?

—Podría ser peor —exclamó Penny, con las piernas ligeramente separadas para ayudarse a mantener el equilibrio.

—¡¿Cómo?! —preguntó Roy, visiblemente excitado y furioso—. ¿Cómo podría ser peor?

En ese momento, un zumbido perturbador e inquietante, similar al de una nube de insectos, empezó a llenar el aire a su alrededor. Poco a poco, el zumbido fue creciendo en intensidad hasta parecer una invasión de langostas. Muy pronto se volvió tan insoportable que terminaron llevándose las manos a los oídos, mirando a su alrededor para intentar averiguar qué pasaba.

Fue Penny la que lo vio en primer lugar, elevándose en el aire por detrás de los árboles. Al verlo, y comprender de qué se trataba, se dejó caer al suelo.

Que dejó de estremecerse.

6

—¡Por todos los dioses! —soltó Pete.

Jow dejó escapar una exclamación ahogada.

Era la casa Taggar. A través del agujero en el techo se escapaba ahora un torrente de oscuridad, un chorro de manchas oscuras que se apelmazaban unas con otras conformando un cilindro monumental que se levantaba, como una poderosa columna, hacia el cielo. Allí se confundía con las nubes, se contaminaba y adquiría una tonalidad sombría, a través de cuyos claroscuros se podía adivinar un hecho evidente: que el torrente de sombras, describiendo un pequeño arco, se dirigía hacia el sur. La visión era tan espectacular como intimidatoria.

—¿Están viendo eso? —exclamó Hylke por la radio.

—Alma... —susurró Jow—. ¿Qué ocurre?

Alma negó con la cabeza.

—No... No lo sé. Es posible que sea una nueva oleada. Es posible que el seísmo haya aumentado el agujero, o puede que sea al revés... El seísmo ha ocurrido porque el agujero se ha ensanchado...

—Dios mío... —murmuraba Pete sin poder apartar la mirada. En ese chorro de tinieblas debía de haber decenas, quizá cientos de miles de espectros, y seguían manando con una intensidad apabullante.

—Una segunda oleada... —susurró Jow.

—A lo mejor... —exclamó Alma—... la balanza del mundo se ha desequilibrado. Tanto drama, tanto miedo, tanta oscuridad... quizá eso, de alguna manera, les ha dado fuerza...

—¿Me escuchan? —preguntó Hylke por la radio. Su voz sonaba preocupada.

Pete pulsó el botón.

—Sí, Hylke...

—¿Qué demonios quieren hacer? —ladró—. ¡No quiero quedarme por aquí ni un minuto más!

7

Alfred y el resto del grupo miraban el torrente. Desde su posición parecía todavía más impresionante, como un géiser de petróleo que se elevaba hasta confundirse con las nubes.

—Dios mío... —exclamó Roy.

—Bueno —dijo Penny—. Ya está. Se acabó.

Roy iba a decir algo, pero se quedó callado. Penny tenía razón. No sólo habían perdido las piedras, ahora se daba cuenta de que se enfrentaban a algo cuya fuerza los superaba de una manera que jamás podrían afrontar.

Empezaba a dejarse vencer por el desánimo cuando un sonido inconfundible los hizo mirar hacia el norte. Era un helicóptero, que estaba lo bastante cerca ahora como para que el viento generado por sus aspas los alcanzase. Antes de que pudieran hacer ninguna conjetura sobre su presencia allí, el aparato descendió hasta quedar a sólo medio metro del suelo. Entonces, el panel del compartimento de carga se abrió.

Alfred los reconoció enseguida: Pete descendió primero, seguido de Alma, a la que ayudaron desde el interior, y por último Jow. Tan pronto estuvieron en el suelo, el helicóptero volvió a ascender levantando remolinos de hojarasca y se alejó por encima de los árboles.

—Alma... —exclamó Alfred.

Los dos grupos se acercaron, y Alfred abrazó a Alma como si la conociera de toda la vida. Lo reconfortaba tenerla allí, experimentaba con más fuerza esa sensación cuanto más tiempo pasaba abrazado a ella. Lo hacía sentirse bien, y no sólo por toda su increíble capacidad y su conocimiento, era algo que su expresión segura y confiada, pese al evidente cansancio, le proporcionaba. Después, hubo una rápida ronda de presentaciones.

—Es demasiado tarde —dijo Roy—. Hemos perdido las piedras, y de todas maneras creo que esto...

Alma lo interrumpió negando vehementemente con la cabeza.

—Con todos mis respetos —susurró Alma—. No creo que la limpieza de la Línea Ley haya sido nunca el camino. Hay demasiada energía moviéndose. Ahora lo sé.

Roy parpadeó, confuso.

—¿Entonces...?

—Tengo una única esperanza —exclamó Alma—. Voy a ir allí y a enfrentarme con ese agujero, a ver cómo respira.

En el grupo surgió una serie de murmullos velados.

—¿Está loca? —intervino Roy, mirándola de arriba abajo—. ¿Que cree que puede hacer usted?

—Es lo que voy a averiguar —exclamó Alma con una sonrisa.

—No podrá ni acercarse —dijo uno de los hombres—. ¿Ha visto toda esa...?

De pronto, el torrente oscuro se paró, como si alguien, en alguna parte, hubiera cerrado un grifo. Las últimas porciones de oscuridad se elevaron hacia el cielo y se confundieron con las nubes. Allí eran apenas un rastro oscuro pero visible que siguió su camino hacia el horizonte. Pero tras ellas no hubo más; fuera lo que fuese aquello, había cesado.

Alma asintió.

—Parece que ahora están las cosas mejor, ¿no? —exclamó risueña. Con paso lento pero firme, echó a andar—. Por cierto, el helicóptero volverá dentro de una hora. Creo que será suficiente: en una hora todo debería haber terminado, o no. Si esperáis aquí, podéis usarlo para escapar.

La mujer vestida con ropa deportiva soltó un gemido.

Jow empezó a caminar al lado de la doctora.

—¿Jow? —la llamó Pete.

—Voy con ella, Pi —dijo con suavidad—. No sé si podré ayudar en algo, pero... voy con ella de todas formas, ¿sabes?

Lo miró durante unos segundos, como si quisiera grabar la imagen en su mente. Comprendía a la perfección que aquélla podía ser la última vez que lo viera, y quería memorizar su rostro atribulado pero sereno, sus marcadas facciones, sus ojos redondeados de mirada limpia, y aquellos labios en los que había encontrado tantas mariposas. Y contemplando la posibilidad de la pérdida definitiva, se dio cuenta de que aunque llevaban muy poco tiempo juntos, Pete era ya mucho más que los hombres y mujeres que habían pasado por su vida. Pete era la conexión esencial, íntima, que se había instalado en su interior de una forma tan natural que apenas se había dado cuenta, como si lo conociera de toda la vida. Allí, mirándolo, tuvo la certeza, súbita y clara, de que ella y Pete se habían amado muchas veces en el pasado; muchas, muchísimas veces, y cuando comprendió eso no deseó siquiera poder besarlo de nuevo cuando todo hubiera pasado, si es que eso era posible. Deseó que hubiera una eternidad en la que ella y él volvieran a encontrarse para disfrutar otro instante del amor que se profesaban y que se habían regalado desde tiempos inmemoriales.

Y Pete, mirándola, pareció comprender lo que estaba pasando por su cabeza. Sin pensárselo dos veces, dio un paso adelante y se puso a su lado.

—Contigo —susurró, y añadió—: Como siempre.

Jow sonrió. Alguna suerte de hielo primigenio, muy dentro de ella, empezó a fundirse. El agua de ese deshielo generó lágrimas dulces en sus ojos claros.

Alfred los miró, tres figuras pequeñas en un océano de destrucción. Podía quedarse allí, desde luego, y tratar de sobrevivir una hora. Incluso podía intentar seguir advirtiendo al mundo de lo que ocurría, hablar con las autoridades, montar una nueva campaña de información sobre lo que pasaba en Elvenbane, pero de repente comprendió que había tomado una decisión. Algo en el intercambio de miradas entre Jow y Pete lo había hecho moverse sin que fuera consciente de ello, y ahora caminaba con paso resuelto hacia el grupo.

También a Penny le había llegado aquel intenso y fugaz instante.

—Esperadme —dijo incorporándose.

Roy le tendió una mano y avanzó con ella.

Alma no se volvió para mirar. No le hacía ninguna falta. Sólo sonreía. Apenas había bajado del helicóptero y visto el grupo ya supo quién la acompañaría y quién no.

Las piezas, se dijo, estaban dispuestas para la jugada final.

XXIX

Introspección

1

El destino había querido que, a pesar de los derrumbes, un tramo de tierra estrecho y alargado, como una pasarela, se hubiese mantenido en su sitio para que pudieran llegar hasta la entrada. Parecía el puente escuálido e imposible de un cuento de hadas.

Alma iba delante, caminando despacio, como si cada paso que daba requiriese un esfuerzo enorme; como si antes de posar el pie tuviese que detenerse a respirar, reunir fuerzas, asentar cosas en su interior, y entonces terminar el movimiento.

Jow y el resto miraban la estructura mientras andaban, sintiéndose extraños y tocados por sensaciones que apenas podían identificar. No eran sólo las sensaciones: se sentían como astronautas caminando por un paisaje alienígena que escapaba a las leyes físicas convencionales. Hasta les parecía que el simple acto de caminar se percibía diferente, como si entre paso y paso su cuerpo fuese cada vez más liviano. Los trozos de madera flotaban alrededor, a la deriva, describiendo giros suaves y una especie de órbita elíptica alrededor de la estructura principal.

Y las sombras... Las sombras que proyectaban la estructura y cada pedazo de madera y roca en suspensión, se movían como lo hacen las algas en el fondo marino, con suavidad, en direcciones dispares. Resultaba un espectáculo extraño, y Jow llegó a preguntarse si aquéllas eran sombras normales o, acaso, guardianes dormidos, centinelas que saltarían sobre ellos en cualquier momento. Al fin y al cabo ella los había visto emerger y confundirse con las tinieblas de cualquier esquina, como si se sirviesen o morasen en ellas.

La entrada, en cualquier caso, estaba justo delante; un muro de ladrillos que presentaba una abertura irregular, como si hubiera estallado desde dentro. El resplandor azulado escapaba a través de ella con una luminosidad que resultaba extrañamente hermosa.

Penny era quizá la que estaba más asustada. Caminaba la última, agarrada al brazo de Alfred, pero lo hacía por inercia, sin preguntarse siquiera qué hacía o si estar allí era la mejor opción para ella. Eran cuestiones que no tenían lugar en su mente; únicamente estaba, soportando aquella especie de terror animal en el pecho, pero eso era todo.

Pete vio cómo Alma llegaba ante el umbral y accedía al interior, sin detenerse. Había esperado, quizá, que se hubiese vuelto antes de entrar y le hubiera dicho algo al grupo, algo, cualquier cosa... algo quizá profundo de acuerdo a las circunstancias. Pero no hizo nada de eso: agachó la cabeza y cruzó la entrada. Pete intuía que aquél era el límite de algo, una frontera, un punto de inflexión en el que no era posible dar marcha atrás. Jow, que iba cogida de su mano, sentía lo mismo, y en cierta medida también Roy. Nadie les había dicho lo que encontrarían allí dentro, probablemente porque nadie lo sabía, pero cualquiera que fuese el combustible que los había llevado hasta allí en aquel viaje, se había acabado.

Lo que encontraron dentro

dentro.

2

Alma se encontró rodeada de una luz blanca, tan inmaculada y pura que tuvo que cerrar los ojos durante un breve instante. Se preguntó si estaba en el mundo terrenal o en algún otro plano, pero aún no tenía forma de saberlo. Colocó las manos delante de sus ojos y descubrió que estaban todavía allí; aún conservaba su envoltura física. Sin embargo, todo lo demás estaba fuera de lugar.

Se volvió, sólo para descubrir que la brecha de la entrada había desaparecido. Allí no había la estructura, ni la pared de ladrillos, ni ninguno de los otros, tan sólo el espacio, infinitamente diáfano, extendiéndose ante ella. Ni Jow, ni Pete, ni...

Estaba, o debía de estar dentro de la casa Taggar. Eso creía. Pero... ¿qué había pasado allí con la realidad de las cosas? ¿Había caído dentro del agujero? ¿Estaba... atrapada en una especie de limbo entre dos mundos, cayendo hacia alguna parte? ¿Había pasado tal vez al otro lado, a algún lado?

La luz empezaba a resultarle insoportable, y no por su intensidad, sino porque no había manera de saber si algo estaba cerca, o lejos, si miraba hacia un lado o hacia otro. El concepto de verticalidad terminó también por desaparecer. Alma tuvo que levantar otra vez los dedos y hacerlos bailar delante de sus ojos para convencerse no sólo de que estaba allí, sino para ser capaz de ver algo distinto a toda aquella blancura sin fin. Ver sus dedos danzando le daba algo a lo que aferrarse.

Después de unos instantes, empezó a preocuparse. ¿Y si eso era lo que le esperaba, y si eso era TODO? La nada... el vacío más absoluto, la eternidad sumida en una ausencia absoluta de cosas. ¿Y si estaba... muerta, a pesar de todo, y había quedado atrapada en algún vericueto desconocido de la eternidad? ¿Qué sabía ella, al fin y al cabo, sobre lo que había después, más que apuntes, borradores incompletos, pequeñas piezas de un puzle tan enorme y vasto que su mente humana, ligada a procesos orgánicos simples, no podía comprender?

¿Y si era eso?

Alma intentó hablar. Sólo por oírse. Sólo por reconocer la voz y romper aquella quietud sobrenatural.

—Soy... —empezó a decir, pero la palabra empezó a multiplicarse a sí misma y a extenderse a su alrededor: SOY SOY SOY SOY SOY, convirtiéndose en un escalofriante eco, regresando a ella con una potencia tan desmedida que tuvo que llevarse las manos a los oídos para intentar mitigar el sonido. SOYSOYSOYSOYSOYSOY.

Después de un rato, el sonido empezó a desvanecerse, apagándose paulatinamente hasta que sólo quedó un rastro lejano, como el arrullo del viento en la montaña: SOY... SOY... Su voz murió en alguna parte. Alma se quedó quieta, de nuevo rodeada del silencio más absoluto que hubiera soportado, sentido o intuido jamás.

Se quedó allí, flotando, sintiéndose confusa y perdida, con una sensación de claustrofobia creciente.

Con los ojos húmedos por las lágrimas, volvió a mirarse la mano, como si se echara de menos. Cinco dedos en movimiento en medio de una nada infinita e insoportable.

Eso era todo.

3

Penny pasó por la brecha, pero aunque había tenido cuidado de no separarse de Alfred, de repente se encontraba sola, completamente sola, en una habitación oscura cuyas paredes estaban forradas de elaborados paneles de madera, esculpidos con relieves y filigranas, y esa madera era negra, como casi todo lo demás. Una butaca oscura, un hogar oscuro como la entrada de una cueva rematado con una repisa de mármol oscuro, cuadros oscuros y tan deteriorados que apenas se distinguía qué representaban. Hasta la alfombra que se extendía ante sí era negra, con apenas unas trazas de diseños sucios que alguna vez debieron de ser serpientes enroscadas. Por todas partes, unas raíces tenebrosas, resecas y retorcidas se abrían paso entre las tablas del suelo, subían por las paredes y formaban una amalgama tenebrosa en el techo, de donde colgaba una descolorida lámpara, conformando un laberinto entrelazado que se confundía con los cristales esmerilados de aquélla.

De repente, sintió pánico. ¿Qué era aquel lugar? Se parecía tanto a la casa donde había crecido... aquel... mausoleo oscuro, patrimonio de su familia. El recuerdo la disgustó de inmediato. Y... ¿dónde estaban los demás? Era todo tan oscuro... tan oscuro... madera oscura, muebles oscuros... que se sentía como si le faltara el aire. Se volvió para mirar la brecha y descubrió que en su lugar había una enorme puerta de doble hoja decorada con exquisitez. El pomo, de cobre deslustrado, destacaba en el centro como una mano que pide ayuda con manifiesta desesperación. Penny recordó vagamente haber visto pomos parecidos en la casa de su familia.

El recuerdo, preñado de reminiscencias desagradables, la hizo lanzarse hacia la puerta con los brazos extendidos. Se quedó pegada a ella como una araña a una pared, el cuerpo apretado contra la madera. Las hojas se sacudieron, como respuesta, con un ligero temblor. ¡BAM! Respiraba con rapidez y torpeza, angustiada y confundida. Por fin, atinó a tirar del pomo y la puerta se abrió con un crujido seco, como el de un tronco que se quiebra en mitad del silencio de un bosque. Cuando empujó una de las hojas, sin embargo, se encontró con un pasillo oscuro bordeado por ventanas altas y estrellas. Parecía el escenario de una película de terror, una mansión victoriana de recargada decoración, techos altos, molduras tan elaboradas que constituían por sí mismas pequeñas obras de arte. Como la mansión familiar donde se crio. La luz que iluminaba la escena era pálida y mortecina, tintada de un azul deslustrado, como la que devuelve la luna tocada por el sol.

Penny no podía comprender lo que veía o lo que estaba pasando. Acababa de entrar en la casa Taggar... ¡La abertura debía estar allí!

Debía, pero no estaba.

Empezó a sollozar, respirando agitadamente.

Penny.

Soltó un pequeño grito. Había oído claramente su nombre, como si alguien le susurrara al oído: una voz bisbiseante, cuajada de un anhelo ávido y casi lujurioso que la hizo estremecerse. Se volvió de nuevo, pero allí no había nadie. La sala condenada por la vegetación se encontraba tan vacía como había estado antes. Pensó en fantasmas. Pensó que no estaba preparada para enfrentarse con algo así, y su mente, prisionera de los químicos atroces del pánico, dedicó unos segundos a considerar si debía quedarse en la habitación o salir corriendo por el pasillo.

No se dio tiempo a llegar a una conclusión. Antes de que pudiera decidir nada, había cerrado la puerta y se encontraba mirando la estancia con los ojos abiertos como platos, el pecho subiendo y bajando víctima de un corazón desbocado.

Mientras espiaba cada una de las sombras oscuras de la estancia, en particular la boca ominosa del hogar, alto y ancho en exceso, descubrió un par de puertas, mucho más pequeñas, que se abrían a ambos lados de la chimenea. Parecían, tal vez, puertas de servicio. Penny no estaba segura de que ir hacia ellas fuese una buena idea; al fin y al cabo, parecían adentrarse en la casa, y la casa representaba a la Marea Negra: la muerte que estaba consumiendo al mundo. El pasillo que tenía a su espalda, por otro lado, era demasiado largo y oscuro. Ni siquiera estaba segura de haber visto algo al fondo, como si condujese al vacío.

Por fin, reunió fuerzas para avanzar hacia el otro extremo de la sala, y se lanzó a través de ella con paso presuroso. El suelo crujió amenazante, como si fuera a romperse en cualquier momento.

Penny...

El corazón le dio un vuelco en el pecho. Esta vez había sido inequívoco: alguien acababa de susurrar su nombre, otra vez. Un llanto histérico y urgente le sobrevino mientras extendía los brazos hacia la puerta.

Cuando llegó a la pared, sin embargo, se encontró con un único panel de madera que la cubría por entero, sin que hubiera en ella ningún indicio de ninguna puerta. Penny se quedó mirándola, confusa y asustada. ¿Se había confundido? ¿Había visto una o dos puertas? Rápidamente, se dirigió al otro lado de la chimenea para encontrarse con la misma pared uniforme, sin aberturas.

—No... —dijo.

Penny.

Dio un brinco, superada por un pánico creciente que empezaba a doler como un infarto. El aire... El aire era del todo insuficiente, de eso estaba segura. Le estaba costando demasiado respirar. Y la voz... Esa voz había sonado aún más cerca, como si le hablaran desde dentro de su cabeza. Más cerca. Más anhelante. Más ansiosa. Más.

—¡No! —chilló.

De pronto, un crujido trepidante la hizo enmudecer y encogerse. Sonaba como si la casa, con toda aquella madera, se hubiera partido por la mitad. Después sobrevino el silencio... unos instantes de incertidumbre, hasta que una suerte de ruido empezó a sonar por todas partes, como si varios troncos se frotaran entre sí, o se arrastraran a través de la maleza. Sonaba a maleza. A raíces. Penny, que miraba alrededor con los ojos muy abiertos, empezó a captar movimiento con la visión periférica, algo inaprensible, casi inapreciable, hasta que comprendió lo que ocurría: eran las raíces oscuras, que se deslizaban lentamente, como si no quisieran ser detectadas, desplazándose por las paredes, superando los relieves de las marquesinas y los mamparos. Cuanto más las miraba, más evidente era.

Las raíces se arrastraron hasta el suelo y allí empezaron a elevarse con cierta parsimonia, dando lugar a una forma alargada y adusta, siempre creciente. Penny estaba hipnotizada, a caballo entre la negación y el terror provocado por lo desconocido. Ver las raíces evolucionar y crecer, entrelazándose para construir lo que parecía ser una suerte de figura, era un espectáculo del que no podía apartar los ojos. Ahora parecía que emergían dos prolongaciones cimbreantes que se elevaron con suavidad hacia arriba para caer después, doblándose por lo que parecían codos. En la parte superior, las puntas finales de las raíces, llenas de pequeños filamentos sinuosos y delgados como las extremidades de un insecto, se anudaron para conformar lo imposible: un rostro enjuto y ceñudo que parecía mirarla directamente desde la negrura de la ausencia de ojos.

Penny se quedó mirando aquello, segura de que estaba enfrentándose a algún tipo de forma vegetal, un elaborado arbusto que había crecido ante sus ojos, sí, pero simplemente un arbusto. Cuando empezó a moverse hacia ella, el desconcierto la dejó tan petrificada que no pudo reaccionar.

—Penny...

4

—Hola, niña —dijo una voz.

Jow pestañeó. Reconocía, de manera inequívoca, el lugar en el que estaba. No era la casa Taggar, y por descontado, no era el agujero. No. Era la casa, aquella casa... la casa en la que había vivido con su padre cuando tenía doce años, con sus muebles dispares y el viejo televisor Philips ocupando un lugar destacado del salón. Allí estaban las butacas de mimbre, el espantoso y viejísimo sofá de color azul, y aquella mesa blanca mil veces remendada por tantas manos de pintura que los goterones blancos formaban nudos y rugosidades en su castigada superficie. Y la estantería, enorme, pesada a la vista, desconectada del resto de la decoración y repleta de libros de colección que nadie había leído y que nadie leería nunca: clásicos de Jane Austen, Emily Brontë, Dickens y Orwell.

Y él.

También estaba él.

Jow no había pensado en él desde que se marchó de casa el mismo día que cumplió catorce años. De hecho, no había pensado en nada de todo aquello desde entonces. Aquel día no lo celebró con amigas; se levantó temprano y se metió en la cocina, preparó un enorme pastel de queso y manzana, el que más le gustaba de todos, y cocinó una enorme fuente de patatas fritas, beicon, salchichas, huevos y judías. Hizo un cuenco gigante de puré de calabaza, preparó costillas en salsa barbacoa, una sartén entera de aros de cebolla, una cacerola de albóndigas con tomate y helado de mora casero, con mucho, muchísimo azúcar. Preparó cada cosa que le gustaba, y de cada cosa hizo una cantidad suficiente para una semana. Sus favoritas. Todas. Luego, se duchó, se vistió, metió algo de ropa en una pequeña bolsa de deportes y esperó pacientemente a que él volviera a casa. Lo hizo tarde, como de costumbre, y también como de costumbre, lo hizo con una o diez copas de más. Ella lo esperaba sentada a la mesa de la cocina, con una expresión neutra. Sobre la mesa y la encimera, todo alrededor, descansaban los platos y bandejas a los que él dedicó apenas un vistazo. Para su sorpresa, avanzó hacia ella haciendo bambolear su enorme barriga para colocar un pequeño paquete, primorosamente envuelto, sobre la mesa. El papel de regalo decía FELICIDADES en varios idiomas.

Jow miró el paquete con una expresión de sorpresa, tan ilusionada como conmovida. De repente, todo lo que había sentido, preparado y planeado, pareció tambalearse: había estado segura de que él no recordaría su cumpleaños como no lo había hecho desde que era pequeña.

Lo miró. Él sonreía, con los ojos pequeños enrojecidos por el alcohol.

La decisión de abrirlo, o dejarlo, le costó un terrible esfuerzo. Lo había pensado mucho, muchísimo; había hecho planes, había buscado, encontrado, llorado, se había acordado de su madre y de la felicidad que habían disfrutado en casa antes de que ella falleciese, y de cómo las cosas habían cambiado. Y le había dolido, por supuesto, pero comprendió que debía priorizarse, que seguiría pasándolo mal si no comprendía que lo único que importaba era ella misma. Si no comprendía quién era, y que no podía pasar los días lamentándose por las cosas que había perdido. Si no comprendía que lamentarse, recrearse en el dolor y en el pasado sólo iban a impedirle convertirse en la persona que estaba destinada a ser.

Abrir el paquete era una manera de darle una nueva oportunidad al dolor. Si abría el paquete... si lo tocaba siquiera, tendría que retrasar su marcha. Sería una manera de echarlo todo a perder. De echarse a perder.

Pero lo miró. Lo miró y encontró de alguna manera al hombre que la había llevado a ver a los ponis y que la había paseado sobre sus hombros y le había preparado toneladas de palomitas de maíz mientras veían, juntos, películas de Disney, porque eso era lo que habían hecho cuando estaba mamá... Y con una lágrima en los ojos, acercó una mano temblorosa al paquete y lo cogió.

Lo abrió con delicadeza, profundamente conmovida. Pero no era un regalo de cumpleaños, era una promesa de futuro. Era...

El contenido se reveló ante ella en todo su esplendor.

Era un consolador, rosa y enorme, tan feo como abyecto.

El padre soltó una pequeña carcajada.

—¿Te gusta, cariño? —preguntó con su acostumbrado tono de voz ahogado en alcohol y tabaco.

Jow no dijo nada. Con mucha delicadeza, dejó el pene de plástico rosa sobre la mesa y se levantó con visible tranquilidad, como si cada movimiento le costara un esfuerzo. Luego cogió la bolsa de ropa que había dejado a un lado de la silla y se la colgó del hombro. El padre la miraba aún con una sonrisa, pero ésta se había quedado congelada en una expresión confundida, como si empezara a intuir lo que estaba a punto de pasar. Por último, aquella Jow de catorce años se acercó él, le dio un suave beso en la mejilla y se fue.

Ahora estaba allí otra vez, sentado en el sofá azul, con sus calzoncillos blancos, su camiseta interior blanca, su barba descuidada y su pelo negro pegado sobre la frente. Igual que lo recordaba, en la misma habitación que había expulsado de su memoria, impregnada de aroma a colonia barata y tabaco.

Él. Otra vez. Quitándose los calcetines para dejarlos en el suelo, hechos un ovillo sucio, y resoplando como un animal herido.

—Niña.

Y Jow quiso decir algo, pero de repente no era ya una mujer adulta hecha a sí misma, no había estudiado una carrera universitaria pagada con su trabajo en bares y tiendas ni conocido a Alma o a Pete; ahora tenía trece otra vez, y cuando él se llevó la mano a los calzoncillos y la introdujo para tocarse la entrepierna

«Niña»

ella se quedó congelada e inmóvil, como ausente, su mente escapando a algún refugio interior. Lejos. Lejos, dentro y atrapada.

5

«¿Música?»

«¿Es... música?»

A Carol le gustaba pasear con música, recuerda en la confusión del instante. Era su forma de evadirse del mundo. Por cada canción había una historia que se inventaba, con personajes que se enfrentaban, luchaban, se amaban, sufrían pérdidas, obtenían recompensas y emitían juicios sobre cualquier cosa. Su imaginación era tan potente que sentía las despedidas, le dolían las penas, la animaban las sorpresas y las alegrías. A veces, esas sensaciones eran tan intensas que se veía obligada a dejar de escuchar una canción determinada porque le era imposible no asociar la música a sus propias historias, y por ende, a esas sensaciones. Pete tenía una canción propia también, como casi todo lo que le provocaba sentimientos. Había una canción para su primera cita, para la primera vez que yacieron juntos en la cama, para la primera vez... la primera vez...

Ahora, por las noches y sin querer, mientras preparaba la cena, les contaba cuentos a sus niños. Aún no habían llegado, pero estaban ahí, en alguna parte, dentro de ella. Intentaba enseñarles la cantidad de cosas que tenían por vivir, la magia que sigue perdurando en la naturaleza, o el inmenso placer que existe en las cosas pequeñas, como pisar la arena caliente de la playa o meter los dedos entre los granos de café.

Pete entendía porque su mujer era tan buena maestra. Era una niña grande, llena de magia y fe por las cosas invisibles. Mientras conducía, por ejemplo, no prestaba atención al tráfico; su mente se entretenía dibujando paisajes imposibles al son de las notas.

Pero desde hacía un tiempo... Desde hacía un tiempo las cosas habían cambiado. Llegaba a casa tarde después de trabajar todo el día, y... ya no reconocía su hogar. Era su casa, sí, y todo estaba más o menos en su sitio, igual que siempre, pero la magia y la música estaban prácticamente desaparecidas. Podía oír desde donde estaba trabajando cómo Carol canturreaba, pero siempre en voz baja, más para ella misma que para él, o para ellos. Ya no se escabullía en su despacho para colarle tonterías en sus artículos, gastarle bromas o besarlo. Se quedaba en la cocina o en el comedor, susurrando canciones, sola.

Sola.

Pete quiso acercarse, pero por algún motivo no lo hizo. No era su culpa, era... era ella, que seguía enclaustrada en unos eternos veinte años. Pete estaba buscando un futuro mejor, muy concentrado en su trabajo. Necesitaba concentrarse en lo que estaba haciendo para conseguirlo, y formar una familia. Era una buena razón; trabajar y esforzarse, aunque eso le consumiera casi todo el día. Carol... Carol lo entendería, estaba seguro, y las cosas volverían a ir bien porque era lo correcto. Así que dejó que los días pasaran, cada vez más separados, cada vez más distanciados... y entonces ella, un día, cogió su música, se subió al coche y...

El coche. El coche que...

Pete abre los ojos, como volviendo a la vida. Coge aire como si le hubiera hecho falta desde hacía varios minutos, y entonces descubre...

Un bosque. Una carretera.

Pete parpadeó varias veces, intentando asimilar lo que veía, pero la imagen no dejaba lugar a dudas. Era un bosque, con una carretera cruzándolo, un bosque que, por alguna razón, despertaba ecos en su recuerdo, como si...

Negó con la cabeza.

No podía estar en un bosque, y desde luego no podía estar en ese bosque. Estaba en el interior de la casa Taggar, acababa de cruzar el umbral circundado por ladrillos baratos, burdamente colocados para tapiar la entrada, y Jow...

Se volvió, sobresaltado.

Jow. ¿Dónde estaba Jow?

La entrada había desaparecido. También Jow, y todos los otros, por añadidura. No había ni rastro del resplandor azul, ni de las tablas negras o las rocas volando. La única realidad que tenía ante él era...

El bosque.

Ese bosque. Esa carretera.

Habían pasado muchos años, pero ese recodo...

De pronto, Pete se quedó mirando la marca blanca que indicaba el punto kilométrico, superado por la estupefacción. Kilómetro 100.

El terror se asomó a sus ojos. Era ese bosque, la misma carretera que describía una curva, el punto exacto en el que su mujer se había matado unos años antes. Era, otra vez, Beachy Head.

Sacudió la cabeza, intentando comprender lo que estaba ocurriendo, pero no tuvo tiempo de analizar nada: el ruido de un motor empezó a llegar hasta sus oídos, ronco, grave y hasta amenazante.

Y lo supo. Supo mucho antes de que el coche se hiciera visible tras la curva que el sonido pertenecía al coche de Carol, aquel Mini de color melocotón con bandas negras que él tuvo que terminar de pagar. Cuando lo vio aparecer, con sus faros redondos en primer término, sus ojos se abrieron de par en par, sobre todo por la comprensión fatal de que era él quien estaba justo en mitad de la curva.

A pocos metros de donde él estaba, clavó los frenos y dio un volantazo hacia un lado, como si tratara de evitarlo. El sonido de las ruedas chirriando lo hizo encogerse, pero no reaccionar. El Mini pasó a escasos centímetros de su cuerpo, arrastrando tras de sí una bocanada de aire que le sacudió la ropa. Era demasiado pequeño para un viraje tan brusco: se ladeó casi de inmediato y perdió agarre, dando un par de aparatosas vueltas de campana. Terminó arrastrándose de costado con un chirrido estridente y se dirigió a gran velocidad hacia el borde de la carretera. El Mini pareció volar durante un par de segundos, una forma metálica a la que el sol arrancaba pequeños destellos, para luego caer hacia la ladera.

—¡No! —chilló Pete.

Con el corazón latiendo a toda prisa en el pecho, Pete se lanzó hacia el extremo de la curva por donde el Mini había salido despedido. Llegó a tiempo para verlo rodar, levantando polvo y tierra, mientras daba vueltas y más vueltas, recibiendo impactos en la carrocería. Los cristales estallaron. El techo se hundió una, dos y hasta tres veces, mientras él corría entre la tierra levantada. En un momento dado perdió la estabilidad y se precipitó hacia adelante, resbaló varios metros ladera abajo chocando con trozos de roca y raíces, y al cabo consiguió, por pura inercia, volver a incorporarse. Ni siquiera fue consciente de las heridas sangrantes en los brazos y las rodillas: todo lo que quería era llegar hasta el coche.

—¡CAROOOOL!

El Mini golpeó contra un tronco y se detuvo, un amasijo retorcido y polvoriento sobre el que caía ahora una copiosa lluvia de hojas y ramas secas. Había tanto polvo en suspensión que cuando Pete llegó hasta él se vio obligado a toser con intensidad.

La vio incluso antes de que intentara abrir la puerta, con la cabeza ladeada y el cabello rubio cayendo a un lado.

—¡CAROL, CAROL! ¡CAROL!

La puerta estaba trabada, hundida por varias partes. Pete se agarró a la lámina metálica e introdujo los brazos a través del cristal del conductor para tocarla. Era ella. Ella, en verdad. Ella otra vez.

—¡Carol!

Su cuerpo estaba cubierto de cristales diminutos, y en su regazo descansaba la cajita verde con los discos de la música que le gustaba escuchar mientras conducía. La guantera estaba abierta, y su contenido se había esparcido por todo el interior: el resguardo del seguro, el manual técnico del vehículo, un pequeño panfleto con la LISTA DE OBSEQUIOS Y VENTAJAS QUE USTED PUEDE CONSEGUIR AL FORMAR PARTE DE NUESTRO CLUB PREMIUM. Y sangre. Había sangre en el volante, en los asientos de cuero, en su pelo, sucio y apelmazado sobre el espanto rojo de su frente.

—¡Carol!

Carol se estremeció, como si acabara de despertar de una pesadilla. Pete empezó a llorar con más fuerza, sollozando como un niño pequeño en mitad de un berrinche. Una película densa y transparente colgaba de su nariz hasta su boca.

—Pete... —susurró Carol. Compuso una expresión de severo dolor y se quedó otra vez quieta—. Pete...

—Carol... ¡Carol!

Empezó a buscar en sus bolsillos. El móvil, necesitaba el móvil; tenía que llamar, avisar a una ambulancia, a alguien. En su cabeza se sucedían pequeños recordatorios sobre cómo actuar en caso de accidente, parpadeando como luces de emergencia de un color rojo intenso: «Evite que los heridos anden. La velocidad de respuesta es esencial. No haga nada que no conozca como remedio útil y correcto. No mueva o toque a los heridos que puedan sufrir contusiones graves». Pero el móvil no aparecía por ninguna parte.

—Carol... ¡aguanta, Carol!

Ella abrió los ojos, blanquísimos en contraste con el rojo encendido de la sangre que cubría su cara, y clavó la mirada en él.

—Pete... —susurró—. Por... qué... me has... matado.

Pete sintió una punzada de dolor tan grande que creyó desmayarse.

6

—Has vuelto... —dijo la criatura.

Penny negó con la cabeza. Su voz se asemejaba más al desapacible correteo de un millón de patas de insecto sobre el suelo del bosque que a otra cosa.

—¿Has comprendido? —dijo otra voz.

Penny se volvió hacia el origen del sonido. Allí al otro lado de la mesa, había una segunda criatura, fabricada también por la unión de un centenar de raíces. Ésta, por el diseño de sus facciones, parecía tener rasgos masculinos.

Penny no dijo nada, estaba demasiado confusa y asustada como para reaccionar. Miraba a una y a otra alternativamente.

—La casa —susurró la criatura femenina moviéndose con tanta lentitud como dificultad. Las raíces crujían de manera casi imperceptible, amenazando con desmenuzarse a cada quiebro. La cabeza se inclinaba con espasmos, como con esfuerzo.

—Lo entregarás todo a la casa —dijo él.

Y él...

Él no. Su rostro.

Penny se quedó mirando su rostro. Su rostro vegetal construido con pequeñas puntas de raíz; su rostro, que empezaba a sugerirle rasgos específicos: la nariz con remarcados tintes aristocráticos, los pómulos alzados, los labios gruesos y generosos, la forma de la barbilla... empezaban a cobrar nitidez y volumen, como si de entre los huecos de las raíces nudosas y retorcidas surgieran membranas transparentes que le dieran una apariencia mucho más sólida.

—Todo a la casa. A las raíces de la tradición.

—Las raíces —dijo ella.

Penny se sintió empujada hacia abajo, hasta el punto de casi perder el equilibrio. Pero no la empujaban desde arriba, tiraban de ella hacia abajo. Cuando quiso darse cuenta, un grupo de raíces se había arrastrado por el suelo y la había apresado por los pies. En ese momento, dos cepas gruesas que parecían hechas de cuero se enredaban en sus manos surgiendo por debajo de sus antebrazos, aprisionándola. Penny lanzó un grito desgarrador, moviéndose con todo el cuerpo para intentar zafarse, pero sin conseguirlo.

—Y dejarás de ser una puta lesbiana —dijo él.

—Abandonarás esa mierda de arte de lesbianas —dijo ella.

—Te concentrarás, Penny, en la casa. En la tradición.

—La tradición familiar —soltó ella.

Las palabras resonaron en su cabeza como un mazazo. Sacudió la cabeza, perpleja. Las palabras. Esas palabras. Las recordaba con una nitidez sobrenatural, como si le hubieran sido dichas días antes y no en los albores de su juventud. «Puta lesbiana.» «Arte de lesbianas.» Las recordaba porque las había repasado, revivido y revisitado durante varios cientos de ocasiones durante toda su vida, a veces con una lágrima en los ojos. Fueron las palabras que se pronunciaron aquella Navidad cuando, en mitad de la fastuosa y magnificente cena tradicional de Nochebuena, vestida con las mejores galas de su enorme vestidor, ella anunció a la familia que quería estudiar Bellas Artes. La vieja tía Mary se levantó de la silla tirando el vaso con ponche diciendo que aquello era sólo una consecuencia funesta del hecho de que ella fuera una «lesbiana perversa». Penny se puso roja, encendida, con un severo temblor en la mandíbula. La familia al completo la miraba, ceñuda y afectada, repleta de miradas acusadoras. El tío Jorge, abogado; su padre, John McGregor y su hermano John McGregor junior, ambos abogados; tía Emma, que había parido la insólita cantidad de cinco hijos y era el orgullo de todos; su hermana Ross y toda la colección de cuñados y cuñadas, todos ellos abogados. Era la tradición: dedicarse a la abogacía. Penny no tenía ni idea de cómo la vieja y antipática tía Mary podía haberse enterado de lo que era su mayor secreto, pero acababa de poner las cartas sobre la mesa y, a juzgar por las miradas evasivas o acusadoras del resto de la familia, era algo que se conocía.

Puta lesbiana. Arte de lesbianas.

Sí, era lesbiana. Y odiaba las carpetas, los sellos, las plumas, los documentos interminables y enrevesados, los libros de leyes, los procesos, los engranajes y mecanismos de aquella profesión que parecía servir a un bien elevado pero sólo estaba al servicio del talento personal, el dinero y el juego sucio.

Pero Penny no pudo soportar la presión y renunció a sus pretensiones de ser artista. Sobrellevó los psicólogos, las charlas de los sacerdotes y del médico de la familia, y empezó a estudiar Derecho, citándose con algunos chicos que su padre encontraba aceptables: muchachos dóciles hijos de padres adinerados con buenas mansiones en la ciudad. Penny lo intentó, pero las relaciones afectivas no la llenaban, y el sexo era peor que horrible, repugnante y vejatorio. Y se apagó, se apagó tanto que terminó con problemas graves de depresión. Duraron cuatro largos años, hasta que un doctor de Berlín le aconsejó que trabajara un tiempo con sus manos. Penny empezó a recuperarse. Fue el arte, y alejarse de su entorno familiar, los que la hicieron florecer de nuevo. En el arte encontró también a su amor, Virginia Hirsch, con quien se fue a Amsterdam a vivir.

Y ahora estaba otra vez atada, mirando con lágrimas en los ojos a aquellas criaturas hechas de raíces profundas y de aspecto vetusto que le hablaban con aire recriminatorio.

—No... —exclamó.

—Te quedarás aquí —respondió él.

—Entre estas paredes —dijo ella.

—Y las honrarás.

—Y volverás al camino recto de la familia.

—A tus raíces...

—No... —gimió Penny.

Pero las raíces seguían creciendo a sus pies, trepando por sus piernas y produciéndole dolorosas laceraciones a medida que se apretaban contra su cuerpo, por los brazos, ramificándose hasta su pecho. Penny miró hacia abajo y se encontró sepultada, enterrada en raíces oscuras y muertas. Raíces.

7

Era la mirada lo que le dolía, no las palabras. Las palabras son medios, instrumentos que pueden doblegarse, interpretarse y sentirse de una manera o de otra. La mirada era inequívoca. Allí había reproche. Un reproche claro, preñado de una intensidad tan arrebatadora que Pete la percibió como una puñalada en el corazón.

«¿Por qué me has matado?»

Quiso decir algo, hipnotizado y horrorizado como estaba, sobre todo por la cantidad de sangre que cubría su rostro. Las gotas se le quedaban suspendidas en la punta de la nariz, engordaban y caían sobre el cuello de la camisa. Pero no pronunció palabra. No pudo. Ni siquiera sabía dónde estaba, si atrapado en el ayer o en el ahora, en el pasado o en algún recoveco mental de la casa Taggar. Sólo existía ese momento, el ahora en el que Carol, su mujer, estaba perdiendo la vida por segundos, desangrándose, sufriendo probablemente heridas internas graves. Porque Carol se había salido de una curva derrapando en la carretera, pero nunca se supo el motivo.

¿Y si había sido él el motivo?

En su cabeza, en ese momento de confusión terrible y dolorosa, lo era.

Quiso decir algo, sí, pero no pudo.

—Yo te amaba, Pete —susurró ella.

Pete redobló la intensidad de su llanto, entregándose a un lamento tan puro que parecía salir de sus pulmones.

—Pero tú... nunca estabas. Y ahora me has olvidado...

Pete negó con la cabeza y balbuceó algo incoherente. Quería decir mil cosas, quería explicarle... decirle que había vivido tres años sin ser capaz de pensar en otra cosa que en ella, que la había echado tanto de menos que a veces se olvidaba de respirar.

Carol dejó caer la cabeza con un gesto tan brusco que Pete pensó, por un instante, que eso había sido todo. Que había

«muerto»

vuelto a pasar, otra vez, sin que hubiera podido hacer nada por impedirlo. Otra vez. Su rostro desapareció entre la maraña de pelo. Sin embargo, un instante después, volvió a levantar la cabeza. Su pelo había cambiado: ahora era más corto y rizado, encendido por brillos áureos, y al volverse hacia él, sus ojos eran azules y claros. Pete se quedó congelado, incapaz de reaccionar. No era Carol, era Jow quien estaba al volante. Jow, con la cara cubierta de sangre y una brecha oscura y violácea cruzándole la frente.

—Y lo primero que has hecho —susurró ésta con la voz dulce que él conocía tan bien— ha sido llevarme al peligro.

—No...

—¡Y no te importó! —gimió Jow—. Me seguiste porque no te importaba perderlo todo...

Pete se encogió sobre sí mismo. Su mano flotaba en el aire, temblorosa, moviéndose alrededor del rostro de ella como si quisiera acariciarla, pero sin atreverse. Pero de pronto, antes de que pudiera darse cuenta, era Carol otra vez.

—Me salí de la curva porque pensaba en nosotros —exclamó Carol—. Porque esa noche discutimos...

—No... —dijo él, ronco.

Ahora era Jow.

—Porque cuando hacíamos el amor —dijo— veía los ojos de Carol en los tuyos...

—No...

Era Carol de nuevo.

—Porque estábamos tan apagados, Pete...

—No... ¡No!

—Estaba tan triste...

Pete se apartó de la ventana, trastabillando hacia atrás hasta caer sentado entre la hojarasca, alborotada por las innumerables vueltas de campana del coche.

Carol, o quizá Jow, se asomó a la ventana del conductor, estirando un cuello desproporcionadamente largo a través de ella. Sus manos se aferraban a la maltrecha puerta dejando huellas sanguinolentas.

—¿Tú amas, Pete? —preguntó. Su voz era una mezcla confusa de los tonos de las dos mujeres—. ¿Ése es tu... gran amor? ¿Por eso lo pones en peligro cada vez, todas las veces?

Pete no pudo responder. Estaba mirando con ojos despavoridos cómo la cabeza seguía proyectándose fuera del coche, los ojos inyectados en sangre con un feroz brillo carmesí.

El metal de la puerta crujió bajo sus dedos.

8

Alma llevaba flotando en aquella deslumbrante blancura tanto tiempo, tanto... que empezaba a sentirse perdida y desorientada. Nunca había estado ni se había sentido tan aislada, tan desconectada, tan... sola.

No comprendía qué era aquello.

El temor absoluto y profundo a que esa realidad fuese todo lo que iba a ver y a sentir por el resto de sus días, quizá por toda la eternidad, empezaba a agobiarla, a hacerla sentir agobiada.

Sus pensamientos, urgentes, apelmazados, difíciles, se habían adueñado de ella, y era en verdad una sensación nueva. Alma estaba acostumbrada a manejar los pensamientos conscientes, considerándolos con exquisito cuidado porque eran voces del ego; hacía mucho que había desviado su manera de entender las cosas hacia su yo interior, hacia la información que venía por cauces naturales, hacia lo que percibía por la mera observación de la gente, de las cosas, de su entorno, sin dejar que los prejuicios y los pensamientos la enturbiasen. Sentir, más que pensar. Sentir, para Alma, era algo natural. Pensar, por el contrario, requería esfuerzo y energía. Sentir era pasividad, inacción, silencio. Pensar, como la ira, la angustia, la tristeza o la violencia, necesitan energía porque son cosas que van contra la naturaleza, como intentar nadar contracorriente. Sentir era tan natural en Alma que ahora que no podía conectar con nada más que ella misma se encontraba agotada, exhausta en su cadena de sensaciones infectadas de incertidumbre. Estaba luchando porque no había aprendido a no luchar. Nunca se había enfrentado a ardides religiosos, por ejemplo, y el periodo educativo, que se basa por completo en el conflicto, lo había soslayado por entero.

Estaba cada vez más y más agotada. Deseaba regresar, escapar, salir, y desear lo que no estaba a su alcance le estaba produciendo infelicidad, porque no aceptaba su presente. Estaba en un tiempo eterno de búsqueda, tan vacío y estéril como la nada que la rodeaba.

Después de un rato, entró en un estado de miseria tan acuciante que dejó de sentirse identificada consigo misma, como si habitara un cuerpo que no era el suyo, como si la persona que flotaba en aquella deslumbrante claridad no fuera Alma Chambers, sino otra persona. De hecho, ahora casi podía verse a sí misma desde fuera, y se detuvo en detalles como el recogido del cabello, la forma de la cara y los ojos tocados con un círculo brillante que les daba la apariencia del hielo. Era ella misma, pero a la vez una parte, su parte terrenal. Y estaba delgada, maltrecha, sucia y oscurecida. Olvidada. Sola. Anulada. Cuando comprendió eso... cuando se observó desde fuera y se miró con la curiosidad de un niño ante algo desconocido, se detuvo, perpleja. ¿Qué estaba haciendo? O mejor dicho, ¿qué había hecho? ¿Qué la había conducido hasta allí, hasta ese... estadio de tristeza y abandono personal? ¿Por qué había incurrido en esa falta de respeto hacia sí misma, anulándose de esa manera? La respuesta la sabía porque conocía de sobra las voces iluminadas de los grandes maestros espirituales, y ese conocimiento la golpeó con la contundencia de un mazazo: la respuesta era... falta de amor propio, por supuesto. El ego, henchido de miedo.

Ese ego-miedo, había aprendido Alma, se alimentaba de tristeza interior profunda tanto como la generaba. También había aprendido que la tristeza era, en esencia, sufrimiento en estado puro. Era miedo (siempre el miedo) a sentir dolor, y eso conduce de manera inevitable a un bucle infinito y agotador. Fricción, otra vez.

¿Qué era lo contrario a la tristeza?, se preguntó Alma.

«La aceptación», pensó.

La aceptación era un estado de ausencia de miedo.

Alma empezaba a darse cuenta de que había empezado a dudar (sobre todo de sí misma) después de la explosión. Debido a eso, su ego había tomado el control, protegiéndola y atacándola con terrible ferocidad. Y lo había hecho porque surgía de un punto muy localizado: de la tensión producida entre lo que era y lo que quería ser.

Se quedó quieta durante un rato, interiorizando esas conclusiones, que cada vez parecían tener más fuerza y sonaban mejor.

¿En qué punto se había distanciado tanto de sí misma? ¿Dónde y cuándo? Alma sabía, desde luego, que trabajaba para un bien común. Lo que ella hacía con su trabajo era el resultado de aplicar, y sentir, amor incondicional. Amor puro, sencillo, donde no cabían grises ni resquicios. Entonces, ¿qué fallaba en ese esquema? Si su amor era legítimo y bueno, ¿dónde estaba el fallo?

El fallo, descubrió de repente, era ella misma. Podía generar amor y regalarlo a manos llenas, pero no se consideraba merecedora de él. Esa pieza clave del puzle de su desarrollo vital la sacudió con violencia, y el nombre de John afloró, rápida e inevitablemente, a su mente. John... «John». Se había apartado de todo cuando John se marchó; se podía decir que había dejado que un muro gris y terrible se levantara entre ella y el amor. Si bien era cierto que ese muro la había mantenido estable durante décadas, la llegada de Jow lo había resquebrajado. Jow había ido venciéndolo y sacudiéndolo, pasando a través de él y llegando muy dentro en su otrora inexpugnable fortaleza. Y al llegar allí dentro, por supuesto, liberó a su ego con todos los viejos miedos que solía manejar, sobre todo...

Sobre todo el miedo a ser abandonada otra vez.

Estaba comprendiendo, sí.

Era el miedo. Otra vez el miedo, su gran asignatura pendiente. La gran lección de la humanidad. Siempre el miedo.

Tan pronto asimiló eso, empezó a relajarse. Con la calma llegó la paz interior y la intuición necesaria para descubrir que toda esa luz blanca, inmaculada, diáfana e infinita era...

«Soy yo...»

Sí. Era ella misma. Descubrirse así la sacudió con una suerte de felicidad instantánea que la recorrió como una descarga eléctrica. No estaba en medio de nada, no había llegado a ninguna parte: estaba mirando hacia dentro. Sola. Eterna. Inabarcable. Intocable. Indestructible. Ella y ninguna otra cosa. Era el Ciento Ocho: un círculo infinito.

Ahora sabía que esa otra parte que había dejado de lado durante décadas era inseparable, indivisible, inevitable, porque todas las experiencias que había vivido, todas sus afirmaciones y contradicciones, lo que había hecho y lo que no, TODO formaba parte implícita e inherente de lo que era ella. Y sabía también que todo había sido necesario para llegar donde estaba. Ahora. Aquí. El único momento existente. La única realidad. Ella, otra vez.

Y entonces, con cierta delicadeza, tomó la mano de su yo olvidado y la sujetó fuerte, muy fuerte, cerró los ojos y se dejó inundar por su calidez cercana e íntima. Después de unos instantes, el amor que sentía por esa figura maltratada brotó de una manera natural y las envolvió, devolviéndole todo lo que se había impedido sentir: cantidades de amor infinito sincero. Y lo hizo sin esfuerzo, sin gastar energía. Y se entregó a la blancura cegadora que, momentos antes, le era desconocida y amenazante. Vio al miedo de su ego y lo entendió, le susurró: «Aquí estás, aquí estoy. Vamos a estar bien», liberándose al fin de sus artimañas llorosas. Y el miedo desapareció, la inquietud se esfumó, aceptó el dolor de todos esos años ignorados y lo vació. Se dejó mecer por el arrullo suave de su propia existencia, otra vez completa, y por tanto, formando parte de cada pequeña cosa en el universo.

Y cuando estaba disfrutando de eso, latiendo en el silencio como el corazón de un pequeño pajarillo, una luz azulada empezó a penetrar a través de sus párpados, forzándola a abrirlos.

9

—Niña —dijo el padre—. Ven aquí un momento.

Jow, que tenía otra vez trece años, se quedó congelada. Ésa era siempre la manera en la que empezaba todo. «Ven aquí un momento.» Siempre. Luego seguiría el «Hazme mimitos» y las caricias con las que él la regalaba, siempre en silencio, roto tan sólo por la respiración entrecortada de él, cada vez más cerca. El proceso era largo, larguísimo, por lo general mientras veían la televisión. Un dedo sobre el hombro... dedo arriba, dedo abajo, luego la palma de la mano, cálida hasta resultar aborrecible... luego una incursión hacia el cuello, una caricia en apariencia inocente por la mejilla, y luego él...

Él siempre acababa acercándose tanto que podía sentir su sexo frotándose contra su pierna a través de los calzoncillos.

A Jow no le gustaba. Sabía que estaba mal. Sabía que no podía contar nada de aquello a nadie, pero...

Pero su padre necesitaba «mimitos» porque mamá no...

Porque él lloraba todavía por las noches.

Porque cuando le daba lo que quería, él pasaba un tiempo portándose muy muy bien.

Porque era una buena hija.

Porque lo quería.

Porque él hacía tanto por ella...

Porque, aunque estaba mal, era una forma de amor.

La manera de amar de los hombres.

Y sólo estaba ella. Ella y él.

Y porque...

El padre le cogió la mano y la puso sobre sus calzoncillos. Ella notó la forma gruesa de su pene en erección bajo la ropa, y cerró la mano alrededor.

Él le susurró:

—Suave...

Y ella, con la mirada perdida en la televisión, empezó a masajearle el miembro.

Entonces empezaban los gemidos, y Jow intentaba concentrarse en la película, aunque la hubiera visto mil veces. Allí iba Clint Eastwood a caballo otra vez por la llanura. Era bueno, Clint Eastwood. Arriba y abajo. La mano de él que se cerraba alrededor de la suya para marcarle el ritmo. Un caballo superveloz, ¡y qué bien le queda el sombrero! Arriba y abajo.

Aquel día, sin embargo, él hizo algo inesperado. Su mano se acercó a su entrepierna y deslizó dos dedos por la parte inferior de sus pantalones. Ella dio un respingo, pero siguió mirando la tele, intentando poner atención en la música de la película. Era buena, la música, incluso hasta algo alegre si uno quería que lo fuese.

Sus dedos apretaron con suavidad.

Eso la hizo sentirse mal, terriblemente mal. Ni siquiera ella misma se había atrevido a tocarse de esa manera, todavía... Era suyo, y él no podía tocarlo si ella no quería. Y no quería, porque era...

Era ella.

Jow retiró la mano con rapidez. Él fue muy rápido en apresarla de nuevo cogiéndola por la muñeca. La presión de sus dedos en sus pantaloncitos cortos se volvió urgente.

—Vamos, cielo... —dijo, soltando una vaharada de aliento a tabaco, sucio y repugnante, en su cara.

Ella empezó a respirar con rapidez, sobresaltada.

—No... —dijo.

—Cielo...

—¡No!

Pero papá parecía ahora una especie de animal, resoplando con visible esfuerzo. Sus labios se estiraron hacia ella para besarle el cuello, ¡otra cosa nueva!, y Clint Eastwood se perdió en la llanura sin que nadie le prestara atención.

Jow quería irse, quería que aquello parara, pero papá estaba subiéndose a horcajadas, obligándola con sus piernas a mantenerse tumbada. Las muñecas le dolían mucho, cautivas de sus fuertes manos. La respiración le llegaba a intervalos irregulares, fétida y nauseabunda.

—¡No, papá, NO!

Él se las arregló para apresarle ambos brazos con una sola mano; al fin y al cabo, ella tenía sólo trece años y era, para su edad, muy pequeña. Tan pequeña. Los calzoncillos se deslizaron hacia abajo. Él agarró su pene erecto con una mano y lo liberó para colocarlo sobre ella.

Jow gritó.

10

Las raíces crecían, ahogándola.

Una de ellas estaba presionando en su entrepierna, con urgencia, describiendo suaves movimientos de fricción, abyecta como un falo lascivo que no ha sido invitado y que, aun así, intentase acceder a su sexo. Penny miró hacia abajo, horrorizada, pero en lugar de ver la raíz de forma redondeada, vislumbró el pequeño tatuaje sobre su piel, la única parte visible que quedaba en su antebrazo: una mariposa. Su mariposa. La mariposa que se había hecho cuando en su banda sonora preferida sonaba *Tiempos Felices* con Virginia al lado, en la lejana Amsterdam.

Era la mariposa que se había hecho cuando decidió aceptarse como era, priorizarse sobre los intereses que exigía la asfixiante tradición familiar, oscura y opresiva como el cuarto en el que estaba. Cuando decidió ser artista y, sobre todo, cuando decidió ser lesbiana: porque era lo que sentía, su manera de entender y manifestar su amor y su sexualidad. Eso era ella. Eso era Penny. La mariposa era el símbolo que le recordaba cómo había volado, cómo había renacido, cómo había dejado atrás la crisálida opresiva de su transformación en un gusano que reptaba por los canales subterráneos de la depresión, en algo que tenía alas y le permitía volar y ser hermoso y luminoso bajo el sol de la vida. La mariposa le recordaba el día que había decidido ser YO.

La raíz con forma de falo masculino se apretó contra ella una vez más, dando pequeños golpecitos. Penny meneó la cabeza. La mariposa seguía ahí, inalcanzable; por alguna razón, ninguna de aquellas raíces había podido pasar por encima y cubrirla, ocultarla o mancillarla. Era luminosa incluso a pesar de los años, perfectamente visible, aún hermosa y pura. Era...

«Soy yo», pensó.

Levantó la mirada, con los ojos anegados en lágrimas, y se enfrentó a las criaturas.

—Yo no puedo ser ésa —dijo, más para sí misma que para nadie en particular.

Las raíces producían sonidos como el de los troncos en fricción.

—Yo... —se dijo—... yo escapé. Me amé a mí misma, para empezar, me... prioricé. No puedo ser ésa.

Un destello de comprensión se abrió de pronto a través de su corazón, como un destello luminoso. Una certeza.

—Yo...

Miró a través de la sala y encontró lo que buscaba.

—Yo soy ésa —dijo sonriendo.

En el otro extremo de la estancia Penny se vio a sí misma, libre, luminosa, con el cabello rubio cayendo a ambos lados de la cara. Y se sonreía, libre de toda atadura, sin burdas imitaciones artificiales de penes humanos presionándole la entrepierna. Sólo ella. Ella. Ella mujer. Ella artista. Ella enamorada de lo que hacía y de lo que era. Y en un instante, lo que veía no era la Penny liberada y consciente, ardiendo en el fuego invisible de su decisión de vivir, sino que vio a la Penny que dejó atrás, al otro lado de la habitación, consumiéndose finalmente en la maraña de raíces atroces y opresivas que terminaron por destrozar su cuerpo, reduciéndolo a un confuso amasijo de sangre y carne.

Penny, la Penny real, la que aprendió a amarse a sí misma en primer lugar, sonrió. Las criaturas ni siquiera se fijaron en ella, se estremecían y chillaban como cerdos en un matadero, sacudiendo sus brazos oscuros con una notable dificultad de movimiento.

Penny supo que no tenía nada más que hacer allí.

Se dirigió a la puerta, y cuando la abrió, el destello azulado del agujero iluminó su rostro precioso.

11

Contemplando la monstruosidad en la que se habían convertido las dos únicas mujeres a las que había amado, Pete hubiera debido comprender el engaño, la ficción, el fraude intelectual al que se lo estaba sometiendo. Pero acababa de ver cómo su mujer se estrellaba, otra vez, contra un árbol, y cómo la persona a la que había decidido acompañar a una muerte más que probable, lo acusaba de cosas que le habían desgarrado el corazón.

No tenía, sin embargo, miedo. Sólo estaba roto. Hundido. Consumido por un dolor tan fuerte que lo mantenía prisionero en una realidad alterada. El monstruo no era importante: tenía suficiente con manejar su dolor y su sentimiento de culpabilidad. Se sentía culpable, sí, por haber discutido con su mujer y haberla hecho conducir de manera imprudente, culpable por no haber tratado de hacer entrar en razón a Jow y haber marchado con ella hasta una muerte más que probable. Culpable por haberlas conducido a las dos a la extinción, por perderlas. Y esa culpabilidad obtuvo todo el poder sobre él y lo revolcó en los lodazales íntimos de la tristeza y el desánimo.

Y en ese pozo oscuro, cuando ya estaba a punto de rendirse, unas palabras afloraron, como la flor del loto, entre el lodo de su desánimo.

«El amor te salva cada una de las veces. Así ha sido muchas veces antes, y será todavía muchas veces más.»

Había sido la propia Carol quien le había dicho eso, y aunque estos días atrás había empezado a convencerse de que aquello había sido solamente un sueño, ver aparecer esas palabras en su corazón y su mente le hicieron, de pronto, pensar en lo contrario. Amor. ¿Acaso no era eso lo que había tenido siempre?, ¿lo que había hecho siempre?, ¿lo único que había hecho? Amar. Sentir amor por Carol y también por Jow, y guardar ese amor íntegro en su corazón. Intocable, enorme, cierto. Él no podía ser culpable, él había respetado la decisión de Jow de buscar a Alma y vivir todo aquel periplo, como había sido la suya acompañarla. Eso era amor. Él no había tenido nada que ver con el hecho de que Carol cogiera el coche y circulara a gran velocidad, ni había podido estar en la carretera cuando tomó la curva en su Mini de color melocotón porque se había quedado en casa, dolido por la discusión. Él, lo único que había hecho, era...

Amar.

Pete miró al monstruo que se le acercaba. Aquél no era Carol. Ni era Jow. Jow no le reprocharía nada. Carol tampoco. Nunca lo harían.

—Déjame —susurró.

La criatura saltó desde la ventana del coche y se precipitó hacia él, hostil y terrible, aullando como una hiena infectada de rabia.

Pero Pete cerró los ojos y por primera vez abrazó el dolor de su miedo. Lloró por la pérdida de los días no vividos. Lloró por los planes no cumplidos. Lloró todas y cada una de las cosas que no pudo hacer y comprendió que lo que hizo... lo que había sucedido, era justo lo que necesitaba que sucediera para llegar a donde estaba ahora. Y entonces, la mentira de la realidad que se había construido alrededor se deshizo con un centelleo celeste.

Pete respiró por primera vez en mucho mucho tiempo.

12

«Papá...»

«Papi.»

Jow mira la escena desde una esquina de la habitación. Se ve a sí misma, confusa y asustada, debatiéndose internamente todavía entre si debía darle lo que su padre le reclamaba, o si, por el contrario, tenía derecho a decir que no. Es tan pequeña y tan joven, y está tan asustada y confundida, que no puede contener las lágrimas. Es tan pequeña... que ni siquiera forcejea con toda la fuerza que es capaz de usar.

Entonces se acerca caminando despacio, y cuando está junto a ellos, lo abraza. Lo abraza a él, rodeándolo suavemente con los brazos. Él da un respingo y se da la vuelta, sorprendido y excitado, librándose del abrazo, y cuando lo hace, se desploma con todo su peso sobre el sofá. Pero no cae sobre su hija, porque la Jow de trece años ya no está allí, y no está porque no puede estar. La única Jow que existe ahora es la Jow que ha vivido todo aquello, que ha superado todo aquello.

—Papá... —susurra.

Él la mira, con los ojos enrojecidos por la presión sanguínea y, tal vez, el alcohol.

—¿Cómo pudiste, papá? —susurra—. Era tan pequeña...

Él la mira sin decir nada. Su rostro es una máscara de consternación.

—Era tan bonito antes de que mamá se fuera —continúa diciendo ella, con los ojos azules tan llenos de lágrimas que parecen verdes—. Tan bonito... ¿Qué te pasó? ¿Cómo se... desordenó todo tanto en tu interior?

El padre sigue mirando, sin decir nada.

—Debiste de sufrir tanto... Tenías tanto dolor acumulado...

Él ya no respira presa de la excitación. Ahora parece un cadáver, gris y tumefacto, que alguien hubiera dejado abandonado en aquel sofá azul espantoso, vencido por el peso de largas noches de insomnio.

Jow baja la cabeza y enjuga las lágrimas de sus ojos.

—Nunca te di las gracias, papá —dice—. Pero te las doy ahora.

Se detuvo, lo miró a los ojos durante unos instantes, como si quisiera dejar en ellos un mensaje importante, y cogiéndolo por las mejillas con ambas manos, susurra:

—Gracias... Gracias por enseñarme a ser yo misma. Fue tan... doloroso, papá... Tuve que... enfrentarme a tantas cosas. Pero me enseñaste que el amor no es sacrificio. Que el amor no es exigente. Me enseñaste que el amor no duele, que si duele... no es amor. Me enseñaste a ser fuerte, a ser decidida, a creer en mí... me enseñaste tantas cosas sin saberlo... Y crecí. Y ahora... ahora me gusto, papá. Llevo mucho tiempo gustándome...

El padre ya no era grueso, ni su barriga era una suerte de luna llena de un blanco casi luminoso; era delgado, muy delgado, consumido por el tiempo, y las arrugas y las manchas propias de la edad adornaban su torso. Su pelo escaso era canoso y delicado, como frágil. Era tan viejo...

—Nunca supe de ti —siguió diciendo Jow—. Pero no era rencor, papá. Tú hiciste lo que hiciste, y estoy segura de que... te sirvió de algo. Que aprendiste cosas. Pero yo tenía que seguir. ¿Sabes, papá?, con el tiempo... con el tiempo entendí que siempre te he amado.

Jow vio en sus ojos velados por los años un universo de soledad, y asintió lentamente.

—¿Me entiendes, papá?

El padre no dijo nada.

—Gracias, papá. Gracias.

Volvió a abrazarlo. Y él, lentamente, levantó sus brazos huesudos, escuálidos y desnudos, y justo cuando estaba a punto de tocar su piel, una repentina luz azulada los rodeó.

XXX

Los Treinta y Seis Hombres Justos

1

El azul era hermoso... tan hermoso. A Jow le recordó el color del cielo en aquella temporada que pasó en España. A Penny, el de las pinturas con las que a menudo trabajaba en su taller. Era hermoso y estaban rodeados por él.

Jow se miró la mano. Allí estaban los dedos de Pete, algo gruesos y grandes, como los de un guerrero. Los apretó con fuerza y levantó la mirada para encontrarse con él. Estaba otra vez allí, con ella, como cuando cruzaron la brecha. Él estaba mirándola, con una manifiesta expresión de perplejidad. El recuerdo de lo que acababa de vivir estaba volviendo lentamente, retazo a retazo, y no pudo evitar emocionarse al comprobar que Jow seguía siendo Jow, y no una mezcla distorsionada, ensangrentada y monstruosa. Sin decir palabra, se abrazaron, con tanta fuerza que casi parecían querer meterse el uno en el otro.

—Estáis aquí... —dijo una vocecilla a su lado. Cuando se volvieron para mirar, vieron a Penny. Tenía lágrimas en los ojos, pero su sonrisa era honesta y preciosa, y Jow extendió un brazo hacia ella para que se uniera al grupo.

—Sois muy hermosos —dijo una voz conocida.

Era Alma, que se mantenía erguida a algunos metros de donde estaba ella, decorosa, con los pies juntos y las manos reunidas sobre el regazo. Y sonreía. Mucho.

—¿Dónde está...? —preguntó Pete, pero apenas se volvió hacia un lado, descubrió lo que estaba buscando. Allí, a sus pies, estaba el cuerpo de Alfred, y también el de Roy, caídos en el suelo, como si alguien los hubiera derribado en el acto nada más cruzar la brecha.

Mirándolos, Pete comprendió que no tenía que tomarles el pulso. Sabía que no se habían desmayado, que no estaban inconscientes, que no se levantarían pasado unos momentos. Miró a Jow y al resto y comprendió que ellos sabían tan bien como él lo que les había pasado. No habían superado sus pequeñas pruebas personales. No habían podido enfrentarse a sus pactos. Eran como los pequeños gorriones alrededor del tronco de un árbol: les había llegado el momento de volar, y no habían sabido, precipitándose al abismo. Pete murmuró algo, cabizbajo, y guardaron silencio unos instantes.

—No lo consiguieron —dijo una voz—. Pobres muchachos.

El grupo se volvió de nuevo, esta vez en la otra dirección, hacia la habitación. Ahora que se les había acostumbrado la vista, pudieron comprobar que seguían en la casa Taggar, o lo que quedaba de ella. El suelo era un abismo insondable de un tono eléctrico luminoso por donde escapaban pequeños filamentos que se movían como tentáculos, lentos y sinuosos. Las paredes eran apenas un recuerdo de lo que fueron, con las tablas dispuestas de tal manera que aún recordaban vagamente a las estructuras que antes sustentaron la casa, pero que ahora estaban desconectadas, sin orden ni concierto. Y, acercándose lentamente por el borde, venía caminando un hombre.

Jow pestañeó varias veces cuando lo vio. Llevaba puesta otra ropa, pero el sombrero vaquero era el mismo. Era el abuelo que había encontrado aquella mañana en el Coconut Cake, la pequeña cafetería que estaba cerca de su casa y en la que solía desayunar a menudo. El abuelo que hablaba del frío... milenios antes de que todo aquello estallase.

—Encantado de volver a verla —dijo el abuelo, llevándose una mano al sombrero, como si fuera a sacárselo.

—¡Hola! —lo saludó Jow con una sonrisa. Era una sonrisa espontánea y sincera, que hizo trizas la pesadumbre de haber encontrado a Alfred y a Roy muertos. No sabía por qué, pero encontrar allí a aquel hombre acababa de producirle una súbita sensación de alegría.

Dirigió una mirada a todos e intercambiaron pequeños saludos.

—Creo que, incluso en circunstancias tan extrañas, es cortés presentarse —dijo—. Me llamo Gabriel.

—Soy Jow.

—Yo Pete.

—Penny, encantada.

El abuelo miró a Alma lanzando un suspiro y dedicándole una sonrisa.

—Y usted es la doctora Chambers —dijo.

—Así es —contestó ella—. Pero llámeme Alma, por favor.

Él le miró apreciativamente.

—El alma más vieja y bonita que haya conocido jamás, en un cuerpo todavía joven —exclamó al fin.

Alma sonrió.

—Es usted muy amable. También usted lleva un tiempo dando vueltas, veo.

—Ajá —asintió, haciendo una cómica reverencia.

—¿Qué está haciendo aquí? —preguntó Jow entonces—. Lo recuerdo... Coincidimos en el Coconut Cake...

Gabriel asintió despacio.

—Así es. Es un placer volver a verla, realmente un gran placer; y es una pena que no tuviéramos tiempo entonces ni para conocer nuestros nombres. ¡Ah, el tiempo! ¿Quién tiene tiempo estos días?

Jow movió la cabeza afirmativamente.

—Y bueno, me pregunta qué estoy haciendo aquí... —exclamó Gabriel, pensativo—. Bueno, supongo que lo mismo que ustedes, creo.

—¿Ha venido a cerrar el agujero? —quiso saber Jow.

—¿Cerrarlo? —preguntó Gabriel—. Oh, no. No creo que eso esté en nuestra mano, como no se puede cerrar el cielo o el espacio profundo. —Dirigió una mirada pensativa a las fuerzas congregadas en el espacio azul, y suspiró—. En mi caso, he venido, más bien, a comprenderlo.

—Pero ¿cómo... cuándo llegó... en qué momento...?

Gabriel se pasó una mano por la barba.

—¿Cuándo? Bueno, oí todo aquel revuelo sobre Elvenbane. Sí, mucho revuelo, y me dije: «Gabriel... Ahí hay algo importante». Importante de veras. Mi intuición me decía que lo de Elvenbane podía estar relacionado con todo lo que estaba pasando por todas partes. Bueno, seguí mi instinto, como hago siempre, así que he estado por aquí, dejándome llevar, observando y sintiendo. Siempre me dejo llevar. Tengo algo de Viento y de Fuego, mucho de Agua y... ¡ay!, muy poco de Tierra, aunque estoy trabajando en eso.

Jow negó con la cabeza, sonriendo. Estaba disfrutando del discurso y las maneras, algo teatrales, de aquel hombre.

—¿Estaba aquí cuando se abrió el agujero? —preguntó Pete.

—¿Este agujero? Sí. Aquí estaba.

—¿Y cómo ocurrió?

Gabriel se encogió de hombros.

—La gente fue congregada justo cuando se publicó aquel libro con aquellos símbolos. ¡Los símbolos! —dijo entonces, poniendo los ojos en blanco y volviéndose hacia Alma—. ¿Ha podido averiguar algo sobre ellos, doctora?

—La verdad es que poca cosa —confesó ella.

Gabriel movió la cabeza, pensativo.

—Aunque algo sé, ésa es la parte que aún no comprendo, al menos no del todo. Vienen de demasiado lejos, demasiado. Pero vale, dejemos ahora los símbolos, hicieron lo que tenían que hacer y ya no importa tanto de dónde hayan salido, sino lo que han propiciado. ¿Por dónde iba? Ah, sí. Vino alguien, otra alma vieja, como nosotros, doctora Chambers. Muy conectado, quizá demasiado; muy cínico en su percepción de las cosas. Creo que había visto y sentido tanto que estaba muy alejado del Camino, de cualquier camino. No puedo decir que fuera alguien oscuro, pero desde luego, fue el que hizo que todo se pusiera en marcha. Él abrió el... este agujero.

—¿Y no lo detuvo? —preguntó Jow.

—Si hubiera debido detenerlo —exclamó Gabriel en voz baja, sonriendo con suspicacia—, supongo que lo habría hecho.

—Así que lo dejó hacer.

Gabriel miró brevemente hacia el techo, pensativo. Allí, un maremágnum de trozos de madera y rocas gravitaban erráticos alrededor del resplandor. Era como mirar la bóveda de un planetario, sólo que las constelaciones, los planetas y las estrellas eran pequeños trozos de derribo. Tenían, en la configuración de sus pequeñas órbitas, una suerte de orden que resultaba tan fascinante como hermoso.

—Con el tiempo... y por tiempo me refiero a Tiempo, uno aprende a saber cuándo debe ser Agua, y cuando debe ser Fuego. Era el momento de fluir con los acontecimientos. Eso lo supe enseguida.

Alma pensó en su sueño y sus momentos de introspección. «Hay un plan. Deja que fluya», había sido el mensaje.

—No lo entiendo —dijo Jow—. ¿Para qué era bueno todo esto? ¿Por qué... por qué no intervenir?

—Porque no hubiera servido de nada, en primer lugar —replicó Gabriel—. Las cosas son como deben ser.

—No me convence —intervino Pete.

Gabriel sonrió.

—Creo que si has llegado hasta aquí —dijo— es que te convence, aunque tu mente ahora mismo te diga otra cosa.

—Antes ha dicho que vino a comprenderlo —susurró Alma—. ¿Ha comprendido algo?

Gabriel la miró unos instantes.

—Tiene los ojos más increíbles que haya visto jamás —exclamó de pronto.

Alma asintió con la cabeza.

—Me lo dicen a menudo —contestó.

—Puedo imaginarlo. Bien, si... Con respecto a comprender, creo que todos lo hemos comprendido a estas alturas. Por eso hablaba de la inevitabilidad. Un esquema tan grande, de proporciones tan... cósmicas... no puede detenerse. Lo que ha ocurrido debía ocurrir, y nunca formó parte del plan que lo detuviésemos.

Jow recordó la conversación con Alma en el helicóptero.

—¿Ha sido...? ¿Es una prueba para la humanidad? —preguntó.

Gabriel inclinó la cabeza.

—Es un buen símil, pero... no creo que se nos haya evaluado, porque nadie está juzgando nada. Al menos que yo sepa. No hay errores. ¿No es lo que dicen, doctora?

—No hay errores —repitió Alma con suavidad.

—Creo, más bien, que habíamos llegado al final de un capítulo —continuó Gabriel—. Y había que empezar otro, con una hoja en blanco.

—¿A costa de toda la gente que ha muerto y está muriendo? —ladró Pete, súbitamente encendido.

—Creo que sigue pensando en términos terrenales. La vida... la muerte... el principio, el fin... En el esquema general de las cosas, que no puedas seguir respirando y pisando la arena de la playa no tiene mayor importancia. Es como si tu comprensión de las cosas llegase únicamente a la habitación donde estás. Ir a un restaurante sería un drama, porque... ¿qué va a pasar si no tienes al camarero que te atienda?, ¿qué será de ti sin el menú para guiarte? Esa gente no ha muerto... sólo ha salido, y está haciendo otras cosas.

—Pero... yo vi lo que pasaba con las almas de los que eran absorbidos por los Descarnados —dijo Alma, pensativa.

Gabriel asintió, sonriendo con indulgencia.

—¡Descarnados! —exclamó—. Es una buena palabra, sí. Pero...

con todos mis respetos, doctora, creo que tal vez hayas sido víctima de tus propias percepciones, como la gente en general. La gente... bueno, ya lo sabes, ve lo que ve... y lo que no ve, no existe. Viste que esas almas dejaban de existir para ti, no podías verlas, no podías sentirlas, no podías percibirlas, y por lo tanto, habían desaparecido. Estaban muertas.

—Oh... —exclamó Alma.

—Creo, por lo que yo he podido ver, que esas almas han sido devueltas a la Fuente. Creo... por lo que yo he podido sentir, que este plano va a avanzar a otro estado.

Pete negó con la cabeza.

—¡Como tirar de la cadena! —exclamó—. Y... ¿ya está? ¿Está todo obsoleto? ¿Qué pasa con nosotros? ¿Ya no servimos y debemos dejarnos matar por esas cosas negras? —Se cruzó de brazos y cambió el peso de su cuerpo de un pie a otro, visiblemente molesto—. Perdónenme, pero... me parece mucha aceptación para ser sensaciones de tan pocas personas.

Gabriel soltó una carcajada.

—¡Desde luego! —dijo—. No tienes que creer absolutamente nada... ¡Haces muy muy bien! Las cosas son, simplemente, como son, y cómo las percibas no cambiará nada. Ya las sientes de la forma correcta, o no habrías conseguido entrar aquí. Este lugar está vetado para cualquiera que no pueda escribir en el nuevo capítulo que ahora empieza. Pero escucha..., la próxima vez que uno de esos Descarnados se acerque a ti y no pueda tocarte, tal vez comprenderás que tienes un papel fundamental en todo esto. Aceptarás, tal vez, que el mundo es un lugar nuevo, que las viejas estructuras, conceptos, convenciones sociales, modelos de sociedad y comportamiento tienen que ser reinventados. Serán reinventados sin proponérselo, y tú y la gente que tendrás alrededor, empezaréis a construir algo nuevo, diferente... El nuevo estado del que te hablaba. Las cosas serán, otra vez, de una forma natural.

Jow estaba escuchando y sentía, en esos momentos, un escalofrío recorriéndole los antebrazos.

—¿Quiénes? ¿Quiénes serán? —preguntó en voz baja.

El agujero crepitó ligeramente.

—Quiénes seremos, querida —la corrigió Gabriel, sonriendo.

—¿Nosotros?... ¿Y ya está?... ¿Eso es todo?

Penny se encogió sobre sí misma.

—Ciertamente no —suspiró Gabriel—. ¡Jesús, yo ya soy viejo para repoblar el mundo!, y Penny, por ejemplo, tampoco creo que esté muy conforme con la idea.

Penny abrió la boca con un gesto de sorpresa; iba a decir algo pero se detuvo, sonriendo. No sabía cómo conocía su orientación sexual, pero acababa de hacer un chiste al respecto.

—Hay una antigua leyenda talmúdica —continuó diciendo Gabriel entonces—, de los *Hasidei Ummot Haolam*...

—La leyenda de los Treinta y Seis Hombres Justos —susurró Alma.

—En efecto —asintió Gabriel—. Esa leyenda dice que en cualquier momento dado de la historia de la humanidad hay siempre treinta y seis hombres justos. La leyenda, aún cuando no creáis literalmente en ese número místico, es válida en términos psicológicos. Creo que hay gente por ahí, mucha, de hecho, que superará fácilmente este trance. Están por ahí ahora mismo, mientras todo ocurre. Están en las calles, probablemente en sus casas, quizá las más apartadas y humildes de las zonas menos civilizadas, intocables, preguntándose de qué va todo esto.

—Entiendo... —dijo Jow.

—De cualquier modo —siguió diciendo Gabriel, todavía sonriendo—, todo esto es palabrería. Puede que me equivoque. Puede que tan sólo sea el orden natural de las cosas. Nuestra experiencia es de apenas unos millones de años, tres mil años de historia reciente, ¿quién sabe cómo son las cosas en el plan global? Un hombre que se ha criado en soledad, sin ningún otro ser humano al lado, no sabe que su cuerpo crecerá, envejecerá, perderá fortaleza y finalmente morirá. No estará preparado para nada de eso hasta que ocurre.

—Entiendo... —repitió Jow.

—Entonces... —susurró Penny—. ¡Claro!... Creo que ahora entiendo por qué nosotros no estábamos afectados por la violencia. Estábamos en la Línea Ley y...

—Sí. Porque... porque no tenía nada que ver con nosotros —susurró Alma, repitiendo las palabras de la niña finlandesa.

—¿Y el frío? —preguntó Pete.

—Oh, sí, el frío —exclamó Gabriel—. El frío no era de ellos. Era nuestro. Un daño colateral de nuestro comportamiento egoísta. El frío era la indiferencia, la falta de empatía de unos con otros. No era una causa de los Descarnados, era una consecuencia.

Pete asintió.

—Entonces... el agujero... Está bien. No vamos a enfrentarnos a esas cosas. No vamos a destruirlo.

—Puedes intentarlo, si es lo que sientes correcto —dijo Gabriel—. Todo lo que he dicho es lo que yo creo. Tú puedes tener tus propias ideas, puedes hacer lo que creas que debes hacer. A lo mejor lo que tú crees es lo correcto y es lo que hay que hacer. Al final, el camino que tomaremos es el único que siempre debimos tomar.

Pete asintió. Aún cerraba los puños con rabia pensando en los... ¿millones?... sí, millones de personas que estaban sufriendo en ese mismo instante, pasando miedo, angustia, dolor por los seres queridos que iban a perder o habían perdido ya, confusión por ver sus vidas trastocadas, despojados de sus casas, sus rutinas, sus sueños de futuro, cualquier cosa que los hacía ser humanos. Pensó en la gente trastornada que había visto en Leeds. Pensó en la masa viscosa que rodeaba la casa Taggar, un espectáculo indeciblemente peor que los que encontraron los aliados en la Alemania nazi cuando acabó la guerra. Era cruel, era despiadado, era un final de capítulo insoportablemente doloroso. Si había un destino en todo aquello, como Gabriel estaba diciendo, era uno tan nefasto que le hacía sentir rabia e impotencia.

Miró al agujero y trató de descubrir alguna verdad de la evolución de sus blancas estrías que giraban a velocidades vertiginosas, sin encontrar nada.

—Pero deberíamos... Deberíamos intentar advertir a la gente... ¡Hacer algo!

Alma negó suavemente. Ahora parecía cansada y afligida.

—Querido Pete —dijo—. No funcionaría. No puedes decirle a la gente que sienta amor por las cosas. No puedes explicarles que si dejan de actuar como lo hacen, se salvarán, como no puedes decirle a un egoísta que si comparte lo que tiene, alcanzará la gloria eterna. Si lo cree firmemente, si cree que despojándose de cuanto posee obtendrá una preciosa eternidad, entonces donará gustosamente todos sus bienes y posesiones. Pero entonces se habrá condenado aún más, porque en el fondo su egoísmo será aún mayor. No poseerá cosas, querrá una posesión eterna y preciosa que no debería pertenecerle. Su egoísmo será divino, inconmensurable.

»No —continuó diciendo—, no podemos advertir a nadie. Lo que se ha aprendido, se ha aprendido. Se lleva dentro. Se ama o no se ama, pero el amor no se puede aprender de un día para otro. No puedes decir: voy a amar. El amor se aprende en el transcurso de innumerables vidas, de experiencias vitales valiosísimas, muchas veces dolorosas. Aprendes a distinguir dependencia y apego, aprendes que el amor no tiene por qué ser recíproco, aprendes... y lo sientes dentro; es algo que se lleva dentro, algo natural en unos y forzado en otros, y eso... eso no lo puedes enseñar. Es demasiado tarde.

»Por eso, cuando regresamos a este mundo para empezar otra vez, lo olvidamos todo. ¿Qué sentido tendría recordar cosas? Si recuerdas que lo que necesitas aprender es a librarte de la envidia, o el rencor, o el odio, harás actos contrarios a ésos y creerás que has aprendido, cuando en realidad te has entregado a una teatral pantomima que sería estéril y deshonesta.

—Amén —exclamó Gabriel.

Pete asintió.

—No puedo creer que lo entienda —susurró—. Pero creo que lo entiendo.

Jow le pasó una mano por la cintura y lo abrazó con cariño, sonriendo orgullosa. Luego se quedó un rato pegada a él, respirando y mirando el agujero, solamente mirando. Se le ocurrió entonces que todo el dolor que los Descarnados estaban causando era como aquel episodio con su padre, el que acababa de revivir. El de la humanidad podía parecer un destino incluso más cruel que el que ella había vivido en su adolescencia, pero había allí quizá un aprendizaje similar. Muy similar. Podía parecer duro, pero...

«Pero quizá sea para algo bueno —se dijo—. Quizá sí.»

Durante unos instantes, nadie dijo nada más. Uno tras otro, se fueron acercando al borde del abismo eléctrico para echar un vistazo a las energías incomprensibles que rezumaban de allí. El agujero parecía, cuando menos, no tan terrible y amenazante. Alma pensaba que una cosa era cierta: allí, dentro de la casa, en aquel baluarte extraño donde fuerzas desconocidas los habían sometido a alguna especie de prueba interna, toda la tristeza, la ansiedad y la maldad que había percibido en el exterior, había desaparecido. Y eso debía significar algo.

—Entonces... —susurró Penny al cabo—, ¿qué hacemos ahora?

—¿Ahora? —preguntó Gabriel, levantando los brazos como un artista en el escenario—. Ahora toca VIVIR.

2

Habían salido de la casa y subido lentamente por el pequeño promontorio que había tras ella, trepando entre los árboles. La zona era totalmente otra cosa, sin ningún rastro de los execrables restos mortales que estaban al otro lado, por todas partes. Cuanto más subían, más verde era el suelo y más saludables los árboles. El viento era otra vez fresco y, cosa rara: no había ni rastro de la antigua desesperanza que solían sentir en la zona.

Atardecía, por cierto, y el cielo se había despejado para ofrecer un glorioso espectáculo visual: nubes rosadas revestidas de oro y apacibles destellos luminosos.

Cuando hubieron subido durante un rato, y sin que nadie lo propusiera, se sentaron en una roca de aspecto brillante y pulido, unos junto a otros. Se quedaron allí, con los rostros cansados pero satisfechos, mirando al sol y sonriendo plácidamente. Sabían que alrededor de ellos el mundo se había convertido en un lugar de pesadilla, pero allí arriba el frío había desaparecido por completo, y volvían a sentirse relajados y cómodos como hacía mucho que no se sentían. Todavía en silencio, Jow se recostó contra Pete, y Penny apoyó la cabeza en el hombro de Gabriel. Éste extrajo una pipa del bolsillo de su chaleco y la encendió con movimientos pausados, como si fuera parte de un protocolo. El humo olía bien, a algo dulzón y aromático.

Alma, por su parte, estaba erguida y mantenía la cabeza inclinada ligeramente hacia atrás, disfrutando del calor tibio del sol, los brazos primorosamente colocados sobre las rodillas.

Fue Penny quien, después de un largo rato, habló primero.

—¿Cómo será? —preguntó en voz baja.

—¿Cómo será qué, cielo? —preguntó Alma.

—Esto —dijo, señalando los campos verdes que se extendían ante ellos—. La vida.

—La vida... —susurró Gabriel, exhalando una pequeña bocanada de humo y mirando al horizonte. Los ojos risueños, circunvalados por una miríada de pequeñas arrugas, parecían algo más pequeños y claros que en el interior de la casa—. Pues... será como queramos que sea, ni más ni menos. Será el motor de un mundo sin envidias, sin celos, sin maldad. Un mundo donde todos importamos, donde el cariño que ahora puedes sentir por un familiar se extiende hacia aquellos que encuentres por la calle, porque lo natural será una predisposición a amar, sin desconfianza, sin recelos, sin prejuicios.

—Un mundo donde no haya carteles de «Propiedad Privada», puertas cerradas, sistemas de seguridad, muros o candados —dijo Pete.

—Un mundo sin tonos de piel, sin fronteras, sin dedos acusadores, sin miedo y con *sushi* gratis todos los viernes del año —dijo Jow.

El comentario arrancó en todos una sonora carcajada.

—¡Un mundo donde nadie se sentirá superior a nadie! —exclamó Penny.

—Un mundo hermoso. Mucho, realmente —susurró Alma—. Tal vez el mundo que fue ya una vez, hace mucho mucho tiempo. Tal vez un mundo más parecido a otros que quizá existan.

—Eso creo —dijo Gabriel, llevándose la pipa a la boca.

Penny se había emocionado vivamente y se enjugó una lágrima de la mejilla.

—Qué bonito —susurró.

—Vamos a conocer gente muy hermosa, querida —comentó Gabriel con voz soñadora—. Muy hermosa, en verdad.

—Hay una niña en Finlandia... —recordó Alma.

—Pues iremos a Finlandia —exclamó Jow—. Y allí instalaremos la nueva norma del *sushi* gratis.

Se miraron, regalándose una sonrisa.

—Es bonita, Finlandia —opinó Gabriel.

—Pero todavía no —dijo Alma, volviendo el rostro hacia el sol, que se ocultaba ya tras las montañas lejanas. Cerró los ojos y suspiró suavemente—. Luego. Ahora... tenemos algo importante entre manos.

Pete la miró de soslayo con los ojos entrecerrados por la luz. Alma parecía una niña diligente que espera a que la profesora dé comienzo a la clase.

—¿El qué? —preguntó.

Jow ya sabía la respuesta. Sonrió sin decir nada, casi amodorrada y concentrada tan sólo en llenarse con los últimos rayos del día.

—El aquí y ahora, querido Pete —dijo Alma—. El aquí y ahora.

Malaga, 22 de mayo de 2015

Índice